改訂版

枕　詞　辞　典

阿部萬蔵
阿部　猛　編

同　成　社

枕詞とは——はしがきにかえて——

我が国の韻文、ことに和歌を構成する要素として枕詞を逸することはできない。枕詞は韻文・和歌の修辞法のひとつであるが、それはさまざまな名称で呼ばれてきた。発語（おこしことば）（矢田部公望『日本紀私記』）、歌枕（藤原基俊『悦目抄』藤原俊頼『山木髄脳』）、諷詞（よそへことば）（仙覚『萬葉集註釈』）、次詞（藤原清輔『初学抄』）、冠辞（荷田春満『僻案抄』、賀茂真淵『冠辞考』富士谷御杖『歌袋』）そして枕詞である。枕詞は北畠親房『古今集序註』、今川了俊『落書露顕』、下河辺長流『枕詞燭明抄』、本居宣長『玉勝間』、鹿持雅澄『萬葉枕詞解』に用いられている。室町時代以来の用語であり、現在では、ほとんど枕詞という語のみが用いられるようになっている。

　あをによし　寧楽（なら）の京師（みやこ）は　咲く花の　薫ふがごとく　今盛りなり（『万葉集』巻三・三二八番）

作者は大宰少弐小野老で、たいへん有名な歌である。「あをによし」は枕詞であって「なら」にかかるという。「やま」にかかる「あしひきの」や「ひかり」にかかる「ひさかたの」などもよく知られている。

枕詞については、古くから多くの論説があって、さまざまに定義されるが、例えば『広辞苑』は簡潔に、

「昔の歌文に用られる修辞法の一。一定の語の上にかかって修飾または口調を整えるのに用い、短（五音）長（七音）二句のうちの短句にくるのがふつうであるとする」

と説明している。また林勉氏は「和歌の修辞Ⅰ」（和歌文学会編『和歌の本質と表現』桜楓社）で、

「和歌またはそれに準じる韻律的文章において、下の句または文節の上に来て何らかの修飾を行うもので、かなり習慣的に固定された語」

と定義している。また『日本国語大辞典』（第九巻）は次のように述べている。

「古代の韻文、特に和歌の修辞法の一種。五音、またはこれに準ずる長さの語句で、一定の語句の上に固定的について、これを修飾するが、全体の主意にはかかわらないもの。被修飾語へのかかり方は、音の類似によるもの、比喩・連想や、その転用によるが、伝承されて固定的になり、意味不明のまま受け継がれることも多い。この修辞を使用する目的については、調子を整えるためともいわれるが、起源ともかかわって、問題は残る。起源については諸説あるが、発生期にあっては、実質的な修飾の語句や、呪術的な慣用句であったと思われる。序詞（じょことば）とは主として音数の上で区別されるが、発生期には別であったとする説もある。古くは、冠辞、諷詞、発語、歌枕などとも称され、序詞などを含んでいうこともある。」

枕詞に関する論考は枚挙に遑ない。山口正氏『万葉修辞の研究』（教育出版センター）の「文献目録」によると、一九二六年から一九八三年までの約半世紀で、著書・論文は三〇〇編を超える。研究は詳細さを加えるが、容易に結論を導かない。

ある語句を枕詞とみるか否か、それは枕詞の定義の仕方によるのであるが、研究者によりかなりの差がある。

　朝髪の　思ひ乱れて　かくばかり　なねが恋ふれそ　夢(ゆめ)にみえける（『萬葉集』巻四・七二四番）

右の歌の「朝髪の」について、日本古典文学大系『萬葉集　一』は「乱レの修飾語」としているが、澤瀉久孝氏『萬葉集注釈』（中央公論社）や木下正俊氏『萬葉集全注　巻第四』（有斐閣）は枕詞であるとしている。前掲の林氏の論考によると、

「枕詞研究の従来までの唯一の集大成書ともいわれる福井久蔵氏『枕詞の研究と釈義』（不二書房）をみると、現段階の枕詞研究よりもかなり広く枕詞をとっていて、たとえば日本古典文学大系の萬葉集・記紀歌謡・古今集・新古今集につけられた注では福井氏の枕詞は約半分しか枕詞とされていない。また山口正氏『萬葉修辞の研究』所収の枕詞一覧表に挙げられた枕詞は、古典文学大系本萬葉集ではその約三分の一、澤瀉久孝氏『萬葉集注釈』では約四分の一が枕詞とはされていない」

という。このように、枕詞と認定するか否かの幅は研究者によってかなり異なる。しかし、枕詞と被枕の関係についてはほぼ共通の理解がある。

（A）意味関係によるもの。例えば、天離る↓鄙、神風の↓伊勢など。

（B）音声関係によるもの。例えば、ははそばの↓母、つがの木の↓いやつぎつぎに。

（C）意味・音声関係によるもの。例えば、梓弓↓張る・春、梯立（はしたて）の↓倉・倉橋山など。

以上の三通りが考えられるとする。もちろん、枕詞の中には、その意味不明のもの、かかる語との関係不明のものも多い。足引きの↓山（二六七番）、たまきはる↓命（八〇四番）などはどこに分類すべきか明らかでない。また、あか星の↓明くる（九〇四番）、夕づつの↓夕（九〇四番）なども分類基準が明らかでない。

枕詞の成立やその性格について考察するに際して、多くの論考は大切な事柄を忘却していた。枕詞―被枕関係についてあれこれ穿鑿したが、その成立時期についてあまり考慮を払わなかった。何百もの枕詞が一挙に生まれたわけでもなく、長い時間をかけて定着・固定化してきたのであり、成立に時間差を認めなければならないと思う。もちろん、古い枕詞、新しい枕詞という認識はあったが、具体的な基準や考察の手だてを欠いていた。

西郷信綱氏は「枕詞は口承的―口頭的というべきか―言語すなわち文字以前のオーラルなことばの所産で」あるこ

とを強調する（「枕詞の詩学」『古代の声』朝日新聞社、所収）。もっともこの視点は、氏も紹介するように、すでに『岩波古語辞典』がとっており、次のように述べていた。

「修辞・形容のためにある語の上に添えられる語のうち、形容詞・形容動詞・副詞・接頭語に含まれない語。文字のなかった時代に盛んに使われた修飾の技法で、かなもじのひろまった平安時代以後は、特定の語（例えば旅・山）にたいするもの（くさまくら・足引きのなど）に限られるようになり、歌の音節数を整えるためなどに使われた。」

枕詞が『萬葉集』を最盛期として『古今和歌集』以後急速に衰退していく事実をあらためて確認したい。

枕詞の機能のうち、「調子を整える」働きについては、およそ諸説は一致している。

石の上（いすのかみ）　布留（ふる）を過ぎて
薦枕（こもまくら）　高橋過ぎ
物多（ものさは）に　大宅過ぎ
春日（はるひ）　春日（かすが）を過ぎ
妻陰（つまこも）る　小佐保（をさほ）を過ぎ
玉笥（たまけ）には　飯（いひ）さへ盛り
玉盌（たまもひ）に水さへ盛り
泣き沾（そほ）ち行くも　影媛あはれ（『日本書紀』巻十六）

恋人鮪臣の死を聞き影媛が歌った葬送道行きの歌であるが、枕詞（傍線の部分）の働きがよく表わされている。枕詞なくしては、歌としての体裁を保つことはできないであろう。

枕詞の起源については、これを古い諺に求める説がある（折口信夫『日本文学の発生』中央公論社）。『常陸国風土記』総記に、

「倭武の天皇、東の夷の国を巡狩はして、新治の縣を幸過ししに、国造毗那良珠命を遣はして、新に井を掘らしむるに、流泉浄く澄み、尤好愛しかりき、時に御輿を停めて水を翫で御手を洗ひたまひしに、御衣の袖、泉に垂りて沾ぢぬ、便ち、袖を漬す衣によりて、此の国の名と為り」「風俗の諺に、筑波岳に黒雲挂り、衣袖漬の国といふは是なり」

とある。この伝説が「ころもで→ひたち」の枕詞成立の由縁を語っているとするのであるが、金子武雄氏は「語の出来た由来としては明らかにこじつけである。すでに存在していた枕詞に、その由来を説明するためあとから作られたものであると言うほかはない」と批判する（『称詞・枕詞・序詞の研究』公論社）。

枕詞「そらみつ→やまと」の由来についても、『日本書紀』（巻三）が、「饒速日命、天磐船に乗りて、太虚を翔行きて、是の郷を睨りて降りたまふに及至りて、故因りて目けて『虚空みつ日本の国』と曰ふ」というのによって説明するのを、金子氏は、

「此れも事実だとはとても考えられず、こじつけと考えるほかはない。おそらく、この記事の書かれたころ、すでに『そらみつ』の意味がわからなくなっていたのであろうし、この漢字をあてたのも正しかったかどうかもわからない。もともと記紀・風土記などにみられる地名伝説は、ほとんどすべて付会だと言ってよい」

と述べて折口説を否定している。また、土橋寛氏は神託の中に枕詞のあることに注目し、枕詞は神託の場において巫祝の手に拠って発生したと説く。これについても金子武雄氏は、「起源的な枕詞の発生の場としては、神託のほかに歌謡があった」と考え、「言語上の機知ともいえる縁語と同音反復と掛言葉とに拠って枕詞というものがつくりださ

れたといってもよいのではないか」と結論付けている。

以上あれこれ記したが、いまのところ万人が認めるような結論を得るに至っていないというのが現状であろう。たしかな定義を欠いたままで辞典を編纂するのもおかしなことではあるが、将来に備えるという意味において、なるべく幅広く枕詞を採用する方針をとった。その数一〇七八におよんだが、巻末に付した「逆引きことば索引」と併せてご利用いただければ幸いである。

二〇一〇年八月

阿部猛しるす

凡例

一、枕詞はひらがなで、歴史的かなづかいにより、五十音順に排列した。
一、現代かなづかいによる検索のために、見よ項目を掲げ、↓印で当該語句を示した。
一、本文の最初に、当該枕詞が修飾する語句(=枕主詞)をひらがなで示し、「『……』にかかる」と記述した。
一、つぎに〔例〕の見出しのもとに、枕詞のかかり方を実例によって示したが、記・紀の歌謡、万葉集などの、いわゆる万葉仮名による表記の場合は、原文に拠って示した。
一、引例の歌謡については、その出典を示し、底本による番号(国歌大観番号)を付記した。但し出典については、万葉集↓万葉、古今和歌集↓古今、新古今和歌集↓新古今の如く略称した(後記)。
一、つぎに〔注〕として、枕詞のかかり方、語義等について、簡単な解説を付した。
一、各項の末尾に参考文献等を付したが、煩を避けて略称で記載した場合が多い。列記すると左の如くである(カッコ内が略称)。

日本古典文学大系『古事記　祝詞』(大系古事記)
日本古典文学大系『古代歌謡集』(大系古代歌謡)
日本古典文学大系『萬葉集』(大系万葉)
日本古典文学大系『風土記』(大系風土記)
日本古典文学大系『古今和歌集』(大系古今)

旺文社文庫『古今和歌集』（旺文社文庫古今）
角川文庫『古今和歌集』（角川文庫古今）
日本古典文学大系『新古今和歌集』（大系新古今）
朝日古典全書『新古今和歌集』（朝日新古今）
小学館『日本国語大辞典』（大辞典）
有精堂『万葉集事典』（事典）
福井久蔵『新訂増補枕詞の研究と釈義』（福井）
横山青娥『例歌引用枕詞正解辞典』（横山）
大塚龍夫『枕詞辞典』（大塚）
中島賴重『枕詞集成』（中島）
山口　正『万葉修辞の研究』（山口）
金子武雄『称詞・枕詞・序詞の研究』（金子）
有斐閣『萬葉集全注』（全注）

一、巻末には「逆引歌ことば索引」を付した。例えば、「あさ」にかかる枕詞を求めようとするとき、「あさ」の項を見ると、「あからひく」「このねぬる」「さざれみづ」「にはにたつ」の四つが示されていて、これらが「あさ」にかかる枕詞であることがわかる。

目次（数字はページを示す）

枕詞辞典

【あ】

あうことの→あふことの

あうことは→あふことは

あおくもの→あをくもの

あおつずら→あをつづら

あおによし→あをによし

あおはたの→あをはたの

あおみずら→あをみづら

あおやぎの→あをやぎの

あかきぬの

「ひつら」にかかる。〔例〕「赤帛之」→「純裏」（万葉二九七二）⦿赤絹の　純裏（ひつら）の衣　長く欲（ほ）り　わが思ふ君が　見えぬ頃かも（万葉二九七二）〔注〕赤い衣は表裏とも同じ色なので「ひとうら」すなわち「純裏（ひつら）」にかかる。ひつらはヒタウラの約。ヒウラと訓む場合もあるが、この場合は「緋」の縁語として用いるものかという（大系万葉三―二八二頁、大辞典九―二五頁、横山一一一頁）。

あがこころ

「あかし」にかかる。〔例〕「安我己許呂」→「安可志」（万葉三六二七）⦿——吾が心　明石の浦に　船泊（と）めて——（万葉三六二七）〔注〕あかき心などということから「心明し」と同音を含む地名明石にかかる。明石浦は兵庫県明石市の海岸（大系万葉四―六八頁、大辞典一―一〇〇頁）。「わがこころ」の項を参照。

あがたたみ

「みへ」にかかる。〔例〕「吾疊」→「三重」（万葉一七三五）⦿わが畳　三重の川原の　磯の裏に　斯くしもがもと　鳴く河蝦（かはづ）かも（万葉一七三五）〔注〕畳を幾重も重ねて敷くところから「重（へ）」と同音を含む地名三重にかかるとも、畳は一重（ひとへ）二重（ふたへ）ということからともいう。三重の川原は三重県三重郡の内部川（うつべがわ）の川原（現四日市市内）という（大系万葉二―三八一頁、福井一一九頁）。

あかだまの

「あからぶ」にかかる。〔例〕「赤玉能」→「阿加良毗」（延喜式・巻八・祝詞）⦿白玉の　大御白髪（おほみしらが）坐（ま）し　赤玉の　みあからび坐し——（延喜式・巻八・祝詞・出雲国造神賀詞）〔注〕「あからぶ」とは、赤味がさす、赤くなるの意。赤玉は赤珠・明珠とも書く。赤色の玉、また明るく輝く玉。琥珀、また微紅色の真珠（広辞苑一七頁、大辞典一―一〇七頁）。

あかときの

「めさましくさ」にかかる。〔例〕「五更之」→「目不酔草」（万葉三〇六一）⊙暁（あかとき）の　目さまし草と　これをだに　見つつ坐して　われを偲はせ（万葉三〇六一）〔注〕目さまし草は目覚めの時の品物。クサは品物。手向クサのクサに同じ（大系万葉三―二九八頁）。

あかねさし

「てる」にかかる。〔例〕「赤根指」→「照」（万葉五六五）「赤根刺」→「所光」（万葉二三五三）⊙大伴の　見つとは言はじ　あかねさし　照れる月夜に　直に逢へりとも（万葉五六五）〔注〕あかね色の照り映える意で「照る」にかかる（大辞典一―一一四頁）。

あかねさす

「ひ・あさひ・ひかり・ひる・むらさき・すおう・きみ」にかかる。〔例〕「茜刺」→「日」（万葉一六九・九一六）「赤根刺」→「日」（万葉一九九九・三二九七）「赤根指」→「日」（万葉二九〇一）「赤根刺」→「晝」（万葉三二七〇・四一六六）「赤根佐須」→「君」（万葉三八五七）「安可祢佐須」→「比浪」（万葉四四五五）「茜草指」→「武良前」（万葉二〇）⊙あかねさす　日は照らせれど　ぬばたまの　夜渡る月の　隠らく惜しも（万葉一六九）⊙あかねさす　朝日の里の　日影草　とよのあかりの　光なるべし（新古今七四八）⊙さし焼かむ　小屋の醜屋に――あかねさす　晝はしみらに　ぬばたまの　夜はすがらに――（万葉三二七〇）⊙あかねさす　紫野行き　標野行き　野守は見ずや　君が袖振る（万葉二〇）⊙飯喫（いひは）めど　甘（うま）くもあらず　寝ぬれども　安くもあらず　茜さす　君が情（こころ）し　忘れかねつも（万葉三八五七）〔注〕アカネはアカネ科の多年生蔓草で、根から緋色の染料をとる。「さす」は色や光が映ずる意。東の空があかね色に映える意から昇る太陽を連想し「日・朝日・光・晝」にかかり、紫色・蘇芳色との色彩としての類似から、それぞれ同音の紫や国名の周防にかかる（大辞典一―一一四頁、福井一―一九頁）。

あかひもの

「ながし」にかかる。〔例〕山藍もて　摺れる衣の　あかひもの　長くぞ我は　神に仕ふる（新勅撰・五五〇）〔注〕あかひも（赤紐）は、大嘗祭などのとき小忌衣（おみごろも）の右肩につけて前後に垂らした紅色のひも（大辞典一―一一七頁、福井一―二一頁）。

あかほしの

「あく・あかで」にかかる。〔例〕「明星之」→「開」（万葉九〇四）⊙――白玉の　わが子古日は　明星（あかほし）の　明くる朝は　敷栲の　床の辺去らず――（万葉九〇四）⊙月影に　はがくれにけり　あかほしの　飽かぬ心に　出でてくやしく（古今六帖――一・天）⊙あかぼしの　あかでいでにし　暁は　今宵の月に　思ひ出でずや（前大納言実国卿二八六六九）〔注〕あかほしは金星のこと。明星の輝く朝の意で「明く」にかかり、同音を含む「飽く」「あかで」にかかる（大系万葉二―一一九頁、大辞典一―一一九頁、福井一二一頁、中島三二頁）。

あからひく

「ひ・ひる・あさ・はだ・いろぐはしこ」にかかる。〔例〕「赤羅引」→「日」（万葉六一九）「朱引」→「朝」（万葉二三八九）「朱引」→「秦」（万葉二三九九）「朱羅引」→「色妙子」（万葉一九九九）⊙押し照る　難波の菅の　ねもころに――ぬばたまの　夜はすがらに　赤らひく　日も暮るるまで――（万葉六一九）⊙あからひく　色ぐはし子を　屢（しば）見れば　人妻ゆゑに　われ恋ひぬべし（万葉一九九九）⊙ぬばたまの　この夜な明けそ　赤らひく　朝行く君を　待たば苦しも（万葉二三八九）⊙赤らひく　はだも触れずて　寝たれども　心を異（け）しく　わが思はなくに（万葉二三九九）⊙あからひく　昼はしみらに　水鳥の　息つき暮らし（良寛歌）〔注〕「あからひく」とは、明るく光る、或いは赤味を帯びる意。実景の描写を兼ねて用いる。その色を帯びて輝く意で、日・朝・昼にかかり、赤味を帯びた美しい意の、肌に、また色の美しい意の色妙子（いろぐはしこ）にもかかる（大辞典一―一二四頁、福井一二一頁、中島三二頁）。

あきかしは

「うるわかは」にかかる。〔例〕「秋柏」→「潤和川」（万葉二四七八）⊙秋柏　潤和川辺の　小竹（しの）の芽の　人には逢はね　君にあへなく（万葉二四七八）〔注〕かかり方については諸説がある。柏の葉が露や霧でぬれてうるおう意から、潤和（うるわ）と同音を含む地名潤和川にかかるとする説、秋の柏の葉が紅葉してうるわしい意でかかるとする説、あきかしはは「商柏」で、あきないで売る意からかかるとする説、また「明柏」で清浄・神聖な柏とする説もある（大系万葉三―一八三頁、大辞典一―一三八頁、福井一二三頁）。

あきかしわ→あきかしは

あきかぜに

「なる」にかかる。〔例〕「金風」→「響」（万葉一七〇〇）

⊙秋風に　山吹の瀬の　響(な)るなべに　天雲翔ける　雁に逢ふかも(万葉一七〇〇)〔注〕季節を木火土金水の五行に宛てると、秋は金に当たるので「金風」と書く。「あきかぜの」と訓んで「山吹の瀬」にかかる枕詞とする説もある(大辞典一―一三九頁、福井一二三頁)。「あきかぜの」の項を参照。

あきかぜの

「ちえ・ふく・ふきあげ」にかかる。〔例〕「冷風之」↓「千江」(万葉一七二四)⊙秋風の　千江の浦廻の　木積なす　心は依りぬ　後は知らねど(万葉一七二四)⊙秋風の　吹きにし日より　をとは山　みねのこずゑも　色づきにけり(古今二五六)⊙秋風の　ふきあげにたてる　しらぎくは　花かあらぬか　浪のよするか(古今二七二)〔注〕風の古語を「ち」という(「疾風＝ハヤチ」「東風＝コチ」)。その「チ」と同音を含む「千江」に、また風の縁で「吹く」「吹上」にかかる。但し枕詞とせぬ説もある(大辞典一―一三九頁、福井一二三頁、大塚六頁)。

あききの

「ふたごもり」にかかる。〔例〕「秋葱之」↓「雙納」(書紀・仁賢天皇六年)⊙――秋葱(あきき)の　轉雙納(いやふたこもり)を思惟(おも)ふべし(書紀・仁賢天皇六年　是秋)〔注〕「キ」は、ねぎの古名。ねぎはひとつの皮に二本の茎が並んで包まれていることから「ふたごもり」にかかる。男女の同棲するの意であろうという(大辞典一―一三九頁、福井一二四頁、中島三三頁)。

あきぎりの

「たつ・はれる・おぼつかなし・まがき」にかかる。〔例〕⊙鏡山　あけて來つれば　秋ぎりの　けさや立つらん　あふみてふ名は(後撰八四四)⊙秋霧の　はるる時なき　心には　立ち居のそらも　思ほえなくに(古今五八〇)⊙旅衣　はるかにたてば　秋霧の　おぼつかなさを　いかにながめん(風雅八九一)⊙秋ぎりの　籬(まがき)の島の　隔てゆゑ　そことも見えぬ　ちかの塩釜(続古今五五二)〔注〕秋霧が「たつ」「はれる」そして霧がたちこめてあたりが見えず「おぼつかなし」に、霧に視界がさえぎられるので「まがき」にかかるという(大辞典一―一三九頁、福井一二五頁)。

あきくさの

「むすぶ」にかかる。〔例〕「秋草乃」↓「結」(万葉一六一二)⊙神さぶと　不許(いな)ぶにはあらぬ　秋草の　結びし紐を　解くは悲しも(万葉一六一二)〔注〕草を結んで互いに心の変わらないことを誓いあったり、吉凶を占ったり、身の幸福を祈ったりすることがあった(大辞典一―一三九頁、福井一二五頁)。

あきたかる

「かりほ」にかかる。〔例〕「秋田刈」→「借廬」(万葉二二四八)⊙秋田刈る　假廬(かりほ)をつくり　廬(いほり)して　あるらむ君を　見むよしもがも(万葉二二四八)〔注〕「刈る」の同音を含む「假廬」にかかる。写本によっては「秋田叩」とするが、「叩」を「刈」の誤字と見て「秋田刈る」と訓む。しかし「秋の田を」と訓む説もある(大系万葉三—一三三頁、福井一二七頁)。

あきつかみ

「わごおほきみ」にかかる。〔例〕「明津神」→「吾皇」(万葉一〇五〇)⊙現つ神　わご大君の　天の下　八島の中に——(万葉一〇五〇)〔注〕「現つ神」は現世に姿を現わしている神。ふつう神は形の見えないものであった(大系万葉二—一八八頁、福井一二六頁)。

あきづしま

「やまと」にかかる。〔例〕「蜻嶋」→「八間跡」(万葉二)「蜻嶋」→「倭」(万葉三二五〇)「秋津嶋」→「倭」(万葉三三三三)「蜻嶋」→「山跡」(万葉四二五四)「安吉豆之萬」→「夜萬登」(万葉四四六五)「阿耆豆辭莽」→「揶莽等」(紀六二)「阿企苑辭摩」→「揶莾等」(紀六三)「婀岐豆斯麻」→「野麻登」(紀七五)⊙大和には　群山あれど　とりよろふ　天の香具山　登り立ち　國見をすれば　國原は　煙立ち立つ　海原は　鷗立ち立つ　うまし國そ　蜻蛉島(あきづしま)　大和の國は(万葉二)〔注〕「あきづしま」のちには「あきつしま」ともいう。日本国の古称。「しま」は「くに」「地方」と同義。アキツは古くは大和国葛上郡室村(現、御所市)辺りの地名であったらしい。神武天皇が国見のとき「蜻蛉の、となめせるがごと」といったことに由来するという地名説話がある。語源については、稲のよく熟する国の意、神仙の住む島の意、上古のアキ族の集落の称とする説などがある。国見とは国の形勢を高い所から望み見ることであるが、元来は、農耕の適地をえらぶための行事という(大系万葉一—九頁、大辞典一—一四四頁、三—一二一一頁、福井一二六頁)。

あきづはの

「そで」にかかる。〔例〕「秋津羽之」→「袖」(万葉三七七六)⊙あきづ羽(は)の　袖振る妹を　玉くしげ　奥に思ふを　見たまへ　わが君(万葉三七七六)〔注〕「あきづ」はトンボのこと。その羽がうすく透きとおって美しいので羅(うすもの)の形容に用いる。一説に秋葉で紅葉の義とする。但し枕詞と見ない説もある(大辞典一—一四四頁、福井一二七頁、中島三四頁)。

あきのたの

「ほ・いね・かりそめ」にかかる。〔例〕⦿秋の田の　ほにこそ人を　こひざらめ　などか心に　わすれしもせん(古今五四八)⦿秋の田の　いねてふことも　かけなくに　なにをうしとか　人のかるらん(古今八〇三)⦿秋の田の　かりそめぶし(苟且臥)も　してけるか　いたづらいねを　何につままし(後撰八四六)〔注〕秋の田の穂、穂は表にあらわれるもの、その「穂」と同音の「秀(ほ)」にかかる。また「稲」と同音を含む「去(い)ね」にかかる(福井一二七頁)。

あきのたを→あきたかる

あきのはの

「にほひ」にかかる。〔例〕「秋葉之」→「尒保比」(万葉四二一一)⦿古に　ありけるわざの――春花の　にほえ栄えて　秋の葉の　にほひに照れる　あたらしき　身の壮(さかり)すら――(万葉四二一一)〔注〕「にほふ」とは美しく照り映える意。秋の紅葉した葉の美しく照り輝く意で「にほひ」にかかる(大辞典一―一四八頁、福井一二八頁)。

あきのよの

「ながき」にかかる。〔例〕⦿きりぎりす　いたくななきそ　秋のよの　ながきおもひは　我ぞまされる(古今一九六)〔注〕秋の夜長の意で「ながき」にかかる(大系古今一〇三頁、一四一頁)。

あきはぎの

「しなひ・うつる・はなの」にかかる。〔例〕「秋芽子之」→「四搓」(万葉二二八四)「秋芽子之」→「花野」(万葉二二八五)⦿ゆくりなく　今も見が欲し　秋萩の　しなひにあらむ　妹が姿を(万葉二二八四)⦿秋萩の　花野の薄　穂には出でず　わが恋ひわたる　隠妻(こもりづま)はも(万葉二二八五)⦿吹きまよふ　野風をさむみ　秋はぎの　うつりもゆくか　人の心の(古今七八一)〔注〕「しなひ」は、しなやかに曲線をなして美しいこと、こんもりと繁ること、春の山、秋萩、藤の花房、美しい女性の姿にたとえる。秋萩のしなやかに美しいところから「しなひ」にかかる(大系万葉三―一三九頁、大系古今二五五頁、福井一二八頁)。

あきやまの

「したふ・したび・いろなつかし」にかかる。〔例〕「秋山」→「下部留」(万葉二一七)「金山」→「舌日」(万葉二二三九)「秋山之」→「色名付思吉」(万葉三二三四)⦿秋山の　したへる妹　なよ竹の　とをよる子らは――(万葉二一七)⦿秋山の　したひが下に　鳴く鳥の　聲だに聞かば　何か嘆かむ(万葉二二三九)⦿やすみしし　わご大君――春山の　しなひ榮えて　秋山の　色なつかしき――(万葉三三三四)〔注〕「したふ」は「したへる」と同じく、しなやかに麗わしいこと。容色の美しい様をいったもので、紅葉のしたたる如く美しい妹、すなわち「したへる妹」にかかる。また「したひ」は「下映(しもばえ)」の義かという。「色なつかし」とは「なつく」(馴れ付く)から作られた形容詞で、心をひかれてそばにいたい心持ちになること(大系万葉三―三四一頁、福井一二九頁、横山一四頁)。

あくたびの

「あく」にかかる。〔例〕⦿ほのかにも　我をみしまの　芥火(あくたび)の　あくとや人の　おとづれもせぬ(拾遺九七六)〔注〕芥火とは塵芥を燃やす火のこと。「あくたび」の同音を含む「飽く」にかかる(福井一三〇頁)。

あけごろも

「あけ」にかかる。〔例〕⦿むばたまの　こよひばかりぞ　あけ衣　明けなば人を　よそにこそ見め(後撰一一一七)〔注〕古くは朱を「あけ」という。朱衣は五位の朝服。蔵人の六位は緑衫といって緑の衣を着け、五位に進めば朱衣を着ることができたが、殿上をさがる習いであったことから、その境遇を詠んだものであろうという(大辞典一―一七九頁、福井一三〇頁)。

あさがおの→あさがほの

あさかしは

「うるはかは」にかかる。〔例〕「朝柏」→「閏八河」(万葉二七五四)⦿朝柏　閏八川辺の　小竹(しの)の芽の　偲ひて寝れば　夢に見えけり(万葉二七五四)〔注〕朝露に柏の葉が潤おう意で「うるおう」と類音の閏八川にかかる。一説に、朝方の柏の木のうるわしいさまで、かかるという。閏八川の所在は不明。潤和川(万葉二四七八)と同じか(大系万葉三―二三五頁)。

あさかしわ→あさかしは

あさがすみ

「たつ・はる・やへ・かびや・ほのか」にかかる。〔例〕「朝霞」→「春」(万葉一八七六)「旦霞」→「八重」(万葉一九四一)「朝霞」→「鹿火屋」(万葉二二六五)「朝霞」→「香火屋」(万葉三八一八)「朝霞」→「髣髴」(万葉三〇三七)⦿朝霞　春日の暮れば　木の間より　うつろふ月を　何時とか待たむ(万葉一八七六)⦿朝霞　八重山越えて　呼子鳥　鳴きや汝が來る　屋戸もあらなくに(万葉一九四五)⦿朝霞　鹿火屋が下に　鳴く河蝦(かはづ)　聲だに

聞かば　われ恋ひめやも(万葉二二六五)⦿殺目山(きりめやま)　往反(ゆきかへ)り道の　朝霞　ほのかにだにや妹に逢はざらむ(万葉三〇三七)〔注〕鹿火屋は鹿を追うために火を焚く小屋。その煙が霞のようにぼんやりかすんで見える意で鹿火屋にかかる(大系万葉三―六五頁、七九頁、一三五頁、大辞典一―二〇四頁、事典四一八頁、福井一三一頁)。

あさがほの

「ほ・さき・とし・はかなし」にかかる。〔例〕「朝皃」→「穂」(万葉二二七五)「安佐我保能」→「等思」(万葉三五〇二)⦿言に出でて　言はばゆゆしみ　朝貌の　ほには咲き出ぬ　恋もするかも(万葉二二七五)⦿わが目妻　人は離(さ)くれど　朝貌の　年さへこごと　吾は離(さ)かるがへ(万葉三五〇二)⦿あさかほの　あだにはかなき　命をばつとめてのみぞ　しばし保たん(新拾遺九一〇)〔注〕朝顔の花の美しく人目につきやすいところから「穂」に咲き出づにかかり、朝顔の花が朝咲いて忽ちしぼんでしまうところから「はかなし」にかかる。「とし(年)」へのかかり方未詳。一説に、末句の「さく」に「咲」の意を介してかかるという。また初句の「わが目(愛)妻」にかかるものが倒置されたといい、或いは比喩の句で「凍(こご)ゆ」の意を表わすとも、稲などにからみつく意を表わすとも、恋人をたとえたともいう。但し、この「あさがほ」は桔梗の古名であって現代の朝顔ではないとする説も有力である。とすると、解釈は全面的に変更を迫られることになる(大辞典一―二〇三頁、福井一三二頁、全注十四―三〇二頁)。

あさかみの

「おもひみだる」にかかる。〔例〕「朝髪之」→「念乱」(万葉七二四)⦿朝髪の　思ひ亂れて　かくばかり　なねが恋ふれそ　夢に見えける(万葉七二四)〔注〕朝の髪のいまだ梳(けず)らず乱れているように、心の思い乱れるにかける。枕詞と見ない説もある(大系万葉一―三〇五頁、大辞典一―二〇四頁)。

あさかやま

「あさし」にかかる。〔例〕⦿あさか山　浅くも人を　思はぬに　など山の井の　かげ離るらむ(源氏・若紫八一八)〔注〕あさか山は安積山。磐城国にある(現、福島県郡山市)(福井一三三頁、中山三八頁)。

あさぎりの

「たつ・かよふ・おぼ・おもひまとひ・やへ・みだる」にかかる。〔例〕「朝霧」→「往來」(万葉一九六)「朝霧」→「欝」(万葉五九九)「朝霧」→「思或」(万葉三三四四)「旦霧」→「八重」（万葉一九四五）「安佐疑理能」→「美太流」（万葉四〇〇八）⦿あさぎりの　立ちにし日より　旅衣　やゝ肌さむく　雁も鳴くなり（續拾遺六九一）⦿飛鳥の　明日香の河の――朝鳥の一に云ふ朝霧の　通はす君が――（万葉一九六）⦿朝霧の　おぼに相見し　人ゆゑに　命死ぬべく　恋ひわたるかも（万葉五九九）⦿この月は　君來まさむと――朝霧の　思ひ惑ひて――（万葉三三四四）⦿朝霧の　八重山越えて　霍公鳥　卯の花辺から　鳴きて越え來ぬ（万葉一九四五）⦿青丹吉　奈良を來離れ――朝霧の　亂るる心――（万葉四〇〇八）〔注〕朝霧の立つのを人の旅立ちにかけ、霧の流れ通うところから「通ふ」に、霧のようにぼうとしているの意で「おぼ」に、同様のよく物が見えない意で「思ひ惑ひ」に、霧の如く乱れ散る意の「乱る」心に、霧が幾重にも重なって立つ意で「八重」にかかる（大辞典一―二〇八頁、福井一三三頁）。

あさごおり→あさごほり

あさごほり

「とく」にかかる。〔例〕⦿霜の上に　ふる初雪の　朝氷　とけずも物を　おもふ頃かな（拾遺二二九）⦿朝氷　とくる間もなき　君により　などてそぼつる　袂なるらむ（拾遺七二九）〔注〕氷の融けるのを心のうちとけるに通わせる（福井一三四頁）。

あさじうの→あさぢふの

あさじはら→あさぢはら

あさしもの

「け・みけ・きゆ」にかかる。〔例〕「朝霜之」→「消」（万葉一九九・一三七五）「朝霜」→「消」（万葉二四五八）「朝霜乃」→「消」（万葉三〇四五）「阿佐志毛能」→「瀰概」（紀二四）⦿かけまくも　ゆゆしきかも――行く鳥の　あらそふ間に　一に云ふ　朝霜の　消（け）なば消とふに　うつせみと　争ふはしに――（万葉一九九）⦿朝霜の御木（みけ）のさ小橋　侍臣（まへつきみ）　い渡らすも　御木のさ小橋（紀二四）⦿独り寝の　起きてかなしき　あさじもの　消えなで何と　夜をかさぬらん（続古今一一八三）〔注〕朝霜の消えやすいところから「消（け）」にかかり、また同音の「木（け）」を含む地名の「御木」にかかる。御木は筑後国三毛郡三計（和名抄）か（大辞典一―二一三頁、福井一三四頁）。

あさぢはら

「つばらつばら・をの・ちふ」にかかる。〔例〕「淺茅原」→「曲曲」（万葉三三三三）「朝茅原」→「小野」（万葉二四六六）「淺茅原」→「小野」（万葉三〇六三）「淺茅原」→

「茅生」〔万葉三〇五七〕⊙浅茅原　つばらつばらに　もの思(も)へば　故(ふ)りにし郷(さと)し　思ほゆるかも(万葉三三三)⊙浅茅原　小野に標(しめ)結ふ　空言(むなこと)も　いかなりといひて　君をし待たむ(万葉二四六六)⊙浅茅原　茅生(ちふ)に足踏み　心ぐみ　わが思ふ子らが家のあたり見つ。一に云はく、妹が家のあたり見つ(万葉三〇五七)〔注〕「浅茅原」はまばらで短い茅(チガヤ)の生えている野原。その茅(ち)は古く「つ」といったところから茅原と類音の「つばらつばら」にかかり、また「ちがや」は野に一面に生えているところから「小野」「茅生」にもかかる。平安時代初頭の史料によると「茅」を「ツハナ」と訓んでいるので、「浅茅原」を「アサツバラ」と訓めば、「ツバラツバラ」の枕詞となっている理由が理解される(大系万葉一―三五一頁、大辞典一―二二三頁)。

あさぢふの

「をの」にかかる。〔例〕⊙あさぢふの　をの(小野)のしのはら　しのぶとも　人しるらめや　いふ人なしに(古今五〇五)〔注〕小野は「ヲノ」であるが、ヲとオが同音になったのちには「己(オノ)」にもかかる。枕詞と見ない説もある(大系古今二〇六頁、大辞典一―二二二頁)。

あさづきの

「ひむか」にかかる。〔例〕「朝月」→「日向」(万葉一二九四・二五〇〇)⊙朝月の　日向(ひむか)の山に　月立てり見ゆ　遠妻を　持ちたる人し　見つつ偲はむ(万葉一二九四)〔注〕朝、西の空に残っている月が、東からのぼる日に向かい合うの意で「ひむか」にかかる。「朝月日向山」を「朝づく日　向ひの山に」と訓んで、「あさづくひ」を「むかふ」の枕詞とする説もある(大辞典一―二二五頁、全注七―二七一頁)。「あさづくひ」の項を参照。

あさづくひ

「むかふ」にかかる。〔例〕⊙あさづくひ　むかふつげ櫛なるれども　なすろも君が　いや珍しき(古今六帖―五・服餝)⊙秋霧の　絶えまをみれば　朝づく日　むかひの岡は　色づきにけり(玉葉七四五)〔注〕万葉集(一二九四・二五〇〇)の「朝月日向」を「朝づく日　向ふ」と訓んだことによって生じた語であろう(大系万葉三―四六九頁、大辞典一―二二五頁)。「あさづきの」の項を参照。

あさつくよ

「さやか」にかかる。〔例〕「朝月夜」→「清」(万葉七九)⊙天皇の　御命(みこと)かしこみ――朝月夜　さやかに見れば(万葉七九)〔注〕朝月夜は有明の月。実況描写であって枕詞とはなしがたいとの説もある(中島四〇頁)。従うべきか。

あさつゆの

「け・けやすき・わがみ・いのち・をく・をか・をくて」にかかる。〔例〕「朝露乃」→「既夜須伎」(万葉八八五)「朝露乃」→「銷易」(万葉一八〇)「朝露之」→「消安」(万葉二六八九)「朝露之」→「消」(万葉三二六六)「旦露之」→「命」(万葉三〇四〇)「朝露之」→」吾身」(万葉二六九一)⊙父母が　成しのまにまに　箸向ふ　弟の命は　朝露の　消(け)やすき命　神の共(むた)――(万葉一八〇四)⊙かにかくに　物は思はじ　朝露の　わが身一つは　君がまにまに(万葉二六九一)⊙のちつひに　妹は逢はむと　朝露の　命は生けり　恋は繁けど(万葉三〇四〇)⊙ほととぎす　夢かうつゝか　あさつゆの　おきてわかれし　暁のこゑ(古今六四一)⊙あさ露の　おくての山田　かりそめに　うき世中を　おもひぬるかな(古今八四二)⊙朝露の　をか(丘)の萱原　山風に　乱れて物は　秋ぞ悲しき(續千載三五九)〔注〕朝露は、すぐ消えてしまう、はかないもののたとえ。その意を込めて「わが身」「命」にかかる。朝露の降るのを「置く」というので、同音を含む「晩稲(をくて)」「丘」などにかかる(大辞典一―二一六頁、福井一三六頁)。

あさとりの

「あさたつ・かよふ・ねなく」にかかる。〔例〕「朝鳥之」→「朝立」(万葉一七八五)「朝鳥」→「往來」(万葉一九六)「朝鳥之」→「啼耳鳴」(万葉四八三)⊙人と成る　ことは難きを――天離る　夷治めにと　朝鳥の　朝立しつつ　群鳥の　群立ち行けば――(万葉一七八五)⊙飛鳥の　明日香の河の――朝鳥の　通はす君が　夏草の　思ひ萎(しな)えて――(万葉一九六)⊙朝鳥の　音(ね)のみし泣かむ　吾妹子に　今また更に　逢ふよしを無み(万葉四八三)〔注〕いずれも、朝の鳥の動作、様子によって人事にたとえたものという(大辞典一―二一七頁、福井一三六頁)。

あさはふる

「かぜ・なみ」にかかる。〔例〕「朝羽振」→「風」(万葉一三一)「朝羽振」→「浪」(万葉一〇六二)⊙石見の海　角の浦廻を　浦なしと　人こそ見らめ――朝羽振る　風こそ寄せめ――(万葉一三一)⊙やすみしし　わご大君の　あり通ふ――朝羽振る　波の音騒き――(万葉一〇六二)〔注〕朝、鳥が羽を振るように、風や波が勢いよく吹く、寄るの形容(大系万葉一―八〇頁、福井一三八頁)。

あさひさし

「まぎらはし・そがひ」にかかる。〔例〕「安佐日左指」→

「麻伎良波之」（万葉三四〇七）「阿佐比左之」→「曾我比」（万葉四〇〇三）⊙上毛野　眞桑島門（まぐはしまど）に　朝日さし　まぎらはしもな　ありつつ見れば（万葉三四〇七）⊙朝日さし　背向（そがひ）に見ゆる　神ながら——（万葉四〇〇三）〔注〕「まぎらはし」は、まぶしい意。朝日のさすときは、まぶしくて正面に見ることができないから、まぎらはしとかかる。引例の万葉四〇〇三番は「越中立山の賦」で、国府から見ると、東方の立山のうしろから朝日が昇ることになる。背向に見ゆるとは、うしろの方、斜めうしろに見える意である。但し枕詞と見ない説もある（大系万葉四—二三一頁、福井一三六頁、中島四一頁、横山一九頁）。

あさひさす

「かすが・とよ」にかかる。〔例〕「朝烏指」→「滓鹿」（万葉一八四四）「朝日指」→「春日」（万葉三〇四二）「朝日刺」→「豊」（日本霊異記・下三八）⊙冬過ぎて　春來るらし　朝日さす　春日の山に　霞たなびく（万葉一八四四）⊙朝日刺　豊浦（とよら）の寺の　西なるや　おしてや（日本霊異記・下三八）〔注〕朝日が微（かすか）にさしてくる意を「かすか」と同音を含む「春日」にかける。また朝日が美しく輝くのは富裕を示すところから「豊」にかかる。一説に「豊浦寺」にかかるとする。また、枕詞と見ない説もある。なお「朝烏指」の烏は太陽、太陽の中には三足の烏がすみ、月の中には兎がいるという伝説から、烏兎で日月をあらわす（大系万葉三—五九頁、大辞典一—二二一頁、福井一三七頁、横山一九頁）。

あさひてる

「さだ」にかかる。〔例〕「朝日弖流」→「佐太」（万葉一七七）⊙朝日照る　佐太の岡辺に　群れ居つつ　わが泣く涙　止む時も無し（万葉一七七）〔注〕佐太の岡は奈良県高市郡越智岡村佐田（現、高取町）。実景描写と見て枕詞としない説が有力である。従うべきか（大系万葉一—一〇〇頁、福井一三七頁、中島四一頁）。

あさひなす

「まぐはし」にかかる。〔例〕「朝日奈須」→「目細」（万葉三二三四）⊙やすみしし　わご大君——朝日なす　まぐはしも——（万葉三二三四）〔注〕「なす」は接尾語。朝の日の光のように美しい意で「まぐはし」にかかる。「ま」は見る意、「くはし」は麗わしいの意で、朝日のまばゆい程に美しい意。枕詞と見ない説もある（大辞典一—二二二頁、福井一三七頁）。

あさひの

「ゐみさかえ」にかかる。〔例〕「阿佐比能」→「恵美佐迦延」（記三）⊙八千矛の　神の命　萎（ぬ）え草の　女（め）にしあれば――青山に　日が隠らば　ぬばたまの　夜は出でなむ　朝日の　笑み栄え來て　栲綱の　白き腕（記三）〔注〕朝日の昇るさまの光輝き美しく華やかなことから「ゐみさかえ」にかかる。笑み栄えるとは、人の心の歓喜にかがやく意（大系古代歌謡三七頁、横山二〇頁）。

あさびらき

「こぐ・いりえ」にかかる。〔例〕「旦開」→「榜」（万葉三五一）「朝開」→「滂」（万葉一六七〇）「安佐妣良伎」→「許藝」（万葉三五九五）「安佐妣良伎」→「伊里江」（万葉四〇六五）⊙世間を　何に譬へむ　朝びらき　漕ぎ去にし船の　跡なきがごと（万葉三五一）⊙朝びらき　入江漕ぐなる　楫の音の　つばらつばらに　吾家し思ほゆ（万葉四〇六五）〔注〕「あさびらき」とは、港に碇泊している船を朝になって漕ぎ出すこと。ヒラキとは出港の義。港が入江であることから「入江」に冠する。枕詞と見ない説もある（大辞典一―二二二頁、福井一三八頁、中島四二頁）。

あさみどり

「いと・のべ」にかかる。〔例〕⊙浅緑　いとよりかけて　白露を　珠にもぬける　春の柳か（古今二七）⊙浅緑　野邊のかすみは　包めども　こぼれて匂ふ　春の柳か（拾遺四〇）〔注〕「あさみどり」は薄い萌黄色。柳の枝を浅緑の糸にみたてて「いと」に冠し、また春の野の浅緑であることから「野辺」に冠する。「かすみ（霞）」にかかるとの説もある（大辞典一―二二五頁、中島四二頁）。

あさもよい→あさもよひ

あさもよし

「き・きのへ」にかかる。〔例〕「朝毛吉」→「木」（万葉五五）「麻裳吉」→「木」（万葉五四三）「麻毛吉」→「木」（万葉一二〇九）「朝裳吉」→「木」（万葉一六八〇）「朝裳吉」→「城上」（万葉三三二四）「朝毛吉」→「木上」（万葉一九九）⊙あさもよし　紀人羨（とも）しも　亦打山　行き來と見らむ　紀人羨しも（万葉五五）⊙かけまくも　ゆゆしきかも　言はまくも　あやに畏き――麻裳よし　城上の宮を　常宮と　――（万葉一九九）〔注〕「あさも」は麻裳。「よし」の「よ」は詠嘆の助詞。「し」は強意の助詞。麻裳を着る意から「紀の国」にかかるという説があるが、「着る」のキは甲類、「紀の国」のキは乙類であるから、この説は成立しない。また紀の国からよい麻裳を産するからという説もあるが、あまり根拠はない（大系万葉一―三三五頁、福井一三九頁、全注一―二二九頁）。

あさもよひ

「き」にかかる。〔例〕⦿あさもよひ　紀の関守が　たづか弓　ゆるす時なく　あが思へる君（今鏡・一〇・ならのみよ）⦿行けば深山も　あさもよい　木曽路の旅に　出でうよ（謡曲・巴）〔注〕「あさもよひ」は「あさもよし」の変化したもの（大辞典一―二二七頁）。「あさもよし」の項を参照。

あしかきの

「ふる・おもひ・みだる・ほか・まぢか・ひまなく・よしの」にかかる。〔例〕「葦垣乃」→「古」（万葉九二八）「葦垣之」→「思亂」（万葉一八〇四）「蘆垣乃」→「思亂」（万葉三二七二）「安之可伎能」→「保可」（万葉三九七五・三九七七）⦿押照る　難波の國は　葦垣の　古（ふ）りにし郷と　人皆の――（万葉九二八）⦿父母が　成しのまにまに――葦垣の　思ひ亂れて　春鳥の　音のみ泣きつつ――（万葉一八〇四）⦿わが背子に　戀ひすべなかり　葦垣の　外（ほか）になげかふ　吾し悲しも（万葉三九七五）⦿人しれぬ　おもひやなぞと　あしがきの　まぢかけれども　あふよしのなき（古今五〇六）⦿蘆垣の　ひまなくかかる　蜘のいの　ものむつかしく　しげる我戀（金葉四七五）⦿見てもなほ　奥ぞゆかしき　あしかきの　吉野の山の　花のさかりは（続後撰七八）〔注〕のちには「あしがきの」と濁音。葦を組合せて作った垣。吉野にかかるのは、アシが「悪し」に通ずるのを忌んで「善し」にちなみ呼んだものという（大辞典一―二四一頁、広辞苑二二七九頁、福井一四〇頁、中島四三頁）。

あしがちる

「なには」にかかる。〔例〕「安之我知流」→「難波」（万葉四三三一・四三九八）「安之我知流」→「奈介波」（万葉四三六二）⦿天皇の　遠の朝廷と――蘆が散る　難波の御津に――（万葉四三三一）〔注〕難波潟には葦が多く茂り、その花が雪の如くに散る実況をとり、かかるかという。但し枕詞と見ない説もある（福井一四一頁）。

あしかびの→あしのうれの

あじかまの→あぢかまの

あしかもの

「うちむれ・うきね」にかかる。〔例〕⦿惜しと思ふ　人やとまると　芦鴨の　打群れてこそ　我は來にけれ（土佐日記・五）⦿冬の池の　水に流るる　芦鴨の　浮寝ながらに　いくよへぬらむ（後撰四九一）⦿あふ事も　渚にあさる　芦鴨の　憂哭（うきね）をなくと　人しるらめや（金葉四八三）〔注〕「あしかも」は「あしがも」とも。葦辺にすむ鴨がむらがる習性のあるところから「うちむ(群)れ」に、また鴨が「浮寝」をするところから同音の「憂き哭(ね)」にもかかる(福井一四三頁、中島四五頁)。

あじさわう→あぢさはふ

あしたずの→あしたづの

あしたづの

「ねのみなく・たづたづし・おもひみだれて」にかかる。〔例〕「蘆鶴之」→「哭耳所泣」(万葉四五六)「蘆鶴乃」→「多豆多頭思」(万葉五七五)⊙君に恋ひ　いたも為便(すべ)無み　蘆鶴の　哭(ね)のみし泣かゆ　朝夕にして(万葉四五六)⊙草香江の　入江に求食(あさ)る　葦鶴の　あなたづたづし　友無しにして(万葉五七五)⊙わすらるる　時しなければ　あしたづの　おもひみだれて　ねをのみぞなく(古今五一四)⊙験なき　思やなぞと　あしたづの　音(ね)になくまでに　あはすわびしき(後撰六四六)⊙あしたづの　音(ね)にのみ鳴きて　年も経ぬ　哀れと思へ　和歌の浦人(新千載一九五七)〔注〕「あしたづ」は葦の多く生えているところにいるということから、鶴の異名となる。「ねなく」は声をあげて泣くこと。「たづたづし」は心細い、危っかしい、おぼつかないの意で、平安以後の「たどたどし」と同じである(大系万葉一―二七一頁、福井一四三頁、全注三―四一九頁)。

あしつつの

「ひとへ」にかかる。〔例〕⊙難波潟　かりつむ蘆の　あしつつの　ひとへも君を　我や隔つる(後撰六二六)〔注〕「あしつつ」は葦の茎の内側にある「あま皮」のこと。葦筒の薄くてひと重であることから「ひとへ」にかかる(福井一四三頁)。

あしねはう→あしねはふ

あしねはふ

「うき・した」にかかる。〔例〕⊙芦根はふ　うきは上こそ　つれなけれ　下は下はえ　ならず思ふ心を(拾遺八九三)⊙あらたまの――芦根はふ　下にのみこそ　しづみけれ――(拾遺五七一)〔注〕泥の浮洲を「うき」という。芦の根生う泥土(うき)ということから同音の「憂(う)き」にかけ、また心のことを「した(下)」という(福井一四四頁)。

あしのうれの

「あし」にかかる。〔例〕「葦若末乃」→「足」(万葉一二八)⊙わが聞きし　耳に好く似る　葦のうれの　足痛(あしひ)くわが背　勤めたぶべし(万葉一二八)〔注〕「葦若末乃」を「アシカビノ」と訓む説がある。「うれ」は植物の生長する先端をさす語。「足痛」も「アシナヘ」「アナヤム」と訓む説もある。いずれにせよ足に病いがあるのである(大系万葉一―七八頁、福井一四二頁、横山二二頁、全注二―一一六頁)。

あじのすむ↓あぢのすむ

あしのねの

「ねもころ・よ・よはきこころ・よなよな・みじかきよは・わく・うき」にかかる。〔例〕「葦根之」↓「懃」(万葉一三二四)⊙葦の根の　ねもころ思(も)ひて　結びてし

玉の緒といはば　人解かめやも(万葉一三二四)⊙難波女に　みつとはなしに　あしのねの　よの短くて明くるわびしさ(後撰八八八)⊙あしのねの　よはき心は　うきごとに

まづ折れふして　ねぞなかれける(古今六帖三・水)⊙螢とぶ　野沢にしげる　あしのねの　よなよな下に　かよふ

秋風(新古今二七三)⊙難波なる　みつともいはじ　あしのねの　短き夜半の　十六夜の月(続後撰二〇九)⊙深くのみ

思ふ心は　あしのねの　わけても人に　あはんとぞ思ふ(後撰六八一)⊙あしのねの　うき身の程と　しりぬれば

恨みぬ袖も　波は立ちけり(後拾遺七七一)〔注〕「ね」のくりかえしから「ねもころ」に、葦根には「節(よ)」があるところから「よ」で始まる言葉にかかる。その節が短いところから「みじかき」に、根が繁茂して分かれるので「分く」に、葦の根が泥土(うき)の中にあるので「憂き」にかかるという(大辞典一―二五四頁、福井一四四頁、中島四五頁)。

あしはらの

「みづほのくに」にかかる。〔例〕「葦原乃」↓「水穂之國」(万葉一六七・一八〇四)「葦原笑」↓「水穂之國」(万葉三二二七)「葦原能」↓「美豆保國」(万葉四〇九四)⊙天地の　初の時　ひさかたの　天の河原に――葦原の　瑞穂の國を　天地の　寄り合ひの極――(万葉一六七)〔注〕瑞穂國はよい稲の多くとれる國、日本をさす。「みづ」は生き生きとして豊かな意。但し枕詞と見ない説もある(大系万葉一―九七頁、福井一四四頁、中島四六頁)。

あしひきの

「やま・みね・やつを・いはね・このま・をてもこのも・こなたかなた・あらし・たかかづら・やまと・やまぶき・やまひ」などにかかる。〔例〕「阿志比紀能」↓「夜麻」(記七八)「阿資臂紀能」↓「椰摩」(紀六九)「安志比支乃」↓「也末」(神樂歌一〇)「阿志比支乃」↓「夜万」(雑歌しらげ歌二一)「足日木乃」↓「山」(万葉一〇七・二六七・四六六・一四一六・一六一一・一六三二・一七六一・一七六二・二一五六・二二〇〇・二八〇二或本歌・三

〇〇二）「足日木乃」↓「夜麻」（万葉四二七八）「足日木之」↓「山」（万葉一八六四・二六四九・二六九四・四二二五）「足病之」↓「山」（万葉一二六二）「足氷木乃」↓「山」（万葉四六〇・一四一五）「足檜木乃」↓「山」（万葉四七七・一九四〇・二三五〇・四一八〇）「足引乃」↓「山」（万葉五八〇・六六九・七二一・九二七・一〇八八・一二四二・一四六九・一五八七・二三九六・二七六七）「足引之」↓「御山」（万葉九二〇）「足引乃」↓「此片山」（万葉三八八五・三八八六）「足檜之」↓「山」（万葉一三四〇・二七六〇・二八〇二・三〇一七・三〇五一）「足引乃」↓「山」（万葉二七六七）「足檜木之」↓「山」（万葉三〇五三）「足疾乃」↓「山」（万葉六七〇）「足引之」↓「山」（万葉六六九）「足比奇乃」↓「山」（万葉一四二五）「足日木篦」↓「山」（万葉一六〇三）「足日木能」↓「山」（万葉一〇八・一六二九・二六一七・三二七六）「蘆檜木笶」↓「荒山中」（万葉一八〇六）「足比木乃」↓「山」（万葉一八二四）「足曳之」↓「山」（万葉一八四二・二三二九・二三一三・三七八九・三七九〇）「足日木笶」↓「山」（万葉二一四八）「足引」↓「山」（万葉二三一五・二三二四・二四七七）「惡氷木乃」↓「山」（万葉二七〇四）「足檜木之」↓「山」（万葉三〇五三・三三三五）「足檜乃」↓「山」（万葉三一八九）「足檜乃」↓「片山」（万葉三三一〇）「足日木」↓「山」（万葉三二九一或書・四二一四）「蘆檜木乃」↓「山」（万葉三三三八）「葦引乃」↓「野行山行」（万葉三三三九）「安志比奇乃」↓「夜末」（万葉三四六二・四一五四）「安志比紀乃」↓「夜麻」（万葉四二一〇）「安之比奇能」↓「夜麻」（万葉三五七三・三六八〇・三七〇〇・三七二三・三九一一・三九一五・三九七〇・三九七三・三九八一・三九九三・四〇七六・四一二二・四一三六・四一五六・四一六〇・四二〇三・四二九三・四二九四）「安思比奇能」↓「夜麻」（三九六二）「安思比奇能」↓「山」（万葉三六五五・三九八三）「安思必寄能」↓「山」（万葉三六八七）「安之比紀乃」↓「山」（万葉三九五七）「安之比紀能」↓「夜麻」（万葉三九六九）「阿之比奇能」↓「夜麻」（万葉三九七八・四一一一）「安之比奇乃」↓「山」（万葉四一六九）「安之比奇乃」↓「夜麻」（万葉四四七一・四四八四）「足引乃」↓「峯」（万葉四一五一）「足引之」↓「八峯」（万葉四一四九）「安之比奇能」↓「八峯」（万葉四一六四）「足日木能」↓「石根」（万葉四一四）「足引乃」↓「許乃間」（万葉一四九五）「足檜乃」↓「下風」（万葉二六七九）「安之比奇能」↓「乎氏母許乃毛」（万葉四〇一一）「足曳之」↓「玉縵」（万葉三七九〇）⦿あしひきの　山の

しづくに　妹待つと　われ立ち濡れぬ　山のしづくに（万葉一〇七）⊙愛子（いとこ）　吾背（なせ）の君――あしひきの　この片山に――（万葉三八八五）⊙今日の爲と思ひて標（し）めし　あしひきの　峰（を）の上（へ）の櫻　かく咲きにけり（万葉四一五一）⊙あしひきの　八峰（やつを）の雉　鳴き響（とよ）む　朝明（あさけ）の霞　見ればかなしも（万葉四一四九）⊙あしひきの　石根こごしみ　菅（すが）の根を　引かば難（かた）みと　標（しめ）のみそ結（ゆ）ふ（万葉四一四）⊙あしひきの　木（こ）の間立ち濳（く）く　霍公鳥　斯く聞きそめて　後戀ひむかも（万葉一四九五）⊙窓越しに　月おし照りて　あしひきの　嵐吹く夜は　君をしそ思ふ（万葉二六七九）⊙大君の　遠の朝廷そ　み雪降る――あしひきの　彼面此面（をてもこのも）に――（万葉四〇一一）⊙あしひきの　玉縵（たまかづら）の兒　今日の如　いづれの隈（くま）を　見つつ來にけむ（万葉三七九〇）⊙あしびきの　大和ことひの　牛なれば　おも白くこそ　けふは引きけれ（古今六帖三二八四）⊙あしびきの　山吹の花　散りにけり　ゐでのかはづは　今や鳴くらん（新古今一六二）⊙あしびきの　こなたかなたに　道はあれど　都へいざと　いふ人ぞなき（新古今一六八八）⊙あしびきの　病（やまひ）はすとも　ふみ通ふ　あとをも見ぬは　苦しきものを（後撰六三二）⊙あしひきの　耳なし山に　立つ鹿もいま恋ひすらし　聞く人なしに（堀川百首）〔注〕「あしひき」は平安末頃から「あしびき」と濁音とする。上代の用例で一字一音の仮名書きとなっている場合は「キ」は乙類の仮名が使われている。しかし万葉集には「足引」「足曳」など訓仮名で表記した例も中期以降に見え、この場合の「キ」は甲類音である。したがって万葉中期には、すでに原義が不明になっていて、当時の語源解釈からこのような文字を当てるようになったと推定される。また平安時代のアクセントでは「アシヒキノ」の「アシ」は「足」のアクセントとは異なり「葦」と同一であったという。「あしひき」は、山はあえぎつつ足を曳いて登るからとか、山の裾の長く延えた義とかいう。万葉の頃には「あしひき」は山の総称となり、「やま」に関する諸語に冠するようになったという。また「あしひき」は「馬醉木（あしびき）」であるとの説もある。「馬醉」を「いはもち」というところから「岩根」にかかるのかもしれないという（大辞典一―二五五頁、福井一四五頁、大塚二〇頁、横山二五頁）。

あしびなす

「さかゆ」にかかる。〔例〕「安志妣成」→「榮」（万葉一一二八）⊙馬醉木（あしび）なす　榮えし君が　掘りし井の

石井の水は　飲めど飽かぬかも(万葉一一二八)〔注〕馬酔木は山野に自生する常緑の灌木で、初夏に白い花をつける。アセミ、アセボともいう。葉に毒があり、これを馬が喰うと酔つて足なえるという(福井一四八頁)。

あしほやま

「あし」にかかる。〔例〕「安之保夜麻」→「安志」(万葉三三九一)⊙筑波嶺に　背向(そがひ)に見ゆる　葦穂山悪(あ)しかる咎も　さね見えなくに(万葉三三九一)〔注〕葦穂山は常陸国の筑波山系の一部で、別称は平波頭勢山、足尾山。但し、「あしほやま」は同音の「アシカル」を導く序であって枕詞ではないとの説もある(大系万葉一―四一八頁、中島四八頁、全注十四―一二一頁)。

あじむらの→あぢむらの

あすかがは

「あす・ながれてはやき」にかかる。〔例〕「明日香川」→「明日」(万葉一九八・二七〇一)⊙明日香川　明日だに見むと　思へやも　わご王の　御名忘れせぬ(万葉一九八)⊙昨日といひ　けふとくらして　あすかがは　流れてはやき
　月日なりけり(古今三四一)〔注〕明日香川の「あす」と同音の「明日」にかかる。枕詞と見ない説もある(大系古今一六七頁、大辞典一―二六五頁、福井一四九頁、中島四八頁)。

あずさゆみ→あづさゆみ

あだへゆく

「をすてのやま」にかかる。〔例〕「安太部去」→「小爲手乃山」(万葉一二一四)⊙安太(あだ)へ行く　小爲手(をすて)の山の　眞木の葉も　久しく見ねば　蘿生(こけむ)しにけり(万葉一二一四)〔注〕安太については、奈良県五条市の阿太付近とする説もあるが、前後が紀伊の歌であるところから、和歌山県有田郡吉備町から有田市にかけての「英多(あた)」(和名抄)の地であろうとされている。なお、阿太部は、魚梁で魚をとり、また鵜養をする人びとの集団か(大系万葉二―二二四頁、三―二二五頁、福井一四九頁)。

あたまもる

「つくし」にかかる。〔例〕「賊守」→「筑紫」(万葉九七一)⊙白雲の　龍田の山の――敵(あた)守る　筑紫に至り――(万葉九七一)〔注〕アタは室町時代まで清音であった。筑紫には水城などを築いて防人を置き守らしめたことから「つくし」に冠する。但し枕詞と見ない説もある(福井一四九頁、中島四九頁)。

あぢかまの

「しほつ・かた・かけ」にかかる。〔例〕「味鎌之」→「塩津」（万葉二七四七）「阿遅可麻能」→「可多」（万葉三五五一）「安治可麻能」→「可家」（万葉三五五三）⊙あぢかまの　塩津を指して　漕ぐ船の　名は告りてしを　逢はざらめやも（万葉二七四七）⊙あぢかまの　潟に咲く波　平瀬にも　紐解くものか　かなしけを置きて（万葉三五五一）⊙あぢかまの　可家（かけ）の水門（みなと）に　入る潮（しほ）の　こてたずくもか　入りて寝まくも（万葉三五五三）〔注〕「あぢ」は「あぢかも」で巴鴨（ともえがも）の異名。「かま」は「かも」、渡り鳥のアヂ・カモのいる所の意で、塩津・潟・可家にかかる。塩津は琵琶湖の北端の港。可家は愛知県知多郡上野町加家から横須賀町横須賀に続く低地（大系万葉三―二三四頁、四五二頁、大辞典一―二四二頁）。

あちかをし

「ちか」にかかる。〔例〕「阿遅可遠志」→「智可」（万葉八九四）⊙神代より　言ひ傳て來らし――あちかをし　値嘉（ちか）の岬（さき）より――（万葉八九四）〔注〕「あてかをし」と訓む説もある。「あちか」の語義未詳。「をし」は詠嘆の助詞。値嘉岬については、長崎県北松浦郡に小値嘉島があるが、昔は平戸島を指したという。引例は、山上憶良が遣唐大使多治比広成に献る歌である（大系万葉二―一〇三頁、大辞典一―二三九頁、事典四三〇頁、福井一五四頁、土屋文明『万葉紀行』四四頁）。

あぢさはふ

「め・よるひるしらず」にかかる。〔例〕「味澤相」→「目」（万葉一九六・九四二・二五五五・二九三四）「味澤相」→「宵晝不知」（万葉一八〇四）⊙飛鳥の　明日香の河の――あぢさはふ　目言（めごと）も絶えぬ――（万葉一九六）⊙父母が　成しのまにまに――味さはふ　夜晝知らず　かぎろひの　心燃えつつ　悲しび別る（万葉一八〇四）〔注〕アヂカモが多く集まっている意から、群（むれ）の約「メ」にかかるという説もあるが不可という。「味澤相」を「うまさはふ」と訓み、うまし（味）あは（粟）ふ（生）＝味のよいアワが生えている意から「め（群生）」にかかるとする説、「あぢさは（障）ふ」＝アジカモをいつもさえぎっている意から、アジカモを捕える網の「目（め）」にかかり、昼夜を問わず網を張っておくところから「夜晝知らず」にかかるとする説などがある（大系万葉一―三四四頁、大辞典一―二四六頁、福井一五〇頁）。

あぢのすむ

「すさ」にかかる。〔例〕「味乃住」→「渚沙」（万葉二七五一）「阿遅乃須牟」↓「須沙」（万葉三五四七）⊙あぢの住む　渚沙（すさ）の入江の　荒磯松　吾を待つ児らは　ただ一人のみ（万葉二七五一）〔注〕味鴨（＝ともえがも）の多くすむところから、その地の特徴として「渚沙」にかかるとも、また実景として枕詞と見ない説もある。また、アジのすむ渚（す）の意で、同音を含む「須佐」にかかるともいう。須佐は和歌山県有田市内の須佐とも、愛知県知多郡豊岡町の須佐湾かともいう（大系万葉三―二三五頁、四五一頁、大辞典一―二五四頁、事典四三〇頁）。

あぢむらの

「かよひ・とをよる・さわぐ」にかかる。「味村乃」↓「去來」（万葉四八五）「安治村」↓「十依」（万葉一二九九）「安治牟良能」↓「佐和伎」（万葉四三六〇）⊙神代より　生（あ）れ繼ぎ來れば——あぢ群（むら）の　去來（かよひ）は行けど——（万葉四八五）⊙あぢ群の　とをよる海に　船浮（う）けて　白玉採ると　人に知らゆな（万葉一二九九）⊙皇神祖（すめろき）の　遠き御代にも——あぢ群の　騒き競（きほ）ひて——（万葉四三六〇）〔注〕「あぢむら」（アジカモの群）はいつも群がって騒しく鳴く鴨の意で「騒ぎ（競ひ）」にかかり、そのあぢ鴨の群のように行き来している意で「去來（かよひ）」にかかる。また、アジカモの群が弓なりに列をなして空から降下してくる意の「とをよる」にかかる。トヲはタワと同じで、たわみまがる意。万葉四八五番の「去來」を「イザ」と訓む説もある（大系万葉二―二四四頁、大辞典一―二五八頁、事典四三〇頁、中島五〇頁、全注四―一九頁）。

あづさゆみ

「いそ・いちし・ひく・ゐる・はる・はるかに・こころ・たつ・おと・もと・すえ・おもはず・つる・つま・よる・や・かへる」などにかかる。〔例〕「安津佐由美」↓「波留」（神楽歌二〇）「梓弓」↓「引」（万葉九八・三一一・一二七九・一九三〇・二五〇五・二六四〇・二九八六・二九八七・二九八九）「梓弓」↓「爪引」（万葉五三一）「梓弧」↓「爪」（万葉四二一四）「梓弓」↓「聲」（万葉二〇七）「梓弓」↓「音」（万葉二一七）「梓弓」↓「春」（万葉一八二九）「梓弓」↓「末」（万葉二六三八・二九八五〈二例〉・二九八八・三一四九・三四九〇）「梓弓」↓「末（周淮）」（万葉一七三八）「安豆左由美」↓「須恵」（万葉三四八七）「安都左由美」↓「須恵」（万葉三四九〇）「安豆左由美」↓「欲良」（万葉三四八九）「梓弓」↓「都良」（万葉九九）「阿豆佐由美」↓「多弖理」（記八九）⊙梓弓　引かばまにまに　依らめども　後の心を　知りかてぬかも（万葉九八）

⦿梓弓　爪引(つまひ)く夜音(やと)の　遠音(とほと)にも　君が御幸を　聞かくし好しも(万葉五三一)⦿天飛ぶや　輕の路は——梓弓　聲(おと)に聞きて——(万葉二〇七)⦿梓弓　春山近く　家居れば　續ぎて聞くらむ　鶯のこゑ(万葉一八二九)⦿梓弓　末の原野に　鷹狩(とがり)する　君が弓弦の　絶えむと思へや(万葉二六三八)⦿梓弓　欲良(よら)の山邊の　繁(しげ)かくに　妹ろを立てて　さ寢處(ねど)拂ふも(万葉三四八九)⦿梓弓　弦緒(つらを)取りはけ　引く人は　後の心を　知る人そ引く(万葉九九)⦿梓弓ひきのつゞら　すゑつひに　わがおもふ人に　ことのしげけん(古今七〇二)⦿梓弓　春の山邊を　こえくれば　道もさりあへず　花ぞちりける(古今一一五)⦿梓弓　いそべのこまつ　たが世にか　よろづよかねて　たねをまきけん(古今九〇七)⦿梓弓　一志(いちし)の浦の　春の月　海士(あま)の拷繩(たくなわ)　よるもひくなり(新勅撰一二九二)⦿梓弓　はるかに見ゆる　山の端を　いかでか　さして入るらむ(拾遺五三三)⦿梓弓　おもはずにして　入りにしを　さもねたく　引留めてぞ　臥すべかりける(拾遺五六八)⦿思はずに　いるとは見えき　梓弓　帰らばかへれ　人のためかは(後拾遺一〇四〇)⦿うらやまし　いる身ともがな　梓弓　伏見の里の　花のまどゐに(後拾遺七九)⦿梓弓　矢野の神山　春かけて　霞は空に　たなびきにけり(續拾遺二七)⦿梓弓　ゐてもかひなき　身にしあれば　今日の圓居に　はづれぬるかな(新拾遺一八〇〇)⦿梓弓　磯間の浦に　引く網の　目にかけ乍ら　逢はぬ戀かな(新後拾遺)⦿梓弓　つるの命も　かからなむ　君を譬へに　人はひくとも(古今六帖一一五)⦿あづさ弓　入佐の山は　秋霧の　あたる毎にや　色まさるらん(後撰三七九)⦿八年まで　手慣したりし　梓弓　帰るを見るに　ねぞ泣かれける(千載九七一)⦿梓弓　引く手あまたに　なりぬとも　もとの心を　忘れずもがな(新千載一三二二)⦿ひくかたは　あまたありとも　梓弓　もとの心の　かはらずもがな(續千載一三九八)⦿神無月　はれみはれずみ　梓弓　小塩の山は　すぐれてぞ行く(夫木)⦿梓弓　矢矧の里のかはさくら　花にのみいる　わが心かな(夫木三一)⦿梓弓　や田の広野の　草しげみ　分け入る人や　道まどふらむ(玉葉四〇六)⦿梓弓　かへるあしたの　思には　ひきくらぶべき　物のなきかな(金葉五一三)⦿君がため　わが取りきつる　梓弓　もとの都に　かへさざらめや(新葉一一三三)⦿隠國の　泊瀬の山——槻弓の伏(こや)る伏るも　梓弓　立てり立てりも　後も取り見る　思ひ妻あはれ(記八九)〔注〕梓弓は梓の木で作った丸木の弓。狩や神事に、また巫女が梓弓の弦を鳴らして口寄せをするなどに用いる。かかり方は、いずれも弓の弦を引くこと、射る音、また弓の各部の名称などにかかわる(大系万葉三―四三九頁、大辞典一―二七二頁、広辞苑三八頁、事典四三〇頁、福井一五二頁、中島五一頁)。

あてかをし

「ちか」にかかる。〔例〕「阿庭可遠志」→「智可」(万葉八九四)〔注〕異本により「遅」が「庭」となっているのによる。「あちかをし」の項を参照。

あはしまの

「あはじ」にかかる。〔例〕「粟嶋之」→「不相」(万葉三一六七)「安波思麻能」→「安波自」(万葉三六三三)⦿粟島の　逢はじと思ふ　妹にあれや　安眠(やすい)も寝ずて　吾が恋ひ渡る(万葉三六三三)〔注〕同音のくり返しで動詞「逢ふ」の未然形「逢は(じ)」にかかる。粟島の所在については、阿波国、紀伊国名草郡、讃岐国木田郡などに比定されるが不詳(大系万葉四―七一頁、大辞典一―五三〇頁、福井一五四頁、中島五二頁)。

あはぢしま

「あはれ」にかかる。〔例〕「淡路嶋」→「呵怜」(万葉三一九七)⦿住吉の　岸に向へる　淡路島　あはれと君と　言はぬ日は無し(万葉三一九七)〔注〕同音反覆により「あはれ」にかかる。枕詞と見ない説もある(大系万葉三―三二四頁、福井一五三頁、中島五二頁)。

あふことの

「かたいと・かたがい・かたの」にかかる。〔例〕⦿あふ事の　片絲そとは　知りながら　玉の緒ばかり　何によりけむ(後撰五五一)⦿逢事の　かた蓋(がい)がりて　君こずば　思ふ心の　たがふばかりぞ(後撰八一八)⦿あふことの　交野(かたの)に今は　なりぬれば　思ふがりのみ　ゆくにやあるらむ(金葉八)〔注〕片糸とは撚り合せぬ糸。「かたがい」は「方飼」で、馬などの飼い方が十分でないこと、よく飼いならされていないことをいう(大辞典二―一三三〇頁、福井一五五頁、大塚二七頁、中島五三頁)。

あふことは

「かた」にかかる。〔例〕⦿あふことは　堅田の浦の　沖津波　立つ名ばかりや　契なるらむ(新拾遺一〇二七)⦿逢事は　かたわれ月の　雲がくれ　おぼろげにやは　人の恋しき(拾遺七八四)⦿あふ事は　かたのの里の　ささの庵　しのに露散る　夜はの床かな(古今一一一〇)⦿逢ふ事は　交野のみのの　真葛原　恨みもあへず　露ぞこぼるる(續千載一二一二)⦿逢ふ事は　片山蔭の　真木の葉の　つれ

なき色に　時雨初めつつ(新千載一五三一)⊙逢ふことは片結びなる　白糸の　とけぬ恨に　としぞへにける(續後拾遺七六五)⊙逢ふことは　かたゐざりする　みどりごの　たたん月なく　逢はじとやする(拾遺六七九)〔注〕逢うことは難しいう意で「かたし」と同音を含む「かたたの浦・かたわれ月・かたのの里・交野・片山陰・片結び・かたゐざり」などにかかる。片躄(かたゐざり)とは、小児などが片膝ではっていくことをいう(大辞典二―一三二六頁、福井一五五頁、中島五三頁)。

あふさかの

「せき」にかかる。〔例〕⊙逢坂の　関とめらるる　我なれば　近江てふらむ　方も　知られず(後撰八六〇)〔注〕関と「塞(せき)」をかけている。逢坂は山城と近江の境にあり、古くは著名な関所があった(福井一五五頁)。

あまおぶね→あまをぶね

あまかぞふ→そらかぞふ

あまくもの

「たふたふ・ゆくらゆくら・うく・はるる・はるか・たどきもしらず・ゆきかへり・ゆきのまにまに・おくかもしらず・わかれ・よそ・いかづちのをか」にかかる。〔例〕「天雲之」→「絶多不」(万葉二八一六)「天雲乃」→「絶多比」(万葉三〇三一)「安麻久毛能」→「多由多比」(万葉三七一六)「天雲之」→「行莫々」(万葉三二七二)「安麻久毛乃」→「多度伎毛思良受」(万葉三八九八)「天雲乃」→「去還」(万葉四二四二)「天雲乃」→「行之随尓」(万葉三三四四)「天雲之」→「奥香裳不知」(万葉三〇三〇)「天雲乃」→「別」(万葉一八〇四)「天雲之」→「外」(万葉五四六・五四七・三二五九)「天雲之」→「雷之上」(万葉二三五)⊙うらぶれて　物な思ほし　天雲の　たゆたふ心　わが思はなくに(万葉二八一六)⊙うち延(は)へて　思ひし小野は――天雲の　ゆくらゆくらに――(万葉三二七二)⊙大船の　上にし居れば　天雲の　たどきも知らず　歌乞わが背(万葉三八九八)⊙天雲の　去(ゆ)き還りなむ　もの故に　思ひそわがする　別れ悲しみ(万葉四二四二)⊙この月は　君來まさむと　大船の　思ひたのみて――天雲の　行きのまにまに――(万葉三三四四)⊙思ひ出でて　爲方(すべ)なき時は　天雲の　奥處(おくか)も知らず　戀ひつつそ居る(万葉三〇三〇)⊙父母が　成しのまにまに――天雲の　別れし行けば――(万葉一八〇四)⊙三香の原　旅の宿りに――天雲の　外(よそ)のみ見つつ――(万葉五四六)⊙大君は　神にし座(ま)せば　天雲の　雷の上に　廬(いほ)らせるかも(万葉二三五)⊙あまぐもの　よそにも人

の　なりゆくか　さすがにめには　みゆるものから(古今七八四)⊙あふことの　まれなる色に　おもひそめ　我身はつねに　あまぐもの　はるるときなく　ふじのねの　もえつゝとはに――(古今一〇〇二)⊙あまくもの　はるかなりつる　かつらがは　そでをひでても　わたりぬるかな(土佐日記・承平五年二月十六日)⊙あま雲の　浮きたることと　ききしかど　猶ぞ心は　そらになりにし(後撰一一四三)⊙あまぐもの　よそにのみして　ふることは　わが居る山の　風はやみ也(伊勢物語一九)〔注〕古くは「あまくもの」と清音。天雲のように動揺して定まらぬさま、往來するさまなどから、それぞれの言葉にかかる。全てについて、必ずしも枕詞と見るわけではなく、異論もある(福井一五六頁、中島五四頁)。

あまごもり

「みかさのやま」にかかる。〔例〕「雨隠」→「三笠乃山」(万葉九八〇)⊙雨隠(あまごも)り　三笠の山を　高みかも　月の出で来ぬ　夜は降(くた)ちつつ(万葉九八〇)〔注〕雨に降られて隠れこもる御笠の意で三笠の山にかかる(大辞典一―四〇四頁、福井一五七頁、中島五五頁、全注六―一五六頁)。

あまころも

「たのみ」にかかる。〔例〕「安万古呂毛」→「多見乃」(神楽歌三七)⊙難波潟　潮満ちくれば　海人衣　海人衣(あまころも)　田蓑(たみの)の島に　鶴立ちわたる(神楽歌三七)⊙あまごろも　たみのの島に　鳴くたづの　声ききしより　忘れかねつも(金槐集・恋)〔注〕「海人衣」→「雨衣」と同音で、雨に縁のある蓑(みの)と続き、みのと同音を含む田蓑島にかかる。田蓑島の所在については、天王寺の傍らとか、神崎川の西岸、佃の辺りなどという(大系古代歌謡三一三頁、大辞典一―一九六頁)。

あまざかる

「ひな・むかつ」にかかる。〔例〕「天離」→「夷」(万葉二九・二二七・二五五・一〇一九・一七八五・四一八九)「天佐我留」→「夷」(万葉五〇九)「天疎」→「夷」(万葉三二九一)「阿麻社迦留」→「比奈」(万葉八八〇)「安麻射可流」→「比奈」(万葉三六〇八・三六九八・三九七三・四〇〇〇・四〇〇八・四〇一一・四〇一九)「安麻射加流」→「比奈」(万葉三九四八・三九四九・三九五七・三九六二・三九七八)「安麻射可流」→「夷」(万葉四一六九)「安万射可流」→「比奈」(万葉四〇八二)「安末射可流」→「比奈」(万葉四一一三)「阿磨佐箇屢」→「避奈」(紀三)⊙玉襷(たまたすき)　畝火(うねび)の山の――天離

（あまざかる） 夷（ひな）にはあれど――（万葉二九）⊙撞賢木嚴之御魂（つきさかきいつのみたま） 天疎（あまさかる）向津媛命（むかつひめのみこと）（日本書紀巻第九）〔注〕「天離る」は空遠く離れている意。「夷」は都に対する地方の意（大系万葉一―二四九頁、大辞典一―四〇四頁、福井一五七頁）。

あまだむ

「かる」にかかる。〔例〕「阿麻陀牟」→「加流」（記八三・八四）「阿摩儾霧」→「箇留」（紀七一）⊙天飛（あまだ）む輕の孃子 甚（いた）泣かば 人知りぬべし 波佐の山の鳩の 下泣きに泣く（記八三）〔注〕「天飛ぶ雁」の意で「雁」と同音の「輕」にかかる。「あまとぶや」の項を参照。

あまつそら

「とよのあかり」にかかる。〔例〕⊙あまつ空 とよのあかりに みし人の 猶面影の しひて戀ひしき（新古今 一〇〇四）〔注〕「天つ空」は禁中をさす。「とよのあかり」豊明節会は毎年十一月新嘗祭の翌日に催される饗宴。そのとき五節舞に奉仕する舞姫は、王臣諸氏の子女から選任する慣わしであった（林屋辰三郎『中世芸能史の研究』一五七頁）。

あまつたふ

「ひ・いりひ」にかかる。〔例〕「天傳」→「日」（万葉一一七八・三二五八・三八九五）「天傳」→「入日」（万葉一三五）⊙あらたまの 年は來去きて――松が根の 待つこと遠く 天傳ふ 日の闇（く）れぬれば 白木綿の わが衣手も 通りて濡れぬ（万葉三二五八）⊙つのさはふ 石見の海の――雲間より 渡らふ月の 惜しけども 隠ろひ來れば 天つたふ 入日さしぬれ 大夫と 思へるわれも――（万葉一三五）〔注〕天を伝い渡る「日」の意で、「日」および「日」と同音を含む語にかかる（大系万葉二―一二〇頁、大辞典一―四一二頁、事典四三一頁、福井一五九頁）。

あまつつみ

「とまり」にかかる。〔例〕「雨乍見」→「留」（万葉二六八四）⊙笠無みと 人には言ひて 雨障（あまつつ）み 留（とま）りし君が 姿し思ほゆ（万葉二六八四）〔注〕雨障みとは、雨に降られて外に出ず、家にとぢこもっている意で、「とまり」にかかる。但し枕詞と見ない説もある（大系万葉三―二二一頁、大辞典一―四一二頁、福井一五九頁）。

あまつみづ

「あふぎてまつ」にかかる。〔例〕「天水」→「仰而待」（万葉一六七）「安麻都美豆」→「安布藝弖曾麻都」（万葉四一二二)⊙天地の　初の時　ひさかたの　天の河原に──四方の人の　大船の　思ひ憑みて　天(あま)つ水　仰ぎて待つに　いかさまに　思ほしめせか──(万葉一六七)〔注〕日照り続きのとき、空を仰いで雨の降るのを待つというところから「仰ぎて待つ」にかかる(大系万葉一―九七頁、福井一五九頁、全注二―二七一頁)。

あまてるや

「ひ」にかかる。〔例〕「天光夜」→「日」(万葉三八八六)⊙おし照るや　難波の小江に──天光(あまて)るや　日の氣に干し──(万葉三八八六)〔注〕「あまてる」は大空に照り輝く日という意で「日」にかかる。枕詞と見ない説もある(大辞典一―四一三頁、福井一六〇頁)。

あまとぶや

「とり・かり・かる・ひれ」にかかる。〔例〕「阿麻等夫夜」→「等利」(万葉八七六)「天飛也」→「鴈」(万葉二二三八)「安麻等夫也」→「可里」(万葉三六七六)「天飛也」→「輕」(万葉二〇七・二六五六)「天翔哉」→「輕」(万葉五四三)「天飛也」→「領巾」(万葉一五二〇)⊙天(あま)飛ぶや　鳥にもがもや　都まで　送り申(まを)して　飛び帰るもの(万葉八七六)⊙天飛ぶや　雁のつばさの覆羽(おほひば)の　何處(いづく)漏りてか　霜の降りけむ(万葉二二三八)⊙天飛(あまと)ぶや　輕の路は──(万葉二〇七)⊙牽牛(ひこほし)は　織女(たなばたつめ)と　天地(あめつち)の　──天飛ぶや　領巾(ひれ)片敷き──(万葉一五二〇)〔注〕大空を飛ぶの意から「鳥・雁」にかけ、「雁」と類音の「軽」にかかる。「領巾」は天を飛ぶ呪力のあるものとして考えられたからとの説、軽いため飛行の具として考えられたとする説などがある。「鳥・雁・領巾」については枕詞と見ない説がある(大辞典一―四一三頁、事典四三一頁、福井一六〇頁)。

あまのがは

「みづかげぐさ」にかかる。〔例〕「天漢」→「水陰草」(万葉二〇一三)⊙天の河　水陰草の　秋風に　なびくを見れば　時は來にけり(万葉二〇一三)〔注〕中島著(五六頁)に採録するが、枕詞と見ない説が有力である(福井一六一頁)。

あまのがわ→あまのがは

あまのはら

「ふじ・そら・ふりさけみれば」にかかる。〔例〕「天原」→「振放見者」(万葉三一七)「安麻乃波良」→「不自」(万葉三三五五)⊙天の原　富士の柴山　木の暗の　時移りなば　逢はずかもあらむ(万葉三三五五)⊙天地の　分れし時ゆ――駿河なる　布士の高嶺を　天の原　振り放け見れば――(万葉三一七)⦿あまの原　ふりさけみれば　かすがなる　みかさの山に　いでし月かも(古今四〇六)⦿あまの原　そらさへさえや　渡るらん　氷と見ゆる　冬の夜の月(拾遺二四二)〔注〕「天の原」は広々とした大空の意。その大空の「空」と続き、大空に高くそびえ立っているところから「富士」山にかけ、また、大空のはるかなるより「ふりさけみれば」にかかる(大辞典一―四二〇頁、中島五六頁)。

あまびこの

「おと」にかかる。〔例〕⦿あまびこの　おとづれじとぞ今は思ふ　我か人かと　身をたどる世に(古今九六三)⦿ちはやぶる　神のみよより　くれ竹の　世々にもたえず　あまびこの　おとはの山の　はるがすみ――(古今一〇〇二)⦿みなかみや　雲井なるらん　あまびこの　音羽の滝ぞ　空にきこゆる(夫木二六)〔注〕「天彦」は天にひびく音。「山彦」と同じで「こだま」の意。または天上の人の意。ひいては(ヒビキ)の略転という。「あまびこの音」いうつゞきで、同音の「音」を含む動詞「おとづれ(訪れ)」及び地名「音羽(山・滝)」にかかる(大辞典一―四二一頁、中島五七頁)。

あまをぶね

「はつ・はつか・のり」にかかる。〔例〕「海小船」→「泊」(万葉二三四七)⦿海小船(あまをぶね)　泊瀬(はつせ)の山に　降る雪の　日(け)長く恋ひし　君が音する(万葉二三四七)⦿あまをぶね　はつかの月の　山の端(は)に　いさよふまでも　見えぬ君かな(新勅撰九六七)⦿うき身をし渡すときけば　あまをぶね　のりに心を　かけぬ日ぞなき(金葉六八二)〔注〕船が停泊することを泊(は)つというところから「はつ」と同音を含む地名「泊瀬(はつせ)」に、日数の意の「二十日(はつか)」「わずかの意の(はつか)」にかかり、舟に乗るという縁から、佛法の「のり(法)」にかかる(大系万葉三―一五二頁、大辞典一―三九九頁、事典四三一頁、福井一六二頁、大塚三二頁)。

あめしるや

「ひ」にかかる。〔例〕「天知也」→「日」(万葉五二)⦿やすみしし　わご大王　高照らす　日の皇子――高知るや　天の御蔭　天(あめ)知るや　日の御蔭の　水こそば　常(とこし)へにあらめ　御井の清水(万葉五二)〔注〕「日の御蔭」は日をさえぎる意で宮殿のこと。天を支配する意で「日」にかかる。天高くそびえる形容と見て「日の御蔭」にかかるとする説もある(大系万葉一―三八頁、事典四三二頁、全注一—二〇九頁以下)。

あめつちの

「いやとほながく・ともに」にかかる。〔例〕「天地之」→「弥遠長久」(万葉一九六)「阿米都知能」→「等母尒」(万葉八一四)⦿飛鳥の　明日香の河の——天地(あめつち)の　いや遠長く　偲(しの)ひ行かむ——(万葉一九六)⦿天地の　共に久しく　言ひ継げと　此の奇魂(くしみたま)　敷かしけらしも(万葉八一四)〔注〕枕詞と見ない説もある(横山三五頁、大塚三三頁)。

あめなる→あめにある

あめなるや

「つきひ」にかかる。〔例〕「天有哉」→「月日」(万葉三二四六)⦿天なるや　月日の如く　わが思へる　君が日にけに　老ゆらく惜しも(万葉三二四六)〔注〕太陽や月が天にあるゆえ「月日」にかかる。

あめにある

「ひめ・ひとつ」にかかる。〔例〕「天在」→「日売」(万葉一二七七)「天在」→「一」(万葉二三六一)⦿天にある　姫菅原(ひめすがはら)の　草は刈りそね　蜷(みな)の腸(わた)　か黒き髪に　芥(あくた)し着くも(万葉一二七七)⦿天にある　一つ棚橋　いかにか行かむ　若草の　妻がりといへば　足荘嚴(あしよそひ)せむ(万葉二三六一)〔注〕「あめなる」は「あめにある」と同義。天にある日という続きで「日(ひ)」と同音を含む「姫菅原(ひめすがはら)」「一(ひと)つ棚橋」にかかる。但し枕詞と見ない説もある(大辞典一—四四〇頁、福井一六三頁)。

あめにあるや

「ささら」にかかる。〔例〕「天有」→「左佐羅」(万葉四二〇)「天尒有哉」→「神楽良」(万葉三八八七)⦿天にあるや　神楽良(ささら)の小野に　茅草(ちがや)刈り　草(かや)刈りばかに　鶉(うづら)を立つも(万葉三八八七)〔注〕「ささ(笹)」が高天原にあって岩戸神楽に用いたという故事から「ささら」にかかるという。神楽良の小野を天上に在るものとして、枕詞と見ない説がある(大辞典一—四四〇頁、福井一六三頁)。

あめふれば

「かさとりやま」にかかる。〔例〕⦿あめふれば　かさとり山の　もみぢばは　行きかふ人の　袖さへぞてる(古今二六三)〔注〕雨が降れば笠を取るということから「笠」と同音を含む「笠取山」にかかる。笠取山は京都府宇治郡笠取にある(大系古今一五三頁)。

あもりつく

「あまめのかぐやま・かみのかぐやま」にかかる。〔例〕「天降付」→「天之芳來山」（万葉二五七）「天降就」→「神乃香山」（万葉二六〇）⦿天降（あも）りつく　天（あま）の芳來山（かぐやま）　霞立つ　春に至れば——（万葉二五七）⦿天降りつく　神の香山（かぐやま）　春さり來れば　櫻花木の暗茂に——（万葉二六〇）〔注〕「あもりつく」は天から地上に降りてつく意で、「かぐやま」が天からくだったという伝説がある（大系万葉一—三四六頁、大辞典一—四四六頁、全注三—六八頁）。

あやかきの

「ふはやがした」にかかる。〔例〕「阿夜加岐能」→「布波夜賀斯多」（記五）⦿八千矛の　神の命や　吾が大國主——文垣（あやかき）の　ふはやが下に——（記五）〔注〕文垣とは寝所の隔てに用いる文（あや）ある帳をいう。「ふはや」は帳の風になびいて、ふわふわするゆえに言う。「下」は内（うち）に同じ。但し枕詞と見ない説が有力である（中島五九頁）。

あやめぐさ

「あやめもしらぬ・あやなきみ・かる・ながき・ねたくも」などにかかる。〔例〕⦿ほととぎす　なくやさ月の　あやめぐさ　あやめもしらぬ　こひもする哉（古今四六九）⦿あやめぐさ　あやなき身にも　ひとなみに　かかる心を　おもひつつ（拾遺五七二）⦿あやめ草　ねたくも君が　訪はぬかな　今日の心に　かかれと思ふに（金葉一三六）⦿生ふれ共　駒もすさめぬ　菖蒲草　かりにも人の　來ぬが佗びしき（拾遺七六八）⦿菖蒲草　長き契りを　ねにそへて　千世の五月と　祝ふ今日かな（拾遺愚草一〇三九）〔注〕「あや」と同音を含む語に、また菖蒲を刈るというところから「假（か）る」に、根が長いところから「長き」にかかる（大辞典一—四五九頁、中島五九頁）。

あらいきぬ→あらひきぬ

あらおだけ→あらをだけ

あらかきの

「ほか（よそ）」にかかる。〔例〕「荒垣之」→「外」（万葉二五六二）⦿里人の　言縁妻（ことよせつま）を　荒垣の　外にやわが見む　憎くあらなくに（万葉二五六二）〔注〕荒垣は編目の粗い垣。垣は内外をへだてるので「外」にかかる（大系万葉三—一九九頁）。

あらかねの

「つち」にかかる。〔例〕⦿世に傳はることは　ひさかたの　天にしては　したてるひめにはじまり　あらがねの　つちにしては　すきのをのみことよりぞ　おこりける古今假名序）〔注〕「あらかね」は生(あ)れ金の義で、俗になまがね。「あらかね」と「土」とはもと同義に近かったという。古くは清音、明治以後「あらがね」と濁音（大辞典一一四七〇頁）。

あらしおの→あらしほの

あらしほの

「うつ・よる・わたる・ひる」にかかる。〔例〕⊙あらしほの　うつし心も　我はなし　夜ひる人を　恋ひし渡れば（古今六帖二六四二）〔注〕「あらしほ」は荒海の潮。荒潮がうち寄せる意で同音の「うつ」「よる」にかけ、また、潮に関連して「わたる」「ひる」などにかかる（大辞典一一四七五頁）。

あらたえの→あらたへの

あらたへの

「ふぢ・ぬのきぬ・ころも」にかかる。〔例〕「荒妙乃」→「藤」（万葉五〇）「荒妙」→「藤」（万葉九三八）「麁妙乃」→「藤」（万葉五二）「荒栲」→「藤」（万葉二五二）「安良多倍乃」→「藤」（万葉三六〇七異伝）「麁妙能」→「布衣」（万葉九〇一）「荒妙乃」→「衣」（万葉一五九）⊙やすみしし　わご大王（おほきみ）　高照らす　日の皇子　荒栲（あらたへ）の　藤原がうへに（万葉五〇）⊙荒栲の　布衣（ぬのきぬ）をだに　着せがてに　斯くや嘆かむ　爲（せ）むすべを無み（万葉九〇一）⊙やすみしし　わご大君の　夕されば　見（め）し給ふらし——荒栲の　衣の袖は　乾（ふ）る時もなし（万葉一五九）〔注〕「あらたえ（荒栲）」は「にぎたえ（和栲）」に対する語で粗悪な布のこと。織維の荒い布を作る材料である藤ということで、「藤」を含む地名にかかり、織物として着ることから「布衣」にかかる。藤原は藤原宮、藤井は藤が傍にある井、藤江は兵庫県明石市の西部の海岸かという（大系一―三五頁、大辞典一―四七九頁、広辞苑六九頁、事典四三二頁、福井一六八頁）。

あらたまの

「とし・つき・きへ・はる」などにかかる。〔例〕「荒玉」→「年」（万葉五九〇）「荒珠」→「年」（万葉五八七）「璞」→「年」（万葉二一四〇）「麁玉」→「年」（万葉二二三八五）「荒玉之」→「年」（万葉四四三・二八九一・三三二五八・四二四四）「荒玉乃」→「年」（万葉四六〇・三三二〇七・四二四八）「荒玉能」→「年」（万葉四一五六）「荒珠乃」→「年」（万葉二〇八九）「璞之」→「年」（万葉二四一〇・二五三四・二九三五）「荒璞能」→「登之」（万葉三九七八）「安良多麻能」→「等之」（万葉三七七五）「安良多麻乃」→「等之」（万葉三九七九・四四〇八）「安良多末

能」→「等之」(万葉四一一三・四四九〇)「安良多末乃」→「等之」(万葉四一一六)「阿良多麻能」→「登斯」(記二八)「荒玉之」→「月」(万葉一六二〇・三三二九)「荒玉乃」→「月」(万葉六三八・二二〇五)「璞」→「月」(万葉二〇九二)「安良多麻乃」→「多都追奇」(万葉三六八「荒玉之」→「月」(万葉三三二四)「末玉之」→三)「年月」(万葉二九五六)「安良多麻能」→「月日」(万葉三六九一・四三三一)「阿良多麻能」→「吉倍」(万葉八八一)「阿良多麻能」→「伎倍」(万葉三三五三)「璞之」→「寸戸」(万葉二五三〇)⊙あらたまの　年の經ぬれば　今しはと　勤(ゆめ)よわが背子　わが名告(の)らすな(万葉五九五)⊙ただ一夜　隔てしからに　あらたまの　月か經ぬると　心はまとふ(万葉六三八)⊙斯くのみや　息衝き居らむ　あらたまの　來經(きへ)往く年の　限知らずて(万葉八八一)⊙あらたまの　春をも知らで　ふる里は　立田の山の　霞をそ見る(忠見集二〇六三六)〔注〕荒玉は掘り取ったばかりの、まだ磨かない珠の意で砥(と)ぐに用いる。その「ト」と同音の「年」にかかり、転じて月にもかけ、年月の経過する意の「年月」「來経(きへ)」にかかり、更に同音の地名「伎倍に」かかる。但し「砥」の「ト」は甲類、「年」の「ト」は乙類で仮名違いで疑問とされる。新月に魂のよみがえりを連想して「新魂の月」といったものがあるとか、「あらたまる」の語幹と共通するとか、「あらたもの(新物)」の転称とか、明玉の意で、貴しの約転として「とし」に続くなど、多くの説がある。「きへ」にかかるのは、「あらたまの　來経(きへ)行く年の限り知らずて」(万葉八八一)のように「来経行く年」のつづきから生じたものと考えられるが、万葉三三五三番の「あらたま」は遠江国の郡名として、枕詞と見ない説も有力である。後世「あらたま」だけで、新年、正月を表わすようになった。「あらたまの年の初め」とよく使われる(大系万葉一―三六頁、三―一九三頁、大辞典一―四八〇頁、事典四三二頁、福井一六八頁、金子二二二頁)。

あらたよの

「ひとよ・さきく」にかかる。〔例〕「新夜」→「一夜」(万葉二八四二)「荒田夜之」→「全夜」(万葉三一二〇)「新夜乃」→「好去」(万葉三三二七)⊙わが心　乏(とも)しみ思へば　新夜(あらたよの)　一夜もおちず　夢いめに見えこそ(万葉二八四二)⊙葦原の　瑞穂の國に――新夜の　さきく通はむ――(万葉三三二七)〔注〕「毎夜あらたまって行く夜」の意で「一夜(ひとよ)・さきく(幸福)」にかかる。ただし、いずれも枕詞とするのは疑問かもしれない

（大系万葉三―三三七頁）。

あらひきぬ

「とりかひかは」にかかる。〔例〕「浣衣」→「取替河」（万葉三〇一九）⦿洗ひ衣　取替川の　川淀の　よどまむ心思ひかねつも（万葉三〇一九）〔注〕着ている衣を洗った衣と取替えて着る意から「とりかふ」と類音の「とりかひ川（取替川・鳥養川）」にかかる。取替川は「和名抄」に「鳥貝郷止利加比」とある大和国の川か、また摂津国の鳥飼川（神崎川の支流）かという（大系万葉三―二九一頁、福井一七一頁）。

あられうつ

「あられまつばら」にかかる。〔例〕「霰打」→「安良礼松原」（万葉六五）⦿霰打つ　あられ松原　住吉の　弟日娘子と　見れど飽かぬかも（万葉六五）〔注〕同音反覆で地名「あられ松原」にかかる。実景を詠んだもので、枕詞と見ない説もある。一説に「安良礼」の礼は「羅」の誤記で、「あらら松原」であるという。「日本書紀」（巻第九）に「烏智箇多能　阿邏々麻菟麼邏（をちかたの　あららまつばら）」とある。「あらら松原」は、まばらにたった松原をいい地名ではない（大系万葉一―四二頁、大辞典一―四九〇頁、事典四三三頁、福井一七二頁、中島六一頁、全注一―二五〇頁）。

あられなす

「そち」にかかる。〔例〕「霰成」→「曾知」（万葉一九九、一云）⦿かけまくも　ゆゆしきかも――大雪の　乱れて來れ　一に云ふ、霰なす　そちより來れば　まつろはず　立ち向かひしも――（万葉一九九）〔注〕「そち」は「さち（矢）」の転か、また「十箇（そち）」か、或いは「其方（そち）」かともいう。但し「より」の「ヨ」は乙類で、そちらから來る意には解しえないという（大系万葉一―一〇九頁、中島六一頁、全注二―三六二頁）。

あられふり

「かしま・きしみ・とほつ・とほつあふみ」などにかかる。〔例〕「霰零」→「鹿嶋」（万葉一一七四）「阿良例布理」→「可志麻」（万葉四三七〇）「霰零」→「吉志美」（万葉三八五）「霰零」→「遠津」（万葉二七二九）「丸雪降」→「遠江」（万葉一二九三）⦿霰降（あられふ）り　鹿島の崎を　波高み　過ぎてや行かむ　戀しきものを（万葉一一七四）⦿あられふり吉志美（きしみ）が嶽（たけ）を　險（さが）しみと　草とりはなち　妹（いも）が手を取る（万葉三八五）⦿霰降り　遠つ大浦に　寄する波　よしも寄すとも憎からなくに（万葉二七二九）⦿霰降り　遠江（とほつあふみ)の吾跡川楊(あとかはやなぎ)　刈りつとも　またも生(お)ふとふ　吾跡川楊(万葉一二九三)〔注〕あられの降る音が「やかましい」意で、「かしまし」と同音を含む地名「鹿島」に、あられの降るを音「きしきし」と聞いたところから、同音を含む地名「吉志美(きしみ)」にかかる。「きしむ」の意とも、「鹿島」に音がかようとも説かれる。あられの降る音を「とほとほ」と聞いたところから、同音を含む「遠(とほ)」とつゞき地名「遠津大浦・遠江」にかかる。また、あられふる「音(おと)」という続きで、「おと」のつまった形「と」にかかるとの説もある(大辞典一―四九一頁、福井一七二頁)。

あられふる

「かしま・きしま」にかかる。〔例〕「霰零」→「香島」(常陸風土記)「阿羅礼布縷」→「耆資麼」(風土記一九)⦿霰降る　杵島が嶽を嶮(さが)しみと　草取りかねて　妹が手を取る(風土記一九)⦿浦人も　夜や寒からし　霰ふる　鹿島の崎の　沖つ塩風(新後撰四九八)〔注〕霰が降って「カシマシ」と続き、またその音が「キシキシ」するのでという。杵島は佐賀県杵島郡(大辞典一―四九一頁、中島六二頁)。

あらをだを

「かへす・かへすがへす」にかかる。〔例〕⦿あらを田を　あらすきかへし　かへしても　人の心を　見てこそやまめ(古今八一七)⦿春にのみ　年はあらなん　荒小田を　かへすがへすも　花を見るべく(新古今八九)〔注〕荒れた田を鋤でうちかえすというつづきで、かかる。「を田」の「を」は接頭語。「かへしても」の「も」は詠嘆の意。枕詞と見ない説もある(大系古今二六二頁、大系新古今五四頁、大辞典一―四六九頁、福井一七三頁、中島六二頁)。

ありあけの

「つれなく・つき・つきせぬ(ず)」にかかる。〔例〕⦿晨明(ありあけ)の　つれなくみえし　別れより　あか月ばかりうき物はなし(古今六二五)⦿いかにして　いままでよには　有明の　つきせぬ物を　いとふこゝろは(新古今一七八一)⦿夜な夜なは　まどろまでのみ　有明の　つきせず物を　思ふ頃かな(金葉六二一)〔注〕ありあけの月の意。その「つき」と同音を含む「盡(つ)きせず」にかかる。「有明」とは月の在りながら夜明くるをいう。夜が明けても月は平氣で空にいる意を、女が無関心な(つれなく)様子を示した譬喩で「つれなく」にかかる。但し「つれなく」へのかかりを否定する説がある(福井一七四頁、中島六二頁)。

ありきぬの

「たから・さゐさゐ・あり・みへ」にかかる。〔例〕「蟻衣之」→「寶」(万葉三七九一)「安里伎奴能」→「安里」(万葉三七四一)「阿理岐奴能」→「佐慧々々」(万葉三四八一)「安利伎奴乃」→「美幣」(記一〇〇)⊙緑子(みどりこ)の　若子(わくご)が身には——あり衣(きぬ)の　寶の子らが——(万葉三七九一)⊙命をし　全(また)くしあらば　あり衣の　ありて後にも　逢はざらめやも(万葉三七四一)⊙あり衣の　さゐさゐしづみ　家の妹に　物言はず來にて　思ひ苦しも(万葉三四八一)⊙纏向(まきむく)の　日代(ひしろ)の宮は——蠶衣(ありきぬ)の　三重(みへ)の子が　捧(ささ)がせる——(記一〇〇)〔注〕「ありきぬ」の語義未詳。新衣の転、鮮やかな衣、絹の衣。貴重なものとして「寶」にかかり、旅立ち前のさわがしさの意と衣ずれの音とを言いかけて「騒ぎ」の古言の「さゐさゐ＝さゐさゐ」に、あり衣の「アリ」と同音のくり返しで「在り」に、また衣を重ねて着るで「三重」にもかかる(大系万葉三—九九頁・四八五頁、大辞典一—四九九頁、福井一七四頁、全注十五—三〇三頁)。

ありそなみ

「あり」にかかる。〔例〕「荒礒浪」→「有」(万葉三二五三)⊙葦原の　瑞穂の國は　神(かむ)ながら——恙(つつみ)なく　幸(さき)く坐(いま)さば　荒磯波(ありそなみ)　ありても見むと——(万葉三二五三)〔注〕「ありそなみ」は岩の多い海岸に打ち寄せる波。あらいそなみ(荒磯浪)の約。「ありても見む」—後にもお逢いしたいの意。同音のくり返しで「あり」にかかる(大系万葉三—三五二頁、事典四三三頁)。

ありそまつ

「あをまつ」にかかる。〔例〕「荒礒松」→「我乎待」(万葉二七五一)⊙あぢの住む　渚沙(すさ)の入江の　荒磯松(ありそまつ)　吾(あ)を待つ兒らは　ただ一人のみ(万葉二七五一)〔注〕「ありそまつ」は「あらいそまつ」のこと。荒い風に吹きゆがめられた松をいう。但し枕詞と見ない説もある(大辞典一—五〇二頁、福井一七六頁)。

ありちがた

「あり」にかかる。〔例〕「在千方」→「在」(万葉三一六一)⊙在千潟(ありちがた)　あり慰めて　行かめども　家なる妹い　おぼぼしみせむ(万葉三一六一)〔注〕同音のくり返しでかかる。在千潟の所在不明(大辞典一—五〇三頁、福井一七七頁)。

ありねよし

「つしま」にかかる。〔例〕「在根良」→「對馬」(万葉六二)⊙ありねよし　對馬(つしま)の渡り　海中に　幣取り向けて　早歸り來ね(万葉六二)〔注〕対馬に有明山という高山があって、舟人がこれを目印としたので「有嶺よし対馬」とする説、「ありね」は荒根で対馬島の形容とする説、「あり」は韓語で下または南を意味し、対馬の南嶺の呼称だとする説、「在根良」は「大夫根之(おほふねの)」の誤字とする説などがある(大辞典一―五〇五頁、福井一七七頁、横山三九頁、全注一―二四二頁)。

ありますげ

「あり」にかかる。〔例〕「在間菅」→「有」(万葉二七五七)「有間菅」→「在」(万葉三〇六四)⊙大君の　御笠に縫へる　有馬菅　ありつつ見れど　事なき吾妹(万葉二七五七)〔注〕菅は摂津有馬産のものが著名であった。『延喜式』(巻十七・内匠寮)によると、野宮装束のうち御輿中子菅蓋一具は摂津国の笠縫氏が調進したという(福井一七八頁)。

あわじしま→あはぢしま

あわしまの→あはしまの

あわゆきの

「け・わかやるむね」にかかる。〔例〕「沫雪之」→「消」(万葉一六六二)「阿和由岐能」→「和加夜流牟泥」(記三・五)⊙沫雪の　消(け)ぬべきものを　今までに　ながらへぬるは　妹に逢はむとそ(万葉一六六二)⊙八千矛の　神の命――栲綱の　白き腕　沫雪の　若やる胸を　素手抱き手抱き抜がり――(記三)〔注〕「あわゆき」は春の雪。消えやすいので「消」にかかり、年若き女の白き胸を「あわゆき」にたとえる。「若やる」は若やぐに同じ(大系万葉二―三五五頁、大辞典一―五四〇頁、福井一七八頁)。

あをくもの

「いでこ・しらかた」にかかる。〔例〕「安乎久毛能」→「伊弖來」(万葉三五一九)「青雲之」→「白肩」(古事記・中)⊙汝が母に　嘖(こ)られ吾は行く　青雲の　いで來吾妹子　逢ひ見て行かむ(万葉三五一九)⊙――浪速の渡を経て　青雲の　白肩の津に泊(は)てたまひき――(古事記・中)〔注〕青雲が湧きでるようにで「いでこ」にかかり、青雲が白色を含むことから「白肩」にかかる。『古事記』の例を枕詞と見ない説もある(大系古事記一五〇頁、大辞典一―六九頁、福井一七九頁、横山四一頁、全注十四―三二八頁)。

あをつづら

「くる・くるし・くるる」にかかる。〔例〕⊙山がつの　かきほにはへる　あをつづら　人はくれども　言づてもなし

（古今七四二）⊙人めのみ　しげき深山の　青つづら　苦しき世をも　思ひ佗びぬる（後拾遺六九二）⊙照射する　五月の山の　青つづら　くるる夜毎に　鹿や立つらむ（新千載二七七）⊙なき名のみ　立田の山の　あをつづら　又來る人も　みえぬ所に（拾遺六九九）〔注〕あをつづら（青葛）は「かみえび」「つづらぶし」の異名。「あをかづら」ともいう。茎が長いので、それを手操（たぐ）るゆえ、「操（く）」と同音を含む言葉にかかる（大辞典一―七五頁、福井一八〇頁、横山四一頁）。

あをによし

「なら・ならふ・くぬち」にかかる。〔例〕「青丹吉」↓「奈良」（万葉一七・一〇四六・一六三八・三九七八）「青丹吉」↓「平」（万葉二九、二例）「青丹吉」↓「楢」（万葉七九）「青丹吉」↓「寧楽」（万葉八〇・三三一八）「青丹吉」↓「平城」（万葉九九二・一二一五・一九〇六）「青丹吉」↓「寧」（万葉三二三六）「青丹与之」↓「平城」（万葉四二四五）「青丹余志」↓「奈良」（万葉四二六六）「青丹余之」↓「奈良」（三九一九・三九五七）「緑丹吉」↓「平」（万葉三二三七）「安乎介余志」↓「奈良」（万葉三六〇二）「安乎介与之」↓「奈良」（万葉三六一二・三七二八・四一〇七・四二二三）「安乎介余之」↓「奈良」（万葉三九七三）「安遠介与之」↓「奈良」（万葉四〇〇八）「阿遠介与志」↓「奈良」（万葉八〇六・八〇八）「阿乎介与斯」↓「久奴知」（万葉七九七）「阿哀邇余志」↓「那良」（記五八）「阿烏珥豫辭」↓「儺羅」（紀五四）「婀嗚儞與志」↓「乃楽」（紀九五）⊙あをによし　寧樂（なら）の京師（みゆこ）は　咲く花の　薫（にほ）ふがごとく　今盛りなり（万葉三二八）⊙悔しかも　かく知らませば　あをによし　國内（くぬち）ことごと　見せましものを（万葉七九七）⊙此の世をば　仮ともいはん　あをによし　ならはぬ身には　それもそふなど（散木奇歌集・雑）〔注〕奈良に靑丹（あをに）を産出したからというが証拠はなく、疑問である。奈良の都の青や赤に塗った建物の美しさをたたえて「靑丹吉」と書くようになったものかともいう。一説に、「なら」に続けたのは、顔料にするために靑丹を馴熟（なら）すによるという。また「弥百土（いやほに）」の変化したもので、「なら」は「平（なら）す」の意で「奈良」にかかるという（大系万葉四―一九五頁、大辞典一―七七頁、福井一八一頁、広辞苑一一頁）。

あをはたの

「こはた・かづらき・おさか」にかかる。〔例〕「靑旗乃」↓「木旗」（万葉一四八）「靑旗乃」↓「葛木山」（万葉五〇九)「青幡之」→「忍坂」(三三三一)⊙青旗の　木幡(こはた)の上を　かよふとは　目には見れども　直(ただ)に逢はぬかも(万葉一四八)⊙臣女(たわやめ)の匣(くしげ)に乗れる――青旗の　葛木山(かづらきやま)に　たな引ける――(万葉五〇九)⊙隠口の　泊瀬の山　青幡(あをはた)の忍坂(おさか)の山は――(万葉三三三一)〔注〕樹木の青々と繁ったさまが、青い旗を立てたように見えるところから、比喩的に、山名「葛城山・忍坂山」にかかり、また「ハタ」という同音のくり返しで地名「木幡」にかかる。木(コ)は乙類であるから小旗の意ではない。木幡は京都府宇治市北方の地。葛城山は二上山から金剛山にかけての一帯の山。忍坂山は奈良県桜井市忍坂の東の山(大系万葉一―八九頁、大辞典一―七九頁、事典四三四頁、福井一八四頁)。

あをみづら

「よさみ」にかかる。〔例〕「青角髪」→「依網」(万葉一二八七)⊙青みづら　依網(よさみ)の原に　人も逢はぬかも　石走　淡海縣の　物がたりせむ(万葉一二八七)〔注〕依網の地名は三河国・摂津国・河内国などにある。角髪(みづら)は男子の結んだ髪で、後世の総角(あげまき)の類で、「青」とは黒々とうるわしい髪を讃えたことば。髪はよせて束ねるので「よさみ」にかかるかともいう(大系万葉二―二四二頁、福井一八六頁)。

あをやぎの

「まよね・いと・いとど・かづら・はる」にかかる。〔例〕「青柳乃」→「眉根」(万葉四一九二)「安乎楊木能」→「波良」(万葉三五四六)⊙桃の花　紅色に　にほひたる　面輪のうちに　青柳の　細き眉根を　咲(ゑ)みまがり――(万葉四一九二)⊙青柳の　張らろ川門(かはと)に　汝(な)を待つと　清水(せみど)は汲まず　立處(たちど)ならすも(万葉三五四六)⊙あをやぎの　いとつれなくも　なりゆくか　いかなる筋に　思ひ寄らまし(後撰六七)⊙君なくてよるかたもなき　青柳の　いとど浮世ぞ　思ひみだるる(新古今八四七)⊙しら雲の　たえまになびく　青柳の　葛城山に　春風ぞ吹く(新古今七四)〔注〕柳の葉の形が細くて、眉毛に似ているところから(佳人の形容に柳眉)などいうより)「細き眉根」にかかり、青柳のしだれた枝が糸(いと)に見たて、「糸」と同音の副詞「いと(状態を示す)」「いとど(いよいよ)」などにかかる。また、青柳の春(はる)というを類似の音をもてる地名「波良路(はらぢ)」にかかり、或は柳の芽の張(は)りふくらむ形から「はら」にかかるともいう。古く柳の葉の出た枝を折り取って「かづら

(鬘)」にするところから「かづら」と同音を含む地名「かづらきやま(葛城山)」にかかる(大辞典二―八五頁、事典四三四頁、広辞苑一二頁、福井一八七頁、横山四二頁)。

【い】

いえつとり→いへつとり

いおえなみ→いほへなみ

いかごやま

「いかに」にかかる。〔例〕「伊香胡山」→「如何」(万葉三二四〇)◉大君の　命畏み――劔刀　鞘ゆ抜き出でて　伊香胡山(いかごやま)　如何(いか)にかわが爲(せ)む　行方知らずて(万葉三二四〇)〔注〕「いかごやま」いかにと、頭音の繰返しで「いかに」にかかる。伊香胡山は滋賀県伊香郡木之本町大音(もと伊香具村)あたりの山(福井一八九頁)。

いかりおろし

「いかに・いかなる」にかかる。「慍下」→「何有」(万葉二四三六)「重石下」→「何如」(万葉二七三八)〔例〕◉大船の　香取の海に　碇(いかり)おろし　如何(いか)なる人か　物思はざらむ(万葉二四三六)◉大船の　たゆたふ海に　碇下し　如何にせばかも　わが戀止(や)まむ(万葉二七三八)〔注〕「いかりおろし」頭音反覆で「いかに・いかなる」にかかる(中島六九頁、横山四三頁、福井一八九頁)。

いかりづな

「くるし」にかかる。〔例〕◉湊出づる　蜑の小舟の　碇綱　苦しきものと恋を知りぬる(拾遺六三八)〔注〕出船には、下した碇綱をたぐり上げるのを、恋の苦しさにかけたものという。「いかりなは」の項を参照。

いかりなは

「くるし」にかかる。〔例〕◉沖つ島　とまる小舟の　いかり繩　いかで苦しき　程を知らせむ(新續古今一五〇六)〔注〕碇繩(いかりなは)を手繰(たぐり)よせることから「たぐり」「くる」にかかり、「繰る」と同音を含む「苦(くる)し」にかかる(中島六八頁)。「いかりづな」の項参照。

いかりなわ→いかりなは

いかるがの

「よるか」にかかる。〔例〕「斑鳩之」→「因可」(万葉三〇二〇)◉斑鳩(いかるが)の　因可(よるか)の池の　宜しくも　君を言はねば　思ひそわがする(万葉三〇二〇)〔注〕斑鳩が寄り集ってすむ習性のあるところから「寄る」と同音を含む地名「因可」にかかる。因可の池の所在は不

明(大系万葉三—二九一頁、大辞典一—六五〇頁、福井一八九頁)。

いけみずの→いけみづの

いけみづの

「いひ・そこ・した・ふかき・つつむ」にかかる。〔例〕⊙池水の　いひいづる事の　かたければ　みごもりながら　年ぞへにける(後撰八九一)⊙池水の　そこにあらでは　ねぬなはの　くる人もなし　まつ人もなし(拾遺一二二一)⊙つれなさに　いひ絶えにしを　池水の　つつみあへぬは涙なりけり(新續古今一五二八)⊙池水の　下に朽ちなば　ねぬなはの　ねぬ夜苦しき　物は思はじ(新葉六六〇)〔注〕水を引いて他へ流す樋(ひ)のことを上代は「樋(いひ)」といった。池の水はその樋(いひ)で引くので「いひ」に、池水の底の意から「そこ」「下」「深き」に、また池の堤(つつみ)の意から同音異義の「つつみ(包)」にかかる(大辞典一—六九五頁、福井一九〇頁、中島六八頁)。

いさなとり

「うみ・はま・なだ」にかかる。〔例〕「鯨魚取」→「海」(万葉一三一・一五三・二二〇・三三三九・三八五二)「勇魚取」→「海」(万葉一三八・三六六)「不知魚取」→「海」(万葉一〇六二・三三三五・三三三六)「鯨魚取」→「濱」(万葉九三一)「伊佐魚取」→「奈太」(万葉三八九三)「異舎儺等利」→「宇彌」(紀六)⊙石見の海　角の浦廻を——鯨魚(いさな)取り　海辺を指して　和多津の　荒磯の上に——(万葉一三一)⊙鯨魚取り　濱辺を清み　うちなびき　生ふる玉藻に——(万葉九三一)⊙昨日こそ　船出はせしか　鯨魚取り　比治奇の灘を　今日見つるかも(万葉三八九三)〔注〕「いさな」は鯨の異名。勇魚(いさな)の意。鯨を取る「海」の意で「海」にかかり、海に関する「浜・灘」にかかる。比治奇の灘は兵庫県高砂市の海面かという(大系万葉四—一七七頁、大辞典一—七一〇頁、事典四三四頁、福井一九〇頁)。

いさやがは

「いさ」にかかる。〔例〕「不知也河」→「不知」(万葉二七一〇)⊙犬上の　鳥籠(とこ)の山にある　不知也川(いさやがは)　不知(いさ)とを聞こせ　わが名告らすな(万葉二七一〇)〔注〕頭音を反復して「いさ(知らない)」にかかる。「いさやがは」は滋賀県犬上郡にある芹川(大堀川)の古名とも、犬上川の別名とも、鳥籠の山の南麓を流れる川ともいう(大辞典一—七一二頁、福井一九二頁、中島六九頁)。

いさやがわ→いさやがは

いさりびの

「ほ・ほのか」にかかる。〔例〕「伊射里火之」→「保」（万葉四二一八）「射去火之」→「髣髴」（万葉三一七〇）〔例〕⊙鮪（しび）衝（つ）くと　海人（あま）の燭（とも）せる　漁火（いざりび）の　ほにか出でなむ　わが下思（したも）ひを（万葉四二一八）⊙志賀（しか）の白水郎（あま）の　釣し燭（とも）せる　漁火の　ほのかに妹を　見むよしもがも（万葉三一七〇）⊙いさり火の　よるはほのかに　かくしつつ　有へばこひの　したにけぬべし（後撰六八二）〔注〕上代には「いさりひの」と澄む。「火」は古語で「ほ」という。漁火は遠くより「ほのか」に見えるところから、表面に現われ出る意などに使う「ほ」または「ほのか」にかかる（大辞典一―七一四頁）。

いしたふや

「あまはせづかひ」にかかる。〔例〕「伊斯多布夜」→「阿麻波勢豆加比」（記二・三）⊙八千矛の　神の命は――いしたふや　海人駈使（あまはせづかひ）　事の　語り言も　をば（記二）〔注〕「い」は接頭語。「や」は咏嘆の助詞。「したふ」は「下経」で、水底を泳ぐことから「海人」にかかるとする説、また上から下へ来る意で、天から来るところから「天駈（馳）使」にかかるとする説などがある。海人は漁民、ここは海人部のこと。駈使は宮廷の神事や雑役に駆使されるもので駈使丁（はせつかひのよぼろ）ともいう。海人部出身の駈使が海人駈使か（大系古代歌謡三五頁、大辞典一―七三一頁、福井一九三頁、大塚四四頁、横山四四頁）。

いしばしる

「たき」にかかる。〔例〕⊙いしばしる　たきなくもがな　櫻花　たをりてもこん　みぬ人のため（古今五四）〔注〕石走る、瀧の実景的枕詞。『古今集』以後の用語で、『万葉集』の「石走・石激・石流」などの「いはばしる」を「いしばしる」と訓んだことによって生じた語かという（大系古今一一四頁、大辞典一―七三六頁、旺文社四三頁）。

いしまくら

「こけむすまでに」にかかる。〔例〕「石枕」→「蘿生左右二」（万葉三二二七）⊙葦原の瑞穂の國に手向すと――明日香川の　水脈（みを）速み　生ひため難き　石枕　蘿（こけ）生（む）すまでに　新夜の　さきく通はむ――（万葉三二二七）〔注〕流れの速い明日香川の石枕にこけが生えるまで、すなわち長い年月の意。但し、これを枕詞と見ないのが通説である（大系万葉三―三三七頁、福井一九三頁、中島七〇頁）。

いすくはし

「くぢら」にかかる。〔例〕「伊須久波斯」↓「久治良」（記九）「伊殊區波辭」↓「區旎羅」（紀七）⊙宇陀（うだ）の　高城（たかき）に　鴫（しぎ）羂（わな）張（は）る　我が待つや　鴫は障（さや）らず　いすくはし　鯨障（さや）り――（記九）〔注〕「勇細（くは）し」「磯細（くは）し」の意で、「勇魚」（いさな）を鯨と解して、「くぢら（鯨）」にかかるとする説、「いすくはし」は「いすかし」と同じで、ものの喰い違ったことをいうとし、「くち」（鷹の古名）にかかるとする説などがある（大辞典一―七五四頁、福井一九三頁、中島七一頁）。

いすのかみ

「ふる」にかかる。〔例〕「伊須能箇瀰」↓「賦屢」（紀九四）「伊須乃可美」↓「布留」（大系古代歌謡・雑一七）⊙石（いす）の上　布留を過ぎて　薦枕　高橋過ぎ――（紀九四）〔注〕「いすのかみ」は、ふつうは「いそのかみ」という。その項を参照。

いそがいの↓いそがひの

いそがひの

「かたこひ」にかかる。〔例〕「礒貝之」↓「獨戀」（万葉二七九六）⊙水潜る　玉にまじれる　磯貝の　片戀のみに　年は經につつ（万葉二七九六）〔注〕磯貝は雀貝の異名。二枚貝の貝殻が砕けて一枚だけになったもの、またアワビのような一枚貝。成就せぬ恋にたとえる（大辞典一―七七二頁、福井一九四頁、中島七二頁）。

いそのかみ

「ふる・そでふるかは・めづらしげなし・ふるさと」などにかかる。〔例〕「石上」↓「振」（万葉四二二・一〇一九・一三五三・一七六八・一七八七・一九二七・二四一七・二九九七）「石上」↓「袖振川」（万葉三〇一三）「石上」↓「零」（万葉六六四）「石上」↓「振」（紀八三）「伊曾乃加美」↓「不留」（神楽歌二二）⊙石上　布留の山なる　杉群（すぎむら）の　思ひ過ぐべき　君にあらなくに（万葉四二二）⊙吾妹子や　吾（あ）を忘らすな　石上　袖布留川の　絶えむと思へや（万葉三〇一三）⊙春くれば　まづぞ打ち見る　石上　珍しげなき　山田なれども（拾遺四五）⊙いそのかみ　故郷に咲く　花なれば　昔ながらに　匂ひけるかな（風雅一五九）〔注〕石上は奈良県天理市石上辺の郷名。布留はそのうちの地名なので、「石上」↓「布留」と続け、降る・古る・古し・振るなどに転じかかる。古いものの少なく珍しいので「珍し」げなしにもかかるという（大辞典一―七七七頁、福井一九四頁、中島七二頁）。

いそのまつ

「つねに」にかかる。〔例〕「伊蘇麻都能」↓「都祢尒」(万葉四四九八)⊙はしきよし　今日の主人(あるじ)は　磯松の　常にいまさね　今も見るごと(万葉四四九八)〔注〕磯の松の緑の色は常にかわらぬ意から「常に」にかかる(福井一九四頁、中島七三頁)。

いちさかき

「みのおほけく」にかかる。〔例〕「伊知佐加紀」↓「微能意富祁久」(記九)「伊智佐介幾」↓「未廼於朋鶏句」(紀七)⊙宇陀の　高城(たかき)に　鴫羅張(しぎわなは)る――柃(いちさかき)　實(み)の多けくを――(記九)〔注〕「いちさかき」は「厳栄樹」で柃(ひさかき)の異名。赤黒い小さな実が多く生る。そこで「みのおほけく」と続く(大系古代歌謡四五頁、福井一九六頁、中島七四頁)。

いつしばの

「いつ」にかかる。〔例〕「市柴乃」↓「何時」(万葉五一三)⊙大原の　この市柴(いつしば)の　何時(いつ)しかと　わが思ふ妹に　今夜(こよひ)逢へるかも(万葉五一三)〔注〕「市柴」は茂った小木。「いち」と類音の「いつ」を持つ「いつしか」にかかる(大辞典一―八二九頁)。一説に、「……市柴の」ここまで「イツシカ」にかかる序。市は独立した名詞としては「イチ」というが、古形は「イツ」と考えられるので複合語では「イツ」と訓む。但し枕詞と見ない説もある(大系万葉一―二五〇頁、福井一九六頁、中島七四頁)。

いつしばはらの

「いつもいつも」にかかる。〔例〕「五柴原能」↓「何時毛何時毛」(万葉二七七〇)⊙道の辺の　いつしば原の　いつもいつも　人の許さむ　言をし待たむ(万葉二七七〇)〔注〕いつ柴原は茂った柴の原。「いつ」は繁茂の意。但し枕詞と見ない説が有力なようである(大系万葉三―二三八頁、大辞典一―八九五頁、中島七五頁、大塚四六頁)。

いときだ↓いとのきて

いとのきて

「みじかき」にかかる。〔例〕「伊等乃伎提」↓「短」(万葉八九二)⊙風雑へ　雨降る夜の――鵺鳥(ぬえどり)の呻吟(のどよ)ひ居るに　いとのきて　短き物を　端截(はしき)ると　云へるが如く――(万葉八九二)〔注〕「甚除きて」で、殊のほか、きわめての意の副詞句であって、枕詞とするのは失当であろうともいう(大系万葉二―一〇〇頁、福井一九六頁、中島七五頁)。

いなうしろ

「かは」にかかる。〔例〕「伊奈宇之呂」→「河」(万葉一五二〇)⦿牽牛(ひこほし)は　織女(たなばたつめ)と　天地の　別れし時ゆ　いなうしろ　川に向き立ち——(万葉一五二〇)〔注〕「伊儺武斯廬」(紀三)「伊奈武思侶」(万葉二六四三)が「いなむしろ」と訓まれ「しく(敷く)」にかかる例とされているので、「宇」は「武」の誤写ではないかとの説もある(大系万葉二—三一三頁、中島七六頁)。

いなのめの

「あけ」にかかる。〔例〕「稲目」→「明」(万葉二〇二二)⦿相見らく　飽き足らねども　いなのめの　明けさりにけり　船出せむ妻(万葉二〇二二)〔注〕稲の穂の出そめるのを「いなの目」といい、それに夜のほのぼのと明けるのをたとえたとする説、寝(いな)の目が明(あ)くと続くとする説、採光・通風のため稲わらを粗く編んだむしろのすき間(稲の目)から明け方の光がさし込むところからとか、諸説がある(大辞典一—九七五頁、事典四三四頁、福井一九六頁、横山四六頁)。

いなびつま

「うらみ」にかかる。〔例〕「稲日都麻」→「浦箕」(万葉五〇九)⦿臣女の　匣に乗れる——稲目都麻(いなびつま)浦廻(うらみ)を過ぎて——(万葉五〇九)〔注〕「いなびつま」は「いなみつま」と同じ。兵庫県加古川の河口、高砂市あたりかという。「ツマ」は河口の突出部。「いなび(み)」は「印南」(大系万葉一—二四九頁、福井一九七頁、全注四—七二頁)。

いなふねの

「いな・かるし」にかかる。〔例〕⦿もがみ川　のぼればくだる　いなふねの　いなにはあらず　この月ばかり(古今一〇九二)⦿もがみ川　深きにもあらず　いな舟の　心輕くも　歸るなるかな(後撰八四〇)〔注〕いなふねは稲を積む小舟で、農民が用いる耕作船の一種。枕詞と見ない説もある(大辞典一—九七六頁)。

いなみつま

「からに」にかかる。〔例〕「伊奈美嬬」→「辛荷」(万葉九四二)⦿味さはふ　妹が目離(か)れて——淡路の　野島も過ぎ　印南端(いなみつま)　辛荷の島の　島の際(ま)ゆ——(万葉九四二)〔注〕「いなびつま」の項を参照。

いなみのの

「いな」にかかる。〔例〕⦿女郎花　我に宿かせ　いなみのの　否(いな)といふ共　ここを過ぎめや(拾遺三八四)〔注〕頭音を反覆して「否」(いなむ)にかかる。印南野は播磨国にあった原野(大辞典一—九七七頁、福井一九八頁)。

いなむしろ

「しく・かは・ふしみ」にかかる。〔例〕「伊奈武思呂」↓「敷」(万葉二六四三)「伊儺武斯盧」↓「哿簸」(紀八三)⊙玉桙の　道行き疲れ　稲莚　しきても君を　見むよしもがも(万葉二六四三)⊙稲莚　川副楊(かはそひやなぎ)　水行けば　靡き起き立ち　その根は失せず(紀八三)⊙秋の雲しくとは見れど　いなむしろ　伏見の里は　月のみぞすむ(月清集一八七〇)〔注〕稲莚を「敷く」で「しく」にかかる。稲田を川に見たて、また稲莚をしいて臥すから「伏」見にかかる(大系新古今一一二頁、大辞典一—九七七頁、福井一九八頁)。

いにしえの↓いにしへの

いにしへの

「しづのをだまき」または「いやしき」にかかる。〔例〕⊙いにしへの　しづのをだまき　いやしきも　よきもさかりはありし物也(古今八八八)〔注〕しづ(倭文)は古代の織物の一種。をだまき(苧環)は織布用の苧を巻きつけた巻子(へそ)をいい、その苧をしげく捲いてあるので、「いやしき(弥繁)」あるいは「弥重」の同音である「賤しき」にかかるという。しかし枕詞と見るのは非で、「いにしへのしづのをだまき」を「いやしき」の序と見るべきであろうという(大系古今二八一頁、福井二〇〇頁、中島七九頁)。

いぬじもの

「ふし」にかかる。〔例〕「伊奴時母能」↓「布斯」(万葉八八六)⊙うち日さす　宮へ上ると——犬じもの　道に臥してや　命過ぎなむ(万葉八八六)〔注〕犬の如く伏すという意から「伏し」にかかるという。また「みちにふして」にかかるとする説もある。枕詞と見ない説もあり、おそらく是であろう(大辞典一—九八九頁、福井二〇〇頁、大塚四八頁、中島七九頁)。

いはくえの

「くゆ」にかかる。〔例〕「伊波久叡乃」↓「久由」(万葉三三六五)⊙鎌倉の　見越の崎の　岩崩(いはくえ)の　君が悔ゆべき　心は持たじ(万葉三三六五)〔注〕「岩崩えの」まで三句を「悔ゆ」を起こす序詞と見て、枕詞としない説が有力である(大系万葉三—四一三頁、福井二〇二頁、大塚四八頁、中島七九頁、全注十四—七二頁)。

いはくだす

「かしこく」にかかる。〔例〕「以播區娜輸」↓「伽之古倶」(紀四五)⊙みかしほ　播磨速待　岩下(いはくだす)　畏くとも　吾養はむ(紀四五)〔注〕磐石を上から落すとき、危く恐ろしい意で「畏く」にかかる(大系古代歌謡一五三頁、大辞典一―一一四頁)。

いはくやす→いはくだす

いはしみづ

「いはで」にかかる。〔例〕⦿あふさかの　せきにながる　いはし水　いはで心に　おもひこそすれ(古今五三七)〔注〕いはしみづ(岩清水)は岩間から湧き出す清水。頭音反覆で「言はで」にかかる。但し枕詞と見ない説もある(大系古今二一一頁、大辞典一―一一七頁、福井二〇二頁、横山四八頁、中島八〇頁)。

いはせやま

「いはで」にかかる。〔例〕⦿岩瀬山　いはでながらの身のはては　思ひしごとく　誰か告げまし(古今六帖)〔注〕枕詞と見ない説がある。岩瀬山は奈良県生駒郡斑鳩町にある山(大辞典一―一一八頁、福井二〇二頁)。

いはそそく

「きし・たるみ」にかかる。〔例〕「石灑」→「岸」(万葉一三八八)⦿石灑(いはそそく)　岸の浦廻に　寄する波　邊(へ)に來寄(きよ)らばか　言(こと)の繁けむ(万葉一三八八)⦿岩そゝく　たるみのうへの　早蕨(さわらび)の　もえ出づる春に　成りにけるかな(新古今三二)〔注〕「灑」の字を「隠」の誤りと見て「いそがくれ」と訓む説もある。また近世初期まで「いはそそく」と清音であった(大辞典一―一一九頁、福井二〇二頁、中島八〇頁)。

いはたたす

「すくなみかみ」にかかる。〔例〕「伊波多々須」→「須久那美迦微」(記三九)「伊破多々須」→「周玖那彌伽未」(紀三二)⦿この御酒は　我が御酒ならず　酒の司　常世に　います　石立(いはた)たす　少名御神の　神壽(かむほ)き――(記三九)〔注〕少彦名の神は病災呪禁の神で、もと石神として祀られた。但し枕詞とするは非か(大系古代歌謡一一四頁、福井二〇二頁)。

いはつつじ

「いはねば」にかかる。〔例〕⦿思ひいづる　ときはの山の　いはつつじ　いはねばこそあれ　こひしき物を(古今四九五)〔注〕枕詞と見ない説もある(大系古今二〇五頁、大辞典一―一二〇頁、福井二〇三頁)。

いはつなの

「をちかへり」にかかる。「石綱乃」→「變若返」(万葉一〇四六)⦿石綱の　また變若(を)ちかへり　あをによし　奈良の都を　また見なむかも(万葉一〇四六)〔注〕イハツナはイハツタに同じ。「変若つ」は若返ること「いはづなの」

と濁音とする場合もある。（大辞典一―一一二〇頁、事典四三五頁）。

いはにふり

「われ」にかかる。〔例〕「石觸」→「破」（万葉二七一六）⦿高山ゆ　出で來る水の　岩に觸れ　破(わ)れてそ思ふ　妹に逢はぬ夜は（万葉二七一六）〔注〕水が岩にふれてくだけるように、心もくだけて恋しく思う意の「破れ」てにかかる。但し枕詞とするは非か（福井二〇三頁）。

いはばしの

「まぢか・とをき・まま・よる」にかかる。〔例〕「石走」→「間近」（万葉五九七）「石走」→「遠」（万葉二七〇一）「石走」→「間ゝ」（万葉二二八八）⦿うつせみの　人目を繁み　石橋の　間近き君に　戀ひわたるかも（万葉五九七）⦿石橋の　崖(まゝ)に生ひたる　貌花(かほばな)の　花にしありけり　ありつつ見れば（万葉二二八八）⦿明日香川　明日も渡らむ　石橋の　遠き心は　思ほえぬかも（万葉二七〇一）⦿岩橋の　よるの契も　たえぬべし明る佗しき　かつらぎのかみ（拾遺一八）〔注〕石橋は川に石を並べて踏み渡る石。飛石のことで、その間隔が狭いので「間近」に、石と石との間が遠いので「遠き」に、石と石との間に間(ま)があいている意で、「ま」と同音を含む、「崖(まま)」（急傾斜地）にかかる。「寄る」にかかるのは不明。石と石が並び寄る意か（大辞典一―一一二三頁、福井二〇四頁、中島八一頁）。「いはばしる」の項を参照。

いはばしる

「あふみ・たぎ・たるみ・かんなびやま・はつせかは」にかかる。〔例〕「石走」→「淡海」（万葉二九・一二八七）「磐走」→「淡海」（万葉五〇（「石流」→「垂水」（万葉一一四二）「石激」→「垂見」（万葉一四一八）「石走」→「垂水」（万葉三〇二五）「石走」→「甘南備山」（万葉三三三〇）「伊波婆之流」→「多伎」（万葉三六一七）⦿玉襷　畝火(うねび)の山の――石走る　淡海の國の――（万葉二九）⦿命をし　幸くよけむと　石走る　垂水の水を　むすびて飲みつ（万葉一一四二）⦿幣帛を　奈良より出でて――石走る　神名火山に――（万葉三二三〇）⦿石走る　瀧(たぎ)もとどろに　鳴く蟬の　聲をし聞けば　都し思ほゆ（万葉三六一七）⦿石ばしる　はつせの川の　浪枕　はやくも年の　暮れにけるかな（新古今七〇三）〔注〕「いはばしる」とは、水が石や岩の上を激しく流れるさま。水が石に当たって激し飛沫(あわ)をあげて流れる意で、類音の国名「淡海」＝近江(あふみ)」にかかり、水が音を立って激しく流れるさまの瀧に、また水が激しく岩に当たって流れ落つる瀧の意の「垂水(たるみ)」にかかる。「神名火山」の場合は、石走るに瀧(たぎ)の瀬の意を含ませ、瀬音の雷鳴振(かむなび)という意でかかるとする説、「いはばしの」と訓み神南備山(雷丘)を甘橿丘へ飛び渡る石に見たててかかるとする説などがある(大系万葉二―二八二頁、大辞典一―一一二三頁、事典四三五頁、福井三〇五頁、中島八二頁)。

いはひしま

「いはひ」にかかる。〔例〕「伊波比之麻」→「伊波比」(万葉三六三六)⦿家人は　帰り早来と　いはひ島　斎(いは)ひ待つらむ　旅行くわれを(万葉三六三六)〔注〕いはひ島、同音で「斎」にかかる。「斎」は、けがれを忌み、心身を清浄にして、神をまつること。「いはひ島」は山口県熊毛郡上ノ関町祝島。引用の歌は遣新羅使一行の作(大系万葉四―七一頁、大辞典一―一一〇八頁)。

いはひつき

「いくよ」にかかる。〔例〕「齋槻」→「幾世」(万葉二六五六)⦿天(あま)飛ぶや　輕の社(やしろ)の　齋槻(いはひつき)　幾世まであらむ　隠妻(こもりづま)そも(万葉二六五六)〔注〕齋槻は神木の槻の木。枕詞と見ない説もある(大系万葉三―二一七頁、福井二〇六頁、中島八二頁)。

いはぶちの

「こもり」にかかる。〔例〕「石淵」→「隠」(万葉二七一五)⦿神名火の　打廻(うちみ)の崎の　石淵の　隠りてのみや　わが戀ひ居らむ(万葉二七一五)〔注〕「石淵の」は岩にかこまれた淵のように、人目につきにくいところから「隠(こもり)」にかゝる。但し枕詞と見ない説もある(大系万葉三―二二八頁、大辞典一―一一二三頁、中島八二頁)。

いはほすげ

「ねもころ」にかかる。〔例〕「石穂菅」→「惻隠」(万葉二四七二)⦿見渡しの　三室(みむろ)の山の　巖菅(いはほすげ)　ねもころわれは　片思(かたもひ)そする(万葉二四七二)〔注〕「巖菅」は岩のほとりの菅。菅はその根が長く乱れやすいところから、その特長ある「根」の音を受けて「ねもごろ(懇)」という副詞にかける。「ねもころ」とは植物の細かい根が土にからんで凝りかたまっているところから、こまごまと至らぬくまなしという心持の意。但し枕詞と見ない説もある(大系万葉三―一六八頁・四六四頁、大辞典一―一一一一頁、福井二〇六頁)。

いはほなす

「ときは」にかかる。〔例〕「巖成」→「常磐」(万葉九八八)⦿春草は　後はうつろふ　巖(いはほ)なす　常磐(ときは)に坐(いま)せ　貴(たふと)きわが君(万葉九八八)〔注〕

「いはほなす」は巨岩のように。イハホのイハは岩。ホは波のホ・稲の穂のように突出して目立つもの。「常磐(ときは)」は永久にある岩。巨岩のように永久に変わらずの意の「常磐」にかかる(大系万葉二—一六三頁)。

いはみがた

「うらみ」にかかる。〔例〕⊙つらけれど　人には言はず　石見潟(いはみがた)　恨(うらみ)ぞ深き　心ひとつに(拾遺九八〇)⊙石見潟　うらみに深み　沖つ浪　うちよする藻に　埋るる身は(古今六帖三一七〇九)〔注〕石見の海岸の、けわしくて浦を見ることも少ないので「浦見ず」から転じて同音を含む「恨み」にかかる(福井二〇七頁、中島八三頁)。

いはゐつら

「ひかば」にかかる。〔例〕「伊波爲都良」→「比可婆」(万葉三三七八)「伊波爲都良」→「比可波」(万葉三四一六)⊙入間道の　大家が原の　いはゐ蔓(つら)　引かばぬるぬる　吾にな絶えそね(万葉三三七八)〔注〕いはゐ蔓は滑莧と同じ。その蔓を引く時の如く、ぬる〳〵と続けたもの。枕詞と見ない説もある。大家が原については「和名抄」に「武蔵国入間郡大家於保也介」とある(大系万葉三—四一六頁、横山五〇頁)。

いへつとり

「かけ」にかかる。〔例〕「家鳥」→「可雞」(万葉三三一〇)⊙隠口の　泊瀬の國に——野つ鳥　雉(きざし)はとよみ　家つ鳥　雞(かけ)も鳴く　さ夜は明け——(万葉三三一〇)〔注〕「家つ鳥」は「野つ鳥」に対する、家で飼う「にはとり」のこと。「かけ」は鳴声による命名(大系万葉三—三八一頁)。

いほへなみ

「たちてもゐても」にかかる。〔例〕「五百重浪」→「立」(万葉五六八)⊙み崎廻(さきみ)の　荒磯に寄する　五百重波　立ちても居てもわが思へる君(万葉五六八)〔注〕幾重にも重なる波が立つの意から、人の立ち居にかける。枕詞と見ない説もある(大辞典一—六二六頁、福井二〇八頁、全注四—一八二頁)。

いまちづき→ゐまちづき

いめたてて

「とみ」にかかる。〔例〕「射目立而」→「跡見」(万葉一五四九)⊙射目(いめ)立てて　跡見(とみ)の岳邊(をかべ)の瞿麥(なでしこ)の　花總(ふさ)手折り　われは行きなむ　奈良人の爲(万葉一五四九)〔注〕「いめ(射目)」は狩りで獲物を待ちぶせて射るために身を隠しておく所。身を隠すための設備をもいう。「跡見(とみ)」は動物の通った足跡を調べて、何時ごろ動物がそのあたりを通りそうかを推測する。即ち射目を設けて獲物の足跡を見るの意で、「跡(と)」を見ると同音を持つ地名「跡見(とみ)」にかかる。射目を射部と解する説もあるが非であろう。跡見は奈良県桜井市外山の辺りかという(大系万葉二―三二〇頁・四四六頁、大辞典一―一〇四〇頁、福井二〇八頁)。

いめひとの

「ふしみ」にかかる。〔例〕「射目人乃」→「伏見」(万葉一六九九)⦿巨椋(おほくら)の　入江響(とよ)むなり　射目人(いめひと)の　伏見が田井に　雁渡るらし(万葉一六九九)〔注〕「いめひと」は射目に隠れて動物を射るために待ちかまえる人をいう。伏してうかがい見るの意で、地名「伏見」にかゝる(大辞典一―一〇四〇頁、事典四三五頁、福井二〇九頁)。

いもがいえに→いもがいへに

いもがいへに

「いくり・ゆき」にかかる。「伊毛我伊敝尓」→「伊久里」(万葉三九五二)「伊母我陛迩」→「由岐」(万葉八四四)⦿妹が家に　雪かも降ると　見るまでに　ここだも亂(まがふ)　梅の花かも(万葉八四四)⦿妹が家に　伊久里(いくり)の森の　藤の花　今來む春も　常如此(かく)し見む(万葉三九五二)〔注〕妹が家に行く意で「行く」と類音の「伊久里・雪」にかかる。伊久里は越中国砺波郡石栗荘(いまの砺波市の井栗谷町)かという。また大和あるいは越後とする説もある。おそらく越中であろう(大系万葉四―一九四頁、大辞典一―一〇四三頁)。

いもがうむ

「をつ」にかかる。〔例〕⦿行けどなほ　ゆきやられぬは　いもがうむ　小津の浦なる　岸の松原(土佐日記・承平五年二月五日条)〔注〕妹が績(う)む麻(を)の意で、その「を」と同音を含む「小津」にかける(大辞典一―一〇四三頁、福井二一〇頁)。

いもがかど

「いで・いる」にかかる。〔例〕「妹門」→「出」(万葉一一九一)「妹門」→「入」(万葉一六九五)⦿妹が門　出入(いでいり)の川の　瀬をはやみ　わが馬(ま)つまづく　家思(も)ふらしも(万葉一一九一)⦿妹が門　入り泉川の　常滑(とこなめ)に　み雪残れり　いまだ冬かも(万葉一六九五)〔注〕妹が門を「出(いで)入(いる)」という意から「いで・いる」と同音を含む「出入の川・入泉(いづみ)川」にかかるとする。しかし「妹が門出で」「妹が門入り」と訓んで、それぞれ「入」「泉川」の序詞とする説もある。是か(大系万葉二—一三三頁・三七一頁、福井二一〇頁)。

いもがかみ

「あげたかはの」にかかる。〔例〕「妹之髪」→「上小竹葉野」(万葉二六五二)⊙妹が髪　上竹葉野(あげたかはの)の　放(はな)ち駒　荒びにけらし　逢はなく思へば(万葉二六五二)〔注〕髪の毛をかき上げて結ぶことを「あぐ」「たく」というところから「あげたく」と類音を含む地名「上竹葉町(あげたかはの)」にかかる。単に「あぐ」にかかる枕詞とする説、また枕詞と見ない説もある(大系万葉二—二一六頁、大辞典一—一〇四三頁、福井二一〇頁、大塚五三頁、中島八四頁)。

いもがきる

「みかさ」にかかる。〔例〕「妹之着」→「三笠」(万葉九八七)⊙待ちがてに　わがする月は　妹が着る　三笠の山に　隠れてありけり(万葉九八七)〔注〕笠などをかぶることを着るという。妹がかぶる笠という意で、同音を含む地名三笠山にかかる(大辞典一—一〇四三頁)。

いもがそで

「まききのやま」にかかる。〔例〕「妹之袖」→「巻來」(万葉二一八七)⊙妹が袖　巻來(まきき)の山の　朝露に　にほふ黄葉(もみち)の　散らまく惜しも(万葉二一八七)〔注〕妻の袖を枕にして寝ることを「袖を巻く」というところから、「まく」と同音を含む地名「巻來(まきき)の山」にかかる。巻來山は大和の纒向(まきむく)山奈良県磯城郡大三輪町にある「巻向山」の誤りかともいう(大辞典一—一〇四三頁)。

いもがてを

「とり・とろしのいけ」にかかる。〔例〕「妹手」→「取」(万葉一六八)「妹手呼」→「取」(万葉二一六六)⊙妹が手を　取石(とろし)の池の　波の間ゆ　鳥が音(ね)異(け)に鳴く　秋過ぎぬらし(二一六六)⊙妹が手を　取りて引き攀(よ)ぢ　ふさ手折(たを)り　わが挿頭(かざ)すべき　花咲けるかも(万葉一六八三)〔注〕「妹が手を」取るの意で、「とる」と同音を含む「取り」に、また、類音の地名「取石(とろし)の池」にかかる。引例の万葉一六八三番については枕詞と見ない説もある。取石の池は大阪府泉北郡高石町・取石村・信太村にかけて在った大池。現在は埋められてしまい面影がない(大系万葉二—一一八頁・三六八頁)。

いもがとこ→いもらがり

いもがひも

「ゆふ・とく」にかかる。〔例〕「妹之紐」→「結」(万葉一一一五)「妹之紐」→「解」(万葉二二一一)⊙妹が紐　結(ゆふ)八川内(やかふち)を　いにしへの　人さへ見きと　こを誰か知る(万葉一一一五)⊙妹が紐　解くと結びて　立田山　今こそ黄葉(もみち)　はじめてありけれ(万葉二二一一)〔注〕但し枕詞と見ない説もある(大系万葉三―一二五頁、大辞典一―一〇四三頁、福井二一二頁)。

いもがめを

「み・みそめ」にかかる。〔例〕「妹目乎」→「始見」(万葉一五六〇)「妹目乎」→「見」(万葉三〇二四)⊙妹が目を　始見(みそめ)の崎の　秋萩は　この月ごろは　散りこすなゆめ(万葉一五六〇)⊙妹が目を　見まくほり江のさゞれ波　重(し)きてひ戀つつ　ありと告げこそ(万葉三〇二四)〔注〕「始見」を「とみ(跡見)」と訓む説、「はつみ」と訓む説などもある。また枕詞と見ない説もある(大辞典一―一〇四三頁、福井二一三頁)。

いもにこい→いもにこひ

いもにこひ

「あがのまつはら」にかかる。「妹尒戀」→「吾乃松原」(万葉一〇三〇)〔例〕⊙妹に恋ひ　吾(あが)の松原　見渡せば　潮干の潟に　鶴(たづ)鳴き渡る(万葉一〇三〇)〔注〕妹を恋しく思って「吾が待つ」という意から「あがまつ」と同音を含む地名「吾の松原」にかゝる。また「妹に恋ひ吾が」までを序詞として枕詞としない説もある(大辞典一―一〇四六頁)。

いもらがり

「いまき」にかかる。〔例〕「妹等許」→「今木」(万葉一七九五)⊙妹らがり　今木(いまき)の嶺に　茂り立つ　嬬松(つままつ)の木は　古人(ふるひと)見けむ(万葉一七九五)〔注〕「いもら」の「ら」は親しみを添える接尾語。妻・愛人・親しい女性を呼ぶに用いる語。愛人の所へ今来る意で「いまき(今来)」と同音の地名「今木」にかゝる。枕詞の例で、動詞「来(く)」の連用形「き」は甲類音、「今木」の「き」は乙類音である。従って特殊仮名づかいの上からは別の音であるが、枕詞が下の語句に続く時は、多少音相が違っていても続くことがあるという。一般に今来とは新しく来た外国人の意で、地名ともなる。なお、「妹等許」を「いもがとこ」と訓む説もある(大辞典一―一〇四八頁、中島八五頁)。

いもらがりと

「いこま」にかかる。〔例〕「妹許跡」→「生駒」(万葉二二〇一)⊙妹許と　馬に鞍おきて　生駒山　うち越え來れば　紅葉散りつつ(万葉二二〇一)〔注〕「いも」の「い」

が句を隔てて同音を含む地名「生駒」にかかる(横山五三頁)。

いゆきあいの→いゆきあひの

いゆきあひの

「さか」にかかる。〔例〕「射行相乃」→「坂」(万葉一七五二)⦿い行會(ゆきあひ)の　坂の麓に　咲きををる　櫻の花を　見せむ兒もがも(万葉一七五二)〔注〕「いゆきあひの」の「い」は接頭語。登り下りの行遇う「坂」と続く(大辞典一―一〇五七頁、横山五四頁、中島八六頁)。

いゆししの

「こころをいたみ・ゆきもしなむ」にかかる。〔例〕「所射十六乃」→「意矣痛」(万葉一八〇四)「射宍乃」→「行文將死」(万葉三三四四)⦿父母が　成しのまにまに――射ゆ猪鹿(しし)の　心を痛(いた)み――(万葉一八〇四)⦿この月は　君來(き)まさむと――射(い)ゆ猪鹿の　行きも死なむと　思へども――(万葉三三四四)〔注〕「いゆししの」は矢で射られた獣(しし)の意で、傷の痛むところから人事に比し「心を痛み」に、またその獣が逃げ疲れてついに行き死ぬ意で、比喩的に人の行路で死ぬ意の「行きも死なむ」にかかる(大辞典一―一〇五八頁、事典四三六頁、福井二一四頁)。

いりひなす

「かくる」にかかる。〔例〕「入日成」→「隠」(万葉二一〇・二一三・四六六)⦿うつせみと　思ひし時に――入日なす　隠(かく)りにしかば　吾妹子が　形見に置ける　みどり兒の――(万葉二一〇)〔注〕入日が隠れてゆくところから、人の死をたとえていう(大辞典一―一〇七四頁)。

いるくもの→ゐるくもの

いるたずの→ゐるたづの

いるや

「まと」にかかる。〔例〕「伊流夜」→「麻度」(風土記二〇)⦿大夫(ますらを)の　幸矢(さつや)手挾(たばさ)み　向かひ立ち　射(いる)や的形(まとかた)　濱のさやけき(風土記二〇〈伊勢風土記逸文〉)〔注〕弓を射る的と続き。同音の地名「的」にかゝる。的方浦は三重県飯南郡機殿村辺の海岸かという。此の浦の地形が的(まと)に似たるを以てその名がある。「神名帳」に伊勢国多気郡の服部麻刀方神社があり、「倭姫命世紀」に「円方機殿」がある(大系古代歌謡二三五頁)。

いれひもの

「おなじ・さし・むすぶ」にかかる。〔例〕⦿よそにして　こふればくるし　いれひもの　おなじ心に　いざむすびてん(古今五四一)⦿入紐の　さして来つれど　唐衣　からくいひても　かへしつるかな(古今六帖 三八七〇)〔注〕「入紐」は結び玉にした雄紐を輪にした雌紐の中にさし入れて結ぶもの。さし入れるので「さし」にかかり、また雌雄の紐の似ていることから「同じ」にかかる(大辞典 一―一〇八六頁、福井二一四頁、中島八六頁)。

いわいじま→いはひじま

いわいつき→いはひつき

いわいつら→いはゐつら

いわおなす→いはほなす

いわくえの→いはくえの

いわくだす→いはくだす

いわしみず→いはしみづ

いわせやま→いはせやま

いわそそぐ→いはそそぐ

いわたたす→いはたたす

いわつつじ→いはつつじ

いわつなの→いはつなの

いわにふり→いはにふり

いわばしの→いはばしの

いわばしる→いはばしる

いわぶちの→いはぶちの

いわほすげ→いはほすげ

いわみがた→いはみがた

【う】

うかねらう→うかねらふ

うかねらふ

「とみ」にかかる。〔例〕「窺良布」→「跡見」(万葉二一三四六)⦿窺狙(うかねら)ふ　跡見山(とみやま)雪の　いちしろく　戀ひば妹が名　人知らむかも(万葉二一三四六)〔注〕鳥獣をとる時その足跡を見て、うかがいねらう役を「とみ」というところから「とみ」と同音を含む地名「跡見山」にかかる(大系万葉三―一五一頁、大辞典 一―一一九八頁)。

うきくさの

「うき・ねをたえて」にかかる。〔例〕⦿たぎつせに　ねざしとどめぬ　うき草の　うきたる恋も　我はするかな(古今五九二)⦿わびぬれば　身をうき草の　ねをたえて　さそふ水あらば　いなんとぞ思ふ(古今九三八)〔注〕浮草の根が固定していないことから、人の世の定めなきことのたとえとなる。また浮草の根は水底につかぬものなので「根を絶えて」にかかる(大辞典一—一二〇五頁、福井二一六頁、中島八七頁)。

うきしまの

「うき」にかかる。〔例〕⦿しほがまの　まへにうきたる　浮嶋の　うきて思ひの　あるよなりけり(新古今一三七八)〔注〕同音のくり返しで「浮き・憂き」などにかかる(大辞典一—一二〇七頁、福井二一六頁)。

うきぬなは

「へにもおきにも」にかかる。〔例〕「浮蓴」→「邊毛奥毛」(万葉一三五二)⦿わが情　ゆたにたゆたに　浮蓴(うきぬなは)　邊(へ)にも奥(おき)にも寄りかつましじ(万葉一三五二)〔注〕浮蓴はじゆんさいのこと。波のまにまに漂うので「辺にも沖にも」とかかる(福井二一七頁、中島八八頁、全注七—三三八頁)。

うきふねの

「こがる」にかかる。〔例〕⦿効なき　戀に何しかも　我のみ獨り　浮船の　焦(こが)れて世には　渡るらむ(拾遺五七三)〔注〕うきふねは水上に浮かんでいる船。水面にただよっている小船。「舟が漕(こ)がれる」ところから、同音を含む「焦(こ)がる」にかかる(大辞典一—一二一〇頁、福井二一七頁、中島八八頁)。

うきまなご

「いき」にかかる。〔例〕「浮沙」→「生」(万葉二五〇四)⦿解衣(とききぬ)の　戀ひ乱れつつ　浮沙(うきまなご)　生きてもわれは　あり渡るかも(万葉二五〇四)〔注〕「うきまなご(浮沙)」は水に浮くようなこまかい砂。その「ウキ」と「イキ」の音の類似で「生き」にかかる(中島八八頁)。

うぐいすの→うぐひすの

うぐひすの

「はる」にかかる。〔例〕「鶯之」→「春」(万葉一八四五)⦿鶯の　春になるらし　春日山　霞たなびく　夜目に見れども(万葉一八四五)〔注〕枕詞と見ない説もある(福井二一七頁)。

うけのをの

「うかれ」にかかる。〔例〕「浮笑緒乃」→「得干」(万葉二六四六)⦿住吉(すみのえ)の　津守網引(あびき)の　泛子(うけ)の緒(を)の　浮(うか)れか行かむ　戀ひつつあらずは(万葉二六四六)〔注〕「泛子(うけ)」は魚を釣るときの「うき」であり、また魚網の泛子(うき)のこと。その泛子のついた紐(緒)が水上に浮くところから「うく」と類音の「うかれ」にかかる。枕詞と見ない説もある(大系万葉三—二一五頁、福井二一七頁、中島八九頁)。

うごきなき

「いはくらやま」にかかる。〔例〕動きなき　岩倉山に　君が代を　運びおきつつ　千代をこそつめ(拾遺六〇〇)〔注〕不動の岩→岩倉山と続く(福井二一八頁)。

うさゆづる

「たえまつがむ」にかかる。〔例〕「于磋由豆流」→「多曳麼菟餓務」(日本書紀・巻十一)⦿貴人(うまひと)の　立つる言立(ことだて)　儲弦(うさゆづる)　絶え間継がむに　並べてもがも(紀五三)〔注〕儲弦とは、懸替の弓弦、をさゆづるともいう。「うさ」は貯え、予備の意(福井二一八頁、中島八九頁)。

うじかわの→うぢかはの

うじもの

「うなねつく」にかかる。〔例〕⦿宇事物(うじもの)　頸根(うなね)衝き抜きて(延喜式祝詞・祈年祭)〔注〕「鵜自物(うじもの)」の「じもの」は接尾語。鵜のようにの意で「うなねつく(うなじを垂れる)」にかかる。鵜の水中に入るときは首を曲げてつき入る習性を、人の敬って頭を下げるとにたとえるという(大辞典一—一二五五頁、福井二一八頁)。

うじやまの→うぢやまの

うずらとり→うづらとり

うずらなく→うづらなく

うずらなす→うづらなす

うすらびの

「うすき」にかかる。〔例〕「宇須良婢乃」→「宇須伎」(万葉四四七八)⦿佐保川に　凍(こほ)り渡れる　薄氷(うすらび)の　薄き心を　わが思はなくに(万葉四四七八)〔注〕「薄氷(うすらび)の」「うす」と続き、頭音反覆で「うすき心」にかかる。うすき心は軽薄な心(福井二一九頁)。

うたかたの

「きえ・うき」にかかる。〔例〕⦿降りやめば　あとだに見えぬ　うたかたの　消えてはかなき　世を頼むかな(後撰九〇五)⦿知る人も　知られざりけり　うたかたの　憂き身も今や　物忘れして(続後撰九八九)〔注〕うたかた(泡沫)は「うたがた」とも。水に浮かぶ「あわ」の消えやすいところから「消ゆ」に、水に浮かぶところから「浮き」「憂き」にかかる(大辞典一—一二九九頁、中島九〇頁)。

うちえする

「するが」にかかる。〔例〕「宇知江須流」→「須流河」(万葉四三四五)⦿吾妹子と　二人わが見し　うち寄(え)する　駿河の嶺(ね)らは　戀(くふ)しくめあるか(万葉四三四五)〔注〕「うちえする」は「うちよする」の上代東國の方言。「駿河」の原義は「洲在處(すあるか)」、海に面している國で、波のうちよする意で「駿河」にかゝる(大系万葉四─四一八頁、大辞典一─一三一四頁、事典四三六頁)。「うちよする」の項を参照。

うぢかはの

「たえぬ」にかかる。〔例〕⦿かゝるせも　ありける物を　うぢ川の　たえぬばかりも　歎(なげ)きける哉(新古今一六四六)〔注〕宇治川の流れの絶えぬことから氏(うじ、藤原氏)の「絶えぬ」にかかる。但し枕詞と見ない説もある(大系新古今三三七頁、朝日新古今三四一頁)。

うちそかけ

「うむ」にかかる。「打麻懸」→「績」(万葉二九九〇)〔例〕⦿少女(をとめ)らが　績麻(うみを)の絡挅(たたり)　打麻懸(うちそか)け　績(う)む時無しに　戀ひ渡るかも(万葉二九九〇)〔注〕「うちそ」は「うつそ」ともいう。麻をうって、やわらかにしたもの。それを「たゝり(絡挅)」にかけて績(う)むといふことから「績(う)む」と同音を含む「倦(う)む」にかかる。絡挅は台の上に棒を立てた道具。麻を糸にするのに使う。但し枕詞と見ない説もある(大系万葉三─二八五頁、大辞典一─一三三九頁、福井二二〇頁、中島九〇頁)。

うちそはし→うつそやし

うちそやし→うつそやし

うちそを

「をみのおおきみ」にかかる。〔例〕「打麻乎」→「麻續」(万葉二三)⦿打ち麻(そ)を　麻續王　海人なれや　伊良虞(いらご)の島の玉藻刈ります(万葉二三)〔注〕「そ」は麻。「を」は間投助詞。打った麻(を=麻糸)を績(う)むところから「麻(を)績(う)む」と類音の「麻績王(おみのおおきみ)」にかかる(大系万葉一─二三頁、大辞典一─一三三〇頁)。

うちたれがみの

「みだれ・やなぎ」にかかる。〔例〕⦿ほととぎす　若返(をちかえ)りなけ　うなゐごの　打垂髪(うちたれがみ)の　さみだれの空(拾遺一一一六)⦿さみだれの　打垂髪の玉柳　たゞ春風の　けづるなりけり(玉葉九一二)〔注〕打ちたれた髪の乱れやすいところから「みだれ」に、また打垂髪の柳のしだれたるに似たところから「柳」にかかるとする。

但し、枕詞とせず序詞と見るべきか(中島九一頁)。

うちたおり→うちたをり

うちたをり

「たむ」にかかる。〔例〕「掠手折」→「多武」(万葉一七〇四)〔注〕「ふさたをり」と訓むべきか(大系万葉二―三七三頁)。「ふさたをり」の項を参照。

うちなびき

「はる」にかかる。〔例〕⦿打なびき　春はきにけり　青柳の　かげふむ道に　人のやすらふ(新古今六九)〔注〕春になって草木の枝葉がのびてなびくことから「春」にかかる(大辞典一―一三三七頁)。

うちなびく

「はる・くさ・くろかみ」にかかる。〔例〕「打靡」→「春」(万葉二六〇・四七五・九四八・一四二二・一七五三・一八三〇・一八三二・一八三七・一八六五)「打靡」→「黒髪」(万葉八七)「打靡」→「草」(万葉一四二八)「有知奈毗久」→「波流」(万葉八二六)「宇知奈妣久」→「春」(万葉四三六〇)「宇知奈婢久」→「波流」(万葉四四八九)「打奈婢久」→「波流」(万葉四四九五)⦿天降りつく　神の香山　打ち靡(なび)く　春さり來れば――(万葉二六〇)⦿ありつつも　君をば待たむ　打ち靡く　わが黒髪に　霜の置くまでに(万葉八七)⦿おし照る　難波を過ぎて　うちなびく　草香の山を――(万葉一四二八)〔注〕「うち」は接頭語。春になると草木が伸びてなびくので「春」に、また「草」と同音を含む「草香山」にかかる。草香山は奈良県生駒山の西側一帯の山で、大阪府枚岡市東部の山。大和と河内をつなぐ「直越(ただごえ)の道」がここを超えている(大辞典一―一三三六頁、福井二二一頁)。

うちのぼる

「さほ」にかかる。〔例〕「打上」→「佐保」(万葉一四三三)⦿うちのぼる　佐保の川原の　青柳は　今は春べとなりにけるかも(万葉一四三三)〔注〕「うち」は接頭語。流れにそって川上へ上る。「打上」を「うちあぐる」と訓む説もある(大辞典一―一三四〇頁、福井二二二頁)。

うちひさす

「みや・みやこ」にかかる。〔例〕「打日指」→「宮」(万葉五三二)「打日刺」→「宮」(万葉二三八二)「打氷刺」→「宮」(万葉三七九一)「撃日刺」→「宮」(万葉一二八〇)「内日左須」→「宮」(万葉二三六五)「内日刺」→「宮」(万葉三〇五八・三二三四・三三二四)「宇知比佐受」→「宮」(万葉八八六)「宇知日佐須」→「美夜」(万葉三四五七)「内日指」→「京」(万葉四六〇)「宇知比左須」→「美

也古」（万葉四四七三）⦿うち日さす　宮に行く兒を　まがなしみ　留（と）むれば苦し　やればすべなし（万葉五三二）⦿栲縄の　新羅の国ゆ――うち日さす　京（みやこ）しみみに――（万葉四六〇）〔注〕語源については、①「現日（うつしひ）」の約とするもの、②「うつひさす」が原型で、ウツは全、ヒは日、サスは射の意とするもの、③ウツは美し、ヒは檜で、美しい檜で建てる宮の意とするものなど説がある（大辞典一―一三四三頁、福井二二三頁、中島九二頁）。

うちひさつ

「みや・みやけ」にかかる。〔例〕「打久津」→「三宅」（万葉三二九五）「宇知比佐都」→「美夜」（万葉三五〇五）⦿うち日さつ　宮の瀬川の　貌花（かほばな）の　戀ひてか寢（ぬ）らむ　昨夜（きそ）も今夜（こよひ）も（万葉三五〇五）⦿うち日さつ　三宅の原ゆ　直土（ひたつち）に――（万葉三二九五）〔注〕「うちひさつ」は「うちひさす」の転。語義・かかり方は「うちひさす」に同じ（大系万葉三―三七二頁、大辞典一―一三四三頁）。

うぢやまの

「いすず」にかかる。〔例〕⦿宇治山の　五十鈴の原に　満ち立ちて　萬代までと　奏で遊ばむ（古代歌謡・雑六一）〔注〕宇治山は今の神路山のことか。枕詞と見ない説もある。是か（大系古代歌謡四八七頁）。

うちよする

「するが」にかかる。〔例〕「打縁流」→「駿河」（万葉三一九）⦿なまよみの　甲斐の國　うち寄する　駿河の國と――（万葉三一九）〔注〕駿河国は海に面しているので、波のうち寄せるとする説、「寄する」と駿河の「する」が同音でかかるとする説、「うち揺（え）する」の音で、富士川などの大河の激浪が音高く寄せるからとの説などがある（事典四三七頁、福井二二五頁、金子二〇三頁）。「うちえする」の項を参照。

うちわたす

「やがはえなす・をち・みづのいりえ・たけたのはら」にかかる。〔例〕「宇知和多須」→「夜賀波延那須」（記六三）「打渡」→「竹田之原」（万葉七六〇）⦿つぎねふ　山城女の　木鍬（こくは）持ち　打ちし大根　さわさわに　汝（な）が言へせこそ　うち渡す　彌木榮（やがはえ）なす　來入（きい）り參來（まゐく）れ（記六三）⦿うち渡す　竹田の原に　鳴く鶴（たづ）の　間無く時無し　わが戀ふらくは（万葉七六〇）⦿うちわたす　をちかた人に　もの申す　われその　そこに　しろくさけるは　なにの花ぞも（古今一〇〇七）。

⊙打ち渡す　水の入江の　玉柳　つゆぬく枝に　春風ぞ吹く(夫木集三)〔注〕「うち」は、くまなく、ずっとなどの意を添える接頭語。「渡す」には種々の意がある。①ずっと見渡す、②長く遠い、③長い時間にわたってなどである。「彌木榮なす」は茂り栄える木のように、大勢の供人を従えての意で、盛んなことのたとえ。「彌孫生如(やごはえなす)」で、植木を伐ると、その株から孫枝がいやが上に生い出るのをいう(大系古代歌謡七六頁、大辞典一―一三五四頁、福井二二七頁、大塚六二頁、中島九三頁)。

うつせがい→うつせがひ

うつせがひ

「み・みなし・むなし・あはず・うつし」にかかる。〔例〕「打背貝」→「實」(万葉二七九七)⊙住吉(すみのえ)の　濱に寄るとふ　うつせ貝　實(み)なき言以(こと)もちわれ戀ひめやも(万葉二七九七)⊙から衣　袖師の浦の　うつせ貝　むなしき恋に　年のへぬらむ(後拾遺六六〇)⊙思ふ事　荒磯の海の　うつせ貝　あはでやみぬる　名をや残さむ(新後撰九二九)⊙最上川――すみの江の　汐にたゞよふ　うつせ貝　現(うつ)し心もうせはてゝ――(千載一一五七)〔注〕「うつ」は空の義。背貝は俗に「すがひ」という。空の巻貝で肉(み)のない貝殻であるから「みなし」「むなし」にかゝり、貝殻の離ればなれで相合はぬところから「あはず」に、また頭音のくり返しで「う」と続き「う」と同音異義の「現(うつ)し心」にかかる。うつせ貝は、アサガオガイ・ルリガイなどの巻貝の殻であろうという。枕詞と見ない説もある(大系万葉三―二四三頁、大辞典一―一三六六頁、福井二二七頁)。

うつせみの

「よ・ひと・いのち・み・うつし・いも・やそ・から・わびし・むなし・かれる・つね・な」などにかかる。〔例〕「欝蟬乃」→「惜此世」(万葉四四三)「虚蟬之」→「代」(万葉四六五)「打背見乃」→「世」(万葉四八二)「空蟬乃」→「代」(万葉七三三)「欝瞻乃」→「世」(万葉七二九)「虚蟬之」→「世」(万葉一四五三)「虚蟬乃」→「代」(万葉一七八五)「虚蟬乃」→「世」(万葉一七八七)「空蟬之」→「世」(万葉一八五七)「空蟬」→「与」(万葉三三三二)「宇都世美能」→「代」(万葉三九六二)「宇都世美能」→「余」(万葉四一〇六)「宇都世美能」→「代」(万葉四一二五)「宇都世美乃」→「与」(万葉四二二〇・四四〇八)「宇都蟬之」→「人」(万葉五九七)「空蟬乃」→「人」(万葉六一九)「打蟬乃」→「人」(万葉一六二九)「虚蟬之」→「人」(万葉二九三二)「空蟬之」→「人」(万葉三二〇七・三二〇八）「空蟬之」→「命」（万葉二四）「打蟬之」→「命」（万葉三二九二）「打蟬乃」→「借有」（万葉四六六）「虚蟬之」→「妹」（万葉二六四二）「虚蟬之」→「宇都思」（万葉二九六〇）「虚蟬之」→「常」（万葉二九六一）「宇都世美能」→「常」（万葉四一六二）「宇都世美能」→「夜蘇」（万葉三四五六）「宇都勢美能」→「名」（万葉四二一一）⦿うつせみの　世は常なしと　知るものを　秋風寒み　偲（しの）ひつるかも（万葉四六五）⦿心には燃えて思へど　うつせみの　人目を繁み　妹に逢はぬかも（万葉二九三二）⦿うつせみの　命を長く　ありこそと　留れるわれは　齋ひて待たむ（万葉三二九二）⦿わが屋前（には）に　花そ咲きたる――うつせみの　借れる身なれば　露霜の　消ぬるがごとく――（万葉四六六）⦿空蟬（うつせみ）の　からは木ごとに　とどむれど　たまのゆくゑをみぬぞかなしき（古今四四八）⦿つれもなき　人の心は　うつせみの　空（むな）しき恋に　身をやかへてん（新古今一一四六）⦿うつせみの　わびしきものは　夏草の　露にかかれる　身にこそありけれ（菅家万葉）〔注〕現身の意から「命・世・人・身」等にかゝり、空蟬の意から人生の儚かないのをたとえて「骸（から）・殻（から）・むなし・わびし」などにかかる。また頭音反覆の意で「う」にかゝり、「う」と同音を含む「現（うつ）し心」にかゝる。「妹」にかかるのは「身」の意からか、女の鬘の美しきを「嬋娟両鬢秋蟬翼」という詩の句から装飾的に形容したものかともいう。後世には「うつせみ」を直ちに「世」という義に用い、「うつせみの常」とか、「うつせみの八十言」とか連ねたのは、「足引」をやがて「山」の義に用いたのと同じであるという。ウツセミは、ふつう「現身」と解されることが多いが、身のミは乙類、ウツセミのミは甲類であるから、現身説には疑問がある。ウツセミはもとウツシ（顕）オミ（人）で、これが転じてウツソミ→ウツセミとなったものであろうという。本来仏教の無常観とは関係のないものであったが、奈良時代末〜平安初期に仏教が広まると、むなしい蟬のぬけがらの意が感じられるようになり「無常なこの世」に冠する枕詞となった。「現身」というあて字は江戸時代の国学者によって着想されたものであるという（大系万葉一―三二七頁、大辞典一―一三六七頁、福井二二七頁、大塚六三頁、中島九四頁、全注三―四〇四頁）。

うつそはし→うつそやし

うつそみの

「ひと・やそ」にかかる。〔例〕「宇都曾見乃」→「人」（万葉一六五）「宇都曾美能」→「八十」（万葉四二一四）⦿

うつそみの　人にあるわれや　明日よりは　二上山を　弟世(いろせ)とわが見む(万葉一六五)⊙天地の　初の時ゆ　うつそみの　八十伴の男は――(万葉四二一四)〔注〕「うつそみ」は「ウツセミ」の古形。「うつせみ」の項を参照。

うつそやし

「をみ」にかかる。〔例〕「打十八爲」→「麻續」(万葉三七九一)⊙綵子の　若子の身には――打麻(うつそ)やし　麻續の兒ら――(万葉三七九一)〔注〕「やし」は感動の助詞。「うつそ」は打ってやわらかにした麻。麻は「そ」とも「を」ともいうが、「そ」は複合語の中にのみ出る。「打十八爲」を「うちそはし」「うつそはし」「うちそやし」とも訓む場合がある(大系万葉四―一二二頁)。

うつゆうの→うつゆふの

うつゆふの

「こもり・さき」にかかる。〔例〕「虚木綿乃」→「窄」(万葉一八〇九)⊙葦屋の菟原處女(うなひをとめ)の――虚木綿(うつゆふ)の　隠(こも)りてをれば――(万葉一八〇九)⊙内木綿之(うつゆふの)　真迮(まさき)國といへども、なほ、蜻蛉(あぎづ)の臀呫(となめ)せる如くにもあるか(書紀神武紀三十一年四月)〔注〕「こもり」へのかゝり方は、古代聖なる女性が神を斎きまつり、御殿の四面、諸門に木綿を著けた賢木を立てて、こもったところからくるかという。また「さき(幸)」(「迮」は借訓表記)へのかかり方については、皇御孫命の御座する国が真幸くあるようにと、木綿を取り垂で、或いは幣を奉ったところからという説、また「うつ」は空(から)「ゆふ」は繭の意で、繭の空洞の狭いところから「さ(狭)」にかかり、蚕の繭にこもるところから「こもり」にかかるとする説もある(大辞典一―一三七六頁、福井二三〇頁)。

うづらとり

「ひれとりかけて」にかかる。〔例〕「宇豆良登理」→「比禮登理加気弖」(記一〇二)。⊙百敷(ももしき)の　大宮人は　鶉鳥(うづらとり)　領巾(ひれ)取り掛けて――(記一〇二)〔注〕鶉(うづら)は首から胸にかけて白い斑があり、領布をかけた姿に似ているところから。廷臣の服装の意の「領巾取り掛け」にかゝる(大系古代歌謡一〇二頁)。

うづらなく

「ふるし・ふるへ・ふりにしさと」にかかる。〔例〕「鶉鳴」→「布流之」(万葉三九二〇)「鶉鳴」→「古家」(万葉二七九九)「鶉鳴」→「故郷」(万葉七七五・一五五八)⊙うづら鳴く　故(ふ)りにし郷(さと)ゆ　思へども　何そも妹に　逢ふ鶉(よし)も無き(万葉七七五)⊙人言を　繁み

と君を　鶉鳴く　人の古家(ふるへ)に　語らひて遣(や)りつ(万葉二七九九)⊙鶉鳴き　古(ふる)しと人は　思へれど　花橘の　にほふこの屋戸(万葉三九二〇)〔注〕「うづら」は草深い古ぼけたところで鳴くとされ、その古しと縁のある「古し・古家・故りにし郷」にかゝる。鶉の鳴く実景をもととして慣用化、形式化したもの。枕詞とせぬ説もある(大辞典一―一二八五頁、福井二三一頁)。

うづらなす

「いはひもとほり」にかかる。〔例〕「鶉成」→「伊波比廻」(万葉一九九)「鶉成」→「伊波比毛等保理」(万葉二三九。⊙かけまくも　ゆゆしきかも――鶉なす　い匍ひもとほり　侍(さもら)へど――(万葉一九九)〔注〕うづらが一か所を這い回る習性があるところから「いはひもとほり」にかかる。「い」は接頭辞。「もとほり」は徘徊の義。但し枕詞と見ない説もある(大辞典一―一二八五頁、事典四三八頁)。

うどはまの

「うとく」にかかる。〔例〕⊙うど濱(はま)の　疎(うと)くのみやは　よをばへん　浪のよる〱　あひみてしがな(新古今一〇五一)〔注〕有度浜は駿河国安倍郡久能山麓一帯の海岸(大系古今二二七頁、福井二三一頁)。

うのはなの

「うき・さつき」にかかる。〔例〕「宇能花乃」→「五月」(万葉一九七五)「宇能花之」→「厭」(万葉一九八八)「宇乃花之」→「猒」(万葉一五〇一)⊙霍公鳥　鳴く峯(を)の上の　卯の花の　厭(う)きことあれや　君が來まさぬ(万葉一五〇一)⊙時じくの　玉をそ貫(ぬ)ける　卯の花の　五月(さつき)を待たば　久しかるべみ(万葉一九七五)⊙ほとゝぎす　我とはなしに　卯の花の　うき世中に　なきわたるらん(古今一六四)〔注〕卯の花は「うつぎ」の別称。うのはなのようにの意で「う」と続き「う」と同音を含む「憂(う)き」「浮き」にかかり、また卯の花が五月に花盛りになるところから「さつき(五月)」および「さく(咲)」にかゝる枕詞にする説もある。また、引例の万葉集一五〇一番・一九八八番についてこれを枕詞とせぬ説もある(大辞典一―一四〇〇頁、福井二三一頁)。

うばたまの

「ゆめ・よ・くろかみ・よひ」にかかる。〔例〕⊙うばたまの　夢になにかは　なぐさまん　うつつにだにも　あかぬ心を(古今四四九)⊙うば玉の　夜の深(ふ)けゆけば　ひさ木おふる　清き川原に　千鳥なくなり(新古今六四一)⊙うばたまの　黒髪山を　今朝こえて　木の下露に　ぬれにけるかな(続古今八七九)⊙うばたまの　今宵な明けそ　明けゆかば　朝ゆく君を　待つに苦しき(拾遺七一七)〔注〕「うばたま」は「ぬばたま」の転。あやめ科の多年草。檜扇の種子。丸くて黒い。黒いところから類縁の語にかかる(大辞典二―三頁、福井二三二頁、大塚六五頁)。「ぬばたまの」の項を参照。

うまこり

「あやに」にかかる。〔例〕「味凝」↓「文尓」(万葉一六二)「味凍」↓「綾丹」(万葉九一三)⊙明日香の　清御原の宮に――味(うま)こり　あやにともしき――(万葉一六二)〔注〕「ウマ」は味のよい意から、感じのよい意を表わす朝鮮語「味」と同源。「コリ」は朝鮮語「文」「綾」と同源。または、ウマキ織りという音変化によるかという。すなわち「うまこり」は美しい織物の意で、同じ意の「あや(綾)」と続き、「あや」と同音を持つ「あやに(何とも表現できないようにの意)」にかかるという。(大辞典二―一七頁、大系万葉二―一三四頁、事典四三八頁)。

うまさけ

「みわ・みむろ・えか・すずか」にかかる。〔例〕「味酒」↓「三輪」(万葉一七・一五一七)「味酒」↓「三室」(万葉一〇九四)「宇磨佐開」↓「瀰和」(紀一六)「宇磨佐階」↓「瀰和」(紀一七)「旨酒」↓「餌香」(紀八二)⊙味酒(うまさけ)　三輪の山　あをによし　奈良山の――(万葉一七)⊙我が衣　色どり染(そ)めむ　味酒　三室の山は　黄葉しにけり(万葉一〇九四)⊙築き立つる　稚室葛根(わかむろつなね)――旨酒(うまさけ)　餌香(えか)の市に――(紀八二)⊙汝國名何問賜き。白く、味酒　鈴鹿の國と白き(皇太神宮儀式帳)〔注〕味のよい酒である神酒を「神酒(みわ)」というところから同音の地名「三輪」や三輪山と同義の「三諸(みもろ)・三室(みむろ)」にかかり、上等の酒の産地であった「鈴鹿(すずか)」にかかる(大系古事記一八〇頁、大辞典二―一八頁、福井二三三頁)。

うまさけの

「みもろ・み」にかかる。〔例〕「味酒之」↓「三毛侶」(万葉二五一二)⊙味酒の　三諸(みもろ)の山に　立つ月の　見が欲(ほ)し君が　馬の音そ為(す)る(万葉二五一二)⊙生酔(なまゑひ)と　わらはば笑へ　味酒の　みをすてゝこそ　うかむ瀬の貝(狂歌・徳和歌後万載集―一〇)。〔注〕語義、かゝり方は「うまさけ」に同じ。「三輪」と同義の「三諸(みもろ)」にかかり、「みもろ」の「み」と同音の「み(身)」にかかる(大辞典二―一八頁、福井二三三頁)。

うまさけを

「みわ・かんなびやま」にかかる。〔例〕「味酒呼」↓「三輪」(万葉七一一二)「味酒乎」↓「神名火山」(万葉三二六六)⊙味酒を　三輪の祝(はふり)が　いはふ杉　手觸れし罪か　君に逢ひがたき(万葉七一一二)⊙春されば　花咲きををり――味酒を　神名火山(かむなびやま)の帯にせる――(万葉三二六六)〔注〕語義、かゝり方は「うまさけ」に同じ。一説に、酒は醸(か)んで造るものゆえ「か」の音にて「神名火山」に続くという(大系万葉一―三〇二頁、福井二三三頁、中島九六頁、全注四―三四三頁)。

うまさはふ↓あぢさはふ

うましもの

「あべたちばな・いづくあかじ」にかかる。〔例〕「馬下乃」↓「阿倍橘」(万葉二七五〇)「美麗物」↓「何所不飽」(万葉三八二一)⊙吾妹子に　逢はなく久し　うまし物　阿倍橘の　蘿(こけ)生すまでに(万葉二七五〇)⊙美麗物(うましもの)　何所(いづく)飽(あ)かじを　尺度(さかど)らが　角ふくれに　しぐひあひけむ(万葉三八二一)〔注〕「うましもの」は美味なものの意。阿倍橘は甘橘と同じで、俗にいう「くねんぼ」か。「和名抄」に「橙宅耕反安倍太知波奈似柚小者也」とある。但し枕詞と見ない説もある(大系万葉三―一三四頁、福井一三六頁)。

うまじもの

「なはとりつけ・たちてつまづく」にかかる。〔例〕「馬自物」↓「縄取附」(万葉一〇一九)「馬自物」↓「立而爪衝」(万葉三二七六)⊙石の上　布留のみとこは――馬じもの縄取附――(万葉一〇一九)⊙百(もゝ)足らず　山田の道を――馬じもの　立ちて躓(つまづ)く――(万葉三二七六)〔注〕「うまじもの」(うまのように)の意。馬に綱をつけることから罪人の縄目を受ける有様にたとえて「縄とりつけ」にかけ、また馬の躓き易いことから、馬のつまづく如く、人のつまづき迷う有様にたとえて「つまづく」にかゝる。馬のつまづくのは家人が恋しく思っているしるしという俗信が当時あったらしい(大系万葉三―三六三頁、中島九七頁、全注六―二一七頁)。

うまなめて

「たか」にかかる。〔例〕「馬並而」↓「高」(万葉一八五九)⊙馬並めて　多賀の山邊を　白栲に　にほはしたるは　梅の花かも(万葉一八五九)〔注〕馬を並べてタク(手綱を操〈たく〉る)意から「たく」と類音の地名「多賀」にかかる。二句めを「タカキヤマベヲ」と訓んで枕詞と見ない説もある。多賀は京都府綴喜郡井手町多賀のあたり(大系万葉三―六二頁、大辞典二―二〇頁、事典四三八頁)。

うまのつめ

「つくす」にかかる。〔例〕「宇麻乃都米」→「都久須」(万葉四一二二)⊙天皇の　敷きます國の　天の下　四方の道には　馬の蹄(つめ)　い盡す極み——(万葉四一二二)〔注〕馬の爪がすり減って無くなってしまうまでの意。馬が爪を突いて歩くので「つく」にかかるとの説もある。但し、枕詞と見ない説も有力である(福井二三七頁、中島九七頁)。「むまのつめ」の項を参照。

うみをなす

「なが」にかかる。〔例〕「續麻成」→「長」(万葉九二八・三二四三)⊙押し照る難波の國は——績麻(うみを)なす　長柄の宮に——(万葉九二八)⊙少女等(をとめら)が　麻笥(をけ)に垂れたる　績麻(うみを)なす　長門の浦に——(万葉三二四三)〔注〕「績麻(うみを)」は、麻や苧(からむし)の茎を水にひたし、蒸(む)してあら皮をとり、その纖維をつむいで糸としたもの。その糸の長いところから「長」と続き、同音を含む地名にかかる(大系万葉二—一四〇頁、大辞典二—三〇頁、全注六—六三頁)。

うめのはな

「すきもの」にかかる。〔例〕⊙梅の花　さきてののちの　身なればや　すき物とのみ　人のいふらん(古今一〇六六)〔注〕梅の「酸きもの」と「好色者」をかける。しかし枕詞としては被修飾語との間が離れすぎている。序詞の一部と見るべきであろう(大辞典二—三七頁、福井二三七頁、中島九八頁)。

うもれぎの

「あらはる・した・ひとしれぬ・くつ」にかかる。〔例〕「埋木之」→「顯」(万葉一三八五)「埋木之」→「下」(万葉二七二三)⊙眞鉇(まかな)持ち　弓削の河原の　埋木(うもれぎ)の　顯(あらは)るましじき　事にあらなくに(万葉一三八五)⊙數多(あまた)あらぬ　名をしも惜しみ　埋木の　下(した)ゆぞ恋ふる　行方知らずて(万葉二七二三)⊙いまの世の中　いろにつき　人の心花になりにけるより——色好みの家に　埋木の　人知れぬこととなりて——(古今仮名序)⊙埋木の　さてや朽ちなん　名取河　あらはれぬべき　瀬々は過ぎにき(新後撰八一七)〔注〕平安以後「むもれぎ」と表記されることが多い。樹木が長い年月、水中または土中にあって炭化してできた木質亜炭の一種。黒茶色で材質が固く細工物に用いる(大系万葉二—一四五頁、福井二三七頁)。

うらぐはし

「ふせのみづうみ」にかかる。〔例〕「宇良具波之」→「布勢能美豆宇弥」(万葉三九九三)⊙藤波は　咲きて散りにき　卯の花は　今ぞ盛りと――うらぐはし　布勢(ふせ)の水海(みづうみ)に――(万葉三九九三)〔注〕「うらぐはし」は、心にしみて美しく感じられるという風景描写に用いる語。布施の湖は富山県の二上山の北方氷見市にあった大きな湖。干拓されて、いまは十二町潟・氷見潟という。但し枕詞と見るは非か(大系万葉四―二二四頁、中島九八頁)。

うらぐわし→うらぐはし

うりつくり

「となりかくなり」にかかる。〔例〕⊙音にきく　狛の渡りの　瓜つくり　となりかくなる　心かな(拾遺五五七)〔注〕瓜の彼方此方と蔓がのび、其処此処と実のなるところから「となりかくなり」に冠するというが、序詞と見るべきであろう(福井二三八頁、中島九九頁)。

うろぢより

「むろ」にかかる。〔例〕⊙うろぢより　入りにしむろの　泊り舟　法(のり)にもとまる　心はなれよ(元可集)〔注〕有漏(うろ)の「ろ」は煩悩、迷いの意、すなわち迷いの世、この世。無漏(むろ)は「うろ」の対で煩悩を断ち切ること。播磨の室(むろ)の津にかけている。但し枕詞とするには疑問がある(福井二三八頁)。

【お】

おうさかの→あふさかの
おうしもと→おふしもと
おうをよし→おふをよし
おおいぐさ→おほゐぐさ
おおきみの→おほきみの
おおくちの→おほくちの
おおしまの→おほしまの
おおともの→おほともの
おおとりの→おほとりの
おおぬさの→おほぬさの
おおふねの→おほふねの
おおゆきの→おほゆきの
おおよどの→おほよどの
おきつしお→おきつしほ

おきつしほ

「たかし・さし」にかかる。〔例〕⊙おきつしほ　たかしの海の　夕霞　いつか浜名の　はしもみゆ覧(らん)(按納言集)⊙おきつしほ　さしでの磯の　浜千鳥　風さむからし夜半に友よぶ(按納言集)〔注〕「おきつ潮(しお)」は沖を流れる潮。沖の潮の意。沖を流れる潮が高いというところから「高し」と同音の地名「たかし」にかかり、沖の潮がさしてくるところから「差し」に、また同音の地名「さしての磯」にかかる(大辞典二—四九八頁)。

おきつとり

「かも・あぢ・むなみる」にかかる。〔例〕「奥鳥」→「鴨」(万葉三八六六・三八六七)「奥鳥」→「味」(万葉九二八「淤岐都登理」→「牟那美流登岐」(記四)「意岐都登理」→「加毛」(記八)「飫企都鄧利」→「軻茂」(紀五)⦿沖つ鳥 鴨とふ船の還り來(こ)ば 也良(やら)の崎守(さきもり) 早く告げこそ(万葉三八六六)⦿押し照る 難波の国は——沖つ鳥 味經の原に——(万葉九二八)⦿ぬばたまの 黒き御衣(みけし)を ま具(つぶさ)に 取り裝(よそ)ひ 沖つ鳥 胸(むな)見る時(三句)——(記四)〔注〕沖にいる水鳥の意で、その代表的な鳥の「鴨」にかかり、鴨の一種「あぢかも」と同音を含む地名にかかる。鳥が首を曲げて胸のあたりを見る動作から「胸見る」にかかる。味経原は摂津国東成郡味原郷か(和名抄)。大阪市天王寺区に味原町・下味原町があり、大阪府三島郡味生村(現、三島町)とする説がある(大系万葉二—一四〇頁、大辞典二—四九九頁、事典四三九頁)。

おきつなみ

「しき・きほひ・とをむ・をく・あれ・たかし・ちへ・たつ・まなく・かくるこころ」などにかかる。〔例〕「奥津浪」→「敷」(万葉二五九六)「奥波」→「邊浪」(万葉二七三二)「奥浪」→「署者」(万葉三〇二七)「奥津浪」→「諍」(万葉三二二五)「於吉都奈美」→「知敝尓」(万葉三五八三)「於伎都奈美」→「等乎牟」(万葉四二一〇)沖つ波 しきてのみやも 戀ひ渡りなむ(万葉二五九六)⦿沖つ波 邊波(へなみ)の來寄る 左太の浦の この時(さだ)過ぎて 後戀ひむかも(万葉二七三二)⦿淡海(あふみ)の海邊(へた)は人知る 沖つ波 君をおきては 知る人もなし(万葉三〇二七)⦿天雲の 影さへ見ゆる——沖つ波 競(きほ)ひ漕ぎ入来(りて)白水郎(あま)の釣船(万葉三二二五)⦿眞幸(まさき)くて 妹が齋(いは)はば 沖つ波 千重(ちへ)に立つとも 障(さはり)あらめやも(万葉三五八三)⦿海神(わたつみ)の 神の命の——沖つ波 撓(とを)む眉引(まよびき)——(万葉四二二〇)⦿おきつなみ たかし(高師)のはまの はままつの なにこそ君を まちわたりつれ(古今九一五)⦿おきつなみ あれのみまさる 宮のうちは——(古今一〇〇六)⦿逢ふ事は 堅田の浦の おき

つ浪　立つ名ばかりや契りなるらむ(新拾遺一〇二七)⦿住吉の　岸によする　沖つ波　まなくかけても　思ほゆるかも(後撰八一九)⦿沖つ波　八十島かけて　通ふとも　住みこし浦を　いかがたのまむ(續拾遺七一二)⦿住吉の　松のしづ枝の　おきつなみ　かくる心を　あはれとは　知れ(新續古今一八二一)〔注〕「おきつなみ」は沖の方より寄せ来る浪をいう。その浪は一波一波と後より絶えず重なって立つところから「千重(ちへ)・立つ・重(し)く・間なく・競(きほ)ひ」に、また浪はたわみしなって立つところから「撓(とお)む」に、浪の荒々しい意で荒廢に歸したる都の状にうつして「荒れ」に、浪の高いところから和泉の「高師の浜」に冠し、或いは沖つ浪の頭韻を重ねて「置きて」と連ねる(大辞典二—四九九頁、事典四三九頁、福井二四〇頁、中島九九頁)。

おきつもの

「なびく・なばり」にかかる。〔例〕「已津物」→「隠」(万葉四三・五一一)「奥津藻之」→「名延」(万葉二〇七)「奥藻之」→「名延」(万葉二七八二)⦿わが背子は　何處(いづく)行くらむ　奥つもの　隠(なばり)の山を　今日か越ゆらむ(万葉四三)⦿天飛ぶや　輕の路は——沖つ藻の　靡(なび)きし妹は——(万葉二〇七)〔注〕「沖つ藻」は深海に生える海草。浪に隠れて見えない意から、隠れの古語なばるの名をもつ伊賀の名張にかゝり、また、沖つ藻が浪になびく様を人の我に従いつく意にたとえて同音の「なびく」にかかる。なお万葉集四三番を「おくつもの」と訓む場合もある(大系万葉一—一一五頁、大辞典二—四九九頁、事典四三九頁)。

おくかひの

「したこがれ」にかかる。〔例〕「置蚊火之」→「下粉枯」(万葉二六四九)⦿あしひきの　山田守(も)る翁(をぢ)が置蚊火の　下焦(したこが)れのみ　わが戀ひ居らく(万葉二六四九)〔注〕おくかびの(置く蚊火の)は蚊やり火のこと。「蚊遣火」は上には能く燃えずして下に焦(こが)るるを以て、内心に恋いこがれるに比して「下こがれ」にかかる。「かひ」を「鹿火」とする説もある(大辞典二—五一三頁、福井二四一頁。)

おくしもの

「あかつきおき・ふりわけがみ・みのしろごろも」にかかる。〔例〕⦿置く霜の　暁おきを　思はずは　君がよどのに夜がれせましや(後撰九一五)⦿哀れなり　わがもとゆひに　おく霜の　振分髪は　昨日と思ふに(新葉一一二六)⦿山里は　夜寒かさねて　おく霜の　みのしろごろも　いまやうつらむ(新葉三七二)〔注〕霜は暁方に置くので「暁起き」にかけ、また霜の降るということから「振分髪」に、霜は白いので「蓑白衣」にかかる(福井二四一頁、中島一〇〇頁)。

おくつもの→おきつもの

おくつゆの

「け・いちしろく・たま・かかる・みだる・あまりてよそに・おくれさきだつ・あだ・ふかくさ」などにかかる。〔例〕「置露乃」→「消」(万葉一五六四・三〇四一)「置露之」→「消」(万葉二二五八)「置露」→「市白」(万葉二二五五)⊙秋づけば　尾花が上に　置く露の　消ぬべくも　吾は　思ほゆるかも(万葉一五六四)⊙わが屋前(やど)の秋萩の上に　置く露の　いちしろくしも　われ恋ひめやも(万葉二二五五)⊙風はやみ　をぎのはごとに　をく露の　おくれさきだつ　程のはかなさ(新古今一八四九)⊙人しれず　忍ぶの草に　をく露の　みだれてのみや　思ひきえなむ(続古今一〇一一)⊙君により　くれまつ草に　をく露の　かゝらぬ程は　いかゞ頼まん(続拾遺八九四)⊙秋近き　をののしの原　をく露の　あまりてよそに　飛ぶ螢哉(新後拾遺六九八)⊙み船こぐ　堀江の芦に　おく露の　玉しくばかり　月ぞさやけき(続拾遺三〇五)⊙をくつゆの　かゝるものとは　おもへども　かれせぬ物は　なでしこのはな(後撰六九九)⊙おくつゆの　あだのおほのの　まくづはら　うらみかほなる　松むしのこゑ(続後撰三七一)⊙心ざし　あさぢが末に　置く露の　たまさかにとふ　人はたのまじ(金葉四三四)⊙をく露の　いとど深草　里はあれて　月のすむ野と　成にける哉(続千載四七七)〔注〕露の形状などから、それぞれの語にかかる(大辞典二—五一八頁、中島一〇二頁)。

おくてなる

「ながき」にかかる。〔例〕「奥手有」→「長」(万葉一五四八)⊙咲く花も　をそろは飽きぬ　晩(おくて)なる　長き心に　なほ如(し)かずけり(万葉一五四八)〔注〕「オクテ」は晩稲であるが、ここはそれに(なぞらえ)て晩咲の花のこと。すなわち他の花の咲き散る間をもあせらず、心長く待って咲く花であるから「長き」と續けたるものという(横山六六頁)。

おくやまの

「まき・たつき・ふかき」にかかる。〔例〕「奥山之」→「眞木」(万葉一〇一〇・二五一九・二六一六)「於久夜麻能」→「眞木」(万葉三四六七)⊙奥山の　眞木(まき)の葉凌(しの)ぎ　降る雪の　降りは益すとも　地(つち)に落ちめやも(万葉一〇一〇)⊙とぶとりの　こゑもきこえぬおく山のふかき心を　人はしらなん　(古今五三五)⊙おくやまの　たつきも知らぬ　君により　わが心から　まどふべらなる(金槐集・恋)〔注〕「おくやま」は人里離れた奥深い山。みやま。真木は良木の総称で杉・檜の類をいう。多く奥山に生えているところから「真木・立木」にかかり、また山の深いところから「深き」にもかゝる(大系万葉三—一九一頁、大辞典二—五二四頁、事典四三九頁)。

おぐるまの→をぐるまの

おしおやま→をしほやま

おしていなと

「いね」にかかる。〔例〕「於志弖伊奈等」→「伊祢」(万葉三五五〇)⊙おして否(いな)と　稲は舂かねど　波の穂のいたぶらしもよ　昨夜(きそ)獨り寝て(万葉三五五〇)〔注〕「おしていなと」(どうしてもいやだとの意)同音で「稲」にかかる。稲を「いな」という(大系万葉三—四五一頁)。

おしてる

「なには」にかかる。〔例〕「押光」→「難波」(万葉四四三)「忍照」→「難波」(九二八・一四二八・三三〇〇・四二四五)「臨照」→「難波」(万葉九三三・二八一九)「押照」→「難波」(万葉六一九・二一三五)「於之弖流」→「難波」(四三六〇)「於辞氏屢」→「那珥破」(紀四八)⊙天雲の　向伏す國の　武士と——押し照る　難波の國に——(万葉四四三)〔注〕「おしてる」は日がくまなく照る意。「おし」は上から一面におし及ぼす意(大系万葉一—二一一頁、同二—一四〇頁、福井二四三頁)。「おしてるや」の項を参照。

おしてるや

「なには」にかかる。〔例〕「押照哉」→「難波」(万葉九七七)「忍照八」→「難波」(万葉三八八六)「忍光八」→「難波」(万葉三八八六)「於之弖流夜」→「奈介波」(万葉四三六五)「淤志弖流夜」→「那爾波」(記五三)⊙直越(たゞこえ)の　この道にして押し照るや　難波の海と　名づけけらしも(万葉九七七)⊙暮れて行く　秋の名残りはおしてるや　難波の芦も　うらがれにけり(玉葉八二一)〔注〕難波は宮の所在地として朝日・夕日のただ射す宮殿とほめたたえた意とする説、岬の押し出る意、襲い立てる浪急(なみはや)の意、押し並べて光る浪の華の意など諸説がある。「おしてる」が古い形で、和歌の音数が五・七に定まるようになり「おしてるや」が出現したのであろう。万葉九七七番の「直越」は、奈良からまっすぐに大阪へ越えて行く道で、雄略記に「日下之直越道」とある。九七七番の歌は、天平五年(七三三)癸酉、草香山を越えるときの、神社忌寸老麻呂の作。草香山は生駒山の西部。大阪府枚岡市に日下町の名がある(大系万葉二―一六〇頁、大辞典二―五七九頁)。

おしどりの→をしどりの

おだて→をだて

おちがみの

「みだれ」にかかる。〔例〕⊙朝な朝な　梳(けづ)れば積る　おちがみの　乱れて物を　思ふ頃かな(拾遺六六九)〔注〕脱け落ちた髪の如く心が乱れる意で「みだれ」にかかる(福井二四五頁、大塚七三頁、中島一〇二頁)。

おちたぎつ

「たぎ」にかかる。〔例〕「落多藝追」→「瀧」(万葉九〇九)⊙山高み　白木綿花(しらゆふはな)に　落ち激(たぎ)つ　瀧(たぎ)の河内は　見れど飽かぬかも(万葉九〇九)⊙おちたぎつ　たきのみなかみ　年つもり　おいにけらしな　くろきすぢなし(古今九二八)〔注〕「おちたぎつ」は高い所から水が流れ落ちて、さかまく、激しく流れ落ちる意で「瀧(たぎ)」にかゝる(福井二四五頁、中島一〇二頁。

おとこやま→をとこやま

おとにのみ

「きく」にかかる。〔例〕⊙おとにのみ　きく(菊)のしら露　よるはおきて　ひるは思ひに　あへずけぬべし(古今四七〇)⊙をとにのみ　きく(企救)の浜松　下葉さへ　移ろふ比の　人は頼まじ(続拾遺一〇一二)〔注〕「おとにのみ」はうわさにだけの意。うわさにだけ聞くというところから、「聞く」と同音を含む「菊」または豊前の地名「企救(きく)」にかかる(大辞典二―六七六頁、福井二四六頁)。

おとめごが→をとめごが

おとめらが→をとめらが

おとめらに→をとめらに

おとめらを→をとめらを

おとわかわ→をとはかは

おとわやま→をとはやま

おののえの→をののえの

おふしもと

「このもと」にかかる。〔例〕「於布之毛等」→「許乃母登」(万葉三四八八)⊙生(お)ふ楉(しもと)　この本山の　眞柴(ましば)にも　告(の)らぬ妹が名　象(かた)に出でむかも(万葉三四八八)〔注〕「しもと」は茂った若木の小枝。大木の根もとから叢生するものなので「木(こ)の下(もと)」に冠する。一説には「おほ」で、大きなしもとの意という(大辞典二—三五一頁、福井二四六頁、中島一〇三頁)。

おふをよし

「しび」にかゝる。〔例〕「意布袁余志」→「斯毘」(記一一〇)⊙大魚(おふを)よし　鮪(しび)突(つ)く海人(あま)よ　其(し)が離(あ)れば　うら戀(こほ)しけむ　鮪突く志毘(記一一〇)〔注〕「おふをよし」は「大魚よし」で、「し」は強めの助詞。大きな魚よの意。「しび」はまぐろの一種で大魚なれば「鮪」に冠するかという(大系古代歌謡一〇七頁)。

おほきみの

「みかさ」にかかる。〔例〕「大王之」→「御笠」(万葉一一〇二)「皇之」→「御笠」(万葉一五五四)⊙大君の　三笠の山の　帯にせる　細谷川の　音の清けさ(万葉一一〇二)〔注〕天皇行幸のさい、うしろから蓋(きぬがさ)をかざした。その蓋をミカサともいい、同音を含む「三笠」にかけた。細谷川は細い谷川で、ここでは能登川のこと。春日山に発し渓谷を西流し、大安寺で岩井川と合して佐保川に注ぐ(大系万葉二—二〇六頁、事典四三九頁、福井二四七頁、中島一〇四頁)。

おほくちの

「まかみ」にかかる。〔例〕「大口能」→「眞神」(万葉一六三六)「大口乃」→「眞神」(万葉三二六八)⊙大口の　眞神の原に　降る雪は　いたくな降りそ　家もあらなくに(万葉一六三六)〔注〕眞神は狼。古く、明日香地方に老狼がいて多くの人を喰ったので、土民が畏れて大口の神といい、そのすむ所を大口の眞神の原と称したという。眞神の原は奈良県高市郡明日香村の飛鳥寺の南方一帯の地(大系万葉二—三四六頁)。

おほしまの

「うら・なる」にかかる。〔例〕⊙人知れず　思ふ心は　おほしまの　なるとはなしに　なげくころかな(後撰五九四)⊙船人も　誰れを恋ふとか　おほしまの　うらかなしげに　声のきこゆる(源氏・玉鬘)〔注〕山口県の大島と本土との間に鳴門(なると)があるので、転じて物が成就する意の「成る」にかかる(大辞典二—四一三頁、福井二四八頁、中島一〇四頁)。

おほともの

「みつ・たかし」にかかる。〔例〕「大伴乃」→「御津」(万葉六三)「大伴乃」→「美津」(万葉六八)「大伴乃」→「見津」(万葉五六五)「大伴能」→「美津」(万葉三五九三)

「大伴乃」↓「高師」(万葉六六)⊙いざ子供　早く大和へ　大伴の　御津(みつ)の濱松　待ち戀ひぬらむ(万葉六三)⊙大伴の　高師の浜の　松が根を　枕き寝れど　家し偲はゆ(万葉六六)〔注〕大伴乃御津は上代難波一帯の地。大伴氏は代々大連の重職にありこの地を領し、その辺を大伴といった。御津と同音の「見つ・満つ」にかかるとも、伴は伴侶で「おほとも」は軍隊の意となり、その稜威(みいつ)の意によって「三津」にかかるとする説もある(大辞典二―四三四頁、福井二四八頁、中島一〇五頁、全注一―二四六頁)。

おほとりの

「はがひ」にかかる。〔例〕「大鳥」↓「羽易」(万葉二一三)「大鳥乃」↓「羽貝」(万葉二一〇)⊙うつせみと　思ひし時に――大鳥の　羽易(はがひ)の山に　わが恋ふる　妹は座すと――(万葉二一〇)〔注〕大鳥は、鷲・鶴・鴻・鳳凰などの大きな鳥の総称。大鳥の羽を交じえるさまの「羽交」の意から地名「羽易」の山にかかる。羽易の山は、奈良の春日の山と思われるが不明(大系万葉一―一一六頁、大辞典二―四三四頁、福井二五〇頁、全注二―四〇八頁)。

おほぬさの

「ひくて」にかかる。〔例〕おほぬさの　ひくてあまたに　なりぬれば　おもへどえこそ　たのまざりけれ(古今七〇六)〔注〕「おほぬさの」は、大祓のときに榊に多くの幣(ぬさ)を垂れたものを大幣といい、式が終ると参列の人々がそれを引き寄せて身をなでてけがれを移すので「ひくて」あまたの枕詞とした(大系古今二四一頁、福井二五〇頁、中島一〇六頁)。

おほふねの

「ゆた・ゆくらゆくら・たゆたふ・たのみ・おもひたのみ・わたり・かとり・つ」にかかる。〔例〕「大舟之」↓「由多」(万葉二三六七)「大舟乃」↓「往良行羅」(万葉三二七四)「大船之」↓「行良行良」(万葉三三二九)「大船乃」↓「由久良ゝゝゝ」(万葉三九六二)「於保夫祢能」↓「由久良ゝゝゝ」(万葉四二二〇)「大船」↓「猶預不定」(万葉一九六)「大船乃」↓「憑有」(万葉六一九)「大船之」↓「憑有」(万葉三三二四)「大船之」↓「思憑」(万葉一六七・二〇七・三二八八)「大舟之」↓「念憑」(万葉四二二、一云)「大船乃」↓「於毛比多能無」(万葉九〇四)「大舟乃」↓「思憑」(万葉二〇八九・三二八一)「大舟能」↓「思憑」(万葉三二五一)「大舟之」↓「思恃」(万葉三三〇二)「大舟之」↓「思憑」(万葉三三四四)「大船之」↓「念憑師」(万葉五五〇)「大舟之」↓「渡」(万葉一三五）「大船」→「香取」（万葉二四三六）「大船之」→「津」（万葉一〇九）⊙海原（うなはら）の　路に乗りてや　わが戀ひ居らむ　大船の　ゆたにあるらむ　人の兒ゆゑに（万葉二三六七）⊙爲（せ）む爲方（すべ）の　たづきも知らに――大船の　ゆくらゆくらに　――（万葉三三七四）⊙飛鳥（とぶとり）の　明日香の河の――大船の　たゆたふ見れば――（万葉一九六）⊙押し照る　難波の菅の――大船の　たのめる時に――（万葉六一九）⊙天地（あめつち）の　初の時――大船の　思憑みて――（万葉一六七）⊙つのさはふ　石見の海の――大船の　渡りの山の――（万葉一三五）⊙大船の　香取の海に　碇おろし　如何なる人か　物思はざむ（万葉二四三六）⊙大船の　津守の占（うら）に　告（の）らむとは　まさしに知りて　わが二人宿（ね）し（万葉一〇九）⊙いでわれを　人なとがめそ　おほ舟の　ゆたのたゆたに物思ふころぞ（古今五〇八）〔注〕大船のように、ゆったりして安定したさまから、心のゆったり落ち着いた意の「ゆた」に、大船がゆらゆらと揺れるさまから、揺れ動く、動揺する意の「たゆたふ」「ゆくらゆくら」に、大船を頼みにするところから「頼む」「思ひ頼む」に、大船で海を渡る意の「渡る」と同音を含む「渡の山」に、大船にいる揖取（かとり）と同音を含む地名「香取の海」に、また大船の停泊する「津」というところから人名の津守にもかかる。渡りの山は石見国にあり、現在の江津市渡津付近の山。香取の海は滋賀県高島郡。津守は津守連通で、和銅七年（七一四）正月に従五位下に叙し、十月美作守、養老五年（七二一）正月陰陽師として朝廷から賜品を受け、七年正月従五位上に叙した（大系万葉一―七二頁、大辞典二―四四九頁、日本古代人名辞典四―一一三二頁、福井二五〇頁、全注二―六一頁）。

おほゆきの

「みだれ」にかかる。〔例〕「大雪乃」→「乱」（万葉一九九）⊙かけまくも　ゆゆしきかも――引き放つ　矢の繁けく　大雪の　亂れて來（きた）れ――（万葉一九九）〔注〕引放つ弓の矢の繁く多いことは、大雪の乱れ降るようにの意で、比喩的に「乱れ」にかゝる。単なる比喩と見て枕詞としない説もある（角川文庫万葉―上八八頁、大辞典二―四六六頁、事典四四〇頁、全注二―三六二頁）。

おほよどの

「おほせ」にかかる。〔例〕⊙白波の　知らぬ身なれば　大淀の　おほせごとをば　いかで頼まむ（源順集一八九〇一）〔注〕大淀浦は伊勢国多気郡にある。大淀の大瀬→仰せとかけるという（福井二五二頁）。

おほゐぐさ

「よそ」にかかる。〔例〕「於保爲具左」→「與曾」(万葉三四一七)⊙上毛野　伊奈良の沼の　大藺草(おほゐぐさ)　よそに見しよは　今こそ勝れ(万葉三四一七)〔注〕「おほゐぐさ」は太藺(ふとい)の古名。枕詞と見ない説がある。おそらく是か(大系万葉三—四二四頁、全注十四—一七〇頁)。

おみなえし→をみなへし

おやまだの→をやまだの

【か】

かえるやま→かへるやま

かおばなの→かほばなの

かがみなす

「みる・みつ・わがもふいも・わがもふつま」にかかる。〔例〕「鏡成」→「見」(万葉一九六・一四〇四)「鏡奈須」→「見」(万葉四一一六)「鏡成」→「見津」(万葉五〇九)「可我美奈須」→「美津」(万葉三六二七)「鏡成」→「我念妹」(万葉三二六三)「加賀美那須」→「阿賀母布都麻」(記九〇)⊙飛鳥(とぶとり)の明日香の河の——鏡なす　見れども飽かず——(万葉一九六)⊙——眞玉なす　わが思ふ妹も　鏡なす　わが思ふ妹も　ありと言はばこそ——(万葉三二六三)⊙朝されば　妹が手に纏く　鏡なす　御津(みつ)の濱びに——(万葉三六二七)⊙——眞玉なす　吾が思ふ妹　鏡なす　吾が思ふ妻——(記九〇)〔注〕鏡のようにいくら見ても飽きることなくの意で「見る」に、それと同音を含む地名「御津」に、鏡のように大切に愛でるから「妹」「妻」にかかる(大辞典二—一〇六九頁、事典四四〇頁、福井二五三頁、中島一〇七頁)。

かがみなる

「みる」にかかる。〔例〕⊙鏡なる　わが見し君を　あはの野の　花橘の　たまにひろひつ(夫木七)〔注〕「かがみなす」の転。但し枕詞と見るべきか疑問である(中島一〇七頁)。

かがりびの

「かげ」にかかる。〔例〕⊙篝火の　かげとなる身の　わびしきは　ながれてしたに　もゆるなりけり(古今五三〇)〔注〕川の流れにうつった篝火のかげで、流れて下(水の下、心のうち)に燃える(大系古今二一〇頁、福井二五三頁)。

かきかぞう→かきかぞふ

かきかぞふ

「ふたがみやま」にかかる。〔例〕「可伎加蘇布」→「敷多我美夜麻」（万葉四〇〇六）⊙かき数ふ　二上山に　神さびて――（万葉四〇〇六）〔注〕「かき」は「うち」と同じく下の語をつよめる接頭語。数を、ひとつ、ふたつと数えるところから「ふた」と同音を持つ二上山にかかる。二上山と称する山は各地にあるが、ここでは富山県高岡市の北の山。当時の国府は二上山の東麓にあった（大系万葉四―二三三頁、大辞典二―一〇九〇頁、事典四四〇頁、福井二五三頁、全注十七―二五七頁）。

かきごしに→かきこゆる

かきこゆる

「いぬ」にかかる。〔例〕「垣越」→「犬」（万葉一二八九）⊙垣越ゆる　犬呼びこして　鳥狩（とがり）する　君青山の　しげき山邊に　馬息め君（万葉一二八九）〔注〕「垣越」を「かきごしに」とも訓む。犬に垣をとび越えさせて――の意。枕詞とするは非か（大系万葉二―二四二頁、福井二五五頁、全注七―二六五頁）。

かきつはた

「さく・につらふ」にかかる。〔例〕「垣津旗」→「開」（万葉二八一八・三〇五二）「垣津旗」→「丹頬合」（万葉一九八六）「垣幡」→「丹頬経」（万葉二五二一）⊙杜若（かきつはた）咲く沼（ぬ）の菅を　笠に縫ひ　着む日を待つに　年そ經にける（万葉二八一八）⊙われのみや　斯く戀すらむ　杜若　丹（に）つらふ妹は　如何にかあるらむ（万葉一九八六）〔注〕「かきつはた」後世「かきつばた」とも。和名は「書付花（かきつけばな）」の変化したもので、昔は花の汁で布を染めたところからいう。アヤメ科の多年草。「かきつはた」が「咲く」というところから「さく（咲く）」にかかり、また、「さく」の連用形「さき」と同音を含む地名「佐紀」にかかるとする説もある。また、かきつはたの花のように美しい意から「につらふ」（頬の紅く美しい意）にかかる（大辞典二―一〇九九頁、事典四四〇頁、福井二五四頁）。

かきほなす

「ひと・ひとごと」にかかる。〔例〕「垣穂成」→「人辞」（万葉七一三）「垣保成」→「人」（万葉一七九三）「垣廬成」→「人」（万葉一八〇九）「垣廬鳴」→「人」（万葉二四〇五）⊙垣穂なす　人言（ひとごと）聞きて　わが背子が　情（こころ）たゆたひ　逢はぬこのころ（万葉七一三）〔注〕「垣穂」の「ほ」は「秀」の意で、高く突き出ているさまを表わす。「垣」は垣根。垣根のように取囲んで、人の噂をする、中傷する、互いの仲をへだてる、からから、邪魔する。垣の穂(先端)の並びが多いようにの意で「多くの人」と比喩的にかかる。「ほ」を接尾語と見て、垣がものを隔てるところから、男女の間をへだてる比喩とする見解もある(大辞典二—一一〇六頁、事典四一一頁、福井二五五頁、全注四—三四五頁)。

かぎろいの→かぎろひの

かぎろひの

「はる・たつ・もゆ」にかかる。〔例〕「炎乃」→「春」(万葉一〇四七)「野炎」→「立」(万葉四八)「蜻火之」→「燎」(万葉二一〇)「加藝漏肥能」→「毛由」(記七八)「蜻蜓火之」→「燎」(万葉一八〇四)⦿やすみしし わご大君の高敷かす 倭の國は——かぎろひの 春にしなれば 春日山 三笠の野邊に——(万葉一〇四七)⦿埴生坂 わが立ち見れば かぎろひの 燃ゆる家群 妻が家のあたり(記七六)⦿東の 野に炎(かぎろひ)の 立つ見えて かへり見すれば 月傾きぬ(万葉四八)〔注〕「かぎろひ」は「かけろふ」とも。春によく見られるので「春」に、かげろふが炎(も)えるようにの意で「燃ゆ」、かげろふが「立つ」とかかる。「かぎろひ」を野火とする説もある(大系万葉二—一八六頁、大辞典二—一一一四頁、事典四四一頁、福井二五五頁、全注一—一八八頁)。

かくなわに

「おもひみだれ」にかかる。〔例〕⦿あふことの まれなる色に——ゆく水の たゆる時なく かくなわに おもひみだれて ふるゆきの けなばけぬべく——(古今一〇〇一)〔注〕「かくなわ」は「かくのあわ」の変化した語。油で揚げ、緒を結んだような形をした菓子の名。その曲りくねって乱れているところから「思ひ乱る」にかかる。「和名抄」に「結果」として「和名加久乃阿和」とある(大辞典二—一一四六頁、福井二五九頁、中島一一〇頁)。

かぐはし

「はなたちばな」にかかる。〔例〕「迦具波斯」→「波那多知波那」(記四三)「伽遇破志」→「波那多智麼那」(紀三五)⦿いざ子ども 野蒜(のびる)摘みに 蒜摘みに 我が行く道の 香妙(かぐは)し 花橘は——(記四三番)〔注〕「かぐはし(芳・香・馨)」は、名詞「か(香)」に、すぐれている意の形容詞「くはし」がついてできたもの。かおりが高い、においがよいの意で「花橘(はなたちばな)」にかかる(大系古今六四頁)。

かぐはしき

「はなたちばな・つくばのやま」にかかる。〔例〕「香細寸」→「花橘」(万葉一九六七)「可具波志伎」→「都久波能夜麻」(万葉四三七一)⊙かぐはしき　花橘を　玉に貫き　送らむ妹は　羸(みつ)れてもあるか(万葉一九六七)⊙橘の　下吹く風の　香ぐはしき　筑波の山を　戀ひずあらめかも(万葉四三七一)〔注〕香りがたかい、匂いがよい花橘に心ひかれる、恋しく思う意の「筑波の山」にかかる。

かくもぐさ

「かくのみ」にかかる。〔例〕⊙我宿に　かくもを植えて　かくも草　かくのみ戀ひば　我やせぬべし(古今六帖三三八四二)〔注〕「かくもぐさ」は薬用植物「黄連」の異名(大辞典二—一一五三頁、中島一一〇頁)。

かくれぬの

「した・そこ・みごもり」にかかる。〔例〕⊙紅の　色にはいでじ　かくれぬの　したにかよひて　こいはしぬとも(古今六六一)⊙かくれぬの　そこの心ぞ　恨めしき　いかにせよとて　つれなかるらん(拾遺七五八)⊙人づてに　しらせてしがな　隠沼(かくれぬ)の　みごもりにのみ　戀ひやわたらん(新古今一〇〇一)〔注〕「かくれぬ(隠沼)」は草などにおおわれて表面の見えない沼のような意。その沼の下というところから「した(下)」「そこ(底)」にかかり、また、下にこもるというところから「身ごもり」にかかる。「かくれぬ」は「隠沼(こもりぬ)」を誤読したものであろうという(大系古今二三三頁、大辞典二—一一六二頁)。

かくわし→かくはし

かぐわしき→かぐはしき

かけはしの

「あやふき」にかかる。〔例〕⊙人妻に　心あやなく　かけはしの　危きものは　恋にぞありける(後撰六八九)〔注〕桟道を渡るのは物怖しい心地がするところから、人妻に想いをかける心の、わりなく危しとかける(福井二六〇頁、中島一一〇頁)。

かげろひの→かぎろひの

かげろうの→かげろふの

かげろふの

「おの・あるかなきか・ほのか・ほのめく・それかあらぬか・ありやあらずや・はかなき・いはがきふち・いし」にかかる。〔例〕⊙かげろふの　小野の草葉の　枯れしより　有るかなきかと　問ふ人もなし(続千載一七九四)⊙哀とも　憂しともいはじ　陽焔(かげろふ)の　有るかなきかに　けぬる世なれば(後撰一一九二)⊙夢よりも　儚(はか)なきものは　かげろふの　髣髴(ほのか)に見えし　影にぞ有ける

(拾遺七三三)⦿かげろふの　それかあらぬか　はるさめの　ふる日となれば　袖ぞぬれぬる(古今七三一)⦿夕暮に　命かけたる　かげろふの　ありやあらずや　とふもはかなし(新古今一一九五)⦿乱るとも　人知るらめや　かげろふの　岩垣淵の　底の玉藻は(続古今九八〇)⦿まことの姿は　かげろふの　石に残す形だに　それとも見えぬ　蔦葛(謡曲・定家)⦿かげろふの　仄(ほの)めきつれば　夕暮の　夢かとのみぞ　身を辿りつる(後撰八五七)〔注〕「かげろふ」は平安時代以降の和歌では、あるかなきかに見えるもの、とりとめのないもの、見えていても実体のないものとされることが多い。『万葉集』に「たまかぎる」(その項を参照)という枕詞があり、これが「珠蜻」「玉蜻蜓」と表記されるところから、中世には「かげろふの」と誤読された。「かげろふ」はトンボの古名であるから、命の短かいもの、はかないものとして、関連の言葉にかかる。したがって、「かげろふの」は「蜻蛉の」か「陽炎の」か、いずれとも決しがたい(大辞典二―一一九七頁、福井二六〇頁、横山七三頁、中島一一〇頁)。

かこじもの

「ひとり」にかかる。〔例〕「鹿児自物」→「獨子」(万葉一七九〇)「可胡自母乃」→「唯獨」(万葉四四〇八)⦿秋萩を　妻問ふ鹿こそ　獨子に　子持てりといへ　鹿兒(かこ)じもの　わが獨子の――(万葉一七九〇)⦿大君の　任(まけ)のまにまに――鹿兒じもの　ただ獨りして――(万葉四四〇八)〔注〕「かこじもの」は鹿の子のようにで、鹿は一腹に一仔を宿すのみなので「独り」にかかる(大辞典二―一二〇八頁、福井二六一頁、横山七三頁、中島一一一頁)。

かざしおる→かざしをる

かざしをる

「みわ」にかかる。〔例〕⦿かざしをる　みわのしげ山　かき分けて　あはれとぞ思ふ　すぎたてる門(かど)(新古今一六四二)⦿かざし折　三輪の檜原　夕霞　昔や遠く　へだて来ぬらん(續古今三八)〔注〕「挿頭折」とは古代、髪や冠に、花や枝、造花などをさすこと。植物の生命力を身につけようとする感染呪術より生じ、後に装飾となった。「髻華(うず)」。その「かざし」とするために折るの意で地名「三輪」にかかる。「人麿歌集」の「いにしへに　ありけむ人も　わが如(ごと)か　三輪の檜原(ひはら)に　挿頭折りけむ」(万葉一一一八)に基づいて後世枕詞ふうに用いられるようになったものかという(大辞典二―一二二二頁)。

かざはやの

「みほ」にかかる。〔例〕「加麻皤夜能」→「美保」(万葉四三四)「風早之」→「三穂」(万葉一二二八)⊙風速(かざはや)の　美保(みほ)の浦廻(うらみ)の　白つゝじ　見れどもさぶし　亡き人思へは(万葉四三四)〔注〕「風速の」地名か、または風の激しいのでこういわれたものか。地名ならば広島県加茂郡に風早という地名あるが、ここでは風の激しい所の意で、和歌山県日高郡美浜村三尾(古く三穂か(大系万葉一―二〇七頁、二―二二九頁、全注三―三八七頁、七―一九〇頁)。

かじのおとの→かぢのおとの

かしのみの

「ひとり」にかかる。〔例〕「橿實之」→「獨」(万葉一七四二)⊙級(しな)照る　片足羽川の――橿の實の　獨りか寝(ぬら)む――(万葉一七四二)〔注〕「樫実」が一毬にたゞ一つずつついているところから「ひとり」にかかる(大辞典二―一二五六頁、福井二六一頁)。

かしはぎの

「もる」にかかる。〔例〕⊙ほととぎす　忍ぶる物を　かしは木の　もりても聲の　聞えけるかな(新古今一〇四六)〔注〕「かしはぎ(柏木)」は「槲」とも書く。柏の木には葉守の神が宿っているという伝説から起って、皇居守衛の任にあたる兵衛、また衛門の官人の異称となった。また一説に、漢の武帝が嵩山の古柏を大将軍に拝した故事から起って兵衛・衛門の如き武官の異称になったともいう。近江國の名所で歌枕で有名な「柏木の森」という所があり、その「森」と同音を含む「洩・漏」にかかる。滋賀県甲賀郡柏木村に柏木神社があり、この神社の森かという(福井二六一頁、中島一一一頁)。

かすがのの

「とぶひ」にかかる。〔例〕⊙忘らるる　時しなければ　春日野の　訪(と)ふ日ありやと　待つぞ佗びしき(古今六帖三二〇一四)〔注〕「春日野」は大和國添上郡春日山の西麓にある野で、一名飛火野(とぶひの)ともいう。和銅五年に、この地に烽火(のろし)をあげる場所を設けたことからその名が起った。その「とぶひの」と類音の「訪(と)ふ日(ひ)」にかかる(福井二六一頁、中島一一二頁)。

かずのきの→かづのきの

かすみたつ

「はる・かすが」にかかる。〔例〕「霞立」→「春」(万葉二五七)「霞立」→「春日」(万葉一四三七・一四三八)⊙天降りつく　天の芳來山　霞立つ　春に至れば――(万葉二五七)⦿霞立つ　春日の里の　梅の花　山の下風(あらし)に　散りこすなゆめ(万葉一四三七)〔注〕霞のかすかに見えるところから「春日」にかかる。古くは春秋ともに「霞」とも「霧」とも称したが、後世に至り、春は霞、秋は霧という(大辞典二―一二九五頁、広辞苑四一一頁、全注三―六八頁)。

かずらかけ→かづらかけ

かぜのとの

「とほき」にかかる。〔例〕「可是能等能」→「登抱吉」(万葉三四五三)⦿風の音の　遠き吾妹が　着せし衣　手本のくだり　紕(まよ)ひ來にけり(万葉三四五三)〔注〕風の音が遠くに聞こえる意、遠くにいる吾妹子の消息を聞く意からという(大辞典二―一三一〇頁、事典四四一頁、福井二六二頁)。

かたいとの

「よる・よりより・よるか・あはす・あふ・たゆ・みだる・くる・くるす・を・ふしみ」にかかる。〔例〕⦿この人々をおきて　又すぐれたる人も　くれ竹の　世々にきこえ　かたいとの　よりよりに　絶えずぞありける(古今仮名序)⦿かたいとの　夜鳴く虫の　織るはたに　涙の露の　ぬきや乱れん(続後撰一〇七三)⦿かたいとの　よりかの池の　ねぬなはの　寝ぬ夜は波の　下ぞ苦しき(壬二集)⦿かた糸の　あはでの浦の　波高み　こなたかなたに　寄る舟もなし(続古今一一一六)⦿片糸の　栗栖の小野の　一筋に　あふべきふしや　思ひ絶えなむ(新千載一二一一)⦿逢ふことを　猶や頼まむ　片糸の　くる夜まれなる　契なりとも(新後撰一〇四〇)⦿年をへて　逢ふ事は猶　かたいとの　誰が心より　絶えはじめけん(新勅撰一〇一〇)⦿ぬきとめよ　逢はずは何を　かた糸の　乱れて落つる　滝の白玉(続拾遺八五六)⦿片糸の　をだえの橋や　我が中に　かけしばかりの　契りなるらむ(新後拾遺一一八三)⦿片糸の　伏見の里は　名のみして　相見る恋は　よるぞくるしき(新続古今一一四〇)〔注〕「かたいと」は二本の細糸を縒(よ)り合せて一本の糸にするとき、縒り合わせ前の片一方の糸。片縒糸(かたよりいと)をいう。①片糸は縒(よ)り合せるものであるので「縒(よ)る」と同音、又は同音を含む語、「よりより・夜・因香(よるか)の池」等にかかる。②片糸を縒り合わせる意で、「合わす」と同音、又は同音を含む語「逢ふ」にかかり、糸を繰る意で「繰る」と同音を持つ「來る」及び、同音を含む地名「栗栖」にかかる。③片糸の縁で「絶ゆ」「乱る」に、「緒」を含む「緒絶えの橋」また、「糸の節(ふし)」と同音を持つ地名「伏見」にかかる(大辞典二―一三二七頁、福井二六三頁、中島一一二頁)。

かたいとを

「より」にかかる。〔例〕⊙片糸を　こなたかなたに　よりかけて　合はずば何を　玉の緒にせむ　(古今四八三)〔注〕「かたいとの」の項を参照。

かたもいの→かたもひの

かたもひの

「そこ」にかかる。〔例〕「片埦之」→「底」(万葉七〇七)⊙思ひやる　すべの知らねば　片埦(かたもひ)の　底にそわれは　恋なりにける(万葉七〇七)〔注〕「かたもひ」をふたのない不完全な椀とする説もあるが、むしろ片口のついた飲料水を入れる器のことと解するのが正しいであろう。「もひ」は椀の古語(大系万葉一―三〇一頁、福井二六三頁、中島一一三頁、全注四―三三九頁)。

かぢのおとの

「つばらつばら」にかかる。〔例〕「可治能於登乃」→「都波良都婆良」(万葉四〇六五)⊙朝びらき　入江漕ぐなる　楫(かぢ)の音の　つばらつばらに　吾家(わぎへ)し思ほゆ(万葉四〇六五)〔注〕「つばら」とは、きわめて詳かにという古語で、水を漕ぐときの音「つぶつぶ」の類音という(大系万葉四―二六六頁、福井二六四頁)

かづのきの

「かづさね」にかかる。〔例〕「可頭乃木能」→「可豆佐祢」(万葉三四三二)⊙足柄(あしがり)の　吾(わ)を可鶏(かけ)山の　穀(かづ)の木の　吾(わ)をかづさねも　穀割かずとも(万葉三四三二)〔注〕「穀」は「梶」の古語。「和名抄」に「唐韻云穀音穀和名加知木名也」とある。桑科の落葉喬木、製紙の原料とする。類音「かづさね」にかかる。「かづさね」―未詳。誘う意の「カドフ」と同意とも(大系万葉三―四二七頁、福井二六四頁、全注十四―一九五頁)。

かづらかけ

「かぐはし」にかかる。〔例〕「賀都良賀氣」→「香具波之」(万葉四一二〇)⊙見まく欲り　思ひしなへに　蘰懸(かづらか)け　かぐはし君を　相見つるかも(万葉四一二〇)〔注〕蘰は日蔭のかづら、神事に用いる。類音の上から「かぐはし」にかかる(福井二六四頁、中島一一三頁)。

かはぎしの

「くゆ・まつ」にかかる。〔例〕「河岸之」→「悔」(万葉四三七)⊙妹われも　清(きよみ)の河の　河岸(かはきし)の　妹が悔ゆべき　心は待たじ(万葉四三七)⊙來ずやあらむ　來やせむとのみ　川岸の　まつの心を　思ひやらなむ

（後撰九三九）〔注〕河岸は崩（くゆ）れ易いものであるから「くゆ」と同音異義の後悔の意の「悔（くゆ）」にかかり、また河岸の松というより同音異義の「待」に転じたものという。但し枕詞と見ない説もある（福井二六五頁、中島一一四頁、全注三—三九一頁）。

かはたけの

「よ・ながる」にかかる。〔例〕⦿移ろはぬ　名は流れたる　かは竹の　いづれの世にか　秋を知るべき（後撰一二七三）⦿ひとよとは　いつか契（ちぎ）りし　河竹の　流れてとこそ　思ひそめしか（金葉四二三）〔注〕川竹は川のそばにはえている竹。竹の「節（よ）」の意で同音を含む「世（よ）」にかかり、川竹が水に流れる意で「流る」にかかる（大辞典三二七五頁）。

かはづなく

「いづみのさと・かむなびかは・むつたのかは・よしののかは」にかかる。〔例〕「川津鳴」→「泉之里」（万葉六九六）「河津鳴」→「甘南備河」（万葉一四三五）「河蝦鳴」→「六田乃河」（万葉一七二三）「川津鳴」→「吉野河」（万葉一八六八）⦿家人に　戀ひ過ぎめやも　かはづ鳴く　泉の里に　年の歴（へ）ぬれば（万葉六九六）〔注〕「かはづ」は川にいる蛙の類。「カジカ」とも、ただ「カエル」ともいう。「かはづ」は泉や河にすむので、その縁語として泉や河川にかける。泉の里は京都府相楽郡木津町・加茂町などの泉川（木津川）に沿った地（大系万葉一—二九九頁、横山七六頁、全注四—三二八頁）。

かはなみの

「なみ」にかかる。〔例〕「可波奈美能」→「奈美」（万葉八五八）⦿若鮎釣る　松浦の川の　川波の　並（なみ）にし思はば　われ恋ひめやも（万葉八五八）〔注〕波と並は同音でかかる。並は、とおりいっぺんの意。枕詞と見ない説もある（大系万葉二—八五頁、全注五—一三三頁）。

かはやぎの

「ねもころ」にかかる。〔例〕「川楊乃」→「根毛居侶」（万葉一七二三）⦿川楊の　ねもころ見れど　飽かぬ川かも（万葉一七二三）〔注〕川楊の根がよく延びることから「ね」にかかり、細かい根が土とともにこりかたまっているところから「精細に」の意をあらわす副詞に用いる（福井二六五頁、中島一一四頁）。

かへるやま

「かへるがへる」にかかる。〔例〕⦿しらゆきの　やへふりしける　かへる山　かへるがへるも　おいにけるかな（古今九〇二）〔注〕「歸山」の頭音を重ねて「かへるがへるも」(かえすがえすもの意)にかかる。歸山は福井県南条郡鹿蒜村から敦賀郡の杉津に出る山路。いまの鉢伏山かという。但し枕詞と見ない説もある(福井二六六頁、横山七六頁、中島一一四頁)。

かほばなの

「ぬる」にかかる。〔例〕「可保婆奈能」→「眠」(万葉三五〇五)⊙うち日さつ　宮の瀬川の　貌花(かほばな)の　戀ひてか寝(ぬ)らむ　昨夜(きそ)も今夜(こよひ)も(万葉三五〇五)〔注〕「貌花(かほばな)」は古義では「晝顔」のこと。日中よく咲いて、夕方には眠りしぼむものなので、「恋ひて寝(ぬ)らむ」と人事に喩えて「寝(ぬ)る」にかかる。但し枕詞と見ない説もある(福井二六六頁、中島一一四頁、横山七六頁、全注十四—三〇五頁)。

かみがきの

「みむろのやま・みたらしかは・ゆふつけとり」にかかる。〔例〕「加美加幾乃」→「美牟呂」(神楽歌三)⊙神籬(かみがき)の　御室(みむろ)の山の　榊葉は　神の御前に　茂りあひにけり　茂りあひにけり(神楽歌三)⊙かみがきの　みむろの山は　春きてぞ　花のしらゆふ　かけて見えける(千載五八)⊙神垣の　みたらし川の　夕涼み　袖吹きかへす　ならの下風(夫木九)⊙祈りこし　ちぎりはいづら　神がきの　夕付鳥(ゆふつけどり)の　よそのあかつき(新葉七七五)〔注〕「かみがき(神垣)」は神社の周囲の垣。神域を他から区切るために設ける垣。「斎垣(いがき)」「玉垣」「瑞垣(みずがき)」という。またその神域。神をまつったところの意から。㋑神の鎮座する場所としての「みむろ」および、地名「みむろの山(一名三輪山)」にかかる。㋺神域を流れる「みたらし川(五十鈴川の別名)」にかかり、また、神の縁で「木綿(ゆふ)」と同音を持つ「ゆふつけ鳥」にかかる(大辞典三—一二二頁)。

かみがきや

「みむろ・みむろのやま・みかさのやま・みもすそかは・みたらしかは・いすずかは」にかかる。〔例〕⊙神がきや　みむろの榊　ゆふかけて　祈る八千代も　わが君のため(続後撰五五八)⊙神垣や　御室の山の　郭公(ほととぎす)　ときはかきはの　声と聞かばや(続千載八九七)⊙神垣や　三笠の山に　さしそへて　君がときはに　いはふ榊葉(続後拾遺一三二〇)⊙神垣や　みたらし川に　おふる芹の　つまずもあらで　袖や濡れなむ(夫木一)〔注〕「神垣や」の「や」は間投助詞。㋑神の鎮座する場所としての「みむろ」および、地名「みむろ山」「三笠の山」にかかる。㋺神域を流れる「御裳濯(みもすそ)川」「御手洗(みたらし)

川」「五十鈴川」などにかかる(大辞典三―一二二頁)。

かみかぜの

「いせ・やさか」にかかる。〔例〕⊙神風の　伊勢の　濱荻　折りふせて　旅ねやすらん　荒き濱べに(新古今九一一)⊙神か世の　八坂の里と　今日よりぞ　君が千歳は　はかりはじむる(東遊)〔注〕古くは「かむかぜの」で「伊勢」にかかる。また神の縁で祇園社のある地名、京都の「八坂」にかかる(大辞典三―一二三頁、横山七七頁)。

かみかぜや

「いせ・いすずかは・みもすそかは・やまだのはら・みやののはら・うちとのみや・あさひのみや・とよみてぐら・たまぐしのは・みづのかしは・やへのさかきば」にかかる。〔例〕⊙神風や　いすず川なみ　かずしらず　すむべきみよに　又かへりこん(新古今一八七四)⊙神風や　みもすそ川の　そのかみに　契りし事の　末をたがふな(新古今一八七一)⊙神風や　山田のはらの　さか木ばに　心のしめを　かけぬ日ぞなき(新古今一八八四)⊙神風や　玉ぐしのはを　とりかざし　うちとの宮に　君をこそ祈れ(新古今一八八三)⊙神風や　水のかしはの　秋の色に　とようぢ人の　袖さへぞ照る(洞院百首・紅葉)⊙神風や　八重の榊ば　かさねても　みもすそ川の　末ぞはるけき(夫木三四)⊙神風や　内外(うちと)の宮の　宮柱　ちたびや君が　御代にたつべき(続拾遺一四一一)⊙神風や　宮野の原の　かるかやを　かられてのみは　過ぎむものかは(夫木二二)⊙神風や　朝日の宮の　宮うつし　影のどかなる　世にこそありけれ(玉葉二七三四)⊙神風や　とよみてぐらに　なびくしで　かけて仰ぐと　いふもかしこし(新古今一八七六)〔注〕「かむかぜの」の変化したもの。伊勢にかかり、伊勢神宮にかかわる河川や地名にかかり、皇太神宮を表わす「内外の宮」「朝日の宮」にかかる。また神の縁で「豊幣帛(とよみてぐら)」「玉串の葉」などにかかる。なお「山田の原」以下にかかる場合を枕詞と見ず、「かみかぜや」で「伊勢の」の意を表わしているとする説がある(大辞典三―一二三頁、福井二六七頁)。

かみつけの

「まぐはしまど」にかかる。〔例〕「可美都氣努」→「麻具波思麻度」(万葉三四〇七)⊙上毛野(かみつけの)　眞桑島門(まぐはしまど)に　朝日さし　まぎらはしもな　ありつつ見れば(万葉三四〇七)〔注〕「まぐはしまど(真桑島門)」は地名か。真桑と島門か。諸説あるも不詳。但し枕詞と見ない説もある(大系万葉三―四二二頁、福井二六七頁、全注十四―一五一頁)。

かむかぜの

「いせ」にかかる。〔例〕「加牟加是能」→「伊勢」（記一三）「伽牟伽筮能」→「伊齋」（紀八）「柯武柯噬能」→「伊制」（紀七八）「神風乃」→「伊勢」（万葉八一・一六二・一六三）「神風之」→「伊勢」（万葉五〇〇・三二三四・三三〇一）⦿神風（かむかぜ）の　伊勢の海の　大石（おひし）に　這（は）ひ廻（もとほ）ろふ　細螺（しただみ）の　い這ひ廻り　撃ちてし止まむ（記一三・紀八）〔注〕神風は神聖な風の意。伊勢は風のつよいところで、天照大神が鎮座するところから、その風を神風と称する。一説に、神風の息吹（いぶき）の意で「い（伊）」にかかるとも。中世以降は「かみかぜや」の形で用いられることが多い（大系万葉一―四九頁、大辞典三―一四四頁、事典四四一頁、全注一―二九四頁）。

かむかぜや→かみかぜや

かもじもの

「うき・うきね」にかかる。〔例〕「鴨自物」→「浮」（万葉五〇）「可母自毛能」→「宇伎祢」（万葉三六四九）⦿やすみしし　わご大君　高照らす　日の皇子――鴨じもの　水に浮きゐて――（万葉五〇）⦿鴨じもの　浮寝をすれば　蜷（みな）の腸（わた）か黒き髪に　露そ置きにける（万葉三六四九）〔注〕鴨のように水に浮いて働く人の意で「浮き」に、また鴨が水に浮いたまま眠るところから「浮寝」にかかる。万葉集五〇番の歌は、藤原宮の役民が泉川（木津川）に筏を流して働くさまをうたったもの（大系万葉一―三六頁・三三四頁、全注一―二〇二頁）。

かもめいる→かもめゐる

かもめゐる

「ふぢえのうら」にかかる。〔例〕かもめゐる　ふぢえの浦の　沖津すに　よ舟いさよふ　月のさやけき（新古今一五五二）〔注〕藤江の浦は播磨国明石にあった（朝日新古今三二四頁）。

かやりびの

「くゆ・したもえ・そこにこがる」にかかる。〔例〕⦿夏なれば　やどにふすぶる　かやり火の　いつまでわが身　したもえをせん（古今五〇〇）⦿かやり火の　くゆる心も　つきぬべく　思ひなるまで　おとづれず　おぼつかなくて　帰れども（拾遺五七三）⦿上にのみ　愚に燃ゆる　蚊遣火の　よにも底には　思ひこがれじ（後撰九九二）〔注〕かやり火をたく意で「燻（くゆ）」「悔ゆ」に、下の方で燃えることから、心の内で燃える意の「下燃え」「底に焦がる」などにかかるという（大辞典三―一六六頁）。

からくしげ

「あく・あけ・くし」にかかる。〔例〕⦿からくしげ　明(あ)けくれ物を　思ひつつ　皆むなしくも　なりにけるかな(宇津保・あて宮)⦿なつはたゞ　あくる日ごとに　からくしげ　くしだのもりの　かげぞうれしき(天喜元年越中守頼家名所歌合)⦿からくしげ　あけてし見れば　やどふかき玉の光を　しる人ぞなき(夫木三一)〔注〕「唐」は美称とも中国風だからともいう。櫛などを入れる美しい箱。上品な化粧箱。箱が開(あ)くというところから、「開(あ)く」と同音の「明(あ)く」にかかり、また、「くしげ」と同音の「くし」にかかる(大辞典三―一八五頁。)

からくにの

「からく」にかかる。〔例〕「可良久尓能」↓「可良久」(万葉三六九五)⦿昔より言ひける言(こと)の　韓國の　辛くも此處に　別れするかも(万葉三六九五)〔注〕「からくに」は、もと朝鮮半島南部の國名だったが、のちには朝鮮半島全体の称に、さらに唐をも含め広く外國の意に用いた。「からくにの」同音で旅のつらさの意の「辛(から)く」にかかる(大辞典三―一八六頁、事典四四一頁)。

からころも

「たつ・きる・そで・すそ・たもと・ひも・ぬふ・きぬた・つま・あふ・かへす・うら・はる・なる・かけ・からく・きみ」にかかる。〔例〕「韓衣」↓「服」(万葉九五二)「韓衣」↓「裁」(万葉二一九四)「辛衣」↓「襴」(万葉二六一九)「可良許呂毛」↓「須蘇」(万葉三四八二)⦿韓衣　着(き)奈良の里の　島松に　玉をし付けむ　好き人もがも(万葉九五二)⦿雁がねの　來鳴きしなへに　韓衣　龍田の山は　もみち始(そ)めたり(万葉二一九四)⦿朝影に　わが身はなりぬ　韓衣　裾の合はずて　久しくなれば(万葉二六一九)⦿唐衣　日もゆふぐれに　なる時は　返す返すぞ人はこひしき(古今五一五)⦿唐衣　なれば身にこそ　まつはれめ　かけてのみやは　こひんと思ひし(古今七八六)⦿うれしきを　なにに つゝまん　唐衣　たもとゆたかにたてといはましを(古今八六五)⦿から衣　袖に人めはつつめども　こぼるる物は　なみだなりけり(新古今一〇〇五)⦿こひつつや　妹がうつらむ　から衣　砧(きぬた)の音の空になるまで(千載三三八)⦿袖ぬれて　ほしぞわづらふから衣　君が手枕　ふれぬ夜はには(玉葉一五二二)⦿忘らるる　身をうつ蟬の　から衣　かへすはつらき　心なりけり(後撰八〇五)⦿唐衣　かけ頼まぬ　時ぞなき　人のつまとは　おもふものから(後撰七四四)⦿いれ紐の　さしてきつれど　唐衣　辛(から)くいひても　帰しつるかな(古今六帖三三八七〇)⊙唐衣　はるばる来ぬる　旅宿にも　袖ぬらせとや　又しぐるらむ(新拾遺八〇四)⊙よもすがら　ぬれてわびつる　唐衣　あふ坂山に　道まどひして(後撰六二三)⊙唐衣　つまとふ鹿の　なくときは　すその〻萩の　花も咲きにけり(玉葉四九一)⊙唐衣　ぬふはり河の　青柳の　糸よりかくる　春は来にけり(躬恒集一五六三三)⊙立ちかへり　とかずはいかゞ　からころも　うらにかけたる　玉もしらまし(続拾遺一一九)〔注〕「からころも」は中国風の衣服。衣にかかわる多くの言葉にかかる(大系万葉三―四三七頁、大辞典三―一九〇頁、福井二七一頁、大塚八八頁、中島一一六頁、全注十四―二七二頁)。

からなずな→からなづな

からなづな

「なづさはむ」にかかる。〔例〕⊙雪をうすみ　垣根に摘める　からなづな　なづさはまくの　ほしき君かな(拾遺一〇二二)〔注〕「なづな」は春の七草の一。ペンペン草の異名。「から」は「唐」で美称かといい、一説に「辛い」なづなとも。「なづさふ」は馴れ親しむという意(大辞典三―二〇五頁、福井二七二頁)。

からにしき

「たつ・おる・ぬふ・おしき・たたまくおしき・たつた」にかかる。〔例〕⊙おもふどち　まとゐせるよは　唐錦　たたまくおしき　物にぞありける(古今八六四)⊙ちはやぶる　神のみよより　くれたけの　世々にもたえず——からにしき　たつたの山の　もみぢばを　みてのみしのぶ——(古今一〇〇二)⊙立田姫　今や木ずゑの　から錦　おりはへ秋の　いろぞしぐるる(續拾遺三五七)⊙唐錦　惜しきわが名は　たちはてて　いかにせよとか　今はつれなき(後續三八五)⊙唐にしき　立田の川の　もみぢばに　水の秋こそ　なほ残りけれ(續千載六一四)⊙残りおく　秋のかたみの　唐錦　たちはてつるは　木枯の風(新勅撰三六八)〔注〕唐織の錦。舶来の錦で、錦を裁つという意で「立つ・立田山・たたまく惜しき(座を立つのが惜しい意)」に、また唐錦は裁ち切るのが惜しい意で「惜しき(わが名)」にかかる。その他、布に縁のある「織る・縫ふ」などにもかかる(大辞典三―二〇六頁、福井二七三頁、横山七九頁、中島一一八頁)。

かりがねの

「きつぐ・なきこそわたれ」にかかる。〔例〕「折木四哭之」→「來繼」(万葉九四八)⊙眞葛(まくず)はふ　春日の山は——もののふの　八十伴(やそとも)の男は雁が音の　來繼ぐこの頃——(万葉九四八)⊙うきことを　思ひつらね

て　かりがねの　なきこそわたれ　秋のよなよな(古今二一三)〔注〕「かりがねの」雁が次から次へと仲よく並んでゆくに、官人が數多来り続けるを行雁に喩えて「來繼ぐ」にかかり、また「なきこそわたれ」の枕詞とするが、歌の意味では「なきこそわたれ」の主語はことばとしては出ていない「我」である。万葉の原文「折木四哭之　來繼皆石此續　常丹有背者」を契沖は「かりがねの　來つぎて皆し　ここにつき」と訓み、哭は喪、皆は背の誤りとし、「をりふしも　ゆきかよひせし」と訓んだ。賀茂眞渕は、皆を比日とし「きつぎ竝びし」と訓み、本居宣長は、皆は比日の二字を一字に誤り、石は如の誤りとし「かりがねの來つぎ　この頃かくつぎて」と訓むべきであるという。諸説区々である(大系万葉二―四四七頁、大系古今一四三頁、福井二七三頁、全注六―九六頁)。

かりこもの

「みだる・こころもしのに」にかかる。〔例〕「加理許母能」→「美陀禮」(記八〇)「苅薦乃」→「乱」(万葉二五六)「苅薦之」→「乱」(万葉六九七)「苅薦之」→「擾」(万葉三一七六)「可里許毛能」→「美太礼」(万葉三六〇九異伝)「可里許母能」→「美太礼」(万葉三六四〇)「借薦之」→「心文小竹荷」(万葉三二五五)⊙愛(うるは)しと　さ寢(ね)しさ寢てば　刈薦の　亂れば亂れ　さ寢しさ寢てば(記八〇)⊙いにしへゆ　言ひ継ぎ來らし――夏麻引(なつそひ)く　命かたまけ　刈薦の　心もしのに　人知れず　もとなぞ恋ふる　息の緒にして(万葉三二五五)⊙かりごもの　思ひみだれて　我こふと　いもしるらめや　人しつげずは(古今四八五)〔注〕刈りとったばかりの薦は乱れやすいので「乱れ」に、「しの」はなびくさまの擬態語的形容。刈薦のように乱れた「心」とかかるとも、刈薦がしおれる意で「しの」にかかるともいう。万葉集の例は枕詞とせぬ説もある。古くは「かりこもの」と清音であろう(大辞典三―二二六頁、事典四四一頁、福井二七三頁)。

かりごろも

「たつ・きる・かける・ひも・すそ・みだる・おどろ」にかかる。〔例〕⊙夜ゐ夜ゐに　ぬぎてわがぬる　かり衣　かけておもはぬ時のまもなし(古今五九三)⊙いづくにか　今夜(こよひ)は宿を　かり衣　日も夕暮の　嶺の嵐に(新古今九五二)⊙かり衣　たちうき花の　かげに来て　行末くらす　春の旅人(玉葉一一三三)⊙逢ふことは　遠山どりの　かり衣　きては効(かひ)なき　音をのみぞなく(後撰六八〇)⊙かりごろも　すそ野もふかし　はしたかの　とかへる山の　峯の白雪(新勅撰四三一)⊙かり衣　乱れにけ

りな　梓弓　ひくまの野辺の　萩の朝露(続古今三三九)⊙狩衣　おどろの道も　たちかへり　うち散るみゆき　野風さむけし(夫木集)〔注〕かりごろも(狩衣)は狩に着る衣で、古くは「かりころも」と清音。散文では「かりぎぬ」、和歌などでは「かりごろも」という例が多い。「かりぎぬ(狩衣)」に同じ。狩衣を裁つの意で「裁(た)つ」と同音の「立つ」に、衣を着(き)る意で「來(き)」に、衣を衣桁に掛(か)ける意で同音の心に懸(か)ける意の「かけて」に、衣の縁語である「紐」「裾」「乱る」「おどろ」にかかる(大辞典三―二二七頁、福井二七四頁、横山七九頁、中島一一九頁)。

かりたかの

「たかまとやま」にかかる。〔例〕「獦高乃」→「高圓山」(万葉九八一)⊙獦高(かりたか)の　高圓山(たかまとやま)を　高みかも　出で来る月の　遅く照るらむ(万葉九八一)〔注〕「かりたかの(獦高)の」音調をとり語尾の「たか」を重ねて「高圓山(たかまどやま)」に冠する。獦高野は高円あたりの地名かという。狩をする高原の意で高円山の山地とする説もある。延暦四年(七八五)に右京の人で鴈高(かりたか)宿祢の姓を賜わった者があるが、何か関係あるかという。高円山は奈良市東方、春日山の南につづく山(大系万葉二―一六二頁、全注六―一五八頁)。

かりびとの

「いるの・やたの・やはぎ」にかかる。〔例〕⊙狩人の入野の露の　しらま弓　末も遠くに　秋風ぞ吹く(続拾遺二三五)⊙かり人の　やはぎにこよひ　宿りなば　あすや渡らむ　とよ河の波(新撰六帖・二)⊙かり人の　やた野の原に　鳴く鹿も　あさぢ色つく　秋やかなしき(夫木一二)〔注〕狩人の「射る」で、同音の「入野」にかかる。狩人の「矢」から地名「やた野」「矢作」にかかる(大辞典三―二三四頁)。

かるかやの

「みだる・ほ・つか」にかかる。〔例〕「苅草乃」→「束」(万葉一一〇)「苅草之」→「念乱」(万葉三〇六五)⊙大名兒(おほなこ)を　彼方(をちかた)野邊に　刈る草(かや)の束(つか)の間(あひだ)も　われ忘れめや(万葉一一〇)⊙み吉野の　蜻蛉(あきづ)の小野に　刈る草(かや)の思ひ亂れて　寢(ぬ)る夜しそ多き(万葉三〇六五)⊙かるかやのほに出でて物を　言はねども　なびく草葉に　あはれとぞ見し(古今六帖三四六三一)〔注〕刈り取ったかやの乱れやすいところから「乱る」に、刈り取ってたばねるので「束」にかかるという(大辞典三―二四四頁、中島一一九頁、横山八〇頁)。

かるくさの

「つかのま」にかかる。〔例〕「苅草乃」→「束之間」(万葉二七六三)⦿紅の　浅葉の野らに　刈る草の　束の間も　吾を忘らすな(万葉二七六三)〔注〕刈った草の一束の意で「つか(束)」にかかるという。但し枕詞と見ない説がある(大系万葉三—二三七頁、福井二七五頁)。

かるこもの

「め」にかかる。〔例〕⦿沼水に　君は生ひねど　かるこもの　めに見す見すも　生ひまさるかな(平中三七)〔注〕かるこも(刈菰・苅薦)は「かりこも」に同じ。刈った菰から芽が出るところから「芽」と同音の「目(め)」にかかる(大辞典三—二四五頁)。

かるもかく

「ゐまち・ゐなの・ゐた・ゐかひのをか・ゐ」にかかる。〔例〕⦿我のみぞ　寝られざりける　かるもかく　ゐまちの月の　程は経ぬれど(新撰六帖一)⦿かるもかく　ゐな野の原の　かり枕　さてもねられぬ　月を見るかな(続古今八九五)⦿かるもかく　ゐたのこひ路に　立つたこは　さなへよりこそ　そぼつなりけれ(夫木七)⦿かるもかく　ゐかひの岡の　寒き夜は　いもやすく寝ず　うつ衣かな(夫木二一)⦿かるもかく　臥猪の床の　寝(い)を安く　さこそ寝ざらめ　かからずもがな(和泉式部集)〔注〕「かるも」は枯草。猪が寝床にするため枯草を掻き集めることから、「い(猪)」と同音の「い」を含む地名や、ことばにかかる(大辞典三—二四九頁)。

かわぎしの→かはぎしの

かわたけの→かはたけの

かわずなく→かはづなく

かわなみの→かはなみの

かわやなぎ→かはやなぎ

【き】

きくのはな

「きく・うつろふ」にかかる。〔例〕⦿今日を見て　後こそ知らめ　きくのはな　聞くに違はぬ　しるしありとは(源順一九〇一六)⦿秋をきて　時こそありけれ　菊の花　うつろふからに　色のまされば(古今二七九)〔注〕頭音の反覆で「菊」→「聞く」に、また菊の花が霜にあって、「うつろひ」ゆくので「うつろふ」にかかるという。但し枕詞と見ない説もある(大塚九三頁)。

きみがいえに→きみがいへに

きみがいへに

「すみさか」にかかる。〔例〕「君家尓」→「住坂」（万葉五〇四）⊙君が家に　わが住坂の　家道（いへぢ）をも　吾は忘れじ　命死なずは（万葉五〇四）〔注〕「君家尓吾住坂」は、君が家に吾が住むという意で「住む」と類音の「住坂」にかかる。但し枕詞と見ない説もある。住坂は奈良県宇陀郡榛原町にある（大系万葉一―二四七頁、福井二七六頁、全注四―五三頁）。

きみがきる

「みかさ」にかかる。〔例〕「君之服」→「三笠」（万葉二六七五）⊙君が着る　三笠の山に　居（ゐ）る雲の　立てば継がるゝ戀もするかも（万葉二六七五）〔注〕笠をかぶることを着るという。君がかぶる笠と続いて、その「笠」と同音を含む「三笠」にかかる（大系万葉三―二二〇頁、大辞典三―六九二頁）。

きみがさす

「みかさ」にかかる。〔例〕⊙きみがさす　みかさの山の　もみぢばのいろ　かみな月　しぐれの雨のそめるなりけり（古今一〇一〇）〔注〕大君の御蓋を侍臣が後ろから、さしかける意の「御蓋」と同音を含む地名「三笠」山にかかる（大系古今三一三頁、大辞典三―六九二頁）。

きみがよに

「あふさかやま・あぶくまかは・あふみ・あふのまつはら」にかかる。〔例〕⊙きみが世に　相坂山の　いはし水　こがくれたりと　おもひける哉（古今一〇〇四）⊙君がよに　あぶくま川の　埋木も　氷の下に　春をまちけり（新古今一五七七）⊙君が代に　あふみの海を　いくそたび　田につくればか　定め置きけむ（正治初度百首―祝）⊙君が代に　あふの松原　枝しげみ　末頼もしく　影そさしそふ（千五百番歌合一一〇六）〔注〕大君の大御代に遭うということから「あふ」と同音を含む地名にかかる。枕詞と見ない説もある（大辞典三―六九三頁、福井二七七頁、中島一二一頁）。

きみがよの

「ながき・ながら・ながゐ・ながつき・はるかに」にかかる。〔例〕⊙君が代の　長き例（ためし）に　長沢の　いけのあやめも　今日ぞひかるる（風雅二一九九）⊙きみがよの　長等の山の　かひありと　のどけき雲の　ゐる時ぞみる（拾遺五九八）⊙きみがよの　長居の浦に　よるかひは　ひろふほどさへ　久しかりけり（続詞花七―賀）⊙きみがよの　長月ごとに　見る菊の　八重の数こそ　八千代なりけれ

（拾玉六九三）⦿君が世の　はるかに見ゆる　山桜　年にそへてぞ　匂ひましける（伊勢大輔集）〔注〕君の御代の長かれと祝う意、また御代の「はるか」長くの意で「はるかに」にかかる（大辞典三―六九三頁、大塚九四頁、中島一二〇頁）。

きみがよは

「ながら・ながゐ・ながみね・たかの・つもり」にかかる。〔例〕⦿きみがよは　長柄の橋を　千たびまで　造りかへても　なほやふりなむ（続古今二〇）⦿きみがよは　長居の浦の　さゞれ石の　岩根の山と　なり果つるまで（新千載二〇）⦿きみがよは　高野の山の　岩の室　明けむあしたの　法にあふまで（玉葉七）⦿君が代は　津守の浦にあまくだる　神も千歳を　待つとこそ聞け（続古今一九〇八）⦿君が代は　なが峰山に　二葉なる　小松の千度　生ひかはるまで（夫木抄・雑二）〔注〕かかり方は「きみがよの」と同様（横山八二頁、大塚九五頁、中島一二二頁）。

きみとわれ

「いもせ」にかかる。〔例〕⦿君と我　妹背の山も　秋くれば　色變りぬる　物にぞありける（後撰三八〇）〔注〕君と我とは睦まじいとの意から妹背の中という意で「いもせ」と同音を含む「妹背」山にかかる。妹背山は紀の川を隔てて両岸にある。但し枕詞と見ない説もある（福井二七七頁）。

きみにより

「たつ」にかかる。〔例〕⦿きみにより　我なは花に　春霞　野にも山にも　たちみちにけり（古今六七五）〔注〕「君により我名は」とは、あなた故に私の噂はの意。但し枕詞とするは非か（福井二七七頁）。

きもむかう→きもむかふ

きもむかふ

「こころ」にかかる。〔例〕「岐毛牟加布」→「許許呂」（記六〇）「肝向」→「心」（万葉一三五・一七九二）⦿御諸の　その高城なる　大韋古（おほゐこ）が原　大猪子が　腹（はら）にある　肝向（きもむ）かふ　心をだにか　相思はずあらむ（記六〇）〔注〕肝（きも）は広く内臓をいい、その内臓がたいてい相対しているので「肝向ふ」といい、その肝の中に心があると古代人は考えていた（大系万葉一―八二頁、大辞典三―七〇三頁、福井二七八頁、中島一二二頁、全注二―一五八頁）。

きようきようと→けふけふと

きりかみの

「よちこ」にかかる。〔例〕「鑽髪乃」→「吾同子」（万葉三三〇七）「斬髪」→「与知子」（万葉三三〇九）⊙然（しか）れこそ　年の八歳（やとせ）を　切髪の　吾同子（よちこ）を過ぎ　橘の末枝（ほつえ）を過ぎて　この川の　下にも長く　汝が情（こころ）待て（万葉三三〇七）〔注〕年少者は髪を切って振分髪にしていたので、「ヨチコ」にかかる。吾同子（よちこ）は同年輩の幼児（大系万葉三―三〇頁）。

【く】

くさかげの

「あらゐ・あの」にかかる。〔例〕「草陰之」→「荒藺」（万葉三一九二）「久佐可氣乃」→「安努」（万葉三四四七）⊙草陰の　荒藺（あらゐ）の崎の　笠島を　見つつか君が　山道越ゆらむ（万葉三一九二）⊙草蔭の　安努（あの）な行かむと　墾（は）りし道　阿努（あの）は行かずて　荒草立ちぬ（万葉三四四七）〔注〕草の深い意で、実景からこれらの地名にかかるとする説、草蔭になっている畦（あぜ）の意と解し、畦の古語「あ」にかけつづけて「あらゐ」「あの」に、草蔭は荒れ果てているので「荒」にかかるとする説などがある。枕詞と見ない説もある（大辞典三―一〇八六頁、事典四四二頁、福井二八〇頁、全注十四―二一七頁）。

くさのはら

「かる」にかかる。〔例〕⊙草の原　かかる人目は　跡たえて　木の葉さへふる　冬の山里（夫木）〔注〕草原の枯れる意より、かかる人目の跡たえの意で「離（か）る」にかかる（横山八三頁）。

くさまくら

「たび・たびね・たこ・かりそめ・かりね・ゆふ」にかかる。〔例〕「草枕」→「客」（万葉五・六九・三六六・四一五・四六〇・五四三・六二一・六二二・六三四・六三五・一五三二・一七二七・一七四七・一七五七・一七九〇・二一六三・三一四一・三一四七・三一八四・三二七二）「草枕」→「多日」（万葉四五）「草枕」→「旅」（万葉一四二・一九四・四五一・三一三四・三一四五・三一四六）「草枕」→「羈宿」（万葉四二六）「草枕」→「羈」（万葉五四九・五六六・三一七六・三二一六・三二五二・三三四六・三三四七）「草枕」→「多妣」（万葉三九三七）「久左麻久良」→「多婢」（万葉三六七四・三七一九・四二六三）「久左麻久良」→「多妣」（万葉三六一二・三六三七）「久佐麻久良」→「多妣」（万葉三九二七・三九三六・四三二五・四四〇六・四四二〇）「久佐麻久良」→「多比」（万葉四一二八・四四一六）「久佐麻久良」→「多胡」（万葉三四

〇三)⦿霞立つ　長き春日の　暮れにける――大夫(ますらを)と　思へるわれも　草枕　旅にしあれば(万葉五)⦿吾が恋は　現在(まさか)も悲し　草枕　多胡の入野の　將來(おく)も悲しも(万葉三四〇三)⦿草枕　ゆふかぜさむくなりにけり　衣うつなる　宿やからまし(新古今九〇五)⦿草枕　この旅寝にぞ　思ひ知る　月より外の　友無かりけり　(金葉一八七)⦿草枕　このたび経つる　年月の　憂きはかへりて　嬉しからなん(後撰六九三)⦿草枕　夕露拂ふ　笹の葉の　み山もそよに　幾夜しをれぬ(拾遺愚草・上)⦿関越えて　旅宿なりつる　くさまくら　かりそめにはた　思ほえぬかも(蜻蛉日記)⦿くさまくら　かり寝の夢にいくたびか　なれし都に　ゆきかへるらむ(千載八)〔注〕「多胡」へのかかり方は未詳。「た」だけにかかると見る説、「草枕」をすでに旅の意に用い、多胡に旅する意とする説、「薦枕高」とかかる枕詞があるので(武烈前記歌謡・常陸風土記など)、同じように「タカ」にかかるのが転じたとする説などがある。昔、旅での災厄を払い、悪霊を退散させるのに威力があると信じられてた、草を結んで枕として、とまったからという。枕も霊異視されていた。枕の語に、寝るということのつながりを感ずるところから「旅寝」にかかる(中古以降に多い用法)。また、旅と同音の「たび(度)」またはそれを含む連語にかかる。草の枕を「結(ゆ)ふ」意で「結ふ」と同音を含む「ゆふ(夕)」を含む連語や地名「ゆふ山」などにかかる。この場合、旅をしている意を含む例が多い。また、「草枕旅」は仮の宿りの意で「仮」と同音を含む「仮寝」「かりそめ」などにかかる(大辞典三―一〇九五頁、事典四四二頁、福井二八一頁、中島一二三頁、山口四二三頁、全注一―四二頁)。

くしがみの→たまくしげ

くしげの→たまくしげ

くしろつく

「たふし」にかかる。〔例〕「釵著」→「手節」(万葉四一)⦿釧(くしろ)着く　答志(たふし)の崎に　今日もかも　大宮人の　玉藻刈るらむ(万葉四一)〔注〕釧は貝・石・玉・金属などで作った腕輪であるから「手(た)」にかかり、転じて「た」を語頭に持つ地名「答志」にかかる(大系万葉一―三二頁、福井二八三頁、全注一―一六九頁)。

くずかずら→くずかづら

くずかづら

「くる・くるし・うら」にかかる。〔例〕⦿くずかづら　くる人もなき山里は　我こそ人を　うらみはてつれ(伊勢大輔集)⦿秋風になびくさ山の　くずかづら　苦しや心うらみかねつつ(続古今一三八三)⦿神なびの　みむらの山の　くずかづら　うら吹きかへす　秋は来にけり(家持集・秋)〔注〕くずかづら(葛蔓)は植物くず(葛)の異名。くずのつるをたぐる意から、繰(く)ると同音の「來(くる」「苦し」にかかる。また和歌で、序の末にあって、葉が風に吹き返される意から、「うら」および同音の「うらむ」などを言い出すのに用いられることが多い(大辞典三―一一二三頁)。

くずのねの

「いやとほながに」にかかる。〔例〕「田葛根」↓「弥遠長介」(万葉四二三)⦿つのさはふ　磐余(いはれ)の道を　朝さらず　行きけむ人の――延(は)ふ葛の　いや遠永く、一に云ふ、田葛(くず)の根の　いや遠長に　萬世(よろづよ)に――(万葉四二三)〔注〕葛の根が長く遠くまでのびているところから、そのように寿命の長くの意に比し「いや遠長に」にかかる(大辞典三―一一二八頁、事典四四三頁)。

くずのはの

「うら・うらみ・あき・つゆ」にかかる。〔例〕⦿秋風の　吹きうら返す　葛の葉の　恨みても猶　うらめしきかな(古今八二三)⦿牡鹿ふす　繁みにはへる　くずのはの　うら寂しげに　見ゆる山里(後拾遺一九)⦿煙と共に消えんとも　逢はんと思へくずのはの　秋の最中の事なれば　一叢薄　穂に出でん(仮名草子・恨の介・下)⦿憂き世に無きくずのはの　露と消え行この憂き身(同上)〔注〕葛の葉が風に吹かれて見せる白い葉裏の印象から「うら」とそれに関連する言葉にかかり、葉の風になびく「秋」、葉の上の「露」とかかる(大辞典三―一一二八頁、福井二八四頁、中島一二四頁)。

くそかずら↓くそかづら

くそかづら

「たゆることなく」にかかる。〔例〕「屎葛」↓「絶事無」(万葉三八五五)⦿苞莢(かはらふぢ)に　延(は)ひおぼとれる　屎葛(くそかづら)　絶ゆることなく宮仕(みやづかへ)せむ(万葉三八五五)〔注〕「くそかずら(屎葛)」はヘクソカズラともいう。「和名抄」に「弁色立成云、細子草久曽可都良」とある。アカネ科の多年性草本。花・葉に悪臭があるので名がある。この蔓の長く続くのを人事に比して「たゆることなく」にかかる。但し枕詞と見ない説もある(中島一二四頁)。

くもいなす↓くもゐなす

くもがくる

「いかづち」にかかる。〔例〕「雲隠」↓「伊加土」(万葉二三五或る本)⊙或る本に曰はく、王(おほきみ)は神にし座(ま)せば　雲隠(がく)る　雷山(いかづちやま)に　宮敷きいます(万葉二三五)〔注〕雲の中に隠れている雷(いかづち)と続き、その雷と同名を含む山名「雷山(いかづちやま)」にかかる(事典四四三頁、全注三―一九頁)。

くもとりの

「あや・あやに」にかかる。〔例〕⊙くもとりの　あやの色をも　思ほえず　人をあひみで　年の経ぬれば(大和物語七一四)⊙最上川――はかなき事も　雲とりの　あやにかなはぬ　くせなれば――(千載一一五七)〔注〕「くもとり」は「雲鳥」「雲と鳥」「空を飛ぶ鳥」。綾(あや)の模様として、鶴と雲の文様が多く用いられたところから、「綾(あや)」と同音や、同音を含む「あや(文)」「あやに」などにかかる(大辞典三―一二六〇頁、福井二八五頁、中島一二四頁)。

くものいの

「こころぼそさ」にかかる。〔例〕⊙大空に　風待つほどの　くものいの　心細さを　思ひやらなむ(後拾遺一〇〇四)〔注〕「くものい」は蜘蛛(くも)の巣の糸。その糸の細いことから「心細さ」にかかる(福井二八五頁、中島一二五頁)。

くもばなれ

「とほき・そき」にかかる。〔例〕「久毛婆奈礼」→「等保伎」(万葉三六九一)「玖毛婆那禮」→「曾岐」(記五五)⊙天地と　共にもがもと　思ひつつ――雲離れ　遠き國辺の　露霜の　寒き山辺に　宿りせるらむ(万葉三六九一)⊙大和へは　西風(にし)吹き上げて　雲離(くもばな)れ　退(そ)き居(を)りとも　我忘れめや(記五五)〔注〕雲が遠くへ離れて行くように、人が遠くへ離れて行くたとえの意で「遠き」にかかる。また「退(そ)き」――「背(そ)く」は遠くに離れること。枕詞と見ない説もある(大系古事記七二頁、大系万葉四―八六頁、広辞苑六四六頁)。

くもりびの

「かげ」にかかる。〔例〕⊙くもり日の　かげとしなれる　我なれば　めにこそ見えね　身をばはなれず(古今七二八)〔注〕曇り日には地上にうつる影はうすくて人には見えない。しかし影は必ず形に添ってあるものゆえ「影」に冠する。枕詞でないとする説もある(福井二八五頁、中島一二五頁)。

くもりよの

「たどきもしらず・まとふ・したばへ」にかかる。〔例〕「陰夜之」→「田時毛不知」(万葉三一八六)「雲入夜之」

↓「迷」(万葉三三二四)「久毛利欲能」↓「志多婆倍」(万葉三三七一)⦿曇り夜の　たどきも知らぬ　山越えて　往(い)ます君をば　何時とか待たむ(万葉三一八六)⦿懸けまくも　あやに恐(かしこし)　藤原の　都しみみに――曇り夜の　迷(まと)へる間(ほと)に――(万葉三三二四)⦿足柄の　御坂畏(かしこ)み　曇夜の　吾(あ)が下延(したばへ)を　言出(こちで)つるかも(万葉三三七一)〔注〕「くもりよ」は、雲が厚く空にたちこめて、月や星の見えない夜。暗くてよく見えないところから、手がかりもわからずの意の「たどきも知らず」に、惑う意の「迷(まと)ふ」に、心ひそかに深く慕わしく思う意の「下延(したばへ)」にかかる(大系万葉三―三三三頁、三―三八八頁、大辞典三―一二六二頁、事典四四三頁、広辞苑六四六頁、福井二八六頁、全注十四―八三頁)。

くもゐなす

「とほく・こころいさよひ・こころもしのに」にかかる。〔例〕「雲居奈須」↓「遠」(万葉二四八)「雲居奈須」↓「心射左欲比」(万葉三七二)「久毛爲奈須」↓「己許呂毛之努尓」(万葉四〇〇三)⦿隼人(はやひと)の　薩摩の迫門(せと)を　雲居なす　遠くもわれは　今日見つるかも(万葉二四八)⦿春日(はるひ)を　春日(かすが)の山の――雲居なす　心いさよひ　その鳥の――(万葉三七二)⦿朝日さし　背向(そがひ)に見ゆる――雲居棚引き　雲居なす　心もしのに　立つ霧の――(万葉四〇〇三)〔注〕「雲居」は空のはて、遠くに動かない雲のあるところ。「なす」は、のようにの意。その雲のように遠くにあるところから「遠く」に、心のためらいて決しがたきを、中空に漂う雲に比して「心いさよひ」に、雲の如く遠きは心細き感あるものであるから、勇気なく悄然たるさまで「心もしのに(心もしっとりと濡れて)」にかかる。また「雲居なす」の「なす」は「のように」の意なので、あえて枕詞とする必要はないとの説もある(大系万葉四―二三三頁、事典四三三頁、福井二八六頁)。

くるべきに

「かけてよせむ」にかかる。〔例〕「久流部寸二」↓「縣而縁与」(万葉六四二)⦿吾妹子に　恋ひて乱れば　反轉(くるべき)に　懸けて縁(よ)せむと　わが恋ひそめし(万葉六四二)〔注〕「くるべき(反転・蟠車)」は、糸を繰る道具。台に短いさおを立て、その上に回転するわくをつけたもの。「和名抄」に「反転、和名久流閉枳(くるべき)」とある。この具に糸をかけて捲るのを、情をかけてその人を近寄せんという意にたとえて、「かけてよせむ」にかかるという。なお、

「懸けて縁(よ)せむと」を「懸けて縁(よ)らむと」と訓み、「乱れた心を機械に掛けて元通りにしようと思って」と解するものもある。枕詞とするは、あるいは非か(福井二八七頁、全注四―二七二頁)。

くれたけの

「よ・よる・よよ・ふし・ふしみ・はやま・すえ・むなし」にかかる。〔例〕⊙思ふてふ　事こそうけれ　呉竹の　世にふる人の　いはぬなければ(後撰九二一)⊙いかならむ　折ふしにかは　呉竹の　夜は恋しき　人に逢ひみむ(拾遺八〇五)⊙夢かよふ　道さへ絶えぬ　くれ竹の　ふしみの里の　雪の下をれ(新古今六七三)⊙呉竹の　ふし沈みぬる　露の身も　とふことのはに　起きぞゐらるる(金葉六五三)⊙くれ竹の　端山(はやま)の霧の　明けがたに　なほ夜をこめて　残る月影(続拾遺三一五)⊙この君の　御世かしこしと　呉竹の　末々までも　いかで言はれむ(玉葉二二五二)⊙呉竹の　空しと説ける　言の葉は　三世の佛の　母とこそ聞け(千載一二二五)〔注〕呉竹は「はちく(淡竹)」の異名。笹竹。竹には節があるので節(ふし)と同音又は同音を含む「ふし・時(ふし)・伏(ふし)・伏見(ふしみ)」に、また、節と節との間を「よ」といえば、「よ」と同音または同音を含む「よ・世(世間の意なる)・世々(歴代の意なる)・夜・一夜」に、竹の中の空洞なるを佛家のいはゆる「空(むな)し」という語に、また「世の末」というより「末」に、竹の葉の意味で、「(は)葉」と同音または同音を含む「言の葉・端山(はやま)」に、竹がよく茂っている意で「しげし」にかかる(大系古今九九頁、大系新古今一五三頁、朝日新古今一六〇頁、大辞典四―五頁、福井二八七頁、大塚一〇一頁、中島一二六頁)。

くれないの→くれなゐの

くれなゐの

「いろ・うつし・あさは・ふりいで・あく・すえつむはな・やしほ」にかかる。〔例〕「紅之」→「色」(万葉六八三「紅之」→「寫」(万葉一三四三)「紅之」→「浅葉」(万葉二七六三)「紅能」→「伊呂」(万葉四一六〇)⊙いふ言の　恐(かしこ)き國そ　紅の　色にな出でそ　思ひ死ぬとも(万葉六八三)⊙くれなゐの　うつし心や　妹にあはざらむ(万葉一三四三)⊙紅の　浅葉の野らに　刈る草(かや)の　束(つか)の間も　吾(わ)を忘らすな(万葉二七六三)⊙紅の　ふりいでつゝなく　なみだには　たもとのみこそ　色まさりけれ(古今五九八)⊙紅の　ふり出でてぞ鳴く　郭公(ほととぎす)　紅葉の山に　あらぬものゆゑ(千五百番歌合三七八)⊙くれなゐの　やしほの岡の　もみぢ葉を

いかに染めよと　猶しぐるらん(新勅撰三四〇)⊙限りなく
　思ひそめてし　紅の　人をあくにぞ　帰らざりける(拾遺九七八)⊙紅の　末摘花の　さばかりも　時雨にふかき
　峰のもみぢ葉(壬二集一四二八二)〔注〕「くれなゐ」は「呉(くれ)の藍(あい)」の恋化した語。「紅藍花(紅花)」の異名。菊科の越年生草本。その色の美しいところから「色」にかかり、その色のうつろいやすいところから、これを人事にうつして「うつし心」に、うつし心から「あ(飽)く」に、花色の濃き淡きというより「浅(あさ)」を介して「浅羽野(あさはの)」に、べに花は末から摘み取るので「末摘花」に、紅花は、ふり出して色を染めるところから血涙をそそぐにたとえ「ふり出づ」に、紅花で何度も染める意で、何回も染料を浸す意の「やしほ」を介して地名「やしほの岡」にかかる。唐呉藍(からくれあゐ)は呉藍の誇張して云った語(大辞典四―七頁、事傍四四三頁、福井二八八頁、全注四―三二五頁)。

くれはとり

「あや・あやに・あやにく・あやし・うきね」にかかる。
〔例〕⊙くれはとり　あやに恋しく　ありしかば　二村山も越えずなりにき(後撰七一三)⊙あひ見んと　頼むればこそ　呉服　あやしやいかゞ　立ち帰るべき(金葉三九〇)⊙稀に逢ふ　秋の七日の　くれはとり　あやなくやがて　明けぬこの夜は(玉葉四七七)⊙恋ひ恋ひて　頼むるけふの　くれはとり　あやにくに待つ　ほどぞ久しき(新勅撰七八七)⊙これにつけても　なほなほ人に　心なくれそ　呉織(くれはどり)　怪(あや)しめらるな面々(謡曲・安宅)⊙聞くに心も　呉織(くれはどり)　憂き音に沈む　涙の雨の　恨めしかりける　契りかな(謡曲・清経)〔注〕「くれはとり(呉織・呉服)」後世「くれはどり」とも。「はとり」は「機織(はたおり)」の変化した語。古く応神～雄略の時代、呉の國より織女來りて、うるわしき綾(あや)を織りたるより「あや」を頭にもつ語「あや・あやに・あやし・あやにく」などにかかり、室町頃からは「くれはどり」に鳥の意をこめて、鳥の縁で「音(ね)」につづき、また「浮き寝」につづくとみて、その同音「憂(う)き音(ね)」にかかるともする(大辞典四―八頁、福井二八九頁)。

くろかみの

「みだれ・ながし・わかれ」にかかる。〔例〕⊙長からん
　心も知らず　くろかみの　乱れてけさは　物をこそ思へ(千載八〇一)⊙我が涙　かゝれとしても　黒髪の　長くや　人に　乱れそめにし(新千載一二一五番)⊙黒髪の　別れを惜しみ　きりぎりす　枕の下に　乱れ鳴くかな(待賢門

院堀川集）〔注〕黒髪は色黒くつやのある髪。また髪の美称。その髪の毛が乱れるの意で「乱れ」に、髪の長い意で「長し」に、髪が分れるの意で同音を含む「別れ」にかかる（大辞典四―一八頁）。

くろざやの

「さ」にかかる。〔例〕「久漏邪夜能」→「佐」（記五二）⦿沖へには　小舟（をぶね）連（つら）らく　くろざやの　まさづ子吾妹　國へ下らす（記五二）〔注〕「黒鞘」は黒いさやにはいった刀の意で、刀の古語「さ」にかかる。原文「久」の字が諸本とも「文」となっているが、それでは意味不明であり、また借音仮名として「文」が使われた例がないので、「久」の誤りとする「古事記伝」の説を正しとする（大辞典四―二三頁、福井二八九頁）。

くろとりの→ひくあみの

【け】

けころもを

「とき」にかかる。〔例〕「毛許呂裳遠」→「春冬」（万葉一九一）⦿けころもを　春冬（とき）片設（かたま）けて　幸（いでま）しし　宇陀の大野は　思ほえむかも（万葉一九一）〔注〕「け」は「はれ」に対する語で、ふだんの意。「を」は詠嘆の助詞か。ふだん着を洗うために解くというところから、動詞「解く」の連用形「解き」と同音の「時」にかかる。「常時着る着物」の「常時」から「時」にかかるとする説もある。「春冬」を「はるふゆ」と訓む例も多いが、「はるゆふかたまけて」と九音になり、加えて母音音節を含まない字余りは不適当であるとの理由で、この説を採らない（大辞典四―一六八頁、全注二―三一八頁）。

けふけふと

「あすか」にかかる。〔例〕「今日〻〻跡」→「飛鳥」（万葉三八八六）⦿おし照るや　難波の小江に――今日今日と飛鳥（あすか）に到り――（万葉三八八六）〔注〕今日（けふ）→明日（あす）→飛鳥（あすか）。今日か今日と思っているうちに、明日になるの意で続き、同音の地名「明日香（あすか）」にかかる（大系万葉四―一六五頁、事典四四三頁）。

【こ】

こいごろも→こひごろも

こがらしの

「あき」にかかる。〔例〕⊙木枯の　秋の初風　吹きぬるを　などか雲井に　雁のこゑせぬ（古今六帖三一〇一〇）〔注〕木枯は秋の末に吹くものゆえ（福井二九二頁）。

こぐふねの

「わすれず・のる・うく・ほ・おと・しづめ・へだつ・よす」にかかる。〔例〕「水手船之」→「謂手」（万葉二七四七）「許具布祢能」→「和須礼波勢奈那」（万葉三五五七）⊙あぢかまの　塩津を指して　漕ぐ船の　名は告（の）りてしを　逢はざらめやも（万葉二七四七）⊙悩ましけ　人妻かもよ　漕ぐ船の　忘れは爲（せ）なな　いや思（も）ひ増すに（万葉三五五七）⊙みくまのの　浦よりをちに　こぐ舟の　我をばよそに　へだてつるかな（新古今一〇四八）⊙玉津嶋　深き入江を　こぐ舟の　うきたる恋も　我はするかな（後撰七六九）⊙波間より　明石の浦に　こぐ舟の　ほには出でずも　恋ひ渡るかな（新勅撰六八〇）⊙みなと入りの　玉つくり江に　こぐ舟の　音こそ立てね　君を恋ふれど（新勅撰六五三）⊙浪高き　由良の湊を　こぐ舟の　しづめもあへぬ　我が心かな（新後撰九〇二）⊙我が心　つたの細江を　こぐ舟の　君にぞ寄せし浦かくれても（新葉六四六）〔注〕舟を漕ぐのに絶え間のない意から、忘るる間なき心をたとえて「忘れず」にかかり、漕ぐ舟に乗る意「乗る」と同音を含む「告（の）る・法（のり）」に、舟が浮く意で「浮く」に、舟の帆の意で「帆（ほ）」と同音を含む「まほ・かたほ・ほに出づ・ほの・ほのか」などに、舟を漕ぐ音から「音・静め」に、舟を漕いで遠ざかることから「へだつ」に、近づいてくることから「寄す」にかかるという（大辞典四―七二二頁、福井二九二頁）。

こけむしろ

「あを」にかかる。〔例〕⊙こけむしろ　青根が峰も　見えぬまで　紅葉ふりしく　神無月かな（夫木集）〔注〕苔莚（こけむしろ）とは苔の生ひひろがった様を、莚にたとえていうので、苔は青いものゆえ「あを」にかけていう（大辞典四―七四四頁、横山八八頁）。

こしほその

「すがる」にかかる。〔例〕「腰細之」→「須軽」（万葉一七三八）⊙しなが鳥　安房に繼ぎたる　腰細の　蜾蠃（すがる）娘子（をとめ）の――（万葉一七三八）〔注〕「腰細のすがる」「すがる」はジガ蜂。広く蜂のような形や飛び方をする昆虫の総名とする説もある。この蜂の腰の細いところから、柳腰の美人に比して「すがる」にかかる。枕詞と見るべきか疑問である（福井二九二頁、中島一一九頁）。

こづみなす

「よる」にかかる。〔例〕「木積成」→「依」（万葉二七二四）「木積成」→「将因」（万葉四二一七）⊙秋風の　千江の浦廻（うらみ）の　木積なす　心は依りぬ　後（のち）は知らねど（万葉二七二四）⊙卯の花を　腐（くた）す霖雨（ながめ）の水始（みづはな）に縁（よ）る　木糞（こづみ）如（な）す　縁（よ）らむ兒もがも（万葉四二一七）〔注〕「こづみ」は、木屑・塵芥をいう。海上に漂う木屑や塵芥が波のために海岸に打寄せられるので、心のなびき寄るに比し「寄る」にかかる（福井二九三頁、中島一二九頁）。

こというしの→ことひうしの

ことがみに

「かげ」にかかる。〔例〕「擧騰我彌爾」→「箇鎧」（紀九二）⊙琴頭（ことがみ）に　來居（きゐ）る影媛（かげひめ）　玉ならば　吾が欲（ほ）る玉の　鰒白珠（あはびしらたま）（紀九二）〔注〕「ことがみ（琴頭）」は琴の頭の方、また琴のそばにの意。琴を弾くとその音に引かれて神が影となって寄ってくる意で、同音を含む「影媛」にかかる。影媛は大連物部麁鹿火の女。武烈天皇と大臣平群真鳥の子鮪（しび）との恋の鞘当に悩んだ（大系古代歌謡一八六頁）。

ことさえく→ことさへく

ことさけを

「おしたり」にかかる。〔例〕「琴酒乎」→「押垂」（万葉三八七五）⊙ことさけを　押垂（おしたり）小野ゆ　出づる水――（万葉三八七五）〔注〕語義、かかり方については不詳である。「琴酒」が仮字ではないかとも見られる。万葉集三三四六番に「琴酒者」として「こと離（さ）けば」と訓ませている例がある。また、「琴」を「翏」の誤りとし、その「翏」は「醪」の略ではないかとの説もある。醪は澄み酒にしぼる前の濁酒・どぶろくの原液をいう。「醪酒乎」だとすると「にごりざけを」とか「もろみざけを」「もろみを」と訓み、「押し垂る」へのつながりが理解できる（大系万葉四―四九二頁、大辞典四―九六九頁）。

ことさへく

「から・くだら」にかかる。〔例〕「言佐敝久」→「辛乃埼」（万葉一三五）「言左敝久」→「百濟」（万葉一九九）⊙つのさはふ　石見の海の――言（こと）さへく　韓（から）の崎なる――（万葉一三五）⊙かけまくも　ゆゆしきかも――言さへく　百濟（くだら）の原ゆ――（万葉一九九）〔注〕「さへく」は「さへぎる」の約。ことばをさへぎる意で、わかりにくい意。外國人の言葉がわかりにくく、やかましく、よくしゃべるところから、「韓（から）」「百済（くだら）」にかかり、それらと同音を含む地名「韓の崎・百済の原」にかかる(大辞典四―九六九頁、福井二九三頁、中島一二九頁、全注二―一五六頁)。

ことだまの

「やそ」にかかる。〔例〕「事靈」→「八十」(万葉二五〇六)⊙言靈(ことたま)の　八十(やそ)の衢(ちまた)に　夕占(ゆふけ)問ふ　占(うら)正(まさ)に告(の)る　妹はあひ寄らむ(万葉二五〇六)〔注〕「ことだま(言靈)」は言葉に宿る靈魂。上代は言葉に神祕な靈力があって、人の禍福を左右するという言語信仰があった。その言葉の妙用の数限りなく多いことより多数の意ある「八十」にかけ、また「八十の衢」にかかるのは、夕占問う言靈は衢に多くあるという説による。枕詞とするには疑問がある(中島一三〇頁)。

ことひうしの

「みやけ」にかかる。〔例〕〔牡牛乃〕→「三宅」(万葉一七八〇)⊙牡牛(ことひうし)の　三宅の汭(うら)に　さし向ふ――(万葉一七八〇)〔注〕「牡牛(ことひうし)」は「許多負牛(こだおひうし)」の略。強健で多くの荷を負う牡牛。「和名抄」に、「辨色立成云、特牛八俗語云古止比、頭大牛也」とある。牡牛が租米を引いて屯倉(みやけ)に運ぶさまの印象深きによって「屯倉(みやけ)」と続き、屯倉と同音を含む地名「三宅」にかかる。また、眞淵説には、古朝廷で、ことひ牛を飼ひたる事あるにより宮飼といふ意より「宮家(みやけ)」にかけたという。「和名抄」の下総國海上郡の郷名に三宅がある。いま千葉県銚子市に三宅町の名がある(大系万葉二―四〇三頁)。

このかはの

「した・たゆ」にかかる。〔例〕「此河能」→「下」(万葉三三〇七)「此河能」→「多由」(万葉四〇九八)⊙然(しか)れこそ　年の八歳(やとせ)を　切り髪の　吾同子(よちこ)を過ぎ　橘の　末枝(ほつえ)を過ぎて　この川の　下(した)にも長く　汝(な)が情(こころ)待て(万葉三三〇七)⊙高御座(たかみくら)　天(あま)の日嗣と――この川の　絕ゆることなく――(万葉四〇九八)〔注〕この川のように、長く心の底から、あなたの心が私に向くのを待っているの意で、「下(心の底)」にかかり、この川のように絕ゆることなく長くお仕え申し意で「絕ゆ」にかかる(角川文庫万葉・下一〇六頁、二一七頁)。

このかわの→このかはの

このくれの

「しげき・うづき」にかかる。〔例〕「許乃久礼」→「繁」(万葉四一八七)「許能久礼能」→「四月」(万葉四一六六)

⊙思ふどち　大夫(ますらをのこ)の木の暗の　繁き思ひを見明め――(万葉四一八七)⊙時ごとに　いや珍らしく八千種(やちくさ)に――木の晩(くれ)の　四月(うづき)し立てば　夜隠りに――(万葉四一六六)〔注〕木々の葉が茂って小暗くなっているところから、人事にたとえ繁き思いの「繁き」にかかり、また、うづき(四月)頃は木々の葉が繁る意で「うづき」にもかかる(大系万葉四―三二九頁、大辞典四―一〇〇九頁)。

このねぬる

「あさ・あした・よる」にかかる。〔例〕「此宿流」→「朝」(万葉一五五五)⊙秋立ちて　幾日(いくか)もあらねば　この寝(ね)ぬる　朝明けの風は　手本(たも)と寒しも(万葉一五五五)⊙このねぬる　夜のまに秋は　きにけらし　朝けの風の　昨日にもにぬ(新古今二八七)⊙この寝ぬる　浅妻船の　浅からぬ　契りの昔　驪山宮(りさんきゅう)(長唄・月雪花名残文台―浪月浅妻)〔注〕「このねぬる」は「寝た」の意(大辞典四―一〇〇六頁)。

このめはる

「はる」にかかる。〔例〕⊙このめはる　春の山田を　うちかへし　思ひやみにし　人ぞ恋しき(後撰五四五)〔注〕木の芽の出る意から(芽ばる)「春」にかけると言い、また木の芽の出るのは春であるから「春」にかかるともいう(中島一三二頁)。

このやまの

「いやつぎつぎに」にかかる。〔例〕「此山能」→「伊夜都藝都藝尒」(万葉四〇九八)⊙高御座　天の日嗣と　天の下知らしめしける――此の山の　彌(いや)つぎつぎに　かくしこそ　仕へ奉らめ――(万葉四〇九八)〔注〕この山のように、いよいよ長く続いて永遠に、御世々の代までお仕え申しの意で「いやつぎつぎ」にかかる(角川文庫万葉集・下二一七頁)。

こひころも

「なら」にかかる。〔例〕「戀衣」→「楢」(万葉三〇八八)⊙恋衣　着(き)奈良の山に　鳴く鳥の　間なく時無し　わが恋ふらくは(万葉三〇八八)〔注〕「恋衣着(こひころもき)」として奈良にかかるとする説、また「恋衣」は「辛衣(からころも)」の誤りかとの説もある(大系万葉三―三〇三頁、中島一三三頁)。

こまつくる

「はじ」にかかる。〔例〕「造駒」→「土師」(万葉三八四五)⊙駒造る　土師(はじ)の志婢麿(しびまろ)　白くあれば　諾(うべ)欲(ほ)しからむ　その黒色を(万葉三八四五)

〔注〕土師氏は垂仁天皇の代、土偶を作って殉死の風俗をとどめた野見宿祢の子孫と伝え、埴輪作りを職とした。従って土偶の駒を作る意で「土師」にかかる（事典四四四頁、福井二九八頁）。

こまつるぎ

「わ・な」にかかる。〔例〕「狛剱」→「和」（万葉一九九）「高麗剱」→「己」（万葉二九八三）⊙かけまくも　ゆゆしきかも――高麗劒（こまつるぎ）和蹔（わざみ）が原の　行宮（かりみや）に――（万葉一九九）⊙高麗劒　己（な）が心から　外（よそ）のみに　見つつや君を　戀ひ渡りなむ（万葉二九八三）〔注〕「こまつるぎ」は高麗伝来の剣。柄（つか）が鐶になっている太刀。古く西域に発達し、中国に伝わって、龍雀大環と呼ばれた。柄頭を環に作るところから「輪（わ）」と同音の「わ」を語頭に持つ地名「和蹔が原」にかかり、また刃を古く「ナ」というところから「ナ」と同音の「ナ（己）」にかかる（大系万葉一―一〇八頁、大辞典四―一〇七二頁、福井二九八頁、全注二―三五七頁）。

こまにしき

「ひも」にかかる。〔例〕「狛錦」→「紐」（万葉二〇九〇・二三五六・二四〇五・二四〇六・三七九一）「高麗錦」→「紐」（万葉二九七五）「巨麻尒思吉」→「比毛」（万葉三四六五）⊙高麗錦（こまにしき）紐解き交（かは）し　天人（あめひと）の　妻問ふ夕（よひ）ぞ　われも偲（しの）はむ（万葉二〇九〇）〔注〕高麗（狛）錦は高句麗から渡来した錦、また高麗風の錦。枕詞と見ない説もある（大辞典四―一〇七三頁、事典四四四頁、福井二九九頁、全注十四―二四四頁）。

こもだたみ

「へ」にかかる。〔例〕「薦疊」→「平」（万葉三八四三）⊙何所（いづく）にそ　眞朱（まそほ）掘（ほ）る岳　薦疊　平群（へぐり）の朝臣（あそ）が　鼻の上を窄（ほ）れ（万葉三八四三）〔注〕こもだたみ（菰畳）は真菰（まこも）で編んで作った畳。こもを幾重にも重ねて編み作ることから「重（へ）」と同音を含む人名「平群の朝臣」にかかる（大系万葉四―一四八頁、大辞典四―一一〇〇頁）。

こもまくら

「たか・まく」にかかる。〔例〕「擧慕摩矩羅」→「[木奄]箇」（紀九四）「古毛万久良」→「太加」（神楽歌小前張）「薦枕」→「巻」（万葉一四一四）⊙石の上　布留を過ぎて　薦枕（こもまくら）高橋過ぎ　物多（ものさは）に　大宅過ぎ――（紀九四）⊙薦枕　相纏（あひま）きし兒も　あらばこそ　夜の更（ふ）くらくも　わが惜しみせめ（万葉一四一四）

〔注〕こもまくら(薦枕・菰枕)は真菰を束ねて作った枕。束ねる意の古語「たがねる」から同音の地名「高・高階・高瀬」などにかかる。また枕することを「まく」といった(大辞典四—一一〇三頁、福井三〇〇頁、中島一三三頁)。

こもりえの

「はつせ」にかかる。〔例〕⊙こもり江の　初瀬の山は　色づきぬ　時雨の雨は　降りにけらしな(続古今五一五)〔注〕こもりえ(隠江)は、蘆や岬などのかげになって見えにくい入江のこと。地勢により大和の初瀬にかかる。「こもりくの」という枕詞を中世以降誤り伝えたものであろうという(大辞典四—一一〇四頁)。「こもりくの」の項を参照。

こもりくの

「はつせ・したびのくに」にかかる。〔例〕「許母理久能」→「波都世」(記八九)「許母理久能」→「波都勢」(記九〇)「擧暮利矩能」→「播都制」(紀七七)「莒母唎矩能」→「箝覩細」(紀九七)「隠久乃」→「始瀬」(万葉四二〇)「隠口乃」→「泊瀬」(万葉四五・四二四・一二七〇・一四〇七・一四〇八・三三一〇)「隠口乃」→「豊泊瀬」(万葉二五一一)「隠口乃」→「始瀬」(万葉一〇九五・一五九三)「隠口能」→「泊瀬」(万葉四二八)「隠國乃」→「泊瀬」(万葉七九)「已母理久乃」→「波都世」(万葉三二九九)「已母理久乃」→「泊瀬」(万葉三二六三)「隠来乃」→「泊瀬」(万葉三三一一)「隠口乃」→「長谷」(万葉三三一二)「隠来笑」→「長谷」(万葉三三二五「隠来之」→「長谷」(万葉三三三〇・三三三一)「許母理國」→「志多備之國」(皇太神宮儀式帳)⊙隠國(こもりく)の　泊瀬の山の　大峰には　幡張り立て——(記八九)⊙やすみしし　わご大王　高照らす　日の皇子——隠口(こもりく)の　泊瀬の山は　眞木立つ——(万葉四五)〔注〕「く」は場所、所の意。両側から山が迫って、これに囲まれた地形であるところから大和の初瀬にかかる。「こもる」は身を隠す意で、死ぬ、葬るなどを暗示する言葉。「したびの國」は黄泉(よみ)の國(大系万葉一—三三頁、大辞典四—一一〇四頁、福井三〇一頁、全注一—一七九頁)。

こもりごい→こもりこひ

こもりこひ

「いきづく」にかかる。〔例〕「己母理古非」→「伊枳豆伎」(万葉三九七三)⊙大君の　命畏み　あしひきの　山野障らず——籠(こも)り戀ひ　息づき渡り　下思に——(万葉三九七三)〔注〕独りうちに籠って思い、恋い慕う意で、嘆息の意の「いきづく」にかかる。枕詞と見ない説もある

（福井三〇二頁、大塚一一〇頁、中島一三四頁）。

こもりずの→こもりづの

こもりづの

「した・さは」にかかる。〔例〕「許母理豆能」→「志多」（記五六）「隠津之」→「澤」（万葉二七九四）⦿大和へに　行くは誰が夫　隠水（こもりづ）の　下よ延へつつ　行くは誰が夫（記五六）⦿隠處（こもりづ）の　澤たづみにある　石根やも　通して思ふ　君に逢はまくは（万葉二七九四）〔注〕隠水は草葉がくれに下を流れるので「下」にかかる。「澤たづみ」は澤に湧く水（大系古代歌謡七二頁、大系万葉二四二頁）。

こもりぬの

「した・ゆくへしらず・いきづかし・そこ」にかかる。〔例〕「隠沼乃」→「下」（万葉一八〇九・二七一九・三〇二三）「隠沼」→「従裏」（二四四一）「絶沼之」→「下」（万葉三〇二一）「隠沼乃」→「去方乎不知」（万葉二〇一）「許母理沼乃」→「伊伎豆加思」（万葉三五四七）「許母利奴能」→「之多」（万葉三九三五）⦿埴安（はにやす）の　池の堤の　隠沼（こもりぬ）の　行方（ゆくへ）を知らに　舎人はまとふ（万葉二〇一）⦿――ししくしろ　黄泉に待たむと　隠沼の　下延へ置きて　うち嘆き　妹が去ぬれば――（万葉一八〇九）⦿味㒵（あぢ）の住む　須沙の入江の　隠沼の　あな息（いき）づかし　見ず久にして（万葉三五四七）⦿隠り沼の　そこの心で　恨めしき　いかにせよとか　つれなかるらむ（拾遺七五八）〔注〕隠り沼のは堤などに囲まれて水が流れ出ない沼。草木などが茂っている下に隠れて水の見えない沼。水が下にこもる意から、人知れず思いをかける意の「下（心の中）」にかかり、水が何処へ流れて行くかわからないので「行方を知らず」に、その水の重苦しくたへられたさまの、あたかも人が思案にくれた有様が思い浮ばれるところから歎息の滞るに比し「息づかし」に、また隠沼の「底（そこ）」というところから「そこ（心のうち）」にかかる（大系万葉三―二一九頁、大辞典四―一一〇五頁、事典四四四頁、福井三〇三頁、中島一三五頁、全注二―二〇一頁、十四―三七二頁、十七―九〇頁）。

こゆるぎの

「いそぐ・いそぢ」にかかる。〔例〕⦿いかにして　今日を暮さむ　こゆるぎの　急ぎ出でても　かひなかりけり（拾遺八五二）⦿――わが妻は世を早うし　この身も又小動（こゆるぎ）の　五十（いそぢ）にあまれど　嗣（つぐ）べき子なし――（椿説弓張月・後二八）〔注〕「こゆるぎ」は「こよろぎ」とも。神奈川県中郡大磯・小磯の一帯の海浜。

「こゆるぎの磯」として著名であった(福井三〇四頁、中島一三五頁)。「こよろぎの」の項を参照。

こよろぎの

「いそ」にかかる。〔例〕「古与呂木乃」→「以曽」(古代歌謡集風俗歌二)⊙小餘綾(こよろぎ)の　磯立ちならし　磯ならし――(古代歌謡集風俗歌二)〔注〕「こゆるぎの」の項を参照。

こらがてを

「まく」にかかる。〔例〕「子等我手乎」→「巻」(万葉一八一五)「兒等手乎」→「巻」(万葉一〇九三・一二六八)⊙子らが手を　巻向山(まきむくやま)に　春されば　木の葉しのぎて　霞たなびく(万葉一八一五)〔注〕妻・恋人の腕を巻く(枕にする)の意で、動詞の「巻く」と同音を含む地名にかける(大辞典四―一一二一頁、事典四四五頁、福井三〇四頁、全注七―五四頁)。

ころもがは

「みなれ」にかかる。〔例〕⊙衣川　みなれし人の　わかれには　たもとまでこそ　浪は立ちけれ(新古今八六五)〔注〕「衣川」→「水馴(な)れ」とかかる。馴れ親しんだ人と離別する意(大系新古今一九四頁)。

ころもで

「ひたち・あしげ」にかかる。〔例〕「衣手」→「常陸」(万葉一七五三)「衣袖」→「大分青」(万葉三三二八)⊙衣手(ころもで)　常陸(ひたち)の國　二並(ふたなら)ぶ　筑波の山を――(万葉一七五三)⊙衣手　葦毛の馬の　嘶(いば)え聲　情(こころ)あれかも　常ゆ異(け)に鳴く(万葉三三二八)⊙國俗(くにぶり)の諺に、筑波岳に黒雲かゝり、衣袖(ころもで)漬(ひたち)の國といふは是なり(常陸國風土記・総記)〔注〕「衣手」すなわち袖のことで、衣手の襞(ヒダ)と続いて同音をもつ「常陸」に転じてかかるとする説、「常陸國風土記」に、日本武尊が新治で新しく掘らせた井で手を洗ったら衣の袖が泉に垂れてぬれたので、袖を漬(ひた)す義により、國の名にしたという地名説話がある。「葦毛」へのかかり方は不詳(大系万葉三―三九三頁、大辞典四―一一五三頁、事典四四五頁)。

ころもでの

「た・たかや・たなかみ・ひだ・ま・まわかのうら・なきのかは・わく・わかれ・かへる」にかかる。〔例〕「衣手能」→「田上」(万葉五〇)「衣手乃」→「別」(万葉五〇八)「衣手乃」→「名木之川」(万葉一六九六)「衣手」→「高屋」(万葉一七〇六)「衣袂笑」→「反」(万葉三二七六)「許呂毛泥乃」→「和可礼」(万葉四一〇一)「衣袖之」→

「眞若之浦」(万葉三一六八)⦿やすみしし　わご大王　高照らす　日の皇子――石走る　淡海の國の　衣手の　田上山(たなかみやま)の　真木さく　檜(ひ)の嬬手(つまで)を――(万葉五〇)⦿ぬばたまの　夜霧は立ちぬ　衣手の　高屋の上に　棚引くまでに(万葉一七〇六)⦿衣手の　眞若の浦の　眞砂子地　間なく時無し　わが恋ふらくは(万葉三一六八)⦿衣手の　名木の川辺を　春雨に　われ立ち濡ると　家思ふらくか(万葉一六九六)⦿衣手の　別く今夜より　妹もわれも　いたく恋ひなむ　逢ふよしも無み(万葉五〇八)⦿――速川の　行くも知らに　衣手の　反(かへ)るも知らに――(万葉三二七六)⦿衣手の　まだうすければ　朝まだき　身にしむものは　秋の初風(新後撰二五一)〔注〕語義は「ころもで」に同じ。「衣手の」「手(た)」にかかり、その「た」を語頭に持つ地名「田上山・田上河・高屋」にかかる。左右の袖を真袖(まそで)というので「真(ま)」にかかり、その「ま」を語頭に持つ地名「真若の浦」にかかる。袂を分かって別れる意で「別る」に、一説に袖が左右に分かれているところからとも。袖は風にひるがえる意から「返る」にかかり、「返る」と同音を含む「帰る」にもかかる。人の泣く時、袖を用いるのでその「泣き」を同音の関係で地名「名木の川」へ転じてかかるとする説もある。袖は着馴れて和(なご)くなるので類音「なぎ」にかかる。「高屋」を地名と見る説では、河内国古市郡高屋村(大阪府南河内郡南大阪町)・大和国城上郡高屋安倍神社の地(奈良県桜井市)・同阿部村高家(桜井市)とする説がある(大系万葉二―三七四頁、大辞典四―一一五三頁、事典四四五頁、福井三〇四頁、中島一三六頁、全注一―二〇〇頁、四―六一頁)。

ころもでを

「うち・をり・しき」にかかる。〔例〕「衣手乎」→「打」(万葉五八九)「己呂母泥乎」→「遠理」(万葉三九六二)⦿衣手を　打廻(うちみ)の里に　あるわれを　知らにそ人は待てど來(こ)ずける(万葉五八九)⦿大君の　任(まけ)のまにまに　大夫の　心振り起し――衣手を　折り返しつつ――(万葉三九六二)⦿衣手を　しきつの浦の　浮枕　涙も波も　かけぬ夜ぞなき(新拾遺八三四)〔注〕衣を砧(きぬた)で打つ意で「打つ」と同音を含む地名「打廻(うちみ)の里」にかかり、衣手を折るという意で「折る」に、衣手を敷く意から敷津の浦にかかる。衣手を折り返して寝ると、想う相手を夢に見るという俗信があった。打廻の里は明日香の雷丘付近という。枕詞と見ない説もある(大系万葉一―二七四頁、角川文庫万葉集・上一四七頁、事典四四

五頁、福井三〇八頁、全注四—二一〇頁、十七—一三四頁)。

【さ】

さいずらう→さひづらふ

さいずるや→さひづるや

さおしかの→さをしかの

さかこえて

「あへ」にかかる。〔例〕「佐可故要弖」→「阿倍」(万葉三五二三)⊙坂越えて　安倍(あへ)の田の面(も)に　居る鶴(たづ)の　ともしき君は　明日さへもがも(万葉三五二三)⊙村雨の　すぎゆく雲は　坂こえて　あべの田の面に　秋風ぞ吹く(新葉四九七)〔注〕坂を越えるに息衝(つ)き喘(あへ)ぐ意から「あへぐ」と同音を含む地名「安倍(あへ)」にかかる。安倍は静岡市の安倍川河口付近(大系万葉三—四四六頁、福井三〇九頁、全注十四—三三五頁)。

さかどりの

「あさこえ」にかかる。〔例〕「坂鳥乃」→「朝越」(万葉四五)⊙やすみしし　わご大君——坂鳥の　朝越えまして——(万葉四五)〔注〕朝早く山坂を飛び越えて行く鳥。朝早く沼地から飛び立つ水鳥を岡や山坂に網を張って捕える猟法を「さかとりうち」という。早朝鳥が山坂を飛び越えるようにの意で「朝越え」にかかる。「坂」は借字で、サカは「栄」であり「栄鳥」の意とし、主として鶏(かけ)を意味したと見られ、したがって「朝」にかかる所以も明かであるという(大辞典四—一三二六頁、事典四四五頁、横山九六頁)。

さきくさの

「なか・みつ・さきく」にかかる。〔例〕「左岐久左乃」→「美川」(大系古代催馬楽三七)「三枝之」→「中」(万葉九〇四)「三枝」→「幸」(万葉一八九五)⊙この殿は　宜(むべ)も　宜も富みけり　三枝(さきくさ)の　あはれ　三枝の　はれ　三枝の　三(み)つば四(よ)つばの中に　殿づくりせりや　殿づくりせりや(大系古代催馬楽三七)⊙世の人の　貴(たふと)び願ふ——三枝の　中にを寝むと——(万葉九〇四)⊙春されば　まづ三枝の　幸(さき)くあらば　後にも逢はむ　莫(な)戀ひそ吾妹(わぎも)(万葉一八九五)⊙新らしき　春を近しと　さきくさの　三葉(みつば)四葉(よつば)に　兼て知らるる(新後撰一五九〇)〔注〕一茎から三本の枝を出しているところから、その中の枝の意で「中」にかかり、「さきくさ」と同音の「幸く」に、「三枝」の意で「咲き」「三葉」などにもかかるという。「さきくさ」についても、福草(福寿草)、山百合、沈丁花、三葉芹、三椏、うけらなど諸説がある(大系万葉三―四六一頁、福井三〇九頁、中島一三七頁)。

さきたけの

「そがひ・とをを」にかかる。〔例〕「辟竹之」→「背向」(万葉一四一二)「折竹之」→「登遠遠」(古事記・上)⊙わが背子を　何処行かめと　さき竹の　背向(そがひ)に寝しく　今し悔しも(万葉一四一二)⊙櫛八玉神　大國主神に御饗を献るとき　折き竹の　とををとををに　天の眞魚咋(まなぐひ)献らむとまをしき(古事記・上)〔注〕二つに割った竹はうしろ向きになるので「背向」に、またよくたわむので、そのさまの「とをを」にかかる(大辞典四―一三四七頁、事典四四六頁、福井三一一頁、全注七―三九〇頁)。

さくくしろ

「いすず」にかかる。〔例〕「佐久久斯侶」→「伊須受」(古事記・上)⊙此の二柱の神は　さくくしろ　いすずの宮に拝き祭る(古事記・上)〔注〕くしろ(釧)は玉を緒に貫き、或いは銅また石でも作り、腕輪のように巻き飾りとしたもの。その折釧(さくくしろ)には多くの鈴がついていた。一説に、割串(さくくし)で、サスクシのこと、サスは矢のことであるから「射(い)」と続き五十鈴にかかるという。他に、裂くくしろ、幸くしろ説もある(大辞典四―一三五九頁、横山九四頁、中島一三八頁)。

さくすず

「いすず」にかかる。〔例〕「折鈴」→「五十鈴」(日本書紀・巻九)⊙神風　伊勢の國の　百傳ふ　度逢県の　折鈴　五十鈴の宮に　所居る神の名は――(日本書紀・巻九)〔注〕「さくすず」を「さくくしろ」の誤りとする説もある(大辞典四―一三六三頁)。

さくはなの

「うつろふ」にかかる。〔例〕「散久伴奈能」→「宇都呂比」(万葉八〇四)⊙常なりし笑まひ眉引　咲く花の　移ろひにけり　世間は　かくのみならし(万葉八〇四)〔注〕咲いた花が色あせてしぼんで散っていくようにの意で、これを人生の推移(老衰もしくは死滅にたとえる)に比し「移ろふ」にかかる(大辞典四―一三六六頁、事典四四六頁、全注五―六一頁)。

さくらあさの

「をふ・かりふ」にかかる。〔例〕⊙桜あさの　をふの下草　しげれただ　あかで別れし　花のななれば(新古今一八五)⊙さくらあさの　かりふのはらを　けさ見れば　外山かたかけ　秋風ぞ吹く(曽丹集)〔注〕桜麻は花が薄紅色で桜のような五弁であるところから名がある。麻と苧(を)が同義であるところから「をふ(苧生→麻の生えている所、麻畑)」にかかり、桜麻を刈る意で同音の地名「かりふの原」にかかる。また山の草木を刈って焼畑とし、種子を下すところを刈生(かりふ)と称する(大辞典四―一三七〇頁、福井三一二頁)。「さくらをの」の項を参照。

さくらばな

「さかえをとめ」にかかる。〔例〕「櫻花」→「盛未通女」(万葉三三〇五)「作樂花」→「佐可遙越賣」(万葉三三〇九)⊙物思はず　道行く行くも――櫻花　榮(さかえ)少女(をとめ)　汝(なれ)をそも――(万葉三三〇五)〔注〕桜の花の盛のように若々しく美しい少女の意で「栄えをとめ」にかかる(大辞典四―一三七四頁、事典四四六頁)。

さくらをの

「をふ」にかかる。〔例〕「櫻麻乃」→「苧原」(万葉二六八七)「櫻麻之」→「麻原」(万葉三〇四九)⊙櫻麻の　苧原の下草　露しあれば　明(あか)して行け　母は知るとも(万葉二六八七)⊙さくらをの　をふの下草　やせたれど　たとふけりも　あらずわが身は(古今六帖・五)〔注〕語義、かかり方「さくらあさの」に同じ。同項を参照。

さこくしろ

「いすず・うぢ」にかかる。〔例〕「佐古久志侶」→「伊須々」(古代歌謡・雑歌二九)「佐古久志呂」→「宇治」(皇太神宮儀式帳)「佐古久志呂」→「宇遲」(倭姫命世記)⊙析釧(さこくしろ)　五十鈴の宮に　御饌立つと　打つなる瓠は　宮もとどろに(雑歌二九)⊙さこくしろ　宇治の家田の田上宮に坐き(皇太神宮儀式帳)〔注〕「さくくしろ」の変化したものかという。同項を参照のこと(大辞典四―一三九〇頁、福井三一四頁)。

さごろもの

「を」にかかる。〔例〕「左其呂毛能」→「乎」(万葉三三九四)⊙さ衣の　小筑波嶺(をづくはね)ろの　山の崎　忘ら來ばこそ　汝を懸けなはめ(万葉三三九四)〔注〕衣には緒をつけるのでその「を」にかけ、同音の「小」筑波嶺にかける。「ねろ」は「嶺」の常陸の古方言ともいう(大系万葉三―四一九頁、福井三一四頁、全注十四―一二六頁)。

ささがにの

「くも・ころも・い・いと・いとど・いづこ・いかに・いのち・いま」などにかかる。〔例〕⊙いましはと　わびにし物を　ささがにの　衣にかかり　われをたのむる(古今七七三)⊙ささがにの　蜘蛛のふるまひ　あはれなり　これも心の　すぢは見えつつ(玉葉二二五九)⊙思ひやる　我が衣手は　さゝがにの　くもらぬ空に　雨のみぞ降る(後拾遺一〇〇四)⊙ささがにの　雲のはたての　郭公　来べき宵とや　空に待つらん(新後拾遺六六五)⊙恋しくも　あもほゆるかな　ささがにの　いととけずのみ　見ゆるけしきに(落窪・一)⊙さゝがにの　いとどかゝれる　夕露のいつまでとのみ思ふものから(式子内親王集)⊙さゝがにの　いづこともなく　吹く風は　かくてあまたに　なりぞすらしも(蜻蛉日記二八八)⊙小蟹の　いかになるらん　けふだにも　知らばや風の　乱る景色を　(蜻蛉日記三三五)⊙蜘蛛手さへ　かき絶えにける　さゝがにの　命を今は　何にかけまし(後拾遺七六九)⊙かきかえて　程はへぬるを笹蟹の　今は心に　かからずもがな(金葉四三〇)〔注〕「ささがに」は蜘蛛の異名。細蟹と書くように、蟹を一層小さくした恰好をしてゐるので「蜘蛛」とかけ、「くも」と同音を含む「雲・曇・蜘蛛手(くもで)」などにかかる。また、蜘蛛のかける巣を「い」というので「い」音を語頭に持つ「いづこ・いづく・いかに・いかさま・いと・命・今・糸」などにかかる(大辞典五―五頁、福井三一五頁、中島一四〇頁)。「ささがねの」の項を参照。

ささがねの

「くも」にかかる。〔例〕「佐瑳餓泥能」→「區茂」(紀六五)⊙我が夫子(せこ)が　來(く)べき宵なり　さゝがねの蜘蛛の行(おこな)ひ　今宵著(しる)しも(紀六五)〔注〕ささがね(小竹が根)は蜘蛛の異名。「ささがにの」の項を参照(大系古代歌謡一六五頁、大辞典五―五頁、福井三一五頁)。

ささたけの

「おほみやびと・おほうちやま・よ」にかかる。〔例〕⊙散りもせじ　衣にすれる　ささ竹の　大宮人の　かざす桜は(拾遺愚草・中)⊙幾千代の　秋をば経(ふ)とも　さゝ竹の　大内山は　色もかはらじ(壬二集一三四一一)⊙ささたけの　我がよの程の　思ひ出に　しのばれぬべき　一ふしもがな(続古今一七九二)〔注〕「ささたけ」は小さい竹の総称。篠竹。上代の枕詞「さすたけの」が中世以降変化したものかという。禁中のことを「竹の園生」ということで「大内山・大宮人」にかかり、また竹の節(ふし)を「よ」というので同音の「齢(よ)・代・夜」などにかかる(大辞典五―八頁、福井三一六頁、中島一四一頁)。

さざなみの

「しが・おほつ・ひらやま・なみくらやま・ながらやま・

くにつ・ふるきみやこ・おほやまもり・よ・よる・あやし」にかかる。〔例〕「樂浪乃」→「大津」（万葉二九）「樂浪之」→「思賀」（万葉三〇）「左散難弥乃」→「志我」（万葉三一）「樂浪乃」→「故京」（万葉三二）「樂浪乃」→「國都」（万葉三三）「神樂浪乃」→「大山守」（万葉一五四）「神樂浪之」→「志賀」（万葉二〇六）「樂浪之」→「志我」（万葉二一八）「樂浪乃」→「舊都」（万葉三〇五）「佐左浪乃」→「連庫山」（万葉一一七〇）「神樂浪之」→「思我」（万葉一二五三）「神樂聲浪乃」→「四賀」（万葉一三九八）「樂波之」→「平山」（万葉一七一五）「樂浪乃」→「志我」（万葉三二四〇）◉玉襷（たまたすき）　畝火の山の　橿原の――石走（いはばし）る　淡海（あふみ）の國の　樂浪（ささなみ）の　大津の宮に　天の下　知らしめしけむ――（万葉二九）◉さざなみの　長柄の山の　長らへて　楽しかるべき　君が御代かな（拾遺五九九）◉水どりの　羽かぜにさわぐ　さゞ波の　あやしきまでも　ぬるる袖かな（金葉三八七）◉堀河の　流れを汲みて　さゞなみの　寄り来る人にあつらへて（千載一一五九）◉志賀の浦や　月澄み渡る　さゞ浪の　夜はすがらに　千鳥鳴くなり（新葉四四六）〔注〕「さゞなみの」古くは「さゝなみの」で「細波・小波・漣」などと書く。「さゝなみ」は古くは近江国滋賀郡の旧号であったとも、高島郡を含め湖西一帯の地を汎称したともいう（大辞典五―九頁、福井三二六頁、大塚一一七頁、中島一四二頁、全注一―一二八頁、二―一二三頁）。

さざなみや

「しが・あふみ・みゐ・やはせ・ひら・ながら・よる・はま」にかかる。〔例〕「佐々奈見也」→「志加」（神楽歌四九）◉細波（さざなみ）や　滋賀の辛崎や　御稲（みしね）搗く――（神楽歌四九）◉さゞ浪や　しがのからさき　風寒（さ）えて　ひらの高ねに　あられふる也（新古今六五六）◉小波や　長柄の山の　花ざかり　志賀の浦風　ふかずもあらなん（玉葉一四六）◉小波や　比良の高嶺の　山おろしに紅葉を海の　ものとなしつる（千載三六五）◉さゞなみや三井の玉水　汲みあげて　いただく末を　われも流さむ（夫木二六）◉さゞなみや　矢橋の船の　出でぬ間に　乗りおくれじと　急ぐかち人（夫木三六）◉さゝなみや　近江の宮は　名のみして　霞たなびき　宮木もりなし（拾遺四八三）◉ささ波や　よるべも知らず　成りにけり　逢ふはかた田の　あまの捨舟（新続古今一一一五）◉近江の湖（うみ）の　さゞなみや　浜の真砂は　尽くるとも　浜の真砂は　尽くるとも　詠む言葉は　よも尽きじ（謡曲・関寺小町）〔注〕「さざなみや」「ささなみや」とも。語義、かゝり方は「ささなみの」に同じ。「近江・志賀・長等・三井」など、琵琶湖南西岸の地名にかかる。さざ波が寄る意で「寄る」に、波の寄せる浜の意で「浜」にもかかる(大辞典五―一〇頁)。

ささのくま

「ひのくま」にかかる。〔例〕⊙ささのくま　ひのくま河に　こまとめて　しばし水かへ　かげをだにみん(古今一〇八〇)〔注〕「ささのくま(笹の隈)」は笹竹の生ひて奥まった所であるが、枕詞としては「さひのくま」の誤用によるものではないかという(大系古今三二六頁)。

ささのはの

「さやぐしもよ」にかかる。〔例〕⊙さかしらに　夏はひとまね　ささのはの　さやぐしもよを　わがひとりぬる(古今一〇四七)〔注〕笹の葉のさらさらという音を、冴ゆる霜夜にかける。但し枕詞とするは非か(福井三一九頁)。

ささらがた

「にしき」にかかる。〔例〕「佐瑳羅餓多」→「邇之枳」(紀六六)⊙細紋形(さゝらがた)　錦の紐を　解き放(さ)けて　數多は寝ずに　たゞ一夜のみ(紀六六)。〔注〕「ささら」は細小纖細の美称で、「さゝらがた」は小さい紋形。古代の錦には小さい車形の模様などがあったので「錦」にかかる。但し、小紋錦の紐のことを述べているので枕詞ではないとする説もある(福井三一九頁、中島一四三頁)。

ささらがは

「かま」にかかる。〔例〕⊙音なしの　山の下行く　ささら川　あなかま我も　思ふ心あり(伊勢集一八五五七)〔注〕川の水音がかしましいという意。枕詞とするは非か(福井三二〇頁)。

ささらがわ→ささらがは

ささらなみ

「まなく」にかかる。〔例〕⊙掻き曇り　雨ふる川の　ささら波　間(ま)なくも人の　恋ひらるる哉(拾遺九五六)〔注〕「さゝらなみ(小波)」「さゞらなみ」ともいう。「さゝらなみ・さざなみ」に同じ。小波のひまなく起伏するさまから「まなく」にかかる(中島一四四頁)。

さざれなみ

「たつ・こしぢ・やむときなし・まなく・しきて・うき」にかかる。〔例〕「小浪」→「礒越道」(万葉三一四)「小浪」→「止時毛無」(万葉五二六)「左射礼浪」→「間無」(万葉三〇一二)「小浪」→「敷而」(万葉三〇二四)「沙邪礼浪」→「浮而流」(万葉三二二六)「少浪」→「息時毛無」(万葉三二四四)「佐射礼奈美」→「多知」(万葉三九九三)⦿さゞれ波　磯越道(いそこしぢ)なる　能登湍河(のとせがは)　音のさやけき　激(たぎ)つ瀬ごとに(万葉三一四)⦿――渚には　葦鴨騒き　さざれ波　立ちても居ても　漕ぎ廻り――(万葉三九九三)〔注〕小波が磯を越す意で越道にかかる。一説に巨勢道(こせぢ)とするが、越のコは甲類、巨のコは乙類なので非。越道は北陸の越の国へ行く道(大系一―三五〇頁、全注三―一五六頁)。

さざれみず→さざれみづ

さざれみづ

「あさ・あなかま・したにかよふ」にかかる。〔例〕⦿初瀬川　谷隠れ行く　さゞれみづ　浅ましくても　住み渡るかな(清輔集一六三二)⦿鳰鳥の　かくれも果てぬ　さざれ水　下に通はむ　道だにもなし(続拾遺八二四)⦿かしがまし　山の下行く　さざれ水　あなかま我も　思ふ心あり(金葉五三八)〔注〕「さざれみづ」(小石水・細水)は小石の上を流れる浅い流れ(大辞典五―一七頁、中島一四四頁)。

さしすきの

「くるす」にかかる。〔例〕さしすきの　栗栖の小野の　萩の花　ちらむ時にし　行て手向けむ(続千載三九四)〔注〕「さしすき」は刺つくという詞「さしつき(刺突)」の音転。「さしすき」は、指し通すの意で、くるすは栗のいがをいう。引用の歌は、万葉集六ノ九七〇「指進乃(さしずみの)」を誤ったものかといわれる(大辞典五―三三頁、福井三二一頁、中島一四五頁)。

さしずみの

「くるす」にかかる。〔例〕「指進乃」→「栗栖」(万葉九七〇)⦿推進(さしずみ)の　栗栖の小野の　萩の花　散らむ時にし　行きて手向けむ(万葉九七〇)〔注〕「サシスミノ」と訓んで、墨さしの意とする。「すみさし」は「墨縄(すみなわ)」を繰(く)るので「くる」と同音を含む地名「栗栖の小野」にかかる。また、進を過の誤として「指過乃(サシスギノ)」と訓み、栗のいがが刺し通すとする説、刺しつくとする説、「サススミノ」と訓み、墨尺でしるしをつける意で、黒(くろ)から「くる」にかかるとする説、その他種々の説がある(大系万葉二―四四九頁、大辞典五―三三頁、福井三二一頁、全注六―一三三頁)。

さしならぶ

「となり」にかかる。〔例〕「指並」→「隣」(万葉一七三八)⦿しなが鳥　安房に継ぎたる――さし並ぶ　隣の君は――(万葉一七三八)〔注〕「閉(さ)し並らぶる戸」の意で、同音を含む「隣」にかかる。「さしなみの」と訓む説もある(福井三三二頁、横山九六頁)。

さしのぼる

「ひるめ」にかかる。〔例〕「指上」→「日女」(万葉一六七)⦿天地の　初の時　ひさかたの　天の河原に――天照らす　日女(ひるめ)の尊　一に言ふ、さしのぼる　日女の命　天をば　知らしめすと――(万葉一六七)〔注〕ヒルは太陽、メは女性で太陽神。天照大神をさす(大系万葉一―九六頁、全注二―二六六頁)。

さしむしろ

「ひとへ」にかかる。〔例〕⦿問へかしな　身もいたづきの　さしむしろ　ひとへに恋ふる　心永さを(夫木三二)〔注〕さしむしろ(指莚・差莚)は藺の莚二枚を合せて端をつけた敷物で、円座などの下敷に用いた。この莚を一重二重と数えるゆえ「一重(ひとへ)」にからに同音の「偏(ひとへ)」にかかる(大辞典五―四四頁、福井三三二頁)。

さしやなぎ

「ね」にかかる。〔例〕「刺楊」→「根」(万葉三三二四)⦿懸けまくも　あやに恐し――み雪ふる冬の朝は　刺楊(さしやなぎ)根張梓(ねはりあづさ)を　御手に――(万葉三三二四)〔注〕挿木した柳はよく根を張るので根に続き、同音を含む「根張梓」にかかる。「さすやなぎ」と訓む場合もある(大系万葉三―三八八頁、福井三二五頁)。

さすさおの→さすさをの

さすさをの

「ながく」にかかる。〔例〕⦿玉藻刈る　あまのゆきがた　さす竿の　長くや人を　恨み渡らむ(拾遺一二七二)〔注〕さす棹の長きといい、年月の長きにうつし「長き」にかかる(福井三三二頁、中島一四六頁)。

さすすみの→さしずみの

さすたけの

「きみ・みこ・みやひと・おほみや・とねり・よごもる」にかかる。〔例〕「佐須陁氣能」→「枳彌」(紀一〇四)「刺竹之」→「皇子」(万葉一六七)「刺竹」→「皇子」(万葉一九九)「刺竹之」→「大宮」(万葉九五五・一〇四七)「刺竹乃」→「大宮」(万葉一〇五〇)「刺竹」→「歯隠」(万葉二七七三)「佐須太氣能」→「大宮人」(万葉三七五八)「刺竹之」→「舎人」(万葉三七九一)⦿しなてる　片岡山に　飯(いひ)に飢(ゑ)て　臥(こや)せる　その旅人(たひと)あはれ　親無しに　汝(なれ)生(な)りけめや　さす竹の　君はや無き　飯に飢て　臥せる　その旅人あはれ(紀一〇四)⦿天地の　初の時　ひさかたの　天の河原に――皇子の宮人　行方知らずも　一に云ふ、さす竹の　皇子の

宮人　ゆくへ知らに(す万葉一六七)⊙さす竹の　大宮人は今もかも　人なぶりのみ　好みたるらむ一に云はく今きへや(万葉二七五八)⊙――うち日さす　宮女　さす竹の　舎人壮士(とねりをとこ)も　忍ぶらひ――(万葉三七九一)⊙さす竹の　節隠(よごも)りてあれ　わが背子が　吾許(わがり)し來ずは　われ恋ひめやも　(万葉二七七三)〔注〕サスは芽が出る意。竹の芽が伸びて繁栄する意。また竹の節を「よ」というので「節隠よごもる」にかかる。一説に「さす竹」は「狭虚竹(さすたけ)」で「黍(きみ)」の別名で、「君」にかかるという(大辞典五―五四頁、事典四四六頁、福井三三二頁、全注二一―二七五頁)。

さだのうらの

「さだ」にかかる。〔例〕「左太能浦之」→「左太」(万葉二七三二)「貞浦乃」→「左太」(万葉三一六〇)⊙沖つ波　邊波の來寄る　左太の浦の　この時(さだ)過ぎて　後恋ひむかも(万葉二七三二)〔注〕「さだのうら」の所在不明。筑紫・土佐・但馬・出雲等諸所にあるが、「出雲国風土記」に見える佐太水海は考うべき一つであろうという。佐太湖は松江の西に、址を残して、今は田野となっているという。この語頭音をくり返して「時(さだ)」にかかる。「さだ」は「しだ」と同じく「時(とき)」の古語である(大辞典五―六一頁、福井三三五頁、中島一四七頁)。

さつきまつ

「はなたちばな・やまほととぎす」にかかる。〔例〕⊙さつきまつ　花たちばなの　かをかげば　昔の人の　袖のかぞする(古今一三九)⊙さ月松(待つ)　山郭公(やまほととぎす)　うちはぶき　今もなかなんこ　ぞのふるごゑ(古今一三七)〔注〕五月を待っていたように、橘の花が咲き、ほととぎすが啼くので「花橘」「山時鳥」に冠する(福井三二六頁、中島一四七頁)。

さつきやみ

「くらまのやま・くらはしやま・くらゐのやま」にかかる。〔例〕⊙さ月やみ　鞍馬の山　郭公　おぼつかなしや　夜半のひと声(清正集)⊙さ月やみ　くらはし山の　郭公　おぼつかなくも　鳴きわたる哉(拾遺一二四)⊙行く先の　道もおぼえぬ　五月やみ　くらゐの山に　身は迷ひつつ(玉葉一九二五)〔注〕「さつきやみ」五月雨(さみだれ)の降りしきる頃の五月闇はとくに文目(あやめ)も分らぬものであるから「くらし」というを「くら」の音もつ「倉梯山・鞍馬山・くらゐの山」にかかる(大辞典五―七一頁、福井三二六頁、中島一四七頁)。

さつひとの

「ゆみ」にかかる。〔例〕「佐豆人之」↓「弓」（万葉一八一六）⊙玉かぎる　夕さり来れば　獵人（さつひと）の　弓月（ゆつき）が嶽に　霞たなびく（万葉一八一六）〔注〕後世は「さつびと」とも。サツはサチの転。弓矢もて山の鳥獣を狩る人を山のさつ人という。「さつ」は得物。さつ人の弓と続き、その弓と同音を含む地名「弓月が嶽」にかかる。朝鮮語で矢（ヤ）を「サツ」という。「サツ」は「矢（ヤ）」の形容語の如くに受けとられ、そこから「サツヤ（得物矢）」という語が生じたものと思われる。弓月が嶽は奈良県磯城郡の巻向山の高峰（大系万葉一—三三七頁、三—五五頁）。

さつやぬき

「つくし」にかかる。〔例〕「佐都夜奴伎」↓「都久之」（万葉四三七四）⊙天地の　神を祈りて　征箭貫（さつやぬ）き　筑紫の島を　さして行くわれは（万葉四三七四）〔注〕「貫き」とは征箭を胡簶にさすことであり、これを「筑紫」の枕詞とするは非か（福井三二七頁）。

さてのさき

「さで」にかかる。〔例〕「佐堤乃埼」↓「左手」（万葉六六二）⊙網兒（あご）の山　五百重隠せる　佐堤（さで）の埼　小網（さで）延（は）へし子が　夢にし見ゆる（万葉六六二）〔注〕「左手」をふつうは小網と解するが、これを「さて」とし、「そのようなことがあって」の意とする説もある。佐堤の崎は三重県志摩郡鳥羽の東方の坂手島かという（中島一四八頁、全注四—二九三頁）。

さなかづら

「さねずは・のちもあふ・いやとほながく」にかかる。〔例〕「狭名葛」↓「佐不寐者」（万葉九四）「狭根葛」↓「後毛将相」（万葉二〇七）「核葛」↓「後相」（万葉二四七九）「佐奈葛」↓「後毛心將相」（万葉三〇七三）「左奈葛」↓「後毛相」（万葉三二八〇）「左奈葛」↓「後文將會」（万葉三二八一）「木妨己」↓「弥遠長」（万葉三二八八）⊙玉くしげ　みむろの山の　さなかづら　さ寢（ね）ずはつひに　ありかつましじ（万葉九五）⊙——今さらに　君來まさめや　さな葛　後も逢はむと　慰むる——（万葉三二八〇）⊙大船の　思ひたのみて　さな葛　いや遠長く　わが思へる——（万葉三二八八）〔注〕「さなかづら」は美男かずらともいう。「和名抄」に「五味佐祢加豆良」とある。皮肉は甘く酸く、核の中は辛く苦く、すべてに鹹味があるので五味という。一説にアケビ。類音により「さ寝ずは」にかかり、その蔓が分れてのびていった末でまた会うことから「後に逢ふ」に、また切れずに長くのびるので「いや遠長く」にかかる。平安時代には、枕詞「さなかづら」は見えなくなる（大系万葉三―三六六頁、大辞典五―一〇四頁、事典四四六頁、全注二―三四頁）。

さにつらう→さにつらふ

さにつらふ

「いろ・きみ・わごおほきみ・いも・ひも・もみち」にかかる。〔例〕「狭丹頬相」→「吾大王」（万葉四二〇）「狭丹頬相」→「紐」（万葉五〇九）「左丹頬合」→「紐」（万葉三一四四）「狭丹頬歴」→「黄葉」（万葉一〇五三）「左丹頬経」→「妹」（万葉一九一一）「散頬相」→「色」（万葉二五二三）「散釣相」→「君」（万葉三二七六）「左耳通良布」→「君」（万葉三八一一）「散追良布」→「君」（万葉三八一三）⊙旅の夜の　久しくなれば　さにつらふ　紐解き離けず　恋ふるこのころ（万葉三一四四）⊙――天霧らふ　時雨を疾み　さ丹つらふ　黄葉（もみち）散りつつ　八千年に――（万葉一〇五三）⊙さにつらふ　妹をおもふと　霞立つ　春日も暗に　恋ひ渡るかも（万葉一九一一）⊙さ丹つらふ　色には出でね　少くも　心のうちに　わが思はなくに（万葉二五二三）⊙わが命は　惜しくもあらず　さ丹つらふ　君に依りてそ　長く欲りする（万葉三八一三）〔注〕「さにつらふ」の「さ」は接頭語。「に」は丹で赤色。「つらふ」は状態を言う語。赤い頬をしたというのが原義（大系万葉四―一三四頁、福井三二八頁、全注六―二八八頁）。

さねかずら→さねかづら

さねかづら

「くる・さねず」にかかる。〔例〕⊙よそにのみ　人をみ山の　さね葛　さねずば生ける　かひやなからむ（続後拾遺和歌集）⊙わくらばに　相坂山の　さねかづら　くるを絶えずと　誰かたのまむ（新勅撰一三）〔注〕字義、かかり方など「さなかづら」に同じ。同項を参照（大辞典五―一〇八頁、横山九九頁、大塚一二六頁、中島一四九頁）。

さねかやの

「なごや」にかかる。〔例〕「左祢加夜能」→「奈其夜」（万葉三四九九）⊙岡に寄せ　わが刈る草（かや）の　さね草（かや）の　まこと柔（なご）やは　寝（ね）ろとへなかも（万葉三四九九）〔注〕「さねかやの（さ根草の）」「サ」は接頭語。「ねかや」は刈り乾して、やはらかに萎えた萱のこと、「柔（なごや）」という意にて同音の「なごや」にかかる。一説に「根草（ねかや）」と同音異義の「寝（ね）」にかかる。但し枕詞と見ない説もある（中島一四九頁、全注十四―二九七頁）。

さねさし

「さがむ」にかかる。〔例〕「佐泥佐斯」→「佐賀牟」（記二四）⊙さねさし　相模（さかむ）の小野に　燃ゆる火の　火中（ほなか）に立ちて　問ひし君はも（記二四）〔注〕サネは「さ嶺」サシは「瑞枝さし」のサシで、山がそば立つ意。「さ嶺さし嶮（さが）し」と続き、「さがし」の類音「相模（さがむ・さがみ）」にかかる。一説にサは美称接頭語。ネは嶺。「嶺さし」は「根差し」の義で、根のある麻の意。「麻（さ）」と同音の「相模（さがむ）」の「さ」にかかるという。また、アイヌ語の「チヤシ」（城の意）の転とも、また「さし」は焼畑の意ともいう（大系古代歌謡五三頁、大辞典五―一〇八頁、中島一四九頁）。

さのつどり

「きざし」にかかる。〔例〕「佐怒都登理」→「岐藝斯」（記二）⊙八千矛（やちほこ）の　神の命は――さ野つ鳥　雉（きざし）は響（とよ）む　庭つ鳥　鶏（かけ）は鳴く――（記二）〔注〕「さのつどり」サは接頭語。野にある鳥の意で「きざし（雉）」にかかる。「さぬつどり」と訓むは非。「万葉集」（三七九一）に「狭野津島」と見える（大系古代歌謡三五頁、大辞典五―一一〇頁）。

さばえなす→さばへなす

さばへなす

「わく・さはぐ・あし・あらぶ」にかかる。〔例〕「五月蝿成」→「驟騒」（万葉四七八）「五月蝿奈周」→「佐和久」（万葉八九七）⊙ここに萬の神のおとなひは　さばへなす　皆わき　萬の妖（わざわひ）　ことごとにおこりき（古事記上）⊙懸けまくも　あやにかしこし　わご大王　皇子の命――五月蝿（さばへ）なす　騒（さは）く舎人は――（万葉四七八）⊙さばへなす　荒ぶる神も　なしなべて　今日はなごしの　祓なりけり（拾遺一三四）⊙その地（くに）さはに螢火のかゞやく神及び　さばへなす　邪（あしき）神あり（神代紀下）〔注〕「なす」は「……のように」の意の接尾語。五月頃の蝿は、多数群がりわき、騒ぎ、人に厭はれるものであるから「わき」「さはぐ」「悪し」にかけ、転じて「荒ぶる神」にもかかる。五月蝿について、これをそのまま五月頃の蝿と解くこともあるが、これは借字で、「南風」の意と解すべきで、豪快な南風（はへ）であるから「騒ぐ・荒ぶる」となるとの説もある（大辞典五―一一二頁、横山一〇〇頁、大塚一二七頁、全注三―四五九頁）。

さはみづの

「あさき」にかかる。〔例〕⊙さざれ石の　上はかくれぬ　澤水の　淺ましくのみ　みゆる恋かな（兼盛集一七〇三一）〔注〕沢の水は浅いので「浅」と同音を含む「浅ましく」に転じかけるという。但し枕詞とするは非か（福井三三一頁、中島一五〇頁）。

さひづらふ

「あや」にかかる。〔例〕「雑豆臈」→「漢」（万葉一二七三）◉住吉（すみのえの）　波豆麻（はづま）の君が馬乗衣（うまのりごろも）　さひづらふ　漢女（あやめ）をすゑて　縫へる衣ぞ（万葉一二七三）〔注〕「ふ」は継続、反覆を表わす。外國人の言葉は、鳥のさえずるように意味の分らない言葉をべらべらしゃべる意で「漢（あや）」にかかる。漢女は渡来して来た漢人の女。機織・裁縫が巧みだった（全注七—二四六頁）。

さひづるや

「から」にかかる。〔例〕「佐比豆留夜」→「辛」（万葉三八八六）◉おし照るや　難波の小江に——囀（さひづ）るや　から碓子（うす）に舂き——（万葉三八八六）〔注〕語義は「さひづらふ」に同じ。「からうす」については「和名抄」に「碓加良宇須踏舂具也」とある（大系万葉四—一三七頁・一六六頁・四九四頁）。

さひのくま

「ひのくまかは」にかかる。〔例〕「佐檜乃熊」→「檜隈川」（万葉一一〇九）「左檜隈」→「檜隈河」（万葉三〇九七）◉佐檜の隈　檜の隈川の　瀬を早み　君が手取らば　言寄せむかも（万葉一一〇九）〔注〕「さ」は美称接頭辞。「ひのくま」と同音を含む「檜隈川」にかかる。檜隈は奈良県高市郡明日香村檜前。檜皮川は高取山に発し、北流して畝傍山の西を廻り、橿原市雲梯（うなて）に出て曽我川に入る（中島一五〇頁、大塚一二七頁）。

さむみずの→さむみづの

さむみづの

「こころもけやに」にかかる。〔例〕「寒水之」→「心毛計夜尓」（万葉三八七五）◉ことさけを　押垂小野ゆ　出づる水　少熱（ぬる）くは出でず　寒水の　心もけやに　思ほゆる——（万葉三八七五）〔注〕「寒水」についてはサムミヅ・マシミヅ・シミヅ等の訓がある。「心もけやに」の「ケヤニ」は形容詞「ケヤケシ」の語幹をなす「ケヤ」に助詞「ニ」がついたもの。きわだって他と異なる意。冷たい水を飲むと心もはっきりする意の「心もけやに」にかかる（大系万葉四—一六〇頁、大辞典五—一三五頁、事典四四七頁）。「ましみづの」の項を参照。

さゆりばな

「ゆり」にかかる。〔例〕「佐由理花」→「由利」（万葉一五〇三）「左由理婆奈」→「由里」（万葉四〇八八）「左由理花」→「由利」（万葉四一一三）「佐由利花」→「由利」（万葉四一一五）⊙吾妹子（わぎもこ）が　家の垣内（かきつ）の　小百合花　後（ゆり）とし云はば　不欲（いな）とふに似む（万葉一五〇三）〔注〕五月に咲くので「五月百合（さつきゆり）」の義で「さゆり」という。また、「さ」は接頭語。「ゆり（後）」は「のち（後）」の古語。同音反覆にて「後（ゆり）」にかかる（大系万葉四―一九三頁、大辞典五―一四七頁、事典四四七頁、福井三三二頁）。

さよごろも

「つま・かさね」にかかる。〔例〕⊙さらぬだに　おもきがうへの　さよ衣　わがつまならぬ　つまなかさねそ（新古今一九六四）⊙小夜衣　重ねて帰る　君なれば　うらなくきたる　嬉しげもなし（新千載一三七八）〔注〕「小夜衣」は夜着・衾のことで、その衾の褄（つま）を重ねるところから「つま・かさね」にかかる（大辞典五―一四九頁、中島一五一頁）。

さらしいの→さらしゐの

さらしゐの

「たえず」にかかる。〔例〕「曝井之」→「不絶」（万葉一七四五）⊙三栗の　那賀に向へる　曝井（さらしゐ）の　絶えず通はむ　そこに妻もが（万葉一七四五）〔注〕曝井は衣を洗いさらす井の意から固有名詞化したもの。題に那賀郡曝井の歌とある。那賀郡は諸国にあるが、ここは常陸国のそれで、現在の水戸市内の愛宕町滝坂の坂の中途の東側にのこる井という（大辞典五―一五四頁、福井三三二頁、中島一五一頁）。

さわみずの→さはみづの

さをしかの

「いりの・むなわけ・ひざおり」にかかる。〔例〕「左小壮鹿之」→「入野」（万葉二二七七）「左乎之加能」→「牟奈和氣」（万葉四三二〇）〔例〕⊙さ男鹿の　入野の薄（すゝき）　初尾花　いつしか妹が手を枕かむ（万葉二二七七）⊙大夫（ますらを）の　呼び立てしかば　さを鹿の　胸（むな）分（わ）け行かむ　秋の萩原（万葉四三二〇）⊙日本の　やまとの國を――さをしかの　膝折り返し　さもらひ聞えぞと言す　何に聞えむ――（續日本後紀）〔注〕「さ」は接頭語。牡（男）鹿の分け入る野の意で、「入る」と同音を含む地名「入野」にかかり、鹿が膝を折る意で、崇敬を表わす人のさまに比し「膝折り」にかかる。鹿が草原を胸で押しわけていく意で「胸分け」にかかる（大系万葉三―一三七頁、大辞典四―一三〇六頁、事典四四七頁、福井三三三頁）。

【し】

しいしばの→しひしばの

しおがまの→しほがまの

しおけだつ→しほけだつ

しおぶねの→しほぶねの

しおやまの→しほやまの

しきしまの

「やまと・みち・ふる」にかかる。〔例〕「礒城嶋能」→「日本」(万葉一七八七)「式嶋之」→「山跡」(万葉三二四八)「式嶋乃」→「山跡」(万葉三二四九)「志貴嶋」→「倭」(万葉三二五四)「礒城嶋之」→「日本」(万葉三三二六)「之奇志麻乃」→「夜末等」(万葉四四六六)⦿うつせみの世の人なれば　大君の　御命畏み　磯城島(しきしま)の倭(やまと)の國の　石上(いそのかみ)　布留の里に――(万葉一七八七)⦿年を経て　祈る心を　しきしまの　道ある御代に　神もあらはせ(新後撰七五九)⦿言ふよりも　聞くぞかなしき　しきしまの　世にふるさとの　人やなになり(蜻蛉・中・天祿二年)〔注〕磯城島の宮のある大和の意で「大和」にかかり、転じて日本全体をさすようになり「日本(やまと)」にもかかる。また「しきしま」を「大和」の意に用いる(万葉四二八〇)。後世、和歌のことを敷島の道というところから「道(方面の意)」と同音の「道」にかかる。また、大和の國の地名「布留(ふる)」の意で、布留と同音の「経る・古」などにもかかる。「礒城嶋」の宮地は奈良県磯城郡大三輪町金屋のあたりで、崇神天皇の瑞籬宮と欽明天皇の金刺宮とがあった(大辞典五―四二七頁、事典四四七頁、福井三三四頁)。

しきしまや

「やまと・やま・みち・たかまどやま・ふる・みわ・みむろのやま」などにかかる。〔例〕⦿敷島や　やまとしまねも　神世より　君がためとや　固めおきけん(新古今七三六)⦿敷島や　山飛び越えて　來る雁の　つばさあらはに　澄める月影(新後撰三三〇)⦿しきしまや　道を尋ねば　三笠山　なかの跡しも　隔てやはせん(拾玉集五)⦿しきしまや　満ちくる潮の　大淀や　みるめも飽かず　あまの釣舟(拾玉集五)⦿敷島や　ふるの都は　跡絶えて　ならしの岡に　み雪つもれり(按納言集)⦿しきしまや　三輪の松原　よろづ代の　君がかざすと　折りやそめけん(壬二集)⦿敷島や　御室の山の　岩こすげ　それとも見えず　霜さゆる頃(新後撰四六七)⦿敷島や　たかまと山の　雲まより　光さしそふ　ゆみはりの月(新古今三八二)〔注〕語義、かかり方など「しきしまの」に同じ(大辞典五—四二七頁、福井三三五頁)。

しきたえの→しきたへの

しきたへの

「ころも・そで・いも・まくら・たまくら・いへ・とこ・くろかみ・ちりはらふ・ふさず」にかかる。〔例〕「敷妙乃」→「枕」(万葉七二)「敷妙乃」→「衣」(万葉一三五)「敷妙之」→「妹」(万葉一三八)「敷妙乃」→「袖」(万葉一九五)「敷妙之」→「袖」(万葉一九六)「布栲乃」→「手枕」(万葉二一七)「敷妙乃」→「枕」(万葉二二〇)「色妙乃」→「枕」(万葉二二二)「敷細之」→「手枕」(万葉四三八)「布細乃」→「宅」(万葉四六〇)「敷細乃」→「家」(万葉四六一)「敷細乃」→「黒髪」(万葉四九三)「敷細乃」→「枕」(万葉五〇七)「敷細乃」→「手枕」(万葉五三五)「敷細乃」→「衣手」(万葉五四六)「敷細乃」→「君之枕」(万葉六一五)「敷細之」→「枕片」(万葉六三三)「布細之」→「枕」(万葉六三六)「志岐多閇乃」→「麻久良」(万葉八〇九)「敷多倍乃」→「登許」(万葉九〇四)「敷細乃」→「枕」(万葉九四二)「敷白之」→「袖」(万葉二四一〇)「敷栲之」→「衣手」(万葉二四八三)「布細布」→「枕」(万葉二五一五)「敷細布」→「枕」(万葉二五一六)「敷妙」→「木枕」(万葉二五四九)「敷細」→「枕」(万葉二五九三)「敷細之」→「衣手」(万葉二六〇七)「敷栲乃」→「枕」(万葉二六一五)「敷細」→「吾木枕」(万葉二六三〇)「布妙之」→「枕」(万葉二八八五)「之伎多倍能」→「蘇泥」(万葉三九七八)〔例〕⊙玉藻刈る　沖へは漕がじ　敷栲の　枕邊の人　忘れかねつも(万葉七二)⊙——梓弓　音聞くわれも　おぼに見し　事悔しきを　敷栲の　手枕まきて　劒刀　身に副へ寝けむ——(万葉二一七)⊙つのさはふ　石見の海の——大夫と　思へるわれも　敷栲の　衣の袖は　通りて濡れぬ(万葉一三五)⊙石見の海　津の浦を無み——玉藻なす　靡きわが宿し　敷栲の　妹が手本(たもと)を　露霜を——(万葉一三八)⊙敷栲の　袖かへし君　玉垂の　越野過ぎゆく　またも逢はめやも(万葉一九五)⊙置きて行かば　妹戀ひむかも　敷栲の　黒髪しきて　長きこの夜を(万葉四九三)⊙栲縄の　新羅の國ゆ——佐保の山辺に　泣く兒なす　慕ひ來まして　布細(しきたへ)の　宅(いへ)をも造り　あらたまの　年の緒長く——(万葉四六〇)⊙世の人の　貴び願ふ　七種の　寶も——明星の　明くる朝は　敷栲の　床(とこ)の辺去らず　立てれども——(万葉九〇四)⊙夏の夜は　あふ名のみして　しきたへの　塵はらふまに　明ぞしにける(後撰一六九)

⦿長き夜な夜な　敷栲の　臥さずやすまず　明けくらし――(拾遺五七四)〔注〕「しきたへ」は敷物とする栲(たえ)、すなわち寝具のことで、寝具として使われる「床・枕・手枕」などにかかる。夜の衣や袖なども下に敷いて寝るところから「衣・袖・袂・黒髪」などにもかかる。「家」にかかるのは、夜床のある家の意からか。一説に「寝」(い)と同音であるからという。「袖」や「床」と同音を語頭に持つ地名「袖師の浜」「鳥籠山(とこやま)」「とこの海」などにもかかる(大辞典五―四三二頁、福井三三五頁、中島一五三頁、全注一―二六六頁)。

しきなみの

「しばしば」にかかる。〔例〕「敷浪乃」→「屢」(万葉三一六五)⦿霍公鳥(ほととぎす)　飛幡(とばた)の浦に　しく波の　しばしば君を　見むよしもがも(万葉三一六五)〔注〕「しきなみ(敷波・頻波・重波)」は次々に追い越し来る波をいう。そのしきりなるにより「しばしば」にかかる。枕詞と見ない説もある(福井三三八頁、中島一五四頁)。

しくなみの

「しばしば(しくしく)」にかかる。〔例〕「布浪之」→「數」(万葉二七三五)⦿住吉の　岸の浦廻に　しく波の　しばしば妹を　見む縁(よし)もがも(万葉二七三五)〔注〕「數」の字はシバシバと訓むが、これは見る・逢ふ・やる・ことどふなどにかかる。シクシクの訓もあり、これは思ふ・恋ふにかかることが多い。枕詞とするは非か(大系万葉三―二三一頁、大辞典五―四五五頁、中島一五五頁)。

ししくしろ

「よみ・うまい」にかかる。〔例〕「完串呂」→「黄泉」(万葉一八〇九)「矢洎矩矢慮」→「于魔伊」(紀九六)⦿葦屋の菟原處女の――大夫の　争ふ見れば　生けとも　逢ふべくあれや　ししくしろ　黄泉(よみ)に待たむと――(万葉一八〇九)⦿八島國　妻枕(ま)きかねて　春日の　春日(かすが)の國に――宍串ろ　熟睡(うまい)寝し間(と)に　庭つ鳥　鶏(かけ)は鳴くなり――(紀九六)〔注〕「しし」は獣の肉、「くしろ」は串。串にさした肉がよい味、うまい味がするのでかかる。また同音を含む「黄泉(よみ)」「熟睡(うまい)」にかかる(大系万葉二―四一八頁、大辞典五―五〇二頁、福井三三九頁、中島一五五頁)。

ししじもの

「みづく・いはひ・ひざおりふせ・ゆみやかくみて」にかかる。〔例〕「斯斯貳暮能」→「瀰逗矩」(紀九五)「鹿自物」→「伊波比」(万葉一九九)「十六社者」→「伊波比」(万葉二三九)「十六自物」↓「膝折伏」(万葉三七九)「肉自物」↓「弓笑圍而」(万葉一〇一九)⊙青土(あをに)よし　奈良の峡間(はさま)に　獸(しし)じもの　水漬(みづ)く邊隠(へごも)り　水(みな)そそく　鮪(しび)の若子(わくご)を　漁(あさ)り出(づ)な猪(ゐ)の子(紀九五)⊙かけまくも　ゆゆしきかも——鹿(しし)じもの　い匍(は)ひ伏しつつ——(万葉一九九)⊙ひさかたの　天(あま)の原より——鹿猪(しし)じもの　膝(ひざ)折り伏せて——(万葉三七九)⊙石(いそ)の上(かみ)　布留の尊(みこと)はた弱女(わやめ)の　惑(まとひ)に依りて　馬じもの　繩取り附け　鹿猪(しし)じもの　弓矢圍(かく)みて　大君の命(みこと)恐(かしこ)み　天離(あまざか)る　夷邊(ひなべ)に退(まか)る　古衣　又打(まつち)の山ゆ　還り來ぬかも(万葉一〇一九)〔注〕「じもの」は……のようなものの意で、鹿や猪のようにとなる。鹿・猪の狩られるさまから「いはひ」「膝折」「弓矢圍みて」などにかかる(福井三四一頁、中島一五六頁)。

しずはたの↓しづはたの

しただみの

「いはひもとほり」にかかる。〔例〕「志多陀美能」↓「伊波比母登富理」(記一三)「之多太彌能」↓「異波比茂等倍離」(紀八)⊙神風の　伊勢の海の大石(おひし)に　這(は)ひ廻(もとほ)ろふ　細螺(しただみ)の　い這(は)ひ廻(もとほ)り　撃ちてし止まむ(記一三)〔注〕「細螺(しただみ)」は、キサゴ。海岸の石に這いまわっている小さな丸い巻貝。「い這ひもとほり」「い」は接頭語。細螺が這い廻っているようにの意。枕詞とするは非か(福井三四三頁、横山一〇三頁)。

したのおびの

「わかる・めぐりあふ」にかかる。〔例〕⊙したのおびの　道はかたがた　わかるとも　ゆきめぐりても　あはんとぞおもふ(古今四〇五)⊙契りけむ　ことやはたがふ　下帯の　めぐりてあへる　妻や何なり(古今六帖三四二〇五)〔注〕下着の紐が左右にわかれ、身に廻されて再び合う意から(大系古今一八三頁、大辞典五—五九一頁、福井三四二頁、中島一五七頁)。

したびもの

「したゆ・とき」にかかる。〔例〕「之多婢毛能」↓「思多由」(万葉三七〇八)⊙物思(も)ふと　人には見えじ　下紐(したびも)の　下ゆ恋ふるに　月そ経にける(万葉三七〇八)⊙結び置きし　人や解くらん　したひもの　土岐の郡に　旅寝しつるは(仲文集)〔注〕「したびもの」後世は「したひも」と清書。下裳又は下袴の紐をいう。「下紐」の「下」と同音の繰返しで「下ゆ(恋ふる)」にかかり、また下紐を解く意で「解(と)く」と同音の地名美濃の「土岐」にかかる。「下ゆ」の「ゆ」は「より」の古言。面に表わさないで心の中に恋うるの義。上代男女が別れるときに、たがいに下紐を結び合い、再会して解き合うまでその紐を解かないという習慣、また信仰があったので、その恋情を含ませて用いる(大辞典五―五九二頁、福井三四二頁)。

したひやま

「したゆく」にかかる。〔例〕「下檜山」→「下逝水」(万葉一七九二)⊙白玉の　人のその名を　なかなかに――眞澄鏡　真目に見ねば　下檜山(したひやま)　下ゆく水の上に出でず　わが思ふ情　安からぬかも(万葉一七九二)〔注〕「したひ」は上代語「シタフ」の連用形。赤く色づくこと、またその色。紅葉。したひやまは、秋の美しく紅葉した山。「したふ」という。その「したふ」と同音を含む「下(した)ゆく水」にかかる。これを「下樋山」とするのは誤り。例歌の原文は「下檜山」で、「檜(ヒ)」は甲類、「樋(ヒ)」は乙類で仮名違い。「摂津風土記逸文」に「下樋山」があり、地名と見る説もある。地名とすれば、大阪府豊能郡能勢町大里の西北にある剣尾山とする説もある(大辞典五―五九二頁、事典四四八頁、中島一五八頁)。

しつたまき

「かずにもあらぬ・いやし」にかかる。〔例〕「倭文手纏」→「數二毛不有」(万葉六七二)「倭文手纏」→「數母不在」(万葉九〇三)「倭文手纏」→「賤」(万葉一八〇九)⊙倭文手纏(しつたまき)　數(かず)にもあらぬ　命もちなにしかここだ　わが戀ひわたる(万葉六七二)⊙葦屋の莵原處女の――吾妹子が　母に語らく　倭文手纏　賤(いや)しきわがゆゑ　大夫の　爭ふ見れば――(万葉一八〇九)〔注〕「倭文」は上代の織物。楮・麻・苧などの繊維を青赤などに染めて乱れ模様に織り出した日本本来の織物。「手纏」は腕輪。玉で作ったものが高級品で、「シツ」(布製)は粗末なものとされていたので「数にもあらぬ」「賎し」にかかる(大辞典五―五三九頁、福井三四三頁、中島一五八頁)。

しづはたに

「みだる・ふる」にかかる。〔例〕⊙しづはたに　思ひ乱れて　秋の夜の　明くるも知らず　歎きつるかな(後撰九〇三)⊙しつはたに　へつる程なり　白糸の　絶えぬる身とは　思はざらなん(後撰一〇〇〇)〔注〕「しづはた」は「しつはた」とも。倭文布を織る織機。また、それで織った織物。「に」は……の如くにの意。倭文布には様々の文(あや)ありて乱れ模様のあるところから、心の乱れに比し「乱る」にかかり、また、倭文機に織る意で「綜(ふ)る」(機の経糸を機にかけて織れるようにすること)と同音の時の「経る」にかかる。(大辞典五―五四〇頁、福井三四五頁)。

しとみやま

「おろしのかぜ・へだて」にかかる。〔例〕⊙しとみ山　颪(おろし)の風の　寒ければ　風には常に　なきてこそふれ(古今六帖三一七九〇)⊙蔀山　隔てたれども　月影の　餘りあかきは　もりて見えける(古今六帖二四五三九)

〔注〕蔀山は備後國の名所。広島県深安郡吉津村(現、福山市に入る)に当る。「蔀」は寝殿の邸宅における屏障具の一。格子組の裏に板を張り、日光を遮り風雨を防ぐ具で、多くは上下二枚よりなり、上一枚は金物で釣り上げて採光用となし、これを「釣蔀(つりしとみ)」又は「半蔀(はじとみ)」という。屋外にあって垣の用をなし、室内にあって衝立の用をなすものを立蔀という(福井三四五頁、中島一五九頁)。

しないぶね→しなひぶね

しながとり

「ゐな・あは」にかかる。〔例〕「志長鳥」→「居名」(万葉一一四〇)「四長鳥」→「居名」(万葉一一八九・二七〇八)「水長鳥」→「安房」(万葉一七三八)⊙しなが鳥　猪名野(ゐなの)を来れば　有馬山　夕霧立ちぬ　宿(やどり)は無くして(万葉一一四〇)⊙しなが鳥　安房に継ぎたる　梓弓　周淮(すゑ)の珠名(たまな)は――(万葉一七三八)

〔注〕「しながとり」は「しなかとり」とも。息の長い鳥。鳳鳥(かいつぶり)の類。雌雄並ぶ性質があるので「ヰナ」にかかるという。尻長鳥(シリナガドリ→シナガドリ)の義と見て尾長鳥が居ヰる意で「猪(ヰ)」にかかると見る説もある。鳴き声の「ア」を介して「安房」にかかるとする説がある。猪名野は大阪府池田市から兵庫県川西市・伊丹市・尼崎市にかけての猪名川ぞいの平野(大系万葉二―二一五頁、大辞典五―六九〇頁、事典四四八頁、福井三四六頁、金子二〇八頁)。

しながどる

「ゐな」にかかる。「止奈加止留」→「為奈」(神楽歌三九)「之奈加止留」→「井奈」(神楽歌四〇・四一)〔例〕⊙しながどる　や　猪名の湊に　あいそ　入る船の　楫よくまかせ　船傾(ふねかたぶ)くな　船傾くな(神楽歌三九)

〔注〕もと「しながどり」であったのが、のち「しなが

り」が何であるかわからなくなった時代に、伝訛したものらしい。語義、かかり方は「しながどり」の項を参照(大系古代歌謡三一四頁)。

しなさかる

「こし」にかかる。〔例〕「之奈射加流」→「故之」(万葉三九六九)「之奈射可流」→「故之」(万葉四〇七一)「科坂在」→「故志」(四一五四)「之奈謝可流」→「古之」(万葉四二二〇)「之奈謝可流」→「越」(四二五〇)⊙大君の 任(まけ)のまにまに 科(しな)離(さか)る 越(こし)を治めに 出でて来し――(万葉三九六九)〔注〕「しな」は階段で坂の意。「さかる」は遠く離るる意。多くの坂を越えて、遠くにある「越の國(越中)」の意で「越」にかかる。また「しな」は上下級の意で、都を高く地方を低くする意識から上下遠く離れている「越」にかかるともいう(大系万葉四―二〇六頁、事典四四八頁、全注十七―一五五頁)。

しなたつ

「つくま」にかかる。〔例〕「師名立」→「都久麻」(万葉三三二三)⊙階立(しなた)つ 筑摩左野方(つくまさのかた) 息長の――(万葉三三二三)〔注〕「階立つ」シナは坂、または段級の意。ツクマにかかる意は不明。左野方は一種の蔓植物。フジ・アケビの類をいう。または、地名説もある。「しな」を坂の意にとり、坂の多い筑摩の地形によるとする説、後出「しなてる」が「カタ」にかかるところから、類似の枕詞と見て、「筑摩さのかた」「かた」にかかるとする説もある。また、蔓が起伏しながら延びていくさまで、「さ野葛(のかた)」にかかるとも。滋賀県坂田郡米原町大字に朝妻筑摩がある。また、坂田郡息長村(現在近江町)に息長川が流れている(大辞典五―六九二頁、事典四四八頁)。

しなだゆう→しなだゆふ

しなだゆふ

「ささなみぢ」にかかる。〔例〕「志那陀由布」→「佐佐那美遅」(記四二)⊙この蟹や 何処の蟹 百傳(ももづた)ふ 角鹿(つぬが)の蟹 横去ふ 何處に至る――階(しな)だゆふ 樂浪(さゝなみ)道(ぢ)を すくすくと 我がいませばや 木幡の 道に 逢はしし嬢子(をとめ)――(記四二)〔注〕「しな」は階・坂。「たゆふ」は、たゆむ・たゆたふと同義で、滞り進まないこと。坂道だから早く歩けない意。すなわち「しなだゆふ」は、「上り下りする坂道」という説と、「風(し)の戸(と)結(ゆ)ふ」という意で、防風壁を作るには「篠」を用いたので、頭音重覆の「ささなみ道」にかかるとする説がある。「樂浪」は琵琶湖南岸の広い地域の名。山科の辺までを含む。宇治からその樂浪へ行く途中の道が「樂浪道」である(大系古代歌謡六三頁、大辞典五―六九三頁、福井三四九頁、中島一六一頁)。

しなてる

「かた」にかかる。〔例〕「斯那提流」→「箇多」(紀一〇四)「級照」→「片」(万葉一七四二)⦿しなてる　片岡山に　飯に飢(ゑ)て　臥(こや)せる　その旅人あはれ――(紀一〇四)⦿級照(しなてる)　片足羽川の――(万葉一七四二)〔注〕「しなたてる」の約で、坂になっている意とする説、「階照(しなて)る」(しなは坂)の意で、山の片面などが段層状になって日が当たっている意からかかるとの説がある。片岡山は奈良県北葛城郡志都美村大字今泉。その北の王子に式内社片岡坐神社がある。片足羽川は大和川とも、またその支流の石川ともいう(大系古代歌謡一九五頁、大辞典五―六九三頁、事典四四八頁、横山一〇六頁)。

しなてるや

「かた・にほのみづうみ」にかかる。〔例〕⦿しなてるや　片岡山に　飯に飢ゑて伏せる　旅人あはれ(拾遺一三五〇)⦿しなてるや　鳰(にほ)の湖に　漕ぐ舟の　眞帆ならねども　逢い見しものを(源氏―早蕨)〔注〕「しな」は階で、山の段々になっているものをいう。「てる」は「立てる」の意。すなわち斜めに片寄っているので「片」にかかり、「鳰の湖」にかかるのは、琵琶湖のことであり、万葉集三三二三番の「しなたつ」→「筑摩(つくま)」が、琵琶湖沿岸の地であるところから、関係があるのではないかともいわれる。「や」は間投助詞(大辞典五―六九四頁、福井三五〇頁)。

しなひねぶ

「しのび」にかかる。〔例〕「靡合歓木」→「隠」(万葉二七五二)⦿吾妹子を　聞き都賀野邊(つがのべ)の　しなひ合歓木(ねぶ)　吾(あ)は隠(しの)び得ず　間無(まな)くし思へば(万葉二七五二)〔注〕「ねぶ」は「ねむの木」枝も葉も「しなって」いるので「シナヒネブ」と言い、類音から「シノビ」にかかる。一説に「しなびねぶ(萎び合歡木)」で、花は夕方になると萎びて眠るが如くなるので其の名がある。「万葉集」(一四六一番)に「晝は咲き夜は恋ひ寝る合歡木の花」とある。「和名抄」に「合歡木、唐韻云、棔、音昏、祢布利乃岐、合歓木、其葉朝舒暮斂者也」とあり、「名義抄」に「合歓木ネブノキ」とある。マメ科の落葉喬木。葉は羽状複葉で、日があたると開き、夕方になると、左右の小葉が閉じ合さって眠ったような感じを与えるので、この名がある。花は夏咲き、紅の糸状の雄蘂がたくさんあり、総(ふさ)のようで美しい(大系万葉二―二九五頁、福井三五二頁)。

しぬのめの

「しのぶ」にかかる。〔例〕「小竹之眼笑」→「思而」(万葉二七五四)⦿朝柏閏八川邊(うるはかはべ)の　小竹の芽の　偲(しの)ひて寝(ぬ)れば　夢(いめ)に見えけり(万葉二七五四)〔注〕「しぬのめの」については篠竹の芽という説と、「め」は群(むれ)の約で篠竹の群がり生えたものとの説がある。同音の反覆により「しのぶ」にかかる。但し枕詞と見ない説もある(福井三五二頁、中島一六二頁)。

しのすすき

「しのぶ」にかかる。〔例〕⦿逢ふことを　いざほに出なむ　篠薄　忍び果つべき　物ならなくに(後撰七二八)〔注〕「しのすすき(篠薄)」は穂のない薄。同音のくり返しにより「しのぶ」にかかる(福井三五二頁、中島一六二頁)。

しののめの

「おもふ・あけ・ほがらほがら」にかかる。〔例〕⦿朝柏ぬるや河べの　しののめの　思ひてぬれば　夢に見えつつ(新勅撰七二六)⦿東雲の　明け行く空も　帰るさは　涙にくるる　物にぞありける(金葉四五一)⦿しののめの　ほがらほがらと　あけゆけば　をのがきぬぎぬ　なるぞかなしき(古今六三七)〔注〕語義など「しぬのめの」に同じ(福井三五三頁、中島一六三頁)。

しのふくさ

「はらへ・しのぶ」にかかる。〔例〕「之努布草」→「解除」(万葉九四八)⦿眞葛はふ　春日の山は　うちなびく　春さりゆくと――しのふ草　解除(はら)へてましを――(万葉九四八)⦿うれしさは　忘れやはする　忍ぶ草　しのぶる物を　秋の夕暮(新古今一七三〇)⦿恋しきを　人には言はで　しのぶ草　忍ぶに餘る色　を見よかし(新勅撰九四五)〔注〕「しのふぐさ」は「軒しのぶ」「忘れ草」の別称。同音を繰返して「しのぶ」にかかり、「しのふ草はらへ」に続くのは、神に祈って災や罪をはらい去るの意で、しのふ草ではらえをするという説と、しのふぐさ(思い出す種)をはらい去るという説とがある。上代は「しのふくさ」と清音であるが、平安時代は「く」の清濁不明、鎌倉時代以後は「しのぶぐさ」となる(大系万葉二―一四九頁、大辞典五―七一七頁、福井三五三頁、中島一四三頁)。

しのぶぐさ→しのふくさ

しばつきの

「みうらさき」にかかる。〔例〕「芝付乃」→「御宇良佐

伎」(万葉三五〇八)⊙芝付の　御宇良崎(みうらさき)なる
根都古草(ねつこぐさ)　逢ひ見ずあらば　吾(あれ)戀ひめやも(万葉三五〇八)〔注〕芝付は未詳。ねっこぐさは「おきなぐさ」か。根と寝とをかけて「逢ひ」を導く(大系万葉三―四四三頁、全注十四―三一〇頁)。

しばのぬの

「しばしば」にかかる。〔例〕「司馬乃野之」→「數」(万葉一九一九)⊙國栖(くにす)らが　春菜(わかな)採(つ)むらむ　司馬(しば)の野の　しばしば君を　思ふこのごろ(万葉一九一九)〔注〕頭音を反覆して「數(しばしば)」にかかる。「司馬の野」の訓み、普通には「シバノノ・シマヌノ・シメノヌ」とも訓まれているが、普通には「シバノヌノ」と訓んでいる。この野は奈良県吉野郡の吉野川上流の国栖郷(現吉野町)付近の野か。国栖は変わった風俗で知られていた(大系万葉三―七三頁、中島一六三頁)。

しほがまの

「うら・うらみ」にかかる。〔例〕⊙きみまさで　煙たえにし　しほがまの　うらさびしくも　みえわたるかな(古今八五二)⊙ふけゆかば　煙もあらじ　鹽がまの　うらみなはてそ　秋の夜の月(新古今三九〇)〔注〕「塩釜の浦」から「うら(心)」にかかり、更に転じて「恨(うらみ)」にかかる(福井三五四頁、中島一六四頁)。

しほけだつ

「ありそ」にかかる。〔例〕「塩氣立」→「荒礒」(万葉一七九七)⊙潮氣(しほけ)立つ　荒礒(ありそ)にはあれど　行く水の　過ぎにし妹が　形見とそ來し(万葉一七九七)〔注〕「しほけだつ」は潮けぶりの立つ意。但し枕詞とするは非か(福井三五四頁)。

しほのやま

「さしでのいそ」にかかる。〔例〕⊙しほの山　さしでのいそに　すむ千鳥　きみがみよをば　やちよとぞなく(古今三四五)〔注〕「しほの山」「さしでのいそ」の所在はよくわからない。井上通泰氏は、山梨県東山梨郡八幡村の東端、笛吹川の西岸に「さしでのいそ」があるとし、塩の山はその東北一里ばかりのところであるが、潮(塩)がさすというところから「さしでのいそ」の枕詞としたのであろうという(大系古今一六九頁)。

しほふねの

「ならぶ・おかれば」にかかる。〔例〕「斯抱布祢乃」→「那良敝」(万葉三四五〇)「思保夫祢能」→「於可礼婆」(万葉三五五六)⊙乎久佐壯子(をくさを)と　乎具佐助丁(をぐさずけを)と　潮舟(しほふね)の　並べて見れば　乎具佐(をぐさ)勝ちめり(万葉三四五〇)⊙潮船(しほふね)の　置かれば悲し　さ寝つれば　人言しげし　汝(な)を何(ど)かも爲(し)む(万葉三五五六)〔注〕潮路を漕ぎ渡る船が並んでいるところから「並ぶ」にかかり、また船が岸に置かれているところから「おかれば」にかかる(大辞典五―三七九頁、事典四四八頁、福井三五五頁、中島一六四頁、全注十四―二二一頁・三八六頁)。

しまづたふ

「あはやのをぶね」にかかる。「嶋傳」→「足速乃小舟」(万葉一四〇〇)〔例〕⊙島傳(しまづた)ふ　足速(あはや)の小舟　風守り　年はや經なむ　逢ふとはなしに(万葉一四〇〇)〔注〕「足速」(あはや)――速力の大きい舟。足は「ア」ともいう。島を伝って漕いで行く速い小舟(である自分)は、風の吹かない間をうかがっていて年がたってしまうのであろうか。逢いたい人に逢うこともなしにの意。但し枕詞とするは非か(大系万葉三―二六四頁、横山一〇六頁)。

しまつとり

「う」にかかる。〔例〕「志麻都登理」→「宇」(記一四)「之摩途等利」→「宇」(紀一二)「之麻都等里」→「鵜」(万葉四〇一一)「嶋津鳥」→「鵜」(万葉四一五六)⊙栖並めて　伊那佐の山の　木の間よも　い行き目(ま)守(も)らひ　戰へば　我はや飢(ゑ)ぬ　島つ鳥　鵜飼が伴　今助(す)けに來(こ)ね(記一四)⊙大君の　遠の朝廷(みかど)そ　み雪降る　越と名に負へる――島つ鳥　鵜養が伴は　行く川の――(万葉四〇一一)〔注〕「しまつとり」の「つ」は格助詞で「の」に同じ。鵜は島にすむ鳥なので「う(鵜)」にかかる(大系万葉四―二三七頁、福井三五六頁)。

しまのぬの→しばのぬの

しまののの→しばのぬの

しみづの→さむみづの、ましみづの

しめのぬの→しばのぬの

しめゆうの→しめゆふの

しめゆふの

「しみ」にかかる。〔例〕「染木綿」→「染」(万葉二四九六)⊙肥人の　額髪結へる　染木綿の　染みにしこころ　われ忘れめや(万葉二四九六)〔注〕「しめゆふ」は染めた木綿。頭音を重ねて「染」に続き「染みにし心」へとかかる(福井三八一頁、中島一七八頁)。

しもつづら

「くるやくるや」にかかる。〔例〕「霜黑葛」→「闇々耶々」(出雲国風土記・意宇郡)⊙童女の胸鉏取らして　大魚

のきだ衝き別けて　はたすすき穂振り別けて　三身の綱うち挂けて　霜黒葛(しもつづら)　くるやくるやに　河船のもそろもそろに——(出雲国風土記・意宇郡)〔注〕「しもつづら」は霜枯れた葛の意で、これを手繰るところから「くる」にかかるとも、また霜にあった葛の実が黒いので「くろ(黒)」と類音の「くる(繰)」にかかるともいう(大辞典五—八〇六頁)。

しもとゆう→しもとゆふ

しもとゆふ

「かづらきやま・まさきのつな」にかかる。〔例〕⦿しもと結(ゆ)ふ　葛城山(かづらきやま)に　降る雪の　間なく時なく　思ほゆるかな(古代歌謡雑歌二五)⦿恋ごろも　色には出でじ　しもとゆふ　まさきのつなの　夜のしぐれに(新続古今一〇八九)〔注〕「しもと」は薪などにする細い木を結わえる葛(かずら)の意で「葛」と同音を語頭に持つ大和の「葛城山」にかかり、また若い木の枝の眞直ぐにのびた同じ意から「まさきのつな」にかかる(大辞典五—八〇七頁、福井三五七頁、中島一六五頁)。

しらいとの

「たゆ・くる・くるし・とけぬ・そむ」にかかる。〔例〕⦿賤機(しつはた)に　へつるほどなり　白糸の　たえぬる身とは　思はざらなん(後撰一〇〇〇)⦿うかりける　節をば捨てゝ　白糸の　いまくる人と　思ひなさなむ(拾遺八九九)⦿逢ふことは　片結びなる　白糸の　とけぬ恨にとしぞへにける(続後拾遺七六五)⦿一方に　頼みをかくる白糸の　くるしきすぢに　乱れずもがな(新後撰六七一)⦿昔誰れ　人のこころを　白糸の　染むれば染まる　色に泣きけむ(風雅一八四四)〔注〕「しらいとの(白糸の)」糸の切れやすいことから「絶え」に、糸の縺れて解けぬことから「とけぬ恨み」に、糸を繰(く)るところから同音の「来る・苦し」にかかり、また、機を織るに糸を染めることから「染む」にかかる(福井三五七頁、中島一六五頁)。

しらかしの

「しらじ」にかかる。〔例〕⦿あしびきの　山に生ひたる白樫の　知らじな人を　朽木なりとも(後撰一〇八五)〔注〕白樫は細葉樫の異名。同音をくり返して「しらじ」にかかるとするが、枕詞とするは非か(福井三五七頁、中島一六五頁)。

しらかつく

「ゆふ」にかかる。〔例〕「白香付」→「木綿」(万葉三七九)⦿ひさかたの　天の原より　生れ來たる　神の命　奥山の　賢木の枝に　白香つく　木綿(ゆふ)とり付けて——

(万葉三七九)〔注〕「しらかつく」については諸説ある。「真白な」として枕詞と見ない説、白香は麻楮を細かく裂いて白髪のようにしたもので木綿と似たものという説など(大辞典六―三四四頁、福井三五八頁、全注三―二七四頁)。

しらかはの

「しらず・みつはくむ」にかかる。〔例〕⊙しらかはの　しらずともいはじ　そこきよみ　流れて世々に　すまんと思へば(古今六六六)⊙年経れば　我黒髪も　しら河の　みつはくむ　まで老いにけるかな(後撰一二二〇)〔注〕白川は志賀の山越の谷間より出て賀茂川に合流する。「しらかはの」同音を含む「知らず」にかかり、また、白川の水はくむ、の意を含んで「みつはくむ」にかかる。一説に、「みづはぐむ」(瑞歯ぐむ)で、老年に至って若歯の再生するをいうと(大辞典六―三六頁、福井三五九頁)。

しらかわの→しらかはの

しらぎくの

「しらず」にかかる。〔例〕⊙けふかとも　明日とも知らぬ　白菊の　しらず幾世を　ふべき我かは(拾遺一二五七)〔注〕「しらぎくの」頭音反覆で「しらず」にかかる(福井三五九頁、中島一六六頁)。

しらくもの

「たつ・たゆ・かかる・おほよそ・ぬしなきやど・ひとむら・をちかた」にかかる。〔例〕「白雲乃」→「龍」(万葉九七一)「白雲之」→「龍」(万葉一七四七)「白雲乃」→「立」(万葉一七四九)「思良久毛能」→「多要」(万葉三五一七)⊙白雲の　龍田の山の　露霜に　色づく時に――(万葉九七一)⊙白雲の絶えにし妹を　何為(あぜせ)ろと心に乗りて　許多(ここば)かなしけ(万葉三五一七)⊙しら雲の　かかる旅ねも　ならはぬに　ふかき山ぢに　日は暮れにけり(新古今九五〇)⊙君がいにし　方や何れぞ　白雲の　主なき宿と　見るぞかなしき　(後撰一四一七)⊙白雲の　皆一むらに　見えしかど　立ち出て君を　思ひそめてき(後撰九八八)〔注〕「白雲の」白雲の立つというところから「立つ」と同音を含む「立つ」「立田(龍田)山」に、また白雲の生じたり消えたりするところから、その途切れる意の「絶ゆ」にかかる。白雲が山にかかるところから、「掛かる」と同音の「斷(か)かる」にかかる。雲がかかる意と掛詞(かけことば)になってつかわれることが多い。白雲の遠ざかり行く雲影のおぼつかなげな意にかけて「おほよそ」に続く。また、白雲の空遠く立つという意から「遠方(をちかた)」にもかかる(大辞典六―三八頁、福井三五九頁、中島一六六頁、横山一〇七頁、全注六―一三五頁)。

しらさぎの

「ぬれぎぬ」にかかる。〔例〕⦿雨ふれば　湊もいでぬ　白鷺の　ぬれぎぬをだに　きせむとぞ思ふ(忠峯集)〔注〕白鷺は水辺にいてその羽が常にぬれているので「濡衣(ぬれぎぬ)」にかかる(福井三六〇頁、中島一六六頁)。

しらすげの

「まの・しらせ」にかかる。(〔例〕「白菅乃」→「眞野」(万葉二八〇・二八一)「白菅之」→「眞野」(万葉一三五四)「白菅乃」→「知」(万葉二七六八)⦿いざ兒ども　大和へ早く　白菅の　眞野の榛原(はりはら)　手折りて行かむ(万葉二八〇)⦿葦鶴の　さわく入江の　白菅の　知らせむためと　言痛かるかも(万葉二七六八)⦿花に置く　露をしづけみ　しらすげの　眞野のはぎ原　しをれあひにけり(金槐集・秋)〔注〕白菅はカヤツリ草科の多年草で、各地の水湿地に生える。菅の節と節との間を間(ま)というので「まの(眞野)」にかかるともいうが、実景描写であって枕詞と見ないとの説もある。眞野は神戸市長田区東池尻町(大辞典六—四二頁、事典四四八頁、福井三六〇頁、中島一六七頁、全注三—一〇六頁)。

しらたまの

「を・わがこ・きみ・ひと・なみだ」にかかる。〔例〕「斯良多麻能」→「岐美」(記七)「白玉之」→「吾子」(万葉九〇四)「白玉之」→「人」(万葉一七九二)「白玉之」→「君」(万葉四一七〇)⦿赤玉は　緒さへ光れど　白玉の　君が装(よそひ)し　貴くありけり(記七)⦿世の人の　貴(たふと)び願ふ　七種(ななくさ)の　宝もわれは　何為(せ)む　わが中の　生れ出でたる　白玉の　わが子古日は——(万葉九〇四)⦿白玉の　姥捨(をばすて)山の　月かげに　乱れてみがく　真木の下露(続後拾遺三四九)⦿縫ふことの　片糸なれば　しら玉の　をやまぬ春の　ながめをぞする(古今六帖三二三四八)⦿ころを経て　あひみる時は　白玉の　涙も春は　色まさりけり(後撰五四六)〔注〕「白玉」は白色の美しい玉。特に、真珠をさしていう場合もある。白玉を貫き結ぶ緒の意で「緒(を)」と同音を含む地名陸前の「緒絶えの橋」。信濃の「姥捨山」また、「小止(おや)む」にかかる。白玉は人の貴ぶものであるから、愛する「吾が子」に、敬する「君・人」にかけ、また玉なす涙ということから「涙」にもかかる。一説に、涙と白珠は似通へるものゆえかかるとも(大辞典六—四四頁、福井三六〇頁、中島一六七頁)。

しらつつじ

「しらぬ」にかかる。〔例〕「白管自」→「不知」（万葉一九〇五）⊙女郎花（をみなへし）咲く野に生ふる　白つつじ　知らにこと以（も）ち　言はえしわが背（万葉一九〇五）〔注〕「白つつじ」は、丹つつじに対していう。頭音を繰返して「知らぬ」にかかる。但し枕詞と見ない説もある（福井三六一頁、中島一六七頁）。

しらつゆの

「おく・しらず・きゆ・けぬ・たま・たまたま・たまくら・たまのを・おくて・おか・たまぐし」などにかかる。〔例〕⊙つれもなき　人をやねたく　しら露の　おくとはなげき　ぬとはしのばん（古今四八六）⊙青柳の　絲に玉ぬく　白露の　しらずいくよの　春かへぬらん（新古今七五）⊙しら露の　玉もてゆへる　ませのうちに　光さへそふ　とこ夏の花（新古今二七五）⊙我がごとや　君も恋ふらん　白露の　起きても寝ても　袖ぞ乾かぬ（後撰六二七）⊙白露の　奥にあまたの　聲すれば　花の色々　ありと知らなん（後撰二九三）⊙しら露の　おくての小稲（をしね）うち靡き　田中のゐどに　秋風ぞ吹く（続古今四六〇）⊙白露の　おくての稲も　刈りてけり　秋はてがたに　なりやしぬらん（玉葉七五一）⊙白露の　岡辺のすゝき　初尾花　ほのかに靡く　時は来にけり（続後拾遺二七〇）⊙目の前にかはる心を　しらつゆの　消えばともにと　なに思ひけむ（新勅撰九〇四）⊙かゝるとも　知らずやありけむ　白露の　消ぬべき程も　忘れやはする（続古今一四八三）⊙白露の　手枕（たまくら）の野の　をみなへし　誰とかはせる　今朝のなごりぞ（続古今三四〇）⊙秋風の　吹かぬ絶え間は　しら露の　玉の緒長き　糸すゝきかな（新葉二八九）⊙神風や　のどかなる世と　白露の　玉串の葉の　枝も鳴らさず（新葉五七二）⊙おもひ草　葉末にむすぶ　白露の　たまたまきては　手にも　溜らず（金葉四四四）〔注〕白露の置くということから「置く」と同音又は同音を含む「起き・奥・晩稲（おくて）・岡」に、また露は消えやすい物ゆえ「消え」に、また露は玉をなすゆえ「玉」と同音又は同音を含む「玉の緒・玉串・玉江・たまたま・手枕（たまくら）」などにかかり、また「白露の」頭音と重ねて「知らず」にもかかる（大辞典六―四五頁、福井三六一頁、大塚一四三頁、中島一六七頁）。

しらとおう→しらとほふ

しらとほふ

「にひたやま」にかかる。〔例〕「志良登保布」→「小比多夜麻」（万葉三四三六）⊙白遠（しらとほ）ふ　小新田山（をにひたやま）の　守る山の　末枯（うらが）れ為（せ）なな常葉にもがも（万葉三四三六）〔注〕語義については、「とほしろし」と結びつけて雄大のとする説、白玉匂うの意とする説、白砥掘るの意とする説などがある。「常陸国風土記」に「風俗諺云自遠新治國」とあるが、「自」は「白」の誤りではないかという。新田山は群馬県太田市の北の金山という（大系万葉三—四二八頁、事典四四八頁、福井三六二頁、横山一〇九頁、中島一六八頁、全注十四—二〇〇頁）。

しらとりの

「とば・さぎ・まの」にかかる。〔例〕「白鳥能」→「飛」（万葉五八八）「白鳥」→「鷺」（万葉一六八七）⊙白鳥の　飛羽（とば）山松の　待ちつつそ　わが戀わたる　この月ごろを（万葉五八八）⊙白鳥の　鷺坂山の　松蔭に　宿りて行かな　夜も深（ふ）け行くを（万葉一六八七）⊙しら鳥の　とば山嵐　吹くなべに　尾花が末は　波のまもなし（隆祐集）⊙白鳥の　さぎさか山の　岩つつじ　言はねど春の　色は見えけり（後鳥羽院御集）⊙つれてゆくね山も知らぬ　しら鳥の　さきよりも憂き　身の契りかな（宝治百首—下）⊙しらとりの　鳥羽田の穂波　ふきたてゝ　もる庵さむき　秋の山風（新拾遺五）⊙大若子命　白鳥の　真野の國と　祝（ほ）き白（まを）しき（倭姫命世記）〔注〕「白鳥」は白い羽根の鳥の総称。白鳥が飛ぶの意で「飛ぶ」と同音を含む「飛羽山・鳥羽田」にかかり、白い鳥である鷺の意で、「鷺」と同音を含む地名「鷺坂山」および類音の「先（さき）」にかかる。地名「真野」にかかる。かかり方未詳。実景によるものか、何か白鳥の伝説でもあったかという（大系万葉一—二七三頁、同二—三六九頁、大辞典六—四六頁、福井三六三頁、全注四—二九〇頁）。

しらなみの

「たつた・たづき・いちしろく・しらず・よる・たかし・いらごがしま・あらゐのさき・うちでのはま・あと・なごり・はま・おり・かけし」などにかかる。〔例〕「白浪乃」→「濱」（万葉三四）「白波乃」→「面知」（万葉三〇一五）「白浪之」→「灼然」（万葉三〇二三）「白浪乃」→「邊毛奥毛」（万葉三一五八）「志良奈美能」→「伊知之路久」（万葉三九三五）⊙白波の　濱松が枝の　手向草　幾代までにか　年の經ぬら（む万葉三四）⊙隠沼の　下ゆ恋ひ余り　白波の　いちしろく出でぬ　人の知るべく（万葉三〇二三）⊙あしがまの　さはぐ入えの　白浪の　しらずや人を　かくこひんとは（古今五三三）⊙白波の　よるよる岸に　立ち寄りて　寝も見しものを　住吉の松（後撰六〇〇）⊙しらなみの　たづきありせば　すべらぎの　大宮人と　なりもしなまし（曽丹集）⦿しらなみの　立田の川を　出でしより　のち悔しきは　舟路なりけり（重之集―上）⦿しらなみの　うちしきりつゝ　今宵さへ　いかでか一人　寝（ぬ）るとかや君（拾遺八五一）⦿何にかは　袖の濡るらん　白波のなごり有るけも　見えぬ心を（後撰八八六）⦿しら浪の跡こそ見えね　天の原　霞の浦に　帰る雁がね（新後拾遺六九）⦿しらなみの　折々ありて　来る人は　海人（あま）の刈るてふ　めづらしきかな（古今六帖三水）⦿白浪の　いらごが島の　忘れ貝　人忘るとも　我忘れめや（基俊集・下）⦿しらなみの　あらゐの崎の　磯馴（そなれ）松　変らぬ色の　人ぞつれなき（続後撰七四〇）⦿にほの海は　氷解くらし　しら波の　打出の浜に　春風ぞ吹く（続後拾遺三八）⦿白波の　高師の山の　ふもとより　真砂（まさご）吹きまき　浦風ぞ吹く（風雅一六九八）⦿白波の　かけし契を忘るなよ　又ことうらに　心よすとも（新続古今一二一七）⦿いたづらに　立帰りにし　白波の　名残に袖の　ひる時ぞなき（続千載一三八五）〔注〕「白波の」の「しら」と類音の「しろ」を含む「面（おも）知（し）る・いちしろし・知らず」にかかる。「オモシロシ」は白波の―激流が、「オモシロキ」意から、月光・水流・見晴しのよい風景など、目の前がパッと明るくなるような風景の形容に多く使った語。「いちしろし」（いと著し）は、しらなみの人目にみえ、はっきりした印象から。白波が立つ意で「立つ」と同音を含む「たづき・立田川・龍田の山」に、白波が寄るの意で、「寄る」と同音の「夜・夜夜（よるよる）」に、白波の寄せる浜の意から「浜・浜松の枝」に、白波のうち寄せるの意で「打ち」と同音を含む「うち・うちしきり・うち寝る・うちさわぐ・打出の浜」に、波のかかるということから「かかる」の類音「掛けし契」に、波の引いたあとに残った波を「餘波（なごり）」ということから「あと」及び、「なごり」と同音を含む人事の「名残り」に、白波の波折（なおり＝波が折り重なって高くもり上がること）の意で、「波折」の「折」と同音の「折」に、白波が高しの意で「高し」と同音の地名「高師」に、また白波が寄せるという実景をもって海辺の地名にかかる。波の荒いことから同音の地名「荒井」にかかる。但し枕詞として疑問の存する事例もある（大辞典六―四六頁、福井三六四頁、中島一六九頁、金子二二一頁、全注一―一四八頁、十七―九〇頁）。

しらぬい→しらぬひ

しらぬいの→しらぬひの

しらぬくに

「こせ」にかかる。〔例〕「不知國」→「巨勢」（万葉五〇）⦿やすみしし　わご大君——知らぬ國　寄(よ)し巨勢(こせ)道より　わが國は——（万葉五〇）〔注〕知るは領、治める意。支配の外にある異國が皇化に服して来る意というが、枕詞とするは非か。巨勢は奈良県葛城郡葛村古瀬。曽我川の上流（大系万葉一—三六頁、福井三六五頁、全注一—二〇二頁）。

しらぬひ

「つくし」にかかる。〔例〕「白縫」→「筑紫」（万葉三三六）「斯良農比」→「筑紫」（万葉七九四）「之良奴日」→「筑紫」（万葉四三三一）⦿しらぬひ　筑紫の綿は　身につけて　いまだは著(き)ねど　暖かに見ゆ（万葉三三六）〔注〕後世は「しらぬひの」の形で用いられる。語義については、古くは「不知火」と解するのが一般的であるが、比・日の音は甲類で、火の乙類とは合致しないので、不知火説は認められていない。また「しる」は領する意、「ひ」は霊魂の意とし、「領らぬ霊」が「憑(つ)く」という続きで、同音をもつ「筑紫」にかかるという（大辞典六—四七頁、事典四四九頁、福井三六六頁、中島一七〇頁）。

しらぬひの

「つくし・つくす」にかかる。〔例〕⦿しらぬひの　つくしのわたは　身につきて　または着ねども　暖かに見ゆ（古今六帖五）⦿霞に浮かむ　松原の　影は緑に　映(うつ)ろひて　海岸そことも　しらぬひの　筑紫の海にや　続くらん（謡曲八島）〔注〕枕詞「しらぬひ」に「の」をつけて五音になったもの（大辞典六—四七頁、福井三六六頁）。

しらはま→しらはまの

しらはまの

「まなご」にかかる。〔例〕「汝國名何問給、答白く、白浜真名胡國申」（倭姫命世記）。〔注〕白浜にある砂の意から、細砂の意の「まなご」と同音の地名「真名胡國」にかかる（福井三六七頁）。

しらまなご

「みつ」にかかる。〔例〕「白細砂」→「三津」（万葉二七二五）⦿白細砂(しらまなご)　三津の黄土(はにふ)の　色に出でて　いはなくのみそ　わが恋ふらくは（万葉二七二五）〔注〕「まなご」は真砂(まさご)。「和名抄」に「繊砂万奈古」とある。難波の三津。白砂が浜辺に満ちてある意で「みつ」にかかる。枕詞とせず実景と見る説もある（大系万葉三—二三〇頁、大辞典六—五三頁）。

しらまゆみ

「はる・いる・ひく・つる・もと・すゑ・いそべ・ひだ・

いづも・こはし・かへる・よる・おきふし」などにかかる。〔例〕「白檀弓」↓「春」（万葉一九二三）「白檀」↓「挽」（万葉二〇五一）「白檀」↓「石邊」（万葉二四四四）「白檀」↓「斐太」（万葉三〇九二）⊙白眞弓（しらまゆみ）　いま春山に　行く雲の　行きや別れむ　戀しきものを（万葉一九二三）⊙てもふれで　月日へにける　白まゆみ　おきふしよるは　いこそねられね（古今六〇五）⊙白眞弓　入るさの山の　常盤なる　命かあやな　恋ひてやあらむ（古今六帖三一七四六）⊙白眞弓　斐田（ひだ）の細江の　菅鳥の　妹に恋ふれか　眠（い）を寝かねつる（万葉三〇九二）⊙白眞弓　石辺（いそべ）の山の　常盤なる　命なれやも　恋ひつつをらむ（万葉二四四四）⊙狩人の　入野の露の　しらま弓　すゑもとををに　秋風ぞ吹く（続拾遺三三五）⊙陸奥の　あだちの原の　しらま弓　こころこはくも　見ゆる君かな（拾遺九〇五）⊙引きとめよ　有明の月の　しらま弓　かへるさ急ぐ　人の別れぢ（玉葉一四三七）⊙しらまゆみ　つるがの船路　夜もなほ　押してひきこす　波の蔭かは（夫木集三六）〔注〕「しらまゆみ」は白木の檀で作った丸木弓。弓を張る意で「はる」と同音を含む「春」に、弓を射る意で「射る」と同音を含む地名「いそべの山・いるさの山・出雲國」に、弓を引くの意で「引く」と同音を含む地名「斐田」にかかる。弓の部分に「弦・本筈・末筈」あれば、「弦」と同音を含む地名「敦賀」に、「末（すゑ）」と同音「末の御法」に、かかり、弓を引くとき、本と末が寄るというより「よる」に、弓強（こはし）の義にて「心こはくも」とも。但し「斐田」にかかる例は、「斐」のヒは乙類、「引」のヒは甲類であるから、両者を関連づけるのは誤りであろう。白眞弓は斐太（飛弾）国の名産でもあったのではないかともいう（大系万葉三―三〇四頁、大辞典六―五三頁、福井三六八頁、中島一七〇頁）。

しらやまの

「ゆき」にかかる。〔例〕⊙よそにのみ　こひやわたらん　しら山の　雪みるべくも　あらぬわが身は（古今三八三）〔注〕「白山の雪」↓「往」とかかる。白山は加賀の白山か。枕詞と見ない説もある（大系古今一七八頁、福井三六九頁）。

しらゆきの

「いちしろく・ふる・つもる」にかかる。〔例〕「白雪乃」↓「市白」（万葉二三三九）⊙吉隠（よなばり）の　野木に降りおほふ　白雪の　いちしろくしも　戀ひむわれかも（万葉二三三九）⊙み吉野は　山もかすみて　しら雪の　ふりにし里に　春はきにけり（新古今一）⊙白雪の　つもる思も

たのまれず　春より後は　あらじと思へば(後撰一〇七二)⊙白雪の　布留の中道　なかなかに　訪ふ人つらきあとぞのこれる(続千載六九六)〔注〕白雪の白の「著し(いちしろし＝はっきり見える意)」とかかり、雪が降るから「布留」「ふりにし里」「経る」などにかかる。但し枕詞と見ない説もある(福井三七〇頁、中島一七一頁)。

しりぐさの

「しり」にかかる。〔例〕「知草」→「知」(万葉二四六八)⊙湖葦(みなとあし)に　交れる草の　知草の　人みな知りぬ　わが下思ひ(万葉二四六八)〔注〕「しりぐさ(知草・尻草)」は三角藺の異名。枕詞と見ない説もある(大辞典六―六三頁、福井三七〇頁)。

しろたえの→しろたへの

しろたへの

「ころも・したころも・ころもて・そで・たもと・たすき・ひも・おび・ひれ・はごろも・たまくら・いさご・まさご・はま・なみ・つきのひかり・くも・ゆき・ゆふ・みてぐら・うのはな・ふじ・かしは・きく・うめ・つる・はね」などにかかる。〔例〕「斯漏多閉能」→「蘇弖」(記九七)「白妙能」→「衣」(万葉二八)「白妙之」→「衣」(万葉二二三〇)「白栲」→「衣」(万葉四四三)「白細乃」→「衣」(万葉二六〇八)「白細布」→「衣」(万葉二八四六)「思路多倍乃」→「許呂母」(万葉三四四九)「之呂多倍能」→「之多其呂母」(万葉三七五一)「白細之」→「衣袖」(万葉四六〇)「白栲乃」→「衣袖」(万葉三二七四)「白細之」→「衣手」(万葉七〇八)「白栲之」→「衣手」(万葉一六七五)「白木綿」→「衣手」(万葉三二五八)「白妙之」→「衣袖」(万葉二九五四)「白細布之」→「吾袖」(万葉二六八八)「白細布乃」→「袖」(万葉二六九〇)「之路多倍乃」→「許呂毛弖」(万葉三七七八)「思路多倍乃」→「衣袖」(万葉三九四五)「白細之」→「衣手」(万葉三〇四四)「白細之」→「袖」(四八一・六一四・二六〇九・二九六二・三〇四四)「白細乃」→「袖」(五一〇・六四五・一六二九)「白妙之」→「袖」(万葉九五七・二三二一・三一八二)「白細布之」→「袖」(万葉二八一二・二九三七・二九五二)「白細布乃」→「袖」(万葉二六一二)「之路多倍能」→「蘇泥」(万葉三九九三・四一一一)「之路多倍乃」→「袖」(万葉八〇四)「之路多倍乃」→「蘇泥」(万葉三九七三)「之路多倍能」→「蘇田」(万葉四三三一)「之路多倍乃」→「蘇涅」(万葉四四〇八)「思漏多倍乃」→「蘇但」(万葉三七二五)「白栲」→「袖」(万葉一二九二)「白細布」→「袖」(万葉二四一一)「白妙」→「袖」(万葉二九五三)「白細」→「袖」(万葉三二一二三)「白妙乃」→「袖」(万葉三三一五)「白栲乃」→「袖」(万葉三三四三)「之路多倍能」→「蘇泥」(万葉三九九三)「白細之」→「袖」(万葉二六〇九)「白妙乃」→「麻衣」(万葉一九九)「白妙之」→「手本」(万葉四八一)「白細布」→「袂」(万葉二五一八)「白細之」→「手本」(万葉二九六三)「白細乃」→「紐」(万葉一八〇〇)「白細布」→「紐」(万葉二八五四)「白細之」→「下紐」(万葉三一八一)「白栲」→「帯」(万葉二〇二三)「志路多倍乃」→「多須吉」(万葉九〇四)「白妙之」→「天領巾」(万葉二一〇)「白栲之」→「天領巾」(万葉二一三)「白細乃」→「手枕」(万葉二八〇七)「之路多倍乃」→「波袮」(万葉三六二五)「白栲」→「藤」(万葉二五二)「之路多倍能」→「藤」(万葉三六〇七)「乃白妙」→「雲」(万葉一〇七九)⦿春過ぎて　夏來るらし　白栲の　衣乾したり　天の香具山(万葉二八)⦿——ただ独りして　白栲の　衣手(ころもて)干さず　嘆きつつ——(万葉四六〇)⦿さ寝そめて　幾何もあらねば　白栲の　帯乞ふべしや　恋も過ぎねば(万葉二〇二三)⦿白栲の　手本(たもと)寛けく　人の寝る　味寝(うまい)は寝ずや　恋ひわたりなむ(万葉二九六三)⦿——方便(たどき)を知らに　白栲の　手襁(たすき)を掛け　まそ鏡　手に取り持ちて——(万葉九〇四)⦿小垣内の　麻を引き干し　妹なねが　作り着せけむ　白栲の　紐をも解かず　一重結ふ——(万葉一八〇〇)⦿明けぬべく　千鳥数鳴く　白栲の　君が手枕(たまくら)いまだ飽かなくに(万葉二八〇七)⦿白栲の　藤江の浦に　漁する　海人とや見らむ　旅行くわれを(万葉三六〇七)⦿まそ鏡　照るべき月を　白栲の　雲か隠せる　天つ霧かも(万葉一〇七九)⦿——鴨すらも　妻と副(たぐ)ひて　わが尾には　霜な降りそと　白栲の　羽さし交へて　打ち拂ひ——(万葉三六二五)⦿——かぎろひの　燃ゆる荒野に　白栲の　天領布　(あまひれ)隠り　鳥じもの　朝立ちいまして——(万葉二一〇)⦿かけまくも　ゆゆしきかも——白栲の　麻衣着(あさごろもき)——(万葉一九九)⦿神まつる　宿の卯の花　白妙の　みてぐらかとぞ　あらまたれける(拾遺九二)⦿しろたへの　月の光に　おく霜を　いくよかさねて　衣うつらむ(新勅撰三二九)⦿瑞垣に　ふる初雪を　白妙の　ゆふしでかくと　思ひけるかな(玉葉二七七二)⦿有松の　月待ちいでて　白妙の　ゆふつげ鳥も　ときや知るらむ(新拾遺一六二二)⦿白妙の　天の羽衣　つらねきて　をとめ待ち取る　雲の通ひ路(拾遺愚草—中)⦿けふもまた　のちも忘れじ　白たへの　うの花にほふ　宿を見つれば

(古今六帖・一)⦿白妙の　いさごまさしく　天の河　月のみやこの　み雪なるべし(長秋詠藻・下)⦿あなしには　このしまのみや　しろたへの　雪にまがへる　波は立つらむ(新勅撰一三五九)⦿しろたへの　菊のみ今は　有明の　冬にうつろふ　庭の月かげ(壬二集)⦿白妙の　光ぞまさる　冬の夜の　月の桂に　雪つもるらし(新拾遺六六五)⦿白妙の　波路をとほく　行きかひて　我に似べきは　誰ならなくに(土佐日記・承平四年)⦿白栲の　ゆふつけ鳥も　思ひわび　鳴くや立田の　山の初霜(新勅撰三三〇)⦿しろたへの　鶴の毛衣　きて見れば　田蓑の島に　鶴ぞなきける(新千載一六四二)⦿舟出する　沖つ潮騒(しほさゐ)　白妙の　かしはの渡り　波高く見ゆ(続古今九三六)〔注〕「白妙」は「白栲」「栲」は植物性の織物の総称。これより転じてすべての白いものをさしていうに至った。栲で作った製品の意で、繊維製品を表わす語「衣・下衣・衣手・袖・袂・襷・帯・紐領布(ひれ)・幣帛(みてぐら)・枕」などにかかり、白栲のように真白なの意で、「雲・月・雪・光・砂・鶴・梅・菊・卯の花・富士の高根・天の羽衣」など白いものを表わす語にかかる。また、白栲の材料としての「藤・柏」の意から地名「藤江の浦・かしは」に、白栲の木綿(ゆふ)の意で「ゆふ」と同音を含む「夕波・ゆふつげ鳥」に、「白妙(しろたへ)」の浜と続く意で、地名「浜名」にかかる(大辞典六—九九頁、事典四四九頁、福井三七〇頁、中島一七二頁、金子一九五頁、全注一—一九頁、十四—二二〇頁)。

しわかみ

「ほつまのくに」にかかる。〔例〕「磯輪上」→「秀眞國」(神武紀)〔注〕訓みについては、「しわのへの」「しわのぼる」「いそわがみ」などとも。「しわ」は「いそわ」の約。「ほ」は優れる意、「つ」は「の」に同じ、「ま」は美辞で、結局「ほのくに(優れた国)」のことであろう(福井三七二頁、中島一七三頁)。

しわのへの→しわかみ

しわのぼる→しわかみ

【す】

すえのまつ→すゑのまつ

すがのねの

「ながき・おもひみだる・ねもころ・たゆ・すがなき」にかかる。〔例〕「菅根乃」→「懃」(万葉五八〇・七九一)「菅根之」→「念乱」(万葉六七九)「菅根」→「惻隠」(万葉二四七三・二八六三）「菅根之」→「惻隠」（万葉二八五七）「菅根乃」→「長」（万葉一九二一・一九三四）「菅根之」→「懃」（万葉二七五八・三〇五三）「菅根乃」→「懃」（万葉三〇五一）「菅根之」→「絶」（万葉三〇五二）「菅根乃」→「懃懇」（万葉三〇五四）「菅根之」→「根毛一伏三向凝呂尓」（万葉三三八四）「須我乃根能」→「祢母許呂其呂尓」（万葉四四五四）⊙あしひきの　山に生ひたる　菅の根の　ねもころ見まく　欲しき君かも（万葉五八〇）⊙否と言はば　強ひめやわが背　菅の根の　思ひ乱れて　恋ひつつもあらむ（万葉六七九）⊙杜若（かきつはた）　咲く沢に生ふる　菅の根の　絶ゆとや君が　見えぬこのころ（万葉三〇五二）⊙ちりぬべき　花見る時は　すがのねの　ながきはる日も　みじかかりけり（拾遺五七）⊙すがのねの　ながみね山の　さくらばな　かさなる雲の　末ぞはるけき（夫木集・四）⊙すがのねの　ながらの山の　嶺の松　吹くる風も　よろづ代の声（続古今一九二二）⊙すがのねの　長月の夜の　あけたてば　露けさまさる　秋萩の花（新続古今四〇一）⊙遅々たる春の　終日（ひめもす）に　永き思は　菅の根の　耐ぬ涙を抑ても　暮待程ぞ　苦しき（宴曲集―三・遅々春恋）⊙天地の　神も神も　証（そう）したべ　我はまうよこし申さず　須加乃祢乃　すがな　すがなきことを　我は聞く　我は聞くかな（催馬楽―葦垣）⊙すがの根の　長々し日も　いつのまに　積りて易く　春は暮るらむ（新拾遺一九一）〔注〕「すがのね」の「すが」は「菅（すげ）」のこと。「すが」と同音を含む「すがなく（便りなき）」意にかかり、その根の長く乱れているところから、「長く」と続き「長く」と同音又は同音を含む「長き・長月・長良の山」にかけ、その根の乱れているに比し恋の「思ひ乱れ」に、或いは根は絶つという語より人の交情の「絶ゆ」に、また菅の根のその「根」と続き、同音反覆で「ねもころ（ねんごろに心をこめて）の意」にかかる。枕詞と見ない説もある（大辞典六―三五七頁、事典四五〇頁、福井三七四頁、中島一七四頁、山口四三八頁、全注四―二〇〇頁）。

すかのやま

「すかなく」にかかる。〔例〕「須加能夜麻」→「須加奈久」（万葉四〇一五）⊙情（こころ）には　ゆるふことなく　須加の山　すかなくのみや　戀ひ渡りなむ（万葉四〇一五）〔注〕「すかのやま」の「すか」と同音反覆の関係で「すかなく」（心悲しく楽しまないさま）にかかる。天平宝字三年十一月十四日付東大寺越中国諸郡庄園総券（大日本古文書四）の射水郡の項に、須加村・須加山の名がある。須加山は富山県高岡市街西方の頭川付近の山であろうといふ(大系万葉四—二四〇頁、全注十七—二八五頁)。

すがはらや

「ふしみのさと」にかかる。〔例〕⦿いざここに　我世はへなん　すがはらや　ふしみのさとの　あれまくもおし(古今九八一)〔注〕「菅原」は、菅(すげ)の生えてゐる原をいふ。この語を「伏見の里」に冠するは、むかし伏見の里に菅の生い茂っていたことによるか。奈良県生駒郡伏見村に、菅原神社、菅原寺などのある辺りを伏見の里という。但し枕詞と見ない説もある(大系古今三〇一頁、福井三七五頁、中島一七五頁)。

すぎのかど

「さす」にかかる。〔例〕⦿おもへ共　いはで月日は　すぎの門　さすがにいかじ　忍びはつべき(新古今一一〇九)〔注〕「杉の門を閉(さ)す」と続き、「さす」と同音を含む「さすが(しかしなるら)」にかかる(大系新古今二三八頁、朝日新古今二四五頁)。

すぎむらの

「おもひすぐ」にかかる。〔例〕「杉村乃」→「思過」(万葉四二二)⦿石上　布留の山なる　杉群(すぎむら)の　思ひ過ぐべき　君にあらなくに(万葉四二二)〔注〕枕詞と見ない説もある(福井三七六頁、全注三—三六八頁)。

すぐろくの

「いちば」にかかる。〔例〕⦿すぐろくの　市場に立てる　人づまに　あはで止みなん　物にやはあらぬ(拾遺一二一四)〔注〕双六の賽には一から六までの目があり、その目の一というのを同音異義の「市場」にかけたものという(福井三七六頁)。

すずがねの

「はゆまうまや」にかかる。〔例〕「須受我祢乃」→「波由馬宇馬夜」(万葉三四三九)⦿鈴が音の　早馬驛家(はゆまうまや)の　堤井(つつみゐ)の　水をたまへな　妹が直手(たゞて)よ(万葉三四三九)〔注〕鈴が音は駅鈴の音。早馬駅家は古代宿駅に飼われている公用の馬を置く駅舎。街道に沿って三十里(現四里強)ごとにある。急使がこの馬に乗るものは、駅鈴を持っていた。その鈴の音をもって、駅家の景をあらわす枕詞として用いたもの。駅鈴の音を響かせる意から「はゆまうまや」にかかる(大系万葉三—四二八頁、大辞典六—四一五頁、事典四五〇頁、福井三七六頁)。

すずかやま

「なる・いせ・ふる」にかかる。〔例〕⦿武士の　立つといふなる　鈴ケ山　ならむ方こそ　聞かま欲しけれ(古今六帖三一三三)⊙鈴鹿山　伊勢をの海士の　すて衣　汐馴れたりと　人や見るらむ(後撰七一九)⊙鈴鹿山　ふるの長道　君よりも　心のやみに　まどひにしかな(齋宮集一六五一七)〔注〕「鈴鹿山」この語、鈴が鳴るということから「なる」と同音を含む「ならむ」に、鈴ケ山のある伊勢の國ということから「伊勢」に、また鈴を振るということから同音異義の「古(ふる)」にかかる。鈴ケ山は、三重県鈴鹿郡の西部(関町・坂下村・加太(かぶと)村の西北に聳える山の総称。昔は、みな伊賀路すなわち加太越えによったもので、早くからあらわれている(福井三七七頁、中島一七五頁)。

すてごろも

「しほなれ」にかかる。〔例〕⊙鈴鹿山　伊勢をの海人の　捨衣　汐馴れたりと　人や見るらむ(後撰七一九)〔注〕捨衣は捨てるほどの破れ衣、また着る人なく捨てられた衣か。塩馴れは、塩じみたの意(大辞典六―四五六頁、福井三七七頁、中島一七六頁)。

すみぞめの

「くら・ころも・ゆふべ・たそかれとき」にかかる。〔例〕⊙あふことの　まれなる色に――すみぞめの　ゆふべになれば　ひとりゐて――(古今一〇〇一)⊙すみぞめの　ころも浮世の　花ざかり　をり忘れても　折りてける哉(新古今七六〇)⊙すみぞめの　たそかれときの　おほろよに　ありこし君に　さやにあひみつ(古今六帖三三四二八)⊙是そ其　御事と覚敷て　墨染の　夕の空に　立煙　松の嵐にき打靡　心細く澄上る(太平記―一八・春宮還御事)⊙すみぞめの　くらまの山に　いる人は　たどるたどるも　帰りきななん(後撰八三三)⊙すみぞめの　くらふの山の　ふかければ　鳥のあとさへ　見えすもあるかな(夫木二一〇)〔注〕「すみぞめ」は墨汁で染めること。またそのような黒い色。ねずみ色。にびいろ。僧衣または喪服の色。墨染の色の「暗い」感じから「夕べ・たそがれとき・おぼつかなし」などにかかり、色の暗いの「くら」から地名「鞍馬山・暗部山・倉賀野」などにかかる(大辞典六―五〇六頁、福井三七八頁、中島一七六頁)。

すみのえの

「まつ・きし」にかかる。〔例〕⊙ひさしくも　なりにけるかな　すみのえの　まつはくるしき　物にぞありける(古今七七八)⊙住吉の　きしもせさらん　物ゆゑに　妬(ねた)くや人に　松といはれむ(拾遺五八七)〔注〕歌枕として有名な「すみのえの松」といいかけて「松」と同音の「待つ」にかかり、「すみのえの岸」といいかけて「岸」と同音の「來(き)し」にかかる。⊙住の江は大阪市住吉区の海岸で、老松の多かった所。スミノエは古今集以降はスミヨシと訓まれている(大辞典六―五一〇頁、福井三七八頁、中島一七六頁)。

すゑのまつ

「まつ」にかかる。〔例〕⊙古郷に　たのめし人も　末の松　まつらん袖に　浪やこすらん(新古今九七〇)〔注〕松と待は同音でかかる。この歌の本歌は「きみをおきて　あだし心を　わがもたば　すゑのまつ山　浪もこえなん」(古今一〇九三)である。但し枕詞と見ない説もある(朝日新古今二二〇頁)。

【せ】

せみの

「おりはへ」にかかる。〔例〕⊙あけたてば　せみのおりはへ　なきくらし　よるは螢の　もえこそわたれ(古今五四三)〔注〕「おりはへ」は、続いてずっとの意。蟬のように一日中ずっとなきくらすの意で「おりは へ」にかかる(大系古今二一一頁)。

せみのはの

「うすき」にかかる。〔例〕⊙せみのはの　ひとへにうすき　夏衣　なればよりなん　物にやはあらぬ(古今一〇三五)⊙鳴く声は　まだ聞かね共　蟬の羽の　薄き衣は　たちぞきてける(拾遺七九)〔注〕蟬の羽のように「うすき」とかかる(大系古今二七八頁、福井三八〇頁、中島一七七頁、旺文社文庫古今三三五頁)。

【そ】

そじしの

「むなくに」にかかる。〔例〕「膂宍」→「空國」(日本書紀・巻二)⊙——くしび二上の天の浮橋より　浮きじまり平處(たひら)に立たして　膂宍の空國を頓丘(ひたをか)から國覓き行去りて——(神代紀・下)〔注〕「そじし」は「そしし」と清音の場合もある。背筋の肉の意で、背には肉が少いので、豊沃でない土地にたとえる。空國は身無国(みなしくに)と同義で、穀物の稔らない荒地をいう(福井三八一頁、中島一七七頁)。

そにどりの

「あを」にかかる。〔例〕「蘇邇杼理能」→「阿遠」(記四)⊙ぬばたまの　黒き御衣を　ま具(つぶさ)に　取り装ひ

——鴗鳥(そにどり)の　青き御衣(みけし)を——(記四)〔注〕「そにどり」(鴗鳥・翠鳥・魚虎鳥)は翡翠(かわせみ)の古名。その羽が青緑色に光っているので「青」にかける(大辞典六―一一三四頁、福井三八一頁)。

そめゆふの→しめゆふの

そらかぞう→そらかぞふ

そらかぞふ

「おほつ」にかかる。〔例〕「天數」→「凡津」(万葉二一九)⊙天數(そらかぞ)ふ　大津の子が　逢ひし日に　おぼに見しかば　今ぞ悔(くや)しき(万葉二一九)〔注〕「天數ふ」は「あまかぞふ」とも訓む。そらに数える、すなわち、おおよそに数える意で「おお」と同音を持つ地名「大津」にかかる。一説に、天空にある星はこまかく数えがたいからだとも。また星のかがやくように美しい意で「大津の子」にかかるとも(大系万葉一―一二二頁、事典四五〇頁、全注二―四四〇頁)。

そらにみつ

「やまと」にかかる。〔例〕「天尒滿」→「倭」(万葉二九)⊙玉襷(たまたすき)　畝火の山の——天の下　知らしめししを　天(そら)にみつ　大和を置きて　あをによし　奈良山を越え——(万葉二九)〔注〕柿本人麿が、古来使われていた「やまと」にかかる枕詞「そらみつ」を五音に整音化し、さらに「空に満つ山」というところから「山(やま)」と同音を含む「大和」にかかると解釈したものといわれる(福井三八二頁、全注一―一二七頁)。

そらみつ

「やまと」にかかる。〔例〕「蘇良美都」→「夜麻登」(記七一・七二・九七)「蘇良美都」→「夜麻止」(続日本紀二)「蘇良美豆」→「夜万止」(古代雑琴歌譜一二)「虚見津」→「山跡」(万葉一)「虚見」→「倭」(万葉二九)「虚見通」→「倭」(万葉八九四)「空見津」→「倭」(万葉三二三六)「虚見都」→「山跡」(万葉四二四五・四二六四)⊙たまきはる　内の朝臣(あそ)　汝(な)こそは　世の長人(ながひと)　そらみつ　大和の國に　雁卵産(かりこむ)と聞くや(記七一)⊙そらみつ　日本の國は　神からか　在りが欲しき(古代・雑歌琴歌譜一二)〔注〕「そらみつ」はそり満つの意で、大和は青山四周の地であるから、地形上大和にかかるとか、大和は山に通じ、山頂は大空を翔ける神の舟の泊り‖津であるからとか、また、神が空から見下した聖なる大和の意とか、諸説がある(大辞典六―一一七四頁、福井三八二頁、横山一一五五頁、大塚一五五頁、全注一―一二二頁)。

【た】

たかくらの

「みかさ」にかかる。〔例〕「高座之」→「御笠」（万葉三七二）「高桉之」→「三笠」（万葉三七三）⊙春日（はるひ）を　春日の山の　高座（たかくら）の　三笠山に　朝さらず——（万葉三七二）〔注〕「たかくら」は一段高くなった座席。すなわち高御座（たかみくら）のこと。天皇の玉座や寺院の講師・読師の登る座。上に天蓋すなわち御笠がつるされてあるので、その御笠と同音を含む大和の「三笠山」にかかる（大系万葉一—一八四頁、大辞典六—一三八四頁、事典四五〇頁、福井三八四頁、全注三—二五九頁）。

たかさごの

「まつ・をのへ」にかかる。〔例〕⊙秋はぎの　花さきにけり　高砂の　をのへのしかは　今やなくらん（古今二一八）⊙高砂の　まつもかひなし　誰をかも　あはれ嘆きの知る人にせむ（続拾遺一一〇五）〔注〕「たかさご」は高砂で、砂が高く丘のようになった所。「をのへ」は尾上で峯のこと（大辞典六—一三八五頁、福井三八四頁、中島一八〇頁）。

たかしるや

「あめのみかげ」にかかる。〔例〕「高知也」→「天之御蔭」万葉五二）⊙やすみしし　わご大王　高照らす　日の皇子——高知るや　天の御蔭　天知るや　日の御蔭の——（万葉五二）〔注〕「たか」は高大の意で賞め言葉。「たかしる」とは、①立派につくり構える、②立派に統治する、③高く盛り上げるの意。宮殿が天高くそびえたち天日を覆って蔭をつくる意で「天の御蔭」にかかる（大辞典六—一三八七頁、全注一—二二三頁）。

たかせさす

「むつた」にかかる。〔例〕⊙たかせさす　むつたの淀の柳原　緑も深く　霞む春かな（新古今七二）〔注〕「たかせさす」とは高瀬舟を棹さす。高瀬は浅瀬。高瀬舟は、高瀬を通るのに便であるように底を浅く造った舟。「むつた（六田）の淀」。吉野川の、水が淀み、渡船場のあった所（大系新古今五一頁、朝日新古今五九頁）。

たかてらす

「ひ」にかかる。〔例〕「高照」→「日」（万葉四五・五〇・五二・一六二・一六七・三二三四）「高光」→「日」（万葉一七一・一七三・二〇四・二三九・八九四）「高輝」→「日」（万葉二六一）⊙やすみしし　わご大王　高照らす

日の皇子　神ながら　神さびせすと——（万葉四五）〔注〕「たかひかる」と訓む説もある（大辞典六—一三九二頁、事典四五一頁、全注一—一七九頁）。

たかみくら

「あまのひつぎ」にかかる。〔例〕「高御座」→「安麻乃日繼」（万葉四〇八九）「多可美久良」→「安麻乃日嗣」（万葉四〇九八）⊙高御座　天（あま）の日嗣と　天皇（すめろき）の神の命の聞し食す——（万葉四〇八九）〔注〕「高御座」は玉座、天皇のおつきになる御座の称。即位、朝賀、外客拝朝などの儀に用いられる凰輦のように飾った御座。転じて天皇の御位、「天つ日嗣」に冠する（大辞典六—一四〇一頁、中島一八一頁）。

たかひかる

「ひ」にかかる。〔例〕「多迦比迦流」→「比」（記二八・七二）「多加比加流」→「比」（記一〇〇・一〇一・一〇二）⊙高光る　日の御子　やすみしし　我が大君　あらたまの　年が來經れば——（記二八）〔注〕空高く光輝く太陽の意で、日→日の皇子（みこ）にかかる（大系古代歌謡五五頁、大辞典六—一三九八頁、山口四三九頁）。

たがみそぎ

「ゆふつけとり・ゆふなみ・しらゆふなみ」にかかる。〔例〕⊙たがみそぎ　ゆふつけどりか　唐衣　たつたのやまに　おりはへてなく（古今九九五）⊙たがみそぎ　夕浪かけて　川のせの　麻の葉ながし　風ぞ涼しき（新葉二四六）⊙たがみそぎ　白木綿（しらゆふ）なみの　龍田川　あかつきかけて　かよふ秋風（新続古今三四三）〔注〕「たがみそぎ（誰が禊）」は「誰が禊」か「高禊」の転か不明。「禊」には木綿（ゆふ）を用いるので「木綿附鳥」とかけ、又「ゆふ」の音から「夕浪」に、また木綿の白い色から「白ゆふ波」にかかる（福井三八六頁、大塚一五七頁）。

たかゆくや

「はやぶさわけ」にかかる。〔例〕「多迦由久夜」→「波夜夫佐和氣」（記六七）「多由迦玖夜」→「波夜夫佐和氣」（記六八）⊙高行くや　速總別（はやぶさわけ）の　御襲が料（記六七）〔注〕鳥の隼が空高く飛びゆくところから「隼」と同音を含む人名速総別王（仁徳天皇の異母弟）にかける（大辞典六—一四〇五頁、福井三八七頁）。

たきぎきり

「ほとほとし」にかかる。〔例〕「燎木伐」→「殆之」（万葉一四〇三）⊙御幣帛（みぬさ）取り　神の祝（はふり）が鎮齋（いつ）く杉原　薪伐り　殆（ほとほと）しくに　手斧（てをの）取らえぬ（万葉一四〇三）〔注〕燃料にする木を伐る音から「ほととし」にかかる。「ほととしくに」は「もう少しのところで。あやうく……しそうになる」の意(福井三八七頁、中島一八二頁、全注七—三七七頁)。

たきぎこる

「かまくらやま」にかかる。〔例〕「多伎木許流」→「可麻久良夜麻」(万葉三四三三)⦿薪樵(たきぎこ)る　鎌倉山の　木垂(こだ)る木を　まつと汝(な)が言はば　戀ひつつやあらむ(万葉三四三三)〔注〕「こる」は「きる」の古言。「薪樵る鎌」と続き「鎌」と同音を含む地名「鎌倉山」にかかる(大辞典六—一四一二頁、全注十四—一九七頁)。

たぎつせの

「はやき」にかかる。〔例〕⦿たぎつせの　はやき心を　なにしかも　人めつつみの　せきとどむらん(古今六六〇)〔注〕「たぎつ」古くは「たきつ」とも。水が激しくわきあがる、さかまく瀬の意。「はやき心」は激しくはやる心。たぎつ瀬の早き、はやき心とかかる(大系古今二三二頁、大辞典六—一四一五頁)。

たきの

「おと」にかかる。〔例〕⦿吉野河　水のこころは　はやくとも　瀧のおとには　たてじとぞおもふ(古今六五一)〔注〕「たきのおと」とつづき「おと」と同音を含む「おと(うわさ)」にかかる(大系古今二三一頁)。

たきのうへの

「みふねのやま」にかかる。〔例〕「瀧上之」→「三船山」(万葉二四二)「瀧上之」→「御舟乃山」(万葉九〇七)⦿瀧の上の　三船の山に　居る雲の　常にあらむと　我が思はなくに(万葉二四二)〔注〕この瀧は吉野町宮瀧付近の瀧か。宮瀧にかかる橋の上流右手の山が三船山。但し枕詞とするは非か(大系万葉一—一四七頁、中島一八三頁、全注三—三四頁)。

たきのみず→たきのみづ

たきのみづ

「すむ」にかかる。〔例〕⦿たきのみづ　帰りて住まば　稲成山　なぬか上れる　しるしと思はむ(拾遺一二六八)〔注〕瀧は、急湍、早瀬、水のたぎち流れる所をいう。奔流の勢をなして落ち、且つ、わきあがりつつ流れるのに濁ることのなく澄みとおっているところから「澄む」と同音を含む「住む」にかかる(福井三八八頁、中島一八三頁)。

たくづぬの→たくづのの

たくづのの

「しろ・しらき・しらひげ」にかかる。〔例〕「多久豆怒能」→「斯路岐」（記三）「栲角乃」→「新羅」（万葉四六〇）「多久頭怒能」→「之良比氣」（万葉四四〇八）⦿八千矛の神の命――栲綱（たくづの）の　白き腕（ただむき）沫雪の　若やる胸を――（記三）⦿栲繩（たくづの）の　新羅（しらき）の國ゆ　人言を　よしと聞して――（万葉四六〇）⦿大君の　任（まけ）のまにまに　島守に　わが立ち来れば――栲綱の　白鬚（しらひげ）の上ゆ　涙垂り――（万葉四四〇八）〔注〕栲綱は楮などの纖維で作った綱。その色が白いところから「白」にかかり、また「白」と同音を含む「白き腕（たゞむき）」国名「新羅（しらぎ）」「白鬚（しらひげ）」などにかかる（大辞典六―一四二五頁、事典四五一頁、福井三八九頁、全注三―四二六頁）。

たくなはの

「ながき・ちひろ」にかかる。〔例〕「栲紲之」→「長」（万葉二一七）「栲繩之」→「永」（万葉七〇四）「栲繩能」→「千尋」（万葉九〇二）⦿秋山の　したへる妹　なよ竹の　とをよる子らは　いかさまに　思ひをれか　栲繩の　長き命を　露こそは――（万葉二一七）⦿水沫なす　微き命も　栲繩の　千尋にもがと　願ひ暮しつ（万葉九〇二）〔注〕「たくなは」後世は「たぐなは」とも。楮（こうぞ）などの皮でより合せた縄。海女（あま）が海中にはいる際の命綱などとして用いた。栲繩は長いので、長いものに比喩的に「長き命・長き心・千尋」などにかかる。尋（ひろ）は長さの単位で約六尺（大辞典六―一四二六頁、事典四五一頁、全注二―四三三頁）。

たくなわの→たくなはの

たくひれの

「かく・しらはま・さぎさかやま」にかかる。〔例〕「栲領巾乃」→「懸」（万葉二八五）「栲領巾乃」→「白濱」（万葉二八二二）「栲領巾之」→「白濱」（万葉二八二三）「細比礼乃」→「鷺坂山」（万葉一六九四）⦿栲領巾の　懸けまく欲しき　妹が名を　この勢の山に　懸けばいかにあらむ（万葉二八五）⦿細領巾の　鷺坂山の　白つつじ　われににほはね　妹に示さむ（万葉一六九四）⦿栲領巾の　白濱波の　寄りも肯（あ）へず　荒ぶる妹に　戀ひつつそ居る（万葉二八二二）〔注〕栲領巾は楮（こうぞ）などの纖維で織った領巾。女子の服飾の一つ。首から肩へ左右に懸け垂らすので「懸く」にかかり、その色の白いところから「白」と同音を含む地名「白浜」に、さらに羽の白い鳥、鷺（さぎ）と同音を含む地名「鷺坂山」にかかる。また鷺の頭に細長い毛が立ちあがっていて領巾をかけたように見えるからだともいう。「細比礼」を「ほそひれ」と訓む説もある。鷺坂山

は京都府城陽市久世(大辞典六―一四二六頁、福井三九〇頁、全注三―一一三頁)。

たくぶすま

「しらやま・しらき」にかかる。〔例〕「多久夫須麻」↓「之良夜麻」(万葉三五〇九)「多久夫須麻」↓「新羅」(万葉三五八七)⊙栲衾　白山風の　寝なへとも　子ろが襲着(おそき)の　有ろこそ良(え)しも(万葉三五〇九)⊙栲衾　新羅へいます　君が目を　今日か明日かと　齋(いは)ひて待たむ(万葉三五八七)〔注〕栲衾は楮などの繊維で作った寝具。その色の白いところから「白」にかかり、その「白」と同音を含む「白山・新羅」にかかる(大辞典六―一四二七頁、事典四五一頁、福井三九一頁、全注十四―三一一頁)。

たけかはの

「よよ」にかかる。〔例〕⊙神代より　色もかはらぬ　竹川の　世々をば君と　數へ渡らむ(源順集一九〇七二)〔注〕竹の節の間を「よ」というので「よ」に同音の「世々」にかかる(福井三九一頁、中島一八四頁)。

たけかわの↓たけかはの

たけのこの

「ふししげき」にかかる。〔例〕⊙今更に　なにおひいづらん　竹のこの　うきふししげき　よとはしらずや(古今九五七)〔注〕竹の節(ふし)を「よ」というので、この世はつらいことが多々ある意の「(憂き)ふししげき」にかかる。竹の子は幼い子の比喩で、「世」に「竹の子」の縁語の「節(よ)」をかけるとも(大系古今二九五頁、中島一八五頁、旺文社文庫古今集三二二頁)。

たずがなき↓たづがなき

たずがなく↓たづがなく

たたなづく

「あをかき・にきはだ」にかかる。〔例〕「多々那豆久」↓「阿袁加岐」(記三〇)「多多儺豆久」↓「阿烏伽枳」(紀二二)「疊付」↓「青垣」(万葉三八)「立名附」↓「青垣」(万葉九二三・三一八七)「多田名附」↓「柔膚」(万葉一九四)⊙大和は　國の眞秀(まほ)ろば　疊(たた)なづく　青垣山籠(やまごも)れる　大和しうるはし(記三〇)⊙飛鳥の明日香の河の――たたなづく　柔膚(にきはだ)すらを――(万葉一九四)〔注〕「たたなづく」は「たたはりつく」の義。幾重にも重なり合っている意。山の重畳としていることの形容。青い垣のように幾重にも重なっている意で「青垣・青垣山」にかかり、また人の柔らかな肌は山のうねうねしたさまに似ているので「にきはだ」にかかる。但し枕詞と見ない説もある(大辞典七―五二頁、福井三九二頁、全注二―三二八頁)。

たたなはる

「あをかき」にかかる。――但し「疊付」の「付」が本により「有」となっていることから、「疊有」(たたなはる)と訓んだもの。「たたなづく」の項を参照。

たたなめて

「いづみのかは・いなさのやま」にかかる。〔例〕「多多那米弖」→「伊那佐能夜麻」(記一四)「哆哆奈梅弖」→「伊那瑳能椰摩」(紀一二)「楯並而」→「伊豆美乃河波」(万葉三九〇八)⊙楯並(たたな)めて　伊那佐(いなさ)の山の　木の間よも　い行き　目守らひ　戦へば　我はや飢ぬ――(記一四)⊙楯並めて　泉の川の水脈絶えず　仕へまつらむ　大宮處(万葉三九〇八)〔注〕「たた」は「たて」の転という。「なめて」は「並べて」の意。楯を並べて弓を射る意で「射(い)」と同音を含む「泉の川」「いなさの山」にかかる。泉川は木津川、伊那佐の山は大和国宇陀郡にある(大系古代歌謡四八頁、大辞典七―五二頁、福井三九四頁、全注十七―四三頁)。

たたみけめ

「むらじ」にかかる。〔例〕「多々美氣米」→「牟良自」(万葉四三三八)⊙疊薦(たたみけめ)　牟良自(むらじ)が磯の　離磯(はなりそ)の　母を離れて　行くが悲しき(万葉四三三八)〔注〕「たたみけめ」は古代東國なまりで「たたみこも」のこと。かかり方に諸説あり不詳。績(う)む→牟とも、薦が群がり生える→牟良とも、畳の数詞「一むら」→牟良とも(大系万葉四―四一六頁、事典四五一頁)。「たたみこも」の項を参照。

たたみこも

「へだつ・かさね・へぐり」にかかる。〔例〕「多多美許母」→「幣具理」(記三一・九一)「多多瀰許莽」→「幣遇利」(紀二三)「疊薦」→「隔」(万葉二七七七)「疊薦」→「重」(万葉二九九五)⊙命の　全(また)けむ人は　疊薦(たたみこも)　平群の山の――(記三一)⊙疊薦　へだて編む數　通はさば　道のしば草　生ひざらましを(万葉二七七七)⊙逢ふよしの　出で來るまでは　疊薦　重ね編む　數夢(いめ)にし見えむ(万葉二九九五)〔注〕こもでつくった敷物、または敷物にするこもの意。こもを幾重にも重ねる意から「重(へ)」と同音を含む地名「平群(へぐり)」や「隔つ」にかかる。またこもを編むときは、こも槌に糸を巻いて、交互に動かして一筋ずつへだてて編むところから「へだて編む」にかかるという(大辞典七―五五頁、事典四五二頁、福井三九五頁)。

たちこもの

「たちのさわぎ」にかかる。〔例〕「多知許毛乃」→「多知乃佐和伎」(万葉四三五四)⦿たちこもの　發(た)ちの騒(さわ)きに　あひ見てし　妹が心は　忘れ爲(せ)ぬかも(万葉四三五四)〔注〕「たちこも」は立ち鴨の意か、立薦(タツゴモ)の意か。「発つ鴨」の古代東國方言形で、鴨の群がいっせいに飛び立つときの騒がしさを、旅立ちの騒ぎに比し「発ちの騒ぎ」にかける。なお、「たちこも」は「防壁(タツコモ)―こもを編んで立て風よけにするもの」のことで、同音反覆の関係でかかるとする説もある(大系万葉四―四二一頁、大辞典七―六八頁、福井三九六頁)。

たちそばの

「みのなけく」にかかる。〔例〕「多知曾婆能」→「微能那祁久」(記九)「多智曾麽能」→「未廼那鶏句」(紀七)⦿宇陀の　高城に　鴫羂張(しぎわなは)る――前妻(こなみ)が肴(な)乞(こ)はさば　立柧棱(たちそば)の實の無けくを扱(こ)きしひゑね――(記九)〔注〕「立ち」は植わっている意。ソバは「倭名抄」に「柧棱 曽波乃岐」とある。実が小さく少いので「実の無けく」にかかる(大系古代歌謡四五頁、大辞典七―七一頁)。

たちのしり

「たまき」にかかる。〔例〕「釼後」→「玉纒」(万葉二二四五)⦿劒(たち)の後(しり)　玉纒(たまき)田井に　何時までか　妹を相見ず　家戀ひ居らむ(万葉二二四五)〔注〕太刀の鞘の先に飾り玉をつけるところから、地名「たまき」にかかる。但し所在不明である(大辞典七―七三頁)。

たちはきの

「たふしのさき」にかかる。〔注〕『万葉集』(四一番)に「釼著(くしろつく)手節」とある古訓を誤ったもの。「くしろつく」の項を参照。

たちばなの

「たつ・みをり・こば」にかかる。〔例〕「多知婆奈乃」→「古婆」(万葉三四九六)「多知波奈能」→「美袁利」(万葉四三四一)⦿橘の　古婆(こば)の放髪(はなり)が　思ふなむ　心愛(うつく)しいで　吾は行かな(万葉三四九六)⦿橘の　美袁利(みをり)の里に　父を置きて　道の長道(ながて)は　行きかてぬかも(万葉四三四一)⦿心には　ちかき守りの　たちばなの　立ち馴れし世ぞ　とほざかりゆく(新拾遺二四九)〔注〕「橘の」同音を重ねて「たつ」と続き、「立ち(馴れし世)」にかかり、

「橘の実」と続き「み(実)」と同音を含む地名「美袁利(みをり)」にかかる。地名橘は武蔵国橘樹郡(川崎市)の地域(大系万葉四―四一七頁・四四〇頁、福井三九八頁、中島一八七頁、全注十四―二九三頁)。

たちばなを

「もりべ」にかかる。〔例〕「橘乎」→「守部」(万葉二二五一)⦿橘を　守部の里の　門田早稲　刈る時過ぎぬ　來(て)じとすらしも(万葉二二五一)〔注〕橘が珍重されたのでその木を守るものの意で「守(も)る」と同音を含む地名「守部(の里)」にかかる。守部の里について、地名としては、奈良県天理市守目堂・高市郡明日香村橘などの説がある。また守部という地名は現在、兵庫県尼崎市、福岡県三井郡大刀洗町などにある(大系万葉三―一三二頁、福井三九八)。

たちまいとの

「よれども」にかかる。〔例〕⦿但馬糸の　よれ共逢はぬ　思をば　何のたたりに　附けて祓へむ(古今六帖三四三八〇)〔法〕但馬糸は但馬國から産する生絲(福井四〇〇頁、中島一八八頁)。

たちわかれ

「いなばのやま」にかかる。〔例〕⦿立ちわかれ　いなばの山の　峯におふる　松としきかば　今かへりこむ(古今三六五)〔注〕「立別」―別れ去(い)ぬるの意で「い」と同音を含む地名「因幡の山」にかかる。但し枕詞とするは非か(大系古今一七四頁)。

たづがなき

「あしべ」にかかる。〔例〕「多都我奈伎」→「安之敝」(万葉三六二六)⦿鶴(たづ)が鳴き　葦邊をさして　飛び渡る　あなたづたづし　獨りさ寝(ぬ)れば(万葉三六二六)〔注〕但し枕詞とするは非か(福井四〇一頁)。

たづがなく

「なごえ・あしべ」にかかる。〔例〕「多豆我奈久」→「奈呉江」(万葉四一一六)「多頭我奈久」→「安之弊」(万葉四四〇〇)⦿大君の　任(まき)のまにまに――鶴(たづ)が鮮く　奈呉江(なごえ)の菅の――(万葉四一一六)⦿家おもふと　寝(い)を寝ず居れば　鶴が鳴く　蘆邊も見えず　春の霞に(万葉四四〇〇)〔注〕但し枕詞とするは非か(山口四四一頁)。

たつきりの

「おもひすぐ・いちしろけむ」にかかる。〔例〕「立霧乃」→「念應過」(万葉三二二五)「多都奇利能」→「於毛比須疑」(万葉四〇〇〇)「多都奇理能」→「於毛比須具」(万葉四

○○三)「立霧之」→「市白兼」(万葉二六八〇)⊙明日香河　川淀さらず　立つ霧の　思ひ過ぐべき　戀にあらなくに(万葉三二五)⊙川千鳥　住む沢の上に　立つ霧の　いちしろけむな　相言ひ始めてば(万葉二六八〇)〔注〕立つ霧の忽ち消える如く我が思いの消えゆくで、「思ひ過ぐ」にかかり、立つ霧のありありと見える意で「著し」と「いちしろけむ」にかかる。但し枕詞と見ない説もある(大系万葉三—二二一頁、福井四〇一頁、全注三—一八六頁、十七—二四一頁)。

たつたがは

「たつ」にかかる。〔例〕⊙立田川　立ちなば君が　名を惜しみ　岩瀬の森の　いはじとぞ思ふ(後撰一〇三四)〔注〕「立田川」頭音を反覆して、浮名の立つの意「立つ」にかかる(福井四〇一頁)。

たつたがわ→たつたがは

たつたやま

「たち」にかかる。〔例〕「龍田山」→「立」(万葉二二九四)⊙秋されば　雁飛び越ゆる　龍田山　立ちても居ても君をしぞ思ふ(万葉二二九四)〔注〕枕詞と見ない説もある(福井四〇一頁、中島一八八頁)。

たつとりの

「め」にかかる。〔例〕「多都登利能」→「目」(万葉三三九六)⊙小筑波(をつくば)の　繁き木の間よ　立つ鳥の　目ゆか汝(な)を見む　さ寝ざらなくに(万葉三三九六)〔注〕飛び立つ鳥の群(むれ)の、その「群(むれ)」の約「め」と続き「め」と同音を含む「目(ゆき汝を見む)」にかかる。「目ゆ」とは、「目より」とか「目のみ」とかいう意。但し枕詞とするは非か(福井四〇二頁、中島一八九頁)。

たづなのはまの

「たづね」にかかる。〔例〕「手綱乃濱能」→「尋」(万葉一七四六)⊙遠妻し　高にありせば　知らずとも　手綱の濱の　尋ね來なまし(万葉一七四六)〔注〕「たづなのはまの」頭音反覆で「たづね(尋)」にかかる。手綱の浜は常陸國多賀郡の海岸。日立市に下手綱の地名がある(大系万葉二—三八八頁、大辞典七—九六頁)。

たつなみの

「しくしく・おと・よす・ひく」にかかる。〔例〕「立浪之」→「數」(万葉三〇二六)⊙君は來ず　われは故無く　立つ波の　しくしくわびし　斯くて來じとや(万葉三〇二六)⊙「蘆分くる　程にきにけり　たつ波の　音に聞きてし　こや難波潟(和泉式部集)⊙たつ浪の　ひく島に住む海人(あま)だにも　まだたひらかに　有けるものを(散木奇歌集)⊙秋も猶　天の河原に　たつ浪の　夜ぞ短かき　星あひの空(続後撰二四九)〔注〕「立つ波の」ようにあとから〳〵打ち寄せるようにの意で、あとから、やるせないわびしい氣持に襲われる意に比し、しきりにの意の「しくしく」にかかる。「立つ波の」音の意で「音」と同音の「うわさ」の意の「音(おと)」に、また押し寄せた波が引いていく意で、同音を含む「引く」を介して地名「ひく島」にかかる。波が押し寄せる意から「寄す」の「よ」と同音の「夜(よる)」にかかる(大系万葉三―二九二頁、大辞典七―九六頁)。

たてども

「おきな」にかかる。〔例〕「雖立」→「置勿」(万葉三八八六)⊙おし照るや　難波の小江に――今日今日と　飛鳥に到り　立てども　置勿(おきな)に到り――(万葉三八八六)〔注〕「立てども置勿」立っているが、横に置くという言葉の上の洒落。「置勿」にどのような地名がかけられているかは未詳。「雖立」を「たたねども」と訓む例もあるが採らない(大系万葉四―一六五頁、横山一一九頁)。

たとつくの

「のがなへ」にかかる。〔例〕「多刀都久能」→「努賀奈敝」(万葉三四七六)⊙諾(うべ)兒なは　吾に恋ふなも　立(た)と月(つく)の　流(のが)なへ行けば　恋しかるなも(万葉三四七六)〔注〕「たとつくの」は古代東国方言で「立つ月の」の訛。「のがなへ」は「流らへ」の訛で、どんどん流れる意。「のがなへ」を「ぬがなへ」と訓む例もあるが採らない(福井四〇二頁、全注十四―二六〇頁)。

たはみづら

「ひかばぬるぬる」にかかる。〔例〕「多波美豆良」→「比可婆奴流奴留」(万葉三五〇一)⊙安波(あは)峯(を)ろの峯(を)ろ田に生(お)はる　多波美蔓(たはみづら)　引かばぬるぬる　吾(あ)を言(こと)な絶え(万葉三五〇一)〔注〕たはみづら(田食葛・多波美蔓)は、池沼や水の浅い田に自生するヒルムシロであろう。地中に根を張り、茎は水中にあり、人が引くとするすると我が方へ寄ってくるので、そのように誘えば寄ってくる。「ぬる」は「寝る」の意が込められている(福井四〇二頁、全注十四―三〇〇頁)。

たびごろも

「たつ」にかかる。〔例〕⊙きならせと　おもひし物を　旅衣　立つ日をしらず　なりにけるかな(新古今八六三)〔注〕衣を裁つの意で「裁つ」と同音を含む旅立つの意の「立つ」にかかる(大系新古今一九三頁、朝日新古今二一〇頁)。

たびびとに

「かすが」にかかる。〔例〕「旅人尓」→「春日」(続日本後紀・巻十九)⊙日本の　大和の國を――旅人に　宿春日なる　山階の――(続日本後紀・巻一九)〔注〕旅人に宿を貸すから「春日」にかかる(福井四〇三頁、中島一九〇頁)。

たまかきの

「うち・みつ」にかかる。〔例〕⊙玉かきの　内つ御國の　朝霞　光へだてぬ　春は來にけり(夫木集一)⊙たまかきの　三津の船戸に　春なれば　ゆきかふ人の　花をたむくる(曽丹集)〔注〕「たま」は美称。古くは「たまかき」と清音。神社・皇居などの周囲にめぐらした斎垣(いがき)・瑞垣(みづがき)のこと。(大辞典七―一七五頁、福井四〇三頁)。

たまかぎる

「ほのか・はろか・ひとめ・ひ・ゆふ・いはかきふち」にかかる。〔例〕「玉限」→「夕」(万葉四五)「玉蜻」→「夕」(万葉一八一六)「玉蜻」→「磐垣淵」(万葉二〇七)「玉限」→「石垣淵」(二五〇九)「玉蜻」→「石垣淵」(万葉二七〇〇)「珠蜻」→「髣髴」(万葉二一〇)「玉蜻蜓」→「髣髴」(万葉一五二六)「玉垣入」→「風所」(万葉二四九四)「玉蜻」→「髣髴」(万葉三〇八五)「玉蜻」→「一目」(万葉二三一一)「玉限」→「日」(万葉三二五〇)「多万可妓留」→「皮呂可」(日本霊異記上・二)⊙やすみしし　わご大君――玉かぎる　夕さりくれば　み雪降る　阿騎の大野に――(万葉四五)⊙うつせみと　思ひし時に――うつせみと　思ひし妹が　玉かぎる　ほのかにだにも　見えぬ思へば(万葉二一〇)⊙天飛ぶや　輕の路は――大船の思ひ憑(たの)みて　玉かぎる　磐垣淵(いはかきふち)の　隠(こも)りのみ――(万葉二〇七)⊙はだ薄(すすき)　穂には咲き出ぬ　戀をわがする　玉かぎる　ただ一目(ひとめ)のみ　見し人ゆゑに(万葉二三一一)⊙蜻蛉島(あきづしま)　日本(やまと)の國は　神からと――玉かぎる　日もかさなり　思へかも――(万葉三二五〇)⊙たまかぎる　はろかに見えて　いにし子ゆゑに(日本霊異記上・二)。〔注〕「たま」は珠玉のこと。「かぎる」は「かぎろひ」「かぎろふ」と同じで、玉のきらきらと光輝くこと。玉の美しく微妙なかゞやきの意から「ほのか」・「はろか」にかかり、「夕」「日」と続けたのは、朝夕の日ざしはことにきらめくものであるから、玉の炫くになぞらえたのであろう。「一目」と続くは明珠の餘光よそながらも「目」につく意で続くか。また、岩に囲まれた透明な淵の水の底で、玉が光るように「ほのか」に輝くものがあるという意から「岩垣淵」にもかかる（大辞典七—一七五頁、福井四〇三頁、中島一九〇頁、山口四四一頁）。

たまかつま

「あふ・しま」にかかる。〔例〕「玉勝間」→「相」（万葉二九一六）「玉勝間」→「安倍」（万葉三一五二）「玉勝間」→「嶋」（万葉三一九三）⦿玉かつま　逢はむといふは　誰なるか　逢へる時さへ　面隠しする（万葉二九一六）⦿玉かつま　安倍島山の　夕露に　旅寝得（え）せめや　長きこの夜を（万葉三一五二）⦿玉かつま　島熊山の　夕暮に　獨か君が　山道（やまぢ）越ゆらむ（万葉三一九三）〔注〕「たま」は美称。「かつま」は竹籠のことで、その蓋（ふた）と身が合わさるところから、「合う」と同音を含む「逢ふ」及び地名「安倍島山」にかかる（大系万葉三—三二四頁、大辞典七—一七六頁、福井四〇四頁、中島一九一頁）。

たまかづら

「み・はな・かげ・おもかげ・ながし・いやとほながく・かく・たゆ・さきく・つらき・くる・はふ・かづらきやま・いぶき」にかかる。〔例〕「玉葛」→「實」（万葉一〇一）「玉葛」→「花」（万葉一〇二）「玉蘰」→「影」（万葉一四九）「玉葛」→「絕」（万葉九二〇・三二〇四・二七七五）「玉葛」→「不絕」（万葉二〇七八）「玉葛」→「無恙」（万葉三二〇四）「多麻可豆良」→「多延武」（万葉三五〇七）「玉蘰」→「不懸」（万葉二九九四）「玉葛」→「令蔓」（万葉三〇六七）「玉葛」→「弥遠長」（万葉四四〇三）⦿玉葛　實（み）ならぬ樹には　ちはやぶる　神ぞ着くとふ　ならぬ　樹ごとに（万葉一〇一）⦿玉葛　花のみ咲きて　成らざるは　誰が恋にあらめ　吾は恋ひ思ふを（万葉一〇二）⦿人はよし　思ひ止むとも　玉鬘　影に見えつつ　忘らえぬかも（万葉一四九）⦿つがの木の　いや継ぎ継ぎに　玉かづら　絕ゆることなく　ありつつも（万葉三二四）⦿——内の重に仕へ奉り　玉葛　いや遠長く　祖の名も——（万葉四四三）⦿玉かづら　懸けぬ時無く　恋ふれども　何しか妹に逢ふ時も無き（万葉二九九四）⦿玉葛　さきく行かさね山菅の　思ひ乱れて　恋ひつつ待たむ（万葉三二〇四）⦿谷狹み　峯辺に延へる　玉葛　延へてしあらば　年に來ずとも（万葉三〇六七）⦿玉かづら　はふ木あまたに　なりぬれば　たえぬ心の　うれしげもなし（古今七〇九）⦿たまかづら　今はたゆとや　吹くかぜの　をとにも人の　きこえざるらん（古今七六二）⦿いかでかく　絶ける中ぞ　玉かつら　長き世をこそ　かけし契に（新千載一四八五）⦿日をへて

も　かげに見ゆるは　玉かづら　つらきながらも　たえぬなりけり(後撰八三四)⊙玉蔓　頼めくる日の　数はあれど絶々にては　かひなかりけり(後撰一〇〇三)⊙玉かづら葛城山の　もみぢ葉は　面影にのみ　見えわたるかは(後撰三九一)⊙玉かづら　伊吹の山の　秋の露　誰がおもかげの　松虫をこへ(建保百首)⊙人はいさ　思ひやすらん玉かづら　面影にのみ　いとど見えつつ(伊勢物語二一)⊙我ばかり　思ふもくるし　玉かつら　かけても人は　知らじものゆ(続千載一〇五八)〔注〕「たま」は美称。「かづら」はつる性の植物の総称。「ヒカゲノカズラ、ヘクソカズラ、ビナンカズラ」などが挙げられているが確証はない。葛のつるの長く延び広がる意で「長く・いや遠長く・延(は)ふ」にかかり、蔓を手繰る意から「くる」に、葛をもって物を束ね結(ゆ)うので、「ゆふ」の類音「伊吹」に、かづらの花・実の意で「花・実」に、一説に「花のみ咲く」「実ならぬ」にかかるともいう。また、蔓の引かれて切れることのあることから、「絶ゆ・絶えず」に、蔓の細長く延びているものの意から「筋(すぢ)」にかかる。「ひかげのかずら」を「かずら」とも「かげ」ともいうところから「かげ」と同音又は同音を含む「影」「面影」に、また髪飾としての意で用いられ、これを頭にかけるところから「懸(か)く」に、かづらは「つる」ともいうので「つる」と同音を含む「つらき」に、つるが長く延びて行く意で「行く」にかかる。「幸(さき)く」へのかかり方未詳。「かづら」は呪物としても用いられるところから「栄える」の意でかかるとする説もある。但し枕詞と見ない説もある(大辞典七—一七六頁、福井四〇五頁、中島一九一頁、山口四四二頁、全注二—四四頁)。

たまぎぬの

「さゐさゐ」にかかる。〔例〕「珠衣乃」→「狭藍左謂」(万葉五〇三)⊙珠衣の　さゐさゐしづみ　家の妹に　もの言はず來て　思ひかねつも(万葉五〇三)〔注〕「たまぎぬ」は美しい衣。衣ずれの音「さやさや」の意。「さゐ」は「さやゐ」の約(大辞典七—一七七頁、福井四〇八頁、全注四—五一頁)。

たまきはる

「うち・いのち・こころ・いそ・いくよ・わ・むかし」にかかる。〔例〕「多麻岐波流」→「宇知」(記七一)「多摩岐波屢」→「于池」(紀二八)「多莽耆破屢」→「宇知」(紀六二)「玉尅春」→「内」(万葉四)「靈剋」→「内」(万葉八九七)「靈剋」→「命」(万葉六七八・一七六九)「多摩枳波流」→「伊能知」(万葉八〇四)「靈剋」→「伊乃知」（万葉九〇四）「靈剋」→「命」（万葉九七五）「靈剋」→「壽」（万葉一〇四三）「玉切」→「命」（万葉一四五五・二五三一）「多麻吉波流」→「伊能知」（万葉三七四四）「多麻伎波流」→「伊乃知」（万葉三九六二）「多麻伎波流」→「伊能知」（万葉三九六九・四四〇八）「多末伎波流」→「伊久代」（万葉四〇〇三）「玉剋」→「壽」（万葉四二一一）「玉切」→「命」（万葉二三七四）「靈寸春」→「吾」（万葉一九一二）⊙たまきはる　内の朝臣　汝こそは　世の長人　そらみつ　大和の國に　雁卵産（かりこむ）と聞くや（記七一）⊙たまきはる　宇智（うち）の大野に　馬並めて　朝踏ますらむ　その草深野（万葉四）⊙直に逢ひて　見てばのみこそ　たまきはる　命に向ふ　幾代経にけむ

立ちて居て（万葉四〇〇三）⊙恋しとも　言はでぞ思ふ　たまきはる　立ち帰るべき　昔ならねば（新勅撰一一三二）⊙たまきはる　我身しぐれと　ふりゆけば　いとど月日も　惜しき秋哉（拾遺愚草・下）⊙たまきはる　心も知らず　別ぬる人を　待べき身こそ　老ぬれ（新後拾遺八五七）〔注〕「宇智」にかかるのは、記紀の歌謡に「内」（宮廷の意）にかかる例あり、同音の関係でかかるか。また宇智は玉作りの本居地なので玉を切る宇智と続くか、ほかに手纏を佩くウデ（うち）と続くとする説もある。「幾代・命」へのかかり方は、「皇太神宮儀式帳」に「磯」にかかる例もあるので「磯」の「イ」と同音を含む「幾代・命」にかかるかという。また「命」へは「魂極」（タマキハル）すなわち、命のながらうる限りの意でかかり、「幾代」にも冠するようになったかとする説あり。「吾（わ）」にかかるのは、「キハル」は刻むの意で、玉の輪（わ）「釧」を刻む意でかかるという。宇智の大野は奈良県宇智郡の北宇智村から五条市にかけての吉野川右岸の地（大系万葉三―七二頁、大辞典七―一七八頁、事典四五三頁、全注一―三六頁）。

たまきわる→たまきはる

たまくしげ

「あく・ふた・ふたかみ・み・みむろ・うらみ・はこ・おほふ・かけご・かがみ・かがやく・をく・あさし・あしき・ふかし」にかかる。〔例〕「玉遈」→「覆」（万葉九三）「玉遈」→「將見圓」（万葉九四）「玉匣」→「三室戸」（万葉九四或本の歌）「玉匣」→「開」（万葉五九一・一六九三・二六七八）「玉櫛上」→「二上」（万葉一〇九八）「珠匣」→「奥」（万葉三七六）「珠匣」→「見諸戸」（万葉一二四〇）「珠匣」→「葦木」（万葉一五三一）「玉匣」→「將開」（万葉二八八四）「多麻久之氣」→「安氣」（万葉三七二六）「多末久之氣」→「敷多我美」(万葉三九五五)「多麻久之氣」→「布多我美」(万葉三九八五)「多麻久之氣」→「敷多我美」(万葉三九八七)「多麻久之氣」→「布多我旀」(万葉三九九一)「多麻久之氣」→「安氣牟」(万葉四〇三八)⦿玉匣　明けまく惜しき　あたら夜を　袖離れて　独りかも寝む(万葉一六九三)⦿愛(は)しきやし　吹かぬ風ゆゑ　玉匣　開(あ)けてさ寝にし　われそ悔しき(万葉二六七八)⦿玉くしげ　覆ふを安み　開けて行かば　君が名はあれど　わが名惜しも(万葉九三)⦿紀道にこそ　妹山ありといへ　玉櫛笥　二上山も　妹こそありけれ(万葉一〇九八)⦿玉くしげ　みむろの山の　さなかづら　さ寝ずはついに　ありかつましじ(万葉九四)⦿珠匣　蘆城の川を　今日見ては　萬代までに　忘らえめやも(万葉一五三一)⦿あきづ羽の　袖振る妹を　玉くしげ　奥に思ふを　見たまへわが君(万葉三七六)⦿夕づくよ　おぼつかなきを　たまくしげ　ふたみの浦は　あけてこそ見め(古今四一七)⦿玉くしげ　箱根の山の明け方に　友呼びかはす　岩のかげ道(夫木二一)⦿玉匣　かけごに塵も　すゑざりし　二親ながら　なき身とを知れ(金葉六五〇)⦿玉くしげ　鏡の山に　降る雪は　誰年つもる　影をとめけむ(夫木二〇)⦿みるからに　落つる涙の　玉匣　身につたふべき　形見なりけり(玉葉二二一六八)〔注〕「たま」は美称。「くしげ」は櫛笥で化粧道具を入れる箱。櫛笥を「開く」、その蓋(ふた)、同音の「二上山・二見浦」など地名にかかり、櫛笥の身(み)から「身・三」に、形状から「箱」に、櫛笥に縁のあるものとして「掛子・鏡」にかかるという。但し、「身」—「三」の関係については、身(ミ)は乙類音、三(ミ)は甲類音で仮名違いである(大辞典七—一七八頁、事典四五三頁、福井四一二頁、山口四四三頁、全注二一—三三一頁)。

たまくしろ

「てにとりもつ・まく」にかかる。〔例〕「玉釧」→「手介取持」(万葉一七九二)「玉釵」→「巻」(万葉二八六五・三一四八)⦿白玉の　人のその名を　なかなかに——玉釧(たまくしろ)　手に取り持ちて——(万葉一七九二)⦿玉くしろ　纏(ま)き寝る妹も　あらばこそ　夜の長きも　嬉しかるべき(万葉二八六五)〔注〕「たま」は美称。「釧」は貝・石・玉・金属で飾った腕輪。縄文時代から使われていたもの。人物埴輪の着装例から見て、玉類を連綴し、手首や足首に一重又は二重に巻いたもの。くしろを手に取り持つ、また腕にまく意で「手に取り持つ・巻く」にかかる(大辞典七—一七九頁、福井四一五頁)。

たまくせ→たまくせの

たまくせの
「きよきかはら」にかかる。〔例〕「玉久世」→「清川原」(万葉二四〇三)⦿玉久世の　清き河原に　身祓(みそぎ)して　齋ふ命は　妹が爲こそ(万葉二四〇三)〔注〕「たま」は美称。「くせ」は、地名山城国久世とする説と、「曲瀬」で河原の古語とする説がある。『新撰字鏡』に「加波良久世、又和太利世、又加太」とある。なお「たまくせ」の四字を枕詞とする説もある(大系万葉三―一六九頁、大辞典三―一一三六頁、福井四一五頁、中島一九四頁)。

たましきの
「みやこ・には・ひかり・つゆ」にかかる。〔例〕⦿玉しきの　にはの呉竹　いく千代も　かはらぬ春の　鶯のこゑ(続千載二一二〇)⦿行く川のながれは――玉しきの　都の中に　ある人と　住家とまたかくの如し――(方丈記)⦿天の原　月の都も　玉敷の　ひかりにみがく　秋かぜぞ吹く(新後拾遺三六一)⦿玉敷の　露のうてなも　時に逢ひて　千代の始の　秋は來にけり(新続古今三五四)〔注〕玉を敷きつめたごとくに美しいということから「都・庭」に冠し、また玉の光りかがやくことから「ひかり」に、玉の如く美しく輝くことより「露」にかかる(中島一九五頁)。

たまずさの→たまづさの

たまだすき
「かく・うねび・くも」にかかる。〔例〕「珠手次」→「懸」(万葉五・三六六・一七九二・三三二四・二例)「玉手次」→「懸」(万葉一九九・一四五三・二二三六・二八九八・二九九二・三三八六)「玉手次」→「畝火」(万葉二九・二〇七)「玉田次」→「畝火」(万葉五四三)「玉手次」→「雲飛」(万葉一三三五)⦿霞立つ　長き春日の　暮れにける――玉襷(たまたすき)　懸(か)けのよろしく　遠つ神わご大君の――(万葉五)⦿玉襷　畝火の山の　橿原の――(万葉二九)⦿尋ねきて　今ぞしめ結ふ　玉たすき　雲ゐる山の　初さくら花(夫木四)〔注〕美しい襷を「懸」ける、たすきを項(うなじ)にかけることから類音の畝火(うねび)にかかる。「雲」にかけるのは『万葉集』(一三三五番)の雲飛山(うねびのやま)を誤読したものかという(大辞典七―一八五頁、事典四五四頁、福井四一六頁)。

たまだれの
「を・をち・をす・こす・みす・みず・あみめ・すける・をがめ・たれ」にかかる。〔例〕「玉垂乃」→「越」(万葉一九四)「玉垂之」→「越」(万葉一九五)「玉垂之」→「小簾」(万葉一〇七三)「玉垂之」→「小簀」(万葉二五五六)「玉垂」→「小簾」(万葉二三六四)「太万多礼乃」→

「乎加女」（古代歌謡風俗歌三）〔例〕⦿玉垂（たまだ）れの小瓶（をがめ）を中に据ゑて　主（あるじ）はも――（古代風俗歌三）⦿飛鳥（とぶとり）の　明日香の河の――玉垂の越智（をち）の大野の　朝露に――（万葉一九四）⦿玉垂の小簾（をす）の間通し　ひとり居て――（万葉一〇七三）⦿たまだれの　こがめやいづら　こよろぎの　磯のなみわけおきにいでにけり（古今八七四）⦿君により　我身ぞつらき　玉だれの　見ずは恋しと　思はましやは（後撰五六八）⦿たまだれの　好（す）ける心と　見てしより　つらしてふ事　かけぬ日はなし（拾遺六六四）⦿内外なく　なれもしなまし　たまだれの　誰（たれ）年月を　隔てそめけむ（拾遺八九八）⦿たまだれの　あみめのまより　吹く風の　寒くばそへて　いれむ思ひを（後撰一六）〔注〕古くは「たまたれ」と清音。美しいすだれで、玉を緒で貫くことから、緒（を）→越智・遠（をち）・小簾（をす）・小瓶（をがめ）にかかり、小瓶を「こがめ・さがめ」と訓み、同じくかかる。簾の編目の透いているところから「好（す）ける」にもかかる（大系古今二七八、大辞典七―一八五頁、事典四五四頁、福井四一八頁、中島一九五頁、全注二―三三〇頁、七―二八頁）。

たまちはふ

「かみ」にかかる。〔例〕「靈治波布」→「神」（万葉二六六一）⦿靈（たま）ぢはふ　神もわれをば　打棄（うつ）てこそ　しゑや命の　惜しけくも無し（万葉二六六一）〔注〕タマは霊。チは霊力。ハフは行為を表現する、動詞化する語尾。霊力をふるって加護する意で、「魂幸はふ」の約。神の人に幸し給ふ意で「神」にかかる。平安時代には、『名義抄』によると、朋・援・護・擠・薛に「チハフ」の訓がある。擠は「塀擠」とあり、おおいかくす意。薛は僻に通じ片寄る意。『新撰字鏡』に「影護 知波不」とあり、チハフは、たすける・まもる意。また『名義抄』に「朋・儻カタチハフ」とあり、一方的に助ける、えこひいきする意を表わす（大系万葉三―二二八頁、大辞典七―一八三頁）。

たまづさの

「つかひ・いも・ひと・こと・かよふ・きみのつかひ」にかかる。〔例〕「玉梓之」→「使」（万葉二〇七・二〇九・六一九・二五八六・三一〇三・三二五八・三三四四）「玉梓乃」→「使」（万葉三八一一）「玉梓」→「公之使」（万葉二一一一）「玉梓之」→「君之使」（万葉二五四八・二九四五）「多麻豆左能」→「使」（万葉三九五七）「多麻豆佐能」→「都可比」（万葉三九七三）「玉梓能」→「妹」（万葉一四一五）「玉梓之」→「妹」（万葉一四一六）「玉梓乃」

↓「人」(万葉四二〇)「玉梓乃」↓「事」(万葉四四五)⊙天飛ぶや　軽の路は——黄葉の　過ぎて去にきと　玉梓の使は言へば——(万葉二〇七)⊙なゆ竹の　とをよる皇子——神さびに　斎きいますと　玉梓の　人そ言ひつる　逆言か——(万葉四二〇)⊙玉梓の　妹は珠かも　あしひきの清き山辺に　蒔けば散りぬる(万葉一四一五)⊙玉づさの通ふばかりに　なぐさめて　後のよまでの　恨みのこすな(新古今一一〇三)〔注〕「たま」は美称。使者は手紙を梓の木などに結びつけて通ったので「たまづさ(玉梓)」という。梓の木は呪物とされ、巫女は梓弓を使う。また梓巫女という名もある。「妹」へのかかり方については、使者は玉梓を持って二人の間を通ったのでかかるとする説、手紙を持った使をよこす妹の意とする説がある(大系万葉三—三五四頁、大辞典七—一八四頁、事典四五四頁、福井四二〇頁、中島一九六頁、山口四四四頁、全注二—三八九頁)。

たまのおの↓たまのをの

たまのをの

「ながし・みじかし・いのち・いまはのきは・うつしこころ・をし・たゆ・みだる・つぐ・くくりよす・よる・まもをかず」にかかる。〔例〕「玉緒」↓「長」(万葉一九三六)「玉緒之」↓「長」(万葉三〇八三)「玉緒乃」↓「長」(万葉三三三四)「玉緒之」↓「寫意」(万葉二七九二)「玉緒乃」↓「徙心」(万葉三二一一)「珠緒之」↓「惜」(万葉四二一四)「玉緒」↓「念妄」(万葉一二八〇)「玉緒之」↓「念乱」(万葉三三六五)「玉緒乃」↓「不絶」(万葉四八一一)「玉緒之」↓「絶有」(万葉三三六六)「玉緒之」↓「不絶」(万葉二七八七)「玉緒乃」↓「絶天」(万葉二七八八)「玉緒之」↓「絶而」(万葉二七八九・二八二六・三〇八三)「玉緒之」↓「久栗縁乍」(万葉二七九〇)「玉緒之」↓「間毛不置」(万葉二七九三)「玉緒之」↓「継而」(万葉三二五五)⊙相思はず　あるらむ兒ゆゑ　玉の緒の　長き春日を　思ひ暮(くら)さく(万葉一九三六)⊙白栲(しろたへ)の　袖さし交(か)へて——玉の緒の　絶えじい妹と　結びてし——(万葉四八一)⊙うち日さす　宮地を行くに　わが裳は破(や)れぬ　玉の緒の　思ひ乱れて　家にあらましを(万葉一二八〇)⊙玉の緒の　うつし心や　年月の行き易(かは)るまで　妹に逢はざらむ(万葉二七九二)⊙玉の緒の　くくり寄せつつ　末終(つい)に　ゆきは分れず同じ緒にあらむ(万葉二七九〇)⊙玉の緒の　間(あひだ)も置かず　見まく欲(ほ)り　わが思ふ妹は　家遠くして(万葉二七九三)⊙古(いにしへ)ゆ　言ひ繼ぎ來らく　恋す

れば　安からぬものと　玉の緒の　繼ぎてはいへど　少女らが——(万葉三二五五)⦿天地の　初の時ゆ——珠の緒の　惜しき盛りに——(万葉四二一四)⦿したにのみ　こふればくるし　たまのをの　たえてみだれん　人なとがめそ(古今六六七)⦿ちはやぶる　神のみよより　くれたけの　世々にもたえず——たまのをの　みじかきこゝろ　おもひあへず——(古今一〇〇二)⦿玉のをの　ながきためしに　引く人も　消ゆれば露に　ことならぬかな(新古今八一五)⦿うつつには　逢ふことかたし　玉の緒の　夜は絶えせず　夢に見えなん(拾遺八〇九)⦿逢ふことも　誰がためなれば　たまのをの　命も知らず　物思ふらん(続後撰七一四)

〔注〕「たまのをの」「たま」は美称。「を」は首飾の美しい宝石をつらぬき通す紐。またはその宝石の首飾。中古以降には、転じて草木におりた「露」のたとえとして用いられるようになる。「玉」は「魂(たま)」に通じるところから、霊魂が身から離れないようつなぎとめておく紐の意から転じていう息の緒。玉の緒が長し短しのようにの意で「長し・短し」に、玉の緒の「を」と同音を含む「惜(を)し」に、玉の緒が切れる意で「絶ゆ」にかかり、玉の緒が乱れる意で「思ひ乱だる」に、玉と玉との間も置かず並んでいるので「間も置かず」に、「現(うつ)し心」へのかかり方は、玉を移すというところから同音の関係でかかるとか、玉は霊で、玉の緒は生きの緒、即ち命の意で「命」及「現し心」にかかるという。また、玉の緒をつなぐ意で「継ぐ」にかかり、玉を通した緒のように、玉が離れ離れにならないよう玉をくくり寄せて同じ緒に並ぶようにの意で「くくり寄せ」に、また緒を縒(よ)るの意で「夜」にもかゝる。「いまはのきは」にかかるは、「命」の「い」から転じたものかという(大辞典七—一八八頁、事典四五四頁、福井四二三頁、全注三—四六六頁、七—二五四頁)。

たまはやす

「むこ」にかかる。〔例〕「多麻波夜須」→「武庫」(万葉三八九五)⦿玉はやす　武庫の渡に　天づたふ　日の暮れゆけば　家をしぞ思ふ(万葉三八九五)〔注〕玉ともてはやす聟(むこ)と続き同音の関係でかかるともいうが、こじつけに類する。武庫の海岸の美しさをほめたたえた枕詞とか、また「たま」を霊魂の意と解して、呪術または祭儀的なものに起源を求めようとする説もある(大辞典七—一八九頁、事典四五四頁、福井四二四頁、全注十七—二三頁)。

たまほこの

「みち・さと・しをり・たむけのかみ・ゆくて・ゆきかふ」にかかる。〔例〕「玉桙」→「道」(万葉二〇七・二二三九三)「玉桙」↓「路」(万葉二三七〇・二三八〇・二五〇七)「玉桙之」↓「道」(万葉二二〇・二三〇・五三四・九四八・二六〇五・二八七一・二九四六・三一三九・三三一八・三三三五・三三三九・四二一四・四二五一)「玉桙乃」↓「道」(万葉七九・八八六・一五三四・一六一九・一七三八・一八〇一・三二七六)「玉戈之」↓「道」(万葉二六四三)「珠桙乃」↓「道」(万葉五四六)「多麻保許能」↓「道」(万葉三九五七)「多麻保己能」↓「美知」(万葉三九六二)「多麻保許乃」↓「美知」(万葉三九六九)・三九九五・四〇〇六・四〇〇九)「多麻保己乃」↓「路」(万葉三九七八)「多麻保己乃」↓「美知」(万葉四四〇八)「多末保許能」↓「美知」(万葉四一一六)「玉桙乃」↓「里」(万葉二五九八)⊙天皇の　御命かしこみ——玉桙の　道行き暮らしあをによし　奈良の京の——(万葉七九)⊙遠くあれど　君にそ恋ふる　玉桙の　里人皆に　われ恋ひめやも(万葉二五九八)⊙玉桙の　遠路をこそ　人はゆくなど　時のまも　見ねばこひしき(拾遺七三七)⊙下紐の　とけてやつけぬ　玉桙の　栞も知らぬ　空に佗れば(古今六帖三四一九一)⊙玉鉾の　手向の神も　わが如く　我思ふことを思へとぞ思ふ(貫之集一七九三一)⊙玉鉾の　行くてにかかる　山桜　我一人やは　をらで過ぐべき(千五百番歌合三六一一四)〔注〕「たま」は美称。「ほこ」は桙で、その身(み)というところから「ミ」の音を持つ「道」にかかるとの説もあるが、身のミは乙類、道のミは甲類であるから、この説は疑わしい。タマは霊魂、桙は陽石で、それを三叉路や部落の入口に立と邪悪の侵入を阻止しようとした農耕社会の習俗があった。「たまほこ」が「道」「里」にかかるのはそれによるという(大系万葉一—三三九頁、大辞典七—一九〇頁、福井四二五頁、全注二—三九一頁、十七—一二〇頁)。

たまみずの↓たまみづの

たまみづの

「たき」にかかる。〔例〕⊙ちはやぶる——この山の　いや高からし　玉水の　たきつの都　みれどあかぬかも(拾遺五六九)〔注〕「たま」は美称。美しい水の意から「瀧」にかかる。『万葉集』の「多藝都」(たきつ)を「たきの都」と訓み誤ったことから起ったのであろうという(福井四二九頁、中島一九九頁)。

たまもかる

「みぬめ・からに・をとめ・おき・としま・いで・ふね・いけ・おほく・いらご・あさか・あまり」にかかる。〔例〕「珠藻苅」↓「敏馬」(万葉二五〇)「玉藻苅」↓「辛荷」

（万葉九四三）「多麻藻可流」→「乎等女」（万葉三六〇六）「玉藻苅」→「奥」（万葉七二）「玉藻苅」→「井堤」（万葉二七二一）⊙玉藻刈る　沖へは漕（こ）がじ　敷栲の　枕辺の人　忘れかねつも（万葉七二）⊙珠藻刈る　敏馬（みぬめ）を過ぎて　夏草の　野島が崎に　舟近づきぬ（万葉二五〇）⊙玉藻刈る　辛荷（からに）の島に　島廻（み）する　鵜にしもあれや　家思はざらむ（万葉九四三）⊙恋をのみ　すまの汐干に　玉藻刈る　あまりにうたて　袖なぬらしそ（新勅撰八五二）⊙玉もかる　おほくの浦の　浦風に　つゝじの花は　散りぬらんかも（古今六帖―六・木）⊙玉もかる　いらごが崎の　岩根松　いく世までにか　年のへぬらん（千載一〇四一）⊙身にしめと　吹きにけらしな　玉もかる　浅香の浦の　秋の初風（新続古今三五二）⊙玉もかる　ふなてはしばし　心せよ　池の紅葉は　錦織るめり（経信集）⊙玉もかる　池の汀（みぎは）の　あやめ草　引べきほどになりにけるかな（続古今二三〇）〔注〕「たま」は美称。美しい藻。その美しい藻を刈っている意で、実際の景色を描写しながら、海辺の地名「みぬめ・からに・をとめ・いらご・あさか」などにかかり、転じて海や水に関係深い「沖・井堤（ゐで）・舟・池」などにもかかる、中には実景描写であるので枕詞と見ない説もある（大辞典七―一九二頁、福井四二九頁、全注三―五〇頁、六―八四頁・八六頁）。

たまもしずし→たまもしづし

たまもしづし

「いづも」にかかる。〔例〕⊙玉萋鎭石（たまもしづし）出雲人祭（いづもひとまつる）眞種乃甘美鏡（みためのうましかゞみ）押羽振（おしはふる）甘美御神底宝（うましみかみそこたから）御宝主（みたからぬし）山川之水泳（やまかはのみづくぐる）御魂（みたま）静掛（しづかけよ）――（崇神紀・出雲神宝條）〔注〕「シヅシ」は沈む意の形容詞か。「出雲」の原義は「嚴藻（いつも）」であるから、「玉藻沈く嚴藻」という義より同音の国名「出雲」にかかるとする。但し枕詞とするは非か（福井四三〇頁、中島二〇〇頁）。

たまもなす

「うかべ・よる・なびく・かよりかくより」にかかる。〔例〕「玉藻成」→「浮倍」（万葉五〇）「玉藻成」→「依」（万葉一三一）「玉藻成」→「靡」（万葉一三五・一三八・二四八三・四一二四）「玉藻成」→「彼依此依」（万葉一九四）⊙やすみしし　わご大王（おほきみ）――玉藻なす　浮かべ流せれ――（万葉五〇）⊙石見の海　角（つの）の浦廻（うらみ）を――玉藻なす　寄り寝し妹を――（万葉一三一）⊙つのさはふ　石見の海の――玉藻なす　靡（なび）き寝し兒を――(万葉一三五)⊙飛鳥の　明日香の河の――玉藻なす　か寄りかく寄り――(万葉集一九四)〔注〕「たま」は美称。「なす」は、「のように」の意。藻の状態から、さまざまな語にかかる。但し枕詞と見ない説もある(大辞典七―一九二頁、福井四三〇頁、中島二〇〇頁、全注二―一三七頁、一五七頁)。

たまもよし

「さぬき」にかかる。〔例〕「玉藻吉」→「讃岐」(万葉二二〇)⊙玉藻よし　讃岐の國は　國柄(くにから)か見れども飽かぬ――(万葉二二〇)〔注〕「たま」は美称。「よ・し」は詠嘆、但し「し」は強意の助詞。讃岐國(香川県)は海に面し美しい海藻の多く採れるところから、讃(ほ)めたたえてかかるという。「あをによし奈良」「あさもよし紀」などと同じ構成である(大辞典七―一九二頁、福井四三一頁、全注二―四四五頁)。

たまもよき→たまもよし

たまゆらぐ→たまゆらに

たまゆらに

「みし」にかかる。〔例〕「玉響」→「見」(万葉二三九一)⊙たまゆらに　昨日の夕　見しものを　今日の朝に　恋ふべきものか(万葉二三九一)〔注〕玉ゆらとは玉の揺ぎふれ合うをいう。ほんのしばらくの意。但し枕詞とするは非か。なお「玉響」を「たまかぎる」と訓み「夕(ゆふべ)」にかかる枕詞と見る説がある。「たまかぎる」の項を参照(大系万葉三―一六七頁)。

たまゆらの

「つゆ」にかかる。〔例〕⊙たまゆらの　露も涙も　とどまらず　なき人こふる　宿の秋風(新古今七八八)〔注〕語義は「たまゆらに」と同じ。但し枕詞とするは非か(福井四三二頁)。

たむけぐさ

「いと」にかかる。〔例〕「手向草」→「絲」(万葉三二三七)⊙あをによし　奈良山過ぎて　もののふの　宇治川渡り　少女らに　相坂山に　手向草　絲取り置きて――(万葉三二三七)〔注〕「手向草」は神に手向け捧ぐるもので、「くさ」は種、料の意。手向には絲・木綿(ゆふ)・紙などを用いた。「絲」を「ぬさ(幣)」と訓む説もある(大系万葉三―三四二頁、中島二〇一頁)。

たもとおり→たもとほり

たもとほり

「ゆきみ」にかかる。〔例〕「徊俳」→「往箕」(万葉二五四一)⊙徘徊(たもとほ)り　往箕(ゆきみ)の里に　妹を置き

て　心空なり　土は踏(ふ)めども(万葉二五四一)〔注〕「徘徊(たもとほり)」は、はいかいする、まわってゆく、あちこち往きつ戻りつする、そのように行きめぐる意で「ゆき」と同音を含む地名「往箕(ゆきみ)」にかかる。また、「ユキ」までが序詞で「ミ」が地名かとの説もある。「たもとほる」と訓む説もある(大系万葉三―一九五頁、福井四三三頁)。

たもとほる→たもとほり

たらちおの→たらちをの

たらちし

「はは・きび」にかかる。〔例〕「垂乳爲」→「母」(万葉三七九一)⊙緑子(みどりこ)の　若子(わくご)が身にはたらちし　母に懐(うだ)かえ――(万葉三七九一)⊙多良知志(タラチシ)古備鉄(まがね)の　さ鍬持ち　田打なす　手打て子ら　吾は舞ひせむ(播磨国風土記)〔注〕「タラチ(垂乳)」と「シ」の結合によるか、「タ(足)ラシシ」(養育する意)の音転と見るか不詳。「吉備」にかかるのは、ほめ言葉で「満ち足りた吉備」という(大系万葉二―九七頁、大辞典七―二一六頁、全注五―一八〇頁)。「たらちしや」の項を参照。

たらちしの

「はは」にかかる。〔例〕「多良知子能」→「波々」(万葉八八七)⊙たらちしの　母の目見ずて　欝(おぼぼ)しく　何方向(いづちむ)きてか　吾(あ)が別るらむ(万葉八八七)〔注〕「たらちし」と同じで、「の」を添えたもの。

たらちしや

「はは」にかかる。〔例〕「多羅知斯夜」→「波々」(万葉八八六)⊙うち日さす　宮へ上ると　たらちしや　母が手離れ　常知らぬ――(万葉八八六)〔注〕全注五―一八〇頁。「たらちねの」の項を参照。

たらちねの

「はは・おや」にかかる。〔例〕「帯乳根乃」→「母」(万葉四四三)「帯乳根笑」→「母」(万葉三二五八)「足乳根乃」→「母」(万葉一三五七)「足乳根之」→「母」(万葉二三六四・二五七〇)「足千根乃」→「母」(万葉二五七一・二五二七・二五三七・三一〇二・三一八五・三八一一)「足千根之」→「母」(万葉四二一四)「垂乳根乃」→「母」(万葉一七七四・二三六八・二五五七・三三一四)「垂乳根之」→「母」(万葉二九九一)「多良知祢能」→「波ゝ」(万葉三六八八・三六九一)「多良知祢乃」→「波ゝ」(万葉三九六二・四三三一・四三四八・四三九八)⊙天雲の　向伏す國の　武士(もののふ)と　いはゆる人は――垂乳根

（たらちね）の　母の命（みこと）は――（万葉四四三）⊙天地の　初の時ゆ――垂乳根の　御母（みおや）の命　何しかも――（万葉四二一三）⊙たらちねの　おやのまもりと　あひそふる　心ばかりは　せきなとどめそ（古今三六八）〔注〕タラは垂らすの語幹。チは乳。ネは女性を表わす尊称。「帯」をタラと訓むのは「帯」をタラシといったのによる。「たらち」は「たらし」（満ち足りたの意）の転。その用字に「垂乳根」「足乳根」などが多いことから、乳房の垂れた、あるいは乳の満ち足りた意でかかるとする説がある。少くともこれらの用字は、この枕詞に対する当時の理解を示している（大系万葉一―二一〇頁、大辞典七―二一六頁、事典四五五頁、福井四三三頁、全注三―四〇二頁）。

たらちめの

「おや」にかかる。〔例〕⊙たらちめの　おやのかふこの　まゆごもり　いぶせくもあるか　いもにあはずて（古今仮名序）。〔注〕「たらちめの」は枕詞「たらちねの」を、女性であるとの意識から誤つた歌語という（大系古今九五頁、大辞典七―二一六頁）。「たらちねの」の項を参照。

たらちをの

「おや」にかかる。〔例〕⊙たらちをの　親の心は　知らねども　この身にこそは　思ひわびぬれ（元輔集一九三二九）〔注〕「たらちを」は「たらちめ」の対語。父親の意で「たらちね」から転じたものという（大辞典七―二一六頁、中島二〇二頁）。

たらつねの

「はは」にかかる。〔例〕「足常」→「母」（万葉二四九五）⊙足常（たらつね）の　母が飼ふ蚕（こ）の繭（まよ）ごもり　こもれる妹を　見むよしもがも（万葉二四九五）〔注〕「たらつねの」は「たらちねの」の変化したものかという（大辞典七―二一六頁）。「たらちねの」の項を参照。

たわみずら→たはみづら

たわやめの

「たわみ」にかかる。〔例〕「手弱女乃」→「多和美」（万葉九三五）⊙名寸隅（なきずみ）の　船瀬ゆ見ゆる――手弱女（たわやめ）の　思ひたわみて――（万葉九三五）〔注〕「たをやめ」とも訓む。男を「ますらを」というに対して、なよなよした女をいう。頭音の「たわ」をくり返して「たわみ」にかかる（中島二〇二頁、全注六―七五頁）。

たわらはの

「ねのみなきつつ」にかかる。〔例〕「手小童之」→「哭耳泣管」（万葉六一九）⊙押し照る　難波の菅の――手童（たわらは）の　ねのみ泣きつつ　たもとほり　君が使を　待ちやかねてむ(万葉六一九)〔注〕「た」は接頭語。「わらは」は子供。「ねのみなく」は声を立てなくこと。幼児がよく泣くことから「ねのみなく」にかかる(中島二〇二頁)。

たわらわの→たわらはの

たをやめの→たわやめの

【ち】

ちちのみの

「ちち」にかかる。〔例〕「知智乃實乃」→「父」(万葉四一六四)「知々能末乃」→「知々」(万葉四四〇八)⊙ちちの實の　父の命　柞葉(ははそば)の　母の命――(万葉四一六四)〔注〕同音によって「父」にかかる。「ちち」は植物の名と思われるが不詳(大系万葉四―三二八頁、大辞典七―三六六頁、事典四五五頁)。

ちどりなく

「さほのかは・みよしのかは」にかかる。〔例〕「千鳥鳴」→「佐保乃河」(万葉五二六・五二八)「千鳥鳴」→「佐保川」(万葉九四八)「千鳥鳴」→「三吉野川」(万葉九一五)⊙千鳥鳴く　佐保の河瀬の　さざれ波　止む時も無し　わが戀ふらくは(万葉五二六)⊙千鳥鳴く　み吉野川の　川音(かはと)なす　止む時無しに　思ほゆる君(万葉九一五)⊙千鳥なく　さほの河ぎり　立ちぬらし　山のこのはも　いろまさりゆく(古今三六一)〔注〕「千鳥鳴く」は実況描写の句。これは眼前の情景を歌ったものが、枕詞となったものであろう。佐保川・吉野川は千鳥で有名なところである。(福井四三六頁、中島二〇三頁、横山一三二頁、全注四―一〇七頁、六―九七頁)。

ちばなぬく→つばなぬく

ちばの

「かづの」にかかる。〔例〕「知婆能」→「加豆怒」(記四一)「知麼能」→「伽豆怒」(紀三四)⊙千葉の　葛野(かづの)を見れば　百千足(ももちだ)る　家庭(やには)も見ゆ　國の秀(ほ)も見ゆ(記四一)〔注〕山城国の地名とする説、田庭の義、また祭壇を意味する霊場(ちば)の義ともいい不詳(大辞典七―三八三頁、福井四三七頁、中島二〇三頁)。

ちはやひと

「うぢ」にかかる。〔例〕「知波夜比登」→「宇遅」(記五一)「知破椰臂苔」→「于旋」(紀四二)「智破椰臂等」→「于泥」(紀四三)「千早人」→「氏」(万葉一一三九)「千早人」→「宇治」（万葉二四二八）⊙ちはや人　宇治の渡りに　渡瀬に――（記五一）⊙ちはや人　宇治川波を　清みかも　旅行く人の　立ちがてにする（万葉一一三九）〔注〕「ちはや」は「ちたやぶる」と同じ勇猛な人の意。ちはやぶる人である氏（うじ）の意で「氏」と同音の地名「宇治」にかかる。はげしい意の「うぢはやし」と同義あるいは類義であるところからかかるともいう（大辞典七―三八三頁、福井四五七頁、横山一三三頁）。

ちはやぶる

「うぢ・ひと・あらぶる・かみ・かね・かしひ・たま・かんなづき・あらひとがみ・ふる・かんなびやま・かんなびがは・かんだ・かみぢのやま・かものやしろ・ひらの・そのかみやま・いつきのみや・いづしのみや・くまののみや・あさまのたけ・ただすのかみ・みかみのやま」などにかかる。〔例〕「知波夜夫流」→「宇遲」（記五〇）「血速舊」→「于遲」（万葉三二三六）「千速振」→「氏」（万葉三二四〇）「千磐破」→「人」（万葉一九九）「千磐破」→「神」（万葉一〇一・四〇四・五五八・六一九・三八一一）「千早振」→「神」（万葉二四一六）「千石破」→「神」（万葉二六六〇）「千羽八振」→「神」（万葉二六六二）「千葉破」→「神」（万葉二六六三）「知波夜夫流」→「神」（万葉四〇一一・四四六五）「知波夜布留」→「賀美」（万葉四四〇二）「千磐破」→「金」（万葉一二三〇）⊙ちはやぶる　宇治の渡りに　棹取りに　速けむ人し　わが仲間（もこ）に來む（記五〇）⊙かけまくも　ゆゆしきかも――ちはやぶる　人を和（やわ）せと　服従（まつろ）はぬ――（万葉一九九）⊙玉葛　實ならぬ樹には　ちはやぶる　神そ着くとふ　ならぬ樹ごとに（万葉一〇一）⊙ちはやぶる　金（かね）の岬を　過ぎぬとも　われは忘れじ　志賀（しか）の皇神（すめかみ）（万葉一二三〇）⊙故（かれ）此の國に　道速振（ちはやぶる）　荒ぶる國つ神等（ども）の多在（さはな）りと以為（おもみ）るに　残賊強暴（チハヤフル）　横悪（あや）しき神者（かむとも）有り（古事記―上）⊙ちはやぶる　神なび山のもみぢばに　おもひはかけじ　うつろふ物を（古今二五四）⊙ちはやぶる　香椎の宮の　あや杉は　神のみそぎにたてるなりけり（新古今一八八六）⊙人しれず　いまや〳〵と　千早振　神さぶるまで　君をこそまて（新古今一八五八）⊙ちはやぶる　神な月とや　今朝よりは　曇りもあへず　うちしぐれ――（古今一〇〇五）⊙ちはやぶる　現人神（あらひとがみ）に　ことよせつ　今日の葵を　かざさざらめや（一宮紀伊集）⊙千早ぶる　玉の簾を　巻き上げて　念仏の声を　聞くぞうれしき（玉葉二七二二）⊙千早ぶる

君が斎垣に　円居(まどゐ)せん　かたみに恵み　垂るゝとを知れ(玉葉二七二三)⊙ちはやふる　伊豆の御山の　玉椿　八百万代(やほよろづよ)も　色は変らじ(金槐集―賀)⊙ちはやぶる　神なび川に　影見えて　今や咲くらむ　山吹の花(古今六帖―六・草)⊙ちはやぶる　神田の里の　稲なれば　月日とともに　ひさしかるべし(千載六三四)⊙おしなべて　天の下にも　ちはやぶる　神路の山の　神はくもらじ(続古今六九八)⊙千はやぶる　園神山の　中に落つる　御手洗河の　音のさやけき(新後撰七二三)⊙あはれ千者也布留(チハヤフル)　賀茂の社の　姫小松万代経(ふ)とも　色は変らじ(東遊―求子歌)⊙ちはやぶる　平野の松の　枝しげみ　千世も八千世も　色は変らじ(拾遺二六四)⊙千はやぶる　いつきの宮の　旅ねには　あふひぞ草のまくらなりける(千載九六七)⊙ちはやぶる　布留の神杉杉の戸を　明けてもつらき　朝ぼらけかな(壬二集)⊙千はやぶる　三上の山の　榊葉を　香をかぐはしみ　とめてこそ取れ(続千載九二七)⊙ちはやぶる　糺(ただす)の神の前にして　空鳴きしつる　時鳥(ほととぎす)かな⊙いつとてか　我が恋やまむ　ちはやぶる　浅間の岳(たけ)の　煙絶ゆとも(拾遺六五六)⊙ちはやぶる　熊野(くまの)の宮のなぎの葉を　変らぬ千世の　ためしにぞおる(拾遺愚草―下)⊙ちはやぶる　出石(いづし)の宮の　神の駒　人な乗りそや　崇(たた)りもぞする(新拾遺一八九四)〔注〕「ちはやぶる」は動詞「ちはやぶ」の連体形から、中世は「ちはやふる」「ちわやふる」とも。猛威をふるう、強暴な、勇猛などの意で、「いちはやぶる」の略という。その勇猛な軍士の「氏」と続き、氏のほめ言葉として同音の地名「宇治」にかかる。また、宇治川の激流を「ちはやぶる」と見て「宇治」にかかるとする説もある。「神」にかかるのは、もとは神の和霊に対する荒霊を形容する語であつたと思われるが、のちにその区別を失ったものであろうという。また神の荒霊に対する意で「あらぶる」に、強暴横悪な人を和らげる意で「人」にかかる。また「神」に縁のふかい物を現わす語や特定の神の名、神社のある場所とくに神社を含む地名にかかる(大系万葉二―二二九頁、大辞典七―三八三頁、事典四五六頁、福井四三八頁)。

ちりひじの→ちりひぢの

ちりひぢの

「かずにもあらぬ」にかかる。〔例〕「知里比治能」→「可受介母安良奴」(万葉三七二七)⊙塵泥(ちりひぢ)の　数にもあらぬ　われ故に　思ひわぶらむ　妹が悲しさ(万葉三七二七)〔注〕ちりあくたのように物の數でない身の不束なるにたとえる意で「数にもあらぬ」にかかるという。但し枕詞とするは非か(横山一三四頁)。

【つ】

つえたらず→つゑたらず

つかねども

「つく」にかかる。〔例〕「雖不策」→「都久」(万葉三八八六)⦿おし照るや　難波の小江に――策(つ)かねども　都久野(つくの)に到り――(万葉三八八六)〔注〕杖はつくものであるが「つかねども」と反対に言って「つく」と続き「つく」と同音を含む地名「桃花鳥野(つくぬ)」にかかる。「ツクヌ」は「ツキヌ」で、今の畝火町の鳥屋の付近で、宣化天皇の、桃花鳥(つき)坂上陵(さかのうへのみささぎ)がある(福井四四三頁、中島二〇四頁)。

つがのきの

「つぎつぎ」にかかる。〔例〕「樛木乃」→「繼嗣」(万葉二九)「都賀乃樹乃」→「繼嗣」(万葉三二四)「都我能木能」→「繼ゝ」(万葉四二六六)⦿玉襷　畝火の山の　橿原の――樛(つが)の木の　いやつぎつぎに　天の下　知らしめししを――(万葉二九)〔注〕樛木はいまの栂(とが)か。常緑で年を経ていよいよ栄えるゆえ、代々うち続いて絶えぬことにたとえ、かつ、つがの類音のくり返しで「つぎつぎ」にかかる(大辞典七―六四六頁、福井四四三頁、全注一―一二六頁)。「とがのきの」の項を参照。

つきくさの

「うつろふ・かりなるいのち・きゆ・うつしこころ・はな・はなだ」にかかる。〔例〕「月草之」→「徙」(万葉五八三)「鴨頭草乃」→「可消」(万葉二二九一)「月草之」→「借有命」(万葉二七五六)「鴨頭草乃」→「移情」(万葉三〇五八)「月草之」→「移情」(万葉三〇五九)⦿つき草の　移ろひやすく　思へかも　わが思ふ人の　言も告げ來ぬ(万葉五八三)⦿鴨頭草(つきくさ)の　仮れる命に　ある人を　いかに知りてか　後も逢はむとふ(万葉二七五六)⦿いで人は　言のみぞよき　月草の　うつし心は　色ことにして(古今七一一)⦿秋はぎを　おらではすぎじ　つき草の　花ずり衣　露にぬるとも(新古今三三〇)⦿うつりゆく　人の契は　つきくさの　はなだの帯の　むすびたえつつ(新葉九五一)〔注〕つき草は露草の古名。つゆ草科の一年生草本。夏に藍碧色の花が咲き、汁を染料とした。つき草を染料として染めた色は、さめやすく他に移りやすいので「移ろふ」にかかり、転じて「うつし心」にもかかる。つき草の花が、しぼみやすく、はかないところから、「消ゆ・仮なる命」に、また月草の花というより「花」に、その花が「ハナダイロ(うすい藍色)」であることから「花田」にもかかる(大系万葉三―一三八頁、大辞典七―六六三頁、福井四四四頁、中島二〇五頁、大塚一八一頁、全注四―二〇三頁)。

つきさかき

「いづ」にかかる。〔例〕「撞賢木」→「嚴」(日本書紀・上)⦿――折鈴　五十鈴の宮に　所居る神は　名は撞賢木　嚴(いづ)の御魂――(日本書紀・上)〔注〕「つきさかき」は齋き榊で、神事に必要なもの。「嚴」を「いつく」とも訓む(大辞典七―六六四頁、福井四四五頁、中島二〇五頁)。

つぎてくる

「なかのみなと」にかかる。〔例〕「次來」→「中乃水門」(万葉二二〇)⦿玉藻よし　讃岐の國は　國柄か　見れども飽かぬ　神柄か　ここだ貴き　天地　日月とともに　満(た)りゆかむ　神の御面と　繼ぎて來る　中の水門(みなと)ゆ　船浮けて――(万葉二二〇)〔注〕「つぎきたる」とも訓む。舟がつぎつぎに入ってくる意で「中の港」にかかる。但し枕詞と見ない説もある。中の水門は香川県丸亀市の金倉川口付近(大系万葉一―一二三頁、中島二〇六頁)。

つぎねふ

「やましろ」にかかる。〔例〕「都藝泥布」→「夜麻志呂」(記六一・六三)「莬藝泥赴」→「揶莽之呂」(紀五三・五四)「莬藝泥赴」→「揶摩之呂」(紀五七)「莬藝泥赴」→「夜莽之呂」(紀五八)「川支祢布」→「也末之呂」(大系古代雑琴八)「次嶺経」→「山背」(万葉三三一四)⦿つぎねふ　山城女の　木鍬(こくは)持ち――(記六一)⦿つぎねふ　山城道を　他夫(ひとつま)の　馬より行くに　己夫し　歩より行けば――(万葉三三一四)〔注〕原文「次嶺経」は大和より山城へ行くに多くの嶺を経る意とする説、つぎねを、植物「はないかだ」「ふたりしずか」の古名とする説、また「つぎね」の生えているところの山城の意とする説がある。また「つぎね」は継苗の約で「継苗生」とし、山の木の継苗を生ずる「山代」と続いてかかるという説もある。記紀歌謡にはしばしば使われた枕詞であるが、万葉時代にはすでに原義不明となっていたらしい(大系万葉三―三八三頁、大辞典七―六七一頁、福井四四六頁、中島二〇六頁)。

つぎねふや

「やましろ」にかかる。〔例〕「都藝泥布夜」→「夜麻志呂」(記五七・五八)⦿つぎねふや　山城川を　川泝(かはのぼ)り　わが泝れば――(記五七)〔注〕語義、かかり方「つぎねふ」に同じ。山城川は木津川のことか(大辞典七―六七一頁、福井四四六頁)。

つきゆみの

「かへす」にかかる。〔例〕⦿引くかたに　人の心は　つき弓の　思ひかへさぬ　中ぞ苦しき(新続古今一四五八)〔注〕「つきゆみ(槻弓)」は槻の木で作った丸木の弓。「つくゆみ」とも。尺短く伏射とて弓をころがし伏せて射るを、人の起臥にたとえ、弓の縁語の「かへす」にかゝる(大辞典七―六七八頁、福井四四七頁)。「つくゆみの」の項を参照。

つくしぐし

「さして」にかかる。〔例〕⦿別るれば　心をのみぞ　筑紫櫛　さしてみるべき　程をしらねば(拾遺三二〇)〔注〕筑紫から良質の櫛を産したものか。また櫛は髪にさすものであるから「さして」にかかるという(福井四四八頁、中島二〇六頁)。

つくばねの

「みね・も」にかかる。〔例〕⦿音にきく　人に心を　つくばねの　見ねど恋しき　君にもあるかな(拾遺六二二)⦿限りなく　思ふ心は　筑波ねの　この裳やいかが　あらむとすらむ(後撰一一五一)〔注〕「つくばねの」峯と続き「みね」と同音の「見ね」にかかり、「も(裳)」にかかるは、古今集(一〇九五)に「つくばねの　このもかのも」とあるのを拠りどころとして「この裳」に転じたものかという(福井四四八頁、中島二〇七頁)。

つくばやま

「つくづく」にかかる。〔例〕⦿つくばやま　つくづく物を　思ふかな　君を見ざらむ　程の心を(清輔集)〔注〕古くは「つくはやま」と清音(大辞典七―六九〇頁、福井四四八頁、中島二〇七頁)。

つくゆみの

「こやる」にかかる。〔例〕「都久由美能」→「許夜流」(記八九)⦿隠國(こもりく)の泊瀬の山の――槻弓(つくゆみ)の　伏(こや)る伏るも　梓弓　立てり立てりも　後も取り見る　思ひ妻あはれ(記八九)〔注〕「つくゆみ」は「つきゆみ」に同じ。語義「つきゆみ」参照。弓が伏していたり、立っていたりするの意から、伏(こや)る〔臥(こや)る〕にかかり、あとの「梓弓　立てり立てりも」と対をなしている(大系古代歌謡九〇頁)。「つきゆみの」の項を参照。

つつじはな
「にほふ」にかかる。〔例〕「茵花」→「香」（万葉四四三・三三〇五）「都追慈花」→「尒太遙」（万葉三三〇九）⊙天雲の　向伏す國の――いかならむ　歳月日にか　つつじ花　香(にほ)へる君が　牛留鳥の――（万葉四四三）〔注〕「茵花」を『名義抄』は「ヲカツツジ」「ニツツジ」と訓んでいる。「にほふ」とは花の色の美しいさまと、人の姿や顔の美しく輝いているさまをいう（大辞典七―七三七頁、福井四四八頁）。

つなしとる
「ひみのえ」にかかる。〔例〕「都奈之等流」→「比美乃江」（万葉四〇一一）⊙大君の　遠の朝廷そ　み雪降る　越と名に負(お)へる――松田江の　濱行き暮し　鮹(つなし)取る　氷見(ひみ)の江過ぎて　多古の島――（万葉四〇一一）〔注〕「つなし」は「このしろ」の幼魚の古名。越中の氷見の浦は、「つなし」の名産地であるところから「氷見の江」にかかるとする。但し枕詞と見ない説もある（大系万葉四―二三八頁、中島二〇七頁、全注十七―二七九頁）。

つなでなは
「くるし・たゆたふ」にかかる。〔例〕⊙川舟の　のぼりわづらふ　つなでなは　くるしくてのみ　よをわたるかな（新古今一七七三）⊙琴の音に　引きとめらるる　つな手なは　たゆたふ心　君しるらめや（源氏九六七）〔注〕「つなでなは（綱手縄）」は船の引綱。引綱を手繰るの「くる」の音より同名異義の「苦し」にかけ、綱は絶えもするより「絶え」の類音「たゆたふ」にかかる（福井四四九頁、中島二〇八頁）。

つなでなわ→つなでなは

つなでひく
「うみ」にかかる。〔例〕「繩手引」→「海」（万葉二四三八）⊙人言は　暫(しま)しそ吾妹(わぎも)　繩手(つなで)引く　海ゆ益(まさ)りて　深くし思ふを（万葉二四三八）〔注〕綱手は船に繋いで曳く長い綱のこと。船の縁語「海」にかかるとか、海士(あま)が海で綱を引くので「海」にかかるという（福井四四九頁、横山一三七頁）。

つぬさはふ
「いは・いはれ」にかかる。〔例〕「都奴娑播符」→「以簸例」（紀九七）⊙隠國の　泊瀬の川ゆ　流れ來る――つぬさはふ　磐余(いはれ)の池の　水下ふ――（紀九七）〔注〕語義は「つのさはふ」と同じ。「ノ」の甲類とされている「怒・努・弩」などを「ぬ」と訓んだところからできた語。地名「磐余・岩坂山・岩井・岩間」などにかかる（大系古代歌謡

一九〇頁、大辞典七—七五七頁、福井四四九頁、中島二〇八頁）。

つぬさわう→つぬさはふ

つねならぬ

「ひとくにやま」にかかる。〔例〕「常不」→「人國山」（万葉一三四五）⊙常ならぬ　人國山の　秋津野の　杜若（かきつはた）をし　夢に見るかも（万葉一三四五）〔注〕「つねならぬ」は世間無常の意で「人」にかかり、同音を含む「人国山」にかかる。人国山は他の国の山の意。ここでは、和歌山県西牟婁郡の山とか、奈良県吉野郡の山とかいうが未詳（大系万葉二—二四六頁、福井四四九頁、中島二〇八頁、全注七—三二二頁）。

つのくにの

「なには・こや・ながらふ・みつ・なかず・みしま・あし・まろや」にかかる。〔例〕⊙つのくにの　なには立たまく　惜しみこそ　すく藻たく火の　下にこがるれ（後撰七七〇）⊙これもさは　あしかりけりな　津の國の　こや事づくる　始めなるらん（後拾遺九六〇）⊙津の國の　永（なが）らふべくも　あらぬかな　短き蘆の　よにこそありけれ（新古今一八四八）⊙つのくにの　見つとし見ては　難波なる　あしかりきとも　人に語るな（古今六帖五・雑思）⊙人知れず　落つる涙は　つのくにの　泣ずと見えて　袖ぞくちぬる（拾遺六七六）⊙春霞　かすめるかたや　つのくにの　ほのみしま江の　渡りなるらん（詞花二七一）⊙津の國の　あしげの駒に　のりの跡は　我が思ひ入る　道にぞ有りける（拾玉一）⊙津の國の　まろ屋は人を　あくた河　君こそつらき　瀬々は見せしか（金葉五二五）〔注〕「つのくに」は摂津國の意で、その地の地名や物と同音・類音の語句にかかる。①地名「難波（なには）」と続き「難波」と同音を含む「名には・何は」にかかる。②地名「昆野（こや）」と同音の「此や・來（こ）や・小屋」にかかる。③地名「長柄（ながら）」と同音を含む「存（ながら）え」にかかる。④地名「御津（みつ）」と同音の「見つ」に、⑤地名「長洲（ながす）」と類音の「泣かず」にかけ、⑥地名「三島（みしま）」と同音を含む「見し間」に、⑦津の國の景物である「葦（あし）」と同音を含む「葦毛（あしげ）」にかけ、また、津の國には葦の丸屋（まろや）が多かったので「丸屋」と同音の「麿や」にかかる。以上の場合、縁語・懸詞などの技巧が多いので、地名としての「津の國」の意もこめられている場合が多い（大辞典七—七六〇頁、福井四五一頁、中島二〇九頁）。

つのさはふ

「いはみ・いはれ・いはのひめ」にかかる。〔例〕「角障經」→「石見」（万葉一三五）「角障經」→「石村」（万葉二八二・四二二三・三三二四・三三二五）⦿つのさはふ　石見の海の　言さへく　韓の崎なる――（万葉一三五）⦿つのさはふ　磐余（いはれ）も過ぎず　泊瀬山　何時かも越えむ　夜は更けにつつ（万葉二八二）⦿菟怒瑳破赴（つのさはふ）　磐之媛が　おほろかに聞こさぬ　末桑の木　寄るまじき　川の隈々　寄ろほひ行くかも　末桑の木（仁徳紀）〔注〕「つの（綱・蔓）さは（多）はふ（這ふ）」の「は」の音が脱落した形。「さ」は接頭語。つた（蔦）が這う石と続いてかかるとする説、また「多（さは）」に這うの意とする説、万葉集中の五例がすべて「角障經」と書かれているところから、①植物の芽が伸びるのをさまたげる岩の意、②多くの角（かど）のごつごつした岩の意とも解しうる（大辞典七―七六一頁、事典四五七頁、福井四五〇頁、全注二―一五六頁）。

つのさわう→つのさはふ

つばさなす

「ありかよふ」にかかる。〔例〕「鳥翔成」→「有我欲比」（万葉一四五）⦿翼なす　あり通ひつつ　見らめども　人こそ知らね　松は知るとも（万葉一四五）〔注〕「鳥翔成」は古來難訓とされている。トリハナル、トリハナス、アシカナシ、カケルナス、トトビナス、アマガケリなどの訓があるが定訓をえない（大系万葉一―八七頁、全注二―一九六頁）。

つばなぬく

「あさぢ」にかかる。〔例〕「茅花抜」→「淺茅」（万葉一四四九）⦿茅花抜　淺茅が原の　つぼすみれ　いま盛りなり　わが戀ふらくは（万葉一四四九）〔注〕茅花はチガヤの花。白い綿毛の密生する長い穂になる。淺茅は短いチガヤ。「茅花を抜く淺茅が原」の意で「あさぢ」にかかる（福井四五二頁、中島二〇九頁、横山一三二頁）。

つぼすみれ

「つみ」にかかる。〔例〕⦿あはれわれ――おほ原のべの　つぼすみれ　つみ犯しある　ものならば　てる日も見よと　云ふことを――（拾遺五七四）〔注〕「つぼすみれ」はスミレ科の多年草「たちつぼすみれ」のこと。すみれの花を「摘む」→「罪」とかかるという（大辞典七―七七七頁、福井四五二頁、中島二〇九頁）。

つまかくす

「やの」にかかる。〔例〕⦿妻かくす　やのの神山　露霜に　匂ひそめたり　ちらまくもをし（玉葉七九四）〔注〕

「妻かくす屋」→「矢野」とかかる。『万葉集』(二一七八番)の「嬬隱」とあるのを訓み誤ったものかという(福井四五三頁、中島二一〇頁)。

つまごもる

「やかみ・やの・むろかみ・をさほ」にかかる。〔例〕「嬬隠有」→「屋上」(万葉一三五)「嬬隠有」→「室上」(万葉一三五)「妻隠」→「矢野」(万葉二一七八)「逗摩御慕屨」→「鳴佐哀」(紀九四)⊙つのはふ　石見の海の——嬬隠る　屋上(やかみ)の山の　雲間より——(万葉一三五)⊙嬬隠る　室上(むろかみ)山の——(万葉一三五)⊙石上　布留を過ぎて　薦枕　高橋過ぎ　物多に　大宅過ぎ　春日　春日を過ぎ　妻(つま)ごもる　小佐保(をさほ)を過ぎ——(紀九四)〔注〕結婚すると新しい「屋(や)」を立て、妻とこもる屋(妻屋)の意で「屋(や)」と続き、「や」を語頭に持つ地名「屋上」、「矢野」にかかり、また、「屋」を「室」ともいうので「室上」にもかかる。「小佐保(をさほ)」にかかるは未詳。「籠(こも)るところ」を古語で「含(ほ)」といったので「小眞含(をざほ)」の同音「小佐保」にかかるとか、「ヲサホ」のヲは添詞で「サホ」というに同じくサホ(廬)にかけたものであるとかの説がある(大辞典七—七八四頁、事典四五七頁、福井四五三頁、横山一三八頁、全注二—一六〇頁)。

つゆくさの

「つゆのいのち」にかかる。〔例〕⊙久方の——うけるわが身は　つゆくさの　露の命も　まだ消えで——(小大君集一六九一九)〔注〕「露草の露の命」とはかない命にたとえ、頭音をくり返して「露の命」にかかる(福井四五四頁、中島二一〇頁)。

つゆしもの

「あき・おく・ふる・けぬ・すぐ・おぐらのやま・おくて・おかべ・ふるさと」などにかかる。〔例〕「露霜乃」→「秋」(万葉一〇四七)「露霜乃」→「安伎」(万葉四〇一一)「露霜乃」→「置」(万葉一三一・一三八)「露霜」→「置」(万葉四四三)「露霜之」→「消」(万葉一九九)「露霜乃」→「消」(万葉三〇四三)「露霜之」→「過」(万葉四二一一)⊙やすみしし　わご大君の　高敷かす　倭の國は——貌鳥(かほどり)は　間なく　數(しば)鳴く　露霜の　秋さり來(く)れば——(万葉一〇四七)⊙石見の海　角の浦廻を——露霜の　置きてし来れば——(万葉一三一)⊙かけまくも　ゆゆしきかも——露霜の　消なば消ぬべく——(万葉一九九)⊙古(いにしへ)に　ありけるわざの——露霜の　過ぎましにけれ——(万葉四二一一)⊙つゆじもの　夜

はにおきゐて　冬のよの　月みる程に　袖はこほりぬ（新古今六〇一）⊙露霜の　小倉の山に　家ゐして　干さでも袖の　朽ちぬべきかな（続古今一七〇五）⊙露霜の　晩手（おくて）の稲葉　色付きて　庵寒き　秋の山風（続拾遺三三〇）⊙露霜の　岡辺の真葛（まくず）　恨み佗び　枯れ行く秋に　鶉鳴くなり（新千載一七九二）⊙露霜の　古里人の　から衣　同じ夜寒に　うたぬ間もなし（続後拾遺三七一）⊙風寒み　秋たけゆけば　露霜の　布留の山辺は　色づきにけり（新葉三八八）〔注〕中世以後は「つゆじも」と濁音。露や霜は秋の代表的景物であるので「秋」にかかり、露や霜が消えやすいところから、死を意味する「消ぬ」「過ぐ」に、露霜が地上に置く意で、「置く」と同音またはそれを含む語「置く」「起く」「晩手（おくて）」「小倉山」「岡辺」などにかかる。また、「置く」と同意の「降（ふる）」と同音を含む「布留・古里」にもかかる（大辞典七―八〇九頁、事典四五七頁、福井四五五頁、中島二一〇頁、全注六―一三六頁）。

つるぎたち

「みにそふ・とぐ・いはふ・な・ながこころ・ひつぎ」にかかる。〔例〕「釼刀」→「於身副」（万葉一九四）「釼刀」→「身二副」（万葉二一七）「釼大刀」→「身尒取副」（万葉六〇四）「釼刀」→「身尒佩副」（万葉二六三五）「釼刀」→「身副」（万葉二六三七）「都流伎多知」→「身尒素布」（万葉三四八五）「釼刀」→「磨」（万葉三三二六）「釼大刀」→「名」（万葉六一六・二九八四）「釼刀」→「己行」（万葉一七四一）「釼刀」→「齋」（万葉三二二七）⊙飛鳥（とぶとり）の　明日香の河の――劔刀（つるぎたち）　身に副へ寝ねば――（万葉一九四）⊙――行く鳥の　群れて侍ひ　ありて待てど　召し賜はねば　劔刀　磨（と）ぎし心を　天雲に――（万葉三三二六）⊙劔太刀　名の惜しけくも　われは無し　君に逢はずて　年の經ぬれば（万葉六一六・二九八四）⊙常世邊（とこよへ）に　住むべきものを　劔刀　己（な）が心から　鈍（おそ）やこの君（万葉一七四一）⊙葦原の瑞穂の國に　手向すと　天降（あも）りましけむ――劔刀　齋（いは）ひ祭れる　神にし坐（ま）せば（万葉三二二七）⊙風の声（おと）の如くに、大虚（おほぞら）に呼（よば）ふこと有りて曰はく、劔刀　太子王（ひつぎのみこ）といふ（書紀―履中五年九月）⊙劔刀　石床別（いはとこわけ）命神社（延喜式―九神名帳）〔注〕「ツルギ」は古くは「ツルキ」と清音。「ツルハキ（吊佩）」の約ともいう。剣を扱ふ動作を表わす語にかかる。剣は腰に吊佩く意で（妻を身に添へと比し）「身に副ふ」に、剣を研ぐ意で（身を修め心を磨く意に比し）また、刀は片刃。「刃」古く「ナ」というところから「ナ」と同音により「名・己」に、「己」は自己。また、齋（いは）ひ祭る（祭祀をする）意で「齋ふ」にかかる。名剣は名をつけて呼ぶ。あるいは銘を刻むところから「名」にかかり、転じて「己（な）」にかゝるとする説もある。また「己」にかかるのでなく「己が心」の「心」にかかるとする説もある。この場合のかかり方は、「研ぎし心」から転じたとも、刀の柄にさし込む部分を「心」というところからともする。また、短刀を「ひ」と称したところから「ひ」の音を語調にもつ「ひつぎのみこ（皇太）子」に、または、刀の「樋」の意から「ひつぎ」に続くとも。石で刀を研ぐので「石」の「い」と同音を含む「石床別（いはとこわけ）」にもかかる（大辞典七―八二九頁、福井四五五頁、全注二―三二九頁）。

つるぎばの

「みをきる」にかかる。〔例〕⦿別るるを　をしとぞ思ひ　つるぎばの　身を切り砕く　心地のみして（拾遺三二五）

〔注〕剣の刃は身を切るものであるから（福井四五六頁、中島二一一頁）。

つゑたらず

「やさか」にかかる。〔例〕「杖不足」→「八尺」（万葉三三四四）⦿この月は　君來まさむと　大船の　思ひたのみて――杖（つゑ）足らず　八尺（やさか）の嘆（なげき）　嘆けども――（万葉三三四四）〔注〕「杖（つえ）」は長さの単位で一〇尺。ひと杖（一〇尺）に足りない意で「八尺」にかかる。「やさか」を「弥甚」（いやさか）の意とか、嘆息して吐く息の長さが八尺あるとか解するときもあるが誤りであろう（大系万葉三―四〇一頁、大辞典七―六三六頁、福井四五八頁）。

【て】

ておのおと→てをのおと

てまのせき

「てま」にかかる。〔例〕⦿八雲立つ　出雲の國の　てまの関　いかなるてまに　君さはる覧（古今六帖三一九〇二）

〔注〕手間の関は出雲国能義郡（古の意宇郡）にあった（福井四五九、中島二一二頁）。

てるつきの

「あかざるきみ・かつらのやま」にかかる。〔例〕「照月乃」→「不厭」（万葉四九五）「照月」→「不猒」（万葉三二〇七）⦿朝日影　にほへる山に　照る月の　飽かざる君

を　山越に置きて(万葉四九五)⦿照る月の　かつらの山に家居して　曇りなき代に　あへる秋かな(続古今一九一九)〔注〕但し枕詞とせぬ説もある(大系万葉三―三二七頁、事典四五七頁、福井四五九頁、中島二一二頁)。

てをのおと

「ほとほとし」にかかる。〔例〕⦿宮造る　ひだの匠の手斧(てをの)音　ほとほとしかる　めをもみしかな(拾遺一二二六)〔注〕「ほとほと」は斧で木を伐る音を表わす語。「ほとほとし」は、すんでのことに、あやうく、などの意(大辞典九―九一〇頁、福井四五九頁、全注七―三七六頁)。

【と】

とおつかみ→とほつかみ

とおつくに→とほつくに

とおつひと→とほつひと

とがのきの

「つぎつぎに」にかゝる。〔例〕「刀我乃樹能」→「繼嗣」(万葉九〇七)⦿瀧の上の　御舟の山に　瑞枝さし　繁(しじ)に生ひたる　栂(とが)の樹の　いやつぎつぎに　萬代に――(万葉九〇七)〔注〕「トガ」は「ツガ(栂)」に同じ。松科の常緑喬木。音の類似から「つぎつぎ」にかかり、また、同音を重ねて、罪の科(とが)の意の「とが」にかかる。「刀我」を「つが」と訓む説もある(大系万葉二―一三二頁、中島二一三頁、全注六―一六頁)。

ときぎぬの

「おもひみだる・こひみだる・さらなる」にかかる〔例〕「解衣」→「思乱」(万葉二〇九二)「解衣」→「戀乱」(万葉二五〇四)「解衣之」→「思乱」(万葉二六二〇)「解衣之」→「念乱」(万葉二九六九)⦿天地と　別れし時ゆ　ひさかたの　天つしるしと――解衣(ときぎぬ)の　思ひ乱れて――(万葉二〇九二)⦿解衣の　戀ひ乱れつつ　浮沙(うきまなご)　生きてもわれは　あり渡るかも(万葉二五〇四)⦿逢はずある　ものならなくに　ときぎぬの　更(さら)なる恋も　我はするかな(家持集―冬)〔注〕解衣は継糸を解いてほぐした着物。解いて洗い張りをする衣。その解いた衣服が乱れやすい所から「乱れ」にかかり、「乱れ」と同音を含む「思ひ乱れ」「恋ひ乱れ」にかかり、また解いた衣服を仕立てるところから「さらなる」にかかるという(大辞典七―一二八八頁、福井四六一頁、中島二一三頁)。

ときつかぜ

「ふけひ」にかかる。〔例〕「時風」→「吹飯」（万葉三二〇一）⊙時つ風　吹飯（ふけひ）の濱に　出で居つつ　贖（あか）ふ命は　妹が爲こそ（万葉三二〇一）⊙時つ風　吹飯の浦に　あかひても　誰がためには　身をも惜しみし（拾遺愚草―上）〔注〕「ときつかぜ」は時にかなった風。潮が満ちてくる時刻に吹く風。時節に順応して吹く風。「時つ風」が「吹く」意から「吹く」と同音を含む地名「吹飯（ふけひ）の浜」にかかる。吹飯の浜は大阪府泉南郡岬町深日（ふけ）の浜（大辞典七―一二九〇頁、事典四五七頁）。

とけじもの→とこじもの

とこじもの

「うちこいふす」にかかる。〔例〕「等許自母能」→「宇知許伴布志」（万葉八八六）⊙うち日さす　宮へ上ると　たらちしや　母が手離れ――玉桙の　道の隈廻に　草手折り　柴取り敷きて　床（とこ）じもの　うち臥（こ）い伏して　思ひつつ――（万葉八八六）〔注〕草や柴などを手折り敷いて、床のようにして打臥伏す意で「うちこひふす」にかかる。「とけじもの」と訓む説もあり、これは『万葉集』の古写本に「等計自母能」とあるのに拠っている（福井四六二頁、横山一四一頁、全注五―一八〇頁）。

とこなめの

「たゆることなく」にかかる。〔例〕「常滑乃」→「絶事無久」（万葉三七）⊙見れど飽かぬ　吉野の河の　常滑の　絶ゆることなく　また還り見む（万葉三七）〔注〕「とこなめ」は川の岩にいつも生えている水苔。なめらかですべりやすい。水苔は絶えず生ずるものなので、月日は絶ゆることなくとたとえ、「絶ゆることなく」にかかる。但し枕詞と見ない説もある（横山一四二頁、全注一―一五七）。

とこよのかり

「ひきゐつらねて」にかかる。〔例〕「常世鴈」→「率連天」（続日本紀・巻十九）⊙――九重の　御垣の下に　常世の雁　率ゐ列ねて　さを鹿の　膝折り返し――（続日本紀・巻十九）〔注〕「とこよのくに」は古代日本人が想定した特殊な世界。死の国、よみのくに、また漠然とした遠国をさす。あるいは枕詞とするは非か（中島二一二頁）。

とこよもの

「たちばな」にかかる。〔例〕「等許尓物能」→「多知婆奈」（万葉四〇六三）⊙常世物　この橘の　いや照りに　吾（わ）ご大君は　今も見る如（万葉四〇六三）〔注〕「とこよもの（常世物）」は常世の國からのものの意で、垂仁天皇の御世に、田道間守が常世の國から橘（当時は、登岐之玖能〈ときじくの〉迦玖能木実〈かくのこのみ〉という）を持ち帰ったという古事から「橘」にかかる(福井四六二頁、中島二一四頁)。

ところづら

「とこしく・とめゆく」にかかる。〔例〕「冬薯蕷葛」↓「常敷」(万葉一一三三)「冬蕭蕷都良」↓「尋去」(万葉一八〇九)⦿皇祖神(すめがみ)の　神の宮人　冬薯蕷葛(ところづら)　いや常(とこ)しくに　われかへり見む(万葉一一三三)⦿葦屋の　菟原處女の——懸—の　小劔取り佩き　冬蔌蕷葛(ところつら)　尋(と)め行きければ——(万葉一八〇九)〔注〕「ところ(野老)」は植物「おにどころ(鬼野花)」の古名。ヤマイモ科の蔓性植物。「とこしく(常敷)」(永久の意)には同音反覆でかかる。その蔓を尋ねて「いも」を掘るので「尋(と)め行く」にかかるという。但し枕詞と見ない説もある(大系万葉二—二一二頁、事典四五七頁、福井四六三頁、全注七—九六頁)。

としきはる

「よまでさだめ」にかかる。〔例〕「年切」↓「及世定」(万葉二三九八)⦿年きはる　齢(よ)までと定め　恃みたる君によりてし　言の繁けく(万葉二三九八)〔注〕「年きはる」は年の極まる、老年になるの意。年齢が極限に達する意の「齢(よ)」と同音を含む「世(よ)まで定めて」にかかるか(山口四五九頁)。

としきわる↓としきはる

となみはる

「さか」にかかる。〔例〕「鳥網張」↓「坂」(万葉三二三〇)⦿幣帛(みてぐら)を　奈良より出でて　水蓼(みづたで)　穂積に至り　鳥網(となみ)張る　坂手を過ぎ——(万葉三二三〇)〔注〕「となみ」は「とのあみ」で、鳥をとるため網を坂に張るので「さか」にかかる。坂手は奈良県田原本町内の地名(大系万葉三—三三八頁、大辞典七—一四一一頁、福井四六八頁)。

とのぐもり

「ふるかは」にかかる。〔例〕「登能雲入」↓「零川」(万葉三〇一二)⦿との曇(ぐも)り　雨降る川の　さざれ波　間無くも君は　思ほゆるかも(万葉三〇一二)〔注〕「とのぐもり」は「たなぐもり」と同じ。雲がたなびいて曇ること。との曇りして雨が降るということから「降る」と同音を含む地名大和の「布留(ふる)川」にかかる(福井四六四頁、中島二一四頁)。

とぶさたつ

「あしがらやま」にかかる。〔例〕⦿霞わけ　ねにゆく鳥も　とぶさたつ　あしがら山を　こへぞくれぬる(壬二集)

〔注〕『万葉集』の「鳥総立て　足柄山に　船木伐り――」の歌の意味がわからなくなって、枕詞と誤認したものという(大辞典八―二頁)。「とぶさたて」の項を参照。

とぶさたて

「ふなききる」にかかる。〔例〕「鳥總立」→「船木伐」(万葉三九一)「登夫佐多氏」→「船木伎流」(万葉四〇二六)⊙鳥總(とぶさ)立て　足柄山に　船木伐(ふなきき)り　樹に伐り行きつ　あたら船材(ふなき)を(万葉三九一)〔注〕「とぶさ」は葉の茂った木の枝。梢。古く樹木を切るには、伐った後に山の神に対してその「とぶさ」を立てゝおく風習があった。上代のこのやうな慣習から「木伐る」にかかる(大辞典八―二頁、福井四六四頁、中島二一四頁)。

とぶたずの→とぶたづの

とぶたづの

「たづたづし」にかかる。〔例〕「飛鶴乃」→「多頭ゝゝ思」(万葉二四九〇)⊙天雲に　翼(はね)うちつけて　飛ぶ鶴(たづ)の　たづたづしかも　君坐(いま)さねば(万葉二四九〇)〔注〕「たづたづし」は平安朝以後の「たどたどし」に同じ。おぼつかない。たしかでなくて心細い。危っかしい。「とぶたづの」類音をくり返して「たづたづし」にかかる。但し枕詞と見ない説もある(大系万葉三―一八五頁、福井四六六頁、中島二一四頁)。

とぶとり→とぶとりの

とぶとりの

「あすか・あす・はやくこ」にかかる。〔例〕「飛鳥」→「明日香」(万葉七八・一九四・一九六)「飛鳥」→「飛鳥」(万葉三七九一)「飛鳥乃」→「早御來」(万葉九七一)⊙飛鳥の　明日香の里を　置きて去なば　君があたりは　見えずかもあらむ(万葉七八)⊙白雲の　龍田の山の――冬ごもり　春さり行かば　飛鳥の　早く來まさね　龍田道の――(万葉九七一)⊙いくゆふべ　むなしき空に　飛ぶ鳥の　明日必ずと　又や頼まむ(風雅一〇四一)〔注〕飛ぶ鳥のように早く帰って来るようにの意で「早く來」にかかる。「明日香」にかかるのは、鳥が朝明(あさけ)に賑々しく飛来するので類音「明日香」にかかるという。但し「明日香」にかかるときは、「飛鳥」は「とぶとり」と四音に訓むべきであるとの説が有力である(大辞典八―三頁、事典四五八頁、福井四六六頁、全注一―二八〇頁)。

とほつかみ

「わごおほきみ」にかかる。〔例〕「遠神」→「吾大王」(万葉五)「遠神」→「我王」(万葉二九五)⊙霞立つ　長き春日(はるひ)の——遠つ神　わご大君の　行幸(いでまし)の——(万葉五)〔注〕遠つ神は先祖のこと。遠い神代から続いてきた代々の天皇の意で「わご大君」にかかる(大辞典七—一二六七頁、福井四六八頁、中島二一五頁、全注一—四一頁、三—一三〇頁)。

とほつくに

「よみ」にかかる。〔例〕「遠津國」→「黄泉」(万葉一八〇四)⊙父母が　成しのまにまに　箸向ふ　弟の命は——遠つ國　黄泉(よみ)の界(さかひ)に——(万葉一八〇四)〔注〕遠つ國は遠く隔たった國。死人の魂が行く國の意で「よみのくに(黄泉)」にかかる(福井四六八頁)。

とほつひと

「まつ・まつら・かり・かりぢのいけ」にかかる。〔例〕「等富都比等」→「末都良」(万葉八五七)「得保都必等」→「麻通良」(万葉八七一)「遠津人」→「獦道之池」(万葉三〇八九)「遠人」→「待」(万葉三三二四)「登保都比等」→「加里」(万葉三九四七)⊙遠つ人　松浦の川に　若鮎(わかゆ)釣る　妹が手本(たもと)を　われこそ巻かめ(万葉八五七)⊙懸けまくも　あやに恐(かしこ)し　藤原の都しみみに——遠つ人　松の下道(したぢ)ゆ　登らして——(万葉三三二四)⊙遠つ人　獵道(かりぢ)の池に　住む鳥の　立ちても居ても　君をしそ思ふ(万葉三〇八九)⊙今朝の朝明(あさけ)　秋風寒し　遠つ人　雁(かり)が來鳴かむ　時近みかも(万葉三九四七)〔注〕「とほつ」の「つ」は「の」の意の古い格助詞。遠方にいる人を待つ意で「待つ」と同音を含む「松」及び地名「松浦(川)」人名「松浦(佐用比売)」などにかかり、また、遠い北方から飛来する「雁」を擬人化して、「雁」および「雁」と同音を含む地名「猟路の池」にかかる。「雁」にかかるは、蘇氏の故事による「雁の使」の意をこめているともいう。松浦川は今の佐賀県東松浦郡七山村に発し、浜崎玉島町で松浦潟東方の海に注ぐ玉島川で、現在の松浦川とは異なる。猟道の池は奈良県桜井市鹿路にある池(大辞典七—一二六五頁、事典四五八頁、福井四六九頁、全注五—一三二頁、五—一五六頁、十七—一〇三頁)。

ともしびの

「あかし」にかかる。〔例〕「留火之」→「明」(万葉二五四)⊙留火(ともしび)の　明石大門(あかしおほと)に　入る日にか　漕ぎ別れなむ　家のあたり見ず(万葉二五四)〔注〕燈火が明るいの意で「明し」と同音を含む地名「明石」にかかる。原文「留」は「蜀」の誤りという。「蜀火」でトモシビと訓む(大系万葉一—一五〇頁、福井四六九頁、全注三―五九頁)。

とやかえる→とやかへる

とやかへる

「たか」にかかる。〔例〕⦿とやかへる　たかのを山の　玉椿　霜をばふとも　色はかはらじ(新古今七五〇)〔注〕鷹の羽の抜け替る時鳥屋に返る意で「鷹」と続き、同音を含む地名近江の鷹尾山にかかる(大系新古今一六八頁)。

とりがなく

「あづま」にかかる。〔例〕「雞之鳴」→「吾妻」(万葉一九九)「鶏之鳴」→「東」(万葉三八二)「鳥鳴」→「東」(万葉一八〇〇)「鶏鳴」→「吾妻」(万葉一八〇七)「鶏鳴」→「東」(万葉三一九四・四〇九四)「等里我奈久」→「安豆麻」(万葉四一三一・四三三三)「登利我奈久」→「安豆麻」(万葉四三三一)⦿かけまくも　ゆゆしきかも　一に云ふ　ゆゆしけれども　あやに畏き――天の下　治め給ひ　食す國を　定めたまふと　鶏が鳴く　吾妻の國の　御軍士を――(万葉一九九)〔注〕東國の言葉が中央(大和地方)の人達には解しがたく、鳥のさえずるように思われたところからという説、鶏が鳴く、やよ起きよ吾夫(あがつま)の意で「吾夫(あづま)」から同音で「東」にかかるとする説、鶏が鳴いて東方から夜が白みそめるからという説、夜が明くの意で「あ」に続くとか、あるいは鳥の鳴き声を「あ」と聞いたところからなど諸説がある(大辞典八―六一頁、福井四七〇頁、金子二〇五頁、全注二―三五八頁、三―二八四頁)。

とりがねの

「かしま」にかかる。〔例〕「鳥音之」→「所聞」(万葉三三三六)⦿鳥が音の　香島の海に　高山を　障になして――(万葉三三三六)〔注〕「所聞多祢」を「かしまね(香島嶺)」と訓む例があり(万葉三八八〇)、原文「所聞」を「かしま」と訓む説に拠るが、「きこゆる」と訓む説も有力である。後者だと枕詞とはしない(大系万葉三―三九七頁)。

とりかよう→とりかよふ

とりかよふ

「はた」にかかる。〔例〕「鳥往來」→「羽田」(日本書紀・十二)⦿鳥通ふ　羽田の汝妹(なにも)は　羽狭に葬り往ぬ(日本書紀・十二)〔注〕鳥→羽と続く(大系日本書紀・上四二七頁、大辞典八―六二頁、福井四七二頁)。

とりじもの

「あさたち・なづさひ・うみにうきゐて」にかかる。〔例〕「鳥自物」→「朝立」(万葉二一〇・二一三)「鳥自物」→

「魚津左比」(万葉五〇九)「鳥自物」→「海二浮居而」(万葉一一八四)⊙うつせみと　思ひし時に　一に云ふ　うつそみと思ひし　取り持ちて　わが二人見し――白栲の　天領巾隠り　鳥じもの　朝立ちいまして――(万葉二一〇)⊙――稲日都麻　浦廻を過ぎて　鳥じもの　なづさひ行けば　家の島――(万葉五〇九)〔注〕すべて鳥のさまから、諸々の語にかかる。「なづさひ」は波の上を浮きただようさま(大辞典八―六八頁、福井四七二頁、中島二一六頁)。

とりよろう→とりよろふ

とりよろふ

「あまのかぐやま」にかかる。〔例〕「取與呂布」→「天乃香具山」(万葉二)⊙大和には　群山あれど　とりよろふ　天の香具山　登り立ち――(万葉二)〔注〕「とりよろふ」は香具山を讃美した言葉。「とり」は神異に関することを強調する接頭語で、「よろふ」は「寄(憑)る」の意かという(大系万葉一―三三頁、全注一―二八頁)。

【な】

ながたをる→ふさたをり

なきことを

「いはれ」にかかる。〔例〕⊙なき事を　磐余(いはれ)の池の　うきぬなは　くるしき物は　世にこそありけれ(拾遺七〇一)〔注〕身におぼえのないことを言はれるとの意から「言(い)はれ」と同音を含む地名大和の磐余にかかる。但し枕詞と見ない説もある(福井四七四頁、中島二一六頁)。

なきなのみ

「たつたのやま・たつのいち・たかをのやま」にかかる。〔例〕⊙なき名のみ　立田の山の　麓には　世にも嵐の　かぜも吹かなむ(拾遺五六一)⊙なき名のみ　辰の市とは　騒げども　いざまた人を　うる由もなし(拾遺七〇〇)⊙なき名のみ　高尾の山と　言ひ立つる　君は愛宕の　峯にやあるらん(拾遺五六二)〔注〕「なきなのみ」ありもしない評判が立つ意から「立つ」と同音を含む地名大和の「立田山・辰の市」にかかり、また、無き名の立つ噂の高いということから「たか」と同音を含む地名山城の「高尾の山」にかかる(福井四七四頁、中島二一七頁)。

なくこなす

「したふ・ことだにとはず・ねのみしなく・とりさぐる」にかかる。〔例〕「哭兒成」→「慕」(万葉四六〇)「泣子那須」→「斯多比」(万葉七九四)「鳴兒成」→「取左具利」（万葉三三〇二）「哭兒如」→「言谷不語」（万葉三三三六）「奈久古奈須」→「祢能未之奈可由」（万葉三六二七）⊙栲縄（たくづの）の　新羅（しらき）の國ゆ　佐保の山辺に　泣く児なす　慕ひ来まして　布細の　宅をも造り——（万葉四六〇）⊙紀の國の　室の江の邊に——里人の　行きの集ひに　泣く兒なす　靫（ゆき）取りさぐり　梓弓　弓腹（ゆはら）振り起し——（万葉三三〇二）⊙鳥が音の　きこゆる海に　高山を　障（へだち）になして——おもほしき　言傳（ことつ）てむやと　家問へば　家をも告（の）らず名を問へど　名だにも告らず　泣く兒如（な）す　言（こと）だに問はず　思へども——（万葉三三三六）⊙朝されば　妹が手に纏（ま）く　鏡なす　御津の濱びに——濱びより　浦磯を見つつ　泣く兒なす　哭（ね）のみし泣かゆ　海神（わたつみ）の——（万葉三六二七）〔注〕泣く児のように、親を慕ひ求めるようにの意で「慕ふ」にかかり、泣く児が乳をさぐり求めるの意で「ゆきとり探り」に、また、いまだ物も言はぬ程の幼児に喩えて、人の死しては答せぬを「言だに問わず」に、また、家恋しさに泣く児のように声を上げて泣く意の「哭（ね）のみし泣かゆ」にかかる。比喩の副詞句とし、枕詞と見ない説もある（大辞典八—二二二頁、福井四七四頁、全注三—四二七頁、五—二七頁）。

なくしかの

「おきふし」にかかる。〔例〕⊙——それまくらことば、春の花にほひすくなくして、むなしき名のみ、秋のよながきをかこてれば、かつは人のみゝにおそり、かつはうたのこゝろにはぢおもへど、たなびくくものたらぬ、なくしかのおきふしは、つらゆきが、この世におなじくむまれて、——（古今仮名序）〔注〕鹿の膝折伏しの意で「起伏」にかかる（大系古今一〇三頁）。

なくたずの→なくたづの

なくたづの

「ね・たづね」にかかる。〔例〕「鳴多頭乃」→「哭」（万葉五〇九）⊙臣女（たわやめ）の　匣（くしげ）に乗れる　鏡なす　御津の濱邊に——鳴く鶴（たづ）の　ねのみし泣かゆ　わが戀ふる——（万葉五〇九）⊙君をおもひ　おきつのはまに　なくたづの　尋ねくればぞ　ありとだにきく（古今九一四）〔注〕「たづの」頭音を重ねて「尋（たづ）ね」にかかり、また「なくたづ」のように、吾妹子を恋ひ慕う意に比し「音のみし泣かゆ（声を上げて泣く）」にかかる。「泣かゆ」は「泣かる」の古語。枕詞と見ない説もある（福井四七五頁、中島二一八頁）。

なくとりの

「まなくときなし」にかかる。〔例〕「鳴鳥之」→「間無時無」（万葉三〇八八）⦿戀衣　着（き）奈良の山に　鳴く鳥の　間無く時無し　わが戀ふらくは（万葉三〇八八）〔注〕奈良山に鳴く鳥のように、絶え間もなく、定めた時はありません、私の恋の思いは、の意で「まなくときなし」にかかる（福井四七五頁、中島二一八頁）。

なぐはし

「よしののやま・さみねのしま」にかかる。〔例〕「名細」→「吉野乃山」（万葉五二）「名細之」→「狭岑之嶋」（万葉二二〇）⦿やすみしし　わご大王　高照らす　日の皇子——名くはし　吉野の山は——（万葉五二）⦿玉藻よし　讃岐の國は——名くはし　狭岑（さみね）の島の　荒磯面（ありそも）に——（万葉二二〇）〔注〕「なぐはし」はその名の美はしの意で有名なる地をほめる意で「吉野山・狭峯の島」にかかる。狭岑島は香川県坂出市の海中にある島。「なぐはしき」の項を参照（福井四七五頁、全注一—二一三頁、二—四四八頁）。

なぐはしき

「いなみのうみ」にかかる。〔例〕「名細寸」→「稲見乃海」（万葉三〇三）⦿名くはしき　稲見（いなみ）の海の　沖つ波　千重に隠（かく）りぬ　大和島根は（万葉三〇三）〔注〕語義、かかり方「なぐはし」に同じ。稲見は印南で兵庫県高砂市から明石市にかけての平野。「なぐはし」の項を参照。

なぐるさの

「とほざかる」にかかる。〔例〕「投左乃」→「遠離」（万葉三三三〇）⦿隠口（こもりく）の　泊瀬の川の——投（な）ぐる箭（さ）の　遠離（とほさか）り居て　思ふそら——（万葉三三三〇）〔注〕「さ」は「矢」、投げた矢が遠くまでいく意で、人の遠く離れてあるに比し「遠ざかる」にかかる。また「なぐるさ」を投げ矢という名詞と見る説や、「なぐ」は手で投げることではなく、弓で射る意とする説などがある。矢を投げて魚をとる法は各地で広く行われている。ここは、泊瀬川の鮎をとる（大辞典八—二二五頁、福井四七六頁）。

なぐわし→なぐはし

なぐわしき→なぐはしき

なすのゆの

「たぎる」にかかる。〔例〕⦿のよのなかを——なすのゆの　たぎる故をも　かまへつつ　我身を人の　身になして——（拾遺五七二）〔注〕下野那須の湯の湧きあがるが如く、感情のはげしくなりたる胸と続き「たぎる胸」にかかる(福井四七六頁、中島二二一九頁)。

なつかげの

「つまや」にかかる。〔例〕「夏影」→「房」(万葉一二七八)⦿夏影の　房(つまや)の下に　衣裁つ吾妹　裏設けて　わがため裁たばや　大に裁て(万葉一二七八)〔注〕夏の頃の物かげとなって涼しい部屋の意で「房(つまや)」にかかる。「房」を「ねや」と訓む説もある(福井四七七頁、中島二一九頁、全注七―二五一頁)。

なつかりの

「あし・あしや・ゐな」にかかる。〔例〕⦿夏かりの　あしふくこやに　かよひきて　軒は涼しき　なには浦風(千五百番歌合四五六)⦿濡れて干す　ひまこそ無けれ　夏かりの　あしやの里の　五月雨の比(続拾遺一八二)⦿夏かりの　猪名の笹原　折敷きて　短き夜はの　眠やは寝らるる(新続古今三一五)〔注〕芦は多く夏に刈り取られる。芦の名所たる摂津の芦屋、猪名にかかる(大辞典八―二六二頁、福井四七七頁、中島二二一九頁)。

なつくさの

「あひね・しなえ・の・しげし・ふかし・かる」にかかる。〔例〕「夏草之」→「思奈要」(万葉一三一)「夏草乃」→「志萎」(万葉一三八)「夏草乃」→「之萎」(万葉一九六)「夏草之」→「野」(万葉二五〇)「奈都久佐能」→「野」(万葉三六〇六)「那都久佐能」→「阿比泥」(記八七)⦿夏草の　阿比泥(あひね)の濱の　蠣貝(かきがひ)に　足踏ますな　明かして通れ(記八七)⦿石見の海　角の浦廻を　浦なしと　人こそ見らめ――里は放(さか)りぬ　いや高に　山も越え來ぬ　夏草の　思ひ萎(しな)えて　偲(しの)ふらむ　妹が門見む　靡けこの山(万葉一三一)⦿珠藻刈る　敏馬(みぬめ)を過ぎて　夏草の　野島が崎に　舟近づきぬ(万葉二五〇)⦿かれはたん　後をばしらで　夏草の　ふかくも人の　おもほゆるかな(古今六八六)⦿夏草の　かりそめにとて　こし宿も　難波の浦に　秋ぞ暮れぬる(新古今五四七)⦿夏草の　野沢かくれの　はぬけ鳥　ありしにもあらず　成我身哉(新撰六帖―六)⦿なつくさの　しげき思ひは　蚊遣火の　したにのみこそ　燃えわたりけれ(新勅撰七一一)〔注〕夏草が日に当たって萎えるさまから、うちしおれて思い嘆く意の「思ひしなえ」にかかり、萎え臥すから「寝」にかかる。夏草の生える野で「野」を含む地名に、夏草の繁く、深く、また草を刈るから仮・仮初にもかかる(大系万葉一―八一頁、事典四五八頁、福井四七七頁、中島二二一九頁、全注二―一三八頁)。

なつくずの

「たえぬ」にかかる。〔例〕「多葛之」→「不絶」（万葉六四九）⦿夏葛の　絶えぬ使の　よどめれば　事しもあるごと　思ひつるかも（万葉六四九）〔注〕葛は夏刈るので夏葛という。その繊維によって丈夫な布をつくる。夏の葛のつるが伸びひろがって絶えぬようにの意で「絶えぬ」にかかる（大系万葉一—二八八頁、全注四—二七八頁）。

なつごろも

「うすき・ひとえ・たつ・たつたのかは・たつたのやま・すその・みもすそかは・おる・かとりのうら・はる・きる・うたしめやま・ひも」などにかかる。〔例〕⦿せみのころも　きけばかなしな　夏衣　うすくや人の　ならんと思へば（古今七一五）⦿我のみぞ　急ぎたたれぬ　夏衣　ひとへに春を　惜しむ身なれば（金葉九九）⦿夏衣　たちわかるべき　今夜こそ　ひとへに惜しき　思ひ添ひぬれ（拾遺三〇五）⦿夏衣　立田河原の　柳かげ　涼みにきつつ　ならず比かな（後拾遺二二〇）⦿夏ころも　すそ野の原を　分け行けば　折りたがへたる　萩が花ずり（千載二一八）⦿夏衣　おりはへてほす　河浪を　みそぎにそふる　瀬々の木綿幣（拾遺愚草・中）⦿夏衣　かとりの浦の　うたたねに　浪のよるよる　かよふ秋風（拾遺愚草・上）⦿なつころも　春の形見を　たつた山　秋は紅葉の　色を染むとも（千五百番歌合三二一）⦿なつころも　来（き）ては見えねど　我がために　うすき心の　あらはなる哉（和泉式部集・上）⦿夏ころも　うたしめ山の　ほととぎす　鳴く聲しげく　成りまさるなり（古今六帖二・山）⦿おのづから　涼しくもあるか　夏衣　日も夕暮の　雨のなごりに（新古今二六四）⦿なつごろも　みもすそ川の　瀬になびく　玉藻かりねの　床ぞ涼しき（建保百首）〔注〕夏衣は薄いところから「薄し」または「薄し」と同音を含む地名「うすゐ」に、また「うすきへだて」「うすくや人の」にかかり、夏衣は單（ひとえ）であるところから「ひとえ」と同音を含む「一重（ひとえ）・偏（ひとへ）」に、夏衣を裁（た）つの意で「裁つ」と同音を含む「立つ」およびその複合語や地名「龍田山・立田河原」に、夏衣は片糸織であるところから「縑（かとり）」と同音を含む地名「香取の浦」に、夏衣の裾の意で「裾野」に、夏衣を張るの意で同音の「春」に、夏衣を織るの意で同音を含む「おりはへ」に、夏衣を着る意で同音の「來（き）て」に、夏衣を打つ意で「打つ」と同音を含む「うたしめ山」に、夏衣の紐の意で「紐」と同音の「日（ひ）も」に、また夏衣の裳裾から聯想して「みもすそ川」にもかかる（大系古今二四三頁、大辞典八—二六四頁、福井四七九頁、中島二二〇頁、旺文社文庫古今一八九頁）。

なつそひく

「うなかみ・うなひ・うなて・いのち」にかかる。〔例〕「夏麻引」→「海上」(万葉一一七六)「奈都素妣久」→「宇奈加美」(万葉三三四八)「奈都蘇妣久」→「宇奈比」(万葉三三八一)「多麻引」→「命」(万葉三二五五)⊙夏麻(なつそ)引く　海上潟の　沖つ洲に　鳥はすだけど　君は音もせず(万葉一一七六)⊙夏麻引く　宇奈比を指して　飛ぶ鳥の　到らむとそよ　吾が下延へし(万葉三三八一)⊙古ゆ　言ひ続ぎ來(く)らく　恋すれば　安からぬものと――少女らが　心を知らに　其を知らむ　縁の無ければ　夏麻引く　命かたまけ　刈薦の　心もしのに　人知れず――(万葉三二五五)⊙なつそひく　雲梯(うなて)の森の　村雨に　下葉のこらぬ　草のゆふ露(夫木二二)〔注〕「夏麻」は夏季に麻畑から取った麻。夏麻を引いて績(う)む意で「績む」の「う」と同音を含む地名「海上(うなかみ)・宇奈比(うなひ)・雲梯(うなて)」にかかり、また、麻をつむいで糸にする意で、「糸」の「い」と同音を含む「命」にかかる。または、夏に麻を根引く畑の畝(うね)の意で、畝の「う」と同音の「う」にかかるともいう(大辞典八―二六五頁、福井四八〇頁、中島二二〇頁、全注七―一三四頁、十四―一九頁)。

なつのの

「しげく」にかかる。〔例〕⊙さと人の　事はなつ野のしげくとも　かれゆく君に　あはざらめやは(古今七〇四)〔注〕夏の野の草繁くの意で、人の噂がうるさいに比し「しげく」にかかる(大系古今二四一頁)。

なつびきの

「いと・いとほし・いとことわり・いとま・いとかのやま」にかかる。〔例〕やまと歌は　むかしあめつちひらけはじめて――うば玉の夢につたへたる事まで　ひろくもとめ　あまねくあつめしむ　おの〳〵えらびたてまつれるところ　夏引の　いとの一すぢならず――(新古今仮名序)⊙逢ふ迄は　思もよらず　夏引きの　いとほしとだに　いふと聞ばや(金葉三七八)⊙夏引きの　いと理りや　二目三目より　合ひくまに　程の経るかも(蜻蛉日記一一五)⊙なく計り　ありもこそあれ　夏引の　いとまやはなき　ひと目ふた目に(蜻蛉日記一一六)⊙なつびきの　いとかの山の郭公(ほととぎす)　くるしきまでに　またれてぞなく(夫木抄八)〔注〕「なつびき」は「なつひき」とも。夏に糸を繰り引くこと。またその繰り引いた糸。夏蚕(なつご)の糸。あるいは夏にとった麻の糸をつむぐこともいう。夏引きの糸の意で「糸」と同音または同音を含む副詞「いと」

や「いとま」「いとほし」および地名「いとかの山」にかかる（大辞典八―二六八頁、福井四八二頁、中島二二一頁）。

なつむしの

「ひむし」にかかる。〔例〕「那莵務始能」→「譬務始」（日本書紀十一）⦿なつむしの　ひむしの衣　二重着て　かくみやだりは　あに良くもあらず（日本書紀十一）〔注〕夏の夜燈火に飛び入る虫というより「ひむし」にかけていう。「ひむしの衣」とは蚕糸の衣をいう。「ひむし」は蚕のこと。但し、「ひむし」のヒは「譬」で表記され、これは甲類音であるから、乙類音の「火（ヒ）」とは別のものである（大辞典八―二六九頁、福井四八三頁）。

なとりがは

「なきなとりては・うきな・あふせ」にかかる。〔例〕⦿みちのくに　ありといふなる　なとり川　なきなとりては　くるしかりけり（古今六二八）⦿そのまゝに　逢ふ瀬は絶えて　名取川　浮名ばかりぞ　顕れにける（新千載一六一八）⦿いかなれば　浮名計りの　名取川　あふ瀬はよそに　聞き渡るらむ（続千載一二六〇）〔注〕名取川は宮城県南部にある川。語を隔てて同音を重ね「なき名取りては」にかかり、また川の縁語である「浮く」「瀬」などの語をもつ「浮き名」「逢ふ瀬」などにもかかる（大辞典八―二七四頁、中島二二一頁）。

なとりがわ→なとりがは

ななつごの

「さやか・さやのくちぐち」にかかる。〔例〕⦿逢ふことの　刀さしたる　七つごの　さやかに人の　恋らるる哉（古今六帖三四二八五）⦿七つ子の　さやの口々　集ひつゝ　我を刀に　さしてゆくなり（古今六帖三四二八六）〔注〕「七子」は「ななこざや」のこと。ななこ織の紗綾（さや）の義でその「さや」の青から「さやか」にかかるとか、魚子鞘（ななこざや）という魚鱗の如きギザギザの鞘があり、その「さや」の音から「さやか」にかかるとかの説がある。或いは枕詞とするは非か（福井四八三頁、中島二二二頁）。

なにはがた

「うらむ・なに」にかかる。〔例〕⦿なにはがた　うらむべきまも　おもほえず　いづこをみつの　あまとかはなる（古今九七四）⦿難波潟　何にもあらず　みをつくす　深き心の　しるしばかりぞ（後撰一一〇四）〔注〕「難波潟浦」と続き「浦」と同音を含む「恨む」にかかり、また頭音を重ねて「何」にもかかる（大系古今二九九頁、福井四八四頁、中島二二二頁)。

なにはなる

「みつ・みをつくし」にかかる。〔例〕⊙君がなも　わが名もたてじ　なにはなる　みつともいふな　あひきともいはじ(古今六四九)⊙佗びぬれば　今將(はた)同じ　難波なる　みをつくしても　逢はむとぞ思ふ(後撰九六一)〔注〕「なる」は「にある」の約語。難波にある御津の浜の意から「御津」と同音の「見つ」にかかり、また難波は「澪標(みをつくし)」があるので同音の「身を盡し」にかかる。澪は水尾の義で海や川の中で特に深くて航路となる処をいう。澪標(みをつくし)とは澪つ串(くし)の義で、澪の所在を示すために立てる杙である(大系古今二三二頁、福井四八四頁、中島二二二頁)。

なにはの

「うら」にかかる。〔例〕⊙我をきみ　なにはのうらに　ありしかば　うきめをみつの　あまとなりにき(古今九七三)〔注〕「難波の浦」と続き「浦」と同音の「憂ら」にかかる(大系古今二九九頁)。

なにわがた→なにはがた

なにわなる→なにはなる

なにわの→なにはの

なのりその

「な・おのがな」にかかる。〔例〕「名乗藻乃」→「名」(万葉三六二・三六三)「莫告藻之」→「己名」(万葉九四六)「名告藻之」→「名」(万葉三一七七)⊙みさごゐる　磯廻に生ふる　名乗藻の　名は告らしてよ　親は知るとも(万葉三六二)⊙――深海松の　見まく欲しけど　名告藻の　己が名惜しみ　間使も――(万葉九四六)⊙あまの苅る　いらごが崎の　なのりその　名乗りも果てぬ　時鳥哉(続後拾遺二〇〇)〔注〕「なのりそ」は「ほんだわら」の古名。同音のくり返しで「な」にかかる。但し枕詞と見ない説もある(大系万葉一―三五三頁、事典四五九頁、福井四八五頁、中島二二二頁、山口四五四頁、全注三―二三九頁)。

なはのりの

「な・ひかばたゆ」にかかる。〔例〕「縄乗乃」→「名」(万葉三〇八〇)「縄法之」→「引者絶」(万葉三三〇二)⊙大海(わたつみ)の　沖に生ひたる縄苔(なはのり)の　名はさね告(の)らじ　恋ひは死ぬとも(万葉三〇八〇)⊙紀の國の　室の江の辺に　千年(ちとせ)に　障る事無く――縄苔の　引けば絶ゆとや　里人の　行きの集ひに――(万葉三三〇二)〔注〕縄海苔は「うみそうめん」のことで、赤紫色の細長い海藻で食用とする。頭音を重ねて「名」にかかり、また、縄海苔は切れやすいので「引かば絶ゆ」にかかる（大辞典八―三六八頁、福井四八五頁、中島二二三頁）。

なびきもの

「よりにしものを・したにみだれて」にかかる。〔例〕「靡藻之」→「因西鬼乎」（万葉二七八〇）⊙紫の　名高の浦の　靡き藻の　心は妹に　寄りにしものを（万葉二七八〇）⊙思ひ川　いつまで人に　なびきもの　したに乱れて　逢ふ瀬待つらむ（新後撰）〔注〕「なびきも」は水のまゝに靡く藻。私の心はすっかり妹になびきよってしまったの意で「寄りにしものを」に、また、なびき藻のように、心は乱れて逢う時を待つ意で「下（心）に乱れて」にかかるとする。但し枕詞と見ない説もある（横山一五〇頁）。

なまよみの

「かひ」にかかる。〔例〕「奈麻余美乃」→「甲斐」（万葉三一九）⊙なまよみの　甲斐の國　うち寄する　駿河と　こちごちの――（万葉三一九）〔注〕生（なま）で善い味（よみ）の「貝」と続くという説、甲斐は山の峡（かひ）だからという説、うすぐらい意の「なまよみ」で続くという説、弓の材料とする梓の木が多いので、生弓（なまゆみ）の反（かへ）る意とする説などがある（大辞典八―三二〇頁、事典四五九頁、福井四八六頁、金子二〇一頁、全注三―一六九頁）。

なみくもの

「うつくし」にかかる。〔例〕「浪雲乃」→「愛」（万葉三二七六）⊙百足らず　山田の道を　波雲の　愛（うつく）し妻と　語らはず　別れし来れば――（万葉三二七六）〔注〕「なみくも」は波のような雲（うろこ雲のことか）の愛らしい感じによる形容で「愛し妻」にかかる（大系万葉三―三六三頁、大辞典八―三二五頁、福井四八七頁、中島二二三頁）。

なみのとの

「さわぐみなと」にかかる。〔例〕「浪音乃」→「驟湊」（万葉一八〇七）⊙鶏が鳴く　吾妻の國に　古に　ありける事と　今までに　絶えず言ひ来る――波の音の　騒く湊の　奥津城に　妹が臥（こや）せる　遠き代に　ありける事を　昨日しも　見けむが如く　思ほゆるかも（万葉一八〇七）〔注〕「波の音の」騒がしい湊という意から「さわぐ湊」にかかる。但し枕詞とするは非か（福井四八八頁、中島二二三頁）。

なみのほの

「いたぶらし」にかかる。〔例〕「奈美乃保能」→「伊多夫良思」（万葉三五五〇）⦿おして否と　稲は春かねど　波の穂の　いたぶらしもよ　昨夜（きそ）獨り寝て（万葉三五五〇）〔注〕波の穂は波の頂上。「いたぶらし」は、ひどく揺れて落着かない意。波がしらが激しく揺れ動くようにの意で、心の動揺に比し「いたぶらし」にかかる（大辞典八—三三〇頁、事典四五九頁、福井四八八頁、全注十四—三七六頁）。

なみのよる

「いそ・いは」にかかる。〔例〕⦿浪のよる　磯の浮寝の　さ夜枕　こととひすてて　行く千鳥かな（続古今六一〇）⦿浪の寄る　岩根に立てる　磯馴松　まだねもいらで　恋明しつる（新千載一二二五）〔注〕「波の寄る磯・岩」ということから「磯」「岩」にかかる（中島二二四頁）。

なみよする

「いそ」にかかる。〔例〕⦿波よする　磯辺の芦の　折伏して　人の憂には　音ぞなかれる（続後撰一〇〇二）〔注〕「波のよする磯」というより「磯」にかかる（中島二二四頁）。

なゆたけの

「とをよる」にかゝる。〔例〕「名湯竹乃」→「十縁」（万葉四二〇）⦿なゆ竹の　とをよる皇子（みこ）　さ丹（に）つらふ　わご大王（おほきみ）は——（万葉四二〇）〔注〕「なゆたけ（萎竹）」は、「なよたけ（弱竹）」と同じ。「ナヨ」は「ナヨヤカ」の語源。「トヨヲヨル」の「トヲ」は「タワ」と同じ意（たわみまがる意）で、「トヲヨル」は、しなやかな女性の形容。「なゆたけの」なよなよとよくしなら竹の意で比喩的に「とをよる」にかかる（大系万葉一—一二〇頁、事典四五九頁、福井四八九頁、全注三—三六〇頁）。

なよたけの

「とをよる・よ・よよ・よたび・ふし」にかかる。〔例〕「奈用竹乃」→「騰遠依」（万葉二一七）⦿秋山の　したへる妹　なよ竹の　とをよる子らは——（万葉二一七）⦿なよ竹の　よながきうへに　はつしもの　おきゐて物を　思ふころかな（古今九九三）⦿なよたけの　世々に古りにけることをかしきふしも無ければ（源氏—絵合）⦿昔より　かゝるためしは　なよ竹の　四たび重ねて　立ち返る　きたの藤浪（新続古今二〇四六）⦿恋ひ恋ひて　待見るかひも　なよ竹の　徒臥しに　明けぬ此夜は（新千載一三九九）⦿花の色も　ときはならも　なよ竹の　長き夜におく　露し掛からば（拾遺一一六一）⦿なよ竹の　わが子の齢（よ）をば知らずして　おふしたてつと　思ひけるかな（拾遺一三〇四）⦿風吹けば　なびく物から　なよ竹の　思ふふしぶし有りげ成哉(堀河百首―雑)〔注〕「なよだけの」とも。中古よりの訓名で、古くは「なゆたけ」とも。①やわらかい竹がたわみやすいところから「とをよる」かかる。②やわらかい竹の節(ふし)の意で、節の古語「よ」と同音の「夜・世・齢・四」にかかる。③竹の節(ふし)から「ふし(節)」と同音の「伏し」にかかる(大辞典八―三三九頁、福井四八九頁、旺文社文庫古今三三三頁、全注二―四三三頁)。

ならしばの

「なれ・ならし」にかかる。〔例〕「櫟柴之」→「奈礼」(万葉三〇四八)⊙御猟(みかり)する　雁羽の小野の　櫟柴(ならしば)の　馴れは益(まさ)らず　恋こそ益れ(万葉三〇四八)⊙我宿を　いつかは君が　なら柴の　ならし顔には　をりにおこせる(大和物語五四七)〔注〕「ならしば」は楢の小枝のこと。「なら」と類音の「馴れ」にかけ、同音を含む「ならし顔」にかかる(福井四九〇頁、中島二二四頁)。

ならのはの

「な・は」にかかる。〔例〕⊙神な月　時雨ふりをける　ならのはの　名におふ宮の　ふるごとぞこれ(古今九九七)⊙楢の葉の　葉守の神の　座しけるを　しらでぞ折りし　祟なさるな(後撰一一八四)〔注〕「楢の葉の」頭音を重ねて「な(名)」にかけ、「は」の音を重ねて「葉」にかける(中島二二五頁)。

ならのはを

「ならしかほ」にかかる。〔例〕⊙我宿を　いつ慣してか　楢の葉を　ならし顔には　折におこする(後撰一一八三)〔注〕同音を重ねてかかる(中島二二五頁)。

なるかみの

「おと・おとはのやま」にかかる。〔例〕「鳴神乃」→「音」(万葉九一三)「動神之」→「音」(万葉一〇九二)⊙うまこり　あやにともしく　鳴る神の　音のみ聞きし　み芳野の　眞木立つ山ゆ　見降せば――(万葉九一三)⊙なる神の　音羽の山の　峯の雲　遙かに人の　なりも行くかな(壬二集一四六〇二)〔注〕鳴る神は雷。姿が見えず音を聞くだけであるので「音」に、また同音を含む「音羽の山」にかかる(大辞典八―三五九頁、事典四五九頁、福井四九〇頁、角川文庫万葉一二四頁、全注六―二四頁)。

なるたきの

「よどむ」にかかる。〔例〕⊙思ふ事　身にあまるまで　鳴瀧の　しばしよどむを　なに恨むらん(新古今一八六〇)〔注〕「鳴滝の淀む」は不遇で官位がしばし停滞する意で

「淀む」にかかる（大系新古今三七七頁、朝日新古今三八一頁）。

なるなしの

「なり」にかかる。〔例〕⊙おふのうらに　かたえさしおほひ　なるなしの　なりもならずも　ねてかたらはん（古今一〇九九）〔注〕「なるなしの」は枝に生る梨の實のようにの意で、恋が成就するに比し、類音の「なり」にかかる。但し枕詞と見ない説もある（大系古今三二九頁、福井四九一頁）。

なわのりの→なはのりの

なを

「をしどり」にかかる。〔例〕⊙池にすむ　なををしどりの　水をあさみ　かくるとすれど　あらはれにけり（古今六七二）〔注〕「なををしどりの」は名を惜しむ意で、「をしむ」と同音を含む「をしどり」にかかる（大系古今二三五頁）。

【に】

にいはり→にひはり

にいむろを→にひむろを

におてるや→にほてるや

におとりの→にほとりの

にきたまの

「たわやめ」にかかる。〔例〕「爾記多麻乃」→「多和也米」（類聚國史七五）⊙君こそは　忘れたるらめ　にきたまの　たわやめ我れは　常の白玉（類聚國史七五）〔注〕後世は「にぎたま」とも。「和魂」は温和な親しむ神霊、にきみたま。その意で、なよやかな女「たわやめ」にかかる（大辞典八―四二四頁）。

にげみずの→にげみづの

にげみづの

「にげ」にかかる。〔例〕⊙あづま路に　ありといふなる　逃水の　にげかくれても　世を過すかな（夫木一一一六）〔注〕逃水は川の水が地中に伏流し、その末の知られざるをいうが、ここでは武蔵野の逃水のこと。春や夏の晴れた日、地面が熱せられて水蒸気が立ち、水たまりか流水のように見える現象（大辞典八―四三八頁、中島二二六頁）。

にこぐさの

「にこよか・はなつつま」にかかる。〔例〕「介古具佐能」→「波奈都豆麻」（万葉三三七〇）「介故具左能」→「介古餘可」（万葉四三〇九）⊙足柄（あしがり）の　箱根の嶺（ね）

ろの　和草(にこぐさ)の　花つ妻なれや　紐解かず寝む(万葉三三七〇)⊙秋風になびく河傍(かはび)の　和草のにこよかにしも　思ほゆるかも(万葉四三〇九)〔注〕和草(にこぐさ)は生えそめた、やわらかい草。同音を反覆して「にこよか」に、また和草の花という所から美しい妻の意の「花つ妻」にかかる(福井四九二頁、大塚二〇六頁、全注十四—八〇頁)。

にごりみず→にごりみづ

にごりみづ

「すむ」にかかる。〔例〕⊙雨降りて　庭に溜れる　濁水　誰が住まばかは　影のみゆべき(拾遺一二五三)〔注〕濁水の澄むという意から、澄むの同音である「住む」にかかる(福井四九二頁、中島二二六頁)。

にはすずめ

「うずすまる」にかかる。〔例〕「爾波須受米」→「宇受須麻理」(記一〇二)⊙百敷の　大宮人は　鶉鳥(うづらとり)　領巾(ひれ)取り掛けて　鶺鴒(まなばしら)　尾行き合へ　庭雀　踞集(うずすま)りゐて　今日もかも　酒漬(さかみづ)くらし　高光る　日の宮人　事の　語り言もこをば(記一〇二)〔注〕庭にいる雀のさまが宮仕人の階庭に蹲る姿に似ると見て「うずすまる」(群れ集う)にかかる(福井四九三頁、中島二二六頁)。

にはたづみ

「ながる・ゆくへ・かは・すまぬ・うたかた」にかかる。〔例〕「庭多泉」→「流」(万葉一七八)「介波多豆美」→「流」(万葉四一六〇)「庭多豆水」→「流」(万葉四二一四)「直海」→「川」(万葉三三三五)「潦」→「川」(万葉三三三九)⊙み立たしの　島を見る時　にはたづみ　流るる涙　止めそかねつる(万葉一七八)⊙玉桙の　道行く人は　あしひきの　山行き野行き　にはたづみ　川行き渡り——(万葉三三三五)⊙にはたつみ　行方知らぬ　もの思ひに　はかなき沫の　消えぬべきかな(新勅撰七一九)⊙よと共に　雨ふる宿の　庭たづみ　すまぬに　影はみゆる物かな(拾遺一二五四)⊙何時迠と　知らぬながらの　にはたづみ　うたかたあはで　我ぞけぬべき(源氏狭衣四・一七〇七)〔注〕「にはたづみ」(潦・行潦・庭水)は、雨が降って急に庭にあふれ出る水。そのようすから比喩的にかかる。「ニハ」は「ニハカ(俄)」の語源。「タツ」は夕立の「タチ」と同源。「ミ」は水で、急にひどく降る雨の意となる。雨のため俄かに地上にたまって川のように流れる水の意で「流るる」「川」に、その流れ行く先の不明なことから「行方(知らず)」に、また流れる川の濁っているところから

「すまぬ」に、流れる水に泡沫のできることから「うたかた」にかかる。語源については「庭」と関連づける説が有力である。「庭立水」（万葉一三七〇）という表記から「にはたつみ」と清音の形のあったことがわかる（大系万葉三―三九六頁、大辞典八―五四一頁、事典四五九頁、福井四九三頁、中島二二六頁、全注二―二九七頁）。

にはつとり

「かけ」にかかる。〔例〕「爾波都登理」→「迦祁」（記二）「儞播都等唎」→「柯稽」（紀九六）「庭津鳥」→「可鶏」（万葉一四一三）⦿庭つ鳥　鶏（かけ）の垂尾（たりを）の乱尾の　長き心も　思ほえぬかも（万葉一四一三）〔注〕庭津鳥は庭に飼ふ鳥（にはとり）で、「鶏（かけ）」にかかる。「かけ」はその鳴き声から名づけられたもの（大辞典八―五四一頁、福井四九四頁、中島二二六頁）。

にはにたつ

「あさ」にかかる。〔例〕「庭立」→「麻」（万葉五二一）「介波介多都」→「安佐」（万葉三四五四）⦿庭に立つ　麻手（あさで）刈り干し　布さらす　東女（あづまをんな）を忘れたまふな（万葉五二一）〔注〕庭に植えてあり、まっすぐに立っている意で「麻」にかかる。用例五二一番の原文、「麻手」「手」を「乎」の誤りとして「麻緒」または「麻ヲ」と解する説もある。この歌は、当時常陸守だった藤原宇合（うまかひ）が遷任して京に上る時、常陸娘子の贈る歌という。枕詞と見ない説もある（大系万葉一―二五二頁、大辞典八―五四二頁、事典四五九頁、福井四九五頁、全注四―九七頁、十四―二二七頁）。

にひはり

「つくば」にかかる。〔例〕「邇比婆理」→「都久波」（記二五）「珥比麼利」→「菟玖波」（紀二五）⦿新治　筑波を過ぎて　幾夜か寝つる（紀二五）〔注〕新治は新墾。その田・畑・道をいう。新治・筑波は常陸国の地名で、枕詞とするは非か（福井四九六頁）。

にひむろを

「ふみしづむ」にかかる。〔例〕「新室」→「蹈静」（万葉二三五二）⦿新室を　踏み静む子が　手玉し鳴るも　玉の如　照らせる君を　内にと申せ（万葉二三五二）〔注〕新室（にひむろ）は新築の家。室（むろ）とは本来、土を掘り下げて柱を立て屋根をかぶせる方式の家をいう。ここは新室を建てるべく、土地を足で踏んで家の霊を鎮める（ならす）という意で「踏み静む」にかかるか（福井四九七頁、中島二二七頁、横山一五三頁）。

にほてるや

「やはせ・さくらたに・しが」にかかる。〔例〕⊙にほてるや 八橋の渡 する舟を いくそたび見つ 瀬田の橋守（堀河百首）⊙にほてるや 桜谷より落たぎつ 波も花さく 宇治の網代木（広本拾玉集—二）⊙にほてるや 志賀の浦風 春かけて さゞなみながら 立つ霞かな（新千載一六）〔注〕琵琶湖のことを「鳰照海」という。月の光が琵琶湖やその周辺の風物に美しく照り輝く意か。中世以降の和歌によく用いられる。語源は不明だが、「てる」は照るで、「にほ」は、にほのうみで、琵琶湖をさしていうか。その周辺の地名「矢橋・桜谷・志賀」にかかる（大辞典八—四一六頁、福井四九八頁、中島二二七頁）。

にほとりの

「ふたりならびゐ・なづさふ・かづく・かづしか・おきなが」にかかる。〔例〕「邇本杼理能」→「迦豆岐」（記三八）「珥倍廼利能」→「介豆岐」（紀二九）「介保騰里能」→「布多里雙坐」（万葉四一〇六）「介保鳥能」→「布多利那良毗為」（万葉七九四）「丹穂鳥」→「足沾」（万葉二四九二）「柔保等里能」→「奈豆左比」（万葉三六二七）「介保杼里能」→「可豆思加」（万葉三三八六）「介保杼里乃」→「於吉奈我」（万葉四四五八）⊙いざ吾君（あぎ）振熊（ふるくま）が 痛手（いたて）負（お）はずは 鳰鳥（にほどり）の 淡海（あふみ）の海に 潜（かづ）きせなわ（記三八）⊙大君の 遠の朝廷と しらぬひ 筑紫の國に——鳰鳥（にほどり）の 二人並び居 語らひし 心背きて 家ざかりいます（万葉七九四）⊙思ふにし 餘りにしかば 鳰鳥の なづさひ来しを 人見けむかも（万葉二四九二）⊙鳰鳥の 葛飾早稲を 饗（にへ）すとも その愛（かな）しきを外（と）に立てめやも（万葉三三八六）⊙鳰鳥の 息長（おきなが）川は 絶えぬとも 君に語らむ 言盡（ことつ）きめやも（万葉四四五八）〔注〕にほどり（鳰鳥）は、かいつぶり（鸊鷉）の古名。①かいづぶりがよく水にもぐることから「かづく」にかかり、転じて同音の地名「葛飾（かづしか）」にかかる。また息が長いので、その息の長い意の「息長（おきなが）」にかかる。かいつぶりがよく水に浮かんでいるところから「なづさふ」に、繁殖期には雌雄が並んでいることが多いので「二人並びゐ」にかかる（大辞典八—四一六頁、事典四六〇頁、福井四九七頁、中島二二八頁）。「ひくあみの」の項を参照。

にわすずめ→にはすずめ

にわたずみ→にはたづみ

にわつとり→にはつとり

にわにたつ→にはにたつ

【ぬ】

ぬえくさの

「め」にかかる。〔例〕「奴延久佐能」↓「賣」(記三)⊙八千矛の　神の命　萎(ぬ)え草の　女(め)にしあれば　我が心　浦渚の鳥ぞ――(記三)〔注〕「ぬえくさ(萎草)」「ぬえぐさ」とも。植物蕎麦菜の異名。しなやかな草、萎え草の、なよ〳〵とした意で「め(女)」にかかる(大系古代歌謡三六頁、大辞典八―五六四頁、福井五〇一頁)。

ぬえことり

「うらなく」にかかる。〔例〕「奴要子鳥」↓「卜歎」(万葉五)⊙霞立つ　長き春日(はるひ)の　暮れける　わづきも知らず　村肝(むらきも)の　心を痛み　鵼子鳥(ぬえことり)　うらなけ居れば――(万葉五)〔注〕鵼子鳥は「とらつぐみ(虎鶫)」の異名。一説に、夜鳴く鳥の総称。「フクロウ・ミミズク」等を含む。鳴き声が悲しげなところから「うらなく(忍び泣く・心に泣く意)」にかかる(大系万葉一―一一頁、大辞典八―五六四頁、事典四六〇頁、全注一―四一頁)。

ぬえとりの

「うらなく・のどよふ・かたこひつま」にかかる。〔例〕「奴延鳥之」↓「裏歎」(万葉一九九七)「奴延鳥」↓「浦嘆」(万葉二〇三一)「奴延鳥」↓「宇良奈気」(万葉三九七八)「奴延鳥乃」↓「能杼与比」(万葉九八二)「宿兄鳥之」↓「片恋」(万葉一九六)〔例〕⊙ひさかたの　天の河原に　ぬえ鳥の　うら嘆(な)けましつ　為方(すべ)なきまでに(万葉一九九七)⊙――天地は　廣しといへど　吾が爲は――飯炊(いひかし)く　事も忘れて　鵼鳥の　呻吟(のどよ)ひ居るに――(万葉八九二)⊙飛鳥の　明日香の河の――あやに悲しみ　ぬえ鳥の　片恋嬬(かたこひつま)　朝鳥の　通はす君が――(万葉一九六)〔注〕語義は「ぬえことり(鵼子鳥)」に同じ。悲し気な声で鳴くので「うら泣く」に、鳴き声の細々と悲しげなところから「のどよふ(細々と力のない声を出す意)」に、鳴き声が物悲しく人を恋うるように聞えるところから「片恋嬬」にかかる(大辞典八―五六四頁、事典四六〇頁、福井五〇一頁、全注二―三四〇頁、五―一九二頁、十五―一九五頁)。

ぬつとり

「きぎし」にかかる。〔例〕「奴都等利」↓「枳蟻矢」(紀九六)⊙八島國　妻枕きかねて――野(ぬ)つ鳥　雉(きぎし)は響(とよ)む――(紀九六)〔注〕「ぬつとり」は「のつとり」に同じ。庭つ鳥に対する野生の鳥で「雉」にかかる（福井五〇二頁、中島二二九頁）。「のつとり」の項を参照。

ぬばたまの

「くろ・くろうま・くろこま・かみ・くろかみ・おほくろ・よ・ひとよ・よひ・こよひ・つき・ゆめ・ねる・いも」などにかかる。〔例〕「奴波多麻能」→「久路」（記四）「農播梅磨能」→「矩盧」（紀八一）「奴波珠能」→「黒髪」（万葉八九）「夜干玉之」→「黒馬」（万葉五二五）「烏玉之」→「黒髪」（万葉一一一六）「黒玉之」→「玄髪」（万葉一二四一）「黒玉之」→「久漏」（万葉一七九八）「烏玉乃」→「髪」（万葉一八〇〇）「烏玉」→「黒髪」（万葉二四五六）「黒玉乃」→「玄髪」（万葉二五三二）「夜干玉之」→「黒髪」（万葉二六一〇）「野干玉」→「黒髪」（万葉三二七四）「野干玉之」→「黒馬」（万葉三三一三）「烏玉之」→「黒馬」（万葉三三〇三）「烏玉之」→「黒髪」（万葉三三二九）「烏玉之」→「黒髪」（万葉三八〇五）「烏玉之」→「大黒」（万葉三八四四）「奴婆多麻能」→「黒髪」（万葉三九六二・四一六〇）「奴婆多麻乃」→「久路加美」（万葉四三三一）「奴波多麻能」→「用」（記三）「烏玉之」→「夜」（万葉一六九・九二五・一〇八一・二〇三五・三二九七）「烏玉乃」→「夜」（万葉一九四・九八二）「烏玉能」→「暮」（万葉一九九）「野干玉乃」→「夜」（万葉三〇二）「烏珠之」→「夜」（万葉三九二）「奴婆多麻能」→「用流」（万葉八〇七）「夜干玉乃」→「夜」（万葉六一九）「夜干玉能」→「夢」（万葉六三九）「夜干玉之」→「夜」（万葉七〇二）「野干玉之」→「夜昼」（万葉七二三）「野干玉能」→「夜」（万葉七八一）「夜干玉之」→「夜」（万葉一〇七七・二八九〇・二九三一・三一〇八）「黒玉之」→「夜」（万葉一一〇一）「夜干玉乃」→「今夜」（万葉一六四六）「黒玉」→「夜」（万葉一七〇六）「烏玉乃」→「宵」（万葉一七一二）「黒玉」→「宵」（万葉二〇〇八）「烏珠之」→「夜」（万葉二〇七六）「野干玉之」→「夜」（万葉二一三九）「烏玉」→「是夜」（万葉二三八九「烏玉之」→「毎夜」（万葉二五六九）「夜干玉之」→「妹」（万葉二五六四）「黒玉」→「夢」（万葉二五八九）」烏玉」→「夢」（万葉二八四九）「烏玉乃」→「夜」（万葉二六七三）「黒玉之」→「宿而」（万葉二八七八）「烏玉乃」→「夢」（万葉二九五六）「烏玉之」→「今夜」（万葉二九六二「野干玉」→「夜」（万葉三〇〇七）「野干玉之」→「彼夜」（万葉三二六九）「野干玉之」→「夜」（万葉三二七〇・三三一二）「奴波多麻能」→「欲波」（万葉三五九八）「奴婆多末能」→「比登欲」（万葉三六四七）「奴波多麻能」→

「欲」（万葉三六五一）「奴婆多麻乃」→「欲」（万葉三六七二）「奴婆多麻能」→「伊毛」（万葉三七一二）「奴婆多麻能」→「欲」（万葉三七二一・四〇七二）「奴婆多麻能」→「比等欲」（万葉三七三八）「奴婆多麻乃」→「欲流」（万葉三七六九・四四五五）「奴婆多麻能」→「欲流」（万葉三九三八）「奴婆多麻乃」→「伊米」（万葉三九八〇）「奴婆多麻乃」→「都奇」（万葉三九八八）「奴婆玉乃」→「夜」（万葉四一〇一）「奴婆玉乃」→「己与比」（万葉四四八九）⊙ぬばたまの　黒き御衣（みけし）を　ま具（つぶさ）に　取り装ひ――（記四）⊙八千矛の　神の命――ぬばたまの　夜は出でなむ――（記三）⊙居明かして　君をば待たむ　ぬばたまの　わが黒髪に　霜はふれども（万葉八九）⊙小垣内（をかきつ）の　麻を引き干し　妹なねば――ぬばたまの　髪は乱れて――（万葉一八〇〇）⊙ぬばたまの　斐太の大黒（おほぐろ）　見るごとに　巨勢の小黒し　思ほゆるかも（万葉三八四四）⊙わが背子が　かく恋ふれこそ　ぬばたまの　夢（いめ）に見えつつ　寝ねらえずけれ（万葉六九三）⊙ぬばたまの　妹が黒髪　今夜もか　わが無き床に　靡けて寝らむ（万葉二五六四）⊙ぬばたまの　月に向ひて　霍公鳥　鳴く音（おと）遥（はる）けし　黒遠みかも（万葉三九八八）
〔注〕「ぬばたまの」中古以降「むばたま」とも。あやめ科の多年草、檜扇（ひおうぎ）は種子。黒くて球状をなす。その黒いところから、黒を含む語、夜に関する語などにかかる（大辞典八―五八九頁、事典四六〇頁、福井五〇三頁、中島二二九頁、金子一九三頁、山口四五六頁、全注二―二二頁、七―三四頁）。

ぬまみずの→ぬまみづの

ぬまみづの

「ゆくへもなき」にかかる。〔例〕⊙夏草の　上は茂れる　沼水の　行方もなき　我心かな（古今六帖三四四六三）
〔注〕沼にたまれる水の流れ出る所もないところから、心のやるせなきに喩え「行方もなき」にかかる。枕詞とするは非か（福井五〇六頁、中島二三〇頁）。

ぬれごろも

「ゆふひも」にかかる。〔例〕⊙玉藻刈る　いちしの海士の　ぬれごろも　夕日も寒く　霰降るなり（新拾遺六四六）
〔注〕「濡衣」の紐を結ぶということから「紐（ひも）結（ゆ）ふ」と類音の「夕日も」にかかる。但し枕詞とするは非か（福井五〇六頁、中島二三〇頁）。

【ね】

ねじろの

「しろきただむき」にかかる。〔例〕「泥土漏能」→「斯漏多陀牟岐」(記六一)「泥土漏能」→「辭漏多娜武枳」(紀五八)⊙つぎねふ　山城女(やましろめ)の　木鍬(こくは)持ち　打ちし大根(おほね)　根白(ねじろ)の　白腕(しろただむき)　枕(ま)かずけばこそ　知らずとも言はめ(記六一)〔注〕「ねじろ」は根の白いこと。根の真白な大根のやうに、女の腕の柔らかで白いところから「白き腕(たゞむき)」にかかる(福井五〇七頁、中島二三〇頁)。

ねぜりつむ

「さわた」にかかる。〔例〕⊙ね芹摘む　春の沢田に　おり立て　衣の裾の　濡れぬ日ぞなき(曽丹集一二〇六)〔注〕「ねぜり」—芹のこと。その根は食用として珍重される。芹は田や沼や沢に多く生ずるので「沢田」にかかるか(中島二三〇頁)。

ねぬはなの

「ながき・ねぬ・くるし・くる・ねたく」にかかる。〔例〕⊙かくれぬの　したよりおふる　ねぬなはの　ねぬなはたてじ　くるないとひそ(古今一〇三六)⊙池水の　底にあらでは　根蓴の　くる人もなし　待つ人もなし(拾遺一二二一)⊙根蓴の　苦しき程の　絶間かと　たゆるをしらで　思ひけるかな(後拾遺九六六)⊙忘るる　苦しくもあらず　根蓴の　妬(ねた)くと思ふ　事しなければ(後拾遺九四七)〔注〕「ねぬなは」は「じゅんさい」の異称という。根が長く、これを手繰りよせてとるので「繰(くる)」ところから「來る」「苦し」に、根が長いので「長き」に、「ね(根)」から「ねぬな」「妬(ねた)く」にかかる(大辞典八—六五三頁、福井五〇七頁、中島二三一頁、横山一五六頁)。

ねを

「たえて」にかかる。〔例〕水のおもに　おふるさ月の　うきくさの　うき事あれや　ねをたえてこぬ(古今九七六)〔注〕「根」は「音(ね)」、「絶えて」は一向、全然の意。音信の全然なき意で「たえ」にかかる(大系古今三〇〇頁)。

【の】

のちせやま

「のち」にかかる。〔例〕「後瀬山」→「後」(万葉七三七)「後湍山」→「後」(万葉七三九)⊙後瀬山　後も逢はむと　思へこそ　死ぬべきものを　今日までも　生(い)けれ(万葉七三九）〔注〕「のちせやま」頭音反覆して「後(のち)」にかかる。後瀬山は福井県小浜市にある山。但し枕詞と見ない説もある(福井五〇九頁、全注四―三七八頁・三八一頁)。

のつとり
「きぎし」にかかる。〔例〕「野鳥」→「雉」(万葉三三一〇)⦿隠口乃　泊瀬乃國に　な結婚(よばひ)に――野つ鳥雉(きぎし)はとよみ――(万葉三三一〇)〔注〕野つ鳥は野の鳥の意で「雉(きぎし)」にかかる(大系万葉三―三八一頁、大辞典八―七四五頁)。

のとがはの
「のち」にかかる。〔例〕「能登河乃」→「後」(万葉四二七九)⦿能登川の　後には逢はむ　しましくも　別るといへば　悲しくもあるか(万葉四二七九)〔注〕「のとがはの」頭音反覆で、暫し別るとも後に逢う意の「後に」かかる。大和国添上郡の能登川であろう(大系万葉四―三八三頁)。

のとがわの→のとがはの

【は】

はうくずの→はふくづの

はうつたの→はふつたの

はおまめの→はほまめの

はこどりの
「あく」にかかる。〔例〕⦿とりかへす　物にもがもやはこ鳥の　明けて悔しき　物をこそ思へ(古今六帖三五三二七)〔注〕「はこどり(箱鳥)」は「かほどり」の類という。春さきに鳴く野鳥というが、その鳴き声の「はこ〳〵」と聞けるより名づくとある。箱の縁から「明く」にかかるとも、一説に、箱鳥は深山に棲み、夜に来て塒を求め、朝早く帰るところから夜明の意である「明く」にかかるともいう(福井五一〇頁、中島二三二頁)。

はしたかの
「とやま・とやの・とがへる・はやま・をのへ・すず・はがひのやま・のもりのかがみ」にかかる。〔例〕⦿はしたかの　外山の庵の　夕暮を　かりにもとだに　契りやはする(新勅撰九八八)⦿箸鷹の　とや野の浅茅　踏み分けておのれも帰る　秋の狩人(新続古今五五四)⦿忘るとは　恨みざらなむ　はしたかの　とかへる山の　椎はもみぢず(後撰一一八〇)⦿はしたかの　端山がくれの　露なれや　知られぬ恋に　落つる涙は(新続古今一〇六四)⦿はしたかの尾上の雪の　あけぼのに　眞柴をはらふ　袖の寒けさ(新千載七一八)⦿はしたかの　すゞの篠原　狩りくれて　入日の岡に　雉子はなくなり(続古今六四七)⦿はしたかの　羽がひの山を　朝行けば　飛火の原に　雉はなくなり(続後拾遺六〇)⦿はしたかの　野守の鏡　みてしがな　思ひおもはず　よそながらみん(新古今一四三一)〔注〕「はしたか(鷂)」は「はいたか」とも言い鷹の一種。鷂が「とがえる」(毛が抜けかわる)ことから「とがえる」の「と」と同音を含む語「外山(とやま)・とや野」にかゝる。一説に鳥屋(とや)と同音で続くとも、またこれが元で「外山」にかかるように転じたとも。鷹の羽交(はかい)の意で地名「羽易(はがひ)の山」に、また同音「は」を含む「端山(はやま)」にもかかる。鷹の尾の意で「尾上(をのへ)」にもかかる。また鷹の尾羽には石打羽から七番目の羽に鈴をつけるので、その鈴と同音を含む「珠洲(すゞ)・すゞろ」にかかる。また雄略天皇の鷹狩の故事から、野中にある池の意の「野守の鏡」にかゝる(大辞典八―九三九頁、福井五一〇頁、中島二三二頁)。

はしたての

「くら・くらはしやま・くらはしかは・ほぐら・くまき・さがしき」にかかる。〔例〕「波斯多弖能」→「久良波斯夜麻」(記六九・七〇)「破始多氏能」→「佐餓始枳」(紀六一)「橋立」→「倉椅山」(万葉一二八二)「橋立」→「倉椅川」(万葉一二八三・一二八四)「堦楯」→「熊來」(万葉三八七八・三八七九)⦿梯立の　嶮しき山も　我妹子(わぎもこ)と　二人越ゆれば　安席(やすむしろ)かも(紀六一)⦿梯立の　倉椅山(くらはしやま)に　立てる白雲　見まく欲(ほ)り　わがするなべに　立てる白雲(万葉一二八二)⦿梯立の　熊來酒屋に　眞罵(まぬ)らる奴(やっこ)わし　誘(さす)ひ立て　率(ゐ)て來(き)なましを　眞罵らる奴わし(万葉三八七九)〔注〕古代の倉は虫害や湿気を防ぐために高床式で、梯(はし)(はしご)をかけたところから、はしごをかけて倉に入る意で、「倉」と同音を含む地名「倉椅山・倉椅川」にかゝり、また、梯はそばだつものであるところから山の嶮しきに比し「さがしき」にかかる。「熊來(くまき)には、「くら」の頭音反覆にてかかるか。用例の「熊來のやら」の「やら」は「泥土」をいう。そのあたりの道あしくして梯子をかけて渡しなどするところから続くか。或いは「くまき」というは「圍城」の意があり同じく倉の義としてか、また梯子は木を組んで作るものゆえ、「くまき」→組木の意で続けるかという。「はし」を神のよりしろと考えて、その立てる場所である「隈」の意でかかり、「よりしろ」すなわち「座(くら)」の意で倉にかかるとする説もある。倉椅山は奈良県桜井市多武峯の音羽山の辺り。倉椅川は多武峯の山中に発し、北流して倉橋を通り寺川となり大和川に注ぐ。熊來は石川県鹿島郡熊木村(現中島町)一帯をさす(大系古代歌謡二〇頁・一六二頁、事典四六一頁、福井五一二頁、全注七―二五六頁)。

はしむかう→はしむかふ

はしむかふ

「おと」にかかる。〔例〕「箸向」→「弟」(万葉一八〇四)⊙父母が　成しのまにまに　箸向(はしむか)ふ　弟(おと)の命(みこと)は　朝露の　消やすき命――(万葉一八〇四)〔注〕「箸向」向かい合って食事をするからとも、端向からから、兄弟の片方についていうともいわれ、一説に「はし」は「愛(はし)し」の意、愛しく向かわれる意ともいう。二本の箸が向かい合っているようにの意で「弟」にかかる。古代の箸は、現在のような二本のものではなく、一本の棒を折り曲げたU字形のようなものだともいわれる(大辞典八―九四三頁)。

はたすすき

「ほ」にかかる。〔例〕「波多須々支」→「穂」(出雲風土記・意宇)「幡荻」→「穂」(日本書紀・巻九)⊙はたすすき　穂に出し吾や　尾田の吾　田節の淡郡に　所居る神有り(日本書紀・巻九)〔注〕長く伸びた穂が風に吹かれて旗のようになびいている薄。『万葉集』に「旗須爲寸」(四五番)とあるので清音とする。中世には「はたずすき」とも。「はだすすき」の項を参照(大辞典八―九八三頁)。

はだすすき

「ほ・みほ・うらの」にかかる。〔例〕「皮爲酢寸」→「三穂」(万葉三〇七)「皮爲酢寸」→「穂」(万葉二二八三・二三一一)「波太須酒伎」→「穂」(万葉三五〇六)「者田爲ゝ寸」→「穂」(万葉三八〇〇)「波太須酒伎」→「宇良野」(万葉三五六五)⊙はだ薄　久米の若子(わくご)が　座(いま)しける　三穂の石室(いはや)は　見れど飽かぬかも(万葉三〇七)⊙吾妹子に　相坂山の　はだすゝき　穂は咲き出でず　恋ひ渡るかも(万葉二二八三)⊙彼の児ろと　寝ずやなりなむ　はだすゝき　宇良野の山に　月(つく)片寄るも(万葉三五六五)〔注〕「はだすすき」は若薄の転とも、旗薄と同じともいう。薄の穂の意で「穂」及び「穂」と同音を含む地名「三穂」にかかる。また、薄の末梢(ウラ)の意で「うら」と同音を含む地名「宇良野」にかゝる。なお、三〇七番の「はだすすき」は「久米の若子」にかゝるとする説あるが、かかり方未詳で、句を隔てて「三穂」にかゝるとする説が有力。三穂の石室は和歌山県日高郡美浜町三尾にある石室で「久米の穴」と称する。宇良野は長野県小県郡浦野町(大系万葉三―四五四頁、大辞典八―九八三頁、事典四六一頁、全注三―一四七頁)。

はつかしの

「もり」にかかる。〔例〕⊙家の風　吹かぬものゆゑ　羽束師の　森の言の葉　ちらし果てつる(金葉五八九)〔注〕羽束師の森は古くから名高く、「森」と同音の「洩り」にかける。羽束師の森は山城国乙郡羽束師にある(福井五一六頁)。

はつかりの

「はつか・なきわたる・ねになき」にかかる。〔例〕⊙はつかりの　はつかにこゑを　きゝしより　なかぞらにのみ物を思ふかな(古今四八一)⊙思ひいでて　こひしき時ははつかりの　なきてわたると　人しるらめや(古今七三五)⊙うゑていにし　秋田かるまで　みえこねば　けさはつかりの　ねにぞなきぬる(古今七七六)〔注〕「ねになく」は声をあげて鳴く意(大系古今二四六頁・二五四頁、大辞典八―一〇一六頁、福井五一六頁、旺文社文庫古今一九三頁)。

はつくさの

「めづらし・はつか」にかかる。〔例〕⊙初草の　など珍しき　言の葉ぞ　うらなくものを　思ひけるかな(伊勢物語一〇七)⊙雪きえて　うら珍しき　初草の　はつかに野べも　春めきにけり(新勅撰一〇二七)〔注〕春の初めに萌え出る草の珍らしく、また小さくかれんなところから「珍らし・はつか」にかかる(大辞典八―一〇二〇頁、中島二三四頁)。

はつしぐれ

「ふるきみやこ」にかかる。〔例〕⊙志賀の山　こえて見やれば　初時雨　ふるき都は　もみぢしにけり(風雅六七一)〔注〕「初時雨」の雨が降るというより「降る」と同音を含む「古る」の意に転じ「古き都」(大津の宮)にかかる(福井五一六頁)。

はつしもの

「ふるき・おく」にかかる。〔例〕⊙なよ竹の　よながきうへに　はつしもの　おきゐて物を　思ふころかな(古今九九三)⊙初霜の　ふる郷(さと)さむき　秋風に　たゆむ時なく　うつ衣かな(続後撰三九二)〔注〕霜が降る・置くというのを人事に転じて「古き・起く」にかかる(中島二三五、旺文社文庫古今三二三頁)。

はつせがは

「はやく」にかかる。〔例〕⊙泊瀬川　早くのことは　知

らねども　けふの逢瀬に　身さへ流れぬ(源氏玉蔓一一〇六)〔注〕泊瀬川の流れの速いことから「はやく」にかかる(大辞典八―一〇三三頁、福井五一七頁、中島二三五頁)。

はつせがわ→はつせがは

はつはなの

「ちる」にかかる。〔例〕「初花之」→「散」(万葉六三〇)⊙初花の　散るべきものを　人言の　繁きによりて　よどむころかも(万葉六三〇)〔注〕「初花」は、春になって最初に咲く花。少女の年頃に達したのをたとえている。花は咲いたら散るものであるから、生命を落花に比し「散る」にかかる。但し枕詞とするは非か(福井五一七頁、中島二三五頁、全注四―二五九頁)。

はつゆきの

「ふる」にかかる。〔例〕⊙身をつめば　あはれとぞおもふ　初雪の　ふりぬることも　誰れにいはまし(後撰一〇六九)〔注〕「はつゆき」新年になって初めて降る雪。雪の降ることから「降る」と同音の「古る」にかけ、また転じて地名「布留」にもかかる(中島二三五頁、大塚二一八頁)。

はつをばな

「はな」にかかる。〔例〕「波都乎婆奈」→「婆奈」(万葉四三〇八)⊙初尾花　花に見むとし　天の河　隔(へな)りにけらし　年の緒長く(万葉四三〇八)〔注〕「初尾花」秋になって初めて穂の出た薄(すすき)のこと。但し枕詞とせぬ説もある(大系万葉四―四〇七頁、大辞典八―一〇一二頁)。

はとりの

「いとまのやしろ」にかかる。〔例〕「服部」→「伊刀麻神社」(延喜式)〔注〕「はとり」は機織(はたおり)の約。機織の糸→伊刀とかかるか。或いは枕詞とするは非か。伊刀麻神社は伊勢国多気郡にある(福井五一七頁)。

はなかずら→はなかづら

はながたみ

「めならぶ」にかかる。〔例〕⊙花がたみ　めならぶ人の　あまたあれば　わすられぬらん　かずならぬ身は(古今七五四)〔注〕「はながたみ」(花筐・花籠)は、花や若菜などを摘み入れる籠のこと。その籠には編目が細く並んでいるので「めならぶ」の意で「めならぶ人(見くらべる人)」にかかる(大系古今二五一頁、大辞典八―一〇七三頁、福井五一八頁)。

はなかつみ

「かつ・かつみる・かず」にかかる。〔例〕「花勝見」↓「都」(万葉六七五)⊙をみなへし　咲く澤に生ふる　花かつみ　かつても知らぬ　恋もするかも(万葉六七五)⊙みちのくの　あさかのぬまの　花かつみ　かつみる人に　恋やわたらん(古今六七七)〔注〕花勝見は水辺に生える草の名。野生の花菖蒲の一種とも、花の咲いた眞菰とも、葉が四枚で花の形をした水草の意で「ハナカタモ(花形藻)」の転かという。鎌倉以降は「はながつみ」とも。同音の繰返しで、「かつて・かつ見る」にかかり、転じて「かつ」の類音「數」にもかかる(大辞典八―一〇七三頁、福井五一八頁、中島二三六頁)。

はなかづら

「かけて」にかかる。〔例〕⊙蜑小舟　はつそ少女の　花かづら　かけてもいまは　とはぬ頃哉(続後拾遺八六六)〔注〕「はなかづら」「はなかつら」とも。花で作った美しい蘰で髪にさす装飾。花蘰を髪に飾りとしてかけることから「かけて」にかかる(中島二三六頁)。

はなぐはし

「あし・さくら」にかかる。〔例〕「花細」↓「葦」(万葉二五六五)「波那具波辞」↓「佐區羅」(紀六七)⊙花ぐはし　葦垣(あしかき)越しに　ただ一目　相見し兒ゆゑ　千遍(ちたび)嘆きつ(万葉二五六五)⊙花妙(はなぐは)し　櫻の愛(め)で　如此愛(ことめ)では　早くは愛でず　我が愛づる子ら(紀六七)〔注〕「はなぐはし」は花の美しい意。クハシはもと精細微妙の意。紀六七番については枕詞とせぬ説が有力である(大系万葉三―二〇〇頁、大辞典八―一〇七六頁、事典四六一頁、福井五一九頁)。

はなぐわし↓はなぐはし

はなすすき

「ほ・ほにいづ・ほのか」にかかる。〔例〕⊙色好みの家に　むもれ木の　人知れぬこととなりて　まめなる所には　花すすき　ほに出だすべき事にもあらずなりにたり。(古今仮名序)⊙花すゝき　ほにいでてこひば　名をおしみ　したゆふひものむすぼれつゝ(古今六五三)⊙よそにても　有りにし物を　花すゝき　ほのかに見てぞ　人は恋しき(拾遺七三二)〔注〕「はなすゝき」は花の咲いた薄。穂の出た薄をいう。「はたすすき」「はだすすき」の変化したものとする説もある。中世は「はなずすき」とも。風になびくさまを、何者かを招く様子に見立てることが多く、また序詞の終わりに置いて「ほに出づ」を引出すのに使われることもある。「穂に出づ」と同音の表面に現われる意の「秀(ほ)に出づ」にかかる。また「穂」と同音の「ほ」を含む「ほのか」にもかかる(大辞典八―一〇八三頁、福井五二〇頁)。「はたすすき」「はだすすき」の項を参照。

はなぞめの

「うつろひやすき」にかかる。〔例〕⊙世中の　人の心は　花ぞめの　うつろふやすき　色にぞ有りける(古今七九五)〔注〕「はなぞめ」は露草の花で衣を染めるもの。花染の色の変り易い意で、人心の他へ移るに比し「うつろひ易き」にかかる(福井五二〇頁、中島二三七頁)。

はなちどり

「ゆくへもしらず」にかかる。〔例〕⊙はなちどり　行方も知らず　なりぬれば　放れしことぞ　悔しかりける(後撰六五五)〔注〕放鳥は羽を切って籠から出し放ち飼いにされた鳥(福井五二一頁、中島二三七頁、大塚二一九頁)。

はなちらふ

「あきづ・このむかつを」にかかる。〔例〕「花散相」↓「秋津(万葉三六)」「波奈治良布」↓「己能牟可都乎」(万葉三四四八)⊙やすみしし　わご大君の――御心を　吉野の國の　花散らふ　秋津の野邊に　宮柱　太敷きませば――(万葉三六)⊙花散らふ　この向つ嶺の　乎那(をな)の嶺(を)の　洲(ひじ)につくまで　君が齢(よ)もがも(万葉三四四八)〔注〕稲の花が盛んに散る意で「秋」にかかる。枕詞とせぬ説もある(福井五二一頁、全注一―一五四頁)。

はなちろう↓はなちらふ

はなばちす

「み」にかかる。〔例〕「波那婆知須」↓「微」(記九五)⊙久佐迦延(くさかえ)の　入江の蓮(はちす)　花蓮　身の盛り人　ともしきかも(記九五)〔注〕「はなばちす」うこは花の咲いている蓮。蓮の花が咲き、やがて実を結ぶということからその「み」と同音を含む(全盛なる人の身に比し)「み(身)」にかかる(中島二三七頁)。

はねかずら↓はねかづら

はねかづら

「いまするいも」にかかる。「葉根蘰」↓「今爲妹」(万葉七〇五・七〇六・一一一二)⊙葉根蘰(はねかづら)　今する妹を　夢(いめ)に見て　情(こころ)のうちに　恋ひ渡るかも(万葉七〇五)〔注〕古代年頃になった少女がつける髪飾。鳥の羽をかづらにするもの。また、菖蒲の葉や根をかづらにして五月五日に戴くものともいう。うら若い少女がつけ、常に「今する」と歌っている所を見れば、成年式に蘰をつけた名残りの風習があったのではないかという(大系万葉一―三〇一頁、全注七―七四頁)。

はねずいろの

「うつろひやすき」にかかる。〔例〕「翼酢色之」↓「変安寸」（万葉六五七）「唐棣花色之」↓「移安」（万葉三〇七四）⊙思はじと　言ひてしものを　朱華色（はねずいろ）の　變（うつろ）ひやすき　わが心かな（万葉六五七）〔注〕「はねずいろ」は白味を帯びた赤色。「はねず」は初夏に赤い花が咲く植物。染めた色が変りやすく、さめやすいところから、心のうつりやすいのに比し「うつろひやすき」にかかる（大辞典八―一一〇六頁、福井五二二頁、全注四―二八六頁）。

ははそばの

「はは」にかかる。〔例〕「波播蘇葉乃」↓「母」（万葉四一六四）「波々蘇婆能」↓「沢々」（万葉四四〇八）⊙ちちの實の父の命　柞葉（ははそば）の　母の命　おぼろかに――（万葉四一六四）〔注〕「ははそ（柞）」は「はわそ」「ほうそ」とも。ブナ科の落葉中喬木。「こなら」の別称。古くは「くぬき・かしわ」などを含めていう。同音反覆で「母」にかかる（大辞典八―一一一六頁、事典四六一頁、福井五二二頁）。

はわそばの↓ははそばの

はふくずの

「いやとほながく・したよこふ・ゆくへもなく・ひかばよる・のちもあはむ・たえず・たづね」にかかる。〔例〕「延葛乃」↓「弥遠永」（万葉四二二三）「蔓葛」↓「下夜之」（万葉一九〇一）「延久受乃」↓「徃方無哉」（万葉三〇七二）「波布久受能」↓「比可波与利」（万葉三三六四）「延田葛乃」↓「後毛将相跡」（万葉三八三四）「波布久受能」↓「多要受」（万葉四五〇九）⊙つのさはふ　磐余の道を――延ふ葛の　いや遠永く　萬世に　絶えじと思ひて――（万葉四二二三）⊙藤波の　咲ける春野に　延ふ葛の　下よし恋ひば　久しくもあらむ（万葉一九〇一）⊙足引の　山下しげく　這ふ葛の　尋ねて恋ふる　我と知らずや（後撰六〇六）⊙知らせばや　竹の籬に　はふ葛の　下に恨むる　ふしのしげさを（新拾遺一三六八）〔注〕地を這う葛のようにの意で長いことの形容の「いや遠長」に、引きいざなえ寄り来るようにの意で「引かば寄り来ね」に、行方も定めずつづいて行く意で「行方なし」に、はふ葛の絶えないようにの意で「絶えず」に、葛の蔓が一度別れてまたあう意で「後も逢ふ」に、蔓が地面を這ふので「下に」、蔓の延び行くさまの定めなきより尋ねかぬる意で「尋ね」にもかかる（大辞典八―八五三頁、事典四六一頁、福井五二三頁、中島二三八頁、山口四六〇頁、全注三―三七〇頁、十四―六九頁）。

はふつたの

「わかる・ゆきのわかれ・おのがむきむき」にかかる。〔例〕「延都多乃」→「別」（万葉一三五）「蔓都多乃」→「各々向々」（万葉一八〇四）「延津田乃」→「歸之別」（万葉三二九一）「波布都多能」→「和可礼」（万葉三九九一）「波布都多能」→「和可礼」（万葉四二二〇）⦿つのさはふ　石見の海の——さ寝し夜は　いくぢもあらず　這ふ蔓の　別れし來れば——（万葉一三五）⦿遠つ國　黄泉の界に　はふ蔦の　各が向き向き　天雲の　別れし行けば——（万葉一八〇四）⦿延ふ蔦の　行きの別れのあまた　惜しきものかも（万葉三二九一）〔注〕つたが幾筋にもわかれて延びていくところから、人の別れに比して「別れ」「各が向向」などにかかる（大辞典八—八五四頁、事典四六一頁、福井五二四頁、全注二—一五八頁、十七—二二九頁）。

はほまめの

「からまる」にかかる。〔例〕「波保麻米乃」→「可良麻流」（万葉四三五二）⦿道の辺の　荊（うまら）の末（うれ）に　這（は）ほ豆の　からまる君を　別（はか）れか行かむ（万葉四三五二）〔注〕「はは」は「はふ」の訛で東國方言。豆蔓のはいからまる意より、「からまる」にかかる（福井五二四頁）。

はますどり

「あなゆむ」にかかる。〔例〕「波麻渚杼里」→「安奈由牟」（万葉三五三三）⦿人の兒の　かなしけ時（しだ）は　濱渚鳥（はますどり）　足惱（あなゆ）む駒の　惜しけくもなし（万葉三五三三）〔注〕浜の渚にすむ鳥がよちよちと歩き悩んでいるようにの意で、わが駒の歩き悩むに比し「足悩」にかかる（事典四六二頁、福井五二五頁、全注十四—三五〇頁）。

はまちどり

「あと・ふみおく・ゆくへもしらぬ」にかかる。〔例〕⦿陽炎に　見しばかりにや　浜千鳥　行くへも知らぬ　恋にまどはむ（後撰六五五）⦿止めても　何かはせむ　浜千鳥　ふりぬる跡は　浪に消えつつ（拾遺四五四）⦿浜千鳥　ふみおく跡のつもりなば　かひある浦に　あはざらめやは（新古今一七二四）〔注〕浜千鳥の飛んで行くさまから行方分らぬを、恋に惑いて途方に暮るるに比し「行方も知らぬ」に、また千鳥の足跡を文字に比し「跡」にかかる。千鳥の砂上に足跡を印するを、筆跡を留むる義に比し「ふみおく」にかかる（大辞典八—一一三二頁、福井五二五頁、中島二三九頁、朝日新古今三五五頁）。

はまつづら

「たのみ」にかかる。〔例〕「波麻都豆良」→「多能美」(万葉三三五九)⊙駿河の海　磯邊(おしへ)に生ふる　濱つづら　汝(いまし)をたのみ　母に違(たが)ひぬ(万葉三三五九)〔注〕「はまつゞら」は浜辺に生える青かづらのことで、磯を行く人が、よりすがるたよりとするところから「たのみ」にかかる。一説に「はまつづら」→「いまし(汝)」とかかると。或いは枕詞とするは非か(大系万葉三―四一一頁、福井五二六頁、中島二三九頁、全注十四―五四頁。

はまひさぎ

「ひさしく・しをる」にかかる。〔例〕「濱久木」→「久」(万葉二七五三)⊙波の間ゆ　見ゆる小島の　濱久木　久しくなりぬ　君に逢はずして(万葉二七五三)⊙君こふと　鳴海の浦の　浜ひさ木　しをれてのみも　年をふるかな(新古今一〇八五)〔注〕「浜久木」浜辺に生えた楸。アカメガシワ(タカトウダイ科の落葉喬木)のことといわれるが、キササゲ・雑木・柴の類とする説もある。その葉の塩波に濡れることから、私は恋の涙に濡れるに比し「しをる」にかかり、また類音を重ねて「久し」にかかる(福井五二六頁、中島二三九頁)。

はまびさし

「ひさし」にかかる。〔例〕⊙浪間より　見ゆる小島の　はまびさし　久しくなりぬ　君に逢ひ見で(伊勢物語一一六)〔注〕浜廂は浜辺にある家の廂。浜辺の苫屋。『万葉集』の「浜久木」(二七五三番)を誤読したものという(中島二四〇頁)。

はまゆうの→はまゆふの

はまゆふの

「へだつ」にかかる。〔例〕⊙立ち帰り　千鳥鳴くなり　はまゆふの　心隔てて　思ふものかは(新拾遺一七〇三)〔注〕浜木綿は浜おもとともいう。葉が幾重にも茎を包むので、心隔てに比し「隔つ」にかかる(大辞典八―一一三六頁、福井五二七頁)。

はやかはの

「ゆくもしらず・せくにせくとも」にかかる。〔例〕「速川之」→「徃文不知」(万葉三二七六)「速河之」→「雖塞々友」(万葉六八七)⊙愛(うるは)しと　わが思ふこころ　速河の　塞(せ)きに塞くとも　なほや崩(く)えなむ(万葉六八七)⊙百(もも)足らず　山田の道を　波雲の　愛(うつく)し妻と　語らはず　別れし來れば　速川の　行くも知らに　衣手の　反(かへ)るも知らに――(万葉三二七六)〔注〕流れの早い川の水の、いくら塞きとめても崩れるところから、押えがたい感情に比して「塞きに塞くとも」にかかり、また川の流れを人生の行方も分らずの意に比し「行くも知らず」にかかる（大辞典八―一一四五頁、事典四六二頁、福井五二七頁、全注四―三一九頁）。

はやかわの→はやかはの

はやきせに

「たちえぬこひ」にかかる。〔例〕「急瀬」→「立不得恋」（万葉二七一四）⦿もののふの　八十氏川（やそうぢがは）の　早き瀬に　立ち得ぬ恋も　われはするかも（万葉二七一四）〔注〕速き瀬には立っていられないものなので、じっとしていられぬ恋という意に比し「立ち得ぬ恋」にかかる（横山一六三頁）。

はやさめ

「くたみのやま」にかかる。〔例〕「波夜佐雨」→「久多美乃山」（出雲風土記）⦿――はやさめ　くたみの山とのり給ひき（出雲風土記）〔注〕雨をふらすことを「くたす（降す）」というので「くた」→「くたみのやま（朽網山）」にかかる（福井五二八頁、中島二四一頁、横山一六三頁）。

はやひとの

「さつま」にかかる。〔例〕「隼人乃」→「薩麻」（万葉二四八）⦿隼人（はやひと）の　薩摩の迫門（せと）を　雲居なす　遠くもわれは　今日見つるかも（万葉二四八）〔注〕「はやひと」（隼人）は「はやと」に同じ。薩摩・大隅・日向の住人で、その住む所から「さつま」にかかる（大辞典八―一一五二頁、福井五二八頁、中島二四〇頁）。

はやふねの

「はやく」にかかる。〔例〕⦿大島に　水を運びし　速船の　はやくも人に　あひみてしがな（後撰八三〇）〔注〕同音を重ねて「はやく」にかかる（福井五二九頁、中島二四一頁）。

はるかすみ

「かすが・いのへ・かすみがうら・たな・たなびく・たつ・たつたのやま・たななしおぶね・おぼに・よそに」にかかる。〔例〕「春霞」→「春日」（万葉四〇七）「春霞」→「井」（万葉一二五六）「春霞」→「欝」（万葉一八一三）⦿春霞　春日の里の　植子水葱（うゑこなぎ）　苗なりといひし　枝（え）はさしにけむ（万葉四〇七）⦿春霞　井の上（へ）ゆ直（ただ）に　道はあれど　君に逢はむと　たもとほり來る（万葉一二五六）⦿巻向（まきむく）の　桧原に立てる　春霞　おぼにし思はば　なづみ來めやも（万葉一八一三）⦿花のちる　ことやわびしき　はるがすみ　たつたの山の　うぐひすのこゑ（古今一〇八）⦿人しれず　思ふ心は　春がす

み　たちいでてきみが　めにも見えなん（古今九九九）⊙あふことの　まれなる色に――しろたへの　衣のそでに　をく露の　けなばけぬべく　おもへども　なほなげかれぬ　はるがすみ　よそにも人に　あはんとおも へば（古今一〇〇一）⊙春霞　かすみの浦を　行く舟の　よせにも見えぬ　人を恋ひつつ（拾遺愚草―上）⊙はるかすみ　たななし小舟　入江こぐ　音にのみ聞く　人を恋ひつつ（新勅撰七六七）〔注〕春霞は古来、春の景物として歌や句によみ込まれることが多い。室町時代頃迄は「はるかすみ」と清音。「かすみ」と「かすが」同音の繰り返しで、地名大和の「春日（かすが）」また常陸の「霞が浦」にかかる。かすみの立つを「居（ゐ）る」ともいへば「ゐ」の音より大和の「井（の辺）」伊勢の「井（村の里）」に、また、かすみの立つを人の旅立に比し、「立つ」と同音又は同音を含む「立ち・起つ・発つ・滝田山」にかかる。かすみの立ち渡るときは、野山がおぼろに見えることからぼーっと・ぼんやりした、いいかげんな気持の意に比し「おぼに」に、また霞は物を隔つものなれば、交情のよそよそなるに比し「よそ（外）」にかかる。また、かすみがたなびく意で「たなびく」の「たな」と同音を含む「棚（たな）無し小舟」にかかる（大辞典八―一一九六頁、福井五三〇頁）。

はるかぜの

「おと」にかかる。〔例〕「春風之」→「聲」（万葉七九〇）⊙春風の　聲（おと）にし出なば　ありさりて　今ならずとも　君がまにまに（万葉七九〇）〔注〕春風の音→おと（聲）にかかる（事典四六二頁、福井五三一頁、全注四―四三四頁）。

はるくさの

「めづらし・しげし」にかかる。〔例〕「春草之」→「目頬四」（万葉二三九）「春草之」→「繁」（万葉一九二〇）⊙やすみしし　わご大王　高照らす　わが日の皇子の――春草の　いやめづらしき　わご大王かも（万葉二三九）⊙春草の　繁きわが戀　大海の　辺にゆく波の　千重に積りぬ（万葉一九二〇）〔注〕春草は、みづ〳〵しく美わしいので愛（め）づの意にて「いや愛づらし」に、また春草は繁く生える意で、恋の思いの繁きに比し「繁き吾が恋」にかかる（大辞典八―一一九七頁、福井五三二頁、全注三―三〇頁）。

はるくさを

「くひやま」にかかる。〔例〕「春草」→「咋山」（万葉一七〇八）⊙春草を　馬咋山（うまくひやま）ゆ　越え来なる　雁の使は　宿（やどり）過ぐなり（万葉一七〇八）〔注〕春の草を馬が食うということから地名「咋山(くいやま)」にかかる。枕詞と見ない説もある。咋山は京都府綴喜郡田辺町の飯岡か。木津川の西岸で式内社咋岡神社がある(大系万葉二—三七四頁、福井五三二頁)。

はるさめの

「ふる・やむ・はれぬ」にかかる。〔例〕⊙梅の花　ちるてふなべに　春雨の　ふりいでてなく　鶯の声(後撰四〇)⊙ふりぬとて　いたくな侘(わ)びそ　はるさめの　ただにやむべき　物ならなくに(後撰八〇)⊙いたづらに　我身世に経る　春雨の　はれぬながめに　袖は濡れつつ(続後撰六四)〔注〕春雨の降る意で、「降る」と同音の「古る・古人・経る・振る」や同音を含む「ふりはふ・ふるめかし」に、また「古幹(ふるから)」「古里・古木・故(ふる)事」地名「布留」などにかかる。また春雨が降り続く意「やむ」や「はれぬ」にかかる。実際に春雨の降っている状態の中で懸詞を利用して序詞ふうに用いられることも多い(大系古今二四六頁、大辞典八—一一九八頁、福井五三三頁)。

はるとりの

「さまよふ・ねのみなく」にかかる。〔例〕「春鳥之」→「佐麻欲比」(万葉一九九)「春鳥乃」→「佐麻欲比」(万葉四四〇八)「春鳥能」→「啼耳鳴」(万葉一八〇四)⊙かけまくも　ゆゆしきかも——春鳥の　さまよひぬれば　嘆きも——(万葉一九九)⊙父母が　成しのまにまに——春鳥の　音(ね)のみ泣きつつ——(万葉一八〇四)〔注〕春に鳴く鳥のようにの意で、人の泣くさまの「音のみ泣く(声を立てて泣く)」に、また「さまよふ(嘆きうめく意)」にかかる(大辞典八—一二〇一頁、事典四六二頁、福井五三三頁、全注二—三六五頁)。

はるのたを

「かへすがへす」にかかる。〔例〕⊙忘らるる　時しなければ　春の田を　かへすがへすぞ　人は恋しき(拾遺八一一)〔注〕春田を耕しかへすことから「かへすがへす」にかかる(中島二四二頁)。

はるのはな

「にほひ」にかかる。〔例〕⊙やまとうたは、ひとのこゝろをたねとして、——それまくらことば　春の花にほひすくなくして　むなしき名のみ——(古今仮名序)〔注〕春の花色づく意で「にほひ」にかかる。「はるはなの」の項を参照。

はるのひの

「ながく・ながらのはま」にかかる。〔例〕⊙あはずして

こよひあけなば　春の日の　ながくや人を　つらしとおもはん(古今六二四)⊙春の日の　ながらの浜に　舟とめて　いづれかはしと　とへどこたへぬ(新古今一五九三)〔注〕春の日は長いので「長」と続き「長」と同音を含む地名「長柄の浜」にかかる(大系古今二二六頁、大辞典八—一二〇一頁、福井五三三頁)。

はるのよの

「あけ」にかかる。〔例〕⊙春の夜の　あけのそほ舟　ほのぼのと　幾山本を　霞みきぬらむ(続古今四八)〔注〕春の夜の明けるということから同音の「朱(あけ)」(のそほ舟)」にかかる。朱の赭(そほ)を以て塗った舟(福井五三四頁、中島三四三頁)。

はるはなの

「さかり・にほえさかゆ・いやめづらし・たとふし・うつろふ」にかかる。〔例〕「春花之」→「貴」(万葉一六七)「春花之」→「遷日」(万葉一〇四七)「春花乃」→「益希見」(万葉一八八六)「春花能」→「佐可里」(万葉四一〇六)「春花乃」→「尓太要盛而」(万葉四二一一)⊙天地の　初の時　ひさかたの　天の河原に——春花の　貴(たふと)からむと——(万葉一六七)⊙やすみしし　わご大君の　高敷かす　倭の國は——春花の　うつろひ易(かは)り——(万葉一〇四七)⊙住吉(すみのえ)の　里行きしかば　春花の　いやめづらしき　君に逢へるかも(万葉一八八六)⊙大汝(おほなむち)　少彦名(すくなびとな)の　神代より——春花の　盛りもあらむと——(万葉四一〇六)⊙古(いにしへ)に　ありけるわざの——春花の　にほえ榮えて——(万葉四二一一)〔注〕春の花が美しく咲いている意で「盛り・にほひさかゆ」に、春の花をめでる意で「貴し・め(愛)づらし」に、春の花が散っていく意で「うつろふ」にかかる(大辞典八—一二〇二頁、福井五三五頁、全注二—一二七一頁)。

はるひ

「かすが」にかかる。〔例〕「播屡比」→「箇須我」(紀九四)⊙石の上　布留を過ぎて——春日(はるひ)　春日(かすが)を過ぎ——(紀九四)〔注〕春の日は霞む意で「かすむ」と同音を含む地名「春日(かすが)」にかかる。「かすが」を春日と書くのは枕詞の文字を用いたもの。「飛鳥のアスカ」と同じ。春日は春日山以西の地、今の奈良市の中心部を占める地域(大系古代歌謡一八七頁、大辞典八—一二一〇二頁)。「はるひの」「はるひを」の項を参照。

はるひの

「かすが」にかかる。〔例〕「播屡比能」→「箇須我」(紀九六)⦿八島國　妻枕(つまま)きかねて　春日(はるひ)の　春日(かすが)の國に――(紀九六)〔注〕春日の霞む意で「かすみ」と同音「かすが」にかかる(大系古代歌謡一八八頁、大辞典八―一二〇二頁)。「はるひ」「はるひを」の項を参照。

はるひを

「かすが」にかかる。〔例〕「春日乎」→「春日」(万葉三七二)⦿春日を　春日の山の　高座(たかくら)の　三笠の山に――(万葉三七二)〔注〕「春日を」の「を」は間投助詞。春日のかすむより「かすが」にかかる。この枕詞によって、かすがの地に春日の字をあてるようになった(大系万葉一―一八四頁、大辞典八―一二〇二頁、福井五三五頁)。「はるひ」「はるのひ」の項を参照。

はるやなぎ

「かづら・かづらきやま」にかかる。〔例〕「波流楊那宜」→「可豆良」(万葉八四〇)「春楊」→「葛山」(万葉二四五三)⦿春柳　蘰(かづら)に折りし　梅の花　誰か浮べし　酒坏(さかづき)の上(へ)に(万葉八四〇)⦿春楊　葛城山に　たつ雲の　立ちても坐(ゐ)ても　妹をしぞ思ふ(万葉二四五三)〔注〕春柳は芽を出しはじめた頃の柳。芽の出はじめた柳の枝をかずら(鬘)にするところから「かづら」や同音を含む地名「葛城(かづらき)山」にかかる。枕詞と見ない説もある(大辞典八―一二〇四頁、事典四六二頁、福井五三六頁、全注五―一一三頁)。

はるやまの

「しなひさかゆ・おぼゆつかなし」にかかる。〔例〕「春山之」→「四名比盛」(万葉三三三四)「春山乃」→「於保束無毛」(万葉一四五一)⦿水鳥の　鴨の羽の色の　春山の　おぼつかなくも　思ほゆるかも(万葉一四五一)⦿やすみしし　わご大君　高照らす　日の皇子の――春山の　しなひ榮えて――(万葉三三三四)〔注〕春の山の草木が、しなやかに美しく茂る意で「しなひさかゆ」にかかる。「しなひ」は藤の花房・真木の葉・秋萩・女の姿など、しなやかな曲線美をなすこと。また、なよなよと生い茂る春山をたとえにとり「覚束なし」にかかる(大系万葉三―三三四一頁、大辞典八―一二〇四頁、事典四六二頁、福井五三七頁)。

【ひ】

ひかるかみ

「なりはた」にかかる。〔例〕「光神」→「鳴波多」(万葉四二三六)⦿天地の　神は無かれや　愛しき　わが妻離る

光る神　鳴波多少女　携へて　共にあらむと　思ひしに――（万葉四二三六）〔注〕光る神、すなわち雷電は鳴りはためくものゆえ「鳴波多」にかかる。波多は大和国の地名（福井五三八頁）。

ひきまゆの

「こもる・こむる・いと・いとふ」にかかる。〔例〕⦿引繭の　かくふたごもり　せまほしみ　桑こきたれて　なくを見せばや（後撰八七五）⦿知られじな　親のかふこの　引繭の　心にこむる　思ひありとは（新千載一一三〇）⦿引まゆの　いとかく身をも　包まずば　恋しきのみぞ　歎ならまし（新続古今一〇三七）⦿行方なく　かきこもるにぞ　引繭の　いとふ心の　程はしらるる（金葉五〇七）〔注〕引繭とは、一匹の蚕が作った繭をいう。繭の中に蚕が籠っている意で、君と我と二人籠りいる意で「ふたごもり」に、心に秘する思いに比し「心にこむる」にかかる。また繭から絲を引くので絲と同音を含む「厭（いと）ふ」に、副詞の「最（いと）」にも転じてかかる（大辞典八―一三五四頁、福井五三八頁）。

ひくあみの

「め・なづさふ・うけく」にかかる。〔例〕「牛留鳥」↓「名津迊來与」（万葉四四三）⦿天雲の　向伏す國の――牛留鳥（ひくあみ）の　なづさひ来（こ）むと――（万葉四四三）⦿恋すてふ　袖師の浦に　引く網の目（め）にたまらぬは涙なりけり（続古今一一〇八）⦿伊勢の海や　をふの湊に引く網の　うけくに人を　恨みてぞふる（玉葉一四八一）〔注〕引く網の目から「眼」に、網が水に浸って引きがたいので人の行きなやむ意に比し「なづさふ」にかかる。また網の泛子（うき）から「憂」↓「うけく」にかかる。原文「牛留鳥」を「くろとりの」あるいは「にほとりの」の訓む説もある（大系万葉一―三六〇頁、福井五三九頁、中島二四四頁、全注三―四〇三頁）。「くろとりの」「にほとりの」の項を参照。

ひけどりの

「ひけ」にかかる。〔例〕「比氣登理能」↓「比氣」（記四）⦿ぬばたまの　黒き御衣（みけし）を――群鳥の　我が群れ往（い）なば　引け鳥の　我が引け往なば――（記四）〔注〕引け鳥とは、一羽がとびたつとそれに引かれて飛びゆく群鳥。渡り鳥が引きあげるようにの意で「引け往なば」とかかるか（大系古代歌謡三九頁、大辞典八―一三七二頁、福井五四〇頁、中島二四五頁）。

ひさかたの

「あめ・あま・そら・つき・ひ・ひる・くも・ひかり・ゆ

き・あられ・いはと・たなばたつめ・かつら・みやこ」にかかる。〔例〕「比佐迦多能」→「阿米」（記二七）「比佐箇多能」→「阿梅」（紀五九）「比左加太乃」→「安末」（神樂歌八四）「久堅乃」→「天」（万葉八二一・一六八・二〇四・二三九・二四〇・二九二・四二〇・四七五・六五一・一七六四「久堅之」→「天」（万葉一六七・二〇〇・三七九・二〇七〇・二六七六・三〇〇四）「久堅能」→「天」（万葉一九九）「久堅能」→「阿麻」（万葉八九四）「久方」→「天」（万葉二六一・二〇〇七・二三九五・二四六三）「久方乃」→「天」（万葉一〇八〇・二〇九二・二〇九三）「久方之」→「天」万葉（一五二〇・一八一二）「比佐迦多能」→「阿麻」（万葉八〇一）「比佐可多能」→「阿米」（万葉八二二）「比左加多能」→「安麻」（万葉四四六五）「久堅乃」→「雨」（万葉五二〇・五一九・三二二五）「久堅之」→「雨」（万葉一三七一・一五六六・三八三七・七六九）「久方乃」→「雨」（万葉一四八五・二六八五）「比佐可多能」→「安米」（万葉四四四三）「久堅之」→「月」（万葉一〇八三・二三二五）「久方乃」→「月」（万葉一六六一）「久堅乃」→「月」（万葉三二〇八）「久堅之」→「王都」（万葉三二五二）「久方之」→「漢」（万葉一五一九）⦿うらさぶる　情さまねし　ひさかたの　天のしぐれの　渡らふ見れば（万葉八二）⦿雨障（あまつつみ）常する君は　ひさかたの　昨夜の雨に　懲りにけむかも（万葉五一九）⦿霜ぐもり　爲とにかあらむ　ひさかたの　夜わたる月の　見えなく思へば（万葉一〇八三）⦿ひさかたの　都を置きて　草枕　旅行く君を　何時とか待たむ（万葉三二五二）⦿久方の　ひかりのどけき　春の日に　しづ心なく　花のちるらむ（古今八四）⦿久方の　雲のうへにてみる菊は　あまつほしとぞ　あやまたれける（古今二六九）⦿ちはやぶる　神のみよより――大宮にのみ　ひさかたの　ひるよるわかず　つかふとて――（古今一〇〇二）⦿久方の　空さへ近き　おく山に　月とともにも　入りにけるかな（玉葉二四九一）⦿ひさかたの　雪にまじりて　咲く花の　にほひも寒し　冬の山里（壬二集）⦿草の庵に　寝ざめて聞けば　ひさかたの　霰とばしる　呉竹の上に（良寛歌）⦿久方の　桂にかくる　あふひ草　空の光に　いくよなるらん（新勅撰一四三）

〔注〕①「天（あめ・あま）」にかかる。②「天（あめ）」と同音の「雨」にかかる。上代の例が主である。③天と類義の「空」にかかる。中古以降の用法。④天空にあるものとしての「月」また「月夜」にかかる。⑤（④から転じて）時間としての「月」や色の名「月毛」にかかる。⑥天空にあるものとして、天体の「白」にかかり、転じて時間として

の「日」、「日」と同音を含む語や「昼」などにもかかる。⑦天空に関係あるものとして「雲・雪・霰」にかかる。⑧天上のものとして「岩戸」や「織女(たなばたつめ)」などにかかる。⑨月の中に桂の木があるという伝説から「桂」および、それと同音の地名「桂」にかかる。⑩永遠であるべきものとして、たたえて「都」にかかる。「万葉集」では、「ひさかた」を、仮名書き例以外は、「久堅」「久方」で表記し、「古今集」でも多く「久方」で表記するので、悠久で堅牢なもの、久遠なものなどの意識で当時用いていたものと思われ、語源をそれに求める説もある。他に、日射す方(かた)の意、天の丸くうつろ形を瓠(ひさご)にたとえた瓠形の意とする説などもある(大辞典八―一三八三頁、事典四六三頁、福井五四〇頁、中島二四五頁、全注一―二九八頁、二―三七九頁)。

ひさかたや

「あま・あさひ」にかかる。〔例〕⦿ひさかたや　あまの苫屋に　さぬる夜は　浦風寒み　雁鳴き渡る(夫木一二)⦿久方や　朝日いざよふ　山風の　くもらで曇る　花の陰哉(順徳院集)〔注〕語義・かかり方は、「ひさかたの」に同じ。「天(あま)」と同音の「海人(あま)」にかかり、また、「日」と類義の「朝日」にかかる(大辞典八―一三八三頁)。

ひたちおびの

「あふ・めぐりあふ・かごとばかり」にかかる。〔例〕⦿結びおく　契朽ちずば　ひたち帯の　又廻(めぐ)りあふ　末やまたまし(続後拾遺八五四)⦿東路の　みちのはてなる　常陸帯の　かごとばかりも　あはんとぞおもふ(新古今一〇五二)〔注〕常陸の鹿島神宮の祭礼の際に、男女が布の帯二本を用意し、一本には思う相手の名を書き、一本には自分の名を書いて神に供え、その帯を折り返して名をかくし、その端を神主に結ばせ、離れ離れに結ばれれば凶、まるく結ばれれば吉と占った。この常陸帯を腰にまとう時に両端がたがひに別れるが、また相会ふので「逢ふ」「めぐりあふ」にかかり、また帯には「鉤(かぎ)」があるので、その「かぎ」と類音の「かごとばかり(ほんの少しばかりの意)」にかかる(大辞典八―一四二五頁、福井五四七頁、中島二四六頁)。

ひだひとの

「うつすみなは」にかかる。〔例〕「斐太人乃」↓「打墨縄」(万葉二六四八)⦿かにかくに　物は思はじ　飛驒人の　打つ墨縄の　ただ一道に(万葉二六四八)〔注〕「ひだひと」は飛驒匠のこと。また杣人のこと。枕詞と見ない説もある(福井五四八頁、中島二四六頁)。

ひだりての

「おくのて」にかかる。〔例〕「左手乃」→「奥手」（万葉一七六六）⦿吾妹子は　釧（くしろ）にあらなむ　左手のわが奥の手に　纏（ま）きて去（い）なましを（万葉一七六六）〔注〕左手は右手より後（おく）れて物をなすことのおそき故、おくれるの頭音をもつ「奥の手」にかかる。一説に、「左手」のことを「奥手」というと。枕詞と見ない説もある（大系万葉二―四七二頁、福井五四八頁、中島二四六頁）。

ひとごころ

「あらし・うしみつ・うぢ・あさか・あささはみづ・あさき・うすはなぞめ」にかかる。〔例〕⦿人心　嵐の風の寒ければ　木の芽も見えず　枝ぞしをるる（後撰一二八三）⦿人ごころ　うしみつ今は　頼まじよ　夢に見ゆやと子（ね）ぞすぎにける（拾遺一一八四）⦿人心　宇治の網代にたまさかに　寄るひるだにも　尋ねけるかな（蜻蛉日記一八二）⦿人ごころ　あさかの浦の　澪標（みをつくし）　深きしるしも　かひやなからむ（続千載一四四八）⦿人心　あさ沢水の　根芹こそ　かるばかりにも　つままほしけれ（金葉四六一）⦿人心　浅きにまさる　おもひ川　浮瀬に消えぬ　みづからもうし（新拾遺一〇八〇）⦿人心　うすはなぞめの　かり衣　さてだにあらで　色やかはらん（新古今一一五六）〔注〕人の心の、荒し・憂し・浅し・薄しなどいうことから、「嵐」「丑三つ」「宇治」「浅香」「浅沢水」「うす花染」などにかかる（福井五四八頁、中島二四四頁）。

ひとだまの

「さを」にかかる。「「人魂乃」→「佐青」（万葉三八八九）〔例〕⦿人魂の　さ青（を）なる君が　たゞ獨り　逢へりし雨夜の　葬（はふ）りをそ思ふ（万葉三八八九）〔注〕さ青なる君の「さ」は接頭語。まっ青な君。人魂を擬人化したもの。人魂は青いという意から（顔色のよからぬ人を、人魂即幽霊などの如くと比し）「さ青なる君」にかかる（大系万葉四―一六七頁、福井五四九頁、中島二四七頁）。

ひともとすすき

「うなかぶし」にかかる。〔例〕「比登母登須々岐」→「宇那加夫斯」（記四）⦿ぬばたまの　黒き御衣（みけし）をま具（つぶさ）に取り装ひ――山處（やまと）の一本薄（ひともとすゝき）　項傾（うなかぶ）し　汝が泣かさまく――（記四）〔注〕薄が一本穂を垂らして、立っている姿を、須勢理姫（すせりひめ）が取残されて、独りしょんぼり首を垂れて泣く様に比し「うなかぶし」にかかる（大系古代歌謡三九頁）。

ひなくもり

「うすひ」にかかる。〔例〕「比奈久母理」→「宇須比」(万葉四四〇七)⦿ひなくもり　碓日(うすひ)の坂を　越えしだいに　妹が恋しく　忘らえぬかも(万葉四四〇七)〔注〕「日曇」の「な」は「の」の意。日が曇って薄日(うすひ)の意からその薄日と同音を含む地名「碓氷」にかかる。「碓氷峠」は上野と信濃の境の峠。上野国は東山道であるから、信濃を通って難波へ行く(大系万葉四—四三八頁、大辞典九—七四四頁、福井五四九頁)。

ひなさかる

「くにおさむ」にかかる。〔例〕「夷離」→「國治」(万葉三二九一)「夷放」→「國乎治」(万葉四二一四)〔例〕⦿み吉野の　眞木立つ山に——夷離(ひなさか)る　國治めにと——(万葉三二九一)〔注〕田舎の方に遠く離れている地方を治めるという意から「國治む」にかかる。但し枕詞とするは非か(福井五五〇頁、中島二四七頁)。

ひのぐれに

「うすひ」にかかる。〔例〕「比能具礼尓」→「宇須比」(万葉三四〇二)⦿日の暮(ぐれ)に　碓氷(うすひ)の山を　越ゆる日は　夫(せ)なのが袖も　さやに振らしつ(万葉三四〇二)〔注〕日の暮には日差が薄くなるところから「薄日(うすひ)」と同音の地名「碓氷」にかかる(大系万葉三—四二〇頁、大辞典九—八五頁、金子二一一頁、全注十四—一四一頁)。

ひのもとの

「やまと」にかかる。〔例〕「日本之」→「山跡」(万葉三一九)「日本乃」→「野馬臺」「日本乃」→「倭」(続日本後紀・巻十九)⦿なまよみの　甲斐の國　うち寄する　駿河の國と——日の本の　大和の國の——(万葉三一九)〔注〕「日出国」→日本の國と称える(福井五五〇頁、全注三—一七二頁)。

ひもかがみ

「のとか」にかかる。〔例〕「紐鏡」→「能登香」(万葉二四二四)⦿紐鏡　能登香(のとか)の山も　誰ゆゑか　君來ませるに　紐解かず寝む(万葉二四二四)〔注〕古代の青銅鏡などで、裏面に鋳出したつまみに紐のついたもの、この紐は台に結びつけてあるもので解くべきものでないのでその意の「勿解(なとき)」と類音の地名「のとか(能登香)」にかかる。能登山は岡山県津山市東方の二子山。能等香神社を祀る(大系万葉三—一七三頁事典四六三頁、福井五五〇頁)。

ひものをの

「こころにいる・いつがる」にかかる。〔例〕「紐緒之」→「心介入」〔万葉二九七七〕「比毛能緒能」→「移都我利」（万葉四一〇六）⊙何故か　思はずあらむ　紐の緒の　心に入りて　恋しきものを（万葉二九七七）⊙大汝（おほなむち）　少彦名（すくなびこな）の　神代より――紐の緒の　いつがり合ひて――（万葉四一〇六）〔注〕「紐の緒」は着物につける紐または下紐。紐を結ぶのに、一方を輪にして他をそれに入れて結ぶので「心に入る」といいかけ、また紐が長くつながっているところから「いつがる」にかかる。「い」は接頭語。「つがり」は繋（つながり）で、つながり合う意（大辞典九―一一六頁、事典四六三頁、福井五五一頁、横山一六七頁）。

【ふ】

ふかみるの

「ふかむ・みる」にかかる。〔例〕「深海松」→「深目」（万葉一三三五・三三〇二）「深海松之」→「深目」（万葉三三〇二）「深見流乃」→「見」（万葉九四六）⊙御食向（みけむか）ふ　淡路の島に――深海松（ふかみる）の　見まく欲（ほ）しけど――（万葉九四六）⊙つのさはふ　石見の海の――深海松の　深めて思（も）へど――（万葉一三三五）〔注〕「深海松」は海底深き生えている海藻。「ふかみる」の「ふか」と同音の繰り返しで「深む」に、また「ふかみる」の「みる」と同音の繰返しで「見る」にかかる（大辞典九―二九四頁、福井五五三頁、全注二―一五七頁、六―九一頁）。

ふくかぜの

「みえぬ・めにみぬ・おと・たより・あらち」にかかる。〔例〕「布久可是能」→「美延奴」（万葉三六二五）⊙夕されば　葦辺に騒き　明け来れば――吹く風の　見えぬが如く――（万葉三六二五）⊙世中は　かくこそありけれ　吹く風の　めにみぬ人も　こひしかりけり（古今四七五）⊙たまかづら　今はたゆとや　吹くかぜの　おとにも人の　きこえざるらん（古今七六二）⊙浪にのみ　ぬれつる物を　吹く風の　たよりうれしき　あまの釣舟（後撰一二二五）⊙吹く風の　あらちの高嶺　雪さえて　矢田の枯野に　霰ふるなり（玉葉一〇一二）〔注〕吹いてくる風が目に見えないようにの意で「見えぬ・めにみる」に、風の音の意で「音・音に聞く」に、風のたよりの意で「たより」にかかる。また風が荒いというところから「荒し」と類音の地名「あらち」にかかる（大辞典九―三一六頁、福井五五三頁、旺文社文庫古今三一八頁）。

ふくかぜを

「ならしのやま」にかかる。〔例〕⊙吹く風を　ならしの山の　桜花　長閑くぞ見る　ちらじと思へば（後撰五三）〔注〕吹く風を馴らすといふことから大和の地名「奈良志の山」にかかる（福井五五四頁、大塚二三五頁）。

ふさたをり

「たむ」にかかる。〔例〕「球手折」→「多武」（万葉一七〇四）⊙ふさ手折り　多武（たむ）の山霧　しげみかも　細川の瀬に　波の騒ける（万葉一七〇四）〔注〕草木を手で折って撓（たわ）める意から「撓（た）む」と同音の地名「多武」にかかる。原文「球手折」で「ウチタヲリ」と訓む説もある。多武の山は奈良県桜井市の多武峯で談山神社がある（大系万葉二―四六五頁、大辞典九―三五三頁、事典四六三頁）。

ふじごろも→ふぢごろも

ふししばの

「しばし・こる」にかかる。〔例〕⊙つらしとは　思ふ物から　ふししばの　しばしもこりぬ　心なりけり（新古今一二二四）⊙かねてより　おもひし事ぞ　ふし柴の　こるばかりなる　なげきせんとは（千載七九八）〔注〕伏柴は柴の古称。「しば」→「しばし」とかけ、また柴を刈る意から「樵る」→「懲る」とかける（大辞典九―三六三頁、朝日新古今二六五頁）。

ふじなみの→ふぢなみの

ふじの

「ね」にかかる。〔例〕⊙煙立つ　思ひならねど　人しれず　侘びてはふじの　ねをのみぞなく（新古今一〇〇九）〔注〕富士の「嶺（ね）」と同音の「音（ね）」とかける（朝日新古今二二七頁）。「ふじのねの」の項を参照。

ふじのねの

「もゆ・おもひ・たえぬおもひ・ならぬおもひ」にかかる。〔例〕⊙あふことの　まれなる色に　おもひそめ　我身はつねに　あまぐもの　はるゝときなく　ふじのねの　もえつゝとはに　おもへども――（古今一〇〇一）⊙ちはやぶる　神のみより　くれ竹の　世々にもたえず――世の人の　おもひするがの　ふじのねの　もゆるおもひも　あかずして――（古今一〇〇二）⊙ふじのねの　ならぬおもひに　もえばもえ　神だにけたぬ　むなしけぶりを（古今一〇二八）⊙ふじのねの　絶えぬ思ひも　あるものを　悔ゆるはつらき　心なりけり（大和一七一）〔注〕富士山が絶えず噴煙をあげていたところから、「燃ゆ・めづらしげなくもゆ」にかかり、また富士山の「火」の意から「火」と同音を含む「思ひ」特に「絶えぬ思ひ」我が恋の不成就の意の「ならぬ思ひ」にかかる（大系古今二三六頁、大辞典九―三六七頁、福井五五四頁、旺文社文庫古今三一六頁）。

ふすまじを→ふすまぢを

ふすまぢを

「ひきでのやま」にかかる。〔例〕「衾道乎」→「引手乃山」（万葉二一二）「衾路」→「引出山」（万葉二一五）⊙衾道（ふすまぢ）を　引出の山に　妹を置きて　山路を行けば　生けるともなし（万葉二一二）〔注〕枕詞と見ない説が有力である。引出の山は奈良県天理市東方の竜王山かという（大系万葉一―一一八頁、全注二―四一五頁）。

ふせやたき→ふせやたく

ふせやたく

「すすしきほふ」にかかる。〔例〕「廬八燎」→「須酒師競」（万葉一八〇九）⊙葦屋の　菟原處女の――血沼壮士（ちぬをとこ）　菟原壮士（うなひをとこ）の　廬屋焼（ふせやた）く　すすし競（きほ）ひ――（万葉一八〇九）〔注〕「ふせや」伏屋は屋根を地に打伏せた如き家。いぶせき低く小さな家。伏屋で火をたくと煤（すす）が多く出るところから「すす」と同音を含む「すすし競ふ」（せり合って競う意か）にかかる（大辞典九―三九三頁、事典四六三頁、福井五五六頁）。

ふせやたて

「つまどひ」にかかる。〔例〕「廬屋立」→「妻問」（万葉四三一）⊙古（いにしへ）に　在りけむ人の　倭文幡（しつはた）の　帯解きかへて　伏屋立て　妻問（つまどひ）しけむ――（万葉四三一）〔注〕「伏屋立て」上代夫婦が婚姻生活に入るとき伏屋（手軽な家）を建てた。伏屋は妻問ひの必須条件であったであらう。この意から「妻問ひ」にかかるという。但し枕詞とするは非か（福井五五六頁、中島二五〇頁、全注三―三八二頁）。

ふたさやの

「いへをへたつ」にかかる。〔例〕「二鞘之」→「家乎隔」（万葉六八五）⊙人言（ひとごと）を　繁みか君が　二鞘（ふたさや）の　家を隔てゝ　恋ひつつをらむ（万葉六八五）〔注〕二つ並んだ鞘がたがひに隔っているように、思い合う二人が別々にいる比喩。或いは二鞘とは先の二枝になっている刀の鞘をいうか。その二つの「さや」が並んでいるように、たがいに隔った家にいて恋しく思うばかりでいる意で「家を隔つ」にかかる。枕詞とせず、比喩とする説もある（大系万葉一―二九六頁、大辞典九―四六三頁、事典四六三頁、福井五五七頁、全注四―三一七頁）。

ふたなみ→ふたならぶ

ふたならぶ

「つくば」にかかる。〔例〕「二並」→「筑波乃山」（万葉一七五三）⊙衣手（ころもで）　常陸の國　二並（ふたならぶ）　筑波の山を　見まく欲り——（万葉一七五三）〔注〕「ふたならぶ」は二つの物が並ぶ意。筑波山は東西の二つの峯が並んでいるのでこういった。枕詞でなく実景とも思われる（中島二五〇頁、角川文庫万葉・上二九四頁）。

ふぢごろも

「まどほに・なる・おれるこころ・あらえびす」にかかる。〔例〕「藤服」→「間遠」（万葉四一三）「藤衣」→「穢」（万葉二九七一）⊙須磨の海人の　塩焼衣の　藤衣　間遠（まとほ）にしあれば　いまだ着なれず（万葉四一三）⊙大君の　塩焼く海人の　藤衣　なれはすれども　いやめづらしも（万葉二九七一）⊙ちはやぶる　神のみよより——ふぢごろも　おれるこゝろも　やちぐさの　ことのはごとに——（古今一〇〇二）〔注〕藤や葛などの繊維で織った布で作った衣は織目が荒いので、住居の距離の遠い即ち逢ふ間隔の遠い意で「間遠」に、また衣の穢（な）る（男女の馴るに比し）「なる」に、藤衣を織るということから同音を含む「おれる心」（下心）にかかる。また織目の荒きより「あら」の音を和蝦夷に対し文化の進まぬ「荒蝦夷」にかける。なお「間遠」を「まとほに」と訓んだが、「まとほく」と訓む説もある（福井五五八頁、中島二五〇頁、大塚二三七頁、全注三—三四五頁）。

ふぢなみの

「ただひとめ・おもひまつはり・なみ・たつ・たたまく・よる」にかかる。〔例〕「藤浪乃」→「直一目」（万葉三〇七五）「藤浪乃」→「思纏」（万葉三二四八）⊙斯くしてそ　人の死ぬといふ　藤波の　たゞ一目のみ　見し人ゆゑに（万葉三〇七五）⊙磯城島の　日本の國に　人多（さは）に　満ちてあれど　藤波の思ひ纏（まつ）はり　若草の　思ひつきにし　君が目に　恋ひや明かさむ　長きこの夜を（万葉三二四八）⊙みよしのの　おほかはのべの　ふぢなみの　なみにおもはば　わがこひめやは（古今六九九）⊙色深く　にほひしことは　藤波の　たちもかへらで　君とまれとか（後撰一二六）⊙藤波の　よると頼めし　言の葉を　まつにかゝりて　日を暮すかな（新続古今一二三五）⊙圓居（まとゐ）して　みれどもあかぬ　藤浪の　たゝまくおしき　けふにもあるかな（新古今一六四）〔注〕「藤波の」藤の花房のなびて動くさまが波の打寄せるような動きであるところから、藤波のような美しい人をたゞ一目見たにすぎないのに、それがもとで恋いこがれ死ぬということの意で、「たゞ一目」にかかり、またその蔓が他の樹木などにからみつくところから、私の心があなたの目を恋しく思ってまつわりついて離れない意で「まつはり」にかかる。また藤浪の「浪」と同音を含む「並(なみ)」にかかる。また「波」の縁語である「立つ」「たたまくをしき(座を立ってしまうことはをしい意)」「寄る」などにかかる(大系万葉三―三四九頁、大辞典九―三六六頁、福井五五八頁、中島二一五一頁)。

ふなあまり

「かへる」にかかる。〔例〕「布那阿魅理」→「賀幣理」(記八六)「布儺阿摩利」→「餓幣利」(紀七〇)⊙大君を　島に放(はぶ)らば　船餘(ふなあまり)　い歸(がへ)り來(こ)むぞ――(記八六)〔注〕「ふなあまり」とは、船が岸に着くとき勢い余って少し後ろに退くことをいう。また、「ふな」は船ではなく、柩の義で、「あまり」は残りつく意で、柩に残りついた魂魄が帰ってくることとする説、船に乗る人が多くて乗りはぐれる意とするなど説がある(大系古事記八八頁、大辞典九―四五九頁、福井五六〇頁、中島二五一頁)。

ふなきおう→ふなきほふ

ふなきほふ

「ほりえ」にかかる。〔例〕「布奈藝保布」→「保利江」(万葉四四六二)⊙船競(ふなぎほ)ふ　堀江の川の　水際(みなきは)に　來居(きゐ)つつ鳴くは　都鳥かも(万葉四四六二)〔注〕「ふなきほふ」(舟競ふ)は舟が先を争うをいう。上代堀江の河を舟が輻輳していたところから「堀江」にかかる。但し枕詞とするは非か(福井五六〇頁、中島二五二頁)。

ふねはつる→ありねよし

ふゆきのす

「からがし」にかかる。〔例〕「布由紀能須」→「加良賀志」(記四七)⊙品陀(ほむた)の　日の御子　大雀(おほさざき)　佩かせる太刀　本(もと)つるき　末振(すゑふ)ゆ　冬木のす　幹(から)が下木の　さやさや(記四七)〔注〕「ふゆきのす」は冬木如(な)すの意。冬の木は枯れたように見えるところから枯れの意の「からがし」にかかるとする。但し『古代歌謡集』(日本古典文学大系六七頁)は「冬木の　素幹(すから)が下木の　さやさや」と訓み、もちろん枕詞としない(福井五六一頁、中島二五二頁、横山一七二頁)。

ふゆくさの

「かれ」にかかる。〔例〕⊙わがまたぬ　年はきぬれど　冬草の　かれにし人は　おとづれもせず(古今三三八)〔注〕冬草の枯れる意で「枯れ」と同音異義の「離(か)れ」にかかる(大系古今一六七頁、大系新古今一五四頁、大辞典九―四九五頁、旺文社文庫古今一〇六頁)。

ふゆこもり

「はる・ときづき」にかかる。〔例〕「冬木成」→「春」(万葉一六・一九九・九七一・一七〇五・三二二一)「冬隠」→「春」(万葉一三三六・一八二四・一八九一)「冬木成」→「時敷」(万葉三八二)〔例〕⊙冬こもり　春さり來れば　鳴かざりし　鳥も來鳴きぬ――(万葉一六)⊙鷄が鳴く　東の國に――國見する　筑羽の山を　冬こもり　時じき時と　見ずて行かば　まして恋(こは)しみ　雪消(げ)する　山道すらを　なづみぞわが來(け)る(万葉三八二)〔注〕「ふゆごもり」古くは「ふゆこもり」とも。冬の間活動をやめていた植物が芽を出して茂る意で「春」にかゝる説が有力。但しこの場合は「冬籠り」とは別語。他に、冬に活動をやめて、籠っていたものが春になると外に出る意からとする説や「冬が終わり」の意から「春」に続くとする説があるが、平安時代にはすでに「冬籠り」の意識で用いられていたと思われる。また、「万葉集」(三八二番)の「冬木成」は、枕詞ではなく、早春に芽を出しはじめているの意か。下に「春されど」が脱したものとして、枕詞とする説や、「冬籠り」と解して、冬には籠って登らない時期の意とする説などがある。「冬木成」の「成」を「モリ」と訓むのは、「成」と「盛」の通用とみる説と、「成」を「戍(もる)」の誤写とみる説とがある(大系万葉一―一八頁、大辞典九―四九五頁、福井五六二頁、全注一―七九頁)。

ふるこさめ

「あひだもをきて」にかかる。〔例〕「落小雨」→「間文置而」(万葉三〇四六)⊙ささなみの　波越すあざに　降る小雨　間(あひだ)も置きて　わが思はなくに(万葉三〇四六)〔注〕小雨の降りみ降らずみ間(あひだ)あるを、我は間もおかで思い続くに比し「間も置きて」にかかるという。但し枕詞とするは非か(福井五六三頁)。

ふるころも

「まつち・うちつる」にかかる。〔例〕「古衣」→「又打」(万葉一〇一九)「古衣」→「打棄」(万葉二六二六)⊙石の上　布留の尊(みこと)は――天離る　夷辺に退る　古衣　又打(まつち)山ゆ　還り來ぬかも(万葉一〇一九)⊙古衣　打棄(うちつ)る人は　秋風の　立ち來る時に　もの思ふものそ(万葉二六二六)〔注〕古い衣服をほどき、その布をまた打かえして柔らかくして作りなおす意で、「また打ち」の変化した「まつち」と同音の地名「真土山（まつちやま）」に、また古い衣は打捨てることから、是を人事のうつてし人に比し「打棄（うちつる）」にかかる。真土山については、和歌山県橋本市真土とする説や、奈良県宇智郡阪合村（現五条市）の待乳峠とする説などがある（大辞典九―五三〇頁、福井五六二頁、中島二五三頁、全注六―二一九頁）。

ふるさとの

「よしの」にかかる。〔例〕⦿ちはやぶる　神な月とやけさよりは　くもりもあへず　うちしぐれ　もみぢとともに　ふるさとの　よしのの山の　山あらしも――（古今一〇〇五）〔注〕時雨が降ると古里をかけた。吉野には昔離宮があったので「古里の吉野」といったのであろう。枕詞とするか否か存疑（大系古今三一一頁）。

ふるゆきの

「けぬ・そらにけぬ・け・しらかみ・いちしろし・いとひ・みのしろころも・あまきるなみ・ゆき・つもる・かさぬ・まなし・しき」にかかる。〔例〕「零雪乃」→「消」（万葉六二四）「零雪乃」→「行」（万葉一〇四一）「零雪之」→「消」（万葉一六五五）「零雪」→「虚空可消」（万葉二三三三）「零雪之」→「市白」（万葉二三四四）「落雪之」→「消長」（万葉二三四七）「零雪乃」→「歟」（万葉二三四八）「布流由吉乃」→「之路髪」（万葉三九二二）⦿道にあひて　咲（ゑ）まししからに　降る雪の　消なば消ぬがに　恋ふとふ吾妹（わぎも）（万葉六二四）⦿降る雪の　空に消ぬべく　恋ふれども　逢ふよし無しに　月そ經にける（万葉二三三三）⦿海小舟　泊瀬の山に　降る雪の　日（け）長く恋ひし　君が音する（万葉二三四七）⦿降る雪の　白髪までに　大君に　仕えまつれば　貴くもあるか（万葉三九二二）⦿ふる雪の　みのしろ衣　うつ着つつ　春来にけりと　驚かれぬる（後撰―春上一）⦿わたの原　やそしま白く降る雪の　あまぎる浪に　まがふ釣舟（新勅撰四一六）⦿和歌の浦や　老木の松に　降る雪の　積れる年も　今ぞかひある（新続古今一七九二）〔注〕同音のくり返しで「行き」に、白いところから「白髪・みのしろ衣」に、際立って見えるところから「いちじろし」に、消えやすいところから「消（け）」に、降る雪の天霧らしふることより、その天霧を同音の海士（あま）に通はせて「海士切る浪」にかけ、また雪の性質から「積る・重ぬ」にもかかる（大辞典九―五三六頁、福井五六三頁、中島二五三頁）。

【へ】

へつなみ

「そにぬきうて」にかかる。〔例〕「幣都那美」→「曾邇奴岐宇弖」（記四）⦿ぬばたまの　黒き御衣を――邊（へ）つ波　背（そ）に脱（ぬ）き棄（う）て――（記四）〔注〕「へつなみ」は岸辺の波。「背に脱き棄て」の「ソ」は乙類の仮名で、「背（セ）」である。岸によせた波が後ろの方へ引いて行くように比し、着物を後ろの方へ脱き捨てる意で「そにぬきうて」にかかる。岸辺の浪は磯（そ）に寄せるので類音の「其そ」にかかるともいう。しかし、磯のソは甲類で、この歌の曽のソは乙類であるから適切ではない。ここでの「そ」は「背」と解すべきで、うしろの方へ衣を脱ぎすてる意である（大系古代歌謡三九頁・一一〇頁、福井五六五頁、中島二五四頁）。

へつなみの

「しくしく」にかかる。〔例〕「邊津浪之」→「敷布」（万葉九三一）⦿鯨魚取（いさなと）り　濱辺を清み――邊つ波の　いやしくしくに　月にけに――（万葉九三一）〔注〕「へつなみ」は浜辺の浪。「シク」は及クの意で後ろから追いつくこと。浜辺の波が後から後ろから重なってくるようにの意で「しくしく」にかかる。或いは枕詞とせず、浜辺の実景と見るべきかという（大系万葉二―一四一頁、全注六―六八頁）。

【ほ】

ほしづきよ

「かまくらやま」にかかる。〔例〕⦿――明け行く空も　星月夜　鎌倉山を　越え過ぎて――（謡曲六浦）〔注〕星の光が利鎌のようであるところから「鎌倉山」にかかるという（大辞典九―八五四頁、中島二五四頁）。

ほしづくよ→ほしづきよ

ほそひれの

「さきさかやま」にかかる。〔例〕⦿ほそひれの　さきさかやまの　しらつつじ　我ににほはせ　いもにしめさん（古今六帖六・木）〔注〕「万葉集」の「細比礼乃」（たくひれの、一六九四番）を誤読したものという（大辞典九―八六九頁）。「たくひれの」の項を参照。

ほたるなす

「ほのか」にかかる。〔例〕「螢成」→「髣髴」（万葉三三四四）⦿この月は　君來まさむと　大船の　思ひたのみて

――玉梓の　使の言へば　螢なす　ほのかに聞きて――(万葉三二四四)〔注〕ほたるの光のように、はっきり見分けのつかぬさま(大系万葉三―四〇一頁、大辞典九―八七六頁)。

ほたるの

「もえ」にかかる。〔例〕⦿あけたてば　せみのおりはへなきくらし　よるはほたるの　もえこそわたれ(古今五四三)〔注〕螢のように燃える思いに身を焦がし続けるの意で「もえ」にかかる(旺文社文庫古今一五四頁)。

ほたるび

「かがやくかみ」にかかる。〔例〕「螢火」→「光神」(日本書紀・巻二)⦿然も彼の地に　多に螢火の　光(かかや)く神　及び蠅聲す　邪しき神有り(日本書紀・巻二)〔注〕螢火が暗闇で輝くところからかかる(福井五六六頁)。

ほととぎす

「ほとほと・とばた」にかかる。〔例〕「霍公鳥」→「保等穂跡」(万葉一九七九)「霍公鳥」→「飛幡」(万葉三一六五)⦿春されば　蜾蠃(すがる)なる野の　霍公鳥　ほとほと妹に　逢はず來にけり(万葉一九七九)⦿霍公鳥　飛幡(とばた)の浦に　しく波の　しばしば君を　見むよしもがも(万葉三一六五)〔注〕頭音を反覆して「殆」古言「ほとほと」にかかり、ほととぎすの飛ぶ意で、「飛ぶ」と同音を含む地名「飛幡(とばた)」にかかる。飛幡は現在の福岡県北九州市戸畑区か(大辞典九―九〇九頁、福井五六七頁、中島二五四頁)。

ほのへなす→ほへなす

ほのぼのと

「あかし」にかかる。〔例〕⦿ほのぼのと　あかしの浦の　あさぎりに　しまがくれゆく　舟をしぞ思ふ(古今四〇九)〔注〕ほのぼのと明けてゆくことから「明石の浦」にかかる。「明し」という形容詞を言いかけ、同時に早朝の気持を出してもいる。明石の浦は兵庫県明石市の海岸(大系古今一八五頁)。

ほへなす

「かがやくかみ」にかかる。〔例〕「如火瓮」→「光神」(出雲國造神賀詞)⦿豊葦原の水穂の國は　晝は五月蠅なす水沸き　夜は火瓮なす光神あり　石ね木立青水沫も事問ひて荒ぶる國なり(出雲国造神賀詞)〔注〕火瓮は照明の火器というが不詳(大辞典九―九二〇頁、福井五六七頁)。

【ま】

まがなもち

「ゆげ」にかかる。〔例〕「眞鉇持」→「弓削」（万葉一三八五）⦿眞鉇（まかな）持ち　弓削の川原の　埋木の　顯るましじき　事にあらなくに（万葉一三八五）〔注〕「ま」は美称の接頭語。「マカナ」は「ヤリガンナ」の類。古代には現在のような台つきのカンナはなかった。鉋（かんな）で弓材を削るところから同音を含む河内国の地名「弓削」にかかる（大系万葉二―二六一頁、大辞典九―一〇一六頁、福井五六九頁、全注七―三六一頁）。

まおごもの→まをごもの

まかねふく

「にふ・きび」にかかる。〔例〕「麻可祢布久」→「介布」（万葉三五六〇）「末加禰不久」→「岐比」（催馬楽三三）⦿眞金（まかね）吹く　丹生（にふ）の眞朱（まそほ）の　色に出て　言はなくのみそ　吾（あ）が恋ふらくは（万葉三五六〇）⦿まがねふく　きびの中山　おびにせる　ほそたに川のをとのさやけさ（古今一〇八二）〔注〕「ま」は美称の接頭語。「かね」は鉄のこと。「ふく」は溶解・精錬するの意。「丹生」は砂鉄などを含む赤土で、地名として各地にある。「吉備」とともに鉄の産地としてかかる（大辞典九―一〇一六頁、事典四六四頁、福井五六九頁、中島二五六頁）。

まがみふる

「くし」にかかる。〔例〕「眞髪觸」→「奇」（日本書紀・巻一）⦿是の後に稲田宮主簀狭之八箇耳が生める兒　眞髪觸る奇（くし）稲田姫を以て――（日本書紀・巻一）〔注〕「眞」は髪をほめた接頭語。髪を「梳（くしけづ）る」ということから「櫛」にかかり同音の「奇」にかかる（福井五七一頁、中島二五六頁）。

まきさく

「ひ」にかかる。〔例〕「麻紀佐久」→「比」（記一〇〇）「莽紀佐倶」→「辟」（紀九六）「眞木佐苦」→「桧」（万葉五〇）⦿やすみしし　わご大王（おほきみ）　高照らす　日の皇子――眞木さく　檜の嬬手を――（万葉五〇）〔注〕「まき」は檜・杉などの良材。真木を裂くには「ヒ」（割れ目）を入れ、くさびをうちこんで裂くので「ヒ」にかかり、その「ヒ」と同音の（ヒ）「檜」にかかる。また「眞木栄（さ）く」の意で、良材としての檜（ひ）をたたえてかかるともいう。また「檜（ひ）」と同音異義の「日の御門」にもかかる（大系万葉一―三五頁、大辞典九―一〇二五頁、福井五七一頁、全注一―二〇〇頁）。

まきたつ

「あらやま・ふはやま」にかかる。〔例〕「眞木立」→「荒山」（万葉四五）「眞木立」→「不破山」（万葉一九九）⊙やすみしし　わご大王――隠口の　泊瀬の山は　眞木立つ　荒山道を　石が根　禁樹おしなべ――（万葉四五）⊙かけまくも　ゆゆしきかも――やすみしし　わご大君の　きこしめす　背面の國の　眞木立つ　不破山越えて　高麗劍　和蹔が原の　行宮に　天降り座して――（万葉一九九）〔注〕「まき」は檜・杉などの良材の名、ほめことば。枕詞とせぬ説も多い（大系万葉一―一〇八頁、金子二一七頁）。

まきつむ

「いづみのかは」にかかる。〔例〕「眞木積」→「泉河」（万葉三二四〇）⊙大君の　命（みこと）畏（かしこ）み　見れど飽かぬ　奈良山越えて　眞木積む　泉の川の　速き瀬を――（万葉三二四〇）〔注〕眞木を積んで下す意で「泉の川」にかかる。泉の川が木材を運ぶに使われたことは、「万葉集」巻一・五〇番の藤原宮役民の歌などによってわかる。泉川・木津川・伊賀川・名張川が京都府相楽郡の東部で合流し、笠置・加茂・木津の町々を西流、木津辺から北上して、八幡附近で諸流と合し淀川となる（大系万葉三―三八三頁、福井五七三頁）。

まきのたつ

「あらやまなか」にかかる。〔例〕「眞木乃立」→「荒山中」（万葉二四一）⊙皇（おほきみ）は　神にし坐（ま）せば　眞木の立つ　荒山中（あらやまなか）に　海を成すかも（万葉二四一）〔注〕語義かかり方は「まきたつ」に同じ（福井五七三頁）。

まきばしら

「ふとし」にかかる。〔例〕「眞木柱」→「太」（万葉一九〇）⊙眞木柱　太き心はありしかど　このわが心　鎮（しづ）めかねつも（万葉一九〇）〔注〕真木柱は立派な木の柱。真木柱（杉や桧など）で作った柱は太いので「太い」と同音を含む「太き心（心のしっかりしている意）」にかかる（大辞典九―一〇二八頁、事典四六五頁、全注二―三一七頁）。

まきむくの

「ひ」にかかる。〔例〕「麻岐牟久能」→「比」（記一〇〇）⊙纒向（まきむく）の　日代（ひしろ）の宮は　朝日の　日照る宮　夕日の　日影る宮――（記一〇〇）〔注〕「まきむく」は「眞木茂處（まきもく）」の意。眞木は「ヒ（桧）」によって代表せられたので、「ヒ（桧）」と同音を含む「日代の宮」にかかる（大系古代歌謡九九頁、横山一七七頁）。

まくさかる

「あらぬ」にかかる。〔例〕「眞草刈」→「荒野」（万葉四七）⊙ま草刈る　荒野にはあれど　黄葉の　過ぎにし君が　形見とそ來し（万葉四七）〔注〕「ま」は美称接頭辞。ここでは屋根を葺と材料の茅（かや）のこと。茅は荒野で刈る（福井五七三頁、中島二五七頁、全注一―一八六頁）。

まくずはう→まくづはふ

まくずはふ

「かすがのやま・おの」にかかる。〔例〕「眞葛延」→「春日之山」（万葉九四八）「眞葛延」→「小野」（万葉二八三五）⊙眞葛はふ　春日の山は　うちなびく　春さりゆくと――（万葉九四八）⊙眞葛延ふ　小野の浅茅を　心ゆも　人引かめやも　わが無けなくに（万葉二八三五）〔注〕「マ」は美称。葛の繁れるをいう。葛はもっぱら山野に生うるものなので、葛の這う野と続き、同音を含む「小野」にかかる。春日の山にかかるは、万葉時代の春日山が葛の繁った山であったろうから、その実景からの枕詞かと思われる（福井五七四頁、横山一七八頁、中島二五八頁）。

まくらづく

「つまや」にかかる。〔例〕「枕付」→「嬬屋」（万葉二一〇）「枕附」→「嬬屋」（万葉二二一三）「摩久良豆久」→「都摩夜」（万葉七九五）「枕附」→「都麻屋」（万葉四一五四）⊙うつせみと　思ひし時に　取り持ちて　わが二人見し――吾妹子と　二人わが宿（ね）し　枕づく　嬬屋（つまや）の内に――（万葉二一〇）〔注〕夫婦の共寝をする部屋は、枕を並べつけて寝るところから「妻屋」にかかる（大系万葉一―一一六頁、大辞典九―一〇四二頁、福井五七六頁、中島二五八頁）。

まこもかる

「おほのかはら・よど・ほりえ・いかほのぬま」にかかる。〔例〕「眞薦苅」→「大野川原」（万葉二七〇三）⊙眞薦刈る　大野川原の水隠（みこも）りに　恋ひ来し妹が　紐解くわれは（万葉二七〇三）⊙まこもかる　よどのさは水　雨ふれば　つねよりことに　まさるわがこひ（古今五八七）⊙眞菰刈る　堀江にうきて　ぬる鴨の　今宵の霜に　いかにわぶらん（後撰四八四）⊙眞菰刈る　伊香保の沼の　いかばかり　浪越えぬらむ　五月雨の頃（順徳院御集）〔注〕眞菰の生ずる地、或は真菰を刈ることで有名であった地「大野川原・淀・堀江・伊香保の沼」などにかかる。「大野川」は奈良県生駒郡の富の椎川の下流の大野川ともいう。「淀」は京都府久世郡淀。眞菰の産地（大系古今二一九頁、大辞典九―一〇五三頁、福井五七六頁）。

まさきづら

「ただきあざはり」にかかる。〔例〕「麼左棄逗囉」→「多企阿藏播梨」（紀九六）⊙八島國　妻枕きかねて　春日の春日の國に——眞榮葛（まさきづら）　手抱（ただ）き叉（あざ）はり——（紀九六）〔注〕「まさきかづら」は「定家葛（ていかかづら）」の古名（一説にツルマサキの古称）で、上代、神事に用いられた。真栄きの意。長い葛をほめた語。ツルマサキのことというが、必ずしも特定の葛の名ではあるまい。纏きつきあう意で、「手抱き叉はり」にかかる。「叉はり」とは交叉してもつれること（大系古代歌謡三七頁、広辞苑二〇七四頁、福井五七六頁）。

ましみずの→ましみづの

ましみづの

「こころもけやに・まして」にかかる。〔例〕「寒水之」→「心毛計夜介」（万葉三八七五）⊙ことさけを　押垂（おしたり）小野ゆ　出づる水　少熱（ぬる）くは出でず　寒水の心もけやに　思ほゆる——（万葉三八七五）⊙我が門の　いささ小川の　眞清水の　ましてぞ思ふ　君ひとりをば（古今六帖三三四八七）〔注〕原文「寒水」にサムミズ・マシミヅ・シミズ等の訓がある。「ましみづの（眞清水の）」同音を重ねて「まして」にかかり、また、清水の清いことから、心地の清々（すがすが）しく胸中に何の滞りのなきに比し「心もけやに」かかる（福井五七八頁、中島二五九頁）。「さむみづの」の項を参照。

ますかがみ

「むかふ・みる・うつる・みぬめのうら・かげ」にかかる。〔例〕⊙ゆくとしの　おしくもあるかな　ますかゞみ　みるかげさへに　くれぬとおもへば（古今三四二）⊙朝な朝な　よそにやは見る　ます鏡　むかひの岡に　つもる白雪（続古今一六三五）⊙忍ぶとて　かげだに見えず　ます鏡　うつりはてにし　人の心は（続後撰九五九）⊙ます鏡　みぬめの浦は　名のみして　おなじ影なる　秋の夜の月（続後撰三四〇）〔注〕鏡は常に向ひ見るものだから「向ふ」「見る」に、また姿を写すところから同音の「移る」に、見る音から地名「みぬめのうら」に、鏡に写る影の意で「かげ（影）」にかかる（大辞典九—一〇六八頁、福井五七八頁、中島二五九頁）。

ますがよし

「そが」にかかる。〔例〕「眞菅吉」→「宗我」（万葉三〇八七）⊙眞菅よし　宗我の河原に　鳴く千鳥　間無しわが背子　わが恋ふらくは（万葉三〇七八）〔注〕「ま」は美称。「すが」は菅（すげ）。「よ・し」は詠嘆の複合助詞。「すが」と「そが」類音反復の関係でかかる。「ますげ」を「まそが」と訓む説もある。曽我川のほとりで良い「すげ」がとれたからとする説。「宗我の河原」は奈良県高市郡曽我川。桧隈川の下流の河原（大辞典 九―一〇七五頁、事典 四六五頁、広辞苑二〇七七頁、福井五七九頁）。

ますげよし→ますがよし

ますみえし

「すみのえ」にかかる。〔例〕「眞住吉」→「住吉」（摂津風土記逸文）⦿遂に讃め称へて 眞住吉（ますみえし） 住吉（すみのえ）國と言りたまひて 仍て神の社を定めたまひき 今俗に 略きて直に 須美乃叡と称ふ」（摂津風土記逸文）〔注〕「ま」は接頭語。住むのによいと讃える意の言葉から、同音を含む地名「住吉」（すみのえ）にかかる（大辞典九―一〇七二頁）。

ますらおの→ますらをの

ますらをの

「たゆひ」にかかる。〔例〕「大夫乃」→「手結」（万葉三六六）⦿越の海の 角鹿（つのが）の濱ゆ 大船に 眞梶貫きおろし――大夫（ますらを）の 手結（たゆひ）が浦に 海未通女（あまをとめ）――（万葉三六六）〔注〕「ますらを」は手結（たゆひ）＝手纒（たまき）即ち籠手（こて）をつけているところから、手結（たゆひ）と同音を含む地名「手結が浦」にかかる。手結は足結（あゆひ）の対。袖を結ぶこと。手結が浦は福井県敦賀市田結の海岸（事典 四六五頁、福井五八〇頁、全注三―二四六頁）。

まそかがみ

「みる・ただめ・みなふちやま・みぬめ・かく・とこのへ・とぐ・てる・きよし・おもかげ・ふたかみやま」にかかる。〔例〕「眞十鏡」→「見」（万葉二三九・五七二・一〇六六・二三六六・二五〇九・二九七八）「眞十鏡」→「磨」（万葉六一九・六七三）「銅鏡」→「清月夜」（万葉一五〇七）「眞素鏡」→「清月夜」（万葉二六七〇）「麻蘇鏡」→「吉欲伎月夜」（万葉三九〇〇）「眞十鏡」→「照」（万葉一〇七九・二八一一）「眞十鏡」→「直目」（万葉一七九二・二九七九）「犬馬鏡」→「直目」（万葉二八一〇・三三二五〇）「眞十鏡」→「見名淵山」（万葉二二〇六）「眞鏡」→「照」（万葉二四六二）「眞鏡」→「床重不去」（万葉二五〇一）「眞鏡」→「手取以」（万葉二五〇二）「眞十鏡」→「手取持」（万葉二六三三）「眞素鏡」→「直二四妹乎」（万葉二五三二）「眞十鏡」→「面影」（万葉二六三四）「犬馬鏡」→「見」（万葉二九八〇）「喚犬追馬鏡」→「見」（万葉三三二四「眞鏡」→「見」（万葉四二一四）「末蘇可我美」→「旅奴」（万葉四二二一）「犬馬鏡」→「懸而」（万葉二九八一）

「麻蘇可我美」↓「可氣弖」(万葉三七六五)「眞鏡」↓「蓋上山」(万葉四一九二)⊙やすみしし　わご大王　高照らす　わが日の皇子の——ひさかたの　天見るごとく　眞澄鏡(まそかがみ)　仰ぎて見れど　春草の　いやめづらしき　わご大王かも(万葉二三九)⊙押し照る　難波の菅の——年深く　長くし言へば　まそ鏡　磨(と)ぎし情を　許してし——(万葉六一九)⊙いかといかと　あるわが屋前(やど)に——わが思ふ妹に　眞澄鏡　清き月夜に　ただ一日——(万葉一五〇七)⊙まそ鏡　敏馬(みぬめ)の浦は　百船の　過ぎて往くべき　浜にあらなくに(万葉一〇六六)⊙眞澄鏡　南淵山(みなぶちやま)は　今日もかも　白露置きて　黄葉(もみち)散るらん(万葉二二〇六)⊙まそ鏡　照るべき月を　白栲の　雲か隠せる　天つ霧かも(万葉一〇七九)⊙白玉の　人のその名を——玉釧　手に取り持ちて　眞澄鏡　直目(ただめ)に見れば——(万葉一七九二)⊙里遠み　恋ひうらぶれぬ　眞澄鏡　床の辺去らず　夢に見えこそ(万葉二五〇一)⊙眞澄鏡　手に取り持ちて　朝な朝な　見れども君は　飽くこともなし(万葉二五〇二)⊙祝部(はふり)らが　齋ふ三諸の　眞澄鏡　懸けてそ偲ふ　逢ふ人ごとに(万葉二九八一)⊙桃の花　紅色に　にほひたる——少女らが　手に取り持てる　眞澄鏡　二上山に　木の暗れの——(万葉四一九二)〔注〕鏡を見るといふ意から「見る・直目(直接に見る)」に、鏡を見るの「ミ」と同音を含む地名「南淵山・敏馬」に、鏡は裏に紐をつけて台にかけ、また床の傍に置くので「懸く・床の辺」に、鏡は磨いて光らせるものなので「磨く」に、また清く照り光っているので「照る・清し」に、鏡にうつる影の意で「面影」に、鏡を入れる箱には蓋があるので「ふた」と同音を含む「二上山」にかかる。語源については、マスノカガミ、マスカガミの変化したものとする説がある。また「ま」は接頭語、「そ」は完全な、そろったの意で、よく整った完全な鏡の意とする。南渕山は奈良県高市郡明日香村にある。敏馬の浦は神戸市灘区岩屋、大石付近の海。二上山は各地にあるが、ここは富山県伏木市の西、高岡市の北の山。峰が二つあるので名づける(大辞典九—一〇七五頁、事典四六五頁、福井五八一頁、全注三—二九頁)。

まそがよ

「そが」にかかる。〔例〕「摩蘇餓豫」↓「蘇餓」(紀一〇三)⊙眞蘇我よ　蘇我の子らは　馬ならば　日向の駒　太刀ならば　呉の眞鋤(まさひ)　諸(うべ)しかも　蘇我の子らを　大君の　使(つか)はすらしき(紀一〇三)〔注〕「ますが」は「ますげ(眞菅)」の転。「ほ」は美称の接頭語。

氏の名の「蘇我」を讃える意のことばから同音の繰返しで「蘇我」にかかる。この歌は、推古二〇年正月七日、大臣蘇我馬子寿歌を上ったのに対して、推古天皇の和えられたもの。蘇我氏の旧本拠は大和国高市郡眞菅村曽我という（大辞典九—一〇七五頁、福井五八二頁、中島二六一頁）。

まそがよし→ますがよし

またかずら→またまかづら

またかづら→またまかづら

またまかずら→またまかづら

またまかづら

「たゆ」にかかる。〔例〕「眞玉葛」→「絶」（万葉三〇七一）⦿丹波道の　大江の山の　眞玉葛　絶えむの心　わが思はなくに（万葉三〇七一）〔注〕「またかづら」とも称する。葛の絶え切れ易いというところから「絶ゆ」にかかる。但し枕詞とせぬ説もある（大系万葉三—三〇一頁、福井五八三頁、中島二六一頁）。

またまつく

「を・をち・をちこち」にかかる。〔例〕「眞玉付」→「彼比」（万葉六七四）「眞珠付」→「越」（万葉一二三四一）「眞珠服」→「遠」（万葉一二八五三）⦿眞玉付く　をちこちかねて　言（こと）はいへど　逢ひて後こそ　悔にはありと言へ（万葉六七四）⦿眞珠つく　越（をち）の菅原　われ刈らず人の刈らまく　惜しき菅原（万葉一二三四一）〔注〕「ま」は美称。玉をつける緒（を）の意で「を」と同音を含む「越（をち）」「遠（をち）」「彼此（をちこち）」にかかる。「眞珠服」（万葉一二八五三）の「服」の字を「名義抄」は「キル」と訓んでいる（大系万葉三—二六〇頁、大辞典九—一〇八一頁、事典四六五頁、福井五八三頁、全注四—三〇七頁、七—三一八頁）。

またまづら→またまかづら

またまなす

「あがおもふいも・ふたつのいし」にかかる。〔例〕「麻多麻那須」→「阿賀母布伊毛」（記九〇）「眞珠奈須」→「我念妹」（万葉三二六三）「麻多麻奈須」→「布多都能伊斯」（万葉八一三）⦿隠國（こもりく）の　泊瀬（はつせ）の川の——眞玉なす　吾（あ）が思（も）ふ妹（いも）——（記九〇）⦿懸けまくは　あやに畏（かしこ）し　足日女（たらしひめ）神の命——眞珠なす　二つの石を　世の人に——（万葉八一三）〔注〕美しい玉のように、大切にいとしく思う意から「我が思ふ妹」にかかり、真珠のような、神々しく不思議な精霊の意で「二つの石」にかかる。（福井五八三頁、中島二六一頁）。

またみるの

「また」にかかる。〔例〕「俣海松乃」→「復」（万葉三三〇一）⊙神風の　伊勢の海の　朝凪（な）ぎに　来寄る深海松　夕凪ぎに　來寄るまた海松　深海松の　深めしわれをまた海松の　復（また）行き反（がへ）り　妻と言はじとかも　思ほせる君（万葉三三〇一）〔注〕「みる（海松）」は、ミル科の緑藻（海藻の一種）で、海中の岩礁に付着する。枝は又状の分岐を繰り返し総（ふさ）状になっている。その茎は「また」になっているので「またみる」という。同音反覆で、再びの意の「復（また）行き反（がへ）り」の「復」にかかる（大辞典九―一〇八一頁、事典四六五頁、福井五八四頁）。

まつかえの→まつかへの

まつがえり→まつがへり

まつがねの

「まつ・たゆることなく・きみがこころ」にかかる。〔例〕「松根」→「松」（万葉三二五八）「松根能」→「絶事奈久」（万葉四二六六）「松根之」→「君心」（万葉三〇四七）⊙あらたまの　年は来去きて　玉梓の　使の来ねば―――絶が根の　待つこと遠く―――（万葉三二五八）⊙あしひきの　八峰の上の　樛（つが）の木の　いや継継に　松が根の　絶ゆること無く　あをによし　奈良の都に―――（万葉四二三六）⊙神さびて　巖（いはほ）に生（お）ふる　松が根の　君が心は　忘れかねつも（万葉三〇四七）〔注〕「まつがね」は「松の根」の意で、その松」と同音反復で「待つ」にかかり、松の根のように長く延びて、絶えることがない意で「絶ゆることなく」にかかる。「君が心に」かかるのは、松の根のようにしっかりした意でか、松が根の凝るという意で心にかかるか、松の根の如く変らず君を心に忘れぬ意でかかるか不詳（大辞典九―一〇九八頁、福井五八四頁、中島二六三頁）。

まつがねや

「とほく」にかかる。〔例〕「松之根也」→「遠」（万葉四三一）⊙古に　在りけむ人の―――松が根や　遠く久しき言のみも　名のみもわれは　忘らゆましじ（万葉四三一）〔注〕松の根が遠くまでのびて行くので、かかるという。枕詞とするは非か（大塚二四九頁）。

まつかへの

「さかえ」にかかる。〔例〕「松柏乃」→「佐賀延」（万葉四一六九）⊙霍公鳥　來鳴く五月（さつき）に　咲きにほふ―――眞珠の　見が欲し　御面　直向ひ　見む時までは　松柏（まつかへ）の　榮えいまさね尊（たふと）き吾が君（万葉四一六九)〔注〕「まつ・かへ」は松と柏。樹齢の長い常緑樹の代表。松や柏のように長く栄えるようにの意で「栄え」にかかる。松と柏をならべて称するのは、漢詩文の修辞でそれをまねたものかといわれる(大辞典九―一〇九七頁、福井五八四頁、中島二六二頁)。

まつがへり

「しひ」にかかる。〔例〕「松反」→「四臂」(万葉一七八三)「麻追歛里」→「之比」(万葉四〇一四)⦿松反(まつがへ)り　しひてあれやは　三栗(みつぐり)の　中上(なかのぼ)り來ぬ　麿といふ奴(やつこ)(万葉一七八三)〔注〕鷹が鳥屋にいて羽毛ね抜けかわるのを鳥屋(とや)がえりという。また山にいて抜けかわるのを山がえりというので、松にいて抜けかわるのを「まつがへり」というのであろうとの説がある。「しひ」は目シヒ・耳シヒのシヒ。天平勝宝二年九月五日付大宅朝臣賀是万呂奴婢見来帳(寧楽遺文・下七六五頁)に「奴安居万呂年六、右方与保呂久保尓在志比祢」(みぎかたのよぼろくぼにしひねあり)とあり、この「シヒネ」は、コブができて感覚を失ったものをいう。現在の「シビレル」という動詞は、おそらくこの言葉の転じたものであろうという(大系万葉二―四〇四頁、四―二四〇頁、大辞典九―一〇九七頁、福井五八五頁、中島二六二頁、全注十七―二八四頁)。

まつちやま

「まつ・もとつひと」にかかる。〔例〕「亦打山」→「待」(万葉三一五四)「又打山」→「古人」(万葉三〇〇九)⦿橡(つるばみ)の　衣(きぬ)解(と)き洗ひ　眞土山(まつちやま)　本(もと)つ人には　なほ如(し)かずけり(万葉三〇〇九)⦿いで吾が駒　早く行きこそ　眞土山　待つらむ妹を　行きて早見む(万葉三一五四)。〔注〕「まつちやま」は真土山。待乳山。同音反覆で「待つ」にかかり、「まつち」と「もとつ」の音の似通うところから「本つ人」にかかる。また、古(こ)人＝「恋人」を待つの意より「本つ人」にかかるとする説もある(大系万葉三―二八九頁、大辞典九―一一〇七頁、事典四六六頁、福井五八六頁、横山一八二頁)。

まつのはの

「いつともわかぬ・ちりうせず・ひさし・つれなし」にかかる。〔例〕⦿――松の葉の　散りうせずして　まさきのかづら長くつたはり　鳥の跡久しく止まれらは――(古今仮名序)⦿ゆふづく夜　さすやをかべの　松のはの　いつともわかぬ　こひもするかな(古今四九〇)⦿波よする　岸に年ふる　松の葉の　久しきこころ　誰がしるらむ(玉葉二一八一）⊙高砂の　屋上にみゆる　松の葉の　我もつれなく　人を恋ひつつ（新勅撰七四八）〔注〕松の葉の常緑であることから、「いつもかはらぬ」に、歌の散佚せざむことに比し「散り失せず」に、また「年ふる松の久しく」の意で「久しく」に、また松の葉は紅葉しないことから「つれなし」にかかる（福井五八七頁、中島二六三頁）。

まつひとの

「ゆききのをか」にかかる。〔例〕⊙待つ人の　往來の岡も　白雪の　あすさへ降らば　跡や絶えなむ（続古今六六二）〔注〕待つ人が行き来るということから「ゆゆきの岡」にかかるという。但し枕詞とするは非か（福井五八七頁、中島二六三頁）。

まつやまの

「まつ」にかかる。〔例〕⊙ながらへて　なお君が代を　松山の　まつとせしまに　年ぞへにける（新古今一六三四）「松山の」頭音を反覆して、君が代を待つという意の「待つ」にかかる（福井五八七頁）。

まとりすむ

「うなてのもり」にかかる。〔例〕「眞鳥住」→「卯名手之神社」（万葉一三四四）「眞鳥住」→「卯名手乃社」（万葉三一〇〇）⊙眞鳥住む　卯名手の神社（もり）の　菅の根を　衣にかきつけ　着せむ子もがも（万葉一三四四）〔注〕「ま」は美称の接頭語。「まとり」は見事な鳥、立派な鳥、多くは鷲の異称。一説には鶴・鵜とも。卯名手神社は奈良県橿原市梯（うなて）にある（事典四六六頁、福井五八七頁、全注七―三三一頁）。

まなごちの→まなごつち

まなごつち

「まなほ・まなく」にかかる。〔例〕「愛子地」→「眞直」（万葉一三九三）「愛子地」→「間無」（万葉三一六八）⊙豊國の　企救（きく）の濱辺の　眞砂子地　眞直（まなほ）にしあらば　何か嘆かむ（万葉一三九三）⊙衣手の　眞若（まわか）の浦の　眞砂子地（まなごつち）　間無く時無し　わが恋ふらくは（万葉三一六八）〔注〕原文「愛子（まなご）」愛子は借字で「眞砂子」の義。これと地の字と連ねて「まなごつち」と訓み、「まな」の頭音を反覆して、表裏なき、まっすぐの意の「まなほ」にかゝり、また私の恋しく思うことは止む時もない意の「間（ま）なく」にかかる（福井五八九頁、中島二六三頁、全注七―三六六頁）。

まなづるの

「あし」にかかる。〔例〕⊙まなづるの　葦毛（あしげ）の駒や　汝（な）が主（ぬし）の　わがまへ行かば　歩みとどまれ(古今異本の歌一一二一)〔注〕「眞名鶴」は北アジアから冬渡って来る。全身灰黒色で、その色、あるいは居場所から「葦」の枕詞とする(角川文庫古今二六三頁)。

まなばしら

「をゆきあへ」にかかる。〔例〕「麻那婆志良」→「袁由岐阿閇」(記一〇二)⦿百敷の　大宮人は　鶉鳥(うづらとり)　領巾取(ひれとり)掛(か)けて　鶺鴒(まなばしら)　尾行(をゆ)き合へ　庭雀(にはすずめ)　踞(うずすま)りゐて――(記一〇二)〔注〕鶺鴒(せきれい)が長い尾をひいて歩くさまが、大宮人が衣の裾を後ろにひいて行きかうさまに比し「をゆきあへ(尾を行き合わせの意)」にかかる(大系古代歌謡一〇二頁)。

まよびきの

「よこやま」にかかる。〔例〕「麻欲婢吉能」→「與許夜麻」(万葉三五三一)⦿妹をこそ　あひ見に來しか　眉引の　横山辺ろの　鹿なす思へる(万葉三五三一)〔注〕「まよびき」は眉墨で眉をえがき引くこと。横たわる山(丘陵)の陵線が眉のようであるところから「横山」にかかる(大辞典九―一一五八頁、福井五八九頁、中島二六四頁、全注十四―三四八頁)。

まろこすげ

「まろ」にかかる。〔例〕⦿夏草の　茂みにおふる　まろこ菅　まろがまろねよ　幾代へぬらん(拾遺八二九)〔注〕「まろこすげ」は葉に丸みのついた小さい菅。ウキヤガラまたはミクリのことかという(大辞典九―一一七七頁、福井五九〇頁、中島二六四頁)。

まをごもの

「ふのまちかく」にかかる。〔例〕「麻乎其母能」→「布能末知可久」(万葉三五二四)⦿まを薦(ごも)の　節(ふ)の間近くて　逢はなへば　沖つ眞鴨の　嘆きそ吾がする(万葉三五二四)〔注〕「ま・を」とともに接頭辞で「こも」のこと。こもの編目の間隔を「ふ」といい、ふの近きことから住いの近いことをいう。但し枕詞とするは非か(大辞典九―一〇一〇頁、福井五九〇頁、中島二六四頁、全注十四―三三七頁)。

【み】

みおどりの→みほどりの

みかしお→みかしほ

みかしほ

「はりま・はやま」にかかる。〔例〕「瀰箇始報」→「破利摩」(紀四五)⊙みかしほ　播磨速待　岩下す　畏くとも吾養はむ(紀四五)〔注〕「みかしほ」は「嚴潮(いかしほ)」(荒く速い潮)の意で「速」にかかるとする説、「ミカ」は「ニガ(苦)」の音便で「苦潮水漲(にがしほみづのはる)」の意で「はりま」にかかるとの説、「三日潮發(みかしほは)」ると続くとの説などがある(大系古代歌謡一五三頁、福井五九二頁、横山一八四頁)。

みかづきの

「さやかに・おぼろげ・ほのみる・われて・あかでいりにし・まよ」にかかる。〔例〕「三日月之」→「眉」(万葉九九三)「若月」→「清」(万葉二四六四)⊙月立ちて　ただ三日月の　眉根掻(まよねか)き　日(け)長く恋ひし　君に逢へるかも(万葉九九三)⊙若月(みかづき)の　清(さや)にも見えず　雲隠れ　見まくそ欲(ほ)しき　うたてこのころ(万葉二四六四)⊙よひのまに　いでて入るぬる　みか月の　われて物思ふ　ころにもあるかな(古今一〇五九)⊙三日月の　朧げならぬ　恋しさに　われてぞ出づる　雲の上より(金葉五一七)⊙宵のまに　仄かに人を　みか月の　あかで入りにし　影ぞ恋しき(金葉四三五)〔注〕月の光の、さやか、朧などいうことから、人の姿のさやかに見えずとか、おぼろげならぬ恋との意で「さやかに」「おぼろげならぬ」にかかり、また三日月はそのかたちが鎌の如く、あたかも月の割れたる如く見えるところから、あながち、又は無理にという意の「われて」という副詞にかけ、また三日月の日没後直ちに隠れることから「飽かで入りにし」に、また三日月の眉形なるより「眉」にかかる(大辞典九―一二二九頁、福井五九三頁、中島二六五頁、全注六―一七五頁)。

みかもなす

「ふたりならびゐ」にかかる。〔例〕「水鴨成」→「二人雙居」(万葉四六六)⊙わが屋前(には)に　花ぞ咲きたる　そを見れど　情(こころ)も行かず――水鴨なす　二人(ふたり)並びゐ　手折りても――(万葉四六六)〔注〕「みかも」は水鴨。水に浮かぶ鴨。「み」は水の意か。または接頭語で鴨の美称か。鴨は雌雄並んで浮いていることが多いので比喩的に「二人並び居」にかかる(大辞典九―一二三〇頁、事典四六六頁、全注三―四三六頁)。

みくしげの→たまくしげ

みけつくに

「しま・のじま」にかかる。〔例〕「御食國」→「志麻」(万葉一〇三三)「三食津國」→「野嶋」(万葉九三四)⊙朝凪(あさなぎ)に　楫(かぢ)の音(と)聞ゆ　御食(みけ)つ國

野島の海人の　船にしあるらし(万葉九三四)⊙御食つ國　志摩の海人(あま)ならし　眞熊野の　小船に乗りて　沖へ漕ぐ見ゆ(万葉一〇三三)〔注〕「御食國」は天皇の食膳の料を奉る國。延喜内膳式には、紀伊・淡路・近江・若狭・摂津を日々の貢の番とされたが、奈良時代には淡路・志摩からことに奉ったゆえ、志摩と淡路国野島にかかるという(大系万葉二—一四二頁、福井五九五頁)。

みけむかう→みけむかふ

みけむかふ

「きのへ・あはぢ・あぢはら・みなふち」にかかる。〔例〕「御食向」→「木瓲」(万葉一九六)「御食向」→「淡路」(万葉九四六)「御食向」→「味原」(万葉一〇六二)「御食向」→「南淵」(万葉一七〇九)⊙飛鳥の　明日香の河の——御食向(みけむか)ふ　城上(きのへ)の宮を　常宮(とこみや)と——(万葉一九六)⊙御食向ふ　淡路の島に　直(ただ)向ふ——(万葉九四六)⊙やすみしし　わご大君の——御食向ふ　味原(あぢふ)の宮は　見れど飽かぬかも(万葉一〇六二)⊙御食向ふ　南淵山(みなぶちやま)の　巖には　落(ふ)りしはだれか　消え残りたる(万葉一七〇九)〔注〕「みけ」は神や天皇の「食事・食膳」の意。「向ふ」は食膳で種々の食物が向かい合っていること。一説に主食に対するおかずの意とも。食事の料の物の名から、①「き葱(ねぎ)」と同音を含む地名「城の上宮」に、②「粟(あは)」と同音を含む「淡路(あはぢ)」に、③鳥の名「鶴(あぢ)」と同音を含む地名「味原(あぢふ)」に、④貝の名「蜷(みな)」と同音を含む地名「南淵山(みなぶちやま)」にかかる。①については、「酒(き)」からかかるとする説もあるが、城の上の「城(き)」と酒の「き」とは上代特殊仮名遣いの上で合わない。城(き)は乙類。酒(き)は甲類。②③については「味(あぢ)」の意からかかるとする説もある。「城上宮」は奈良県北葛城郡広陵町。「味原の宮＝味経の原」は「和名抄」に「摂津國東生郡味原郷」と見え、現在、大阪市天王寺区味原町・下味原町がある。大阪府三島町のもと味生村といった所とする説もある。「南淵山(みなぶちやま)」は奈良県高市郡明日香村稲淵の山(大辞典九—一二四一頁、福井五九五頁、中島二六六頁、全注二—三四〇頁、六—九一頁)。

みこころを

「よしの・ひろた・ながた」にかかる。〔例〕「御心乎」→「吉野」(万葉三六)⊙やすみしし　わご大君の　聞し食(め)す　天の下に　國はしも　多(さは)にあれども　山川の　清き河内と　御心を　吉野の國の　花散らふ——(万葉三六)⊙我の荒魂(あらたま)をば當に　御心を　広田の國に居らしむべし――吾を御心を　長田の國にまつれ(神功紀元年二月)〔注〕「み」は美称の接頭語。相手を敬ってその心をいう語。「御心を寄す」の意で「寄し」と同音を含む地名「吉野」にかゝる。一説に「を」は感動の助詞で、「み心良し」の意で「良し」と同音の関係でかかるとも。御心を広く、長くという意から摂津国の広田・長田にかかる(大辞典九―一二四三頁、福井五九六頁、中島二六六頁)。

みこもかる
「しなの」にかかる。〔例〕「水薦苅」↓「信濃」(万葉九六)「三薦苅」↓「信濃」(万葉九七)⊙み薦(こも)苅る　信濃の眞弓　わが引かば　貴人(うまひと)さびて　いなと言はむかも(万葉九六)〔注〕「み」は美称。あるいは「水」の意か。「薦(コモ)」は草の一種。水薦の多くはえている信濃の地で、それを刈りとる意で「信濃」にかかる。また「水薦苅・三薦苅」を「みすずかる」と訓む説もある(大系万葉一―六八頁、大辞典九―一二四六頁、事典四六六頁、全注二―三七頁)。「みすずかる」の項を参照。

みさごいる↓みさごゐる

みさごゐる
「いそ・ありそ・おき・す」にかかる。〔例〕「美沙居」↓「石轉」(万葉三六二)「美沙居」↓「荒磯」(万葉三六三)「水沙兒居」↓「奥」(万葉一二七三九)「水沙兒居」↓「渚」(万葉一一八三一)「三佐呉集」↓「荒磯」(万葉三〇七七)「三沙呉居」↓「渚」(万葉三二〇三)。⊙みさごゐる　磯廻(いそみ)に生ふる　名乗藻(なのりそ)の　名は告(の)らしてよ　親は知るとも(万葉三六二)⊙みさごゐる　荒磯(ありそ)に生ふる　名乗藻の　よし名は告らせ　親は知るとも(万葉三六三)⊙みさご居る　沖の荒磯に　寄する波　行方も知らず　わが恋ふらくは(万葉一二七三九)⊙みさご居る　渚(す)に坐る船の　夕潮を　待つらむよりは　われこそ益れ(万葉一一八三一)〔注〕「みさご」はワシタカ科の鳥。全長六〇センチメートル内外の大形の猛禽。「うみたか・すどり・しよきゆう」とも(大辞典九―一二四八頁、福井五九九頁、中島二六六頁、山口四六八頁)。

みずかきの↓みづかきの

みずくきの↓みづくきの

みすずかる
「しなの」にかかる。〔例〕⊙みすずかる　志なのゆかひゆ　とほ長く　伊豆の岬まで　なみたてる　百の高ねは(賀茂翁家集・二)〔注〕「み」は美称の接頭辞。「すず」は篠竹(すずたけ)。「万葉集」九六番の「水薦刈(みこもかる)」を「みすずかる」と訓んだことによる。「みこもかる」の項を参照(大辞典九―一二七二頁)。

みずたで→みづたで

みずたての→みづたての

みずたまる→みづたまる

みずつたう→みづつたふ

みずつての→みづつての

みずとりの→みづとりの

みずの→みづの

みずのあわの→みづのあわの

みずのもり→みづのもり

みそらゆく

「つき・くも」にかかる。〔例〕「三空徃」→「月」(万葉一三七二)「美蘇良由久」→「久母」(万葉四四一〇)⊙み空ゆく　月読壮士(つくよみをとこ)　夕去らず　目には見れども　寄る縁(よし)も無し(万葉一三七二)⊙み空行く　雲も使と　人はいへど　家裹(いへづと)遺(や)らむ　たづき知らずも(万葉四四一〇)〔注〕大空を行く月・雲の意で、「月・雲」にかかる(大系万葉二―二五九頁、四―四四二頁、横山一八六頁)。但し枕詞とするは非か。

みちしばの

「おどろのかみ・つゆ」にかかる。〔例〕⊙道芝の　おどろの髪に　ならされて　うつれる香こそ　草枕なれ(小大君集一六八一〇)⊙思ひかね　ゆきては帰る　道芝の　露をかさぬる　袖の上かな(続千載一三三七)〔注〕「道芝(みちしば)」とは道の辺に生えている草。葉の乱り繁るを蓮々たる髪に比し「おどろの髪」にかかる。また、道芝に露の置くところから「露」にもかかる(福井六〇〇頁、中島二六七頁)。

みちのくの

「こまほしく・おもひしのぶ・いはでしのぶ」にかかる。〔例〕⊙陸奥(みちのく)の　いはでしのぶは　えぞしらぬ　かきつくすてよ　つぼの石ぶみ(新古今一七八五)⊙逢ふことの　かた飼したる　陸奥の　こまほしくのみ　思ほゆるかな(拾遺九四〇)⊙みちのくの　思ひしのぶに　ありながら　心にかかる　あふの松原(金葉四五七)〔注〕陸奥の国からは古来名馬を出せるを以て、みちの駒(こま)の音から「來(こ)ま欲(ほ)し」にかけ、また陸奥には岩手(いはて)・信夫(しのぶ)などの地名あれば、人事にうつして「言(い)はで忍ぶ」「思ひ忍ぶ」にかかる(福井六〇〇頁、中島二六七頁)。

みちのしり

「こはだ・ふかつしまやま」にかかる。〔例〕「美知能斯理」→「古波陀」（記四五・四六）「路後」→「深津嶋山」（万葉二四二三）⦿道の後（しり）　古波陀嬢子（こはだをとめ）を　神のごと　聞えしかども　相枕（あひまくら）まく（記四五）⦿路の後（しり）　深津島山　暫（しまし）くも　君が目見ねば　苦しかりけり（万葉二四二三）〔注〕「道の後」は都から来る道筋にある國を二分又は三分して最も都に遠い地域をいう。「道の口」（近國）の対語。「古波陀」にかゝる。「こはだ」は日向國の地名と思われるが明らかでない。「こはだをとめ」は髪長媛のこと。また、吉備の道の後。すなわち備後の國「深津島山」にかかる。深津島山は「和名抄」の郡名に「深津布加津」と見え、いまの福山市附近の山をさす（大系万葉三―一七三頁、大系古代歌謡六六頁）。

みづかきの

「ひさし・かみ・よよ・いくよ」にかかる。〔例〕「美津加幾乃」→「加美」（神楽歌一五）「水垣之」→「久」（万葉五〇一）「水垣乃」→「久」（万葉一二四一五）「楉垣」→「久」（万葉三二六二）⦿瑞垣（みづがき）の　神の御代より　篠（さゝ）の葉を　手（た）ぶさに取りて　遊びけらしも（神楽歌一五）⦿未通女（をとめ）らが　袖布留（ふる）山の　瑞垣の　久しき時ゆ　思ひきわれは（万葉五〇一）⦿九重に　あくまで花を　みづ垣の　世々のかざしと　匂ふ春かな（公條集）⦿みづ垣の　いく世かすめる　乙女子が　袖ふる川の　音たえずして（雪玉集）〔注〕「みづかきの」「みづがき」とも。「瑞垣・楉垣・瑞籬・水垣」神社等の周囲に設けられた垣根。また神霊の宿ると考えられた山・森・木などの周囲に巡らした垣、たまがき・かみがき・いがき。その神社の「みづがき」が古くから久しくあるので「久し」にかかり、また瑞垣に囲れまた神の意から「神」にかかる。「世々・幾世」にかかるは「久し」からの連想か（大辞典九―一二六三頁、福井六〇一頁、中島二六七頁）。

みつぎつむ

「おほくらやま」にかかる。〔例〕⦿貢つむ　大蔵山は　ときはにて　色もかはらず　萬代や經む（拾遺六〇四）〔注〕諸国から貢納する品々が大蔵に積まれるゆえ「大蔵山」にかかるとするが、枕詞とするは非か（福井六〇三頁）。

みづくきの

「みづき・をか・かき・あと・ながれ・ゆくへしらず」にかかる。〔例〕「水莖之」→「水城」（万葉九六八）「水莖之」→「岡」(万葉一二三一・一二〇八・三〇六八)「水莖能」→「岡」(万葉二一九三)⊙大夫(ますらを)と思へるわれや　水莖(みづくき)の　水城(みづき)の上に　涙拭はむ(万葉九六八)⊙天霧(あまぎ)らひ　日方(ひかた)吹くらし　水莖の　岡の水門(みなと)に　波立ちわたる(万葉一二三一)⊙尋ねても　跡はかくても　みづぐきの　ゆくへもしらぬ　昔なりけり(新古今八〇六)⊙かきとむる　ことの葉のみぞ　水莖の　ながれてとまる　かたみなりける(新古今八二六)⊙水茎の　跡は絶えせぬ　中川に　いつまで淀む　逢ふ瀬なるらん(新千載一三一八)〔注〕のちには「みづぐき」とも。河口などの泥地に生える「莎草」(クグ)のことで、緒(を)の材料となったので「を(緒)」「をか(岡)にかかり、「みづくく」と類音の関係で「水城」に、また「みづくき」を筆の意に用いて筆跡の「跡」「流れ」「行方も知らず」にかける。水城は大宰府に設けられた防備施設、岡の水門は九州遠賀川川口の港(大辞典九―一二六七頁、事典四六八頁、福井六〇三頁、全注六―一二八頁)。

みつぐりの

「なか」にかかる。〔例〕「美都具理能」→「那迦」(記四二・四三)「瀰菟遇利能」→「那伽」(紀三五)「三栗乃」→「中」(万葉一七四五)「三栗」→「中」(万葉一七八三)⊙この蟹や　何處の蟹　百傳(ももづたふ)　角鹿(つぬが)の蟹――三栗(みつぐり)の　その中(なか)つ土(に)を――(記四二)⊙三栗の　那賀に向へる　曝井の　絶えず通はむ　そこに妻もが(万葉一七四五)〔注〕栗のいがの中に実が三つあり、その眞中の意で「なか」にかかる。那賀郡は諸国にあるが、この一七四五番の歌の場合は常陸国那賀郡衙のある場所を指すか(大系万葉二―三八八頁、大辞典九―一三一九頁、福井六〇四頁)。

みつしおの→みつしほの

みつしほの

「ながれひるま・からく・からがのしま」にかかる。〔例〕⊙みつしほの　ながれひるまを　あひがたみ　みるめのうらに　よるをこそまて(古今六六五)⊙鵤ゐる　すさの入江に　みつ汐の　からしや人に　忘らるる身は(続後拾遺九三〇)⊙満汐の　からがの島に　玉藻かる　あまらも見えぬ　梅雨(さみだれ)の頃(続後撰二〇三)〔注〕満潮の流れ干(ひ)ることから同音の「昼」に転じて「流れひる間」にかけ、汐の辛(から)くというを、身の辛苦(しんく)に比し「辛く」に、また「から」の音から「からがの島」にかかる(福井六〇五頁)。

みづたで

「ほづみ」にかかる。〔例〕「水蓼」→「穂積」(万葉三二三〇)⦿幣帛(みてぐら)を　奈良より出でて　水蓼(みづたで)　穂積に至り鳥網張る(万葉三二三〇)〔注〕「みづたで」はタデ科の一年生草本。水辺に自生する。穂状の花が咲く。その「穂」と同音を含む地名「穂積」にかかる。「穂積」は、奈良県天理市新泉のあたりとも、奈良市東九条町ともいう(大系万葉三―三三八頁、大辞典九―一二七三頁、福井六〇六頁)。

みづたての

「からし」にかかる。〔例〕うき世には　身をのみつみし　水たての　からき目にこそ　涙落けめ(新撰六帖六)〔注〕「みづたで」は川蓼(かわたで)の異名。その味の辛いところから「からし」にかかる(中島二六九頁)。「みづたで」の項を参照。

みづたまる

「いけ」にかかる。〔例〕「美豆多麻流」→「伊氣」(記四四)「瀰豆多摩蘆」→「伊戒」(紀三六)「水渟」→「池」(万葉三八四一)⦿佛造(ほとけつくる)　眞朱(まそほ)足(た)らずは　水たまる　池田の朝臣(あそ)が　鼻の上を掘れ(万葉三八四一)〔注〕「みづたまる」「池」の意で「池」及び「池」と同音を含む人名「池田」地名「依網の池」にかかる。枕詞と見ない説もある(大辞典九―一二七三頁、福井六〇六頁)。

みづつたふ

「いそ」にかかる。〔例〕「水傳」→「磯」(万葉一八五)⦿水傳ふ　磯の浦廻の　石上つつじ　茂く開く道を　また見なむかも(万葉一八五)〔注〕磯の風景の面白さをいったもので、枕詞とせぬ説もある(事典四六七頁、福井六〇六頁)。「みなつたふ」と訓む説もある。

みづつての

「いそ」にかかる。〔例〕⦿みづつての　磯まのつつじ　咲しより　あまの漁り火　よるとやはみる(新撰六帖六)〔注〕「万葉集」一八五番の「水傳」を「みづつての」と訓んだのによる(大辞典九―一二七四頁)。

みづとりの

「かも・たつ・うきね・あをば・はかい・はかなきあと」にかかる。〔例〕「水鳥之」→「浮宿」(万葉一二三五)「水鳥之」→「鴨」(万葉一四五一)「水鳥乃」→「青羽」(万葉一五四三)「水鳥乃」→「鴨」(万葉二七二〇)「水都等利乃」→「多々武」(万葉三五二八)「美豆等利乃」→「多知」(万葉四三三七)「水鳥乃」→「可毛」(万葉四四九四)

⊙水鳥の　立たむよそひに　妹のらに　物いはず來にて思ひかねつも(万葉三五二八)⊙波高し　いかに揖取　水鳥の　浮寝やすべき　なほや漕ぐべき(万葉一二三五)⊙水鳥の　鴨の羽の色の　春山の　おぼつかなくも　思ほゆるかも(万葉一四五一)⊙秋の露は　移にありけり　水鳥の　青葉　の山の　色づく見れば(万葉一五四三)⊙水鳥の　はかなき跡に　年を經て　かよふ許の　えにこそ有りけれ(後撰八三七)⊙払ひかね　うきねにたへぬ　水鳥の　はかいの山も　霜や置くらん(続後撰四七八)〔注〕①水鳥の急に飛び立つ意で「立・発」にかかる。②浪の上に浮いたままで寝る意の「浮寝」にかかる、③水鳥の代表的なものとしての「鴨」や同音の地名「賀茂」にかかる、④鴨の羽の青いところから「青羽」「青葉」にかかる、⑤鴨の羽交(はがい)→「羽易の山」にかかる。⑥水鳥の泳いでいったあとの波が直ぐ消えるところから「はかなき跡」にかかる。④については枕詞と見ない説もある(大辞典九―一二七六頁、福井六〇七頁、中島二六九頁、全注七―一九八頁、十四―三四三頁。

みづの

「はやく」にかかる。〔例〕⊙吉野河　水のこころは　はやくとも　瀧のおとには　たてじとぞおもふ(古今六五一)〔注〕「吉野河」―独立語で、「水」と「滝」とに響く。水の心ははやくとも―わが恋の心は激しい意の「はやく」にかかる(大系古今二三一頁)。

みづのあわの

「きえ・うたかた」にかかる。〔例〕⊙水のあわの　きえでうき身と　いひながら　流れてなほも　たのまるゝかな(古今七九二)⊙思川　たえず流るる　水の泡の　うたかた人に　あはで消えめや(後撰五一六)〔注〕「みづのあわの」水泡は消えやすいので、はかない命の消ゆるに比し、「消え」にかかり、また水の泡を「うたかた」というので、人事の「かりそめ」の義である「うたかた」にかかる(大系古今集二五八頁、福井六〇八頁、中島二七〇頁)。

みつのえの

「よしの」にかかる。〔例〕⊙みつのえの　吉野の宮は　神さびて　よはひたけたる　浦の松風(新古今一六〇二)〔注〕「三吉野」の「三吉(みよし)」を「みつのえ」にしゃれて訓んだものかという(中島二七〇頁)。

みづのもり

「みつる」にかかる。〔例〕⊙逢ふことを　淀にありてふ　みづの森　つらしと人を　見つる頃かな(後撰九九五)〔注〕句を隔てて頭音反覆で「見つる」にかかる。水の杜は山城国久世郡水主郷の水主神社か(福井六〇九頁)。

みつほなす

「かれるみ」にかかる。〔例〕「美都煩奈須」→「可禮流身」(万葉四四七〇)⊙泡沫なす　假れる身そとは　知れれども　なほし願ひつ　千歳の命を(万葉四四七〇)〔注〕「みつほ」は水泡。「名義抄」に「泡ミツホ」とある。「うたかた」も同じ(大系万葉四―四六二頁、福井六〇九頁、横山一八八頁)。

みつみつし

「くめ」にかかる。〔例〕「美都美都斯」→「久米」(記一〇・一一・一二)「瀰都瀰都志」→「倶梅」(紀九・一三・一四)「見津見津四」→「久米」(万葉四三五)⊙忍坂(おさか)の　大室屋(おほむろや)に――みつみつし　久米の子が　頭椎(くぶつつ)い　石椎(いしつつ)もち　撃ちてし止まむ(記一〇)〔注〕「みつ」は御稜威(みいつ)、「みつみつ」と二つ重ねてシク活用の形容詞語尾「シ」を添えたものという。久米氏は武をもって朝廷に仕えた家柄(大系万葉一―二〇七頁、大辞典九―一三〇〇頁、事典四六七頁、福井六〇九頁、全注三―三八九頁)。

みてくらを

「なら」にかかる。〔例〕「帛叫」→「楢」(万葉三二三〇)⊙幣帛(みてくら)を　奈良より出でて　水蓼　穂積に至り――(万葉三二三〇)〔注〕「みてくら」は神に奉納するものの総称。「幣」は「名義抄」にミテグラとある。ミテグラを神前に並べる意で「並」→「奈良」にかかる(大系万葉三―三三八頁、大辞典九―一三三一頁)。

みとらしの

「あづさのゆみ」にかかる。〔例〕「御執乃」→「梓弓」(万葉三)⊙やすみしし　わご大君の　朝には　とり撫でたまひ　夕には　い倚(よ)り立たしし　御執(と)らしの　梓の弓の　金弭(かなはず)の　音すなり――(万葉三)〔注〕「み」は美称の接頭辞。「とらし」は執るの敬語「とらす」の連用形。天皇の大御手にとり給う弓を、「みとらし」といい、その弓は梓弓を最上としたので「梓の弓」にかけたという(福井六一二頁、中島二七一頁)。

みどりこの

「はいたもとほり・よなき・たつ」にかかる。〔例〕「若子乃」→「匍匐多毛登保里」(万葉四五八)「小兒之」→「夜哭」(万葉二九四二)⊙若子(みどりご)の　這(は)ひたもとほり　朝夕に　哭(ね)のみぞわが泣く　君無しにして(万葉四五八)⊙わが背子に　恋ふとにしあらし　緑兒(みどりこ)の　夜泣きをしつつ　寝(い)ねかてなくは(万葉二九四二)⦿逢ふことは　片ゐざりする　嬰子(みどりこ)の　立たむ月にも　逢はじとやする(拾遺六七九)〔注〕「みどりご(緑児・嬰児)」は古くは「みどりこ」。三歳位までの子供。大宝令では三歳以下の男・女児を「緑」と称すると規定してあり、奈良時代の戸籍には男児を緑児(りょくじ)と記してある。「みどりこ」が這い廻るようにの意で「這いたもとほり」にかかる。「たもとほる」は同じ場所をぐるぐるまわること。また、嬰児はよく夜泣きをするので「夜泣き」にかかり、親は嬰児の立ち歩むことを今日か明日かと心待ちにすることから「立つ」にかかる(大系万葉一―二一四頁、大辞典九―一二三七頁、事典四六七頁、中島二七一頁)。

みながとり→しながとり

みなしがは

「たゆ」にかかる。〔例〕「水炎無河」→「絶」(万葉二七一二)⦿言(こと)とくは　中に淀ませ　水無(みな)し川　絶ゆとふことを　有りこすなゆめ(万葉二七一二)〔注〕「みなしがは」は水のない川。川床が高くなって常は表面に水は流れず、地下を流れている川。水の流れが絶える意で「絶ゆ」にかかる(大辞典九―一三四〇頁、福井六一三頁)。「みなせがは」の項を参照。

みなしがわ→みなしがは

みなしたう→みなしたふ

みなしたふ

「うを」にかかる。「美那矢駄府」→「紆鳴」(紀九七)〔例〕⦿隠國の　泊瀬の川ゆ　流れ來る　竹の――つぬつはふ　磐余の池の　水下(みなした)ふ　魚(うを)も　上に出て嘆く――(紀九七)〔注〕「みなしたふ(水下経)」水の下を泳ぐ意で「魚(うを)」にかかる(大辞典九―一三四〇頁、福井六一三頁)。

みなせがは

「したゆ・あり」にかかる。〔例〕「水無瀬河」→「下従」(万葉五九八)「水無瀬川」→「有」(万葉二八一七)〔例〕⦿恋にもそ　人は死する　水無瀬河　下ゆわれ瘦(や)す　月に日に異(け)に(万葉五九八)⦿うらぶれて　物は思はじ　水無瀬川　ありても水は　ゆくといふものを(万葉二八一七)〔注〕「みなせがは」は「みなしがは」に同じ。水が表に現われず地下を流れるので「人知れず」の意の「下ゆ」にかかる。「万葉集」(二八一七番)のは、みなせ川にも時がたてば水が流れるという意で「水無し」の反対「あり」にかかる(大系古今二三二頁、大系万葉一―二七五頁、大辞典九―一三四一頁、福井六一三頁、全注四―二二〇頁)。

みなせがわ→みなせがは

みなそこふ

「おみ」にかかる。〔例〕「瀰儺曽虚赴」→「於瀰」（紀四四）⊙水底（みなそこ）ふ　臣（おみ）の嬢子（をとめ）を誰（たれ）養（やしな）はむ（紀四四）〔注〕「水底ふ」「ふ」は経。時間的にも空間的にも、経過する意。「みなそそく」の変化したものとする説、「水（み）な底（そこ）経（ふ）」で、水の下を泳ぎ回る意からそのようなものである魚（うお）と類音を含む「臣」にかかるとする説、水の底を経てそそぎ入る大海（おみ）の意から同音の「臣」にかかるとする説、などがある（大辞典九―一三四一頁、福井六一四頁）。

みなそそく

「おみ・しび」にかかる。〔例〕「美那曾曾久」→「淤美」（記一〇三）「美奈蘇曾久」→「於美」（古代雑歌琴歌譜一三）「瀰儺曾曾矩」→「思寝」（紀九五）⊙水（みな）そそく　臣（おみ）の嬢子（をとめ）　秀罇（ほだり）取らすも――（記一〇三）⊙青土（あをに）よし　奈良の峡間（はさま）に　獣（しし）じもの　水漬（みづ）く邊隠（へごも）り　水（みな）そそく　鮪（しび）の若子（わくご）を　漁（あさ）り出（づ）な猪（ゐ）の子（紀九五）〔注〕「みなそそく」（水が激しい勢で流れ込む。）「そそぐ」は水がほとばしる、あふれる意。水そそぐ魚の意で類音を含む「臣（おみ）」にかかり、又水がほとばしる意で、勢いよく泳ぐ魚の「鮪（しび）」の意から同音の人名「鮪（しび）」にかかる（大辞典九―一三四一頁、福井六一四頁）。

みなそそぐ→みなそそく

みなづきの

「なごしのやま」にかかる。〔例〕⊙みな月の　なごしの山の　呼子取　おほぬさにのみ　聲のきこゆる（古今六帖二・四四）〔注〕水無月（みなづき、陰暦六月の異称）の晦日に川辺で祓えを行ったが、これを夏越（なごし）の祓とか和（なごし）の祓といった。頭音反覆で地名「名越の山」にかかる（大辞典九―一三四一頁、福井六一五頁）。

みなつたう→みづつたふ

みなつたふ→みづつたふ

みなのわた

「かぐろき」にかかる。〔例〕「美奈乃和多」→「迦具漏伎」（万葉八〇四）「弥那綿」→「香烏」（万葉一二七七）「蜷腸」→「香黒」（万葉三二九五）「美奈能和多」→「可具呂伎」（万葉三六四九）「三名之綿」→「蚊黒爲」（万葉三七九一）⊙世間（よのなか）の　術（すべ）なきものは　年月は　流るる如し――蜷（みな）の腸（わた）　か黒き髪に

何時の間か　霜の降りけむ――（万葉八〇四）〔注〕「ミナ」は「ニナ」の古名。川蜷（かわにな）は田螺（たにし）。浅い川などに住む小さい巻貝。貝殻を去った肉身の部分を食用のために、焼いた場合の黒色から「か黒き」にかかる。一説には、はらわたの色の青黒いところからかかるともいう。「か」は接頭語（大辞典九―一三四三頁、事典四六八頁、福井六一五頁、全注五―六一頁）。

みなれさお→みなれさを

みなれさを

「みなれぬ・さす」にかかる。〔例〕⦿大井川　くだす筏の　みなれ棹　みなれぬ人も　恋しかりけり（拾遺六三九）⦿くまの河　くだすはやせの　みなれさほ　さすがみなれぬ　浪のかよひぢ（新古今一九〇八）〔注〕「みなれさを」（水馴棹）は筏師などの水中に立て筏をあやつる竿をいう。頭音反覆で「みなれぬ人」にかけ、また「棹さす」ということから、目指して「來る」と転じ、「さすが見馴れぬ」と続ける（福井六一六頁、中島二七三頁）。

みなはなす

「もろきいのち」にかかる。〔例〕「水沫奈須」→「微命」（万葉九〇二）⦿水沫（みなわ）なす　微（もろ）き命も　栲縄（たくなは）の　千尋にもがと　願ひ暮しつ（万葉九〇二）〔注〕「みなは」は「水泡」、みなあはの変化した語。仏教でこの世の虚仮不実にたとえていう。水の泡のようにすぐ消えるはかない命の意で、「微き命」にかかる（大辞典九―一三四九頁、福井六一七頁）。

みなわなす→みなはなす

みはかしを

「つるぎのいけ」にかかる。〔例〕「御佩乎」→「釼池」（万葉三二八九）⦿御佩（みはかし）を　劔の池の　蓮葉（はちすは）に　渟（たま）れる水の――（万葉三二八九）〔注〕「を」は詠嘆の助詞。「はかし」は「佩く」の尊敬語。貴人が身に帯びるもの。剣を腰に佩（は）くところから「剣（つるぎ）」にかかり、その「剣」と同音を含む地名「剣の池」にかかる。「剣の池」は奈良県橿原市石川所在の人造池。応神紀十一年十月の条に、他の三つの池とともに造られたことが見え、舒明紀七年七月条、皇極紀三年六月条に、この瑞蓮の記事がある（大系万葉三―三七〇頁、大辞典九―一三五五頁、福井六一七頁）。

みふゆつぎ

「はる」にかかる。〔例〕「民布由都藝」→「芳流」（万葉三九〇一）⦿み冬つぎ　春は來れど　梅の花　君にしあらねば　招（を）く人もなし（万葉三九〇一）〔注〕「つぎ」は

「ついで」の意であり、これは「春過ぎて夏來るらし」と同類で、枕詞とするは非か（福井六一八頁、全注十七―二九頁）。

みほどりの

「かづきいきづき」にかかる。〔例〕「美本杼理能」→「迦豆伎伊岐豆岐」（記四二）⦿この蟹や　何處の蟹　百傳（ももづた）ふ　角鹿（つぬが）の蟹――　鳰鳥（みほどり）の　潛（かづ）き息（いき）づき　階（しな）だゆふ　樂浪道（ささなみぢ）を――（記四二）〔注〕「みほどり」は「にほどり」とも。「かいつぶり」のことで、よく水にもぐる。鳰鳥が水に潛っては水面に出て息をするのを、蟹が長い道を歩いて苦しみ息づくことの比喩で「潛き息づき」にかかる（大系古代歌謡六三頁）。「にほどり」の項を參照。

みもろつく

「かせやま・みわやま」にかかる。〔例〕「三諸着」→「鹿背山」（万葉一〇五九）「三諸就」→「三輪山」（万葉一〇九五）⦿三香の原　久迩の都は　山高く　川の瀬清し――三諸（みもろ）つく　鹿背山（かせやま）の際（ま）に　咲く花の――（万葉一〇五九）⦿三諸つく　三輪山見れば　隠口（こもりく）の　泊瀬（はつせ）の桧原　思ほゆるかも（万葉一〇九五）〔注〕「み」は美称の接頭語。「もろ」は鏡や木綿をかけて神をまつる神座（神社・森・山）等神の降下して来る所。「つく」は「たてる」の意。「みもろ」を設けてある意で「鹿背山・三輪山」にかかる。一説に「御諸齋（いつ）」で、御諸を齋（いつ）き奉る所の意でかかるともいう（大辞典九―一三七三頁、事典四六八頁、福井六一八頁、全注六―二九九頁）。

みやきひく

「いづみのそま」にかかる。〔例〕「宮材引」→「泉之追馬」（万葉二六四五）⦿宮材（みやき）引く　泉の杣に　立つ民の　息（いこ）ふ時無く　恋ひわたるかも（万葉二六四五）〔注〕「宮材引く」は宮殿造営の用材をとる意で「泉の杣」にかかる。「泉」は山城の泉。泉川（木津川）に沿った地。杣は用材を採る山。但し枕詞と見ない説もある（大系万葉三―二一五頁、福井六二〇頁、中島二七四頁、山口四六九頁）。

みやぎひく→みやきひく

みやまぎの

「こり」にかかる。〔例〕⦿我がために　かつはつらしと　みやま木の　こりとも　こりぬ　斯かる恋せじ（後撰一〇四三）〔注〕深山木を樵（こ）るということから同音の「懲（こ）ぬる心」にかかるという。但し枕詞と見ない説もある

（福井六二〇頁、中島二七四頁）。

みゆきふる

「こし・よしの」にかかる。〔例〕「三雪零」→「越」（万葉三一五三）「三雪落」→「吉野」（万葉三二九四）「美雪落」→「越」（万葉四〇一一）「美由支布流」→「古之」（万葉四一一三）⦿み雪降る　越（こし）の大山　行き過ぎて　いづれの日にか　わが里を見む（万葉三一五三）⦿み雪降る　吉野の嶽（たけ）に　ゐる雲の　外（よそ）に見し子に　恋ひ渡るかも（万葉三二九四）〔注〕「雪降る」を「行経る」といいかよわし土地の名にかけて叙景的に冠したものかという。但し枕詞とするは非か（横山一九〇頁、山口四七〇頁、中島二七四頁、全注十七—二七五頁）。

みるのごと

「わわけさがれる」にかかる。〔例〕「美留乃其等」→「和ゝ氣佐我礼流」（万葉八九二）⦿——天地は　広しといへど——綿も無き　布肩衣（ぬのかたぎぬ）の　海松（みる）の如（ごと）　わわけさがれる——（万葉八九二）〔注〕「みる（海松）の如、わわけさがれる」にかかる。「海松の枝」は乱（わわ）け垂（さが）ったもの。「わわけ」とは破れて散乱するさまをいう。但し枕詞とするは非か（福井六二一頁、中島二七四頁、横山一九一頁）。

みれどあかぬ

「ひとくにやま」にかかる。〔例〕「雖見不飽」→「人國山」（万葉一三〇五）⦿見れど飽かぬ　人國山の　木の葉をそ　己が心に　懐（なつか）しみ思ふ（万葉一三〇五）〔注〕「見れども飽かぬ人」というより「人」と同音を含む地名「人國山」にかかる（福井六二一頁、中島二七四頁、全注七—二八四頁）。

みわのやま

「すぎ」にかかる。〔例〕⦿別れにし　人は又もや　みわの山　すぎにしかたを　いまになさばや（新古今八九〇）〔注〕三輪山には神話に載った大木があり、その「杉」と同音の「過ぎ」にかける（福井六二一頁）。

みをつくし

「こころづくし・みを・ふかき」にかかる。〔例〕「水咫衝石」→「心盡」（万葉三一六二）⦿澪標（みをつくし）　心盡つく）して　思へかも　此處にももとな　夢（いめ）にし見ゆる（万葉三一六二）⦿いかにせむ　和歌の浦わの　澪標　身を立てながら　あさき心を（新千載一九九〇）⦿難波潟　なにもあらず　みをつくし　深き心の　しるしばかりぞ（後撰一一〇四）〔注〕後世は「みをづくし」とも。「澪串」のこと。通行する船に水脈や水深を知らせるために、目印として立てる杭。水深の浅い河口港に設けるもの、古来難波の「みをつくし」が有名。みおぎ・みおぐい・みおぼうぎ・みおじる・みおのしるし・みおぐし。同音を含む「心尽し」にかかる。原文「水咫衝石」の咫は尺度の名。周尺の八寸。水咫は水の深さ。よって「水脈(みを)」にあてた。また頭音を反覆して「身(み)を」に、また澪標は深い水中にあるので「深き」にかかる(大系万葉三―三一八頁、大辞典九―一二二三頁、福井六二一頁、中島二七四頁)。

【む】

むかさくる

「いき」にかかる。〔例〕「武胥左屨樓」→「以祇」(紀九九)⊙韓國を　如何に言(ふ)ことそ　目頬子(めづらこ)來致(きた)る　向離(むかさ)くる　壹岐の渡りを　目頬子來致る(紀九九)〔注〕「向(むか)離(さ)くる」は「天離(あまざかる)」と同じ意味。はるか遠く離れる意で「壹岐」にかかる(大系古代謡歌一九二頁、大辞典十一―一二頁)。「あまさかる」の項を参照。

むぐらはう→むぐらはふ

むぐらはふ

「いやしき」にかかる。〔例〕「牟具良波布」→「伊也之伎」(万葉四二七〇)⊙葎(むぐら)はふ　賤(いや)しき屋戸(やど)も　大君の　坐(ま)さむと知らば　玉敷かましを(万葉四二七〇)〔注〕「むぐら(葎)」は麻に似た蔓草。桑科の多年生草本。かなむぐら・やへむぐら、また雑草の意にもいう。葎の這い茂るむさくるしい家の意で「賤(いや)しき」にかかる(福井六二三頁、中島二七五頁)。

むさしあぶみ

「さすが・かかる・ふみ」にかかる。〔例〕⊙武藏鐙　流石(さすが)にかけて　頼むには　訪はぬもつらし　訪ふもうるさし(伊勢物語一三)⊙訪へばいふ　訪はねば恨む　武藏鐙　かゝる折にや　人は死ぬらん(伊勢物語三四)⊙武藏鐙　文(ふみ)だにも見ぬ　物故に　何に心を　かけ始めけむ(新千載一〇一五)〔注〕「むさしあぶみ」は武藏国で製作して貢とした鐙という。この鐙(あぶみ)は、さすがを、鐙の美女金(びじょがね)と鐙とを作りつけにしたので「さすが」と同音異義の「流石(さすが)」にかけ、また上輪中の金が短かくて左右にかけかえられるものという。よって鐙に掛くるとか、懸けるとかいうを、「心を掛け」にうつし、「斯かる時」と転じ。鐙は足で踏むものであるため「踏む」にかかり、また「踏む」と同音異義の「文(ふみ)」

にかかる。一説に「むさしあぶみ」の下音「あぶみ」より繰り返して「文」と続くという。(大辞典十—四一頁、福井六二三頁、中島二七五頁)。

むしぶすま

「なごや・にこや」にかかる。〔例〕「蒸被」→「奈胡也」(万葉五二四)「牟斯夫須麻」→「爾古夜」(記五)⊙むしぶすま 柔(なご)やが下に 臥せれども 妹とし寝ねば 肌し寒しも(万葉五二四)〔注〕「むし」は、万葉では苧麻(からむし)の繊維。記では蚕よりとった絹糸をさす。むしぶすまの暖かく柔かなことから「なごや」「にこや」にかかる(大系古代歌謡一一〇頁、大辞典十—五三頁、福井六二三頁、中島二七五頁、全注四—一〇四頁)。

むすびまつ

「とく」にかかる。〔例〕「結松」→「不解」(万葉一四四)⊙磐代(いはしろ)の 野中に立てる 結び松 情(こころ)も解けず 古(いにしへ)思ほゆ(万葉一四四)〔注〕「むすびまつ」(結び松)。松の小枝を輪に結ぶことで、その松の小枝をも「むすびまつ」といった。これは、誓約のためまたは幸福を希求し、或は再会を期待し、または何等かの紀念のために行ふ上代人の風習である。結んだものを解くということから「解く」にかかるという。但し枕詞と見ない説もある(福井六二四頁、中島二七六頁、大塚二六七頁、全注二—一九四頁)。

むばたまの

「くろ・かみ・よる・こよひ・やみ・ゆめ」にかかる。〔例〕⊙むばたまの やみのうつゝは さだかなる 夢にいくらも まさらざりけり(古今六四七)⊙むばたまの こよひばかりや あけ衣 あけなば人を よそにこそ見め(後撰一一一七)⊙むば玉の 妹が黒髪 こよひもや 我なき床に なびき出ぬらん(拾遺八〇二)⊙いとせめて こひしき時は むばたまの 夜の衣を かへしてぞきる(古今五五四)〔注〕「むばたまの」は「ぬばたまの」「うばたまの」の転訛という。万葉時代は「ぬばたま」「うばたま」、三代集の頃より「むばたま」となる。語義・かかり方は「ぬばたまの」の項を参照。

むまのつめ

「つくし」にかかる。〔例〕「牟麻能都米」→「都久志」(万葉四三七二)⊙足柄の み坂たまはり 顧みず 吾は越え行く ——馬(むま)の蹄(つめ) 筑紫の崎に 留り居て——(万葉四三七二)〔注〕馬の爪を地につけて歩むので「つく」→「つくし」とかかるとの説、また馬の爪がすり減ってなくなる「尽くす」→「つくし」とかかるとする説がある。「万葉集」四一二二番に「馬の爪い尽くす極」（馬の蹄がすり減ってなくなってしまうほど遠い果てまで）とある（中島二七六頁）。

むもれぎの

「しれぬ」にかかる。〔例〕⊙やまとうたは　ひとのこころをたねとして――いろごろみのいへに　むもれぎの　人しれぬこととなりて――（古今仮名序）〔注〕古くは「うもれぎ」（埋木）である。埋木は土中または水中にあって炭化した樹木。埋木のように、人知れず心の中で思っているの意。「うもれぎの」の項を参照。

むらきもの

「こころ」にかかる。〔例〕「村肝乃」→「心」（万葉五・三八一一）「村肝乃」→「情」（万葉七二〇）「村肝」→「心」（万葉二〇九二）⊙霞立つ　長き春日（はるひ）の　暮れにける　わづきも知らず　村誓（むらきも）の　心を痛み――（万葉五）〔注〕肝は内臓全体の称。古代人は心の働きは胸にあると信じていた（大辞典十一―一一一頁、事典四六八頁、福井六二五頁、全注一―四一頁）。

むらくもの

「すぎ」にかかる。〔例〕⊙村雲の　杉の庵の　あれまより　時雨にかはる　夜半の月影（玉葉八五七）〔注〕群雲の過ぎゆくということから「過ぎ」と同音異義の「杉」にかかる（福井六二五頁）。

むらさきの

「にほふ・なたか・こがた・こころにしみ・くものはやし・ふぢ」にかかる。〔例〕「紫草能」→「介保敝」（万葉二一）「紫之」→「情」（万葉五六九）「紫之」→「名高」（万葉一三九二・一三九六・二七八〇）「紫乃」→「粉滷」（万葉三八七〇）⊙紫草（むらさき）の　にほへる妹を　憎くあらば　人妻ゆゑに　われ恋ひめやも（万葉二一）⊙韓人の衣染（ころもし）むとふ　紫の　情（こころ）に染（し）みて思ほゆるかも（万葉五六九）⊙紫の　名高（なたか）の浦の眞砂子地（まなごつち）　袖のみ觸（ふ）りて　寝ずかなりなむ（万葉一三九二）⊙紫の　粉滷（こがた）の海に　潜（かづ）く鳥　珠潛（たまかづ）き出では　わが玉にせむ（万葉三八七〇）⊙むらさきの　藤江の岸の　松が枝に　よせて返らぬ　波ぞかゝれる（続後撰一四八）⊙むらさきの　藤坂山に　咲く花の　千世のかざしは　君がためかも（続後撰一三六八）⊙むらさきの　藤井が原の　花かつら　松にや春の　くれかゝるらん（夫木六）⊙むらさきの　雲の林を　みわたせば　法にあふちの　花咲きにけり（新古今一九三〇）〔注〕「紫草（むらさき）」はムラサキ科の多年生。各地の山野に生え、または栽培される。根から紫色の染料をとる。古代から重要な染料とされた。その色のにおう(美しく輝く意で)「にほふ」に、紫草は染料として貴い名高い色の意で「名高」と同音を含む地名「名高の浦」に、その色の濃いところから「こ」と同音を含む地名「粉瀉(こがた)の海」にかかる。また、その色の染むといふことから「心に染み」と続き、藤の花が紫色をしているところから「藤」と同音を含む地名「藤江・藤坂・藤井」にかかる。また「紫雲」という語があるので、京都北郊の雲林院をいい出すのに紫の雲というを「雲の林」と続ける(大辞典十―一一四頁、事典四六八頁、福井六二七頁、中島二七七頁、全注一―九三頁)。

むらたまの

「くる」にかかる。〔例〕「牟浪他麻乃」↓「久留」(万葉四三九〇)⦿群玉(むらたま)の　樞(くる)に釘刺し　固めとし　妹が心は　搖(あよ)くなめかも(万葉四三九〇)〔注〕「群玉」は多くの玉。くるくる廻るので同音の「樞(くる)」にかかる。樞は「くるる」ともいい、門の扉等と開閉させる装置(大辞典十―一一七頁、福井六二八頁、中島二七七頁)。

むらとりの

「たち・あさたち・むれ・むらたち・いでたつ」にかかる。〔例〕「村鳥乃」↓「旦立」(万葉一〇四七)「群鳥之」↓「群立」(万葉一七八五)「群鳥之」↓「朝立」(万葉三二九一)「無良等理能」↓「安佐太知」(万葉四〇〇八)「群鳥乃」↓「伊涅多知」(万葉四三九八)「武良等里乃」↓「安佐太知」(万葉四四七四)⦿やすみしし　わご大君の　高敷かす――春花の　うつろひ易り　群鳥の　朝立ちゆけば　さす竹の　大宮人の――(万葉一〇四七)⦿――群鳥の　群立(むらた)ち行けば　留り居て――(万葉一七八五)⦿――むせひつつ　語らひすれば　群鳥の　出で立ちかてに　滞り――(万葉四三九八)⦿むらどりの　たちにし我名　今更に　事なしぶとも　しるしあらめや(古今六七四)〔注〕鳥の飛び立つさまから人事に比喩的にかかる(大辞典十―一一七頁、福井六二九頁、中島二七七頁)。

むろがやの

「つる」にかかる。〔例〕「武路我夜乃」↓「都留」(万葉三五四三)⦿室草(むろがや)の　都留(つる)の堤の　成りぬがに　兒ろは言へども　いまだ寝なくに(万葉三五四三)〔注〕「むらがや」というに同じく、群草の列なる意で「つら」の類音「つる」にかかるとする説、若しくは草(かや)は屋根を葺(ふ)き包(つつ)むものなので「包む」の類音

「堤」にかゝるとする説、または、群茅の生じている「都留の堤」にかかるとする説などがある(福井六二九頁、中島二七八頁、横山一九三頁)。

【も】

もしおぎの→もしほぎの

もしおぐさ→もしほぐさ

もしほぎの

「からく」にかかる。〔例〕⦿須磨の浦に　蜑(あま)のとりつむ　もしほ木の　辛くも下に　恋ひわたるかな(清正集一六六四三)〔注〕「もしほぎ」とは塩を製するときに用いる薪、塩木のこと(福井六三一頁)。

もしほぐさ

「かく・しきつのうら」にかかる。〔例〕⦿もしほ草　かくともつきじ　君が代の　數によみおく　わかのうらなみ(新古今七四一)⦿もしを草　敷津の浦の　寝覚には　時雨にのみや　袖はぬれける(千載五二五)〔注〕藻塩草を掻き寄せる意から「掻く」→「書く」にかかり、藻塩草を敷くことから摂津国の地名「敷津の浦」にかかる(大辞典十―二八三頁、福井六三一頁、中島二七八頁)。

もちつきの

「たたはし・いやめづらし・たる・こま」にかかる。〔例〕「望月乃」→「満波之」(万葉一六七)「三五月之」→「益目頬染」(万葉一九六)「望月之」→「満有」(万葉一八〇七)「十五月之」→「多田波思」(万葉三三二四)⦿天地の　初の時　ひさかたの　天の河原に――春花の　貴からむと　望月の　満(たたは)しけむと　天の下――(万葉一六七)⦿飛鳥の　明日香の河の――鏡なす　見れども飽かず　望月の　いやめづらしみ　思ほしし　君と時々――(万葉一九六)⦿鶏が鳴く　吾妻の國に　古に　ありける事と――齋兒も　妹に如かめや　望月の　満(た)れる面わに――(万葉一八〇七)⦿もちつきの　駒より遅く　出でつれば　たどるたどるぞ　山は越えける(拾遺四三八)〔注〕望月の欠けたるところのない意で、その満ち足りた、偉大、盛大などの意味を持つ「たたはし」「たる」にかかり、満月の美しく鑑賞に値いするところから「愛(め)づらし」にかかる。木の間から月が出るというので「このま」→「こま」にかかる(大系万葉三―三八九頁、大辞典十―三〇一頁、福井六三二頁、中島一九三頁、全注二―三三九頁)。

もちどりの

「かからはし」にかかる。〔例〕「母智騰利乃」→「可可良波志」（万葉八〇〇）⊙父母を　見れば尊（たふと）し　妻子（めこ）見れば　めぐし愛（うつく）し　世の中は　かくぞ道理（ことわり）　黐鳥（もちどり）の　かからはしもよ　行方知らねば――（万葉八〇〇）〔注〕「もちどり」は、もちにかかった鳥。また恩愛などにかかずらわって離れられぬさまのたとえ。ひっかかって離れがたい意の「かからはしもよ」にかかる。また、かかり合っていたいとの意とする説もある。「もよ」は感動を表わす助詞（大辞典十―三〇一頁、事典四六九頁、広辞苑二一九〇頁、福井六三三頁、全注五―四三頁、四六頁）。

もとかしは

「もとのこころ」にかかる。〔例〕⊙儀神（いそのかみ）　ふるからをのの　もとかしは　本の心は　わすられなくに（古今八八六）〔注〕「もとかしは」とは、柏の葉が冬も落ちずに木についているかしわの古葉をいう。上代には大嘗会の時その葉に酒を盛って、神や天皇に奉ることがあったという。同音反覆して、おたがいの交際のはじまるはじめのころの心は忘れられない意で「もとの心」にかかる（大辞典十―三二〇頁、福井六三三頁、中島二七九頁）。

もとかしわ→もとかしは

もとつひと

「ほととぎす」にかかる。〔例〕「本人」→「霍公鳥」（万葉一九六二）⊙本（もと）つ人　霍公鳥をば　希（めづら）しみ　今か汝（な）が來る　恋ひつつ居れば（万葉一九六二）〔注〕「もとつひと」は古馴染の人、もとより相知れる人、いにしえ人等をいう。毎年来るので、毎年来る意の「霍公鳥」にかかる（大系万葉三―八一頁、角川文庫万葉・上三一八頁、福井六三三頁、中島二七九頁）。

ものさはに

「おほやけ」にかかる。〔例〕「暮能娑播爾」→「於哀野該」（紀九四）⊙石（いす）の上　布留を過ぎて　薦枕　高橋過ぎ　物多（ものさは）に　大宅（おほやけ）過ぎ　春日（はるひ）　春日（かすが）を過ぎ――（紀九四）〔注〕物が多いの意で、「おほし」から類音の「おほやけ」にかかる。大宅は奈良市南部の白毫寺の地（大系古代歌謡一八七頁、大辞典十―三四四頁、福井六三四頁、中島二八〇頁）。

ものさわに→ものさはに

もののふの

「うぢ・いはせ・や・やそ・おほまへつきみ・をとこをみな・やた」にかかる。〔例〕「物乃部能」→「八十氏河」（万葉五〇）「物乃布能」→「八十氏河」（万葉二六四）「物部乃」→「八十氏川」（万葉二七一四）「物部乃」→「大臣」（万葉七六）「物乃負能」→「八十伴男」（万葉四七八）「物部乃」→「八十伴雄」（万葉五四三・九二八）「物部乃」→「八十友能壯」（万葉九四八）「物負乃」→「八十伴緒」（万葉一〇四七）「物能乃敷能」→「夜蘇等母乃乎」（万葉三九九一）「毛能乃布能」→「八十伴雄」（万葉四万九四・四二六六）「毛能乃敷能」→「夜蘇等母能乎」（万葉四〇九八）「物乃布能」→「八十友之雄」（万葉四二五四）「物部乃」→「石瀬」（万葉一四七〇）「物部能」→「八十」（万葉三二七六）「物部之」→「氏川」（万葉三二三七）「物能乃布能」→「夜蘇氏人」（万葉四一〇〇）「物部乃」→「八十媙嬬」（万葉四一四三）「母能乃布能」→「乎等古乎美奈」（万葉四三一七）⊙やすみしし　わご大王　高照らす　日の皇子――眞木さく　桧の嬬手（つまで）を　もののふの　八十氏河（やそうぢがは）に　玉藻なす――（万葉五〇）⊙ますらをの　鞆の音すなり　もののふの　大臣（おほまへつきみ）　楯立つらしも（万葉七六）⊙懸けまくも　あやにかしこし　わご王（おほきみ）　皇子の命――もののふの　八十伴（やそとも）の男（を）を　召し集（つど）へ――（万葉四七八）⊙もののふの　石瀬（いはせ）の社（もり）の　霍公鳥　今しも鳴きぬ　山の常陰（とかげ）に（万葉一四七〇）⊙あをによし　奈良山過ぎて　もののふの　宇治川渡り　少女らに　相坂山に　手向草（たむけくさ）――（万葉三二三七）⊙秋野には　今こそいかめ　物部の　男女の　花にほひ見に（万葉四三一七）⊙もののふの　矢田野のすゝき　打靡き　男鹿妻よぶ　秋は来にけり（続後撰二七二）〔注〕「もののふ」は朝廷に仕える文武百官の総称。多くの氏族によって職掌が分れていたところから「氏」と続き、同音の「宇治」にかかり、数多い意の「八十（やそ）」と続き「八十」と同音を含む「八十氏人・八十氏河・八十伴男・八十媙嬬」にかかる。「伴」はその一団。「男」はそれを統一する者、後に男子。「石瀬（いはせ）」へも数の多い意の「五十（い）」に言いかけて、同音の「いはせ」の「い」にかかる。またもののふの男というより「男女」にかけ、もののふの長たる「大臣（おほまへつきみ）」にもかかる。後世「もののふ」を武士の意に解し、武士の持つ「矢」と同音を含む地名「矢田」にもかかる（大系万葉三―三四二頁、大辞典十―三五〇頁、事典四六九頁、福井六三四頁、中島二八〇頁、全注一―二〇一頁）。

もみちばの

「うつる・すぐ・あけ」にかかる。〔例〕「黄葉」→「過」（万葉四七）「黄葉乃」→「過」（万葉二〇七・六二三）「黄葉乃」→「移」（万葉四五九）「黄葉之」→「過」（万葉一七六九・二二九七・三三三三・三三四四⊙ま草刈る　荒野にはあれど　黄葉(もみぢば)の　過ぎにし君が　形見とそ来し(万葉四七)⊙見れど飽かず　座(いま)しし君が　黄葉の　移りい去(ゆ)けば　悲しくもあるか(万葉四五九)⊙もみぢ葉の　朱(あけ)の玉垣　いく秋の　しぐれの雨に　年ふりぬらん(新勅撰五六六)〔注〕古くは「モミチ」と清音であった。「黄葉」と書き、平安以後「紅葉」と多く書く。楓の別称。木の葉が色づき、やがてもろくうつろい散り過ぎるので、「移る・過ぐ」にかかる。「過ぐ」は多く人の死去の意味をもつ。後世もみじは赤いものという観念ができたところから、「朱(あけ)」にもかかる(大辞典十―三六二頁、事典四六九頁、福井六三八頁、全注一―一八七頁)。

ももきね

「みの」にかかる。〔例〕「百岐年」→「三野」(万葉三三二四二)⊙ももきね　美濃の國の　高北(たかきた)の　八十一隣(くくり)の宮に――(万葉三二四二)〔注〕「万葉集」三三二七番の歌に「百小竹之三野」とあるによれば、「モモキネ」と「モモシノ」とは同じ起源の語か。もし同じ起源の語とすれば、キ→シという音変化は自然で例も多いが、シ→キという変化は少ないから、「モモキネ」の方が古い形と思われる。あるいは「モモキネ」の意味が当時すでに不明になって「モモキネ」を変形して意味のわかる「モモシノノ」(多くの小竹の生えている)という新形が作られたのではあるまいかという。「八十一隣宮」については岐阜県可児郡久々利村(現可児町)に宮址を伝える(大系万葉三―三四六頁、中島二八一頁)。「ももしのの」の項を参照。

ももしきの

「おほみや・おほうち・うち・ひと・うつらふ・たもと・みはしのさくら・みかきのさくら」にかかる。〔例〕「百磯城之」→「大宮處」(万葉二九)「百師紀能」→「大宮所」(万葉一〇〇五)「百礒城乃」→「大宮人」(万葉三六・一五五・九二〇・一〇二六・一二一八)「百礒城之」→「大宮人」(万葉二五七・六九一・九四八・一八八三・三二三四)「百式乃」→「大宮人」(万葉二六〇)「百式紀乃」→「大宮人」(万葉三二三)「百石城乃」→「大宮人」(万葉一〇六一)「百師木之」→「大宮人」(万葉一〇六七)「百師木乃」→「大宮人」(万葉一二七六)「百礒城」→「大宮人」(万葉一八五二)「毛母之綺能」→「於保美夜比等」(万葉四〇四〇)「毛毛志紀能」→「淤富美夜」(記一〇二)「毛毛志貴乃」→「意保美也」(雑歌三〇)⊙百敷の　大宮人は　鶉鳥(うづらとり)　領巾(ひれ)取り掛けて――(記一〇二二)⊙ももしきの　うちのみつねに　恋しくて　雲のやへたつ　山はすみうし(新古今一七一七)⊙しら露は　おきてかはれど　もゝしきの　うつろふ秋は　物ぞ悲しき(新古今一七二〇)⊙百敷の　大内山の　櫻花　さきてや君が　御幸まつらむ(新葉一〇二七)⊙ももしきの　御階の櫻ちらぬまに　朝ぎよめせよ　伴のみやつこ(新千載一一一四)⊙ちりにたつ　我名清めむ　もゝしきの　人の心をまくらともがな(後撰一一六七)⊙もゝしきの　袂のかずは見しかども　わきて思ひの　色ぞ恋しき(大和物語六〇一)⊙もゝしきの　御垣の桜　さきにけり　よろづ代までの千代のかざしに(増鏡一八)〔注〕百敷・百磯城は多くの石や木で造った「大宮」の意で「大宮」にかかり、のちには百敷を直ちに大宮の義にとり、大内・内に、大内人また略して人に、その袂にかかる。さらに大内の御階(みはし)の桜、御垣の桜にかかる(大辞典十―三六九頁、事典四六九頁、福井六三九頁、全注一―一二九頁、四―三二二頁、七―三二二頁)。

ももしきや

「おほうちやま・みかぎがはら・みぎりのたけ・ふるきのきば」にかかる。〔例〕⊙ももしきや　大内山の　桜花　咲きてや君が　みゆきまつらむ(新葉一〇二七)⊙百敷や　みかきが原の　桜花　春したえずば　匂はざらめや(新拾遺一一一一)⊙ももしきや　みぎりの竹の　臥して思ひ　起きて残るも　我君のため(風雅一八一四)⊙百敷や　ふるき軒端の　しのぶにも　なおあまりある　昔なりけり(続後撰一二〇二)〔注〕語義、かゝり方は「ももしきの」に同じ。中世「の」を「や」に改め、また、百敷を皇居のこととして転じて続けたものという(福井六四二頁)。

ももしのの

「みののおほきみ」にかかる。〔例〕「百小竹之」→「三野王」(万葉三三二七)⊙ももしのの　三野の王　西の厩　立てて飼ふ駒――(万葉三三二七)〔注〕多くの小竹の生えた野の意で、類音の人名三野王にかかる。三野王は栗隈王の子。橘諸兄・牟漏女王の父。壬申の乱以来天武朝に仕え、日本書紀の編さんにも参与。大宰率・造大幣司長官・治部卿などを歴任、和銅元年(七〇八)五月三十日従四位下で没した。「万葉集」中に歌はない(福井六四二頁、日本古代人名辞典六―一六五一頁)。

ももたらず

「やそ・やまだ・いかだ・いつき」にかかる。〔例〕「毛毛多羅儒」→「揶素」(紀五三)「百不足」→「八十」(万葉四二七・三八一一「百不足」→「山田」(万葉三二七六)「百不足」→「五十日太」(万葉五〇)「百不足」→「五十槻」(万葉三二二三)⊙百足らず　八十隈坂(やそくまさか)に　手向(たむけ)せば　過ぎにし人に　けだし逢はむかも(万葉四二七)⊙百足らず　山田の道を　波雲の　愛し妻と　――(万葉三二七六)⊙――眞木の嬬手を　百足らず　筏に作り　泝すらむ――(万葉五〇)⊙――池の堤の　百足らず　齋槻(いつき)が枝に　瑞枝さす――(万葉三二二三)〔注〕「百に足りない」(八十)の意で「八十」および同音を含む「山田」にかかり、同じく百に足りない「い」(五十)の「い」と同音を含む「筏」「齋槻」にかかる(大辞典十―三七〇頁、福井六四四頁、全注一―二〇三頁、三―三七六頁)。

ももつしま
「あしがらをぶね」にかかる。〔例〕「母毛豆思麻」→「安之我良乎夫祢」(万葉三三六七)⊙百づ島　足柄小舟　歩行多み　目こそ離るらめ　心は思へど(万葉三三六七)〔注〕足柄小舟は相模国の足柄山の杉で造った小舟で脚が速かったという。多くの島を伝い行く軽快な舟の意で、男があちこちの女に通い歩くをいう(福井六四五頁、中島二八三頁、全注十四―七五頁)。

ももつたう→ももつたふ

ももつたふ
「わたらひ・ぬで・つぬが・いはれ・やそ」にかかる。〔例〕「毛毛豆多布」→「都奴賀」(記四二)「毛毛豆多布」→「奴弖」(記一一二)「譔譔逗梅甫」→「奴底」(紀八五)「百傳」→「磐余」(万葉四一六)「百轉」→「八十」(万葉一七一二)「百傳」→「八十」(万葉一三九九)⊙この蟹や　何處(いづく)の蟹　百傳(ももづた)ふ　角鹿(つぬが)の蟹　横去ふ　何處に至る――(記四二)⊙淺茅原　小谷を過ぎて　百傳ふ　鐸(ぬて)ゆらくも　置目來(く)らしも(紀八五)⊙ももづたふ　磐余(いはれ)の池に　鳴く鴨を　今日のみ見てや　雲隠りなむ(万葉四一六)⊙ももづたふ　八十の島廻(しまみ)を　漕ぐ船に　乘りにし心　忘れかねつも(万葉一三九九)⊙神風の　伊勢の國の　ももつたふ　度会(わたらひ)縣(あがた)　さく鈴の　五十鈴の宮――(神功紀)〔注〕数えていって百に至る意で、「五十」(イ)と同音を含む地名「磐余(いはれ)」にかかり、また百以下の数字でやそ(八十)にもかかる。また多くの地を伝い過ぎて行く意で、遠隔地であるところから地名「角鹿(つぬが)・度会(わたらひ)」にかかり、遠くへ行く駅馬に鈴をつけていたところから「鐸(ぬて)」〈大鈴〉にもかかる(大系万葉二―二六四頁、大系古代歌謡一〇八頁、大辞典十―三七〇

頁、福井六四五頁、中島二八三頁、全注三―三五三頁、七―三七三頁)。

ももづての

「いそし・やそのうち」にかかる。〔例〕⦿百づての　五十師(いそし)の篠生　しぐれして　そつ彦まゆみ　紅葉しにけり(夫木集)⦿遠近の　汐風さむみ　ももづての　八十(やそ)の浦和に　千鳥なくなり(夫木集)〔注〕「もも」は数多い意。「づて」は「つたへ」の約。「百足らず」を誤ったか、または五十も八十も数えて段々に百に達するものであるから、百に伝うの義で、五十・八十を頭音を持つ地名「五十師・八十の浦」にかけたもの。五十師は摂津にあり、今の宝塚の地を指す。八十浦は陸奥の名所、今の磐城の相馬郡矢沢浦をいう(福井六四七頁)。

ももふね→ももふねの

ももふねの

「つしま」にかかる。〔例〕「毛母布祢乃」→「波都」(万葉三六九七)⦿百船の　泊(は)つる對馬の　浅茅山　時雨の雨に　もみたひにけり(万葉三六九七)〔注〕百船の泊(は)つる津の意で「つ」を語頭に持つ「對馬(つしま)」にかかるとする。但し枕詞と見るは非か(福井六四八頁、横山一九六頁)。

ももふねを

「わたらひ」にかかる。〔例〕――百船乎　度会國　佐古久志呂　宇治家田　田上宮坐し――(皇太神宮儀式帳)〔注〕多くの船が渡るの意で、同音の地名「渡会」にかかる(大辞典十―三七一頁、福井六四八頁)。但し枕詞と見るは非か。

ももよぐさ

「ももよ」にかかる。〔例〕「母々余具佐」→「母々与」(万葉四三二六)⦿父母が　殿の後方(しりへ)の　百代草　百代いでませ　わが來るまで(万葉四三二六)〔注〕「百代草」は菊の異名という。同音を重ね、百代迄生きる意の「百代(ももよ)」にかかる(福井六四八頁、中島二八四頁)。但し枕詞とするは非か。

もろかつら

「もろともに」にかかる。〔例〕⦿足引の　山におふてふ　もろかづら　もろともにこそ　入らまほしけれ(後撰六九五)〔注〕「諸葛(もろかづら)」は葵の異名という。賀茂の葵祭に用う。頭音を重ねて「もろともに」にかかる(大辞典十―三八八頁、福井六四九頁、中島二八四頁)。

【や】

やえだたみ↓やへだたみ

やえむぐら↓やへむぐら

やおかゆく↓やほかゆく

やおたでに↓やほたでに

やおに↓やほに

やおによし↓やほによし

やきたちの

「とごころ・へつかふ」にかかる。〔例〕「焼大刀乃」↓「隔付經」（万葉六四一）「夜伎多知能」↓「刀其己呂」（万葉四四七九）⊙絕つと言はば　侘びしみせむと　焼太刀の　へつかふことは　幸くや吾君（万葉六四一）⊙朝夕に　哭（ね）のみし泣けば　焼太刀の　利心も吾は　思ひかねつも（万葉四四七九）〔注〕「やきたち」は火に焼き鍛えた太刀。その鋭い意で「鋭（と）し」と続き、同音を含む「利心」（しっかりした心）にかかり、また太刀は人の身に着けるものであるから、そばに寄り添う意の「辺著（へつ）かふ」にかかる（大系万葉四―四六五頁、大辞典十―四三〇頁、事典四七〇頁、福井六五〇頁、全注四―二七一頁）。

やきたちを

「となみ」にかかる。〔例〕「夜伎多知乎」↓「刀奈美」（万葉四〇八五）⊙焼大刀を　礪波（となみ）の関に　明日よりは　守部（もりべ）遣（や）り添へ　君を留めむ（万葉四〇八五）〔注〕語義、かゝり方は「やきたちの」に同じ。「を」は詠嘆の助詞。焼太刀を研（と）ぐ意から「と」と同音を含む地名「礪波（となみ）」にかかる。「礪波の関」富山県西礪波郡石動（いするぎ）町にあった関所（大系万葉四―二七五頁、大辞典十―四三一頁、事典四七〇頁、福井六五一頁）。

やくしおの↓やくしほの

やくしほの

「おもひぞやくる・からき」にかかる。〔例〕「焼塩乃」↓「念曽所焼」（万葉五）「也久之保能」↓「可良伎」（万葉三六五二）「燎塩乃」↓「辛」（万葉二七四二）⊙霞立つ　長き春日の　暮れにける――網の浦の　海處女（あまをとめ）らが　焼く塩の　思ひぞ焼くる　わが下ごころ（万葉五）⊙志賀（しか）の海人（あま）の　火氣（けぶり）焼てゝ　焼く塩の　辛（から）き恋をも　われはするかも（万葉二七四二）〔注〕網の浦の海女たちが焼いている塩のように、胸の思いの焼けるようにの意で「思ぞ焼くる」にかかる。比喩のほかに「やく」という同音を重ねる。また焼く塩の辛きに比し「辛き」と同音異義の「辛き(恋)」にかかる。〔福井六五二頁、中島二八四頁〕。枕詞とせぬ説もある。

やくもさす

「いずも」にかかる。〔例〕「八雲刺」→「出雲」(万葉四三〇)◉八雲さす 出雲の子らが 黒髪は 吉野の川の 沖になづさふ(万葉四三〇)〔注〕「さす」は「たつ」に同じ。いよいよ雲が勢いよく立つのぼる意から「出雲」にかかる(大系万葉一—二〇五音、福井六五二頁、全注三—三八〇頁)。

やくもたつ

「いづも」にかかる。〔例〕「夜久毛多都」→「伊豆毛」(記一)「夜勾茂多菟」→「伊弩毛」(紀一)「揶勾毛多菟」→「伊頭毛」(紀二〇)◉八雲立つ 出雲八重垣 妻ごみに 八重垣作る その八重垣を(記一)〔注〕雲が勢よく幾重にも立ちのぼる意から、出づる雲という意味の「出雲」にかかる。本来は「出雲」の地名起源に結びついた、土地讃美のほめことば的のもの(大辞典十—四五一頁、福井六五二頁、中島二八五頁)。「やくもさす」の項を参照。

やさかどり

「いきづく」にかかる。〔例〕「也左可抒利」→「伊伎豆久」(万葉三五二七)◉沖に住も 小鴨(をかも)のもころ 八尺鳥(やさかどり) 息づく妹を 置きて来(き)のかも(万葉三五二七)〔注〕「やさか」は長さの長いこと。鴨や鳰鳥(かいづぶり)などの水鳥は水中に潜ってゐる時間が実に長い、すなわち息の長い「八尺鳥」の意で、妹が旅立ちたる我を恋ひて長嘆息するの意の「息づく」にかかる(大辞典十—四六三頁、事典四七〇頁、福井六五三頁、全注十四—三四二頁)。

やすがはの

「やす」にかかる。〔例〕◉我妹子に 又も近江のやす川の 安きいもねず 恋ひわたるかも(新拾遺一二五六)〔注〕「やすがはの」頭音をくり返して「やす」にかかる。野洲川は近江国の川(福井六五四頁、中島二八五頁)。「やすのかは」の項参照。

やすがわの→やすがはの

やすのかは

「やすい」にかかる。「安河」→「安寝」(万葉三一五七)〔例〕◉吾妹子に またも近江の 野洲の川 安眠(やすい)も寝ずに 恋ひ渡るかも(万葉三一五七)〔注〕語義、かかり方「やすがはの」に同じ。この方が元歌である(中島二八五頁)。

やすがわの→やすがはの

やすみしし

「わがおほきみ・わごおほきみ」にかかる。〔例〕「夜須美斯志」→「和賀意富岐美」（記二八・九八）「夜須美斯志」→「和賀淤富岐美」（記九七・一〇四）「夜輸瀰始之」→「和我於朋枳瀰」（紀六三）「野須瀰斯志」→「倭我飫哀枳瀰」（紀七六）「野須美矢矢」→「倭我於朋枳美」（紀九七）「夜酒瀰志斯」→「和餓於朋耆瀰」（紀一〇二）「夜須美斯志」→「和己於保支美」（続紀四）「八隅知之」→「我大王」（万葉三・一五九・一〇〇五）「八隅知之」→「吾大王」（万葉三六・四五・五〇・一六二・一九九・二三九・二六一・九五六・九三八・一〇四七）「八隅知之」→「和期大王」（万葉五二・一五五・九二三）「八隅知之」→「吾期大王」（万葉一五二）「八隅知之」→「和期大皇」（万葉三二三四）「八隅知之」→「吾大皇」（万葉四二五四）「安見知之」→「吾大王」（万葉三八・一〇六二）「安見知之」→「吾王」（万葉二〇四・三二九）「安見知之」→「和期大王」（万葉九一七・九二六）「安美知之」→「吾大皇」（万葉四二六六）⦿高光る　日の御子　やすみしし　我（わ）が大君　あらたまの——（記二八）⦿やすみしし　わご大君の　朝（あした）には　とり撫でたまひ——（万葉三）〔注〕「八隅知之」は国の隅々まで治める意。「安見知之」は安らかに天下をみそなはすの意。大君は天皇・皇子をいう（大辞典十—四七九頁、事典四七一頁、福井六五五頁、中島二八六頁、全注一—三三頁）。

やすみしる

「わがすべらぎ・わがおほきみ」にかかる。〔例〕⦿やすみしる　我が大君の　御代にこそ　いとど安良の　里も富ぬれ（顕輔集）⦿八隅しる　我がすべらきの　御代にこそ　さかゐの村の　色もすみけれ（玉葉一〇九七）〔注〕上代の枕詞「やすみしし」に当てた漢字の「知」を「しる」とよんでできたもの。天下を安らかに統治される天皇の義から「わがすべらぎ」にかかる（大辞典十—四七九頁）。

やつはしの

「くもで」にかかる。〔例〕⦿うちわたし　長き心は　八橋の　蜘手におもふ　ことは絶えせじ（後撰五七一）〔注〕「くもで」とは彼方此方にの意。三河国八橋という所は、水ゆく河の蜘蛛手なれば橋八つ渡してあると「伊勢物語」に見え、そこから手足の八本ある蜘蛛にたとえて「くもで」にかかる（福井六五七頁）。

やつめさす

「いづも」にかかる。〔例〕「夜都米佐須」→「伊豆毛」（記二三）⦿やつめさす　出雲建（いづもたける）が　佩（は）

ける太刀　黒葛(つづら)多巻(さはま)き　さ身なしにあはれ(記二三)〔注〕「やくもさす」の変化したものともいわれる。「八つ芽さす出藻」で、多くの茅がさす(生じる意)から「出(い)づ藻」と同音異義の関係で「出雲(建)」にかかる。また「八つ藻(め)さす厳藻(いつも)」で「厳藻」と類音の関係でかかるともいう(大系古代歌謡五二頁、大辞典十—五〇七頁、福井六五七頁)。

やへだたみ

「へぐりのやま」にかかる。〔例〕「八重疊」→「平群山」(万葉三八八五)⦿愛子　吾背の君——八重疊　平群の山に　四月と　五月との間に——(万葉三八八五)〔注〕「やへだたみ」は敷物を幾重にも敷くこと、またその敷物。重なりの意の「へ(重)」と同音を含む地名「平群」にかかる。一説に、八重疊を「綜繰(へぐ)る」ことからとも(事典四七一頁、福井六五七頁)。

やへむぐら

「さす」にかかる。〔例〕⦿八重葎　さしてし門を　今更に　何にくやしく　あけて待ちけむ(後撰一〇五六)〔注〕「八重葎(やへむぐら)」は群れ繁った葎。葎はアカネに似た茜草科の草木。八重葎が覆い茂って、人の出入も出來ぬ程に閉(さ)し堅めるとの意から「さし」と同音を含む「さし(てし門)」にかかる(大辞典十—四一九頁、福井六五八頁、中島二八七頁)。

やほかゆく

「はまのまな(さ)ご」にかかる。〔例〕「八百日徃」→「濱之沙」(万葉五九六)⦿やほかゆく　浜の眞砂と　吾が恋と　いづれまされり　沖つ島守(しまもり)(拾遺八八九)〔注〕「八百日行く」とは、きわめて多くの日数を旅行すること。「八百」多数の意で「浜の眞砂」にかかる。但し枕詞と見ない説もある(大辞典十—四二〇頁、福井六五八頁、中島二八七頁、全注四—二一八頁)。

やほたでを

「ほづみ」にかかる。〔例〕「八穂蓼乎」→「穂積」(万葉三八四二)⦿小兒(わらは)ども　草はな刈りそ　八穂蓼(やほたで)を　穂積の朝臣(あそ)が　腋(わき)くさを刈れ(万葉三八四二)〔注〕「たで」は水辺に生ずる非常に辛味のある草。「八穂蓼」は穂の多い蓼。「を」は詠嘆の助詞。その蓼を摘む意で「穂を摘む」と同音の人名「穂積(ほづみ)」にかかる。「穂積朝臣」伝未詳。「古義」は穂積朝臣老人(おきな)を推定している。老人は天平九年(七三七)外従五位下左京亮、同十八年従五位下内蔵頭になった(大系万葉四—一四八頁、大辞典十—四二〇頁、事典四七一頁、福井

六五八頁、日本古代人名辞典六―一六〇四頁)。

やほに

「きづき」にかかる。〔例〕「八百丹」→「杵築」(延喜式・祝詞)「八穂爾」→「支豆支」(出雲風土記)⊙國來(くにこ)國來と引き來縫(きぬ)へる國は　去豆(こづ)の打絕より　八穂爾支豆支(やほにきづき)の御埼なり(出雲風土記・意宇郡)。〔注〕「やほに」(八百土・八百丹)多くの赤土を杵でつき固めて作る意で、「築く」と同音の地名出雲國の「杵築(きづき)の宮」にかかる。(大辞典十―四二〇頁、福井六五九頁)。

やほによし

「きづき」にかかる。〔例〕「夜本爾余志」→「岐豆岐」(記一〇〇)⊙纏向(まきむく)の　日代(ひしろ)の宮は　朝日の　日照る宮　夕日の　日影る宮――八百土(やほに)よし　い杵築(きづき)の宮　眞木榮(まきさ)く　檜の御門――(記一〇〇)〔注〕「やほ(八百)」は数の多いこと。「よし」はほめ詞の接尾語。「よ」は呼びかくる辞、しは助詞。「い築(きづき)の宮」「い」は接頭語。「きづき(杵築)の宮」は今の「出雲大社」をいう。沢山の土を盛りあげて築く意で「杵築の宮」にかかる(大辞典十―四二〇頁、福井六五九頁)。

やまかぜの

「あらち」にかゝる。〔例〕⊙矢田の野に　うちいで見れば　山風の　あらちが嶺は　雪ふりにけり(新後拾遺五三九)。〔注〕山風の荒しと続き「荒し」と同音異義の地名「有乳(あらち)の嶺」にかかる。「有乳山」は越前の國にあり、「愛發」とも書く、古代三関の一つ(福井六五九頁)。

やまがつの

「いやし・しづ・あふこ」にかかる。〔例〕⊙眞柴刈る　道や絶えなむ　山賤の　いやしきふれる　夜半の白雪(続拾遺四五三)⊙やまがつの　しづはたおびの　いく帰り　つらき恨に　むすぼほるらむ(新後撰一一六)⊙片恋や　苦しかるらむ　山賤の　逢ふ期なしとは　見えぬものから(蜻蛉一七二)〔注〕「やまがつ」(山賤)は山里に住む人。木こり・炭焼きを業とする人をいう。山に住む人をいやしめて「いやし」「しづ」にかけ、またかれらが物を荷う朸(あふご)を持つことから「あふご」に、同音異義の「逢ふ期」にかかる(福井六五七頁、中島二八八頁)。

やまがはの

「はやし・たぎつ・をと・ながる・ながれ・あさまし・みなしも」にかかる。〔例〕「山川之」→「瀧」(万葉一三八三)「山川之」→「當都」(万葉二四三二)⊙嘆(なげ)きせ

ば　人知りぬべみ　山川の　激(たぎ)つ情(こころ)を塞(せ)きあへてあるかも(万葉一三八三)⦿山川の　おとにのみきく　ももしきを　身をはやながら　見るよしもがな(古今一〇〇〇)⦿やま川の　はやくもいまも　おもへどもなかれてうきは　ちぎりなりけり(仁和御製)⦿山川のたぎつ心を　せきかねて　人の聞かくに　歎きつるかな(新千載一一三二)⦿伝へきて　世々に絶えぬや　山川の流れ久しき　御法(みのり)なるらむ(新千載九一八)⦿小男鹿の　爪だにひぢぬ　山川の　浅ましきまで　とはぬ君かな(拾遺八八〇)⦿思ふもしるし　山川の　みなしもなりし諸人も――(拾遺五七四)〔注〕山川は流れの早いところから「早し」に、山間を流れる川は岩にせかれたぎりゆくもの故、恋ゆえに心の激動するのに比して「激つ心」に、また山川の音と続き、噂の意の「音」に、山の川の流れると続き、伝わる・伝統などの意の「流る・流れ」にかかる。また、山川は流水が浅いので「浅し」同音を含む「惘(あき)るる」の意なる「あさましき」にかけ、川の水下(みなしも)」と続き同音異義の「皆下(みなしも)」(位について)にかかる(大系古今三〇五頁、大辞典十―五四九頁、事典四七一頁、福井六六〇頁、中島二八八頁)。

やまがわの→やまがはの

やまぎりの

「いぶせき」にかかる。〔例〕「山霧」→「烟寸」(万葉二二六三)⦿九月(ながつき)の時雨の雨の　山霧の　いぶせき吾(あ)が胸　誰を見ば息(や)まむ(万葉二二六三)〔注〕山霧のたちこめて晴々しないことから、氣分が晴れず、うっとうしい意と比し「いぶせき吾が胸」にかかる。但し枕詞とするは非か(大系万葉三―一三四頁、福井六六〇頁、中島二八九頁)。

やまこえて

「とほつ」にかかる。「山超而」→「遠津」(万葉一一八八)〔例〕⦿山越えて　遠津(とほつ)の浜の　石(いは)つつじ　わが來るまでに　含(ふふ)みてあり待て(万葉一一八八)〔注〕山を越えて遠くの意で、「遠く」と同音を含む地名「遠津(の浜)」にかかる。遠津浜は和歌山市新在家里神、古く徳勒津(ところつ)といった所。滋賀県伊香郡西浅井村大浦・高知市種崎などの説もある。単に遠い浜のこともいう(大系万葉二―二二二頁、大辞典十―四七一頁、福井六六〇頁、全注七―一四七頁)。

やましたの

「あけ」にかかる。〔例〕「山下」→「赤」(万葉二七〇)⦿旅にして　物恋(こほ)しきに　山下の　赤(あけ)のそほ船沖へ漕ぐ見ゆ(万葉二七〇)〔注〕秋、紅葉した山下の赤く照り輝く意より「赤(あけ)」にかかる。一説に、夜の明けるには山の端より白みそめて明け渡るので「あけ」にかかるという。ただし枕詞と見ない説もある。また「山下」を「やまもとの」「やましたふ」と訓む説もある(大系万葉一―三四七頁、福井六六七頁、中島二八九頁、全注三―九二頁)。

やましたふ→やましたの

やましろの

「とは・とはに・とはぬ・こま・こまかに」かかる。〔例〕⊙つのくにの　なにはおもはず　山しろの　とはにあひみん　ことをのみこそ(古今六九六)⊙津の國の　みつとないひそ　山城の　とはぬつらさは　身に餘るとも(新勅撰一〇〇三)⊙千代も経よ　立帰りつつ　山城の　こまに比べし　こりのすへせ(蜻蛉三五五)⊙うり所　爰には有じ山城の　こまかに知らぬ　人な尋ねそ(小大君集一六八七六)〔注〕山城の國には鳥羽・狛などの地名のあるところから、「とば」と同音または同音を含む永久の意の「とは」に、人の問はぬ意の「とはに」「こはぬ」にかかり、また地名「狛(こま)」と続き、同音又同音を含む「こま」「細(こま)かに」にかかる(福井六六一頁、中島二八一頁)。

やますげの

「みだれ・そがひ・やまず・み」にかかる。〔例〕「山菅之」→「實」(万葉五六四「山菅」→「乱」(万葉二四七四)「山菅之」→「不止」(万葉三〇五五)「山菅乃」→「思乱」(万葉三二〇四)「夜麻須氣乃」→「曽我比」(万葉三五七七)⊙山菅の　實(み)成(な)らぬことを　われに依せ　言はれし君は　誰とか宿(ぬ)らむ(万葉五六四)⊙山菅の　乱れ恋ひのみ　せしめつつ　逢はぬ妹かも　年は経につつ(万葉二四七四)⊙山菅の　止まずて君を　思へかも　わが心神(こころど)の　このころは無き(万葉三〇五五)⊙玉葛　さきく行かさね　山菅の　思ひ乱れて　恋ひつつ待たむ(万葉三二〇四)⊙愛(かな)し妹を　何處(いづち)行かめと　山菅の　背向(そがひ)に寝(ね)しく　今し悔(くや)しも(万葉三五七七)〔注〕山菅は百合科の常緑草本で藪蘭の古名。山菅の葉が乱れているので恋の「乱れ」に、また頭音反覆して「止まず」に、菅の穂先があい向わぬことから「背向(そがひ)」にかかる(大辞典十―五五七頁、事典四七一頁、福井六六一頁、全注四―一七四頁、十四―四一七頁)。

やまたずの→やまたづの

やまたづの

「むかへ」にかかる。「山多豆乃」↓「迎」（万葉九〇）「山多頭能」↓「迎」（万葉九七一）⊙君が行き　日（け）長くなりぬ　山たづの　迎へを往かむ　待ちには待たじ（万葉九〇）〔注〕「山多豆」は接骨木（にわとこ）の古名。枝や葉が相対して生ずるところから、むかい合って生ずる意の「迎ふ」にかかる。「新撰字鏡」に「造木・女貞」とあり、「名義抄」に「楨・接骨木」（ミヤツコギ）とある。「ミヤツコ」が「ニワトコ」に転じたのは、語頭「ミ」と「ニ」が交替することがあるによる（大系万葉三―二二四頁、大辞典一〇―五六〇頁、福井六六二頁、全注一―二四頁、六―一三八頁）。

やまとなす

「おほものぬし」にかかる。〔例〕「揶磨等那殊」↓「於朋望能農之」（紀一五）この御酒（みき）は　我が御酒ならず　日本成（やまとな）す　大物主（おほものぬし）の　醸（か）みし御酒（みき）　幾久（いくひさ）幾久（紀一五）〔注〕日本の國を作り成した意。大物主は大國主の神の別名で、「國作る大己貴の命」（神代紀一書の六）、「國作り坐しし大穴持の命」（出雲国造神賀詞）とも呼ばれる。「大物主」も「少名彦の神」も、國土・万物を作った神。「三輪神社」の祭神とされている（大系古代歌謡一三四頁）。

やまとの

「つげ」にかかる。〔例〕「日本之」↓「黄楊」（万葉三二九五）⊙うち日さつ　三宅の原ゆ　直土（ひたつち）――大和の　黄楊（つげ）の小櫛を――（万葉三二九五）〔注〕大和国山辺郡に闘鶏（つげ）の里があるのを木に移して、同音異義の「黄楊の小櫛」にかかる。但し枕詞とするは非か（大系万葉三―一八八頁、中島二九一頁）。

やまどりの

「ひとりぬ・すゑを・をのへ・おのづから・おのれ」にかかる。〔例〕⊙秋風の　吹きよるごとに　山鳥の　ひとりし寝（ぬ）れば　ものぞ悲しき（古今六帖―二・山）⊙山どりの　すゑをの里も　ふしわびぬ　竹の葉しだり　長き夜の霜（壬二集）⊙山とりの　尾上の里の　秋風に　長き夜寒（よざむ）の　衣うつなり（続後撰三八九）⊙やまどりの　おのづから問ふ　人もなし　長き別れに　あらぬ身なれど（夫木二七）⊙山とりの　おのれと長く　久しくぞ　國を守らむ　固めにて　代々を重ねて　絶えせねば（続千載七〇九）〔注〕山鳥は雉子の類で雌雄が峰をへだてて別の処で寝る習性があると信じられていたところから、男女の床を別にして一人寝たるに比し「一人寝（ぬ）」にかかる。また山鳥の尾というより「尾」と同音を含む嶺の意なる「尾上」に、類音を含む「おのづから・おのれ」と地名「すゑを」にかかる（大辞典十―五六七頁、福井六六四頁、中島二九一頁）。

やまどりのをの

「を・ながき」にかかる。〔例〕「山鳥尾乃」→「峯」（万葉二六九四）「山鳥尾之」→「永」（万葉二八〇二）⊙あしひきの　山鳥の尾の　一峯（ひとを）越え　一目見し兒に恋ふべきものか（万葉二六九四）⊙思へども　思ひもかねつ　あしひきの　山鳥の尾の　長きこの夜を（万葉二八〇二）〔注〕山鳥の尾と続き「尾（を）」と同音を含む「一峰（を）」の「を」にかかる。一峰越え、ここまで「一目」にかかる序。山鳥が峰から峰へ飛ぶ姿が印象的だったのであろうという（大系万葉三―二二四頁、大辞典十―五六七頁）。

やまのいの→やまのゐの

やまのまゆ

「いづも」にかかる。〔例〕「山際従」→「出雲」（万葉四二九）⊙山の際（ま）ゆ　出雲の兒らは　霧なれや　吉野の山の　嶺（みね）にたなびく（万葉四二九）〔注〕「ゆ」は「より」の古言。山と山との間から雲が出づという意で、「いづ」と同音を含む國名「出雲」にかかる（大辞典十―五七一頁、福井六六五頁、全注三―三七八頁）。

やまのゐの

「あさき・あかで」にかかる。〔例〕「山井之」→「浅」（万葉三八〇七）⊙安積香山（あさかやま）影さへ見ゆる　山の井の　浅き心を　わが思はなくに（万葉三八〇七）⊙むすぶ手の　しづくににごる　山の井の　あかでも人に　別れぬるかも（古今四〇四）〔注〕「山の井」は山の清水を石を積んで囲いたたえたもの。その水の浅き意で「浅き」と同音を含む「浅き心」にかかり、梵語で水を「あか」ということから「あか」と同音異義の（名残り惜しい意の）「飽（あ）かで」にかかる（大系古今二五三頁、福井六六五頁、中島二九二頁）。

やまびこの

「こたへ・こゑ・おとはのさと」にかかる。〔例〕「山彦乃」→「應」（万葉九七一）⊙白雲の　龍田の山の　露霜に―山彦の　應（こた）へむ極（きは）み――（万葉九七一）⊙山彦の　声に立てゝも　年は経ぬ　わが物思ひを　しらぬ人きけ（後撰七九八）⊙山彦の　音羽野里の　小夜衣　こなたかなたに　擣（う）つかとぞ聞く（新拾遺一六六〇）〔注〕山彦は答えの音のあるものゆえ、人の返答また声にかかり、また「音」と同音を含む「音羽の里」にかかる（福井六六六頁、中島二九二頁、全注六―一三七頁）。

やまぶきの
「にほへるいも・やむ」にかかる。〔例〕「山振之」→「尓保敝流妹」(万葉二七八六)「山振乃」→「止」(万葉一九〇七)⊙斯(か)くしあらば　何か植ゑけむ　山吹の　止(や)む時もなく　恋ふらく思へば(万葉一九〇七)⊙山吹の　にほへる妹が　朱華色(はねずいろ)の　赤裳の　姿　夢(いめ)に見えつつ(万葉二七八六)〔注〕同音のくり返しで「止む」にかかり、山吹の花のように色美しく照り映える意の「にほふ」に、山吹の名のようにやむときなく恋い苦しむ意の「やむ」にかかるとも(大辞典十―五七三頁、福井六六六頁、中島二九二頁)。

やまみずの→やまみづの

やまみづの
「いはまほしく・あさきちぎり」にかかる。〔例〕⊙行方も　なくせかれる　山水の　いはまほしくも　おもほゆるかな(後撰五九一)⊙いかにせむ　岩間をつたふ　山水の　浅き契は　末もとほらず(新後撰一〇五六)〔注〕山水は岩間より出づるものであるから「いはま」と同音を含む「言(い)はまほしく」にかけ、また山水の浅きを「浅き」と同音異義の「浅き契」にかける(福井六六六頁)。

やまもとの→やましたの

やみのよの
「ゆくさきしらず」にかかる。〔例〕「夜未乃欲能」→「由久左伎之良受」(万葉四四三六)⊙闇の夜の　行く先知らず　行くわれを　何時来まさむと　問ひし兒らはも(万葉四四三六)〔注〕月のない夜は暗くて一寸先もわからないところから、人生の将来のことが全く分からない意の「行く先知らず」にかかる(大辞典十―五八三頁、事典四七一頁)。

やみよなす
「おもひまとふ」にかかる。〔例〕「闇夜成」→「思迷」(万葉一八〇四)⊙父母が　成しのまにまに　箸向(はしむか)ふ――天雲の　別れし行けば　闇夜なす　思ひ迷(まと)はひ――(万葉一八〇四〔注〕月のない夜は暗くてどこへ行ってよいか思い迷うので「思い迷ふ」にかかる。ただし「なす」は……のようにの意なので、必ずしも枕詞とは断定できない(事典四七一頁)。

【ゆ】

ゆいはたの→ゆひはたの
ゆうかずら→ゆふかづら
ゆうごりの→ゆふごりの

ゆうだすき→ゆふだすき

ゆうたたみ→ゆふたたみ

ゆうだちの→ゆふだちの

ゆうずくひ→ゆふづくひ

ゆうずくよ→ゆふづくよ

ゆうつくる→ゆふつくる

ゆうつつの→ゆふつつの

ゆうつつみ→ゆふつつみ

ゆうはなの→ゆふはなの

ゆうひなす→ゆふひなす

ゆきじもの

「ゆきかよひ」にかかる。〔例〕「白雪仕物」→「徃來」(万葉二六一)⊙やすみしし　わご大王(おほきみ)　高輝(たかて)らす　日の御子　栄えます　大殿のうへに　ひさかたの　天傳(あまつた)ひ來る　白雪(ゆき)じもの　往きかよひつつ　いや常世まで(万葉二六一)〔注〕「じもの」は接尾語。雪のようなもの。副詞的に用いられて、雪のようにの意を表わす。「ゆき」と同音のくり返しで「往きかよふ」にかかる。但し枕詞とするは非か(大系万葉一―一五三頁、大辞典十―六八七頁、福井六六九頁、全注三―七五頁)。

ゆきのしま

「ゆかむ」にかかる。〔例〕「由吉能之麻」→「由加牟」(万葉三六九六)⊙新羅へか　家にか歸る　壹岐(ゆき)の島　行かむたどきも　思ひかねつも(万葉三六九六)〔注〕作者は壱岐島にいて、新羅へ行くか家に帰るか迷っているのである。作者「六鯖」は、天平八年の遣新羅使一行の一人である六人部連鯖麻呂のことであろうという。鯖麻呂は天平宝字二年に正六位上・伊賀守で、同八年外従五位下に叙せられた(大系万葉四―八八頁、日本古代人名辞典六―一六九五頁)。

ゆきむかう→ゆきむかふ

ゆきむかふ

「とし」にかかる。〔例〕「徃向」→「年」(万葉三三二四)⊙懸けまくも　あやに恐(かしこ)し　藤原の　都しみみに　――行向ふ　年の緒長く　仕へ来し――(万葉三三二四)〔注〕つぎつぎと経過し、やって來る意より「年」にかかる(中島二九三頁)。

ゆくかげの

「つき」にかかる。〔例〕「往影之」→「月」(万葉三二五〇)⊙蜻蛉島　日本の國は　神からと――行く影の　月も經行けば――(万葉三二五〇)〔注〕「影」は光。空行く月光の移り行く意から月日の意の「月」にかかる（大系万葉三—三五〇頁、大辞典十—六九八頁、事典四七二頁）。

ゆくかはの

「すぐ」にかかる。〔例〕「往川之」↓「過」（万葉一一一九）⦿往川の　過ぎにし人の　手折らねば　うらぶれ立てり　三輪の檜原は（万葉一一一九）〔注〕流れ行く川水の再び帰らぬ意から人の死にたとえて「過ぎてゆく人」にかかる（大辞典十—六九八頁、事典四七二頁、福井六六九頁、全注七—八二頁）。

ゆくかわの→ゆくかはの

ゆくくもの

「ゆく」にかかる。〔例〕⦿白眞弓　いまはる山に　ゆく雲の　行きや別れむ　恋しきものを（新千載）〔注〕或いは枕詞とするは非か（横山二〇四頁）。

ゆくつきの

「いるさのやま・みふねのやま」にかかる。〔例〕⦿里わかぬ　影をば見れど　ゆく月の　いるさの山を　たれかたづぬる（源氏—末摘花八三一）⦿空きよき　雲の波路を　行く月の　御船の山に　秋風ぞ吹く（続後拾遺三三二）〔注〕空を行く月が入るというところから「入る」と同音を含む地名但馬の「入佐の山」にかゝり、また空行く月を舟に譬えた古歌に基づいて、吉野の御船山にかける（大辞典十—六九九頁、福井六六九頁、中島二九三頁）。

ゆくとりの

「あらそふ・むらがる」にかかる。〔例〕「去鳥乃」↓「相競」（万葉一九九）「行鳥之」↓「群」（万葉三三二六）⦿かけまくも　ゆゆしきかも——行く鳥の　あらそふ間（はし）に——（万葉一九九）⦿磯城島（しきしま）の　大和の國に——行く鳥の　群がりて待ち——（万葉三三二六）〔注〕飛び立って行く鳥が先をあらそうようにの意で「あらそふ」に、群をなして飛び立つところから「群（むら）がる」にかかる（大辞典十—六九九頁、福井六七〇頁、全注二—三六二頁）。

ゆくふねの

「すぐ・ほもかに・ほに・ほてうち」にかかる。〔例〕「徃船乃」↓「過」（万葉一九九八）⦿わが恋を　夫（つま）は知れるを　行く船の　過ぎて來（く）べしや　言（こと）も告げなむ（万葉一九九八）⦿追風に　やへの潮路を　行く舟の　ほのかにだにも　あひみてしがな（新古今一〇七二）⦿渡の原　波路に遠く　行く船の　ほにあらはれて　恋ひや渡らむ（新千載一一九一）⦿追風の　吹きぬる時は　行く舟の　ほてうちこそ　嬉しかりけれ（土佐日記三一）〔注〕漕ぎ行く船の通過する意で、通り過ぎて行く意味の「過ぐ」にかかり、遠い海路を漕いで行く舟の、舟の帆(ほ)と続き「ほ」を語頭に持つ、たつたひとめだけでもの意の「ほのかに」、また帆の側面に付けてそを左右にひかる爲の縄の意で「帆手(ほて)うち」にかかる(大辞典十―六九九頁、事典四七二頁、福井六七〇頁、中島二九四頁)。

ゆくみずの→ゆくみづの

ゆくみづの

「たゆ・すぐ・とどめかね・われ・みなは・おと・はやき」にかかる。〔例〕「逝水乃」→「吾」(万葉九二〇)「徃水之」→「三名沫」(万葉一二六九)「徃水之」→「過」(万葉一七九七)「由久美豆能」→「多由流」(万葉四〇〇二)「由久美豆乃」→「音」(万葉四〇〇三)。「逝水之」→「留不得常」(万葉四二一四)⦿秋山の　樹(こ)の下隠(かく)り　逝く水の　われこそ益(ま)さめ　御思(みおもひ)よりは(万葉九二〇)⦿巻向の　山邊とよみて　行く水の　水沫(みなわ)のごとし　世の人われば(万葉一二六九)⦿潮氣立つ　荒磯にはあれど　行く水の　過ぎにし妹が　形見とそ來し(万葉一七九七)⦿片貝の　川の瀬清く　行く水の　絕ゆることなく　あり通ひ見む(万葉四〇〇二)⦿朝日さし　背向(そがひ)に見ゆる　神ながら――行く水の　音も清(さや)けく　萬代に――(万葉四〇〇三)⦿天地の　初の時ゆ――逝く水の　留(とど)みかねつと――(万葉四二一四)⦿よしのがは　いはなみたかく　行く水の　はやくぞ人を　思ひそめてし(古今四七一〔注〕いずれも、水の流れる状態から、かかる(大辞典十―七〇〇頁、事典四七二頁、福井六七一頁、中島二九四頁)。

ゆたねまき

「ゆゆしき」にかかる。〔例〕「湯種蒔」→「忌忌」(万葉三六〇三)⦿青楊の　枝きり下し　齋種蒔き　ゆゆしき君に　恋ひわたるかも(万葉三六〇三)〔注〕齋種は清浄な種子。祭事を行って清めて苗代に蒔く種子。但し枕詞とするは非か(大系万葉三―六〇頁、大辞典十―七一一頁、福井六七一頁)。

ゆひはたの

「そでつけごろも」にかかる。〔例〕「結幡之」→「袂着衣」(万葉三七九一)⦿綠子の　若子が身には――夾纈(ゆひはた)の　袖着衣着しわれを――(万葉三七九一)〔注〕夾纈は結幡で、纐纈のこと。しぼり染。袖着衣は肩衣に対して袖のついた衣のこと(大系万葉四―一二三頁、福井九七六頁)。

ゆふかづら

「かけて」にかかる。〔例〕⦿契りありて　今日宮河の　ゆふかづら　長き世までも　かけて頼まん(新古今一八七二〔注〕白木綿でつくったかづら、物忌の標識として頭部にかける。のち神事に用い神官等の冠にかける(大辞典十—六二九頁、朝日新古今三八三頁)。

ゆふごりの

「しも」にかかる。〔例〕「夕凝」→「霜」(万葉二六九二)⦿夕凝(ゆふごり)の　霜置きにけり　朝戸出に　はなはだ践みて　人に知らゆな(万葉二六九二)〔注〕「ゆふごり」は霜や雪が夕方になって凝り固まること(大辞典十—六三九頁、福井六七一頁、中島二九五頁)。

ゆふだすき

「かく・かたをか・むすぶ」にかかる。〔例〕⦿ちはやぶる　かものやしろの　ゆふだすき　ひとひも君を　かけぬ日はなし(古今四八七)⦿さりともと　頼みぞかくる　木綿襷　わが片岡の　神と思へば(千載一二六八)⦿千年とは　我ならねども　ゆふだすき　結びの神も　祈りかくらん(元輔集)〔注〕木綿(ゆふ)で作ったたすき。神事に奉仕するときに用いる(大辞典十—六五二頁、福井六七二頁、中島二九五頁)。

ゆふたたみ

「て・たむけ・たなかみやま・しらつきやま」にかかる。〔例〕「木綿疊」→「手」(万葉三八〇)「木綿疊」→「手向」(万葉一〇一七)「木綿牒」→「手向」(万葉三一五一)「木綿疊」→「田上山」(万葉三〇七〇)「木綿疊」→「白月山」(万葉三〇七三)⦿木綿畳　手に取り持ちて　かくだにも　われは祈(こ)ひなむ　君に逢はじかも(万葉三八〇)⦿木綿畳　手向の山を　今日越えて　いづれの野辺に　廬(いほり)せむわれ(万葉一〇一七)⦿木綿畳　田上山のさな葛(かづら)　ありさりてしも　今ならずとも(万葉三〇七〇)⦿木綿畳　白月山の　さなかづら　後もかならず　逢はむとぞ思ふ(万葉三〇七三)〔注〕「木綿畳」は木綿を畳んだものか。楮の布を畳んだもの。神に手向ける意で「手向山(たむけやま)」にかかり、その「たむけ」の「た」と同音を含む山名「田上山」にかかり、木綿の白きことより地名「白月山」にかかる(大辞典十—六五二頁、事典四七二音、福井六七二頁、大塚二八九頁、全注三—二七九頁、六—二一三頁)。

ゆふだちの

「ふる・ひとむら」にかかる。〔例〕⦿水無月の　空ともいはゞ　夕立の　ふるから小野の　ならの下かげ(新勅撰一八〇)⦿ゆふだちの　一むらすゝき　つゆ散りて　虫の

音添はぬ　秋風ぞ吹く（新後拾遺二六二）〔注〕夕立雨の降るということから「降る」と同音を含む地名「ふる（から小野）」にかけ、また夕立雲の一群（むら）ということから同音異義の「一群（すゝき）」にかかる（福井六七三頁、中島二九六頁）。

ゆふづくひ

「いるさのやま」にかかる。〔例〕⦿夕月日　入佐の山の　高根より　はるかにめぐる　初しぐれかな（新勅撰三八五）〔注〕夕づく日の入るということから「入る」と同音を含む地名「入佐の山」にかかる（福井六七四頁、大塚二九〇頁）。

ゆふづくよ

「あかときやみ・をぐら・いるさのやま・いりの」にかかる。〔例〕「暮月夜」↓「曉闇」（万葉二六六四）「夕月夜」↓「五更闇」（万葉三〇〇三）⦿夕月夜　曉闇（あかときやみ）の　朝影に　わが身はなりぬ　汝（な）を思ひかねて（万葉二六六四）⦿ゆふづくよ　をぐらの山に　なくしかの　こゑのうちにや　秋はくるらん（古今三一二）⦿ゆふ月夜　いるさの山の　木隠れに　ほのかに名のる　ほととぎすかな（千載一六二）⦿ゆふづくよ　入野の尾花　ほのぼのと　風にぞ伝ふ　さを鹿の声（拾遺遇草一〇二四七）〔注〕「ゆふづくよ」は夕暮に出ている月。陰暦一〇日頃までの夕方の時刻に、空に出ている月。またその月の出ている夜。夕方から出ている月は夜中に沈んでしまって、明方は月のない闇になるところから「曉闇（あかときやみ）」にかかり、また夕方のほの暗いところから「小暗（をぐら）し」と同音を含む地名「小倉山」にかかり、また夕月が入る、沈むの意で「入る」及び「入る」と同音・類音を含む地名「入佐（いるさ）の山」や「入野（いりの）」にもかかる（大辞典十一六五四頁、福井六七四頁、中島二九七頁）。

ゆふつくる

「しなの」にかかる。〔例〕「由不津久留」↓「志名乃」（神楽歌七二）⦿木綿作る　信濃原に　朝尋ね　朝尋ね　朝尋ねや（神楽歌七二）〔注〕信濃國は古来、志那の木（楮の方言）が多いからと「古事記伝」は説く。枕詞と認めない説が有力であるが、枕詞としないと説明がつかない（大系古代歌謡三四六頁）。

ゆふつづの

「かゆきかくゆき・ゆふべ・ほし」にかかる。〔例〕「夕星之」↓「彼往此去」（万葉一九六）「夕星乃」↓「由布弊」（万葉九〇四）⦿飛鳥の　明日香の河の——夏草の　思ひ萎（しな）えて　夕星（ゆふつづ）の　か行きかく行き　大船のたゆたふ見れば――(万葉一九六)⊙世の人の　貴び願ひ七種の　寶も　われは何爲(なにせ)む――夕星の　夕(ゆふ)べになれば――(万葉九〇四)⊙日暮るれば　山の端に出る　夕つづの　ほしとは見れど　逢はぬ頃かな(古今六帖三一二五〇)〔注〕「ゆふつづ」は明けの明星、宵の明星で金星。金星は離合周期(五八四日)の半分は明けの明星として日の出東天に輝き、半分は宵の明星として日没後西空に見えるので、右往左往する意の「か行きかく行き」に、また夕方出るので「夕べ」にかかる。また「星」と同音を含む「欲し」にもかかる(大辞典十―六五四頁、事典四七二頁、福井六七五頁、中島二九七頁、全注二―三四一頁、五―二五三頁)。

ゆふつつみ

「しらつきやま」にかかる。〔例〕「木綿裹」→「白月山」(万葉三〇七三)⊙木綿裹　白月山の　さな葛　後もかならず　逢はむとそ思ふ(万葉三〇七三)〔注〕木綿が白いので「白」と同音異義の「白月山」にかかる。白月山の所在不明。「ゆふつつみ」が何であるかは不明(大系万葉三―三〇一頁、大辞典十―六五四頁、福井六七五頁)。

ゆふはたの→ゆひはたの

ゆふはなの

「さかゆ」にかかる。〔例〕「木綿花乃」→「栄」(万葉一九九)⊙かけまくも　ゆゆしきかも　言はまくも　あやに畏き――木綿花の　栄ゆる時に――(万葉一九九)〔注〕「ゆふはな」は楮の繊維で作った造花。上代婦人の髪飾とした。あるいは造花ではなく木綿を花に見たての語か。木綿で作った花は永久に枯れず美しいことから人の齢の栄ゆるに比し「榮ゆ」にかかる(大辞典十―六五八頁、事典四七二頁、福井六七六頁、中島二九八頁、全注二―三六四頁)。

ゆふひなす

「うらぐはし」にかかる。〔例〕「暮日奈須」→「浦細」(万葉三二三四)⊙やすみしし　わご大君　高照らす　日の皇子の――朝日なす　まぐはしも　夕日なす　うらぐはしも　春山の　しなひ栄えて――(万葉三二三四)〔注〕夕日のように、心に美しく感じられる意の「うらぐはし(心美し)」にかかる、枕詞とせず実景と見る説もある(福井六七六頁、中島二九八頁)。

【よ】

よしきがは

「よし」にかかる。〔例〕「宜寸川」→「因」（万葉三〇一一）⦿吾妹子に　衣春日の　宜寸川（よしきがは）縁（よし）もあらぬか　妹が目を見む（万葉三〇一一）〔注〕「よしきがは」は奈良の春日山に発し東大寺南大門の前を流れ、奈良女子大学北側で佐保川に合する（大系万葉三—二九〇頁、大辞典十一—八五四頁、福井六七七頁、中島二九九頁、横山二〇七頁）。

よしきがわ→よしきがは

よしのかは

「たゆる・よしや」にかかる。〔例〕「与之努河波」→「多由流」（万葉四一〇〇）⦿物部（もののふ）の　八十氏人も　吉野川　絶ゆることなく　仕へつつ見む（万葉四一〇〇）⦿よし野かは　よしや人こそ　つよからめ　はやくいひてしことはわすれじ（古今七九四〔注〕吉野の川の流れの永遠に絶ゆることなくの意で、人事に比して「絶ゆる」にかかり、また同音を含むたとえの意なる「よしや」にかかる（大系古今二五八頁、角川文庫万葉集・下二一七頁、福井六七七頁、中島二九九頁）。

よしのかわ→よしのかは

よしのやま

「よし・よしや」にかかる。〔例〕⦿吉野山　よしやつれなく　忍ばれむ　耳なし山の　知らず顔して（忠岑集）⦿吉野山　よしとや人の　泥むらむ　岩つつじさく　岩のかけ道（拾玉集九〇）〔注〕同音を重ねて「よし・よしや」にかかる（福井六七七頁、中島二九九頁）。

よするなみ

「あひだもをきて」にかかる。〔例〕「依浪」→「間文置」（万葉二七二七）⦿菅島の　夏身の浦に　寄する波　間も置きて　わが思はなくに（万葉二七二七）〔注〕但し枕詞とするは非か（福井六七八頁、中島二九九頁）。

よたけたつ

「そで」にかかる。〔例〕⦿よたけたつ　袖にたたへて　忍ぶかな　袂（たもと）の滝に　落つる涙を（山家集）〔注〕「よたけ」は「ゆたけ」と同じく裄丈（ゆきたけ）の意で、衣の裄丈を裁つ意にかかる（大辞典十一—八七七頁）。

よどがはの

「よどむ」にかかる。〔例〕⦿よどがはの　よどむと　人はみるらめど　流れてふかき　心ある物を（古今七二一）〔注〕頭音を重ねて「よどむ」にかかる。恋人の通うのが、とどこおる（よどむ）の意（大系古今二四四頁、旺文社文庫古今一九〇頁）。

よどがわの→よどがはの

よとともに

「あぶくまがは」にかかる。〔例〕⦿世と共に　あぶくま川の　離ければ　そこなる影を　見ぬぞ悲しき(後撰五二一)〔注〕枕詞とするは非か(福井六七八頁)。

よなばりの

「ゐかひのをか」にかかる。〔例〕「吉隠之」→「猪養乃岡」(万葉二〇三)⦿降る雪は　あはにな降りそ　吉隠(よなばり)の　猪養の岡の　寒からまくに(万葉二〇三)〔注〕「よなばり」は奈良県磯城郡初瀬町。但し枕詞とするは非か(大系万葉一―一一三頁、福井六七七頁、全注二―三七六頁)。

よぶことり

「よび・こえになきいで」にかかる。〔例〕「喚子鳥」→「喚」(万葉一八二二)⦿わが背子を　な越し山の　呼子鳥　君呼びかへせ　夜の更けぬとに(万葉一八二二)⦿ひとりのみ　恋ふれば苦し　呼子鳥　声になきいで　君に聞かせむ(後撰六九一)〔注〕呼子鳥は鳴き声が人を呼ぶように聞える鳥。郭公その他、色々の鳥を含めていったものらしい。頭書を重ねて「呼ぶ」にかけ、又呼子鳥の如くといって、これを人事にたとえて「声に泣き出で」にかかるという。但し枕詞とするは非か(大辞典十―九〇八頁、福井六七九頁、中島三〇〇頁)。

よりたけの

「ひとよ」にかかる。〔例〕⦿白波に　ゆらされてくる　寄竹の　一よもねねば　恋しかりけり(源氏物語)〔注〕寄竹は岸に流れ寄った竹のこと。竹の節を「よ」というより「一節(ひとよ)」と同音異義の「一夜(ひとよ)」にかかる。但し枕詞とするは非か(横山二〇七頁)。

【わ】

わがいのちを

「ながと」にかかる。〔例〕「和我伊能知乎」→「奈我刀」(万葉三六二一)⦿わが命を　長門の島の　小松原　幾代を経てか　神さびわたる(万葉三六二一)〔注〕わが生命の長く→長し→長門とかかる。長門島は広島県安芸郡の倉橋島(大系万葉四―六五頁、大辞典十―一三一五頁、福井六八〇頁)。

わかくさの

「つま・いも・おもひつく・にひたまくら・ほのか・はな・ことのは・あゆひ」にかかる。〔例〕「和加久佐能」→「都麻」(記四)「和加久佐乃」→「以毛」(神楽歌三九)「若草乃」→「嬬」（万葉一五三）「若草」→「嬬」（万葉二一七）「若草」→「孋」（万葉一二八五）「若草乃」→「夫」（万葉一七四二）「稚草乃」→「妻」（万葉二〇八九）「穉草」→「妻」（万葉二三六一）「若草乃」→「新手枕」（万葉二五四二）「若草乃」→「思就西」（万葉三二四八）「若蒭之」→「妻」（万葉三三三六）「稚草之」→「妻」（万葉三三三九）「和可久佐能」→「脚帯」（万葉四〇〇八）「若草能」→「都麻」（万葉四三三一）「若草乃」→「都麻」（万葉四三九八）「若草之」→「都麻」（万葉四四〇八）⦿ぬばたまの　黒き御衣（みけし）を　ま黒（つぶさ）に　取り装ひ――朝雨の霧に立たむぞ　若草の　妻の命（みこと）　事の　語り言もこをば（記四）⦿若草の　や　妹（いも）も乗せたり　あいそ我が乗りたりや　船傾（ふなかたぶ）くな　船傾くな（神楽歌三九）⦿鯨魚（いさな）取り　淡海の海を――辺つ櫂いたくな撥ねそ　若草の　夫（つま）の　思ふ鳥立つ（万葉一五三）⦿若草の　新手枕（にひたまくら）を　枕（ま）き初（そ）めて　夜をも隔てむ　憎くやあらなくに（万葉二五四二）⦿磯城島の　日本の國に　人多（さは）に　満ちてあれども　藤波の　思ひ纏（まつ）はり　若草の　思ひつきにし君が目に　恋ひや明かさむ　長きこの夜を（万葉三二四八）⦿青丹吉（あをによし）　奈良の都を來離れ　鄙にはあれど　わが背子を　見つつし居れば　食す國の　事執り持ちて――若草の　脚帯手装（あゆひたづくり）　群鳥の――（万葉四〇〇八）⦿かたをかの　雪まにねざす　若草の　ほのかにみてし　人ぞ恋しき（新古今一〇二二）⦿人知れず結びそめてし　若草の　花のさかりを　すぎやしぬらむ（千載八八六）⦿春はまづ　東路よりぞ　若草の　言（こと）の葉つてよ　武藏野の風（古今六帖三三七一〇）〔注〕春の若草の愛らしく、みずみずしいところから「つま（夫・妻）」にかかり「思ひつく（心ひかれる意）」にもかかる。これは「思ひつきにし君」（三二四八番）とあるので「君」にかゝるとも見ることができる。また、若草のように、ういういしいので、新婚で初めて共寝する意の「新手枕」にかかる。あるいは新しい草なので「新」と続いてかかるとも。草には花の咲くことから「花」に、また「草の葉」から「言の葉」に、新萌えの草のさまから「ほのか」に、また頭音を重ねて「若」にかかる。「脚帯（あゆひ）」にかかるのは未詳。袴の上からひざを下を結んだ紐で、武装・旅行・狩などのときに用いる。若草の繊維でつくるのでかゝるとするが、この場合は材料をいったもので枕詞とするのは疑問である。其他草を結ぶことから「ゆい」を起したとか、或いは草で「はゞき」を作るところからとか、また草の萌え出るのを「あゆる」ということからとか、若草の生えている畔の「あ」というつづきで、アユヒの「ア」の一音にかかるのであろうという（大辞典十一―一三一七頁、事典四七二頁、福井六八〇頁、中島三〇一頁、全注二―二二一頁・四三五頁、七―二六〇頁、十七―二六四頁）。

わがこいに→わがこひに

わがこころ

「つくし・きよすみ・きよたきがは」にかかる。〔例〕「我心」→「盡」（万葉三三三三）「吾情」→「清隔」（万葉三二八九）⊙大君の　御命恐み　秋津島　倭を過ぎて――わが心　筑紫の山の　黄葉の　散り過ぎにきと　君が正香（ただか）を（万葉三三三三）⊙御佩（みはかし）を　劒の池の　蓮葉（はちすは）に――わが情　清隅の池の　池の底　われは忘れじ　ただに逢ふまでに（万葉三二八九）⊙世々をへて　濁りに染みし　わが心　清滝川に　すゝぎつるかな（玉葉二六二七）〔注〕真心は心を尽しということから「尽し」と同音を含む地名「筑紫」にかかり、汚れのない、よこしまでない心心の意で「わが心清し」ほつづき、「清し」と同音異義の地名「清隅」「清滝川」にかかる。なお「あがこころ」の項を参照（大系万葉三―三七〇頁、福井六八二頁、中島三〇二頁）。

わがこひに

「くらぶのやま」にかかる。〔例〕⊙わがこひに　くらぶの山の　さくら花　まなくちるとも　かずはまさらじ（古今五九〇）〔注〕わが恋に比べるという意を、同音異義の「暗部（くらぶ）の山」にかかる。また恋に心のくらむ意とも（大系古今二一九頁、福井六八三頁、中島三〇二頁）。

わかこもを

「かりぢ」にかかる。〔例〕「弱薦乎」→「獦路」（万葉二三九）⊙やすみしし　わご大王　高照らす　わが日の皇子の　馬並（な）めて　み猟（かり）立たせる　弱薦（わかこも）を　猟路（かりぢ）の小野に――（万葉二三九）〔注〕わかこもは芽を出したばかりの菰。葉と幹とを刈って編んで敷物としまた枕とする。若こもを刈る意で「刈る」と同音を含む地名「猟路（かりぢ）」にかかる。猟路は奈良県桜井市鹿路（大辞典十一―一三八一頁、事典四七三頁、福井六三三頁、全注三―二八頁）。

わがせこを

「あがまつばら・なこしのやま・こせやま」にかかる。〔例〕「和我勢兒乎」→「安我松原」（万葉三八九〇）「吾瀬子乎」→「莫越山」（万葉一八二二）「吾勢子乎」→「許世山」（万葉一〇九七）⊙わが背子を　こち巨勢山（こせやま）

と　人はいへど　君も来まさず　山の名にあらし(万葉一〇九七)⊙わが背子を　さ越しの山の　呼子鳥　君呼びかへせ　夜の更けぬとに(万葉一八二二)⊙わがせこを　吾(あ)が松原よ　見渡せば　海人少女ども　玉藻刈る見ゆ(万葉三八九〇)〔注〕私の夫を私が待つの意で「わが待つ」と同音を含む「あが松原」にかかる。一説に「我が夫子を我が」までが「松」にかかる序詞とする。「わが背子を」「な来し」(来させるなの意)と続けて「なこしの山」にかかる。一説に枕詞とせず、「わが背子をな」までを序詞と見て、「越しの山」にかかるとする説もある。「わが背子をこちこせ」(私の夫をこっちへよこせの意)から「こせ」と同音を含む「巨勢山」にかかる(大辞典十一一三二一頁、事典四七三頁、福井六八三頁、中島三〇二頁、全注七一五九頁、十七一一四頁)。

わがたたみ

「みへ」にかかる。〔例〕「吾疊」→「三重」(万葉一七三五)⊙わが疊　三重の川原の　磯の裏に　斯くしもがもと　鳴く河蝦(かはづ)かも(万葉一七三五)〔注〕畳は一重二重と何枚も重ねて用いる意で「三重」と続き「三重」と同音の地名「三重(の河原)」にかかる(大系万葉二一三八一頁、大辞典十一一三二一頁、福井六八四頁)。

わかひさき

「わがひさ」にかかる。〔例〕「若歴木」→「吾久」(万葉三一二七)⊙渡會の　大川の辺の　若久木　わが久ならば　妹恋ひむかも(万葉三一二七)〔注〕「ひさき」はアカメガシワ。雑木・柴の類とする説もある。但し枕詞とせぬ説もある(大系万葉三一三一二頁、福井六八四頁、中島三〇三頁、横山二一〇頁)。

わがみを

「うら」にかかる。〔例〕⊙見るめなき　わが身をうらと　しらねばや　かれなであまの　あしたゆくくる(古今六二三)〔注〕「我身を憂(う)」と続き「う」と同音を含む「浦(うら)」にかかる(大系古今二二五頁)。

わかれぢを

「おしあく」にかかる。〔例〕⊙別路を　おし明け方の　槇の戸に　まづ先だつは　涙なりけり(新勅撰五一二)〔注〕別路を惜しむ→戸を「押し明く」とかける(福井六八五頁、中島三〇三頁)。

わかれては

「いくらのやま」にかかる。〔例〕⊙別れては　いくらの山を　越えぬれば　逢ふことかたく　なりもてくらむ(古今六帖三一七九二)〔注〕別れて行(い)く→伊倉山とかける。伊倉山は信濃国伊那郡の山(福井六八四頁)。

わぎもこが

「あなしのやま・かたちのおの・かがみやな・みもすそがは・ひのゆふぐれ・そでふるやま」にかかる。〔例〕「和岐毛古加」→「阿奈志乃也末」(神楽歌二九)⊙我妹子が　穴師の山の　山人と　人も知るべく　山葛せよ　山葛せよ(神楽歌二九)⊙吾妹子が　かたちの小野の　女郎花　思ひたはれぬ　人やなからむ(新続古今四〇二)⊙打群れて　いざ吾妹子が　鏡山　越えて紅葉の　ちらむ影見む(後撰四〇七)⊙我妹子が　御裳濯川の　峯に生ふる　君をみつのの　柏とをしれ(新千載一二二八)⊙吾妹子が　日の夕暮の　菊なれば　あかずぞ花の　色は見えける(続後拾遺三八五)⊙わぎもこが　袖ふる山も　春きてぞ　霞の衣　たちわたりける(千載九)〔注〕「わぎもこ」が「逢ふ」と続き、同音を含む「あなしの山」にかかさ。また吾妹子の容姿の意で「かたちの小野」に、その持てる鏡の意で「鏡山」に、着ている衣の裳袖の意で「御裳濯川」に、衣の紐(ひも)を結(ゆ)う意で「日の夕暮」に、衣の袖をふる意で大和の「布留(ふる)山」にかかる(福井六八五頁、中島三〇三頁)。「わぎもこに」「わぎもこを」の項を参照。

わぎもこに

「あふち・あふさかやま・あふみ・あはぢ・ゆきあひ」にかかる。〔例〕「吾妹子尓」→「相市」(万葉一九七三)「吾妹兒尓」→「相坂山」(万葉三二八三)「吾妹兒尓」→「相海」(万葉三一五七)「我妹子尓」→「相海」(万葉三二三七)「和伎毛故尓」→「安波治」(万葉三六二七)「和伎毛故尓」→「安布左可山」(万葉三七六二)⊙吾妹子に　楝(あふち)の花は　散り過ぎず　今咲けるごと　ありこせぬかも(万葉一九七三)⊙吾妹子に　相坂山の　はだすすき　穂には咲き出でず　恋ひ渡るかも(万葉三二八三)⊙吾妹子に　またも近江の　野洲の川　安眠(やすい)も寝ずに　恋ひ渡るかも(万葉三一五七)⊙朝されば　妹が手に纏く　鏡なす　御津の浜びに——吾妹子に　淡路の島は　夕されば——(万葉三六二七)⊙吾妹子に　ゆきあひの早稲を　刈る時に　成にけらしも　萩の花咲く(新拾遺一六〇五)〔注〕「わぎもこ」は「吾が妹子」の約。妻・恋人その他広く女を呼ぶ親称。「こ」は親愛を表わす。吾妹子に会う→「あふ」→「楝(あふち)」に、また地名の相坂山・淡海・淡路および行合にかかる(大系古今三三二頁、大辞典十一一三三六頁、福井六八六頁、中島三〇四頁)。「わぎもこが」「わぎもこを」の項を参照。

わぎもこを

「いざみのやま・はやみはま・つがの」にかかる。〔例〕「吾妹子乎」→「去來見」（万葉四四）「吾妹子乎」→「早見」（万葉七三）「吾妹子乎」→「都賀野」（万葉二七五二）⊙吾妹子を　いざ見の山を　高みかも　大和の見えぬ　國遠みかも（万葉四四）⊙吾妹子を　早見浜風　大和なる　吾（わ）をまつ椿　吹かざるなゆめ（万葉七三）⊙吾妹子を　聞き都賀野辺（つがのべ）の　しなひ合歡木（ねぶ）　吾（あ）は隠（しの）び得ず　間無くし思へば（万葉二七五二）〔注〕吾妹子を「いざ見む」の意から「いざ見」と同音を含む山名「いざ見の山」にかかる（妻をさあ見ようという意と山の名とをかけてある）。「吾妹子を早く見む」の意から「早見」と同音を含む「早見浜」にかかる（わが妻を早く見たい意と、早い浜風の形容とを兼ねている）。また吾妹子のことを聞継（ききつ）ぐ意から「つぐ」と類音の地名「都賀野（つがの）」にかかる。「いざみの山」は三重県飯南郡、奈良県宇陀郡、同吉野郡の境にある高見山といわれる。「都賀野」は未詳。栃木県に現在上都賀郡・下都賀郡があるが、ここかどうか。神功紀・仁徳紀にある摂津の「菟餓野（とがの）」持統紀にある近江の「都賀山」など似た地名がある（大辞典十—一三三七頁、福井六八七頁、中島三〇四頁、全注一—一七七頁）。「わぎもこが」「わぎもこに」の項を参照。

わくごの→みどりこの

わしのすむ

「つくばのやま」にかかる。〔例〕「鷲住」→「筑波乃山」（万葉一七五九）⊙鷲の住む　筑波の山の　裳羽服津（もはきつ）の　その津の上に　率（あども）ひて——（万葉一七五九）〔注〕筑波山には鷲が住んでいたので「筑波山」にかけていう。「あぢのすむ」（万葉三五四七）と同じような意味で枕詞とすべきであろうが、異見も多く、「眞木立つ荒山」と同じく、ただ筑波山の修飾語たるにすぎないとの説もある（福井六八八頁、中島三〇五頁、金子二一一六頁）。

わすれがい→わすれがひ

わすれがひ

「わすれ」にかかる。〔例〕「忘貝」→「忘」（万葉六八）「忘貝」→「不忘」（万葉二七九五・三〇八四）⊙紀の國の飽等（あくら）の浜の　忘れ貝　われは忘れじ　年は経ぬとも（万葉二七九五）〔注〕忘貝とは、二枚貝がはなればなれの一片となり、互いにあいての一片を忘れてしまった意の名称とも。瀬戸内海に多く産する。人これを拾うときは、うさも忘る故名づけたとかいう。頭音を反覆して「忘れ」にかかる（大系万葉三—二四三頁、大辞典十—一三五七頁、福井六八八頁、全注一—二五七頁)。

わすれぐさ

「わする」にかかる。〔例〕⊙吾がためは　見るかひもなし　忘れ草　わするばかりの　恋にしあらねば(後撰七九〇)〔注〕同音のくり返しで「忘る」にかかる。忘れ草は「かんぞう(萱草)」の異称(大辞典十一—一三五七頁、福井六八九頁、中島三〇五頁)。

わすれみず↓わすれみづ

わすれみづ

「たえだえ・たえまたえま・たえまがちなる」にかかる。〔例〕⊙住吉の　浅沢小野の　忘水　たえだえならで　逢ふよしもがな(詞花二三八)⊙はるばると　野中に見ゆる　忘水　たえまたえまを　歎くころかな(後拾遺七三五)⊙霧ふかき　秋の野中の　忘れ水　たえまがちなる　頃にもあるかな(是則集一六七六七)〔注〕「忘水」とは、池・沼・小川などの水の涸れ残ったものをいう。絶えたように見えて絶えないものなので「たえまたえま」「たえだえ」にかけていう(大辞典十一—一三五七頁、福井六八八頁、中島三〇五頁)。

わたつみの

「ふかし・そこ・おき・おきな」にかかる。〔例〕⊙わたつみの　深き心は　ありながら　恨みられぬる　物にぞありける(拾遺九八三)⊙わたつみの　そこのありかは　知りながら　かづきて入らむ　浪の間もなし(後撰六五六)⊙わたつ海の　翁も花は　かざしけり　春のいたらぬ　所なければ(古今六帖三二五五)〔注〕「わた」とは「海」、「つ」は「の」と同じ。「み」は「神」の略。海神の義であるが、転じて海のことにも用いる。海の如く深しと続き「深し」と同音異義の「深き心」に、海の底(そこ)というよりそのもとの意である「そこ」にかけ、海の沖(おき)というを同音異義の「翁(おきな)」にかける(大辞典十一—一三六六頁、福井六八九頁)。

わたのそこ

「おき」にかかる。〔例〕「海底」↓「奥」(万葉八三・六七六・九三三・一二九〇・一三二七・二七八一)「海之底」↓「奥」(万葉一三二三・三一九九)「和多能曽許」↓「意枳」(万葉八一三)「綿之底」↓「奥」(万葉一二二三)⊙海(わた)の底　奥(おき)つ白浪　立田山　何時か越えなむ　妹があたり見む(万葉八三)〔注〕「わたのそこ」は海底の奥深いところの意で「奥」「沖」(おき)にかかる(大辞典十一—一三六七頁、事典四七三頁、福井六八九頁、全注一—二九九頁、七—一八五頁)。

わたりがは

「わたる」にかかる。〔例〕⦿古は　思ひ出でずや　渡り河　わたるてふ名は　流れずや　君(朝忠集一九三八五)〔注〕渡川は三途の川の古語(大辞典十一―一三七〇頁、福井六九〇頁、中島三〇六頁)。

わたりがわ→わたりがは

われふねの

「ひくひともなぎさ・われ・しづむ」にかかる。〔例〕⦿此の虫の音の歌――われ舟の　ひく人も渚(なぎさ)に捨てよれ――(源順集一九〇九九)⦿浦がくれ　入江にすつる　われ舟の　われぞ砕けて　人は恋しき(玉葉一四八五)⦿われ舟の　沈みぬる身の　悲しきは　渚によする　浪さへぞなき(後拾遺九八九)〔注〕「われふね(破れ舟)」は破損した舟。風浪などにて破損した舟は使用に堪えぬので、引く人もないところから「引く人もなぎさ」にかかり、また同音反覆で「われ」にかけ、破れ舟の水に沈むことから「沈む」にかかるというが、枕詞とするは非か(福井六九〇頁、中島三〇六頁)。

【ゐ】

ゐまちづき

「あかし」にかかる。〔例〕「座待月」→「開」(万葉三三八八)⦿海若(わたつみ)は　靈(くす)しきものか　淡路島　中に立て置きて　白波を　伊豫に廻らし　座待月(ゐまちづき)　明石の門(と)ゆは　夕されば　潮(しほ)を満たしめ――(万葉三三八八)〔注〕「座待月」は陰暦一八日の月。秀語として特に八月一八日の月をいう。十五夜から徐々に月の出がおくれ、月の出を待ち兼ねて座って待つところからいう。月の出を待って寝ずに夜を明かすからとか、あるいは月が明るいというところから同音を含む地名「明石」にかかる(大辞典一―一〇三〇頁、事典四七三頁、福井六九一頁、全注三―二九九頁)。

ゐるくもの

「たちてもゐても」にかかる。〔例〕⦿足引の　葛城山に　ゐる雲の　起ちても居ても　妹をこそ思へ(拾遺七七九)〔注〕「ゐる雲」とは山または中空にかかり動かぬ雲をいう。雲の湧き出づるを「立つ」というところから、起きても寝ても意の「起ちても居ても」にかかる。但し枕詞と見ない説もある(福井六九一頁、中島三〇六頁)。

ゐるたづの

「ともしき」にかかる。〔例〕「爲流多豆乃」→「等毛思吉」（万葉三五二三）⦿坂越えて　安倍の田の面に　居る鶴の　ともしき君は　明日さへもがも（万葉三五二三）〔注〕居る鶴とは舞い降りた鶴。「ともし」については諸説あるが、心惹かれるの意とか、稀で珍しいとかの意がある。但し枕詞と見ない説もある（福井六九一頁、中島三〇七頁、全注十四—三三五頁）。

【を】

をぐるまの

「わが・わかれ・わだ・うしみ・にしき」にかかる。〔例〕⦿花盛り　ちりに馳するな　小車の　我身一つぞ　やるかたもなき（玉葉一八七七）⦿小車の　別れはあまた　なれしかど　この暁ぞ　やるかたもなき（新葉八五八）⦿波の上に　さえのぼるかな　小車の　和田の岬の　冬の夜の月（肖柏集）⦿小車の　丑三つまたで　帰るにも　人のおどろく　夢もやはある（永正百首）⦿君が代に　まためぐりあふ　小車の　にしきぞ神の　手向なりける（新千載九五二）〔注〕車に輪のあることから、わ音を持つ「わが」「わかれ」「わだ」にかかり、また上代は牛が車をひき、それを牛車といったので、牛の音から十十二支の丑の刻にかけ、車の荷というより「に」の音を持つ「錦」にかけるか、あるいは古代錦には車の綾文（小車錦）があるので続けるかという（大辞典二—五三〇頁、福井六九〇頁、中島三〇七頁）。

をしどりの

「をし・うきね・うし」にかかる。〔例〕「乎之杼里能」→「乎之伎」（万葉四五〇五）⦿磯の浦に　常喚（よ）び來棲（きす）む　鴛鴦（をしどり）の　惜しき吾（あ）が身は　君がまにまに（万葉四五〇五）⦿鴛鴦の　浮寝の床や　あれぬらむ　つららゐにける　こやの池水（千載四三四）⦿ときしらぬ——流れての名を　をし鳥の　憂きためしにや　ならむとするらむ（千載一一六〇）〔注〕をしどりは常に水上に浮んでゐるところから「浮き」同音を含む「浮寝」「憂し」にかかり、また頭音を反覆して「惜し」にかかる（大辞典二—五七九頁、福井六九三頁、中島三〇七頁）。

をしほやま

「かみよ」にかかる。〔例〕⦿をしほ山　神代もきかめ　紅の　うす花さくら　今盛りなり（新葉九一）〔注〕小塩山は京都府乙訓郡にある大原山の別称。在原業平の歌や「伊勢物語」の「小塩の松」で名高い。但し枕詞とせぬ説もある（大辞典二—五六六頁、福井六九四頁、中島三〇八頁）。

をだて

「やまと」にかかる。〔例〕「袁陀弖」→「夜麻登」（記五八）「烏陀氐」→「夜莽苔」（紀五四）⊙つぎふねや　山城川を　宮上り　我が上れば　青土よし　奈良を過ぎ　小楯（をだて）　大和を過ぎ　我が　見が欲し國は　葛城高宮我家のあたり（記五八）〔注〕「を」は接頭語。楯を立てたような山と続きその「山」と同音を含む地名「大和」にかかる（大辞典二―六一二頁）。

をとこやま

「さかゆく」にかかる。〔例〕⊙今こそあれ　我もむかしは　をとこ山　さかゆく時も　ありこしものを（古今八八九）〔注〕「をとこやま（男山）」は京都府綴喜郡の西北隅にある山。雄徳山・八綴山ともいう。山上の鳩の峰に石清水八幡宮が鎮座す。この男山の坂を登って行くとの意で、我も昔は盛行（さかゆく）時もありつるに比し「榮（さか）ゆく」にかかる（大系古今二八一頁、福井六九四頁、中島三〇八頁）。

をとはかは

「わたる」にかかる。〔例〕⊙よそにのみ　きかまし物をおと(を)とは川　わたるとなしに　身なれそめけん（古今七四九）〔注〕川を渡る意を女と関係を結ぶ意に転じ、枕詞とする（角川文庫古今一七二頁）。

をとはやま

「をと」にかかる。〔例〕⊙おと(を)とは山　おと(を)とにききつつ　相坂の　関のこなたに　年をふる哉（古今四七三）〔注〕音羽山の「音」と同音の「音（うわさ）」にかかる（旺文社古今三一三頁）。

をとめごが

「そでふるやま・ゆふかみやま・かづらきやま・すがたのいけ」にかかる。〔例〕⊙少女子が　袖ふる山の　瑞垣の　久しき世より　思ひそめてき（拾遺一二一〇）⊙少女子が　ゆふかみ山の　たま蔓　けふは葵を　かけやそふらむ（続古今一九一）⊙少女子が　かづらき山の　桜花　こころにかけて　見ぬ時ぞなき（続千載七五）⊙をとめ子が　姿の池の　蓮葉は　心よげにも　花さきにけり（堀河百首）〔注〕少女が袖ふるということから「袖振山」に、少女が髪を結うということから「夕神山」に、少女のかつらということから「葛城山」に、乙女の姿というより「姿の池」にそれぞれかかる（福井六九五頁、中島三〇九頁）。

をとめらが

「ふる」にかかる。〔例〕「未通等之」→「振」（万葉五〇一）⊙未通女等（をとめら）が　袖布留山の　瑞垣の　久し

き時ゆ　思ひきわれは(万葉五〇一)〔注〕乙女らが袖を振って我を招く意で「ふる」と同音を含む地名「布留」にかかる(福井六九五頁、全注四―四八頁)。

をとめらに

「あふさかやま・ゆきあひ」にかかる。〔例〕「未通女等尒」↓「相坂山」(万葉三二三七)「𡢽嬬等尒」↓「行相」(万葉二一一七)⊙少女らに　行相(ゆきあひ)の早稲を　刈る時に　成りにけらしも　萩の花咲く(万葉二一一七)⊙あをによし　奈良山過ぎて　もののふの　宇治川渡り　少女らに　相坂山に　手向草――(万葉三二三七)〔注〕「ら」は親しんでつける接尾語。「をとめに逢う」の意で「逢う」と同音を含む地名「相(逢)坂山」にかかる。「ゆきあひ」にかかるのは、行って出逢う意で、道路・往還とする説、夏と秋の行き合う頃にみのる早稲とする説、地名とする説などがある。一説には、実景描写であって枕詞ではないという(大系万葉三―一〇九頁、大辞典二―六七九頁、福井六九六頁)。

をとめらを

「そでふるやま」にかかる。〔例〕「處女等乎」↓「袖振山」(万葉二四一五)⊙少女(をとめ)らを　袖布留山(そでふるやま)の　瑞垣の　久しき時ゆ　思ひけりわれは(万葉二四一五)〔注〕少女が袖を振る意で「袖ふる」と同音を含む「袖布留山」にかかるか。袖を振ると布留の社＝天理市布留石上神宮とをかけている(大系万葉三―一七二頁)。

をののえの

「ほとほと」にかかる。〔例〕⊙歎きこる　人いる山の　斧の柄の　ほとほとしくも　成りにける哉(拾遺九一三)〔注〕木を伐る斧の音の丁々と聞こえるのを移して、危い意味の「ほとほと」にかかる(福井六九六頁、大塚三〇二頁)。

をみなへし

「さく・おふ」にかかる。〔例〕「娘子部四」↓「咲」(万葉六七五)「姫部思」↓「咲」(万葉一九〇五)「佳人部爲」↓「咲」(万葉二一〇七)「姫押」↓「生」(万葉一三四六)⊙をみなへし　咲く澤に生ふる　花かつみ　かつても知らぬ　恋もするかも(万葉六七五)⊙女郎花　生(お)ふる沢辺の　眞田葛(まくず)原　何時かも絡(く)りて　わが衣に着む(万葉一三四六)〔注〕「をみな」は、佳人・美人の意。女郎花が咲くと続いて同音を含む「咲く沢」に、また「をみなへし」と類音で「生(お)ふる沢辺」にかかる。地名「佐紀」にかかるとする説もある。しかし、「咲き」の「キ」は甲類、「佐紀」の「キ」は乙類であるから否定的である

（事典四七四頁、福井六九七頁、全注四―三〇七頁）。

をやまだの

「おどろかし」にかかる。〔例〕⊙小山田の　おどろかしにも　來ざりしを　いとひたぶるに　遁し君かな（後撰一一〇九）〔注〕山田に立てた案山子や鳴子で鳥獣をおどすことから、母の來りて君を驚かすというに比し「おどろかし」にかかる（福井六九七頁、中島三一〇頁、横山二一一三頁）。

逆引歌ことば索引

【あ】

あへ	さかこえて
あべたちばな	うましもの
あま	ひさかたの
	ひさかたや
あまきるなみ	ふるゆきの
あまのかぐやま	あもりつく
	とりよろふ
あまのひつぎ	たかみくら
あまはせづかひ	いしたふや
あまり	たまもかる
あまりてよそに	おくつゆの
あみめ	たまだれの
あめ	ひさかたの
あめのみかげ	たかしるや
あや	くれはとり
	くもとりの
	さひづらふ
あやし	くれはとり
	さざなみの
あやなきみ	あやめぐさ
あやに	うまこり
	くもとりの
	くれはとり
あやにく	くれはとり
あやふき	かけはしの
あやめもしらぬ	あやめぐさ
あゆひ	わかくさの
あらえびす	ふぢごろも
あらし	あしひきの
	ひとごころ
あらそふ	ゆくとりの
あらち	ふくかぜの
	やまかぜの
あらぬ	まくさかる
あらはる	うもれぎの
あらひとがみ	ちはやぶる
あらぶ	さばへなす
あらぶる	ちはやぶる
あらやま	まきたつ
あらやまなか	まきのたつ
あられ	ひさかたの
あられまつばら	あられうつ
あらゐ	くさかげの
あらゐのさき	しらなみの
あり	ありきぬの
	ありそなみ
	ありちがた
	ありますげ
	みなせがは
ありかよふ	つばさなす
ありそ	しほけだつ
	みさごゐる
ありやあらずや	かげろふの
ある	なつごろも
あるかなきか	かげろふの
あれ	おきつなみ
あを	こけむしろ
	そにどりの
あをかき	たたなづく
	たたなはる
あをば	みづとりの
あをまつ	ありそまつ

【い】

いつともわかぬ　まつのはの
いつもいつも　いつしばはらの
いづ　つきさかき
いづくあかじ　うましもの
いづこ　ささがにの
いづしのみや　ちはやぶる
いづみかは　たたなめて
いづみのかは　まきつむ
いづみのさと　かはづなく
いづみのそま　みやきひく
いづも　しらまゆみ
たまもしづし
やくもさす
やくもたつ
やつめさす
やまのまゆ
いで　いもがかど
たまもかる
いでこ　あをくもの
いでたつ　むらとりの
いと　あさみどり

あをやぎの
ささがにの
たむけぐさ
なつびきの
ひきまゆの
いとかのやま　なつびきの
いとことわり　なつびきの
いとど　あをやぎの
ささがにの
いとひ　ふるゆきの
いとふ　ひきまゆの
いとほし　なつびきの
いとま　なつびきの
いとまのやしろ　はとりの
いな　いなふねの
いなみのの
いなさのやま　たたなめて
いなばのやま　たちわかれ
いなみのうみ　なぐはしき
いぬ　かきこゆる
いね　あきのたの

おしていなと
いのち　あさつゆの
うつせみの
ささがにの
たまきはる
たまのをの
なつそひく
いのへ　はるかすみ
いのり　さをしかの
いは　つぬさはふ
なみのよる
いはがきふち　かげろふの
たまかぎる
いはくらやま　うごきなき
いはせ　もののふの
いはでしのぶ　みちのくの
いはと　ひさかたの
いはね　あしひきの
いはのひめ　つのさはふ
いはひ　いはひしま
ししじもの

【う】

	うのはなの
	かもじもの
	さざれなみ
うきな	なとりがは
うきね	あしかもの
	かもじもの
	くれはとり
	みづとりの
	をしどりの
うく	あまくもの
	こぐふねの
うけく	ひくあみの
うし	をしどりの
うしき	うすらびの
うすき	せみのはの
	なつごろも
うしみつ	ひとごころ
	をぐるまの
うずすまる	にはすずめ
うすはなぞめ	ひとごころ
うすひ	ひなくもり

	ひのぐれに
うたかた	にはたづみ
	みづのあわに
うたしめやま	なつごろも
うち	ころもでを
	たまきはる
	たまかきの
	ももしきの
うぢ	さこくしろ
	ちはやぶる
	ひとごころ
	もののふの
うちこひふす	とこじもの
うちつる	ふるころも
うちでのはま	しらなみの
うちとのみや	かみかぜや
うちむれ	あしかもの
うつ	あらしほの
うづき	このくれの
うつくし	なみくもの
うつし	うつせがひ

	うつせみの
	くれなゐの
うつしこころ	たまのをの
	つきくさの
うつすみなは	ひだひとの
うつらふ	ももしきの
うつる	あきはぎの
	ますかがみ
	もみぢばの
うつろひやすき	はなぞめの
	はねずいろの
うつろふ	きくのはな
	さくはなの
	つきくさの
	はるはなの
うとく	うどはまの
うなかぶし	ひともとすすき
うなかみ	なつそひく
うなて	なつそひく
うなてのもり	まとりすむ
うなねつく	うじもの

うなひ	なつそひく
うねび	たまだすき
うのはな	しろたへの
うまい	ししくしろ
うみ	いさなとり
	つなでひく
うみにうきゐて	とりじもの
うむ	うちそかけ
うめ	しろたへの
うら	おほしまの
	からころも
	くずかづら
	くずのはの
	しほがまの
	なにはの
	わがみを
うらぐはし	ゆふひなす
うらなく	ぬえことり
	ぬえとりの
うらの	はだすすき
うらみ	いなびつま
	いはみがた
	くずのはの
	しほがまの
	たまくしげ
うらむ	なにはがた
うるはかは	あさかしは
	あきかしは
うを	みなしたふ

【お】

おか	しらつゆの
おかべ	つゆしもの
おかれば	しほふねの
おき	たまもかる
	みさごゐる
	わたつみの
	わたのそこ
おきな	たてども
	わたつみの
おきなが	にほとりの
おきふし	しらまゆみ
	なくしかの
おく	しらつゆの
	つゆしもの
	はつしもの
おくかもしらず	あまくもの
おくて	しらつゆの
	つゆしもの
おくのて	ひだりての
おぐらのやま	つゆしもの
おくれさきだつ	おくつゆの
おさか	あをはたの
おしあく	わかれぢを
おしき	からにしき
おしたり	ことさけを
おと	あづさゆみ
	あまびこの
	こぐふねの
	たきの
	たつなみの
	なるかみの
	はしむかふ

	はるかぜの
	ふくかぜの
	ゆくみづの
おとはのさと	やまびこの
おとはのやま	なるかみの
おどろ	かりごろも
おどろかし	をやまだの
おどろのかみ	みちしばの
おなじ	いれひもの
おの	かげろふの
	まくずはふ
おのがな	なのりその
おのがむきむき	はふつたの
おのづから	やまどりの
おのれ	やまどりの
おび	しろたへの
おふ	をみなへし
おぼ	あさぎりの
おほうち	ももしきの
おほうちやま	ささたけの
	ももしきや
おほく	たまもかる
おほくち	ぬばたまの
おほくらやま	みつぎつむ
おほせ	おほよどの
おほつ	そらかぞふ
	さざなみの
おぼつかなし	あきぎりの
	はるやまの
おぼに	はるかすみ
おほのかはら	まこもかる
おほふ	たまくしげ
おほまへつきみ	もののふの
おほみや	すすたけの
	ももしきの
おほみやびと	ささたけの
おほものぬし	やまとなす
おほやけ	ものさはに
おほやまもり	さざなみの
おほよそ	しらくもの
おぼろげ	みかづきの
おみ	みなそこふ
	みなそそく
おもかげ	たまかづら
	まそかがみ
おもはず	あづさゆみ
おもひ	ふじのねの
おもひしのぶ	みちのくの
おもひすぐ	すぎむらの
	たつきりの
おもひぞやくる	やくしほの
おもひたのみ	おほふねの
おもひつく	わかくさの
おもひまつはり	ふぢなみの
おもひまとひ	あさぎりの
おもひまとふ	やみよなす
おもひみだる	あさかみの
	あしかきの
	すがのねの
	ときぎぬの
おもひみだれ	かくなわに
おもひみだれて	あしたづの
おもふ	しののめの

	はるひの
	はるひを
かすがのやま	まくずはふ
かすみがうら	はるかすみ
かずにもありぬ	しつたまき
	ちりひぢの
かせやま	みもろつく
かぜ	あさはふる
かつ	はなかつみ
かつみる	はなかつみ
かつら	ひさかたの
かつらのやま	てるつきの
かづきいきづき	みほどりの
かづく	にほとりの
かづさね	かづのきの
かづしか	にほとりの
かづの	ちばの
かづら	あをやぎの
	はるやなぎ
かづらき	あをはたの
かづらきやま	しもとゆふ

	たまかづら
	はるやなぎ
	をとめごが
かとり	おほふねの
かとりのうら	なつごろも
かた	あぢかまの
	あふことは
	しなてる
	しなてるや
かたいと	あふことの
かたがひ	あふことの
かたこひ	いそがひの
かたこひつま	ぬえとりの
かたちのおの	わぎもこが
かたの	あふことの
かたをか	ゆふだすき
かね	ちはやぶる
かは	いなうしろ
	いなむしろ
	にはたづみ
かひ	なまよみの

かびや	あさがすみ
かへす	あらをだを
	からころも
	つきゆみの
かへすがへす	あらをだを
	はるのたを
かへる	あづさゆみ
	ころもでの
	しらまゆみ
	ふなあまり
かへるがへる	かへるやま
かま	ささらがは
かまくらやま	たきぎこる
	ほしづきよ
かみ	たまちはふ
	ちはやぶる
	ぬばたまの
	みづかきの
	むばたまの
かみぢのやま	ちはやぶる
かみのかぐやま	あもりつく

【き】

	すみのえの
きしま	あられふる
きしみ	あられふり
きつぐ	かりがねの
きづき	やほに
	やほによし
きぬた	からころも
きのへ	あさもよし
	みけむかふ
きび	たらちし
	まがねふく
きへ	あらたまの
きほひ	おきつなみ
きみ	からころも
	さすたけの
	さにつらふ
	しらたまの
きみがこころ	まつがねの
きみのつかひ	たまづさの
きゆ	あさしもの
	しらつゆの

	つきくさの
きよきかはら	たまくせの
きよし	まそかがみ
きよすみ	わがこころ
きよたきがは	わがこころ
きよね	あをやぎの
きる	からころも
	かりごろも
	なつごろも

【く】

くくりよす	たまのをの
くさ	うちなびく
くし	からくしげ
	まがみふる
くたみのやま	はやさめ
くだら	ことさへく
くぢら	いすくはし
くつ	うもれぎの
くにおさむ	ひなさかる
くにつ	さざなみの

くぬち	あをによし
くひやま	はるくさを
くまき	はしたての
くまのみや	ちはやぶる
くめ	みつみつし
くも	ささがにの
	ささがねの
	しろたへの
	たまだすき
	ひさかたの
	みそらゆく
くもで	やつはしの
くものはやし	むらさきの
くゆ	いはくえの
	かはぎしの
	かやりびの
くら	すみぞめの
	はしたての
くらはしかは	はしたての
くらはしやま	さつきやみ
	はしたての

【け】

【こ】

　　みゆきふる
こしぢ　さざれなみ
こす　たまだれの
こせ　しらぬくに
こせやま　わがせこを
こたへ　やまびこの
こと　たまづさの
ことだにとはず　なくこなす
ことのは　わかくさの
こなたかなた　あしひきの
このま　あしひきの
このむかつを　はなちらふ
このもと　おふしもと
こば　たちばなの
こはし　しらまゆみ
こはた　あをはたの
こはだ　みちのしり
こひみだる　ときぎぬの
こま　もちつきの
　　やましろの
こまかに　やましろの

こまほしく　みちのくの
こむる　ひきまゆの
こもり　いはぶちの
　　うつゆふの
こもる　ひきまゆの
こや　つのくにの
こやる　つくゆみの
こよひ　むばたまの
　　ぬばたまの
こり　みやまぎの
こる　ふししばの
ころも　あらたへの
　　ささがにの
　　しきたへの
　　しろたへの
　　すみぞめの
ころもて　しろたへの
こゑ　やまびこの

【さ】

さ　くろざやの

さか　いゆきあひの
　　となみはる
さかえ　まつかへの
さかえをとめ　さくらばな
さがしき　はしたての
さがむ　さねさし
さかゆ　あしびなす
　　ゆふはなの
さかゆく　をとこやま
さかり　はるはなの
さき　あさがほの
　　うつゆふの
さぎ　しらとりの
さきく　あらたまの
　　さきくさの
　　たまかづら
さぎさかやま　たくひれの
　　ほそひれの
さく　かきつはた
　　をみなへし
さくら　はなぐはし

【し】

したこがれ	おくかひの
したころも	しろたへの
したにかよふ	さざれみづ
したにみだれて	なびきもの
したばへ	くもりよの
したび	あきやまの
したびのくに	こもりくの
したふ	あきやまの
	なくこなす
したもえ	かやりびの
したゆ	したびもの
	みなせがは
したゆく	したひやま
したよこふ	はふくずの
しづ	やまがつの
しづのをだまき	いにしへの
しづむ	われふねの
しづめ	こぐふねの
しなえ	なつくさの
しなの	みこもかる
	みすずかる

	ゆふつくる
しなひ	あきはぎの
しなひさかゆ	はるやまの
しのび	しなひぶね
しのぶ	しぬのめの
	しのすすき
	しのふぐさ
しばし	ふししばの
しばしば	しきなみの
	しくなみの
	しばのぬの
しひ	まつがへり
しび	おふをよし
	みなそそく
しほつ	あぢかまの
しほなれ	すてごろも
しま	たまかつま
	みけつくに
しみ	しめゆふの
しも	ゆふごりの
しらかた	あをくもの

しらかみ	ふるゆきの
しらき	たくづのの
	たくぶすま
しらじ	しらかしの
しらず	しらかはの
	しらぎくの
	しらつゆの
	しらなみの
しらせ	しらすげの
しらつきやま	ゆふたたみ
	ゆふつつみ
しらぬ	しらつつじ
しらはま	たくひれの
しらひげ	たくづのの
しらやま	たくぶすま
しらゆふなみ	たがみそぎ
しり	しりぐさの
しれぬ	むもれぎの
しろ	たくづのの
しろきただむき	ねじろの
しをり	たまほこの

たむけ	ゆふたたみ
たむけのかみ	たまほこの
たもと	からころも
	しろたへの
	ももしきの
たゆ	かたいとの
	このかはの
	しらいとの
	しらくもの
	すがのねの
	たまのをの
	またまかづら
	みなしがは
	ゆくみづの
たゆたふ	おほふねの
	つなでなは
たゆひがうち	ますらをの
たゆる	よしのかは
たゆることなく	くそかづら
	とこなめの
	まつがねの
たより	ふくかぜの
たる	もちつきの
たるみ	いはそそく
	いはばしる
たれ	たまだれの
たわみ	たわやめの
たわやめ	にきたまの

【ち】

ちえ	あきかぜの
ちか	あちかをし
	あてかをし
ちち	ちちのみの
ちひろ	たくなはの
ちふ	あさぢはら
ちへ	おきつなみ
ちりうせず	まつのはの
ちりはらう	しきたへの
ちる	はつはなの

【つ】

つ	おほふねの
つか	かるかやの
つがの	わぎもこを
つかのま	かるくさの
つかひ	たまづさの
つき	あらたまの
	ありあけの
	ぬばたまの
	ひさかたの
	みそらゆく
	ゆくかげの
つきせぬ	ありあけの
つぎつぎ	つがのきの
つぎつぎに	とがのきの
つきのひかり	しろたへの
つきひ	あめなるや
つく	つかねども
つぐ	たまのをの
つくし	あたまもる
	さつやぬき
	しらぬひ

　まそかがみ
とけぬ　しらいとの
とこ　しきたへの
とこしく　ところづら
とこのへ　まそかがみ
とごころ　やきたちの
とし　あさがほの
　あらたまの
　ゆきむかふ
とします　たまもかる
とどめかね　ゆくみづの
となり　さしならぶ
となりかくなり　うりつくり
となみ　やきたちを
とねり　さすたけの
とは　やましろの
とはに　やましろの
とはぬ　やましろの
とば　しらとりの
とばた　ほととぎす
とふひ　かすがのの

とほき　かぜのとの
　くもばなれ
とほく　くもゐなす
　まつがねや
とほざかる　なぐるさの
とほつ　あられふり
　やまこえて
とほつあふみ　あられふり
とまり　あまつつみ
とみ　いめたてて
　うかねらふ
とめゆく　ところづら
ともしき　ゐるたづの
ともに　あめつちの
とやの　はしたかの
とやま　はしたかの
とよ　あさひさす
とよのあかり　あまつそら
とよみてぐら　かみかぜや
とり　あまとぶや
　いもがてを

とりかひかは　あらひきぬ
とりさぐる　なくこなす
とろしのいけ　いもがてを
とをき　いはばしの
とをむ　おきつなみ
とをよる　あぢむらの
　なゆたけの
　なよたけの
とをを　さきたけの

【な】

な　うつせみの
　こまつるぎ
　つるぎたち
　なのりその
　なはのりの
　ならのはの
なか　さきくさの
　みつぐりの
なが　うみをなす
ながい　きみがよの

	ふぢなみの
なみくらやま	さざなみの
なみだ	しらたまの
なら	こひころも
	みてくらを
	あをによし
ならかしは	ならのはを
ならし	ならしばの
ならしのやま	ふくかぜを
ならぬおもひ	ふじのねの
ならふ	あをによし
ならぶ	しほふねの
なり	なるなしの
なりはた	ひかるかみ
なる	あきかぜに
	おほしまの
	からころも
	すずかやま
	ふぢごろも
なれ	ならしばの

【に】

にきはだ	たたなづく
にげ	にげみづの
にこや	むしぶすま
にこよか	にこぐさの
にしき	ささらがた
	をぐるまの
につらふ	かきつはた
には	たましきの
にひたまくら	わかくさの
にひたやま	しらとほふ
にふ	まがねふく
にほえさかゆ	はるはなの
にほのみづうみ	しなてるや
にほひ	あきのはの
	はるのはな
にほふ	つつじはな
	むらさきの
にほへるいも	やまぶきの

【ぬ】

ぬしなきやど	しらくもの
ぬて	ももつたふ
ぬのきぬ	あらたへの
ぬふ	からころも
	からにしき
ぬる	かほばなの
ぬれぎぬ	しらさぎの

【ね】

ね	くれはとり
	さしやなぎ
	なくたづの
	ふじの
ねたく	ねぬはなの
ねたくも	あやめぐさ
ねなく	あさとりの
ねになき	はつかりの
ねぬ	ねぬはなの
ねのみしなく	なくこなす
ねのみなきつつ	たわらはの
ねのみなく	あしたづの

さざなみや
しらなみの
しろたへの
はまのまさご　やほかゆく
はまのまなご　やほかゆく
はや　みかしほ
はやき　たぎつせの
ゆくみづの
はやく　はつせがは
はやふねの
みづの
はやくこ　とぶとりの
はやし　やまがはの
はやぶさわけ　たかゆくや
はやま　くれたけの
はしたかの
はやみはま　わぎもこを
はゆまうまや　すずがねの
はらへ　しのふぐさ
はりま　みかしほ
はる　あさがすみ

あづさゆみ
あらたまの
あをやぎの
うぐひすの
うちなびき
うちなびく
かぎろひの
かすみたつ
からころも
このめはる
しらまゆみ
なつごろも
ふゆこもり
みふゆつぎ
はるか　あまくもの
はるかに　あづさゆみ
きみがよの
はるる　あまくもの
はれる　あきぎりの
はれぬ　はるさめの
はろか　たまかぎる

【ひ】

ひ　あかねさす
あからひく
あまつたふ
あまてるや
あめしるや
たかてらす
たかひかる
たまかぎる
ひさかたの
まきさく
まきむくの
ひかり　あかねさす
たましきの
ひさかたの
ひかば　いはゐつら
ひかばたゆ　なはのりの
ひかばぬるぬる　たはみづら
ひかばよる　はふくずの
ひきでのやま　ふすまぢを

	ひさかたの
ひるめ	さしのぼる
ひれ	あまとぶや
	しろたへの
ひれとりかけて	うづらとり
ひろた	みこころを

【ふ】

ふかき	いけみづの
	おくやまの
	みをつし
ふかくさ	おくつゆの
ふかし	たまくしげ
	なつくさの
	わたつみの
ふかつしまやま	みちのしり
ふかむ	ふかみるの
ふきあげ	あきかぜの
ふく	あきかぜの
ふけひ	ときつかぜ
ふさず	しきたへの
ふし	いぬじもの
	くれたけの
	なよたけの
ふじ	あまのはら
	しろたへの
ふししげき	たけのこの
ふしみ	いなむしろ
	いめひとの
	かたいとの
	くれたけの
ふしみのさと	すがはらや
ふせのみづうみ	うらぐはし
ふた	たまくしげ
ふたかみ	たまくしげ
ふたかみやま	まそかがみ
	かきかぞう
ふたごもり	あききの
ふたつのいし	またまなす
ふたりならびゐ	にほとりの
	みかもなす
ふぢ	あらたへの
	むらさきの
ふぢえのうら	かもめゐる
ふとし	まきばしら
ふなききる	とぶさたて
ふね	たまもかる
ふのまちかく	まをごもの
ふはやがした	あやかきの
ふはやま	まきたつ
ふみ	むさしあぶみ
ふみおく	はまちどり
ふみしづむ	にひむろを
ふりいで	くれなゐの
ふりさけみれば	あまのはら
ふりにしさと	うづらなく
ふりわけがみ	おくしもの
ふる	あしかきの
	いすのかみ
	いそのかみ
	しきしまの
	しきしまや
	しづはたに

ほのめく	かげろふの
ほりえ	ふなきほふ
	まこもかる

【ま】

ま	ころもでの
まがき	あきぎりの
まかみ	おほくちの
まき	おくやまの
まきのやま	いもがそで
まぎらはし	あさひさし
まく	こもまくら
	こらがてを
	たまくしろ
まくら	しきたへの
まぐはし	あさひなす
まぐはしまど	かみつけの
まさきのつな	しもとゆふ
まさご	しろたへの
まして	ましみづの
また	またみるの
まぢか	あしかきの
	いはばしの
まつ	かはぎしの
	すみのえの
	すゑのまつ
	たかさごの
	とほつひと
	まつがねの
	まつちやま
	まつやまの
まつち	ふるころも
まつら	とほつひと
まと	いるや
まとふ	くもりよの
まどほに	ふぢごろも
まなく	ささらなみ
	さざれなみ
	おきつなみ
	まなごつち
まなくときなし	なくとりの
まなご	しらはまの
まなし	ふるゆきの
まなほ	まなごつち
まの	しらすげの
	しらとりの
まま	いはばしの
まもをかず	たまのをの
まよ	みかづきの
まろ	まろこすげ
まろや	つのくにの
まわかのうら	ころもでの

【み】

み	いもがめを
	うつせがひ
	うつせみの
	うまさけの
	たまかづら
	たまくしげ
	はなばちす
	やますげの
みうらさき	しばつきの

みなれ	ころもがは
みなれぬ	みなれさを
みにそふ	つるぎたち
みぬめ	たまもかる
	まそかがみ
みぬめのうら	ますかがみ
みね	あしひきの
	つくばねの
みの	ももきね
みのおほけく	いちさかき
みのしろごろも	おくしもの
	ふるゆきの
みのなけく	たちそばの
みののおほきみ	ももしのの
みはしのさくら	ももしきの
みふねのやま	たきのうへの
	ゆくつきの
みへ	あがたたみ
	ありきぬの
	わがたたみ
みほ	かざはやの
	はだすすき
みむろ	うまさけ
	かみがきや
	たまくしげ
みむろのやま	かみがきの
	かみがきや
	しきしまや
みもすそかは	かみがきや
	かみかぜや
	なつごろも
	わぎもこが
みもろ	うまさけの
みや	うちひさす
	うちひさつ
みやけ	うちひさつ
	ことひうしの
みやこ	うちひさす
	たましきの
	ひさかたの
みやののはら	かみかぜや
みやひと	さすたけの
みよしのかは	ちどりなく
みる	かがみなす
	かがみなる
	ふかみるの
	ますかがみ
	まそかがみ
みわ	うまさけ
	うまさけを
	かざしをる
	しきしまや
みわやま	みもろつく
みゐ	さざなみや
みを	みをつくし
みをきる	つるぎばの
みをつくし	なにはなる
みをり	たちばなの

【む】

むかし	たまきはる
むかつ	あまざかる
むかふ	あさづくひ

やすい	やすのかは
やそ	うつせみの
	うつそみの
	ことだまの
	もののふの
	ももたらず
	ももつたふ
やそのうら	ももづての
やた	もののふの
やたの	かりびとの
やつを	あしひきの
やなぎ	うちたれがみの
やの	つまかくす
	つまごもる
やはぎ	かりびとの
やはせ	さざなみや
	にほてるや
やへ	あさがすみ
	あさぎりの
やへのさかきば	かみかぜや
やま	あしひきの
やましろ	しきしまや
	つぎふね
やまず	つぎねふや
やまだ	やますげの
やまだのはら	ももたらず
やまと	かみかぜや
	あきづしま
	あしひきの
	しきしまの
	しきしまや
	そらにみつ
	そらみつ
	ひのもとの
やまひ	をだて
やまぶき	あしひきの
やまほととぎす	さつきまつ
やみ	むばたまの
やむ	はるさめの
	やまぶきの
やむときなし	さざれなみ

【ゆ】

ゆかむ	ゆきしまの
ゆき	いもがいへに
	しらやまの
	しろたへの
	ふるゆきの
ゆきあひ	わぎもこに
	をとめらに
ゆきかふ	たまほこの
ゆきかへり	あまくもの
ゆきかよひ	ゆきじもの
ゆききのをか	まつひとの
ゆきのまにまに	あまくもの
ゆきのわかれ	はふつたの
ゆきみ	たもとほり
ゆきもしなむ	いゆししの
ゆく	ゆくくもの
ゆくさきしらず	やみのよの
ゆくて	たまほこの
ゆくへ	にはたづみ

【よ】

よど	まこもかる
よどむ	なるたきの
	よどがはの
よなき	みどりこの
よなよな	あしのねの
よはきこころ	あしのねの
よひ	うばたまの
	ぬばたまの
よび	よぶことり
より	かたいとを
よりにしものを	なびきもの
よりより	かたいとの
よる	あづさゆみ
	あらしほの
	いはばしの
	かたいとの
	くれたけの
	こづみなす
	このねぬる
	さざなみの
	さざなみや
	しらなみの
	しらまゆみ
	たまのをの
	たまもなす
	ふぢなみの
	むばたまの
よるか	いかるがの
	かたいとの
よるひるしらず	あぢさはふ
よまでさだめ	としきはる
よみ	ししくしろ
	とほつくに
よよ	くれたけの
	たけかはの
	なよたけの
	みづかきの
よれども	たちまいとの

【わ】

わ	こまつるぎ
わが	をぐるまの
わがおほきみ	やすみしる
	やすみしし
わがこ	しらたまの
わがすべらぎ	やすみしる
わがひさ	わかひさき
わがみ	あさつゆの
	たまきはる
わがもふ	かがみなす
わがもふつま	かがみなす
わかやるむね	あわゆきの
わかる	したのおびの
わかれ	はふつたの
	あまくもの
	くろかみの
	ころもでの
	をぐるまの
わく	あしのねの
	ころもでの
	さばへなす
わごおほきみ	あきつかみ
	さにつらふ

をてもこのも
をと

をとこをみな
をとめ
をの

をのへ

をふ

をみ
をみのおおきみ
をゆきあへ
をり

あしひきの
やまがはの
をとはやま
もののふの
たまもかる
あさぢはら
あさぢふの
たかさごの
はしたかの
やまどりの
さくらあさの
さくらをの
うつそやし
うちそを
まなばしら
ころもでを

あとがき

本書の旧版は一九八九年一月に高科書店から刊行された。阿部萬蔵と猛の共編であったが、のち萬蔵は一九九九年四月に百四歳で世を去った。旧版の校正には猛の妻故美江の協力もあり、『枕詞辞典』は、いわば、わたくしども親子の協同作業の成果であった。

旧版刊行から二〇年余、この間に判明した誤字・脱字等を正し、また「はしがき」を「枕詞とは――はしがきにかえて――」とさしかえて、改訂版として刊行することとなった。お役に立つことができれば幸いである。旧版刊行の際に多くの方々からご批判や励ましのお言葉をいただいた。厚くお礼を申し上げたい。

なお末尾ながら、再刊の機会を与えられた書肆同成社にも深謝したい。

二〇一〇年八月

阿部　猛

改訂版 枕詞辞典（まくらことばじてん）

■編者略歴■

阿部萬蔵（あべ　まんぞう）

1895年山形県飽海郡一条村（現酒田市）に生まれる。農業に従事したのち、1923年東京電機学校卒業、1931年電気事業主任技術者資格検定（第３種）合格、東京市吏員・東京電力株式会社勤務を経て電気工事請負業を営む。1999年逝去。

〈著書〉『萬葉歌人列伝』（1992年）

阿部　猛（あべ　たけし）

1927年山形県に生まれる。1951年東京文理科大学史学科卒業。東京教育大学講師、北海道教育大学助教授、東京学芸大学教授、同学長、帝京大学教授を経て、

現在、東京学芸大学名誉教授、文学博士。

〈著書〉『日本荘園成立史の研究』1960年、『律令国家解体過程の研究』1966年、『中世日本荘園史の研究』1967年、『尾張国解文の研究』1971年、『日本荘園史』1972年、『歴史と歴史教育』1973年、『平安前期政治史の研究』1974年、『中世日本社会史の研究』1980年、『平安貴族の実像』1993年、『鎌倉武士の世界』1994年、『万葉びとの生活』1995年、『歴史の見方考え方』1996年、『下剋上の社会』1998年、『太平洋戦争と歴史学』1999年、『日本荘園史の研究』2005年、『近代日本の戦争と詩人』2005年、『盗賊の日本史』2006年、『起源の日本史―近現代編―』2007年、『起源の日本史―前近代編―』2008年、『雑学ことばの日本史』2009年、『平安貴族社会』2009年、その他

2010年9月10日　発行
2012年9月30日　第2刷

編　者　阿部萬蔵
　　　　阿部　猛
発行者　山脇洋亮
印　刷　亜細亜印刷(株)
製　本　協栄製本(株)

発行所　東京都千代田区飯田橋4-4-8
（〒102-0072）東京中央ビル
TEL 03-3239-1467 振替00140-0-20618
(株)同成社

ISBN978-4-88621-538-3 C3091